林春法 著

创业者
的365天

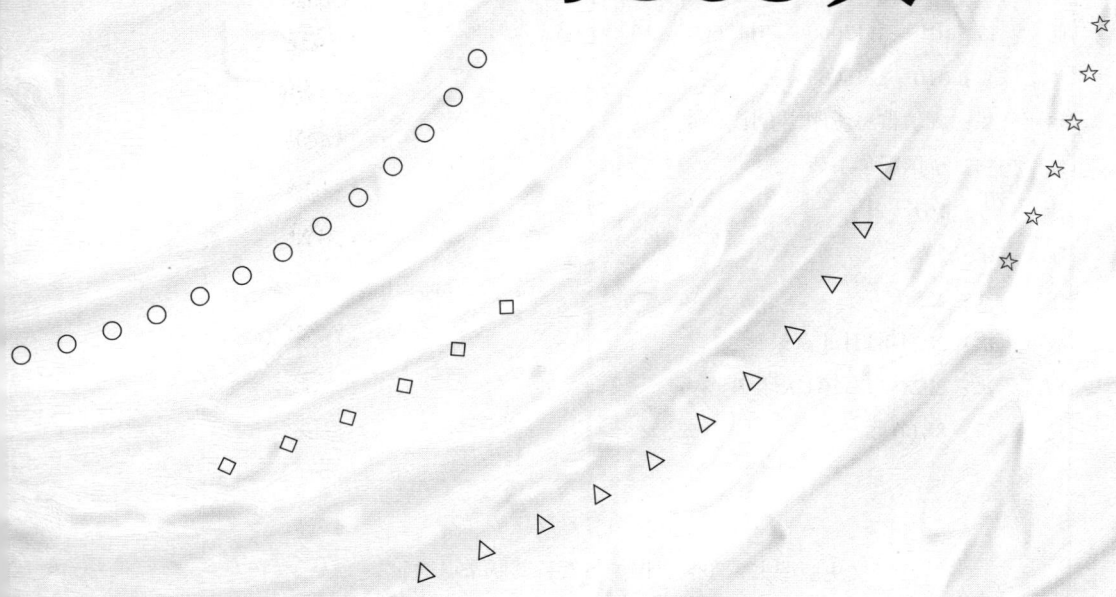

中国文史出版社

图书在版编目（CIP）数据

创业者的365天 / 林春法著. -- 北京： 中国文史出

版社， 2023.6

ISBN 978-7-5205-4144-2

Ⅰ.①创… Ⅱ.①林… Ⅲ.①日记—作品集—中国—

当代 Ⅳ.① I267.5

中国国家版本馆CIP数据核字(2023)第111677号

责任编辑：卜伟欣

出版发行：中国文史出版社

社　　　址：北京市海淀区西八里庄路69号院　　　邮编：100142

电　　　话：010—81136606　81136602　81136603（发行部）

传　　　真：010—81136655

印　　　装：廊坊市海涛印刷有限公司

经　　　销：全国新华书店

开　　　本：16开

印　　　张：29

字　　　数：455千

版　　　次：2024年1月北京第1版

印　　　次：2024年1月第1次印刷

定　　　价：88.00元

序 言

　　写创业日志的习惯我已经坚持了6年了，我想通过朴实无华的文字向大家传递自己这些年来真挚的感受。我也明白这些流水账似的记录远远没有大家评价的那么高，但我真的非常乐意把这个习惯坚持下去。

　　心怀真诚，努力奔跑，这才是人应该有的样子。选择躺平，结局就一定是满盘皆输。从那些为梦想打拼的人的身上，我依稀看到了年少时的自己。如今的时代瞬息万变，困境面前，任何的抱怨都显得毫无意义。你要明白，世界上根本没有一马平川的人生。学会沉默寡言，懂得从容淡定，人生才能豁达开朗。

　　我从未想过自己会影响到别人，但大家真诚的问候会让我深受感动。我只是在写自己平淡的日常，不承想得到了大家的认可和尊重。快乐的事情，莫过于此吧。

小林哥

2023 年 2 月 1 日

目录

九月

十月

十一月

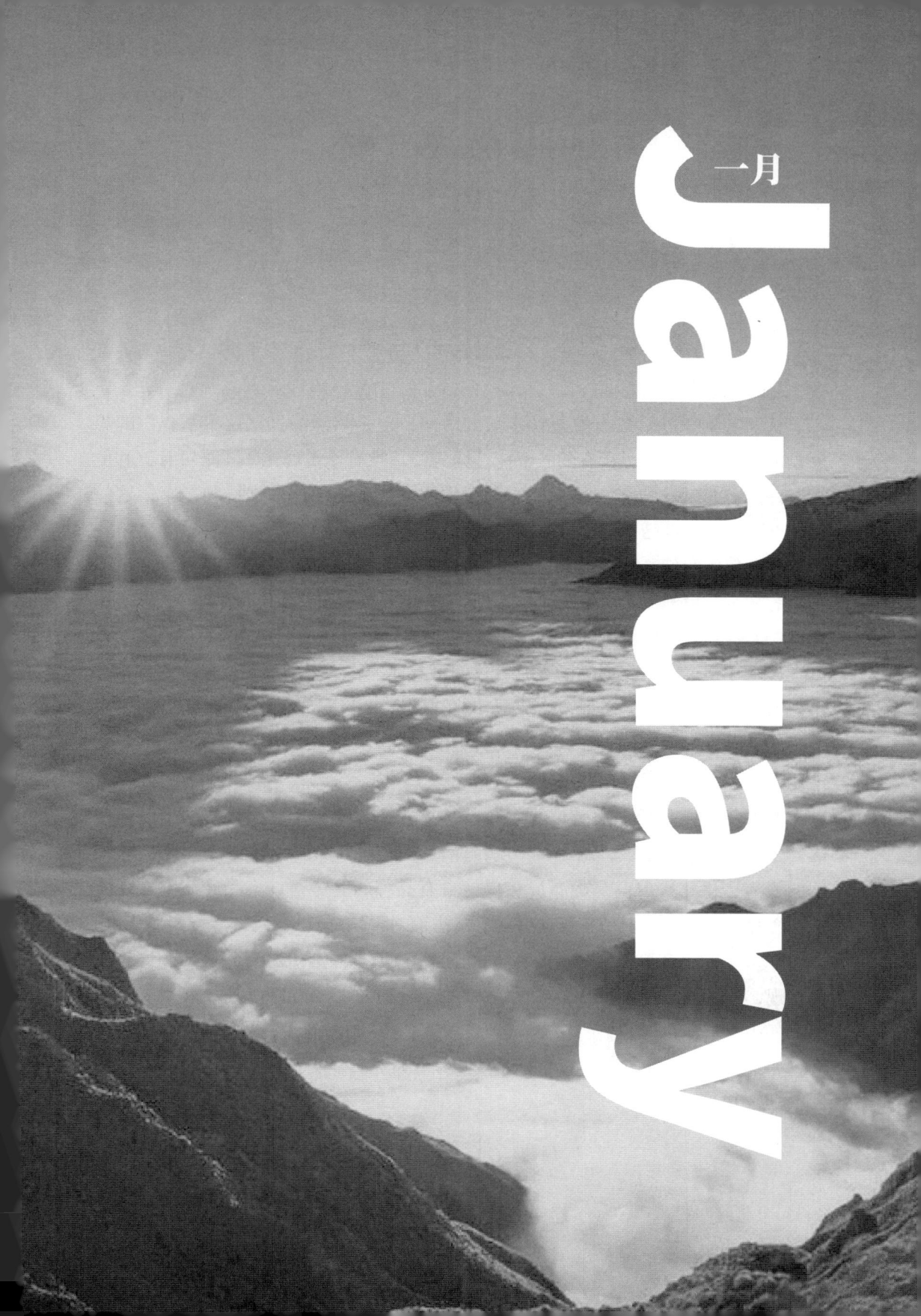

January

一月

回望过去，展望未来

回望过去，一路艰辛，一路收获；展望未来，从零开始，砥砺前行。新年快乐。

今天是2021年的最后一天，公司举行了一场别开生面的线上跨年会，与大家在一起的感觉真的很好。

从筹备到举办，只有短短10多天的时间，但是热烈的气氛超出了我们的想象。这一年的不容易，所有的人都能感同身受。唯有珍惜现在，才是对自己和他人最好的尊重。这一年，感谢所有的合作伙伴，感谢他们的支持和包容；这一年，也要感谢我自己，感谢自己从未说过放弃，再苦再累再难，也咬紧牙撑住。

这一年，我们一如既往地交出了一份满意的答卷。2021年里，诚信已经成了我们的基石，稳健成了我们的风格。回头看这些年的风风雨雨，我们的成长历历在目。那一刻，我们所做的一切都是值得的。

这一年走过的路、遇到的人、看过的景都成为旅途中的一种回忆。回首这一年，我们或许还有很多目标没有完成，或许还有一些事情无法释怀，但是唯一不变的，是对于未来的信心。就像我在会上的讲话："很多时候我相信自己是无所不能的，因为我和我的团队一定能做到。"

2022年，我们仍然坚持以平台化、数据化、线上线下、整合资源、赋能门店、多渠道发展为主线，制定了年度目标、三年规划和五年梦想。加大对合资品牌的投入，优化进口商品的布局，保持自有品牌的优势，以多品牌策略实现共赢。心存畏惧之心，保持积极向上的心态去面对一切的挑战！

岁末年初，我默默地站在了时间的渡口。回望，年初定下的目标和计划已经实现，我的内心充满了骄傲和自信，我觉得所有的付出和努力都值得尊敬和铭记。展望，新的一年，新的起点，我们要抱着一切归零的心态，做好年度战略规划。如果你想飞得更高，就要把地平线忘掉，从零开始，砥砺前行。

2022-01-01

直面挑战，向阳而生

拒绝一切的压力，直面挑战，向阳而生，将自己活成一道光。世界虽然残酷，但不要忘了抬头看天空！

2022年的第一天，朋友圈里满满的都是祝福。缘分就是这么奇妙，也许多年未见，但寥寥数语就能让你感觉到温暖，对于不确定的未来，也增加了更多的信心。

上午和朋友沟通，得知门店客户的生意越来越艰难，流量衰竭的速度让人吃惊，各种应对方案却显得非常苍白。现在不是向左走、向右走的问题，而是如何站在消费者的立场，自上而下地去考虑的问题。很多年前，我们做好的方案，十之七八还是有把握的。但是从前几年开始，情况就变了。形势催促着我们要以消费者需求为导向，不断优化产品，优化售后服务，只有这样，才能赢得更多的生存机会。

2022年可能比过去的一年更加艰难，自于多维度的竞争愈演愈烈。或许很多人的努力会付之东流，甚至找不到努力的方向，如浮萍一般无处着根。但是我希望也相信我的团队和合作伙伴在做好最艰苦的准备的同时，依然能保持乐观的精神。

告别2021年，回顾这一年的经济发展，可以说每个行业都经历了不小的震荡。未来几年的改革一定会有阵痛，无论是做投资，还是做实业，抑或工作和生活，都发出了要过紧日子的信号。2022年带来了更多的压力和挑战，无论何时何地，我们都要一步一个脚印，做好每一个流程和每一个细节。对于团队，我们要有十倍的上进心；对于客户，我们需要提供百倍的服务。迎接一切压力，直面挑战，向阳而生，将自己活成一道光，2022会是精彩绝伦的一个年份。世界虽然残酷，但不要忘了低头看看秒针，抬头看看天空！

我是一个非常自信而淡定的人，不管2022年要经过多少的千辛万苦和坎坷艰难，我依然相信，我们一定可以到达胜利的彼岸。

新的一年，希望所有人都能给自己一个全新的开始。

2022-01-02

长大是一夜之间的事

　　我们一直被时间牵着，仰望星空，恍然发现，曾经到不了的地方，已经被自己甩在身后。我才意识到，长大是一夜之间的事。

　　今天早晨收到了客户给我的小吃，很开心，也很感动。大多数人只关心你飞得高不高，很少有人关心你飞得累不累。新年伊始，收到一份关心，心情十分愉悦。

　　一个客户今天到访，我问他为什么在假期还要出差，他淡淡地说了一句："为了生活，我们销售眼中没有假期可言。"听了这话我竟一时不知道说什么，其实我也不知道上次放假是在什么时候了。

　　中午的时候和大姐通了一个电话，她也在慢慢地回归家庭，对今年的生意，她也表示很无奈。我小时候最亲的就是两个姐姐了，现在竟然一年都通不了几次电话。好像最亲的人就是最容易被遗忘和忽视的人吧。

　　大姐对2022年也没有太大的想法，其实这基本上是这行人的缩影和心声，和她讲些心灵鸡汤之类的话，肯定没有太大的用处，我只想靠自己的实际行动去感染她。未来的竞争是商业模式的竞争，但是没有哪个模式是百分之百有效的，需要随时随地地去修改，甚至要完全改变。

　　近些年，购物中心的数量在饱和式激增，而疫情成为客流下滑的首要原因，商场分流更是雪上加霜。购物中心原是消费者最大的消费场景，但在互联网时代，电商巨头在空间和时间上疯狂地抢占了大批的年轻消费者，很大一部分人已经不出门逛街了，之前的形势已经被完全颠覆了。而我们需要时间去思索：未来如何做好自己。

　　今天下午的周例会上，同事们讨论得非常激烈，气氛轻松又紧张。行政提出了五个非常棒的点：框架、流程、责任、执行、复盘。主要对于年底的直播进行了回顾，在所有团队的努力之下，我们的表现超出了预期。然而成绩已经属于过去了，我们需要为下一次的工作进行部署。团队的讨论总能够碰撞出美妙的火花，这才是我们想要的结果。

　　我们一直被时间牵着，有一天我们恍然发现，当时仰望星空，幻想中到不了的地方，已经被自己甩在了身后。我才突然意识到，长大真的是一夜之间的事。一切都是成长，包括热泪盈眶，包括沉默不语。

2022-01-03

向光而行，从心出发

无论道路多么漫长，因为心有所向，所以就会无所畏惧。向光而行，从心出发！

早晨与同事聊了一会儿天，我们一致认为接下来的这一年，我们还是要做一下长远的规划。从公司制定的目标到最后的落实，真的是一个漫长而艰辛的过程。但是我们需要严格地去执行，起码要有信心和决心。我们一定要坚持自己的选择，因为市场不会给我们过多退缩的机会。

带领团队前行是一件非常困难的事情，因为你需要平衡各个部门的关系，还要了解大家的心声，但归根结底一定要找寻一个共同的目标，前提是我们要对目标有敬畏和恐惧之心。

电商也好，直播也好，这些都只是一个工具，如果弄不清楚自己的价值，再先进的工具都没有用。当你无数次暗暗立志的时候，究竟有没有想过：自己能给大家带来什么价值？要想找到问题的答案，必须将自己的立场升高一个维度。

今天和一个西北的客户聊了一会儿天，他对2022年的局势比较迷茫。从事这个行业20多年，他从来没有卖过不好的货，但是市场的乱象已经超过了很多人的想象。想坚持自己的初衷，但是消费者却无动于衷，他不知道该如何面对了。我只能说一句，无论如何，我们还是坚持做自己，相信随着时间的推移，消费者会用明亮的眼睛看清这一切。

今天下午，我接到河南团队刘总的信息，他说他们那个区域又开始封闭了，他也要被劝回老家。这样的话真的让人很难受，心底的无奈和伤感无以言表。有时候我们最怕的不是看不到希望，而是看到的希望一次又一次地被浇灭。

作为公司的领航人，他的每一个决策都可能决定着公司的生死存亡。然而未来的竞争是多方位的，如何去布局，心中必须要有数，哪怕是试错，也要勇敢地走出这一步。在经历了前期的开疆扩土之后，深耕细作一定会成为2022年零售的主旋律。不要总是把偶然当必然，只顾着一头扎进去，忽视了自己的立足之本。

我喜欢有规划的人生，虽然枯燥无味，但是会做到心中有数，希望我们能走过美好的一整年。

无论道路多么漫长，因为心有所向，所以就会无所畏惧。向光而行，从心出发！

2022-01-04

千帆阅尽，少年依旧

世界上最高的山和最长的河哪个更厉害，各有千秋吧！千帆阅尽，少年依旧。坚持、专注、努力，成功就在你眼前。

今天是元旦之后上班的第一天，需要处理的文件和事情非常多。但令我开心的是，大家的工作职责非常明确，每个人都能做好自己分内的工作，所以真正到我这里的工作，还是相对少了。

上午和几个友人沟通交流，聊到了31号的跨年会。对这场盛会，我其实有很多话要讲。良好的流程要继续传承和发扬光大。做得不好的地方，要进行反思，避免以后出现类似的问题。更让我开心的是，我们的团队得到了长足的发展，能够真正赋予客户更多的价值和工具，我们对未来也寄予厚望。

未来的一条街上不可能存在10家同一品类的门店，最多3家，甚至只有1家。竞争就是这么残酷，而我们要做的就是其中的独一家。这需要我们付出百倍的努力，做足功课，但是如何打开我们的心智和认知才是最主要的。没有怨怼的情绪，更多的是一颗平常心、一份责任和一些期许。

下午与物流的刘经理聊天，说到我们未来大的规划一定是以数据为导向的。

我们超出的费用花在了哪里？哪些方面做到了节约？节约了多少？我们一切的认知都要来自真实的数据，不能简单粗暴地认为合理或不合理。未来几年，我们一定要学会从物流后台的数据看前台的工作，用数据去指引销售的方向。

很多人认为供应链不重要，但是一个公司要做大做强，必须重视供应链这关键一环。作为客户和供应商之间的资源是相交的，我们需要付出，也要学会舍得，加强沟通，信任彼此，我们的道路就会越来越宽广。

与合作伙伴们的聊天总是充满着智慧，我们能从中找寻到生意的方向！团队成员之间的磨合也总能让我们从容地面对任何的挑战。让我们一起期待这场疫情早点过去，早日迎来春暖花开的时刻。

2022-01-05

掌握时间宽度，做自己的主人

时间是一生的主题。我们无法掌握时间的长度，但可以掌握时间的宽度，在属于自己的时间内做自己的主人。

不知不觉创业日志已经写了1588篇，多么吉利的一个数字啊！从2017年的7月5号开始到现在，正好四年半的时间，此刻我的思绪仿佛回到了昨天。

今天临沂迎来了初雪，却让人突然有了深冬的感觉。我接待了好多朋友，有供应商伙伴，也有慕名而来的客户。面对供应商伙伴，我们要做好自己的品控，维护良好的声誉。也许这样，我们在一两年内赚不到钱，但只要你坚持下去，你就能获得比赚钱更有价值的东西。对于远来的客户，我们一定要让人家不虚此行，让他们看到我们的价值。

在过去的10年里，各门店老板要学的东西太多了。线下群雄逐鹿，线上龙争虎斗，我们需要具备各种能力。时刻让自己保持饥饿感，找寻各种机会，也许才是目前的生存法则。努力尝试也许未必能够达到预期，但是你仍然需要勇敢地走出这一步。

下午和一个朋友聊了聊他们行业的现状，这个行业的竞争同样越来越残酷。工作进入瓶颈期，找不到更多提升的方法，只能努力将现在的状态保持下去。但是如果不能保持前列，基本上也没有生存的机会。这也是大多数人面临的困境，但是不管前景如何，我依然觉得此时此刻，加强自身的内功比什么都重要。

百年未有之大变局，这是我们最高领导人对当下格局发展的重要判断，我们也将迎来前所未有的挑战。对现状焦虑，对未来迷茫，如何做一家好公司和强公司，可能是我们需要尽快补上的课程。这种痛苦不会一下子压垮你，却无孔不入，像温水煮青蛙一样折磨人。我们唯一能做的就是顶住压力，踔厉奋进，打赢这场硬战。

时间是我们一生的主题。我们无法掌握时间的长度，但是完全可以掌握时间的宽度，在属于自己的时间内做自己的主人。

2022-01-06

稳住心态，应对万变

其实不止数字化转型，商业模式本身就充满了不确定性，唯一可做的，就是随时稳住自己的心态，以不变应万变。

上午10：00开始和品牌方沟通，一直持续到下午两点。我们觉得应该把计划想得大一点，做好年框，让下面的团队去执行和落地，这样可能会更加精准一点。大胆地想，用心地做，死磕细节，这是我和品牌方共同的目标。残酷的市场也未必完全是一片黑暗，我们能做的是拿出最大的诚意来拥抱彼此，抱团取暖。

每个人看问题的角度不一样，最后的观点也就不一样。站在老板的角度和站在员工的角度去看待问题，当然也会有不同的判断。对于员工来说，更多的是希望看到自己业务技能的提高，以及获得对职业生涯有所帮助的东西。对公司负责人来说，更多的是希望在能够生存的前提下求得公司稳健的发展。角度不同，观点不同，所以面临的风险自然也不同。

一个客户说："小林哥啊，认识10多年啦，你的谈吐和个性还是与十几年前一样，一点都没有改变。"听到这样的话，我觉得非常感动。其实就是这样，对于自己，对于永之信，我们也一定要保持一贯的风格，谦逊、低调、内敛，永远有一颗上进的心。

什么是未来商业模式？对这个问题也许有千百种回答，但数字化转型一定会给出最具想象力的答案。任何创新都不是一蹴而就的，而是破土而出的蜕变过程，我们需要具备发现微小机会的敏锐眼光。我们在加强基础工作的同时，也希望给予下面的店家更多工具之类的东西。而且这是一个动态的过程，更是一个持续看向未来的过程。

我有时在想，现在做公司就像在未知的大海上航行，天气如何，储备怎样，如何航行，这些都是船长的工作。但是安全而平稳的航行更需要全体成员的通力配合。

2022-01-07

豪情万丈，迎难而上

豪情万丈，迎难而上，勇于探索，千锤百炼，不断精进，不留遗憾，从优秀走向卓越！

打动人心的往往不是轰轰烈烈的大事，而是我们在细微之处的处理。对于一个公司的判断，更准确的依据是每名员工的综合素养。

中午在工作群里，我看到了一些信息。鉴于前阵子货品出现的偷盗和压损的现象，销售的同事特地加了一段话："您好，货已发出，还是原来的物流。我们的物流同事在外箱正反面都贴了防盗贴，如果防盗贴有损坏的情况，请在检查无误后再提货，如果有质量问题，请及时联系我们！"这样的细节会让客户看到我们的责任心。在这里，我要为同事们点赞，尤其是物流的同事，如果不是真心为客户着想，他们不会自寻这样的"麻烦"。在我们公司，这样的例子不胜枚举，这也是我们公司背后文化所在。

时间对所有人来说都是公平的，想追求自己想要的东西，肯定要付出常人难以理解的努力。对于一个公司来说，需要制定好的目标。一个没有理想召唤的目标，只不过是一个没有灵魂的数字。不管是大公司还是小企业，都要面临竞争的压力，不要觉得大公司规模大就可以高枕无忧，也不要觉得公司小就可以随时调头。实际上，这个世界唯一不变的就是变化，今天的优势很可能在明天就变成沉重的包袱。蓄势待发，永葆一颗敬畏之心，敬畏生命，敬畏自然，敬畏自己的职责所在。所有人都希望乘长风破万里浪，驶向星辰大海，寻找诗和远方，但是你不要忘了，前面有希望，但如果你不为之付出，那就只是希望。

2022-01-08

尊敬每一个有梦想的人

任何时候，尊敬每一个有梦想的人！感谢在追逐梦想过程中那个一直努力打拼的自己，哪怕热血沸腾，哪怕泪流满面！

今年的天气也是奇怪，真正冷的时候没有几天，似乎没有冬天的味道了。临近年关，此起彼伏的疫情也让大家的期盼愈行愈远。经营状况的不容乐观，更是弥漫在每一个经营者心头的一片阴云。

过去一年无疑是艰难的一年，是变化最大的一年，也注定是影响商业和经营划时代的一年。传统电商出现了局部的分水岭，传统和新兴零售行业逐渐交融，而这些变化，都是需要经营管理者慎重思考的。如何让商品本身拥有附加价值，也许是未来很长一个阶段需要思考的问题。

见过很多的老板和供应商，虽然每个人的思维方式不一样，但优秀的人一定会越来越优秀。因为优秀的人有发散性的思维，并勇于克服困难，挑战一切的不可能，这个应该是一笔最宝贵的财富吧。所有的经营者无论是精耕本土，还是再创业务，最后拼的还是自身的综合管理和运营能力。这么多年，我曾无数次想过成败的关键，是资金？人才？还是什么？经历多年的风风雨雨之后，我才突然发现，成功的关键在于咬定青山不放松的坚韧。我们必须坚守本心，不被诱惑，不走捷径，才能成就大器。要有乌龟精神，一直往前爬，不瞻前顾后，不左右摇摆，认准一件事，坚持到底。只要这样做，哪怕是人力物力有限，也必能厚积而薄发，成就一番事业。

人生一路走来，一边经历风雨，一边感悟。看清了生活，看清了现实，依然选择好好努力，好好爱自己。越努力，才能越幸运。即使事与愿违，也要相信，一切另有安排，你始终会被岁月眷顾。

任何时候，都要尊敬每一个有梦想的人！每个人都会感谢在追逐梦想过程中那个一直努力打拼的自己，哪怕热血沸腾，哪怕泪流满面。

2022-01-09

劈波斩浪才能顺风顺水

儒家让你拿得起，道家让你放得下，佛家让你想得开。最酷的人生从来不是一帆风顺，而是你劈波斩浪而来，笑着说：有点难，但是我过来了！

"逝者如斯夫，不舍昼夜。"时间总是在我们毫无察觉的时候悄悄走远，我们一定要珍惜每一天。星光不负赶路人，脚步匆匆就是为了拥有更好的未来。

有些传统行业步履维艰，已经无法适应社会的节奏了，我们也无法再用传统的经验和逻辑看待这个市场了。但是这并不意味着传统行业毫无机会，至少自身的强大足够让你不可替代。我们致力于给客户创造更多的价值，这也给我们带来了很多美好。我们不断精进自己，迎合公司的发展和客户的需求，从危机中寻找更多的机会。

我们不是战略的决策者，也不是行业的专家，只能从普通的商业逻辑中来解读背后的变化。今后所有的部门均需化整为零，既要有单兵作战能力，又要有协同作战能力。优秀的公司和团队都有一颗愿意学习的心。面对面地交流，恳切地提出彼此的需求，就一定可以起到事半功倍的作用。只要需求是往前看的，就一定可以找到彼此的契合点。

时代的变化，对于我们来讲，是一个巨大的挑战。技术的迭代超出了我们的想象，为了跟随时代的脚步，从管理层到普通员工都要进行一次自我革命。

对于公司来说，唯有文化才是未来真正的核心竞争力，也是可以延续和传承下去的东西。对于个人来讲，正视自己的需求，专注自我的成长，是走向成功的必由之路。我们诚恳用心地工作，那些隐藏在煎熬背后的故事，是多么宝贵的精神财富啊！若干年后，依然会温暖如昔。

儒家让你拿得起，道家让你放得下，佛家让你想得开。最酷的人生从来不是一帆风顺，而是你劈波斩浪而来，笑着说：有点难，但是我过来了！

感谢一路陪伴着我们的伙伴们，除了感激、感谢还有感恩！

2022-01-10

做好自己，一路生花

看到一句话：看懂趋势容易，跟上趋势也很容易，可是落地执行很难，未来的发展，首先要做到最好的自己，然后才能击败可怕的未知对手！

过了腊八就是年，农历新年已悄然临近。很多事情都没有做完，一天又一天的忙忙碌碌似乎冲淡了这传统的年味。小时候是多么期盼过年啊，穿新衣，尝美食，没有责骂，还可以自由自在地玩耍。长大后，这样的快乐却再也找不到了。这一整年里，也只有春节假期真正属于自己，我希望在这一个时间节点让自己静一静。

临近岁末，总是觉得时间不够用，很多的报表和数据都要呈现出来，很多工作没有达到期望值。反思自己工作中的不足，制定未来一年的工作方案。不一定能做到完美，但是对于不可控的因素要做好预判。

走过很多的路，面对当前的形势，要做的还是改变和行动。面对各种销售模式的冲击，我们该何去何从？也许只有一条路可走，就是拥抱互联网，打通线上线下，打造立体的销售模式。比如入驻团购平台做引流，借助短视频平台打造公司IP，借助社交场景搭建私域流量池，依托小程序搭建属于自己的小店……也许未来比拼的就是我们的服务、客情、速度、便捷性，这是一个长期的过程，但是我觉得方向是对的。我们没有大多数人看到的那么不堪，至少我们还在这个牌桌上。只要继续打下去，就会找到赢的希望。因此在今天的环境中，保持内在的动力、发展自己的能力是极其重要的。不管环境是否提供机会，都要做好接受全新挑战的万全准备。

　　无论是否选择创业，都应该先了解清楚行业的运行模式，并且要选好项目，做好充足的心理准备。按照节点处理事情看似很烦琐，但是如果严格地执行下去，会更加简单和高效。2022年开始了，我们的未来之路想要更加精彩，就需要自己用心去走。

2022-01-11

你就是夜空中最闪亮的那颗星

　　平凡的日子里保持谦卑和低调，哪怕只有一点点的星光，也要永远闪亮。你要确信：你就是夜空中最闪亮的那颗星。

　　曾经繁华的街头，如今已变得冷冷清清，转让的广告随处可见，只剩几家零星的实体店在苦苦支撑。

　　受电商发展的冲击，国内实体商业面临一波又一波的关店潮。在发展不利的情况下，门店越多意味着资产越重，亏损的概率就会越大。在寒风中，能够活下来就是王道，这才是我们迎风起航的一切前提。

　　如今时代，唯一不变的就是变化，我们的脚步决不能停止不前。抱怨是不行的，在逆境中寻找突破的机遇才是生存之道。首先要改变观念。实体店要想留住顾客，增长业绩，就要为消费者提供一个体验的场所，弥补自己的短板。反观邻国的线下门店，门庭若市，就是因为他们提供了线上无法触及的情感黏性。未来，把一个门店做成方圆3到5千米的休闲中心，也不失为一个非常好的想法。

我们穷其一生都在追逐生意的真谛，但是谁也无法给出一个标准的答案，每个人的心中都有各自的想法。其实时间可以证明一切，1个月，1年，10年，一辈子，也许就是给予对方更好的体验和超乎想象的感觉，生意就是返璞归真。

很多时候，我希望以自己的方式去引导别人，但有时候我都做不到，有什么资格去要求别人呢？成就更加完美的自己，才能影响别人。

工作与生活，有时候就像在放风筝，无论飞得多高、多远，我们永远是那个紧握着风筝线的人。张弛有度，收放自如，当然更重要的是心中有数。

若想完成心中的梦想，一定要付出难以想象的煎熬和痛苦。当然，很多时候，哪怕你付出了百倍的努力，也未必能够得到你期望的结果，但是如果你不付出这样的努力，你几乎连机会都没有。

平凡的日子里保持谦卑和低调，哪怕只有一点点的星光，也要永远闪亮。你要确信：你就是夜空中最闪亮的那颗星。

2022-01-12

大胆地想，用心地做

大胆地想，用心地做。朝好的预期去做，做比较坏的打算，尽最大的努力。

各地疫情还是此起彼伏，有些地方的防控也越来越严格。临近年底，消费情况还是持续地萎靡不振，大家囤货的欲望也不强。往年的春节都是销售的高峰期，但是目前已经没有了这个现象，现在的客流根本达不到自己的期望值。

因为原材料价格的上涨，供应商给出的价格大幅飙升，我们已经陆陆续续接到很多品牌方涨价的通知了，所以2022年，所有的中间环节会越发艰难，但这个就是现实。

相信在不久的将来，所有的价格空间都将趋于扁平化。随着网络的普及，很多产品的透明度会越来越高。未来我们的门店是否会成为这些商品的服务商？在每个门店有限的网点之内，做好配送服务也是未来的趋势。

很多事情不是因为有希望才去坚持，而是因为坚持，才能看到希望。在市场前景一定的前提下，如何能够超越别人，靠的往往不是新的机会，而是在已有的机遇当中坚定地坚持走下去。其实，残酷的市场是最能够让所有的事情洗涤和沉淀下来的，真正能够在市场上存活下来的人，一定是抗压能力最强的人。

以前做活动，从储备，到进行，到结果，基本是八九不离十，但现在，只能朝好的预期去做，做比较坏的打算，尽最大的努力。

我们总是渴望得到强大的力量，总是憧憬远方的生活，目的性、功利性太强，却最容易忽视日常生活中的细节，其结果往往适得其反。无论什么时候，保持一颗平常心，一步一个脚印，比什么都重要。

如今的消费方式和以往出门逛街购物的方式已经不可同日而语了，但是也有些非常棒的公司越来越值得我们尊敬。他们从细节上打动人心，用点点滴滴的服务，让人在这个寒冬如沐春风。

在当前的情况下，有长远的布局打算、舍得逆向投入的公司一定是一个非常棒的公司。在很多人选择退缩的时候，这样的行动让人记忆犹新。服务也是一种商品，未来一定会超出所有消费者的期待。

大胆地想，用心地做。朝好的预期去做，做比较坏的打算，尽最大的努力。

2022-01-13

照亮自己，照亮迷途

在心中竖起一个灯塔，照亮自己，收获温暖；照亮迷途，收获星光。

超级喜欢上海这个城市，不仅仅因为它是最著名的金融经济中心，更因为它的格局。它似乎是个古老而年轻的综合体，蕴含着无限的可能。胸怀天下，包揽万物，立足亚太，面向世界。滚滚黄浦江总是可以激起你的万丈雄心！这座城市被浓浓的文化气息包围，又有着博大的胸襟。云清风淡，自信从容。于是拥有了难以匹敌的底蕴和实力，于是才能面对一切的危机，于是才成就了这个超级城市的综合能力。

我们实体零售门店真正的核心价值是什么？是资金，是客情，是销售，还是服务？核心价值其实是在方圆3千米内无与伦比的距离优势，这是互联网、品牌商、经销商都无法替代的优势。在一半寒冰一半火焰的2021年里，很多业内人士互相安慰着说："以后再差也不会比今年更差。"可现实把人们推到了更加陡峭的悬崖边上。

任何人对于未来都不可能做到了如指掌，但是与智慧的人在一起总是可以让你看到不一样的世界。有的人之所以领先一步，成为我们仰视的人，除了付出努力之外，更主要的是他站的角度和平台，他拥有的资源和视角。在这个风起云涌的时代，在大多数人对未来充满迷茫的时候，有些人已经看到了机会，所以他们才能够崭露头角。所以一定要听取优秀人的建议，见贤思齐，你也能脱颖而出。

社会的发展不可能以人的意志为转移，人唯一能做的是适应。这是个最好的时代，每个人都能各尽其才，各司其职，只要拥有一技之长，就可看尽花开花落，就可凭才华过上你向往的生活。这也是一个"最坏"的时代，传统的框架在转型过程中遭受撕裂一般的剧痛，一部分人会因为适应不了这种变化而被边缘化。这个时代很美好也很残酷，若不能创造价值，就没有存在价值。

不管你信不信，这个世界会变得越来越公平。故步自封、落后守旧者一定会被淘汰，创造者与创新者一定能获得更大的自由。

2022-01-14

团队精神，铸就成功

有时候比失望更可怕的是没有希望，因为看不到尽头。但是请你相信自己，相信团队，同舟共济，铸就成功。

北方的天气越来越寒冷了，但是比天气更寒冷的是从未停歇的疫情。郑州一个火锅店老板的朋友圈抒发了这样一则感慨："从付租金到装修花了一个多月的时间，刚刚开业，经历了洪灾，稍微休整，又遇到了大疫，以为年底会有个好的收入，没想到陷入了全面封控。有时候比失望更可怕的是没有希望，更不知道会何去何从。"

时代的一粒尘埃，落在每个人身上都是一座大山。在时代大潮里，我们只是一朵浪花，不能逆势而为，只能随波逐流。带领上百人的团队，我担着责任，顶着压力，更要有超出常人的勇气。

其实凡事都有两面性，生意的低迷对于当下可能是坏事，但是把时间拉远，也许就是好事了。多年后，你也许要感谢这一段刻骨铭心的时光，因为只有经历低谷的磨砺，才能变得强大起来，抗风险能力才能增强。

未来看似变幻莫测，然而冥冥之中总有一股无形的力量在操控着社会的运行。在夹缝中找寻机会，也许我们会轻松一点。

好长时间没有和管理层沟通了，但我的感悟并不少。大多数的管理者无法体谅下属工作的难处，不愿意去发现下属做错的原因，更没有耐心去教会他们做对的方法。其实管理的本质不是以权压人，而是通过别人拿结果，所以你要推动整个团队去完成目标。

管理需要定目标、跟过程、看结果，并且持续地追踪下属的表现和数据变化。你要清楚团队里每个人的优势和缺点，注重下属的感受和意愿，对于那些不清楚未来该往哪里走的潜力员工，帮他们看到更大的世界。当然也要以身作则，拿结果，打胜仗，这样，团队才会有强大的凝聚力，而不是一盘散沙。

如果管理者只关心目标有没有完成，结果有没有拿到，必然会忽略员工的个人诉求，自然就留不住人。以成就下属为目标，才能成就自我，成就团队。

2022-01-15

翻过关口，获得成长

寒冷的冬天里，是否隐藏着不为人知的秘密。漫长的岁月中，我们一直在找寻心中的那个关口，因为只有翻过那个关口，才能真正获得成长。

昨天晚上最令人震惊的莫过于广告营销大师叶茂中先生去世的消息。叶茂中先生曾经创造了一个又一个的奇迹，在我的心目中他就是一个标杆式的存在。"地球人都知道""男人就应该对自己狠一点""一年逛两次海澜之家男人的衣柜""洗洗更健康""头皮好，头发才好"，我曾经想他应该还会有更多新的创意，不承想……他成功策划出那么多品牌，却没有策划好自己的人生，男人不能对自己太狠，人到中年，一定要爱惜自己的身体，也许健康才是第一位的。

今天和友商伙伴的交流真诚而激烈，思想上的碰撞远比实操更有意义。人前光鲜亮丽，背后的故事唯有自己能体会。作为公司的负责人，真正的价值不是物质条件的满足，而是团队的认可，这才是最大的成就感。团队精神来自互相尊重和理解，比起硬件升级和货品升级，思维和认知的升级才是最主要的。作为管理层来讲，如果无法升级自己的思维和认知，那你所做的工作就会毫无意义。你要相信，成就别人，才能成就自己。

曾经认为单打独斗是一个非常酷的事情，后来逐渐意识到还是集体的力量大。一个强大的公司离不开一个好的团队，而一个成功的团队与一个好的领导密不可分。

生活并不难，难的是我们心中的那道屏障。人的潜力是无穷的，有时你会坚强到连自己都觉得不可思议。浩瀚宇宙，我们何其渺小，可我们却偏能负重前行，历经磨难，找到属于自己的路。这个世界永远不存在如果，所获得的结果也只是唯一一个。因此在做事情之前，要用最高的标准去要求自己。人生就像是一本书，你永远不知道下一页写的是什么，但是唯有一直阅读，才能感受人生之书的精彩和厚重。

寒冷的冬天里，是否隐藏着不为人知的秘密。漫长的岁月中，我们一直在找寻心中的那个关口，因为只有翻过那个关口，才能真正获得成长。

2022-01-16

坚持不懈，创造奇迹

天上哪有那么多馅饼，只有坚持不懈才可能有奇迹出现。

北方的天越来越冷了，虽说我已经在北方生活了20多年，但是骨子里依然还是南方人的生活习惯，寒冬腊月，穿着依然单薄。大多数人眼中的北方应该是天寒地冻的，但实际上，比起南方那种潮湿的寒冷，北方的冬天还是非常舒适的。尤其有暖气的房间，简直是温暖如春，也颇有意思。

伫立北国寒冬，读书，学习，开阔眼界，打开认知，只是为了可以站在更高的地方回望自己。

当初踏上创业这条路，不得不面对各方面的问题和压力，也正是这些因素逼迫着自己挖掘潜力，不断发挥主观能动性和创造力。凡是披荆斩棘一路奋斗起来的人，不管外表柔弱或刚强，都有一种骨子里散发出来的自信和霸气，那种不怕困难和挑战的无畏气质，真的会感染别人，感动自己。

机会和危机并存。如果从困窘境地抽离出来，用更广阔更长远的视角去看当下，看未来，你会发现身边都是机会。

某国便利店的一个小细节曾深深地打动过我：当消费者购物结账后，店员会把信用卡或现金及小票整齐地码放在一个托盘内，如果是纸币，还会将纸币从大到小叠起来，零钱放在最上面，店员面带微笑双手递给消费者。这就是在危机中寻找机会的成功案例。

有时候我会想，公司缺的究竟是人才，还是激励人才的机制？如何激励员工创造性地开展工作，化危机为机遇？对公司而言，这是一个极其重要的事情。

用智慧成就团队梦想，并通过内部管理效率的打造，激发团队成员创造更高的价值，这也许就是保持竞争优势的利器！

2022-01-17

顺应时代潮流，书写新的传奇

该攻则攻，该守则守。顺应时代潮流，书写新的传奇。风雨飘摇，举步维艰，我相信，我们足够亮眼。

所谓趋势性，是指既有的态势会进一步强化，当下的状态是下一期状态的动因。也就是说，当前的经济下滑会导致下一阶段更大的下滑。这样的情况，无论线下还是线上都感同身受。2020年，因为数据下降导致流量下降，大家都觉得习以为常，但是2021年在正常的情况下，生意反而比2020年更差，整个市场人心惶惶，人们陷入了悲观。

未来会有多少工作被人工智能替代？我们努力的方向又是什么？每个人都拥有一颗创业的心，但坦白地讲，在当前形势下，单独的闯荡无疑是九死一生，没有公司的保护，很多事情将会举步维艰。

作为公司的负责人，需要在不确定中寻找到确定因素，在前途未明的情况下依旧砥砺前行，在与多方达成共赢的前提之下，部署精确的方案，为新的一年奠定良好的基调。把自己作为方案的发起者、监督者和受益者。中间及时做调整，这有可能是我们公司未来的发展源泉。我知道统一全员思想会很难，但是无论如何我们要明确地将公司决定传达给每一位同事。

我们唯一的目标就是服务好客户，进而创造属于自己的价值。我们希望为广大客户提供良好的装备，也希望大家在新的一年里面，继续披荆斩棘，一往无前。

守好自己的底线，攻占更多的市场，在时代大潮中，奋力前行吧！

该攻则攻，该守则守。顺应时代潮流，书写新的传奇。风雨飘摇，举步维艰，我相信，我们足够亮眼。

2022-01-20

保持专注，超越自己

人都不想随波逐流，都不想庸庸碌碌地过完一生。专注，才有可能取得想要的成绩。不要简单模仿，而要不断地超越自己。因为绝大部分的成功之路，都是无法复制的。

不知不觉已经到了腊月十八，今天是大寒。听到一个很不幸的消息：物流站发生了爆炸。临近年关，安全是最大的效益。我们要加倍重视安全问题。

刚刚过去的2021，实体零售业出现了冰火两重天的分化：传统卖场关店潮和会员店的开店热，当然也包括很多的折扣店。这说明了大家的消费更加谨慎了，消费也更精打细算了。民生消费是一个非常大的刚需，而加强精细化管理也是大势所趋。简单粗暴的批发式销售，已经无法应对这个变化了。首先，规模效应对供应链的话语权逐渐增加。其次，更大的利润空间促使商家把价格回馈给消费者。再者，会员店的会员具有较强的复购率和消费稳定性，规模效应能获得更多的会员。2022年抢滩竞争会加剧，一个新的市场竞争格局即将出现。

在这个日新月异的时代，我们面临太多的诱惑，心无旁骛无疑是很难的。事实证明，没有目标感的人都或多或少地付出了代价。人可以简单，但目标必须明确。年轻时就能做到有意识、有方向真的很难，因为所谓的过来人的告诫，你是听不进去的，有些道理只有自己踩坑之后才会铭记于心。

在工作与生活中，我们经常遇到这种情况：即使知道对方的行为是为我们好，我们也会很不舒服。这样的情况，让人苦恼不已却又习以为常。不要去干预别人的生活，尤其自己最亲近的人。因为这是一件非常艰难且注定没有结局的任务。不要去改变别人，别人自有别人的价值，勿做无用功。最大的自律，就是克制自己。还是专注于改变自己吧！

良好的心态可以让你宠辱不惊，专注的习惯必定助力你的成功。绝大部分的成功之路，都是无法复制的。唯有极其专注，才有可能取得想要的成绩。不要简单模仿，而要不断地超越自己。

2022-01-21

应对挑战，解决问题

没有一帆风顺的人生。不断应对挑战，解决问题，才能让自己变得更好，才能过上期待的生活。

清早起来，大雪纷飞，颇有些深冬的味道了。路上却丝毫没有堵车，也不湿滑。在瑟瑟寒风中穿行，但是我的心里是热乎乎的，年会如约而至，大家共同参与，精心准备，尽情地释放自己，体验家人团聚的欢乐。

我期待新一年的到来，期待明媚的春天，期待各个部门精诚合作，不断精进，脚踏实地地走下去。去规划，去布局，去行动，打造拥有自己独特标签的部门。

上午和张总聊天，感受颇深。回忆以往，一路走来，有成长，有进步。但也有数不清的艰辛和委屈。很多时候你看得远，做得新，可能大多数人不理解，但你要坚持自己的决定，相信自己可以走到未来的那个地方。即使乌云遮天蔽日，希望渺茫。一定要相信"山重水复疑无路，柳暗花明又一村"。

我们目前70%的实体店都面临着生存的困境，客流量局限，复购率极低，房租及人工成本极高，最终导致营收与开支不成正比。面对这些困境，我们必须要转变经营思路，不再是单一地卖货，而是经营客户和自己！

2022-01-22

往前看，才能不留遗憾

悟已往之不谏，知来者之可追。往前看，才能不留遗憾。

今天虽然是星期天，但是忙碌的脚步依然停不下来，寒冷的天气也阻挡不了大家的热情。

前期的准备工作有条不紊，同事们的努力程度也超出了我的想象，我感觉我的团队越来越棒了。无论多么忙碌，我们依然按照自己的流程和节奏，按部就班地把每项工作做得尽善尽美。

下午销售部和品牌部召开了一个会议，大家对于2022年的计划逐步地明朗起来，把责任权利明确下来，提出难题，把各种方案做得更加细致。虽然所有人都知道接下来的一年将会无比艰难，但是每个人的心中依然有一股热血在沸腾。

2022年，我们改变不了环境，只能去适应环境。我们是一个多品牌集合的公司，无论走到什么时候，我们都不会放弃自己的基石。因为众多品牌的加持让我们从局部市场和品牌上找到了新的突破。改变陈旧的思维方式，改变组织和管理机制，因为只有自我变革才能赢得主动权。

压力无处不在，无论工作中还是生活上。一个人的职位越高，压力就会越大，而当这些压力变为动力的时候，前方的道路就会越来越平坦。

几乎每天晚上都要开会开到8点钟，这似乎成了我的一个习惯，但我相信大家都能够理解，因为一个公司真正的价值不是资产、销售，而是一个优秀的团队。对于未来，我们要有新的认识，才能有新的努力方向。

2022-01-23

一起努力，收获精彩

静静地坐在办公室，听一段熟悉的旋律，虽然一时记不起歌名，但也不失为一种享受。希望在这歌声里，你我都能找到不一样的精彩！

万丈高楼平地起，做好基础工作是一切的前提。兵马未动，粮草先行，提前做好各种预案，是非常有必要的。与同事们侃侃而谈，大家都相信公司能够交出令人满意的答卷。所有的品牌、资源，都可以为广大客户服务，我们有理由、有底气相信公司会越来越好。

年底的收尾工作即将结束，这一年看似不长，但实际上我们经历了最长的一年。不知不觉间，大家对公司都注入了生意之外的情感。作为永之信的一分子，无论大家身在何方，我们的心都会在一起。一路走来，我能体会到每个人的心声，公司有了大家的支持，我会更加坚定和努力。

和同事交流部分市场动态，对有些新的区域，我们需要保持一种敏锐感，永怀一颗学习之心，随时跟上市场的节奏。

在过去的一年里，很多优秀经销商已经意识到了这一点，在组织架构和规模上，形成了一套自有的管理体系，借助数字化系统提升运作效率，获取有效的终端数据，具备了较强的抗风险能力。通过数字化的系统软件，将客户、品牌、业务、管理变得可量化、可视化，实现降本增效。实现人员在线、客户在线、费用在线、订单在线和库存在线。直观地观察生意的状况，做出正确的决策。

我每天都是很晚才离开公司，但每次我走的时候，一些同事的办公室依然亮着灯，他们依然默默地坚守在工作岗位上。我值得大家如此地付出吗？不是多么优秀，但是足够努力，我要努力成为大家心目中的样子。

2022-01-24

心怀感恩再出发

感谢一直陪伴我的亲人、朋友，所有我认识的或者认识我的人！永远心怀感动、感激、感恩之心……

不知不觉创业日志已经写了快5年的时间了。

很多朋友会觉得非常奇怪："这些年，是什么样的心态让你坚持下来的？"每当这时，我都会回答道："虽然这是一件小事，但对我来说，这是红线，是我心中不可逾越的一道鸿沟，我一定会全力以赴地去做。"

今天是北方的小年，站在这个时间的渡口，我心中思绪万千，站在台上讲道："在新的一年里面，不管面对什么样的困难，我们依然可以保持自己的节奏，继续保持两位数的增长，我相信，我们能做到！感谢团队，因为有了你们的存在，我觉得自己的工作意义非凡。"

2000年，我单枪匹马来到山东，从10个人到几十个人，再到100多个人，团队越来越大。一开始只是为了追求物质上的东西，买一辆面包车，买一台轿车，买一座属于自己的房子。公司日渐壮大，我的肩上也承担了更多的使命和责任。我也有了更远大的梦想，我希望每个人都有车、有房、有受人尊敬的事业。想到这些，我觉得自己的工作充满了神圣感……

越长大，越恐惧，尤其身后跟着这么庞大的队伍，所以一定不能出现系统性的风险，如果有，那么将万劫不复。逆水行舟，不进则退。一叶扁舟，除了面对狂风暴雨，还要时刻留意脚下暗礁丛生。要不越做越小直到死亡，要不越来越强受人尊敬，想守住你的一亩三分地，那是永远不可能的。

感谢我的团队。我记得我们一起在黑夜里配货，刺骨的寒风，龟裂的小手，我们在一起。

我记得军训时大家精诚协作，高不可攀的人墙，我们最终翻过。看似不可能完成的任务，我们全都完成了。我记得收到同事给我的信："林总，您太辛苦了，早点休息，保重身体！"我记得有个同事说："我希望永远在永之信工作下去。"那么多的记忆让我感动，在这里我要真心地说一声："谢谢大家！"

深负重托，我明白自己要走的路，我在这漫漫长夜勇敢地往前走！不矫情，不迷茫，不犹豫，不徘徊。从容淡定，笃定向前，虽然辛苦，但我不怕。

我是一个非常笨拙的人，但是我永远相信勤能补拙，靠着我的努力和坚持，一点点地赶上别人，并超越他。

每一条路都很遥远，做任何事情都不容易，不要因为自己坚持走某条路而感到难过，而要因为自己没有坚持走下去而感到遗憾！优秀的企业和团队，离不开长远的使命和规划，千帆阅尽，依然真我。

徘徊在人生的十字路口，就要勇敢地向前走，不回头，因为我们的目标是星辰大海，我们将无所畏惧。

20多年来，多可喜，亦多可愧。我7岁时候，父亲去世，我的母亲独自一人把我姐弟几个拉扯大！有了孩子后，母亲又给我看孩子。母亲是我永远的天！我愧对我的母亲；我的太太跟随我多年，辛辛苦苦，任劳任怨，承受了多少的压力和委屈，我愧对我的太太；我的孩子从小寄宿在学校，我忙于工作，没有尽到父亲的责任，我愧对我的孩子！

2022-01-25

新的一年，迎风而战

新的一年，新的开始，有时候困难并不是困难，而是学会处理更大的困难，面对一切，迎风而战！

今天是节后上班的第一天，更是新一年的开始。

刚刚过去的小长假，可能让电影人失望不少。初一到初六，全国电影票房仅有59亿元，比去年春节档少了近20亿元，与2019年持平。观影人次仅有1.1亿，较2021年少了5000万，比2019年少了2000万。今年的电影春节档可以用完败来形容了，观众流失，口碑也没有保住。

春节档的惨败，是电影行业的一个缩影，这种局面也让我们思考了很多自身的问题，只有真正有影响力的公司才能存活下去。恶性竞争在所难免，行业内卷更加可怕，客户的分流已经不可逆转。在利润和销量面前，如何找到一个平衡点，是一个棘手的难题。

让我陷入思考的还有中国足球。女足姑娘们在45分钟的时间里完成了两球落后的逆转，值得一切赞美！有多少人因此泪目，我们可以永远相信中国女足！史诗逆转，梦幻绝杀，重回亚洲巅峰，如果奇迹有颜色，那一定是中国红！在我看来，男足需要一个带头大哥，带领大家拥有舍我其谁的霸气和唯我独尊的士气。要有系统的训练贯彻始终，用团队的力量把大家整合在一起。我们的公司也是一样，必须发挥团队精神，拧成一股绳，奋力拼搏，才能实现逆转。

上班第一天，团队已经回归到了工作模式，所有的流程和规章制度都已经运行起来了。我们要做好顶层上的设计，万事开头难，这是一个勇敢者的游戏，而且这个游戏永远不会结束。

人类眼中的天才之所以卓越非凡，并非他天资聪慧，而是付出了持续不断的努力。天赋是世界上最不缺的东西，我们常常看到那些成功的人所取得的成就，却从未考虑到这些成绩源于他长年累月的自律和坚持。找一份热爱的事业，倾其所有，用时间来证明当初选择的正确性。

2022-1-27

February

二月

伟大源于开始

2022，我们能做的依然是奔赴向前。所有的伟大，都源自一次勇敢的开始！

正月初八预示着好兆头，新的一年慢慢揭开了序幕。今天开会时无法导入音乐有点小遗憾，对于强迫症的我，还是心有不甘，操作了几遍后，还是无法导入，只能作罢，希望明天可以恢复如初，否则总是觉得少了点什么。

今天看到一个同事发的消息，他就跨部门之间的流程提出了自己的想法和见解，并希望大家找出更加适合公司的工具。听到这样的建议，我非常欣喜。我们就是要有一双发现问题的眼睛，并且要勇敢地说出来。这个世界从来都是问题不断的，从某种程度上说，解决问题正是我们存在的意义。

创业本来就是九死一生，特别是近几年来，创业成功的概率也是少之又少。这就直接导致了人们渐渐失去了创业的主动性。很多创业者也就失去了试错的机会，也丧失了东山再起的空间。

用1个月的时间通过炒比特币赚1000万元，辛苦创业10年赚1000万元，你说哪一个更值得？前者看似更聪明更高效，但后者却收获了一路耕耘的成长过程，磨炼了自己的意志和能力，一路艰辛但一路精彩，这是前者无法企及的。

好的人生，来自我们对生命系统的思考和规划，如果我们知道自己想要成为什么样的人，活出什么样的人生，那么我们在规划自己生命的时候就不会迷茫，而是非常笃定地脚踏实地地走好自己的每一步。从内心深处思考自己的人生大目标是什么。对目标了解越清晰，就越能掌控时间，越能建立自己的自律系统。

我们首先要有以终为始的高远目标，找出一个又一个的问题，设计一个又一个的方案，就一定可以到达胜利的彼岸。

今天被谷爱凌刷屏了，她是中美混血，父母都是高级知识分子。容貌姣好（兼职平面模特），SAT几乎满分，入学斯坦福，多才多艺，性格阳光，敢于冒险。在今天的比赛中，她做了一个从来没有挑战过的动作，历史上也没有女孩挑战过。但是谷爱凌敢于挑战，敢于开始，也因此，她能收获成功。

2022-02-09

战术勤奋，追逐星辰大海

追求未知领域的星辰大海，有时候战术上的勤奋比战略上的勤奋更重要！

据说今天是玉皇大帝诞生的日子，而对我们而言，今天也是一个比较忙碌的日子，无论是线下的工作，还是电话会议都络绎不绝。

公司就像一艘船，别人可能会半路下船，唯有船长不行。领导负责决策，中层负责管理，职员负责执行，这样的逻辑不能乱，商场如战场，治军首在选将，没有好的领导班子，就不可能带好队伍。没有绝对的控制，只有相对的管理。我们的目的是事业成功，成就彼此，而不仅仅是员工的忠诚和感恩。如果把忠诚和感恩作为用人的条件，必然无人可用。在管理方面，监管是必要的，但监管的目的是更好地给下属放权，为下属服务。

在这个信息透明与泛滥的年代，控制员工是不可能的了，你唯一能控制的就是你自己。身体力行，才能收获他人的尊敬，这种尊敬不是用钱能买来的。上下同欲者胜，管理难就难在达成共识，而这个共识达成的基础则是彼此的理解，而很多公司负责人其实并不了解员工的心理和诉求，这是非常错误的行为。

因门槛低，模式极易被复制，同质化现象成了新茶饮的重灾区，2021年全国经营满1年的奶茶店仅有18.8%，8成的新品牌茶饮店倒闭。上市不久的奈雪的茶，3年累积亏损超1亿元，市值较之前缩水近60%。网红店的意义往往脱离了产品本身，重情怀和营销套路，但这并不是长久之计。我希望公司采取以客户为中心战略机制，不仅满足客户的现时需要，而且帮助客户发现他们自己都不知道的潜在需要，并且想方设法地去满足客户。

只有打造一支高效率、高热情的员工队伍，才能不断提高服务水平和工作效率，这也是我们永之信孜孜不倦一直追求的理想。在激烈的竞争中能够存活下来的，既不是那些最强壮的，也不是智力最高的，而是那些最能适应环境变化的。在那些磨难时刻，我们没有重蹈覆辙。如果放松警惕，可能坠入深渊。一直在追求未知领域的星辰大海，有时候战术上的勤奋比战略上的勤奋更重要！

追求未知领域的星辰大海，即使跋山涉水也在所不惜。

2022-02-10

升级共赢，合作成功

公司不一定都要转型，但一定要升级！共赢必定能赢，合作方能成功。

每天的行色匆匆，只是为了我们更加确定的明天。与伟大的公司交流，总是会受益匪浅，今天下午参加了与强生的品牌会议，就让我感慨良多。

如同丹总所说，整个市场消费趋势是增长的，但是大多数的渠道包括传统的电商，他们的增速都是不尽如人意的。有些中小渠道的下跌幅度更是惨不忍睹，但是对于有些下沉区域，依然存在比较大的机会。粗放式的生意模式已经结束了，如何精耕细作，发掘出更多的潜力市场，是品牌方和我们需要共同面对、共同探讨的事情。通过几个小时的深度沟通，双方达成了共识，通过品牌能量和共同的努力，我们一定会做得风生水起。

我们结合自身的诉求点，对未来市场进行精耕，做好流程，一步一步地走下去。而这并不是纸上谈兵，是真刀真枪。哪有什么谈笑风生，有的只是背后不懈的付出。把眼光放远，为了长远的计划与目标而坚持。这不是给别人看的，而是对自己人生的一种真实善待。心中有海，即使在无人看见的地方，也能依然故我，波澜不惊。

每一个行业都有属于自己的圈子，各个圈子之间又会有千丝万缕的联系，共享、共赢才是大势所趋，一切固化的壁垒都将被这种无形的力量摧毁。单打独斗的英雄主义不会被崇尚，共赢精神才是制胜法宝。做顺应时代的事情，本质上不是从自己的角度出发，而是通过自己去帮助与服务更多的人，当拥有这种意识的时候，你会不断超越自我的狭隘。厚重是轻率的根本，静定是躁动的主宰。

未来的生意伙伴就像家人一样，每个人的存在，都像是落在生命里的那束光。公司不一定都要转型，但一定要升级！共赢必定能赢，合作方能成功。充满困难与挑战的一年又过去了，新的一年，我们有信心达到一个新的高度。

2022-02-12

改变自己，改变世界

人生没有奇迹，只有拼命地努力，改变世界的唯一方法就是改变自己！

冰雪王子羽生结弦的故事总是让人心潮起伏。他三四岁开始练习冰滑，15岁成为青年组的世界王者，一路过关斩将，成为日本最年轻的世界青年锦标赛的男单冠军。虽然年轻的羽生可以完成其他男选手很难完成的、强调高柔韧性的绝招，但那些老将们也有自己的撒手锏：强调综合性的四周跳，这是花样滑冰里最难的一个动作，也是奥运会的技术门槛，因为在四周跳1440度后，落冰时脚要承受5至7倍的自身质量。

为了早日练成四周跳，15岁的小伙开始了自杀式训练。一般选手每天练20到30次四周跳已是极限，但羽生一天会跳60次！靠着这样日复一日地摔打，3个月后，羽生做到了。

2014年的花滑中国杯上，羽生有一段令人难忘的故事。在赛前6分钟练习时，羽生与其他选手因意外发生了剧烈相撞，他的头部、下颚、腹部、腿都受了伤，昏倒在地长达两分钟，颈部也被割伤而流血不止。但是在做了简单额包扎后，羽生又回到了赛场，但是仅仅试跳一下他就开始气喘不止。教练叮嘱他："你的健康才是最重要的。"但羽生咬着牙重返冰场，他冷静地修改动作，把由于受伤而可能完不成的动作重新组合，但是8个跳跃他依然摔倒了5次！表演完成之后，他赢得了全场观众的欢呼声。羽生的拼死坚持成就了悲壮的历史一刻，对他来说，在赛场上，只要能爬起来，就绝对不会说放弃。

面对逆境，有人选择退缩，有人变得颓废，但羽生选择了奋起。如果你认为他只是个滑冰运动员，那么你就错了。羽生是个十足的学霸，他一边潜心训练，一边苦心读书，以正规考生的身份货真价实地考上了日本名校早稻田大学，与索尼创始人、三星创始人以及村上春树等大佬成为校友。他不停地刷新世界纪录，书写着挑战自己极限的传奇，也刷新了人们对于花样滑冰难度的认知。他是一个站在世界之巅依然不断挑战自己的王者。

在这个世界上，人最大的对手其实就是自己。

2022-02-13

遵从内心，初心不改

最重要的，还是遵循自己的内心，保持淡定，如果还是找不到原来的感觉，那就回到最初吧。

日子匆匆而过，短短的几天里就发生了很多事情，不管怎样，最重要的，还是遵循自己的内心，保持淡定。如果还是找不到原来的感觉，那就回到最初吧。每天的工作依然十分忙碌，节奏也非常快，不知不觉几个小时就过去了。但是，这样忙碌的生活是充实的。

在这个品牌与渠道竞争日益激烈的时代，成王败寇本就是普遍而残酷的现象。从巅峰跌向没落的品牌或者门店，也绝非最后一家，想要重现 10 年之前的辉煌是不可能的。虽然，不论科技如何发展，线下实体都不可能被代替。但在未来的几年内，实体店想要保住份额，必须要打破常规，改变经营思维。从陈列、引流、促销，甚至定价等多个方面进行重新评估。改变迫在眉睫，但无论如何，初心不要变。

晚上与品牌方沟通到很晚，蔡总站在旁观者的角度看我们公司，建议适当给下面的团队放权，让他们去自由发挥。如何创造一个自驱型的公司，是我一直思考和摸索的课题，相信有一天，我的团队能够感受到我的用心，我也相信我有能力继续激发大家的能量。但这一切的开始，应该是我坚定的内心。内心坚定，初心不改，很多事情就会迎刃而解。

千磨万击还坚劲，任尔东西南北风。不要好高骛远，也不要妄自菲薄，只需要遵从内心，坚定地走下去，你会发现，你真正想要的就在手边，灿烂的花就开在眼前……

2022-02-14

坚定信念，梦想成真

心有多大，舞台就有多大，梦想可以跨越时空。信念坚定，梦想就可成真。

听着音乐，站在窗前，静静地看着人来人往。往年的情人节，大街上弥漫着浪漫的气息，但今年，除了路上的车比平时多了一点外，我感受不到任何浓烈的商业氛围。和家人在一起过节，会有别样的温暖。虽然说年味越来越淡，但是团团圆圆的日子还是充满了诱惑，这也是我持续努力工作的理由和动力吧。

下午和一个初创公司负责人聊天，他年轻有冲劲，对未来有无限的憧憬。我给他提了一些小小的想法和建议，希望他能不断学习、反思、雕琢自己，不做自己的主人的话，永远会被很多琐事牵着走，希望他的未来越来越好。

学习永无止境，懂得越多，越觉得自己应该懂更多，从某种角度看，学习的意义就是找到自己的认知范围。当见过了大海，你就不会觉得池塘有多了不起。

在学习的过程中，你会发现自己有很多的不良习惯，你会慢慢纠正之前的错误，但是你的这些进步在别人眼里可能是可有可无的，我要告诉你的是：与其纠结别人的看法，不如默默进步，然后悄悄惊艳所有人。

感激在工作与生活中碰到的一个又一个的友人，从他们的身上我学到了很多。对未来，不要经常将悲观情绪挂在嘴边，要以乐观的心态对待任何的事情，以艰苦卓绝的精神，解决当下所面临的任何问题，因为躺赢的时代，已经结束了。

网络上有句很经典的话："当站在1楼的时候，你会看到地上有很多的垃圾；当站在30楼的时候，下面的楼宇就像是火柴盒；当站在山顶的时候，无论哪个角度，满眼都是风景。"无论是公司还是个人，发展到一个特定阶段的时候，所接触的层面会不一样，视角和想法也会截然不同。

但你要永远记得，梦想可以跨越时空……

2022-02-15

付诸热爱，勇攀高峰

为什么登山?因为山就在那里。深深地热爱着你所从事的工作，就是成功的一半。

这几天全国各地的气温都有明显的下降，作为地道的南方人，虽说已经在北方生活了许多年，但还是有些不适应。

很多事情冥冥中自有定数，虽听起来挺玄乎，但想想还真的挺有道理。只要你真诚地去付出，哪怕结果不尽如人意，依然会非常心安，而这种安宁和淡定是无法用语言来描述的，你只是觉得所做的一切都值得。全力以赴便不问结果，因为冥冥之中，你已经收获了很多。

深深地热爱着你所从事的工作，就是成功的一半。如果只是为了工作而工作，每天硬着头皮去上班，这是非常累的，也不可能坚持到最后。你所从事的工作如果没有流淌着你热情洋溢的血液，也一定是苍白无力且不被他人认可的。

每天写写，感慨一下心情，坚持下来，其实是一个漫长而痛苦的过程。生意也是如此，但无论这条路多难，也是我们的必经之路。

实体店老板们都在"乱投医"，学习私域、直播、短视频，但这对他们真正的痛点无济于事。为实体企业赋能，才是真正的出路。其实任何的危机都是和机遇并存的，只要根据趋势，做好转变，就可以抢占更多发展机会。

实体要发展，必须要实时与消费者连接，根据客户的生活习惯和消费习惯打造立体的不打烊的消费场景。通过线下、线上获客，通过同城客户圈子锁定用户。在这个竞争日益激烈的时代，只有精准营销，精准服务，提升复购率和用户价值，提供标准的模式、高质量的产品、优质的服务及有价值的品牌，才能把实体店复制到任何一个线下场景。

把每一个经历都当成一和劫难，这是一个强化自己的必经路程。不一定拥有财富，但一定要拥有阅历，这是我们仗剑走天涯的必要工具。

2022-02-17

我希望见你，不希望你去

　　跨越千山万水，只为看你一眼。漫天黄沙中，你却渐行渐远。北魏盛唐的声音遥遥传来——我希望见你，不希望你去。

　　坐落在河西走廊西端的敦煌莫高窟又称千佛洞，是国内为数不多的心灵圣地，与河南洛阳龙门石窟、山西大同云冈石窟并称中国三大石窟。敦煌石窟有成千上万个佛像，在漫长的岁月中传承着宝贵的文化财富。这些文化财富既是中华文化之魂，也是民族精神之根。在她面前，所有的辞藻都显得苍白无力。

　　一直对敦煌莫高窟有种敬畏的感觉，以至不敢轻易踏足。西北的基础设施稍显粗糙，但却无法掩盖那里的文化气息。唐代敦煌是非常繁华的存在，是通往西域的必经之路。月牙泉是敦煌一张熠熠生辉的名片，沙漠之中，一弯月牙碧波荡漾、清澈见底，驻足凝视，一支支驼队和往来的游客漫步其中，时光似乎回到了到千年前的西域。那一刻，世界安静得让人能听到自己内心的声音。

　　古往今来，敦煌以山泉共处、沙水共生的奇妙景观震惊世人，悠扬的驼铃和绝美的雪景，也给这个小小的城市增加了一份浓浓的色彩。1600多年来，漫天风沙一直无法掩盖她的盛世容颜。淡褪了鲜艳的颜色，斑驳了崇高的佛像，散落了一地的经书，大泉河谷旁，还沉睡着这样一个千年前的世界。她也在被唤醒的那一刻，即迈向别离。

　　在我看来，这种惊艳是一种悲怆的美丽。作为中国给予世界独一无二的礼物，却在以一种缓慢的、不可逆转的态势消失，在风沙侵蚀下慢慢地消逝。那飞天的极乐，永远只能在历史的文章里阅读。敦煌的美之所以震撼和悲壮，是因为她留有太多的遗憾，本该熠熠生辉的文化之地，经过岁月和人类活动的摧残，即将归于尘土。百年之后，我们该以怎样的心态去面对和承受？

　　作为敦煌石窟保护研究启动会议的参与人之一，我深感荣幸，更要为研究会的善举点赞。追光而上，保护敦煌，我们义不容辞。这是一片文化净土，在浩瀚的历史长河中，我们只是微不足道的尘埃，唯一能做的，是珍惜当下，全心付出，全力以赴，不留遗憾。跨越千山万水，只为看你一眼。漫天黄沙中，你却渐行渐远。北魏盛唐的声音遥遥传来——我希望见你，不希望你去。

2022-02-18

放下包袱，潜心修炼

世上没有超人，只有超出常人的心态。面对困难，我们要有坚韧的态度；面对危机，我们要有宽广的胸怀。放下包袱，潜心修炼，成功就在眼前。

比起昨天的漫天风雪，今天的阳光格外明媚，似乎那场大雪是特地为了昨天的会议而来。西北的天气让人捉摸不定，昼夜温差特别大，我一时之间难以适应。这几天的经历已经在我的脑海中留下了烙印。每个人都说有机会再来，但是真的会有下次吗？也许有，也许只是一个遥远的未知。人生本来就是一个见一次少一次的旅程，珍惜每次遇见吧！

无论是个人还是事业，在发展到一定阶段的时候，总是会遇到瓶颈，此时的每一个改变都似乎是一个挑战，让人迷茫，甚至心灰意冷。这个世界上最大的敌人是心魔，一个人要想走得远，必须要有一个强大的内心。生活本身就是一件极不容易的事情，突破情绪带给自己的困扰，内心就越能感受到平静，就越能淡定地面对一切，就越能勇敢地挺下来。孤身一人的时候渴望强大，拥有了团队之后，却发现管理成为最大的制约因素。哪有什么超人，只有不断去适应当前市场的心态和能力。

很多时候我们自卑，总是认为自己什么都不好，没有达到对方的期望值。而这种不好的想法让我们自己误认为这就是真实的自我。其实在工作与生活中，放下思想包袱，汲取更多的能量，才是对自己最好的奖励。

谷爱凌在奥运会上的成绩几乎是神一样的存在，在她绝对的实力背后隐藏着多少的努力和勤奋啊。在关于谷爱凌的报道中，她的脸上总是挂着笑容，而她承受的痛苦，人们往往看不到。人们喜欢用天才一词，却埋没了数十年光阴中所持续付出的努力。她的拼搏精神，她的纯真无邪，她的心理素质才是大家应该关注的重点。

在电商冲击、疫情影响下，实体店的数字化转型能够改变供给结构，优化供应链，积累大数据资产。尤其是连锁类型的零售企业，每次大规模的采购，如果不知道客户需要什么、喜欢什么，必然会出现大量的滞销，导致库存风险不断加大。而通过数据化分析，就能避免这些情况的发生。

世上没有超人，只有超出常人的心态。面对困难，我们要有坚韧的态度；面对危机，我们要有宽广的胸怀。放下包袱，潜心修炼，成功就在眼前。

2022-02-19

勇敢地想，细心地做

你需要明白，成为厉害的人，是我们内在的进化和超越。勇敢地想，细心地做，才能成为最好的自己！

上午进行的是跨行业之间的相互交流和合作，这么多年走过来，真正让我们欣慰的，不是成长了多少，而是我们拥有了这么多忠实的合作伙伴，这也是我们在未来的道路上最重要的砝码。

我们如何在这残酷的竞争中存活下去，并且获得良性的发展？除了要付出百倍的努力之外，团队的前瞻性以及对未知领域的探索精神，也是必不可少的。

人是个非常奇怪的动物，每一个阶段的心态和愿景是不一样的，但有一点不会改变，那就是：追求越来越好，没有一个人希望变得越来越差。我们有时候碰到了瓶颈，面临很多的困惑，想要获得突破，但是找不到方向。如果不谋求发展，安于现状，就会被淘汰，这其实是一个非常现实的问题。

从我的角度看，我们需要对全盘做一个分析，提前做好规划，反思是否能承担这个项目全盘皆输的后果，甚至做好东山再起的准备。每做一个项目，首先要评估一下，假如这个项目失败了，是否会伤筋动骨。假如有失败的可能，不要去冒险了，如果确信能够成功，就勇敢地去尝试吧！

如何迭代自己，往往要从自我的角度出发。当意识到自我富足时，才会有更多心力去面对下一步的挑战。得到对方的认可和需要，是我们存在的价值。

2022-02-20

拼搏奋斗，创造奇迹

世界上主角很少，多的是像你我这样平凡的人，颠沛流离，只为找到属于自己的那条路。致敬每一个拼搏奋斗的人，你们才是奇迹的创造者。

作为公司的决策人员，要能走进去，走进基层，走进员工；还需要走出来，走到外面，走到高处，这样你才能看得清公司面临的情况。

每个人立场是不一样的，所以在具体操作上也会不一样。事实上，很多人只是感觉要做这个动作，根本不明白做这个动作的意义所在。从公司层面出发，我想得会更加长远，但有时候大多数人并不理解我的想法，这样工作的推进就会异常地艰难。很多员工可能认为，领导者大多是喜欢听话的员工，但他们不知道领导其实更欣赏有中肯建议的人。表面上看似风平浪静相安无事，实际上是找不到创新的激情。

相信很多朋友都听说过这样一句话：世界上有一件最可怕的事情，就是比你优秀的人比你还努力。实际上比你努力的人，比你还会管理自己的时间。

时间是世间少有的公平的事情，进行高效的时间管理，是一个人成长的基础和成功的重要条件。一味地去抱怨和指责，只会让人觉得更加失望。面对挑战或者困境的时候，我们应该时刻反思自己，修炼自己的内功，找出需要提升和学习的方面，多看书，多研究，多行动，让一切都安静下来。审视自己，发现其实自己根本没有想象中的那么强大。

不管是个人还是公司，稍有所成其实不难，只要聪明一点，勤快一些，总能有所成就。可要想突破现阶段的瓶颈，更上一层楼，却非常难。我们如果要想持续发展，那就必须要有稳定的心理素质和强大的综合能力。德不配位有灾殃，德位相合有福报，既然是注定要发生的，何不坦然面对一切。用心走好以后的路，有朝一日就会发现，所有的失去，都在以另一种形式归来。

曾经年少爱做梦，但是随着岁月的流逝，年少的激情早已随波逐流，梦想的渴望成了所谓的归于平淡。也许这是一种理智的表现，也许只是一个冠冕堂皇的借口。

2022-02-21

自信从容，不辱使命

有时候说有自信方从容，但是不知道自信的背后，要有强大的实力来支撑，虽然说寄予厚望，一定要不辱使命。

每个周一总是十分忙碌，但这样的生活才是我们最值得拥有的。做时间管理的高手谈何容易，这需要长时间的尝试和坚持。

从上午到晚上与品牌方的沟通非常多，与大公司合作，表面上是公司的指标要求，反过来讲，更能倒逼我们公司的成长。我们会认真地对待每个项目，站在对方的立场思考问题，从多方共赢的角度研究方案。我们团队也因此学会了很多的技能。

一家公司并不会长久地维持飞速增长的状态，或者说，大部分个人根本就没有能力一直去驾驭这种飞速增长。很多时候提前布局，是最有效的手段。提前准备实际上是最少犯错误的方法。

近几年，成熟的市场趋近饱和，获客成本高企不下，在以流量为王的时代，下沉市场便顺理成章地成了大家实现增长的必攻之地。用户增长，是业务增长的基础，这一点已经在市场中得到了很好的验证。对于公司的发展来说，用户规模代表了上限，用户增长代表了未来。模式与货品相互支撑，方能让生意有条不紊。付出努力，未必会有好的效果，但是没有努力，一切都会成为空谈。

当你看到自己一步步变强大、积累越来越多的时候，你对未来美好的期望就会化作督促你前进的动力。而这种动力的获取来源于你的自信，你的自信又来源于你的实力。

实力造就自信，自信推动成功。真正强大的自己，才是自信从容的底气。

每个人都希望像风一样自由，但是云朵有时未必希望随风逐流……

2022-02-22

做游戏的主人

速度与效率一度是中小公司的信条，有些游戏我们可以适当地尝试，但是不要忘了，我们要做游戏的主人，而不是游戏的奴隶。

一个朋友邀请我进群一起研究茶道文化，一开始没太在意，忙完事情之后慢慢聆听，还是非常有感悟的。品茶品的是心境，轻轻地沏一壶茶，慢慢地闭上眼睛，把思绪放空，独坐冥想，和自己对话。你会发现这个时候，你的心是最平静的。

生活和工作也是一样，你要追求内心的宁静，宠辱不惊，淡淡微笑，面对接下来的一切。

教育也需要这种内心的平静。对于孩子，给予多少物质上的财富，其实毫无意义，如何教导他们拥有精神上的财富，才是他们可以延续下去的根本所在。授人以鱼不如授人以渔，我们要教会他们更多的技能，更要传承这种宁静的理念。也许我们未来最大的成就，不是自己所拥有的一切，而是我们的下一代能够认同我们，追随我们。这必将是我毕生最引以为傲的投资。

在成长的路途中，每个人都需要明白，对于未来恐惧的破解，来自我们内在的持续动力，来自我们对世界的探索和研究。希望自己保持终身学习的能力，不是为了拿文凭，更不是为了证明自己多么聪明，而是为了在滚滚时代之潮中，保持自己的一份宁静。

下午一个品牌方到访，给我们提供了很多参考。只有多走多看多了解，才能了解各个方面的需求和问题的症结所在，才能慢慢找到属于自己的位置，拓宽自己的眼界。不断引进新的品牌，不断改良营销思路，是我们得以持续成长的有效手段之一。面对越发艰难的市场，要从夹缝中找到机会，做游戏的主人，才能不被拿捏，不被限制。冷静地分析客观情况，专注地解决眼下问题，以静来制动，以不变来应万变。

都说海市蜃楼是虚无缥缈的东西，但是又有多少人愿意相信真实的存在……

2022-02-23

唯有学习，才能超越

唯有学习，持续不断地学习，才能超越，超越上一代。

今天一天还是比较忙碌，但我清楚地知道，忙代表着希望……

真正的生意逻辑从不是一帆风顺，有些人看上去天生命好，殊不知那是他长年累月的沉淀。如果我们想让自己的人生变得越来越好，就要学会做正确的事情，拥有良好的心态和处世态度，懂得用正确的方法应对，这样才能掌控自己的人生。

每个人都容易高估了自己，低估了别人。可我要说的是：永远都不要认为自己比别人强。三人行必有我师，如果对一切事物拥有敬畏之心，就能认识到自己的不足，就会变得更为谦卑。尤其面对现在不确定的市场，我们更需要多多听听来自各个方面的声音。

对公司而言，与其追求规模，不如倾向于突破细分市场。一个公司最宝贵的能力就是追求长期可持续发展，这需要我们在实现长远目标的路上耐得住寂寞，用心打造百年老店。这需要团队相互碰撞、交流想法、分享目标，以合作的智慧赢得比赛最后的胜利。

最近看到新茶饮之王茶颜悦色宣布临时关闭近百家门店，而这已经是茶颜悦色2021年度第三次集中临时闭店了。此外，文和友也于今年2月中旬传出了大面积裁员的消息，而新一轮的裁员工作仍在继续。不得不说，众多新消费品牌在长沙完成最初的原始积累后，风向已经悄然发生转变。这其实是在资本的推动下迷失了方向，而可持续发展，才应是我们一直追求的目标。

跌倒了不可怕，可怕的是失去了重新站起来的欲望与勇气，能否抓住一次又一次改革的机会，唯有不断地学习。有竞争就有内卷，打破垄断很难，但他山之石，可以攻玉，见贤思齐，总能为你提供一些帮助。

2022-02-24

把握机遇，放飞梦想

创业就是选择一个方向，达成一个目标，取得一个成就。机遇与挑战并存，激情和梦想齐飞……

今天凌晨，东欧战争正式爆发了，受此影响的是整个经济氛围，所有人对未来的预期都是灰蒙蒙的。

每次与客户的交流总是让我异常兴奋，因为可以从中找出双方的契合点，并为了达到这个契合点而全力以赴，精诚合作。市场瞬息万变，一味以单方面的意志为导向，那结果不会理想。任何时候都要抱着学习的心态，发现自己的不足，加强互信和沟通，我们未来的道路才会越走越顺畅。

在客户这边逛了一下门店的陈列，跨界的东西琳琅满目，让人惊艳。现在没有哪一种生意模式是固定的，我们也只能在不断地摸爬滚打中找出更加适合自己的方式。对于未来生意的预期，我们也要放低自己的要求，倾听消费者的心声，追求利润和流量的平衡。

很多综合商场里面的行业已经慢慢地独立出来了，比如说服装、水果，未来应该还会有更多类似产业独立出来。随着人们生活习惯的改变，在未来10年，整体的消费方式也会改变。当今市场消费的主力军是年轻人，吸引他们才能抓住未来的市场。针对年轻人的快、懒、宅等消费特性，也会产生与之相适应的新的商业形态。

服务一定是有价值的，这就要求我们要为客户创造超乎期望的价值和服务。办理酒店入住的时候，如果前台为您免费升级到行政客房，你一定会感到很开心。坐飞机时得到一个免费升级到头等舱的机会，也是一个大大的惊喜。对于我们实体店的消费者来说，这个道理应该都是一样的。

2022-02-25

努力，拼一条血路

大多数人没有超人的天赋，唯有持续努力。即便路上尽是荆棘与痛苦，也别给自己设限，才能拼出一条血路。

日子看似平淡无奇，但对于每个人的意义，却不一样。上午9：30的会议一直持续到下午7点多钟，相信我的客户会理解。

我们在有效的时间里讨论出高效的内容和结果，然后制定出详细的目标和规划，但这只是万里长征的第一步。磨合的过程会有很多难以想象的困难和挫折，我们把它们当成磨炼自己的考验，我也相信我们双方一定会收获成长。

我们一直把供应商和客户当成最重要的资源。在此基础上，不断地完善自己，不断地引进品牌，也希望我们手中的每一个品牌能不断地增加份额和权重，那么我们付出的时间和精力就都是值得的了。

有时候喜欢适度的孤独，静静地待上一会儿，这是心灵最释放的一刻，这一刻真正属于我自己。以乐观的心态去面对一切，顺其自然，很多事情反倒会有最好的结果。

很怀念天真无忧的小时候，只是那个时代已经永远不可能再回来了。生活充满焦虑，工作也充满焦虑。无论你的身份多高、财产多少，"焦虑"二字在我们现实生活中出现得越来越频繁。这带给人们的是无尽的迷茫和恐惧，令人害怕极了。

但是我们可以提前做好规划和布局，不至于手足无措。作为公司的负责人，我们更应该未雨绸缪！

非常喜欢阿甘，一直在奔跑，在荒野，在街区。有人跟他一起跑，有人中途离开，有人喝彩，有人嘲笑，但这些好像从来没有影响他的速度。

2022-02-26

内心渴望，脚踏实地

所有的梦想，不是天马行空，而是来自我们内心的渴望和脚踏实地的努力。

学生时代最害怕的就是和老师交流，长大为人父后，还是会有这样的心理。无论老师还是家长，所有人都希望孩子越来越好。但说来惭愧，无论我与他说多少话，应该只是停留在表面的客套和父亲的威严上吧。我渴望与他有朋友间的交流，相信未来一定会做到。希望以自己为表率去引导他，明明知道这样可能会被忽视，但还是愿意全力以赴地去做。

几乎所有的周末都被培训班和辅导课填充，孩子的内心应该是不快乐的。我了解现在的教育逻辑，如果别人参加而你不参加，你与别人的差距就会逐渐拉大。重要的是如何让他们觉得这是在为自己学习，也许这比学习本身更加有意义。孩子们执着于自己的小世界的时候，所看到的只是世界的一个角度。如何让孩子了解进入社会之后即将面临的挑战，这是一个难题。

以前总希望得到别人的认可，可是最后才知道，自己的世界与他人无关。当真正面对社会的时候，才知道最美的风景和阅历就在身边。绚烂之极归于平淡，真正的自信是回归自己、认识自己。

有时候心里会很着急，因为我希望看得更远一点，做一些更长远的规划。因为这样才不会迷茫和恐惧，心中才能有底。当下最重要的是做好自己，信任自己。

我们要学会换位思考，一些细枝末节却十分温暖的创意服务，会让人觉得开心。有些服务其实未必增加商家的成本，比如小针线袋、小点心，但却可以增加客户的好感度，让人有一种处处有惊喜的感觉。

一个人的思维方式，往往决定了他看待世界的方式，同样也决定了他的人生轨迹。如果我们把遇到的所有事情都看成一场修炼，那每一次的挑战都会让我们的人生变得更精彩、更有意义。

2022-02-27

打赢普通牌

手握普通牌，并不意味着一定会输。心态、格局与远见，是推动自己成长的最大能量。

虽然是周末，但是孩子的课程一点都不会少，而我更加关心的是能否让他们养成一个良好的习惯。比如每节课前，教材一定要梳理得井井有条，上学之前，把所有的物品都准备好，等等。对于我们的工作来说，何尝不是如此呢？如果我们对工作都有充分的准备，那自然不会遇到太多的手忙脚乱。

现在的很多家长总是拿自己的孩子和别人家的孩子做比较，这无形之中给孩子造成很大的压力。我有时候也会因孩子做得不好而去责难他，但回过头再想想，毕竟是孩子，哪有这么强的自制力啊，还是少一点生气，多一点耐心吧。

无论大人还是孩子，一帆风顺未必是件好事，适当地让他们受一点挫折，对他真正走向社会会有一定的帮助。逆境是锻炼一个人强大意志力的必修课，没有在黑夜里痛哭过的人，以何资格谈人生，以何力量去担未来的重任？

为什么心累和彷徨？因为你想要的东西太多。稳定自己的心态，对所有事情做到宠辱不惊。保持最好的预期，做最坏的打算，当结果来临之时，也不会太过于失落。未来的道路还很漫长，相信一切都是最好的选择和安排。

做事情最难的是坚持，有时候也许你所谓的坚持，可能得不到想要的结果，但请不要气馁，认真做好眼前的每一件事，为自己的未来增砖添瓦。

最近餐饮界的神话，海底捞逐渐走下神坛，巨额的业绩亏损看不到向好的趋势。你我皆凡人，把海底捞捧到餐饮神话的高度实无必要，因为任何经营者都不能在每一个发展的阶段做到完全正确，如果说商界有什么圣经的话，那一定是以顾客为本。

从未见过一个勤奋、谨慎、诚实的人会抱怨命运不好。抱怨丝毫不会给自己带来帮助，你只有暗下决心、积蓄力量，才能更好地沉淀和精进自己。

少年时光不知不觉溜走了，而人到中年就不能混日子了，你必须承担自己的责任，在社会上立足，赢得别人的尊重……这一切都需要有足够的实力。

2022-02-28

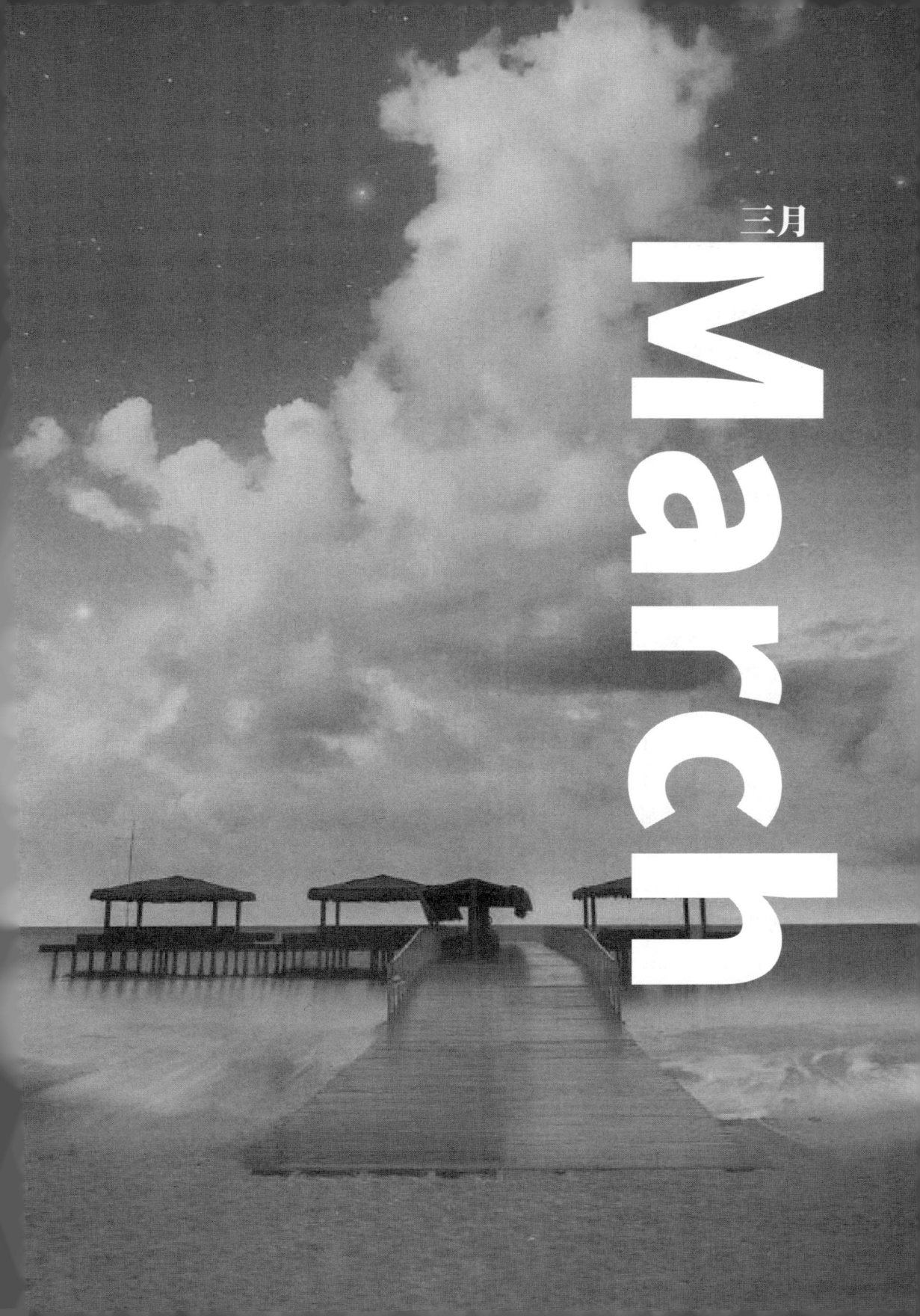

三月

March

改变自己，改变世界

我们无法改变世界，唯一能做的，就是改变自己。

一路走过来，我们成长了很多，当然收获的更多，感谢大家对我们的认可和支持。未来之路必定坎坷艰辛，但是有了你们的鼎力相助，我们将一往无前。

资源对所有人来说都是公平的，如何把它利用好才是关键。在我看来，我们要有强大的团队，也要有完善的网络。精耕细作，踔厉奋进，请相信，每一滴的汗水都不会白流。

如果不能摸准市场的脉搏，就有可能会被时代的洪流淹没。我们要时刻保持一颗敬畏之心，倾尽全力做好每件事情。今年格外忙碌，作为团队的负责人，我肩上的责任也分外沉重。全程跟踪，随时反馈。忙碌的工作也许不是人生唯一的意义，但是可以让你的人生更有意义。只有见识过了精彩世界，才有资格说平淡是真，否则清高就只能是可笑的虚伪。

年初，我给自己定了目标，年末，复盘实现了多少，不一定如我所愿，但奋斗过程中的喜怒哀乐，必定是我一生的财富。

公司在成长的过程中会遭遇到各种各样的危机，这些危机既可能来自内部，比如产品竞争力下滑、员工士气下跌、渠道掌控力下滑等，也可能来自外部，比如肆虐全球的新冠肺炎疫情、突然而至的贸易政策打击等。有的危机是突发式的，它突然而至，让人防不胜防；有的危机是渐进式的，它慢慢地侵蚀机体，等人们意识到时，已经难以挽救。面对危机，要将资源聚焦在核心业务上，追求高质量的增长，从而形成核心竞争优势。

越到最后越会发现，良好的公司文化能让志同道合的人走到一起。与大家价值观、使命感相吻合的公司文化可以让工作更轻松、更高效。

改变源于内心深处的声音，改变也是一个漫长的过程。改变也许很难，但是从来都值得。它可以使我们拥有不曾拥有的东西，体验不曾经历的感觉。其实，变与不变，选择权永远在自己手里，要记住，当你想要做出改变的时候，就要马上行动。

2022-03-01

提高效率，磨砺心性

努力的目的，就是提高自己的效率；人生的终极目的，就是磨炼心性，形成自己的价值观！

3月，2022年第一季度即将收官。见到了很多全国各地的好朋友，包括河南团队的负责人，与之交流了这一段时间以来的感受。我感觉可以一起走向未来的，一定是志同道合的伙伴。

与河南团队的刘哥相谈甚欢，他和我一样，对未来持乐观心态。成年人的压力，有时候不在于说多少，只有惺惺相惜的人，才懂得彼此，一个眼神，就能感受到彼此的心意相通。

大家都知道要做难而正确的事，但知道是一回事，做到是另一回事。无限风光在险峰，能够达到卓越之境的人毕竟是少数。谁也不敢保证自己所有的决定都是对的，尤其作为团队负责人，我不能想当然地做决定，必须统揽全局，兼听则明。

每年的3月都是很多品牌持续发力的季节，我们需要更加新颖的运营方式来抓住这个机会。这几天蔡总强调要进行数据化网格化管理，希望公司管理层对此重视起来。

在追求梦想的路上，埋头苦干看上去是非常努力的状态，但其实是一种效率低下的表现。有了目标之后，我们应该思考如何用高效的方式去实现目标。光有理想和热情不行，还要有战略和规划。把更好地服务用户作为目标，加强使用用户数据，分析背后价值，才是接下来的主要工作。

正确的付出来自做正确的事情，如果坚信做的事情是对的，我们就应该坚持。

好的付出不是为了证明自己有多么勤奋，而是督促我们持续朝着更好的目标前进。学会做正确的事情，懂得创造与经营一个美好的世界，持续地付出，才能真正成就幸福美好的人生。

2022-03-02

焕新联动，赋能共赢

焕新、联动、赋能不仅仅是网络名词，对于线下而言同样重要，双向奔赴，多方共赢，才是最理想的结果。

春雨贵如油，初春的上海终于在傍晚的时候下了一场雨，期盼着这场蒙蒙春雨能给人带来希望。今天的会议也确实为2022年注入了一剂强心针。

会议的内容精彩纷呈，从老板们的开篇讲述到数据化的分析，都展现出了品牌公司的能量。没有无缘无故的成长，也没有无缘无故的下滑，数据是由无数个细节打磨堆砌起来的。长远的规划，高效的团队，精细化的运营，催生了这喜人的结果。

非常欣赏合资公司的大局观，他们有愿景、有价值、有团队，这是一笔无法用金钱衡量的财富。

因酒店临时被征用，全体人员需要在晚8点前撤出，事出突然，但一切是最好的安排，还是随遇而安吧。老板温和而坚定的眼神，公司淡定而从容的安排，让人记忆犹新。生意也是一样，经常会遇到突发的事情，这并不可怕，可怕的是我们手忙脚乱，找不到应对的方法。

今天和几个客户沟通，说起沟通的重要性，大家的想法是一致的。以诚相见，很多事情自然会豁然开朗。

人的智商其实差不多，进步的根本在于自己的学习力。很多时候，事情没有做成与我们的学习力有很大关系，所以学会锤炼自己的技能，懂得和时间做朋友，能力就会越来越强，事情也就容易成功。

踏上创业这条路，不得不面对各方面的压力。披荆斩棘，一路奋斗，虽然外表看似风平浪静，骨子里却有一种自信和霸气，不怕困难，才能解决困难。

我们一生都在找寻梦想，仿佛冥冥之中有种力量指引着我们前行，除了一往无前的勇气之外，我们还需要贵人相助。站在巨人的肩膀上，我们一定可以看得更远。

焕新、联动、赋能不仅仅是网络名词，对于线下而言同样重要，双向奔赴，多方共赢，才是最理想的结果。

每个人都希望在征战之后的某一天，解甲归田，过着琉璃画卷里的田园生活。而这促使我们脚踏实地，做好当下。新的一年，相信我们一定能虎跃新途，全力以赴……

2022-03-03

先有品质，才有流量

先有品质，才有服务，最后才有流量。如果觉得不快乐，也不要气馁，因为这个世界上，一定会有人因为你的存在而快乐。

十几年前认识的业界大佬，如今已从传统的电商转型到了新零售，而且做得风生水起。1996年的时候就认识了，我一直把他当成学习的榜样。每到人生和事业的转折点，经常会请教他，从他身上我能看到第一代浙商的精神力量。

上海是一个创业的乐园，只要你具备灵敏的市场嗅觉，就可以在这里找到一席之地。敢于创新，未来就能充满无限的可能。

在所有商业模式模型里，行业赛道是一切后续变现的基础。努力固然重要，但更重要的是要看踩在什么样的赛道上。对公司而言，赛道的长短决定了未来的成长空间；对个人来说，优质赛道就是职场的未来。所以我们尽量选择趋势好、足够长的行业赛道。我相信在未来很长的一段时间里，快消品依然处在这样的赛道上。

在这个变革和转型的时代，中小民营企业的平均寿命超不过2.5年，而能保持持续增长的公司不足十分之一，组织发展跟不上业务发展已经成为公司面临的最大难题。

我们在日常生活中就可以感受到销售渠道的变化，以前买衣服、买家电都是去商场，而现在大家习惯了线上购买。技术的变化使得整个消费场景和消费方式发生了改变，在这种情况下，原有的营销方式必须进行颠覆式的改革。

工作这么多年，我特别想告诉大家的就是一定要重视人才的培养和文化的建设。最困难的时候，一定是文化在支撑；坚持不下去的时候，身边一定有那么一群人不想放弃。

什么叫躬身入局？公司的每一项创新业务你都要参与，公司的每一项制度你都要遵守，以身作则，助力公司的发展。

2022-03-04

仰望星空，看清自己

仰望星空，才不怕浮云遮蔽视线。看不清世界的时候，要学会看清自己，任何的糟糕时刻，都是一种磨砺。

二月二龙抬头，今天一定是个吉祥喜庆的日子。

一个人从年少无知到长大成人，需要一段很长的认知过程，在这个过程中，我们的理想和抱负需要一步步地完成，急于求成往往不成。当我们一步一步完成一个个阶段目标的时候，回过头来看身后那一串串脚印，心中一定会充满着自豪和欣喜。

读万卷书，行千里路，开阔视野，打开认知，这是我当下努力在做的事情。接触的人越多，学习就越迫切，希望自己是一块海绵，能吸收各种养分来充实自己。

和老乡在一起交流，我们都不想一步登天，而是希望踏实奋进，做好自己。笨那就勤快一点，晚那就用心一点，总之我们想一步一个脚印，给自己一个满意的答案。

在自己还没有足够强大的时候，要像竹子一样学会扎根。总有一天，我们能厚积薄发，一鸣惊人。

如何保持良好的状态？我们要学会与自己连接，静静地发呆，放空自己，获得片刻的宁静和舒适。而那片刻的享受，会让你静看人生百态，笑对喜怒哀乐，无奈，焦虑，在那一刻也就烟消云散了……

人生的意义，在于不断地创造价值。虽然有做不完的事情，但你必须要学会取舍。将时间和精力用在努力精进上，自己足够强大了，面对困难时才会波澜不惊。不断想办法，不断提效率，在平凡的岗位上不断创造价值。生活是自己的，你不需要向别人证明什么，也不要在意别人的评价，走自己的路，与别人无关。

个人的价值与能力成正比。只有潜心沉淀，做到极致，才能拥有你想要的生活。学习是一种修炼，知行合一更是一种修炼，只有思想和技能合一的时候，目标才有可能实现。

2022-03-05

细节决定成败

细节决定成败，我们需要改变的不是大方面，而是平时生活中的点点滴滴。

今天，公司召开了年后的第一个月度大会，主题是"阳春三月，乘势而行"。当全体员工起立唱永之信之歌的时候，我的内心深处是多么地激动和兴奋啊！

会议很重要，伙伴们的认可和认知更重要。有数据、有分析是每个部门工作的基本原则，我们要找出不足加以改善，需要对接下来的工作进行预判，这便是会议的目的。

每个行业大同小异，都怕找不到方向感和规划感。即使有万般武艺，却无处安放，这种感觉让人寝食难安。当员工都有主人翁意识的时候，我们的格局才足够大，成就感和荣誉感自然也足够强！

原来并不理解品牌方为什么要做细致而烦琐的事情，而当我走到某一个阶段的时候，才发现这些才是最重要的，也是我们赖以生存的关键所在。

有时候早晨接到同事们需要授权的信息，但是因为我没有及时看，导致5分钟后授权失效。所以我经常反思自己：细节没有做好，如何取得成功。于是我就约定每天几点几分去处理授权信息，慢慢地就形成了一个固定的模式。

勿以善小而不为，勿以恶小而为之。工作就是这样琐碎，但正是这些琐碎的细节最终建起成功的大厦。有时候努力也可能会被辜负，但不要因此而灰心丧气，挫折会在潜移默化中帮助你成长。

原以为野狼最厉害，那是因为没有见过老虎。不是对自己要求高，而是我们的对手太强了。如果不从点滴做起，从细节改起，动辄从大处着手，那也只能是空中楼阁，可望而不可即。

细节决定成败，我们需要改变的不是大方面，而是平时生活中的点点滴滴。

2022-03-06

努力做自己

很喜欢同事们经常讨论问题的氛围，一些建议也许不一定全对，但这种勇气本身就十分可贵。

公司只有战略模型是远远不够的，更主要是人员的执行力，这就要求我们不能只关注业务，更应该关注的是人。科技以人为本，归根结底，人才是最大的生产力，是一个公司持续发展的武器，而激发员工的行动力和意志力尤为重要。

我一次又一次地强调认知的重要性，开会也是为了告诉大家认识到当前的形势，鼓励大家在规定的时间内完成自己的任务。市场不允许我们有拖延症，立马行动才是不二法门。

完成比完美更重要，不断地完成，不断地调整，是我们实现自身价值的必需过程，从这个层面讲，执行力、意志力比什么都重要。

若要做成一件事情，心中必须要有方向。有方向，才能独立思考；有想法，才能付诸行动。而一旦确定了方向，你就要立马行动。

这个世界上从来没有随随便便的成功，你看到的都是别人千锤百炼的结果，一个人若想获得别人的尊敬，就必须让自己成长壮大起来。在正确的道路上，相信心中的蓝图，愿意为了长远的计划与目标坚持刻意练习，不断反省复盘，改进提升，才能对得起自己。

真的猛士，敢于正视淋漓的鲜血，敢于直面惨淡的人生。也许没有什么过人的才能，也许没有留下什么伟大的事迹，但是只要你心中有梦，眼里有光，你就能不负韶华；抬头看天，不忘低头赶路，你就是平凡的英雄。

2022-03-07

碌碌有为

很多人都想和时间做朋友，想与时间赛跑，妄想用10分钟完成1个小时才能完成的事情。忙碌不怕，就怕碌碌无为。最可悲的事其实是忙碌了一辈子，只干了些无用的事。

好久没有送孩子上学了，无忌的童言有时候会让人捧腹大笑。真是无忧无虑的年纪啊，长大后，就没有这么快乐了。人总是期待太高，无论对自己，还是对他人。这种期待有时候是动力，有时候也可能是压力，就看你如何对待了。

和同事约好的9点收发文件，但是因为我的原因晚了12分钟，总把遵守时间挂在嘴边，自己却没有做到，我十分内疚，今后一定引以为戒，杜绝类似事情的发生。

中午时一个同事说软件升级了，我们可以在上边添加小程序。这样的消息，真的让人十分开心。我们公司所有的硬件、软件随时处于升级状态中，大家能主动这样做，我非常欣慰！

学习跨国公司严谨的数据逻辑，在很多年前被认为是烦琐而无意义的事情，但现在看来，这是我们必须要经历和面对的事情。当然这是一个艰巨而长期的工程，但我相信，若干年后我们会为今天的决定而庆幸不已。

国内的疫情此起彼伏，国外的战争阴云依然密布，谈判桌上迷雾重重，亚太股市震荡下行，今晚的欧美形势也不容乐观！这样的大环境让我们一直彷徨，有些事情有了新的布局，计划又被打乱。对于未来，我们要更加谨慎，要付出更多的代价和努力，才有可能达到期望的效果。

销售部门的碰头会议再次进行，我也一直相信磨刀不误砍柴工，这样的会议能让所有参与者认识到当下面临的困难，以及接下来要去做的事情。会上，我们不断地反思和复盘，找出好的案例进行分享，找出不足进行完善，我想这个比什么都重要。今天下午我们提出了网格化、数据化管理运营方式，如果能真正做到的话，我相信很多的事情就会变得更加简单而高效，我也希望大家能够了解这些事情的真相和逻辑。

很多人都想和时间做朋友，想与时间赛跑，妄想用10分钟完成1个小时才能完成的事情。忙碌不怕，就怕碌碌无为。最可悲的事其实是忙碌了一辈子，只干了些无用的事。

2022-03-08

用结果证明价值

人生是一场持久战，少了任何一步，你都不会成为你自己。我们爱结果，因为结果能证明价值。

阳春三月，春暖花开，没有了倒春寒，清晨的空气也变得清新而温暖。路上的行人行色匆匆，但商业气息却越来越淡。

我相信整个商业趋势的演变是不可逆的，北上广深的今天，就是我们当下二三线城市的明日。现在很多的商业模式能在这个纷乱的市场中占有一席之地，但若干年之后，生存的机会将越来越少。

经济越来越成熟，品牌不再是无意义的符号，而是历史和文化的载体。无论是电商还是消费者，都将回归供需初心，商家为消费者提供有品质的商品，消费者选择合适的品牌，未来的品牌形象也将逐渐从产品导向朝着用户导向升级。

每天和品牌方的沟通是愉快的，却又是矛盾的。双方对于未来的目标和预期是相同的，同乘一艘船，一起驶向远方的目的地。但是很多的资源、政策却不一定互相匹配。即使是一个团队里的成员也会有很多不同的意见，更何况合作双方呢？这就需要彼此不断地磨合，求同存异，方能合作共赢。

如何得到对方的认可，比纯粹的商品买卖更加有意义。一个有规划、有准备、有逻辑、有指引的公司，本身就具备强大的吸引力。相对于简单粗暴只以价格为衡量的生意方式，我更喜欢一个公司的专业和专注。市场内卷现象只会越来越严重，如何保持自己的核心竞争力和优势，是所有从业者要学习的东西。

和时间做朋友，不仅要高效地利用它，更要留些空白时间。这不是浪费，而是为了创造更高的效益。不是你服务于时间，而是要时间赋予你能量。人生是一场持久战，少了任何一步，你都不会成为你自己。

2022-03-09

奋力拼搏，水到渠成

一路自我鞭策，你的收获必定会超乎你的想象，你会感谢曾经的奋力拼搏，那一刻尽是水到渠成的荣誉和价值。

今天上午一些部门很早就在接待客户了，为这种正能量点赞！客户来访的机会其实很难得，我们一定要让客户感受到我们的热情、谦逊和专业度，迎来送往，其实是一个非常严谨的流程。

我们每一个细微之处，于现在，于将来，都是意义非凡。现在的艰难和苦衷，总会有那么一天，大家会认同。我们首先要做好自己的本职工作，这是安身立命的价值所在。我们还要兼顾公司的大局，站在更高的维度看待问题，才能真正提升自己。

晚上和一个浙江老乡聊天，他也同样感受到了压力。其实无论哪个行业，哪种模式，走到最后都会遇到类似的情况。线下生意应该长期坚持"利他主义"——把自己当成一个服务商，为客户创造更多的价值。向客户提供超高性价比的货品，然后形成持续的复购，赢得更多长期的忠实客户，这样生意才会源源不断。

现在整个消费空间还是在增长的，换言之，老百姓的购买力还是存在的。只是这两年因为疫情和其他的原因，大家会更加谨慎地选择货品。所有的商家都在抢夺消费份额。

唯有变得更加有竞争力，才能成为客户第一选择，也才能获得成长的价值和意义。未来，除了贸易价差之外，我们还需要提供很多软性服务。因为这种无形的价值可以让客户感受到情感上的关怀，也只有这种共鸣才能够凝聚起大家的热情，才能有超出预期之外的收获。

希望每个部门的每一个同事在一天的工作后，留一点时间放空自己，复盘这一天的感悟和收获。若干年后，你一定会感谢这个良好的习惯。通过复盘，我们可以看到很多的东西，优点、缺点、成长的空间等。这个习惯一旦融入我们的血液之中，我们就不再害怕以后崎岖不平的道路，因为我们已经提前铺上一层厚厚的基石。

一路自我鞭策，你的收获必定会超乎你的想象，你会感谢曾经的奋力拼搏，那一刻尽是水到渠成的荣誉和价值。

青春如风，吹走不值一提的过去，将来的我们一定会感谢现在的自己！

2022-03-10

管理自己，战胜自己

管理自己，才有资格管理别人；战胜自己，才有可能战胜对手。

上午参加了一个酒店的开业仪式，也见到了很多的老朋友。虽然从事的行业不一样，却有很多的共同话题。如今行业串联、资源整合是大势所趋，跨行业的互动会越来越频繁。

我们要探索更多的商业模式，集聚更多的商业资源，为公司赋能，走出一条属于自己的道路。品牌的磨合肯定会有阵痛，双方首先要站在足够高的维度看待问题，磨掉彼此的棱角，合作才会越来越好。我的团队已经深刻认识到了这个问题的重要性。

有人觉得老板不受管束，威风自由，但你真的成了老板，就会知道这自由其实是枷锁，如人饮水，冷暖自知。不如意是人生的常态，创业尤甚。小到个人，大到团队，道理都是一样的。员工只需操心自己的事，而老板则需操心大家的事。有时候责任会让人不堪重负。为缺人缺钱而焦虑，为不知道方向而恐惧，焦虑千金散尽，恐惧一败涂地。这个时候，你必须要学会与自己和解。

有时候表面的风光掩盖不了内心的慌张，但是狭路相逢勇者胜，只有勇于尝试，勇于挑战，你才能看见蔚蓝的天空。

工作与生活，不可能都是一帆风顺的，我更喜欢挑战逆境，因为那更能够激发我的潜能。遭遇困难并不可怕，可怕的是不知如何面对，不懂如何冷静分析以及如何管理自己的情绪。

不要总把负面的情绪挂在脸上，否则它就会成为真实存在。永远保持淡定乐观，无论处在高峰还是低谷，都要让自己的情绪保持稳定，不能随波逐流，也不能暗自消沉。内心深处要永远秉持真我，淡然地面对一切，管好自己，改变自己。

2022-03-11

忠于内心，方得安宁

这几天的国际形势并不太平。战争的阴云依然密布，未来的走向扑朔迷离。曾经的世界霸主，如今看来也不过如此了。国内的气氛也比较紧张，因为疫情总让人心烦意乱。

从事商业，我们非常重视稳定的环境，但如今很多的项目无法发力，连开一个像样的会议都成为奢望，但是我们不能躺平，而是要去找寻更多的手段和工具。

前几年某捞刚刚开业的时候，用一座难求来形容，一点都不为过。但是这两年的风评直转而下，一些门店开始出现亏损。想当初神一样存在的企业，现如今走到这个地步，真是让人唏嘘不已！其负面新闻大部分都与菜品质量有关，这也说明，如果不以品质为核心，一切都是空谈。现在很多所谓的新的商业模式，表面上看似风生水起，但是事实总是让人大跌眼镜。过度的低价竞争，很难长久。

但我依然坚信消费趋势是在的，在熟悉的领域，把自己变得更加有竞争力，才更加安全、更加持久，也更加有底气。

流量时代必将落幕，品质时代一定回归。危机既是挑战，也会带来创造价值的可能性，新的商业模式大多是在危机之中诞生的。

创业需要诸多自身素质及其他条件。勤奋、努力、坚持、淡定……这个世界上珍重的东西，从来都不是轻而易举得来的。高筑墙，广积粮，才能够厚积薄发，书写属于自己的奇迹。但你不要永远活在传奇之下，因为昨天的经历已经回不去了。往前看，向前走，走上坡路，才能不被时代绑住手脚。

如果时光可以倒流，多么希望像个傻瓜一样无忧无虑，不争名逐利，不庸庸碌碌，但是这是绝对不可能的。这个世界，弱肉强食，成王败寇，现实让我们成长，竞争让我们成熟。环境不可变，但是我们可以在内心深处寻一处宁静，在这里，我们依然可以回味曾经的单纯岁月。

不要在攀比中获得优越感，只有忠于内心深处的感受，才能在这浮躁的世界里，取得意想不到的安宁。唯有对目标念念不忘，将其视为唯一的执着，才能满怀信心。

2022-03-12

做自己心目中的英雄

尽管现实如此，我们却从没有停止拼搏与奋斗，哪怕铠甲尽失鲜血淋淋，依旧为了生活而努力着。其实，我们每个人都是平凡的英雄。

气象预报说今天有中雨，但是自始至终却是晴空万里，让人感到奇怪。春日的阳光洒在身上，暖和惬意。谁曾想到了晚上，春雨又悄然而至。终归春雨贵如油，希望这一场喜雨可以洗涤空气中的污浊。

疫情，却没有烟消云散，无论是寒冷还是炎热，它"岿然不动"。

这几天，无论是部门的小会，还是公司的周例会，强调的重点依旧是以客户为中心。我们要抛开单个部门的利益，站在公司的高度看问题，这样，我们才能看得更远。

成为销售精英是很多销售员一直以来的目标，但是要想一跃成为高手，仅有口才、技术和勤奋是行不通的。更要有自己的销售思维，做到知进退、顾大局、懂让利、造差距，让客户在获得产品和服务之余，还能享受到使用产品和服务的快乐。

老板们考虑得最多的问题，就是如何提升团队战斗力。只有团队的战斗力增强了，五年战略规划也好，年度工作目标也好，公司营销业绩也好，企业经营使命也好，一切才有实现的可能。否则，一切将是水中月、镜中花，可望而不可即。

每个人都是以自我为中心的，但有时候太自我了，反而会迷失自己。身处一个团队，我们也一定要先考虑集体，再考虑个人。

团队的提升，根本不是一个人能左右的，要做到上下同欲、众人同心，才能有力量面对挑战，才能有能力解决眼前难题，才能同舟共济创辉煌，才能休戚与共奔未来！

年少时总以为自己是这世间最特别的那个人，渴望独一无二的人生。可后来，我们明白自己也不过是这茫茫人海中平凡而普通的一个。

尽管现实如此，我们却从没有停止拼搏与奋斗，哪怕铠甲尽失鲜血淋淋，依旧为了生活而努力着。其实，我们每个人都是平凡的英雄。

人生本就是一条平凡之路，只有坚定地走下去，才能遇见更好的自己。

努力不是为了超越别人，而是为了证明自己。美好的东西从来不会被轻易获得，而是要靠拼尽全力去争取。

2022-03-13

耐住寂寞，收获新的自己

明确目标，耐住寂寞，深耕精进，你会收获一个全新的自己

一场春雨之后，整个空气变得异常清新。但这样的乍暖还寒容易引起感冒，真让人哭笑不得。

植树节刚刚过去，我不由想起多年前在院子里种下的那棵小树苗，它应该已经长大了吧。当时对它寄寓了我美好的愿望，希望我的孩子能像小树一样苗壮成长。也希望孩子能够明白稳固根基，才能够厚积薄发。

最近会议比较多，无论是线上还是线下，团结、沟通是永恒的主题。沟通不是为了把自己的意志和观点强加给别人，而是为了缓和矛盾，解开误会，达成共识。沟通不当的代价太大，我们每个人都应该学会积极与人沟通。

公司是一个复杂的系统，规模越大，越需要内部的协调。在维护公司整体利益的原则下，大家坐在一起协商，问题总是有办法解决的。如果没有这样的觉悟和素质，那绝不是一个合格的管理者。

产能过剩和同质化加速了行业内卷，造成了客流量减少，复购率降低。而当前所谓的一些新模式却无异于饮鸩止渴，我认为借助信息化系统，实现数字化转型，才是生存的必由之路。

两会是经济走向的风向标，今年我国制定了5.5%的经济增速目标，在压力和挑战下，这是极具雄心的工程。就像登山一样，越往上气压越低，氧气越少，看似速度放缓了，实际上难度更大了。高水平上的稳，实质上就是进，是极不容易的，我们应该为国家的决心点赞！

人类的高明之处，就是对一切心存感激之心。感恩所有的遇见和理解，把别人的好永远地放在心里，在内心深处同样希望对方更好，那样的话我们的心境就会非常坦然。

耐得住寂寞，静下心来深耕和精进自己，厘清一下人生目标，然后持续地坚持和努力！

2022-03-14

奋斗无止境，攀登最高峰

人生不要给自己设限，因为奋斗永无止境！回首远望，你曾经翻越的一个又一个的山峰，也许只是曾经的山峰，前面还有更美的风景。

春天的气息扑面而来，盎然的绿意充满了活力，让人心生感慨。路上行人的着装千奇百怪，但每个人都沉浸在温暖的春意当中，无一例外。清晨呼吸一下新鲜的空气，看一下这城市中的绿色，还真是让人心旷神怡。

不能只感叹自身的不易，如何带领团队在开局不太顺利的情况下做到挥洒自如和进退有序，才是当务之急。

大家越来越紧张了，因为前期很多的不确定性打乱了我们的节奏，而我们能做的也绝不只是口头上的奋发图强，而是下定逆势而为的决心。

在如今竞争日益激烈的社会中，我们应该冲破思维的束缚，超越自我。拥有创新精神，才有可能成就理想的人生。把每件事的发生当作一场自我的修炼，学习为人处世，学会与人相处。

人常说三十年河东、三十年河西，但放到现在，这句话就有些另类了。在知识爆炸的时代，所有的信息以分钟计算都不为过，哪里用得了三十年呢？一个人的力量永远也赶不上时代的步伐，只有一同奋斗，才可能摸得准时代的脉搏！

管理是一种很麻烦、很琐碎的工作。因为人和人是不一样的，需要包容彼此之间的差异。要想理顺关系，就要去沟通，去协调，去处理，还要懂得宽容和妥协，而这也是我们接下来很长一段时间的工作重心。

每一位过来人都有一段别样的人生，这段人生也许是黑暗的，也许是光明的，无论如何，大家心里都会承受许多的委屈。谈笑风生的背后是内心的躁动，需要我们更加谨慎地对待任何事情。市场不会给我们太多犯错的机会，也不会给我们太多改正的空间。唯一能做的就是改变自己，甚至否定自己、推翻自己。

人生不要给自己设限，因为奋斗永无止境！回首远望，你曾经翻越的一个又一个的山峰，也许只是曾经的山峰，前面还有更美的风景。

2022-03-15

抓住机遇，勇做王者

没有永远的王者，只有永恒的危机。哪怕是时代的领航者，也有可能被时代抛弃！

一个朋友的孩子说："疫情管控，钱没了；放开，人没了。"细细品味，还真是这么回事。

东欧危机以来，全球的资本市场急转而下，在美国中资企业的情况更是出现了腰斩式的断层。疫情的到来，使资本市场雪上加霜，俄罗斯最大银行在欧洲市场的资产一夜之间被清零，所谓的价值已经成了扯淡和笑话。

这两年对于很多人而言并不顺利，对于很多公司和行业来说也很难熬，就连昔日的商业巨头也难逃一劫。在双减政策下，许多的教培机构一夜之间灰飞烟灭，团队各奔东西。同样受到重创的还有房地产行业，作为房地产行业的大佬，同样也因为某大，从首富变成了首负，随着资本高台的坍塌，房产也彻底翻车了。

另外，某巴、某蚁、某滴、某团等互联网大企业更是频频受挫，股价也一路下滑，平均跌幅高达48%。这些曾经在普通人看来稳定又体面的工作，已经成为过去。曾经为入职这样的顶尖公司而沾沾自喜，到如今又变得惶恐不安。网传某巴某讯即将裁员数万，员工随时可能接到离职的通知。

对于我们普通人来说，除了要学会分析眼前的形势，还要思考未来几年的人生，这谈何容易！储备什么样的资源，做什么样的规划已成为重中之重。

每个时代有每个时代的主题，赛道选择也不是抽盲盒。社会和经济的变迁，是一切活动的风向标。努力很重要，但不得不承认的是，选择有时候比努力更重要。

每年的3·15晚会已经成了必看的节目，对晚会上爆出的大雷也习以为常了。但从中我们可以看出每个行业的发展趋势和老百姓的迫切需求。品质是前提，为客户提供性价比超高的商品是我们的职责所在。与其说这是一台曝光晚会，不如说是我们心目中至高无上的利剑，理应成为警醒自己的精神信仰。

2022-03-16

与时俱进，改革创新

这是一个最好的时代，也是一个最坏的时代。没有与时俱进，没有改革创新，就不会有自己的舞台！

从今天开始，孩子们开始居家上网课了，家长们心急如焚，但也是无可奈何。

凡事都有两面性，多了一点居家的时间，也就多了一些交流的机会。今天我和孩子静静地坐在一起，虽然话不多，但是这种感觉很温暖。

望子成龙的心态大家都有，但是有时候拔苗助长的错误也比比皆是。我们应该靠自己的身体力行去影响孩子，而不是一味地要求。

相信人生没有白走的路，那些自由探索的时光，或者看似厌烦的谆谆教导，其实都是在帮助孩子找到自我生命的意义和归属。盼望着他培养良好的品格，不仅是为了自己，更是为了给别人带去更多友善，相信他会在这条路上越走越远。

很多专家说，不要让孩子活在别人的期待中，不要一辈子按照别人的期待而循规蹈矩，学会活出自己，才能做真实的自己。但是如今的社会，做真正的自己何其难啊！孩子总归是孩子，无法理解大人的感受。等到以后慢慢步入了社会，自然而然就会懂得一些道理。学会尊重自我，找到自己的节奏，持续成长，就会成为别人眼中那个闪闪发光的人。

成功一定是条漫长而艰辛的路。向他人学习，在前人的基础上加以创新，是我们一直努力的方向。学习借鉴先进的理念和模式，慢慢地引入到自己的公司，融会贯通，改良创新，才会离成功越来越近！

每个人都要学会倾听，多多采纳别人的意见。一意孤行的人，即便再怎么努力，也只会陷入错误的深潭。无论我们身在何处，都不要忘了反省，敢于正视自己的错误，也是一种进步。

在新商业的世界里，没有被淘汰的行业，只有被淘汰的产品和商业模式，相信未来所有的商业竞争都会聚焦产品创新和模式创新。

这是一个最好的时代，也是一个最坏的时代。没有与时俱进，没有改革创新，就不会有自己的舞台！

2022-03-17

铅华洗尽，历经沧桑

春雨淅淅沥沥，气温急转而下，阳光明媚瞬间变成了阴云密布，瑟瑟的寒风让人感受到了倒春寒的威力。

今年爆发的黑天鹅事件特别多，没有压力是不可能的，如何把这种压力变为动力是非常不容易的，需要付出很多的努力。

同大家一样，身体的疲惫是可以调整的，但精神上的压力才是最令人烦恼的。我们的内心充满了危机感，这种感觉有点上头，但是现实就这么赤裸裸地摆在面前，除了面对，没有其他的路可以选择。

越是在非常时期，就越要保持淡定的心态。对我们而言，第二个季度非常关键，我们需要提前做好规划，调整思路，为全年蓄力。

作为国内CS门店的标杆，屈臣氏营业额同比增长8.7%，总算止住了颓势，重回增长。在大多数门店迷茫无措的时候，巨人已经悄悄地进行了自我改革。

屈臣氏在店招和产品布局上都进行了升级，数字化也在加速发展，不仅追求形式的创新，对消费者的服务也从原来的重BA变成了有温度的引导式服务。不再是简单粗暴的连带销售，而是尊重消费者，增加了更多人性化的东西。虽然毛利已经降到了个位数，但是为了业绩，还是拼了。在当今时代，市场的份额是多么重要，毛利只能"退而求其次"。保住星星之火，才会有东山再起的机会。

打铁还需自身硬，如果没有成绩，即使你付出了再多，也没有任何意义。虚心低头，练好内功，做好细节，看清远方的路，不必纠结外界的声音。抓过程，用足心，就一定能取得胜利。

摸爬滚打20多年，我深深地懂得基层生活的艰辛，我理解部门负责人的感受，也知道如何去做才能找到前行的方向。

人生到底是什么呢？一万个人的心中有一万个不同的答案。只不过，所有答案的背后，都有着铅华洗尽、历经沧桑的故事。

2022-03-18

顺应潮流做英雄

时势造英雄，但英雄改变不了时代。如果无法做到顺应潮流，那么总有一天英雄也会淹没在这个时代的洪流中。

今天依然阴云密布，一阵又一阵的寒风还是让人瑟瑟发抖。今年的女神节应该是这几年来最为萧条的一届，大家对活动方案的制定也不知道从何下手。明明知道根源所在，却找不到对症的良方，多元化的消费选择让所有的渠道都变得捉襟见肘。

其实每个领域是一样的，大多数人害怕的不是当下的局势，而是对未来的预期。就像在大海中航行的船只一样，如果失去了目标，就如无根的浮萍，找不到前行的方向。

不要浪费每一次危机，因为波澜不惊的时代里，你永远无法赶超比你优秀的公司。危机来临，考验的就是你的应变能力、运营能力和团队的综合能力。把每一次的危机当成一次成长，当成是一门自我净化的必修课，那么我们的心态将会越来越好。

团队里最难的就是沟通和理解，这种无形的东西实际上是最值钱的。无论在工作上还是在生活中，每个人或多或少都会有自己的情绪。每个人都希望拥有一种魔法来抵抗坏情绪，获得好心情。这种魔法有一个耳熟能详的名字叫信念。相信结果是好的，就会慢慢去承受和消化中间的过程。

有时候人总是沉迷于以前的经历中，很难走出自己的舒适区，也就无法跳开思维定式，就更无法做到自我否定。其实，挑战自己的心魔是一个非常痛苦而漫长的过程。

人生其实有很多事情不是我们自己能够决定的，有许多的求而不得，有许多的身不由己。我们或许左右不了命运的脚步，但完全可以控制自己努力的程度。真正让人感到后悔的，正是在该付出的时候选择了偷懒，在该努力的时候选择了舒适。每一次的浅尝辄止和敷衍了事，都在为那些不曾到达的彼岸埋下伏笔。而那些本应到达却不曾到达的地方，正是人生的遗憾所在。

时势造英雄，但英雄改变不了时代，如果无法做到顺应潮流，那么总有一天英雄也会淹没在这个时代的洪流中。

2022-03-19

下定决心，做出抉择

有多大的能力，就会遇见多大的困难！谁能打好内心的持久战，能力提升就越快。最直接、最有效的方法，就是下定决心，做出抉择。

周末的时光几乎与我无关，带孩子去看电影这样的事也在几年前就没有了。烟花三月即将过去，很多的期待却还没有完成，未来的工作还需要很长一段时间去努力。走好脚下的每一步，精益求精地做好每一个细节，优化调整每一个流程。

晚上和朋友们聊天，说到了面对现状的紧张情绪，我们一致认为不管结果怎样，做一个一往无前、全力以赴的自己，把最好的一面展示给大家就可以了，其他的就交给天意吧。

如果一开始就期望过高，结果出来就会很失落。很多的事情，我们应该要看得更远一些，就像爬山一样，不一定非得要那种"一览众山小"的感觉，而是欣赏爬山过程中沿途的风景。当有一天真正可以站在山顶的时候，那种难得的欣慰才是最令人欣喜的。

人生如戏，但其实人生远比戏剧更复杂，也更精彩。在人的一生中，心态真的很重要。人之所以患得患失，是因为欲望太多。欲求不满，就心生失望甚至绝望。但是只要踏上人生这个棋局，我们就只能做最好的自己，把精彩的一面展示出来，赢了这盘棋。

倾巢之下，焉有完卵。在整个经济趋于低迷的时候，如何逆势而为是一个很大的课题。接下来一个季度远比大家想象的还要艰难，但我相信，用很长的时间来扎根，必定会厚积薄发。

最近一直在看书，因为文字可以给人启迪，远超于电影之类。人大多时候是一种很奇怪的动物，在不同的阶段做同样的事情会有不一样的感觉，所以在合适的时候做合适的事是极其重要的。读书是人一生中最轻松最容易的路，不断地学习，是为了站得更高，看得更远。

2022-03-20

沟通交流，成就你我

你有你的思路，我有我的想法；我不懂你的感受，你不知我的难处。人和人之间，最难的就是理解。所以，沟通交流，不可或缺！

春分，白天和黑夜平分。这个节气预示着一个勃勃生机的季节即将到来，万物即将展示一年之中最旺盛的能量。没有一个冬天不会过去，没有一个春天不会到来，希望一切都是最好的开始。

宏观经济不容乐观，金融系统的存贷比也不断地下降，大家面临着巨大的压力。如今的现状和当年四万亿政策时相去甚远，实际情况早已不可同日而语。如果放水，就有可能大水漫灌；如果持续收紧，消费市场又得不到刺激。进退两难，实在狼狈。

现实有忧亦有喜，所有的人都可以在同一个平台上竞争，但真正能够存活下来的，毕竟是极少数。

有人举手投足之间都流露出淡淡的自信，因为他一直是常胜将军。目标不仅仅要放在嘴上，更要装在心里。如果没有打胜仗的习惯，慢慢地就会耽于平庸。

越难的，越是需要去做的。对我而言，周末反而是最忙的时候。大多数人选择了休息，我却更愿意选择努力。哪怕多走了一步，也会多一丝的希望。如果不做，连成功的苗头也不会存在。每时每刻的危机感总让人的肩上沉甸甸的，但这是必需的。

每天的复盘和审核，就是必须要做的事。千万不要把它当成一个敷衍的事情去完成，把它当成一个习惯，甚至变成一种基因，无论对个人，还是对公司，一定会有莫大的帮助。

做任何的事情，都要让双方从内心认可。当下，增长是各个行业永恒的话题。然而一谈增长，很多人难免陷入拉新、裂变、私域运营等流量端的追逐。但要警惕的是，持续增长并不是只做好上面这几点就可以了，还需要长远的布局，为客户创造价值，取得令双方都满意的结果，才有意义。

你有你的思路，我有我的想法；我不懂你的感受，你不知我的难处。人和人之间，最难的就是理解。所以，沟通交流，不可或缺！

2022-03-21

下定决心，趁早行动

无论多难，还是要相信点什么。只要下定决心就不存在任何的问题，前提是如何下决心。

周一匆忙而又充实，开心的是肉价下调了，喜欢吃肉的我可以放开肚皮了。

上午，一个金融方面的客户说："现在行业越来越向头部集中，资源也会相应地倾斜。"我也有这种感觉，这几年商业领域会加速洗牌，很多扛不住压力的公司会举步维艰。但我也相信有运营能力的公司会脱颖而出。

只有自身变得更加出色，资源才会向你汇集过来。所以在比较低迷的时候，我们要加快筹备，其实就是为了在形势稍微好转的时候，能够从容应对。

每个人都是对的，但每个人也都是不对的。因为在一个动态发展的不确定的世界里，没有可以让所有人奉为真理的准则。这么多年，不管成功还是失败，经验都是宝贵的精神财富。

临近下班的时候，几个部门的同事特地过来汇报手头上的工作，有的同事还做了PPT，讲得也非常精彩，让人觉得欣喜。其实，我们的公司就需要这样有创新意识、充满活力的成员，因为他们，我们才有进步和发展。

鼓励大家试错吧！所有的成长都来自一次又一次的跌倒，任何的事情都不可能一帆风顺，我相信无数新的建议，一定能打开智慧的大门。

14点25分左右，东航一架搭载100多人的波音737客机在广西梧州失事。听到这样的信息，我目瞪口呆。坦白地讲，我一直乘东航往返上海，东航也是我最喜欢的航空公司，听到这样的噩耗，真是惊愕又心痛。

总以为来日方长，却忘记了世事无常。人到中年，心越来越软，看不得辛苦挣扎，看不得生离死别。

每个人都是事先翻看了一生的剧本才来的，有些人只翻了几页，有些人会一直翻下去。人无论多难，还是要相信点什么。世间的每一次相遇，其实都是久别重逢。珍惜身边人吧！死亡和灾难是不速之客，它的降临，不会事先敲门，而你能做的，就是趁早。

2022-03-22

转变自我，挑战未来

转变永远不可能在一天之内发生，而需要一年甚至多年的累积逐渐形成。放弃过去的辉煌，迎接未来的挑战！

一大早看了一篇文章，讲的大概是对于我们行业的很多看法，我的感触也不少。我们知道每个门店都有各自的经营思路和方法，但无论如何，适当地借鉴肯定是有好处的。

有些人觉得这些文字的东西不实用，但是如果你连文字方案都做不好的话，实际操作起来就更加无从下手了。所以作为管理层，我需要把重心调整到管理上来，短期内可能会见效甚微，但从长远来看，一定会有帮助。

今天下午有个客户给我打了很久的电话，对我们平时的工作提了很多的建议，虽说不在同一个领域，但我还是要真心感谢他。我需要为下面的门店带去更多客户反馈的信息，这样才能赢得更多的生意机会。

他讲到了我们的企业文化，尤其提到了我们的使命，这让我感动不已。得到客户的认可比什么都开心。刨去生意，我们的感情也会加深。有了信任和情感，我们才能更好地合作。他是我们的客户，更是我们的好朋友。

初创型部门成功与否，在于其是否具备了发现机会并掌握机会的能力。公司赋予他们权利和资源，需要他们有不断试错、迭代的勇气。不要抱着不求有功但求无过的心态去做事，这样事情就永远不会做好。

而稳定型的公司则需要更多地关注趋势，不要妄想成为机会主义者。对于战略性的布局，要取舍得当。当我们遇到难题和挫折的时候，只有熬过去，战胜它们，所有的努力才不会白费。

其实，养成一个良好的习惯比什么都重要，习惯才能成自然。良好的习惯能为我们带来更多的能量。有了良好的习惯，在大是大非面前，我们就会有清楚的认识，在战略的规划方面，也会有明确的方向。对此我深信不疑。

转变永远不可能在一天之内发生，而需要一年甚至多年的累积逐渐形成。放弃过去的辉煌，迎接未来的挑战！

2022-03-23

内心笃定，无限热爱

无论是生活还是工作，都要保持一份热爱。从内心深处笃定，然后全力以赴地去热爱。

特殊情况下，同事们在符合要求的前提下在外奔波，我十分感动。疫情当前，我们理应放平自己的心态，响应党的号召，不给社会添乱。

东航失事让人揪心，黑匣子已经找到，但是现场已经没有任何生命迹象了。这个世界就是这样，灾难总是不期而至。能过去的，就是成长；过不去的，只剩无奈。逝者已逝，生者自强。

今天有朋友问我安全和生活如何平衡，其实没有绝对的对或者错，也不可能找到真正的平衡点。唯一能做的就是在危机中蛰伏下来潜心修炼，认清形势，谦逊学习。

　　源源不断的流量是公司的定海神针，而现在客流稀少，根本看不到逆转的趋势，大多数人开始保守经营，利润再高的产业也举步维艰，只能倒逼自己开拓更多的渠道，找出更多的方法。要想在多变的环境中争夺有限的存量市场，转型是必走之路。大势之下，宁可转型升级死，绝不因循守旧活！适应潮流才能够存活下来。

　　数字化转型任重而道远，但是大家不要觉得它离我们很远，线上线下的互通绝不是天方夜谭。我们不能说哪一种模式一定是正确的，我们需要在实践中不断地尝试验证它的可行性。

　　非常时期我想提醒大家，现在不光是业务线上化的问题，更是公司经营全线数字化的问题。关键的是我们自己要重新投入其中。思想上要紧张起来，行为上要动起来。不管发生什么，都要微笑坦然地去面对，看清自己，积极对待。

　　昨天晚上和朋友说起习惯的养成，如果是从内心意识到好习惯的重要性，那养成好习惯并不是难事。转型也是一样，如果从内心深处认同它，完成转型也只是时间早晚的问题。

　　人生也是如此，一边拥有一边失去，一边选择一边放弃。有很多意想不到的事情，也有很多无能为力的事情。其实只要内心笃定，就不会有遗憾。

2022-03-24

持续发展，差异布局

　　行业竞争加剧的背景下，实现核心业务的持续突破与发展，并实现差异化布局，或将是破局的关键。

　　上午友人到访，相谈甚欢。他做的是金融，竞争非常激烈，但在这个低迷的时期，高端客户反倒是越来越集中了，他们的服务也立即做了非常亮眼的调整，他们似乎找到了持续增长的方法。

都说危机是伟大公司诞生的温床，这一点都不假。就像经历过一次感冒高烧，扛过去了，免疫力就会增强。我们公司也是如此，经历过后，总会获得成长。疫情期间，我们身经百战，总结了不少经验，面对突发状况时也变得更加从容。

曾经认为快销和生活必需品不会被波及，但是残酷的事实告诉我们，目前的市场走势已经越来越低迷，那些想当然地认为只能被证明是错误的。曾经认为民以食为天，餐馆应该是最不缺客流的地方。我有意逛了一圈，结果令人大失所望。

在这样的背景下，我们该做点什么呢？都说旺季做销量，淡季做市场。在如今比淡季还要闲的特殊时期，我们可以做生意和工作规划。生意规划，每个公司在年底或年初时都会做，基本上是本年度的总结复盘和下一年度的计划目标，围绕着即将到来的生意做布局，围绕着公司的组织架构、团队成员以及制度、绩效来部署和实施。

我更希望大家能天马行空地畅想三年规划、五年梦想和年度目标。当社会越来越现代化，劳动所能带来的边际收益是逐渐下降的，这促使我们需要依靠内核赚钱，这当然离不开自我驱动力和兴趣的发挥。如果连想都不敢，如何发挥内驱力？想了如果不去做，那无疑也是一纸空文。

作为一个着眼长远发展的公司来说，应该时刻充满危机感。要充分考虑所在城市的位置、自身实力以及上下游零售业态的变化。结合自身的各项能力和外部的市场机会，认认真真地制订经营发展规划。不局限于某一个品牌、某一个渠道，从大处着眼，在大处布局。

在行业竞争加剧的背景下，实现核心业务的持续突破与发展，并实现差异化布局，或将是破局的关键。

2022-03-25

要试错，别错过

从来没有来日方长这回事，机会一闪即逝，错过了就是错过了，试错的成本并不高，但错过的成本非常高！

淅淅沥沥的小雨连绵不绝，空气中增添了一丝寒意。周五又是非常匆忙的一天，事情多，节奏快，感觉时间过得好快。

我们想当然地认为，孩子只要做好学习这一件事情就行了，网课应该是非常轻松的，怎么就做不好呢？但在孩子们的世界里，学习是一件很痛苦的事情。想想自己小时候，何尝不是如此呢。所以，以宽容的眼光来看待彼此吧。

喜欢听听各行各业朋友们的心声，虽然所处的环境不尽相同，但每个人对于自己熟悉的区域都有自己的想法和见解。与睿智的人一起学习交流，从他们的身上总是可以看到淡淡的自信和对于未来精准的预期，慢慢地也能学到这种从容不迫的心态。

很多年前有人说我们会被替代和淘汰，但是发展到今天，我们依旧坚强地存在于各个角落。我相信我们一定有存在的价值。

晚上与朋友们聊的角度更加开阔，如果能站在行业的未来看问题，即使不能看清事物背后的真相，但多多少少可以探究未来发展的轨迹。

能走多远，要看一个人的眼光和格局。与谁一路同行，接触怎样的环境，这都需要我们精准布局。

困难一直都在，无论是顺境还是逆境，最主要的是自己对待事情的态度和决心。那些不敢面对现实、不敢挑战困难、习惯于躲在舒适区的人，永远不会成为人生赢家。

大多数人选择要在这一生中留下点什么，因为在一路追寻的过程中，沿途的风景可以成为一辈子的谈资。追求自由，开拓生命的广度和深度，为了自己，也是为了别人，绽放了自己，也就惊艳了世界。

从来没有来日方长这回事，机会一闪即逝，错过了就是错过了，试错的成本并不高，但错过的成本非常高！

2022-03-26

心中有希望，人生有选择

希望是个好东西，也许是世间最好的东西！尽管未来艰难，但只要心中有希望，我们就仍有选择。

周六终于有时间放空自己了，也终于有时间和孩子聊天了。这其中的快乐让人很享受，也许这就是男人的世界吧。

我有一个习惯，总想把所有的东西复原，甚至执拗到有点强迫症的地步。年龄越来越大，脑子也容易忘事了。有时候就在手边的东西，突然不知道放在哪里了，找来找去却发现就在身边。我从这种"物尽归位"中受益不少，就觉得工作也应如此，有条有理地把所有东西做好分类，便能简单而高效地解决很多问题！

每周的例会讨论总是非常激烈，特殊时期的每一个决定都非常重要。说来说去还是那句话，我们要明白所有流程和动作的意义，不是为了做而做，而是通过数据分析出想要的东西，这个才是最宝贵的。

我们也要着手准备接下来第二季度的工作，团队建设和内部管理成了重中之重。有些新的业务也需要提前做好准备，组织讨论是为了更好地落地。我一直相信未雨绸缪远比亡羊补牢更加重要。

岗位的优化和考核让我们的效率迅速地提高，我一直强调学习的重要性，勤能补拙这话一点都不假，后天的努力比先天的聪明更容易出彩！

当然荣誉摆在面前的时候，我们一定要努力去争取。也许结局未必最理想，但是只要你敢要，荣誉就敢来。我们享受这冲刺的过程，那种感觉是无与伦比的。

人最怕的就是高估了自己、低估了别人。冠军永远只有一个，真正站在山顶的时候，你才会觉得一切的付出都是值得的。即使因为种种原因未能达到目的，你也不要气馁，静下心来反思自己，相信未来的某一天一定会到达理想的彼岸。

年少不知李宗盛，再听已是曲中人，或许，我们早已身处于舞台之上，毫不自知地演绎着属于自己的人生。

2022-03-27

心怀善念，一起奔跑

善念如同一束光，从黑夜到黎明，照亮前路。未来就在前方，跟着那一道光，一起奔跑吧！

早晨拉开窗帘，阳光穿过玻璃懒洋洋地洒满房间，似乎又是一个温暖的春日。

不知不觉东航事件已经过去7天了，虽然知道机会渺茫，但心中一直希望有奇迹出现。听到官方宣布无一生还的消息，我心头一颤。

所有人都知道2022年的开局是多么艰难，但我们至少还有资格正常地生活，这本身就是一件非常幸福的事情。永远保持知足常乐的心态，你会看淡所有的一切。每个人的心中都住着一个善良的天使，希望世界和平，希望每个你在乎和在乎你的人越来越好。这虽然不一定能给到对方更多的帮助，但也一定是值得的。

我一直相信福往者福来，爱出者爱返。得到的越多，付出的就越多，这样才能让更多的人能够感受到你的善意。

世上本没有路，走的人多了便有了路。自己一路走来，经历了风雨，你就能善意地告知他人应该避免走弯路。也只有坚持做自己才有可能少走弯路、少犯错误。

朋友曾经给出了很多的想法和建议，但是在大多数的时候都听不进去。现在想想真是不应该，很多的路一定是相似的，"后人哀之而不鉴之，亦使后人而复哀后人也"。多听建议无害处，但是永远不要随意去指责别人，因为你不知道别人的处境和苦衷，哪怕对孩子，也不要把自己的观点强加在他们身上，搞不好可能会与你的初衷背道而驰。

如同人的命运不可能一帆风顺一样，这几年的市场变幻亦是如此。对于普通的老百姓来说，唯一能做的也许就是控制住灵魂对自由的渴望，貌似故步自封却能畅游天下。人生无常，不要总是习惯把彬彬有礼展现给外人，把最坏的情绪泼洒给亲人，珍惜身边在乎你的人，才是当务之急。

在这个浮躁的时代，谁都希望选择一条顺畅的道路去走，但是，这个世界上根本没有那么多的捷径，有的只是通往心路的艰难旅程。

无论未来将会如何，感谢上天的眷恋和恩赐，心存感激感恩之心。善念如同一束光，从黑夜到黎明，照亮前路。未来就在前方，跟着那一道光，一起奔跑吧！

2022-03-28

劈波斩浪，春暖花开

但是无论如何，你终究要踏遍千山万水，到达浩瀚无边的大海。百舸争流，孤军奋战，劈波斩浪，永立潮头。相信自己一定能跨过千沟万壑，走出春暖花开的人生。

从业 20 多年了，但我的内心深处依然对工作充满了热爱。

人生能有几个 20 年啊！回顾走过的这段路，就像翻开了一本发黄的书籍，从开头第一页一直翻到现在，曾经的点点滴滴，瞬间浮现在眼前，这是我生命中最美的年华。这部书的下半部分，还在继续……

曾经背井离乡一路走到现在，我有很多话要讲，但是一时又不知道从何说起。靠山吃山，靠水吃水，在沿海地区长大的我从小就有浪迹天涯的个性，经历过地少人多的窘迫，要想吃饱，唯有靠自己。

旅程从来都不是一帆风水的，坎坷曲折和颠沛流离本就是人生的一部分，甚至是最重要的部分。刚刚步入商业社会，学着忍受别人的不尊重，体面地装作一笑而过。知道了生活的不易，也在苦难中学会了成长。最终明白唯有足够真诚和优秀才会赢得这个世界的尊重。

这么多年来，我视为珍宝的是来自所有伙伴们的信任和喜爱。我想我是幸运的，一路走来，遇到一个又一个的贵人，在每一个阶段的成长中给了我无私的帮助。伤害和挫折让我学会了包容和理解，信任和无私给了我莫大鼓励，我这才有了一直走下去的勇气。

小时候母亲常常讲："人穷一点不可怕，可怕的是没有上进心和志气。"要想摆脱困境，只有靠自己不断地努力。做人最重要的是品德和信用，这是你一生中最大的财富。

人生如同一条奔流到大海的长河，除了极少平缓的水面，更多是暗礁丛生的险滩、荆棘密布的丛林和危机四伏的沼泽。但是无论如何，你终究要踏遍千山万水，到达浩瀚无边的大海。百舸争流，孤军奋战，劈波斩浪，永立潮头。相信自己一定能跨过千沟万壑，走出春暖花开的人生。

我从不认为自己是成功的，但我一直相信自己一直走在通往成功的路上，虽然这条路非常漫长，但我仍然选择了一往无前。

2022-03-29

永不言败，收获精彩

无论如何都不要轻言放弃，任何成功与失败，都能照亮前行的路。人生不只有难过和无奈，愿所有的人都会遇到意想不到的精彩……

清晨，蔚蓝的天空挂着一轮弯弯的月牙，与东升的旭日遥相呼应，这种日月同辉的景象真是让人震撼。相信几个月后的城市，也一定可以让人眼前一亮。

朋友说现在整个节奏都乱了，很多人的消费习惯已经完全被改变了，恢复正常真的是遥遥无期。

和团队商议了一下第二季度的工作计划和展望目标，不管怎样，我们还是要勇敢地去追逐。当前面临的困难比想象中的要大，一切都未可知，但是工作的前置依然必不可少。

很多新的项目也在加速推行之中，联手广药集团旗下的敬修堂步入大健康时代，以强强组合谱写王牌产品新的篇章。集品质与颜值于一身的3MC站在巨人的肩膀上，希望与所有的合作伙伴一起腾飞，迎接真正的春暖花开。

今天做了一个表格，因为技术不精，只能手动将数据一个一个地填上。而同事只是简单地点了几个按键，1分钟就搞定了。而我鼓捣了1个多小时还没有完成。只能感慨自己已经跟不上时代的潮流了。

这只是冰山一角，随着年龄的增大，如果不改变思维方式，只能是事倍功半。科技是第一生产力，努力学习，不断精进，才能在激烈的竞争中保证效率。

这两天翻看了很多公司重新制订的规划，接受现实是让公司短期存活、中期发展、长期实现价值的第一步，面对现实的态度是是否值得重新点火的关键。

既要勇于扩张，又不能急于冒进，少犯低级错误，量力而行，是最低的要求。太多人不信命，认为我命由己不由天，但是有些事情，冥冥中却早有安排，这是不争的事实。对于成功，每个人的定义都不一样，我更大的愿景就如企业使命上写的一样，希望所有在乎我的和我在乎的人都能实现梦想。

我们都知道执行的过程中肯定会碰到这样那样的困难，但前提是我们要有一个比较完整的方案。学会永不言败，越挫越勇，勇往直前。无论如何都不要轻言放弃，任何成功与失败，都能照亮前行的路。

人生不只有难过和无奈，愿所有的人都会遇到意想不到的精彩……

2022-03-30

立壮志，驭梦想

公司没有大小，竞争永远都在，我们真正的对手是自己，因为驾驭梦想的是你的壮志雄心。

上午接到一个认识十几年的老朋友的电话，感觉非常亲切。人生中本来有很多这样的朋友，虽然交集很少，但在心中一定会给他留有一个位置。虽然领域不同，但我们的很多理念是一样的，我们有着共同的话题，包括对员工对企业的很多看法。

与智者同行，总是可以汲取很多的养分。我分析了他们公司的成功案例，也看到了他们身上很多的优点。有认知、有情怀、有韧性的创始人在，团队就在，业务就在。既有锦上添花的能力，又有雪中送炭的霸气。真正的朋友，总是希望对方能够越来越好，这样的朋友才值得依靠。

公司初期的发展取决于很多方面的因素，除了自身努力之外，还有很多叠加的外在因素。未来的社会一定是多行业融合交流学习的时代，每个行业的精英都是我们学习的楷模。每个人身上的闪光点都值得发扬光大。老哥的一句话让我深受启发："也许这个公司的一个小点子，到了另外一个公司就可能变成了大主意。"跨行业融会贯通的时代即将来临，大家一定要有把握未来的前瞻性理念。

作为一个相对成熟的公司，我们应该理性地看待问题，以结果为导向，在困难中孕育可期的机会，不能动辄丧失信心。

时间对于所有人都是公平的，如果以上下班的时间为衡量单位，实际上缺少了意义；如果以项目为衡量单位，以达成的目标为考核，呈现的效果自然也就不同。

在最深的困境中，依然要有最好的品质、最现实的手段、最抗压的心脏、最长远的眼光以及最宏大的梦想。

很多时候，阻碍前进的不是外界的事物，而是自己的心性。这本就是人之常情，但如果不能战胜绝望，克服焦躁，那么就容易半途而废，之前的付出也会付诸东流。唯有沉得住气，熬得住寂寞，方可等来柳暗花明。

公司没有大小，竞争永远都在，我们真正的对手是自己，因为驾驭梦想的是你的壮志雄心。

2022-03-31

四月 April

坚持才值得

坚持不一定有结果，但是不坚持一定没有结果。当熬过那段时光，再回首，一切都值得。

上午接到苏北一个客户的电话，从交谈中看，大家对于未来的预判都是忐忑不安的。

今年基础原材料的价格疯涨，物价也随之上涨，而物价上涨影响最大的就是普通老百姓了。所有商品的成本基本上都出现了大幅上升，供价也是水涨船高。但是整个的消费需求却是极其萎靡的，这足以让人愁容满面。

3月的最后一天就这样悄无声息地过去了，第一季度缓缓拉上了帷幕，一年已经过去了1/4。但总的来说，虽然没有达到我们的期望值，但是至少我们雄心仍在。过去了就是过去了，找出其中的问题，才能找到新的发展机会。

在结果面前，所有的理由都是借口，我也不会做太多的解释。第二季度，我一定要以身作则，承担起更多的义务和责任，带领团队继续追寻我们的梦想。

稳住基本盘，更要考虑如何开辟增长点。我们无法完全预估未来的变化，包括宏观经济政策以及合作方的二中下游产业链，但永远要把最极端的情况想到，要尽可能地做到未雨绸缪，至少要两条腿走路。

下午的会议让人印象深刻，作为部门的领导人，我们对公司的目标要非常明确，对自己当下做的工作要非常清楚，对未来可预期的结果要有所了解和预判。困难的日子总会过去，除了依靠国家，自己所做的工作也必不可少。相信在国家的宏观调控下，努力奋进，一定能更好地应对挑战。

回顾这短暂而漫长的90天，内卷惨烈，大家都杀红了眼。我们预估了开端，但是过程中还是缺乏严谨。接下来，我们要有千军万马过独木桥，只为挤进那一扇门的勇气，因为在我的字典里不会有沮丧、迷茫和无助这样的词语。

永远心存善念和感恩之心，只要初心还在，结果肯定不会差。

2022-04-01

学会坚强，勇往直前

真正的成长是学会坚强，从容不迫地生活，哪怕人生艰难，路途遥远，也依旧披盔戴甲，勇往直前。

每年的4月1号，我总是会想起我的偶像张国荣，尤其他的那一首《沉默是金》，让我感动至今。

中午收到品牌部同事要回公司的消息，我知道这个部门的不容易，所以每次见到他们总是十分欣喜，我十分期待与他们的见面。倾听来自一线的声音，为我们做各种方案奠定基础。

4月1日起宜家贵阳线下门店将关闭，进入中国大陆市场24年来，这是宜家的第一次关门。作为一家全球知名的公司，宜家做出这样的决定肯定是经过深思熟虑的，绝对不是愚人节的爆料消息。官方虽说其线上销售额远超过预计消费额，关闭线下、专注线上服务是业务转型和发展的一部分，但这也只是官方的说辞而已。

事实上，近几年面对本土品牌的崛起、电商的冲击和消费者消费观念的改变，作为传统家居卖场的宜家早已丧失了其竞争优势。几年前消费者曾被它高大上的风格吸引，但随着整体房产行业的不景气，这个优势越来越弱，数字化转型迫在眉睫。

今天下午1：00和管理层同事们又临时加开了一个会议。大家对3月份进行了深刻的复盘和回顾，对第二季度的规划，大家也进行了讨论。我觉得这样的做法是必要的，大家畅所欲言，才能集思广益。

整整3个小时的会议让我们从思想上达成了共识，对于工作的艰巨性，我们也做好了充分的准备和预判。我希望下次的会议大家能带来可行性的报告。

每个人在生活中都会面临压力，应对压力的态度不同会带来结果的不同。相信国家，调整心态，勇敢地从危机中走出来，这次也不会例外。

社会在进步，挑战只会让我们的未来变得更好。机会永远留给有准备的人，我们要做的就是尽可能地提升自己。

动荡期的洗牌只是阵痛，阵痛过后，行业会更有序。大浪淘沙，只有强者才能被留下。真正的成长是学会坚强，从容不迫地生活，哪怕人生艰难，路途遥远，也依旧披盔戴甲，勇往直前。

2022-04-02

珍惜时光，把握现在

艰难的2020年都过去了，还有什么过不去？你要相信办法总比困难多。珍惜时光，把握现在，因为从今天起开始行动，远远比忧虑未知的未来更意义非凡。

人们还没有从春节的假期走出来，时间却已经悄无声息地带走了很多东西。

上午11：00和朋友交谈，言辞之间有失望也有希望。2022年，每个人都不会太轻松，充满不确定性的当下考验着公司长期的韧性发展。再好的理论知识也要经过不断的推敲才能够落地，所有理想中的模型，经过实战的演练才能够成为现实。

民以食为天，但餐饮行业早已瑟瑟发抖，商家对于门可罗雀的情况也早已习以为常。此刻一切的希望都显得弥足宝贵。

我一直坚信客户的消费需求仍然存在，只是随着讯息的便捷化，人们足不出户也完全可以做成很多事情。我们需要努力满足用户多种多样的需求，更需要有长远的眼光，做规划也需要足够接地气。这不是一蹴而就的，至少需要拿出大量时间接近用户，以便深度开拓用户市场。

今天下午的周例会调整了一下流程，增加了15分钟的演讲环节。这要求大家在规定的时间里讲出有质量的东西，我个人觉得这是一个很好的开始。另外，大多数人都有资格参加这样的会议，因此对于会议，我们要时刻怀有一颗敬畏之心。

每天都能收到学校的消息，上传健康码和行程码成为一个固定任务。下午和孩子说起，如果付出20%的努力，也许可以取得50%的成果，但是不付出，成果就是零。其实我知道，这种表面上的说教永远无法到达孩子的内心，只有得到他们内心深处的认可，才会起作用。那是一件多么令我开心和骄傲的事情啊！

作为过来人，我们都非常怀念曾经的校园时光，怀念过去的青葱岁月，那是一段无忧无虑的时光。但是，只有真正步入社会之后，你才会感觉到自身学习力的匮乏。如果时间能够倒流，多少人会重新勤奋学习啊！时光当然不会倒流，但是我们应该知道"悟已往之不谏，知来者之可追"，任何时候开始学习，都不晚！

艰难的2020年都过去了，还有什么过不去？你要相信办法总比困难多。珍惜时光，把握现在，因为从今天起开始行动，远远比忧虑未知的未来更意义非凡。

2022-04-03

未雨绸缪，泰然处之

在瞬息万变的时代，没有什么东西是永恒不变的。只有拥有危机意识，未雨绸缪，才能处之泰然。

三人行，必有我师。生活工作中的每个人都是我的老师，从他们身上，我的确学到了很多。

未来行业整合越来越快，资源共享越来越密集。未来的生意你中有我、我中有你，大家相辅相成，共同享用着机遇。我的字典里从没有躺平这个词，虽然现在形势令人难以接受，但我们还是需要向前看，我盼望着能和志同道合的伙伴们一道，共度危机，找出更多的生意机会。

在共同探讨的基础上，站在彼此的立场上看待问题，很多事情就会相对简单了。虽然说解决流量问题不是一朝一夕的事情，但我们必须要朝这个方向努力，相信通过长期的积累，时间会证明我们的做法是对的。

下午一个品牌方到访，想想似乎这是最近一段时间内唯一到访的一个公司。特殊时期，谁也不愿意冒着风险到处奔波，但是如果有这样的机会，我们一定会选择这么做。机会也许就在一瞬间，错过了可能就成了过错，所以尽可能地把握每一个机会，毕竟市场不会留给你太多的时间。

下午物流部门给了我很多数据，通过这些数据，我们抽丝剥茧，拨开云雾见到了真相。有时候脑洞大开，原来就是这么简单。片区负责人的踊跃提问和发言也是非常精彩，这说明大家对于细节探究有着急切的渴望。看似冷冰冰的数据，呈现出来的一定是潜在的机会，好好利用，才是我们当前工作的重心。

深知自己渺小，但也有大战一场的渴望。我们想通过后天的努力，过上从容踏实的生活，这一点无可非议。

当前各大行业的竞争愈演愈烈，只不过竞争的方向已经由过去的占领市场份额转变为稳中求进。稳住自己的口碑，然后一点一点地取得进步，这是走得更加长久的最好办法。

在瞬息万变的时代，没有什么东西是永恒不变的。只有拥有危机意识，未雨绸缪，才能处之泰然。

2022-04-04

反思批判，我们一直在路上

自我批判和自我反思是无止境的，就如活到老学到老一样，陪伴我们终身。学习就是使自己进步，进步是通过今天的努力改正昨天的不正确。

今天是星期一，春天的阳光洒在大地上，春暖花开的气息扑鼻而来，心情格外清爽。非常珍惜大家接地气的声音，因为这些需求和方案往往是最接近市场的。前进的过程中总是会遇到这样那样的磕磕碰碰，但我始终坚信只要我们勇敢地面对，群策群力，结果一定会是好的。

下午团队分享的案例非常精彩，让人眼前一亮。当大家准备上台的时候，虽然对流程已经烂熟于心了，但将疑惑真正放在台面上讲的时候，才是我们正视问题、解决问题的开始。

没有人想在激烈的市场博弈中处于劣势，要想在有限的时间内做出更多的事情，必须提前做好行动计划。世界上没有毫无道理的成功，如果没有长期的积累是不可能把事情做好的。成功没有捷径可言，都是无数次努力付出的结果。不要给自己设限，永远保持向上的信念，你肯定会在前方发现充满无限能量和无限可能的自己！

人是感性动物，而知足常乐非常重要，否则你一定会陷入自责中不能自拔。永远不要在欲望里迷失了自己，保持今天比昨天好一点，做最真实的自己就好了。

我把大家的建议当成上天眷恋和恩宠，因为你们让我看清自己，不高估，也不低看，不卑不亢，这一直是我骄傲和开心的事情。给自己一个时间节点，倒逼自己一把，让自己变得越来越好。面对任何的困难，依然可以保持自己的节奏。

一路走来，我逐渐明白善于反思和批判的人生会更精彩。遵循自己的内心，想自己所想，做自己所做，不断进步是最有意义的事情。看着同事们又一次唱起了永之信企业之歌，我感到无比自豪，我相信在未来，我们的梦想都会被点亮。

人们常说活到老学到老，其实自我批判和反思也是无止境的，实迷途其未远，觉今是而昨非。自我反思让你了解自我，自我批判让你改造自我。

2022-04-05

念先人，吾辈当努力

有些人只要我们心里记得，那么他就不曾离去。

今年清明节这天天气非常晴朗，一改往年的细雨纷纷。无论是北方还是南方，人们都非常重视清明节。千百年延续下来，对祖先的尊敬深深地烙在人们心里，让人肃然起敬。在我的记忆中，起码有15年没在清明节回老家了，不是说不想，只是因为工作关系只能提前完成祭扫，想想还是有些伤感。我相信我的亲人一定在天上看着我。

对于大多数人来说，未来的2022年需要我们做好充分的准备。现如今各行各业内卷都很严重，这也充分体现了从业人员的专业水平。优胜劣汰，适者生存，这是行业发展的必然。不提高自己的核心竞争力就出局，时代在洗牌，希望你我都不被淘汰！疫情之下，许多小公司熬不下去了，带来的连锁反应是不少人的工作丢了。这种情况不知道什么时候才能结束，这才是最让人担忧和畏惧的。

对公司而言，全体人员要动起来，只有动起来，市场、团队、渠道、终端才能充满活力，才能发生改变。计划很重要，但也要因时而变；方案很重要，但更重要的是执行。没有好的产品和服务，就会不断地失去口碑，只有保证自己的核心竞争力，复购率才能获得增长。

我们一定要想明白最大的安全不是躺平，而是把自己暴露在更多的可能性中，趁早试错。做不同的尝试，主动学习领域之外的知识。在面对不确定性的时候，可以选择主动拥抱它。

消费寒冬，我们该如何提升组织效率，做好战略规划和选择？我深思了很久，想到现在整个经济形势持续低迷，未来的世界一定会越来越成熟，消费者会越来越理性，商业逻辑会越来越严谨，行业也会越来越规范。对于酒店，当然我们会有更多的话语权，我们绝对不能抱着躺平的心态去对待任何事情，请相信我命由我不由天。

下午偶尔听到一首歌，突然有些伤感，3年没回老家了，愿一切安好。有些人只要我们心里记得，那么他就不曾离去。

2022-04-06

事无大小，坚持为上

世界上最强的力量不是天赋，而是坚持。有些人觉得坚持的意义不大，于是选择了退缩。但是坚持下去，肯定有意外的收获。

从2017年7月5号到现在，写创业日志这个习惯已经坚持了整整四年九个月，当初下决定的那一刻仿佛就在昨天，我相信明天以及未来很长的一段时光里，我会一直坚持。

　　好多朋友问："到底是什么样的动力让你坚持了这么久？"这就勾起了我的回忆。在好多人眼中，写创业日志似乎是个微不足道的事情，但在我的心中，这是一条雷打不动的红线。诺不轻许，绝不敷衍，同我们公司的名字一样，诚信永驻，全力以赴。

　　其实也并没有大家想的那么难，你首先要明确这是必须要完成且不可以出现失误的事，接下来你自然而然地就会将其坚持到底了。很多人认为我是用晚上的时间创作的，其实不是，我是一有空就写一点，利用零碎的时间去创作，晚上只要做好总结和修改就是了。这么多年了，我已经慢慢地把写作融进了生命，一天不写就会感觉少了点什么。

　　如果写得好，就能给大家带来价值，大家也一定会关注你。如果有一天大家不想关注了，那一定是自己写得不够好，便给了自己坚持下去的理由与动力。无论如何，都是一种收获。世界上最强的力量不是天赋，而是坚持。有些人觉得坚持的意义不大，于是选择了退缩。但是坚持下去，肯定有意外的收获。

　　喜欢按部就班地去规划，然后一步一个脚印地去实施，树最理想的目标，做最坏的打算，开始最悲观的进程。年度规划、三年目标、五年梦想，不只是理想的丰碑，更是靠我们平时的点点滴滴逐渐地堆积起来的信心。若干年过去之后，回首凝望，那是我们曾经想要做的而现在已经做到的事情，那一刻，你一定会释怀和感慨。

　　坚持下去的理由很简单，只要做好清晰的规划并持之以恒地坚持下去，就可以得到你想要的结果。想做就能做到，这是一个人迈向成熟的标志。事实上，对待时间的态度和是否坚持下去的理由，就能决定你未来的样子。

　　经营公司就如逆水行舟，不进则退。回忆昨天，我们热泪盈眶；展望未来，我们豪情满怀。所有你想要的答案，都隐藏在你的坚持中……

2022-04-07

独立思考，走自己的路

希望若干年后，我们再回首：曾有过最为绚烂的时刻，也经历过暴风雨的摧残，至少现在，依然走在最想走的路上……

现在我每天上下班路上基本不会堵车，一切井然有序。

今天在电脑的操作上又碰到了一个小问题，找不到输入法了，怎么摆弄也不得方法。无奈只好求助同事，短短数秒钟问题就解决了。我不禁感慨：我百思不解的问题，在别人眼中竟是如此地轻而易举，我只有不断地学习，才能跟上别人的步伐。

下午的会上，我们通过精细化的分析发现了很多的问题，但我们不会逃避，也不会推脱，而是思考背后的原因，找到解决方法，这才是优秀职场人具备的素养。作为公司的管理层，我们当下首要的事情就是发现问题并解决问题。如果我们在认知上无法达成共识的话，那所有的行动都会大打折扣，收效甚微。遇到问题不能只依赖他人，要主动去深究，习惯独立思考，这样才可以发现问题里的奥秘，才有能力去解决它。

临近傍晚，又和几个部门的同事开了一个小会。其实，我最想听到的不是事情无法做，而是告诉我如何做到，我们需要的不只是问题，更重要的是问题的答案。

每天陪着孩子学习，我希望告诉他养成良好的学习习惯是多么重要。教育孩子最难的不是引导他怎么做，而是激发他的兴趣和好奇心。试想一下，自己带着好奇去思考，比起被动地完成更具有主观能动性。

成长路，很少有人苦口婆心地告诉你到底走哪条，你要自己去摸索，然后做出相应的选择。

在过去的岁月中，我们更多的是朝着某个目标奔跑，有时候，跑了大半辈子却发现结果不是自己想要的，由此可见奔跑的过程更重要。因此，从此刻开始，你一定要珍惜这奔跑的过程，不断充实自己、丰盈自己、强大自己，也许这更是一笔巨大的财富……

希望若干年后，我们再回首：曾有过最为绚烂的时刻，也经历过暴风雨的摧残，至少现在，依然走在最想走的路上……

思路决定出路，自觉改变命运

思路决定出路，意识改变命运。每天早上，不要刻意被叫醒，而要自觉地醒来。

今天的气温飙升到了20多度，穿着衬衫就可以出门。刚来山东时，觉得风沙是北方春天的代名词，但没想到会有如此景致，让人心旷神怡。

明媚的春天不是白来的，这些年国家用了多大力气啊！如今的天气状况便可以说明曾经决策的前瞻性。工作也是一样，提前布局，提前行动，随着时间的推移，必定会得到大家的认可。

前阵子母亲的血压不太正常，鉴于封控要求，我只能带她去了一家药店。告知来意后，营业员态度非常客气，虽然没有买任何的药品，离开的时候，营业员轻声问候："阿姨你要多多注意休息，祝您天天都有好心情！"我顿时感到十分温暖。其实未来很多的行业都应该会成为服务型的行业，提供服务，树立口碑，才能赢得未来。

最近公司内部的会议几乎比平时增加了一倍，但还是那句话，非常时期，我们需要统一思想，如果把开会当成累赘和负担的话，那就本末倒置了。

我们知道改变人固有的认知是多么地艰难，但大势不可违的前提下，我们一定要学会自我否定和自我迭代。同一起跑线上的人，真心认可并革故鼎新的人就可以脱颖而出，而那些敷衍了事的就会逐渐脱离了队伍，和公司的发展渐行渐远。

优秀的人才总能和公司同频，我希望更多的有志之士能成为公司的栋梁和支柱，这也是我们未来发展的底气。公司最宝贵的财富就是人才，有了人才，我们才能有开疆拓土的勇气。而公司成功了，个人也就有了更高的平台。

未来业务的主要方向是顺应品类发展规律，制定营销方案并平稳落地。在不久的将来，我们会增加新的部门，为公司的运营增加更多的砝码，在销售的基础上提供更多的参考依据。相信这样的做法，一定能成为我们引以为傲的资本。

人和公司都是目的主义者，要有强烈的方向感，有确定的目标追求，才能心无旁骛，一路向前。精诚所至，金石为开，不能仅仅为了学习而学习，学习了不去实践，学习也就毫无意义。

2022-04-09

接纳自己，完成救赎

我们的人生是一个不断试错犯错，并用一生来挽回的过程。在这个过程中，我们要完成真正的救赎，就要不断地接纳那个不完美的自己。

最近天天陪孩子在公司上网课，课间休息时打几局台球，他屡战屡败，但屡败屡战，这心态让我惊讶。不禁感慨如果把这样的精气神用在学习上，那得多无敌？但他不这样认为。

工作与生活非常辛苦，所以你总要找出其中的乐趣，否则就会陷入彷徨的圈子无法自拔。工作之余，我喜欢看书，我把看书当成休息，当成慢慢思考的过程，反倒会觉得忙碌的生活越来越有意思了。

我们不要陷入固有的思维而裹足不前，唯有找出新的突破点，才会获得更多的机会。讲这些道理显得太矫情，但现实生活就清晰地摆在你面前。站在山的这边，人们永远会羡慕山的那边，而翻过这座山，又会怀念曾经到过的地方。

接下来很长的一段日子里，资源整合、抱团取暖会是一个必然的趋势，很多看似坚不可摧的商业堡垒可能会一个接一个地瓦解。业内内卷的惨烈程度让人难以想象，成为幸存者，必定要经过市场竞争的洗礼。我们一定要清晰地认识到这个现实——世界的残酷不会因个人的意志而改变。

记得电影中有这样一段话："哪一次的仗是好打的？根本就没有轻轻松松的

战斗。"我很开心能与志同道合的伙伴们并肩作战，硝烟散尽，与战功同在的，还有我们的情谊。

如果一成不变，就会不可避免地走向平庸，和生老病死一样不可逃避，这是事物发展的客观规律。只有产生新的裂变，才能获得新生。

曾经的梦想现在实现了吗？还在追求吗？很小的时候，认为自己是天选之人，何其威风，但是经历过失败之后，你还能重振雄风吗？如果不想成为天剩之人，只有接纳自己，重新上路。

我们的人生是一个不断试错犯错，并用一生来挽回的过程。在这个过程中，我们要完成真正的救赎，就要不断地接纳那个不完美的自己。

2022-04-10

自律自强，超凡脱俗

坚信自己不管多么平凡，只要自律自强，就能创造不平凡的人生。

每个月的10号是出报表的时候，这再次牵扯出了刚刚过去的第一季度。第一季度中最低迷的是服务业，说梦回2020也不为过，甚至比2020还要糟糕。但是无论如何，内心还是要燃一团火。

每个月复盘的时候，我们的反思是不是有效？有没有形成闭环？现在来看，还是有很多需要改进的地方。做好顶层的设计会避免出现很多的遗留问题，但摸着石头过河，也是迫不得已。

没有什么顺其自然，更没有什么理所当然，有的只是背后的努力付出和相互理解。我希望大家会把这当成一个成长的过程，为新流程的形成做必要的铺垫。

今天和相关同事们又开了一个加强会议，提出了很多想法和建议。我们需要加强内外结合，做到数据共享。也要做到心中有数，给客户传递货品信息、模式甚至思路。

和同事们分享了我的工作日志，日志中会体现出很多的东西，有流于形式的，有用心分析的，慢慢研读．总可以感受不一样的味道。

在充满挑战与变化的商业世界里，员工的选择决定着公司的发展高度。从职员到管理者，站的角度截然不同，意识形态也随之发生改变。在如今这个快速变化的时代，一步错，步步错，我们需要尽快找到属于自己的位置。

在公司迭代的过程中，个人也要不断迭代。这要求我们每时每刻都保持着对未来的期待和热情，要求我们全身心投入到每一个项目中去。在上升时期放弃学习，就等于放弃了未来，你终究会后悔莫及。真正的成长，怎能停下来休息？

平时忙于工作，没有时间去辅导和监督孩子的学习，真心希望返校的那一天尽快到来。而有些家长就很轻松，因为他们的孩子很自律。而当今社会比拼的恰恰是人的自律，这是拉开差距的关键。

人生就是一部电影，要想精彩，就得自律，不断学习，提高效率，让自己有能力面对残酷的挑战。

坚信自己不管多么平凡，只要自律自强，就能创造不平凡的人生。

2022-04-11

只为那最美的风景

这一路上可能会遭遇各种无法预料的艰难和阻碍，但只要你愿意坚持下去，相信一定能遇见最美的风景。

周一约了好几个品牌方到访，我们理解彼此的立场，但业绩面前，所有的尊严都没有底线，因为大家首要的任务就是让公司持续发展。

侃侃而谈的背后是对未来的底气，付出N倍的努力，也未必能达到想要的结果，但是如果不付出努力，那么毫无机会可言。

正如大家所说的，在商海中，机会稍纵即逝，错过后的后果便不可估量了。但是没有关系，我一直相信这次错过了，不代表以后没有机会，一切都是最好的开始。重新开启新的项目，也许就可以打开另外一扇门。

我们相信在碰撞中会擦出新的火花，前提是双方全身心地付出，像维护自己孩子一样维护品牌，为渠道和客户创造更多的价值。

很多新的思路让人目不暇接，虽然有可能碰到了前所未有的难度，甚至面临资源缺乏的困境。但是大家的热情未减。毕竟良好的心态是解决一切问题的法宝。

每一次的变迁，带来的都是新思想对旧思想的冲撞，所以我们一定要学会让自己换个角度思考问题，才不会被这个时代淘汰。

其实市场需求并没有变，只是渠道换了条赛道，终端换了个位置而已。之前的终端是零售店，现在的终端是手机屏幕。不懂未来，未来也就不会眷顾你。

翻天覆地的变化有时候会让人措手不及，大多数普通的人甚至没有能力经历大起大落。但变化中的顿悟，对于我们自己来讲却是一种财富。

与孩子交流，有时候会让人十分沮丧。与员工沟通，有时候也不尽如人意。我们所谓的理所当然，在他们的眼中却变成了难以企及，心中难免会有一丝失落。扪心自问："真正面临挑战的时候，你还有机会吗？"

我一直相信言传身教的影响，真的希望他们能够理解我的一片苦心。生活远比书本复杂，因为我们没有剧本。

这一路上可能会遭遇各种无法预料的艰难和阻碍，但只要你愿意坚持下去，相信一定能遇见最美的风景。

2022-04-12

正能量，好心态

乌云不能蔽日，疫情不可挡春，在对的方向，坚持正向积累，然后小步快跑，借助正能量和好心态，结果应该不会太坏。

早晨出门的时候，温度不高，但是风特别大，树枝疯狂摇曳，尘土到处飞扬。希望好天气快点到来，让人们在暖暖的春意中自在徜徉。

友人发了很多的风景画，繁花似锦，让人的精神为之一振。春天总是可以孕育生机，看到发芽的新枝和娇艳的花朵，我们仿佛看到了丰收的秋天。也许会经历风吹雨打，也许会遭遇炎炎烈日，但收获的季节总是如期而至。

每天的网课，一定有它的意义。如果静下心来认真学习，相信可以弯道超车，虽不能突飞猛进，但是绝对可以超越大多数人。

工作和学习一样，只有知道自己的目标在哪，并且也清楚该如何努力，就一定能取得想要的成绩。在决定命运的关键时刻，充满正能量，拥有好心态是多么重要的事啊！

长期积累，不断迭代，就能提升实力和魅力。

下午的时候孩子问了我一个问题："你对工作的意义怎么理解？"一时间我竟不知道如何回答，我说："如同学习一样，实现一个个小目标时，你会非常开心。当有一天一个宏大的目标摆在你面前的时候，最重要的是，在为这个目标奋斗的过程中，你付出了多少努力，有没有实现自我的蜕变和进化，甚至超过了自己的预期。"

因为经历过，所以会懂得，大多数人喜欢锦上添花，但是我更在意的是雪中送炭。我遇到了太多这样的人，在迷茫低谷期，我找不到前行的方向。一个轻声的鼓励就可以给人莫大的动力，这微不足道的能量能温暖很多人的内心。

有时候承认别人的优秀，也是一种进步。世界上从来没有平等，你有多努力，就会有多特殊。带着正能量上路，从容淡定，你就是他们眼中自信的人。带着善意上路，你就是雪中送炭的人。

乌云不能蔽日，疫情不可挡春，在对的方向，坚持正向积累，然后小步快跑，借助正能量和好心态，结果应该不会太坏。

2022-04-13

坚韧成就未来

人总以为来日方长，就不去做，也许机会永不再来了，一旦错过了，就铸成大错了。

早上吃饭的时候无意中看到院子里的紫藤花开了许多，当初种下的时候，没想到它能开得如此繁盛。紫气东来，希望是个好兆头。曾经种花草，每天都要打理，现在工作越来越忙，打理得很少了。真正能存活下来的，不一定是最漂亮的，但一定是最坚强的。最近一段时间，我天天督促孩子的网课学习，培养其坚韧的人生态度，相信会有效果。

大多数人都知道大道理，但是对小细节则置若罔闻。你不知道的是，大道理也是由小细节堆积起来的。学习和工作何尝不是如此呢，看似很烦琐的步骤，但都是为了最终的胜利。

每天与客户交流行业动态，感受他们身上的正能量，学会很多高效的工作方法。不一定都切合当下，但对我而言总有帮助。越是在迷茫的时候，就越需要优秀榜样的指引。那些能够穿越周期、永葆长青的公司，就是我们仰望的灯塔。我们需要透过现象看本质，从商业模式到核心竞争力，都要充分地分析。我们要做的，正是放下心态，探寻本质，做难而正确的事，追求长期的价值。

很多业内人士并不看好当前形势，为求安稳便失去了进取之心，曾经的雄心壮志也荡然无存了。但是如何在激烈的竞争中占有一席之地，永远是商业的主题。

感谢所有合作伙伴的理解和支持。当今世界，信用是最大的资本意志，从未改变。非常时期，我们更要珍惜自己的诚信羽毛，珍惜荣誉。生活中当然有太多的琐事和烦恼，但不要被它们带乱了节奏，遵循自己的内心，把握每次机会，提升效率，加速资金流转。不辜负在乎自己和关心自己的人。

因为曾经经历过，所以更懂得珍惜与感恩。对于理性的人而言，内卷根本不存在，因为他们有着自己的目标。对于严于律己的人而言，绝望也无从说起，因为他们每天按时完成自己的目标和计划，这种按部就班的生活同样让人张弛有度。

2022-04-14

奋斗开启王炸人生

不叫地主不代表没有王炸，表象是最不起眼的优势。唯有不懈地奋斗，才能拥有旁人羡慕的开挂人生。

上午和客户交流探讨了今年的发展方向。相信通过努力，我们能在经济发展颓势之下，找到自己的方向。

凡事都有一个临界点，超过这个临界点的时候，难免会爆发负面情绪。在外人看来，控制情绪似乎是轻而易举的事，但局外人根本不可能感同身受。

我们工作中经常会遇到这样那样的烦恼，这时你就要反思自己的不足，提前预判。否则临时抱佛脚，结果只能是不如意。

下午一个合作很多年的朋友来访，在遇到行业困惑时，他总是能够发现很多新的商机，这一点令我非常敬佩，他也是我学习的榜样。在我们看不懂的时候，一定要抱着学习的心态，因为漠不关心的态度一定会付出代价。不亲自蹚过这条河，就永远不知道河的深浅。很多新的项目都是在懵懂中产生，在实践中变成真理。我们希望自己思想要有敏锐度，与有梦想的人一起学习进步。

他的思维虽然非常超前，但是效果非常不错。任何事物，只有在交换和流通的时候才会产生价值。假如这个东西固定在那里，无法流通，就无法得到应有的价值。当下的近况就是如此，全国大多数人都无法流通，产生的交易相应地就减少，隐性的价值就会不断地消失。只有频繁出现交易的行为，其链条上的意义和价值才能变得越来越大。

有些人是行动派，有些人是思想派，如何在二者之间找到一个平衡点呢？事实上走一步看一步，结果未必很差。这么多年来，我一直抱着学习的态度，努力从他人身上学到新知，就是希望有一天能跟得上别人的步伐，不被这个时代淘汰。

不叫地主不代表没有王炸，表象是最不起眼的优势。唯有不懈奋斗，才能拥有旁人羡慕的人生。

一无所有的时候，至少你还有机会。我们都是平凡的人，不可能都有宠辱不惊的心态，但唯有保持奋斗的姿态，才能面对变幻莫测的人生……

2022-04-15

随遇而安，收获别样人生

没有永远的巅峰，也没有永远的低谷，有的只是随遇而安的心态，还有此时此刻最好的自己。

下班路上的城市夜景一如既往地充满魅力，在这美丽的春天里，大家都有着别样的心情。

这几天来的供应商是我们公司非常重要的战略合作伙伴，大家达成了共识，数据化管理、精细化管理、深度的分销成为第二季度和第三季度的重中之重。

感谢品牌方给予更多展示的机会，从初稿到定稿，耗费了我大量的心血。先知先觉一定比亡羊补牢更加有意义，否则损失的时间成本和机会成本难以估量。光鲜亮丽的时刻只代表着辉煌的一面，背后付出的努力以及承担的压力是大多数人无法体会的，很多的心灵鸡汤，其实是自己一步一步走出来的经验之谈。

社会很复杂，但我希望人心很简单。得到朋友们的理解和伙伴们的认同，其实就知足了。不是所有人都能理解你，保持自己的初心就好了。

人生就像是开往遥远目的地的列车，也许颠沛流离，也许会碰见光鲜灿烂。在这个路途中，你还会碰到形形色色的人，无论是帮助你的，还是击垮你的，都是会带给你成长的。心怀感恩吧，因为所有这一切塑造了崭新的自己。

每个人的能量是有限的，但是人与人之间可以互相吸引、互相映衬。感恩一路上的贵人，理解我，支持我，帮助我，希望所有的朋友都能有贵人扶持，摆脱困境，实现梦想。

像机器人一样，似乎太过于苛刻，但如果放平心态，真的可以获得别样人生。我们知道理想和现实的差距，但不自暴自弃，也不好高骛远，从实际出发，从自身出发。按部就班并不代表着平淡乏味，其实这样的生活才最适合大多数人。

人们眼中的卓越，不是具有非凡的天资，而是面对巅峰和低谷都能平和对待。所谓天赋，就是千磨万击还坚劲，任尔东西南北风。

没有永远的巅峰，也没有永远的低谷，有的只是随遇而安的心态，还有此时此刻最好的自己。

2022-04-16

阳光总在风雨后

只有奋力追赶，才能拨云见日。只要努力奔跑，坚持学习，没有什么苦难是过不去的。因为阳光总在风雨后。

如果不是听到卡塔尔世界杯的主题曲，似乎忘记了这个月还有这么重大的体育活动。四年一次的比赛，总是振奋人心。

每一次的主题曲总是令人心潮澎湃，哪怕不懂足球的人，听到这样的音乐，也会随着节奏热血沸腾。多么期待有中国国家队的身影在赛场上驰骋啊！希望今年比赛如期举行，哪怕在国内看电视直播，也是非常棒的。体育无国界，有的是情怀。拼搏精神，永不放弃，创造奇迹，这可能就是体育的魅力吧。

上海最美的春天已经悄悄溜走了。日子过得很不真实，每一天都充满了焦虑，但焦虑中又有一点希望。相信夏天的阳光一定可以照耀全城。

这个时代变化得真是太快了，去年大家谈论的是李佳琦和薇娅，而后者已经逐渐淡出人们的视野，而之前的网红明星张大奕与雪莉，再也没人提起了。都说互联网是有记忆的，但我却说互联网最容易失忆。变革如此之快，快得让人应接不暇，去年光鲜亮丽的大厂，今年就面临着是去是留的选择。

每个人都想跟上时代的节奏，不想被这个潮流淹没，但是很多客观的原因让我们无法主导自己的人生。面对这样的局面，人们充满了无奈，但我相信人定胜天，只是我们需要加强各种技能，否则就会随波逐流，甚至消失不见。这不是危言耸听，这只是有感而发。

今天的周例会别开生面，大家的坦诚相待让我感动不已。自己虽然对有些数据统计一知半解，但大家愿意去学习这本身就是一种认真负责的态度。最怕明明不懂，却总是随着大家一起点头，这样的行为毫无意义。通过同事们的精彩分享，我们打开了思维，进行了自我剖析。

2022-04-17

提升自己，抓住转机

转机就藏在每个想要变得更好的念头里。坚持提升自己，上天会奖励给你一个新的开始。

每周的礼拜六和礼拜天相对是我比较清闲的两天，但最近因为内部调整流程，反倒成为最忙碌的时间了。加强内部流程的优化非常重要，分析数据可以快速测试，给新的一周做铺垫。下班的时候，很多的同事还在工作台忙着整理，那一刻，我心里有太多的感动，相信这一切都是值得的。

最近很关心国内经济的相关问题，央行全面降准0.25%，这打响了中国经济保卫战最重要的一枪。目的很简单，在市场资金合理充裕的基础上，增加资金的流动性。但是目前的资金并不是很多，真正流入实体的，也还是个未知数。

目前来看，物流出的问题导致了很多人想消费却不能消费。圈里人等食物，但是来自全国各地的物资却难以进入，整个物流是失控的，很让人无奈。总的来说，降准的钱如果没有进入到该进入的地方，比如实体经济、中小微企业，就会让人丧失信心。

无法预判未来的计划，很多的方案也无法实施。物资不会缺乏，缺乏的是如何合理调剂。也许这是我们当下亟待解决的问题吧。非常感谢给我们提供帮助的人，你们理应受到我们的尊重和信任。希望有越来越多的机会能与大家一起合作，创造不一样的辉煌。

下午向同事请教了几个问题，简简单单一句话就解决了我很多的困惑，真是听君一席话，胜读十年书。别人的帮助让我事半功倍，解决了棘手的问题。

无论如何，还是要保持我们一贯的风格，认真地去评估每一个报告的可行性，明确自己的人生追求，并在实现梦想的道路上拼尽全力。我也希望传递给大家的不是物质上的东西，而是精神上的认知。

越是高品质的东西越抢手，越是精彩的人生越需要趁早追逐，细细品味，意味深长啊！

2022-04-18

鼓起勇气，战胜自己

人一生最大的敌人其实是自己，困难其实并不可怕，可怕的是失去了拼搏与奋斗的勇气。

与认识20多年的老友一直合作到现在。他长年累月地在市场中奔波，掌握了很多第一手的资料，他给了我很多中肯的建议和忠告，希望对我的发展有所帮助。发自内心地为了对方好，这才是真正的朋友。

人这一生是漫长的，从出生到长大，再到年老，中间会发生很多事情，远比电影或者小说来得更加精彩。人这一生又是短暂的，不知不觉已到中年，接下来何去何从，需要对自己有个清晰的认识。

中国的市场是如此之大，每个地方的地域风情截然不同。所以针对不同的地方，提供不一样的货品结构以及生意模式变得非常必要。空有一盘好货或者运行良好的模式，到了新的地方却水土不服，这种现象值得我们反思，并随时随地地做出调整和改变。

现在消费者的市场早已经发生了翻天覆地的变化，由当初供方主导变为了需方主导。这也促使所有的门店一定要迎合消费者的需求，站在他们的立场来思考问题。敢说坏消息的人并非坏人，因为说坏消息的人并不希望坏消息成真。在公司的规划上，我们才能事先做好应对方案。

我们对未来的预期还是很乐观的，虽然竞争越来越残酷，但大众的消费能力在增强。我们要力争上游，避免在这场拉锯战中掉队。要打好打赢这场硬仗，相信风雨之后，我们会越来越强。

一直认为态度决定成败，信念和坚持往往比赢得一个结果更有价值。所有的努力都是为了实现公司的良性循环，继续做大利益的蛋糕，这是解决所有矛盾的根本举措。苦练内功，不断进行组织管理变革，从企业文化、价值观，到团队建设，再到激励机制、考核制度、产品创新等，都有很多工作要做。与其服务更多的人，不如服务更优秀的人；与其提供更多的产品，不如提供更优质的服务。

2022-04-19

战胜恐惧，创造奇迹

未知的才是最令人恐惧的，只要我们的信念足够坚定，就一定可以战胜恐惧，创造奇迹。

网课让每个家庭都充满了无奈，一边忙于工作，一边辅导孩子，整个节奏已经被打乱了。这样的情况促使每个人静下心来思考，工作和生活不可兼得，无法全面顾及，但是尽量不要让两者产生较大的冲突。

工作的不稳定性会影响情绪，但山峰的对面未必就是风景。我们需要理智地去判断。只要心中有梦想，眼里有光芒，总能支撑自己一往无前。

公司走到最后靠的是文化和团队，有一支铁军，就能打更多的胜仗，荣辱与共，彼此承担，才能拥抱明天的辉煌。

职场中，做一个优秀的中层领导其实很难。向上要揣测大老板的意图，向下要管理好团队，并让同事信服。这样大家才能劲往一处使，高质高效地完成任务。如果处理不当，就会导致上下失调，增加沟通和交流的成本，自己也会左右为难。

今天统计局公布了第一季度的经济数据，GDP增长只有可怜的4.8%，而去年第一季度增长了18%，看来警钟得长鸣啊。

以为自己效率很高，但复盘后发现只是自我感觉良好；总认为时间管理得非常严格，但复盘后发现每天的有效时间很短。感觉自己很忙，但结果却不尽如人意。现实中，每个人都要有复盘的能力，使自己清楚地认识到理想与现实的差距。

比数量的时代过去了，未来比拼的是质量，是纵深化发展，还有毛细血管网络的触及和覆盖。复盘要求我们具备专业的工具和流程，但前提是要理解复盘的理念。

所有人都期待年少有为、意气风发，但是大多数人会归于平平淡淡、简简单单。

成年人的世界很多时候没有对错，没有一劳永逸的行为，大家要适应外界的变化，从困难中看到希望。困难既然不可避免，那就向前看，尽可能地降低损失，渡过难关。具备了长线思维，才能有规律地安排好自己的一切。

没有比较就没有伤害，未知的才是最令人恐惧的，只要我们的信念足够坚定，就一定可以战胜恐惧，创造奇迹。

2022-04-20

全力以赴，不留余地

结果很重要，所以总要全力以赴，不留余地。无论最后结果如何，你一定会感谢现在拼搏的自己！

早晨与一个南方的朋友聊了一会儿天，我们都是做线下实体店的，需要接受关闭门店、关停物流的事实。和其他朋友也谈到相同的现象，有些门店已经关闭将近两个月了，让人焦虑不已。我们曾经无数次要把自己节奏慢下来，以便能够看清外面的世界，也能看清自己的内心。但是有一天真正停下来的时候，还是会觉得无所适从。

今天是谷雨节气，南方地区开始明显多雨，小时候经常因为这绵绵细雨发愁，因为衣服不容易干。但那时候的天永远是那么蓝，空气永远是那么清新，纯真自由，不像现在这么复杂。

人生是一场持久战，少了任何一步，都不会有精彩的故事！最大的遗憾就是"本该如此"。打赢这场持久战需要策略，至暗时刻，我们要有足够的耐心，还要持之以恒地走下去。

过去40多年，中国的声音响彻全球，一路披荆斩棘，创造了世界经济增长的奇迹。面对危机，每次都可以转危为机、化危为安，我们也要相信未来的前景。展望未来，虽然非常艰难，但我们依然深爱着我们的国家，深爱着从事的事业。深信时代的进步，深信梦想的力量。即使在最黑暗的时刻，也不会放弃底线和梦想。

首先我们要制订一个详尽的计划，明确可以实现的目标，然后再拆分成几个短期目标。尽可能地做好预判。我们深知在实际操作贯彻过程中会遇到难以想象的阻力，但我们有备而来，全力以赴，所以，我们不怕。

冬天或许是冰冷的，但冬天的人们却有着如火的热情！通过互联网我们接触到了遥远的世界，在乍暖还寒的季节体会到世俗的温情，当我们深感无力，陷入崩溃的时候，我们还有同伴，还有朋友，他们都在为你摇旗呐喊，都在为你奔走呼号。你并不孤单。

结果很重要，所以总要全力以赴，不留余地。无论最后结果如何，你一定会感谢现在拼搏的自己！

2022-04-21

劳逸结合，不畏路途遥远

只要方向正确，就不要怕路途遥远。努力和勤奋不是日复一日地忙碌，好的成绩往往出于劳逸结合。

现在早晚的温差特别大，穿着衬衫怕着凉，披件外套又会闷热。畏惧感冒，但很奇怪，从未得过感冒。

身体很重要，如果不珍惜自己，没有人可以替你承担。有了良好的体魄，哪怕一无所有，也有机会重新来过。人生不是百米冲刺，而是一场马拉松，在这个过程中，健康尤为可贵。很多年前我也学人家一起勤走，坚持了几个月，却把半月板磨损得非常厉害。看来根据自己的体质制订良好的健身计划，是必须要考虑的事。

在现如今的这个社会，走出一条属于自己的路非常艰难。但是无论如何，我们也要坚持心中的原则和底线，做最真实的自己。

每个人都曾有意气风发的梦想，有天马行空的目标，但是随着时间的推移，人生经历的丰富，雄心壮志消失了，曾经高傲的自己终究向现实妥协了。

一路走来，总是给自己勇气和鼓舞，无论成长成什么样子，都会心怀感恩之心。这个世界本来就很美好，给自己多一点关怀吧。

流量时代，我们千万不要让洪流淹没了初心。走心，做自己能做的事，做属于自己的事，才能与众不同。只要心地纯正，无论在哪里，都会受到尊重。

很多人对昨天的失败耿耿于怀，对过去的成绩喜不自胜，要知道那仅仅代表过去。我们应当给自己一个新的起点，用重新归零的心态去看待自己走过的路。这样才能让自己在未来的日子里变得越来越成熟。

无论自己创业或者带团队，要懂得什么是最重要的事，时间、精力和资源也都应该围绕这个最重要的事去调配。千头万绪，要考虑人员安排；资金调配，要考虑市场需求，产品的生产、存储、运输等环节更需要耗心费神。但大道至简，要知道，我们的时间有限、精力有限、天赋有限，只有把资源用在最关键的事情上，才可能取得成功。

只要方向正确，就不要怕路途遥远。努力和勤奋不是日复一日地忙碌，好的成绩往往出于劳逸结合。

2022-04-22

懂得寂寞，明白价值

不懂得寂寞的人，无法明白坚持的价值，更不会懂得每天精进的意义。

许久未听阿杜的声音，希望一首Andy能唱尽人间深情……

气温一天比一天高，徐徐的春风让人心旷神怡。骑单车也让人意气风发，似乎又回到了少年时代。曾经憧憬着日子过得快一点，如今又盼望着时光放慢脚步。

频繁的电话会议占据了我大部分的时间，但真正落地的效果却打了折扣。大家需要一起探讨，落实成文，齐心协力共同执行。

人一旦有了固定思维，就会停在原地，止步不前。新的方法，有可能一时之间难以适应。但是时代在改变，我们呀要学会适应。改变一下，未必是坏事，故步自封，必将难觅出路。

现在的商业氛围和以前已经截然不同了，我们更需要中间的体验过程。贸易差价当然是一个非常重要的因素，但是服务也是未来商品的一部分。我们需要提供性价比超高的商品，让大家感到愉悦和温暖，才有可能形成持续的复购，才有可能招揽新客户，这就是商业的本质。

我要表扬一下品牌运营部的同事们，大家奔波在各个渠道之间，不辞辛苦。这样的精神足以鼓舞人心。可喜的是一个又一个新项目接踵而来，我们要举公司之力，推进这些项目的发展。公司就是一台高效运转的机器，每个部件缺一不可，只有通力配合，才能朝着目标奋勇前行。

困难之下，更加能看清人的品格及胸怀，我相信困难是暂时的，我很开心有一帮志同道合的同事们。

大家都听说过竹子的励志故事，竹子在前三年只长了3厘米，而最后一年却可以冲到几米高。真正的成长是每天对自己要求高一点，长此以往，就能产生巨大的效应。懂得每天打磨自己，无论做什么事情，都会取得巨大的进步。

人其实挺简单，快乐也很简单。只是顺手做了自己分内的事情，别人却感觉获得了很多。如果能够感受到对方的好，滴水之恩当涌泉相报，你也要回应别人以善意。因为懂得，所以理解。

不懂得寂寞的人，无法明白坚持的价值，更不会懂得每天精进的意义。

2022-04-23

珍惜当前，不畏苦难

历史一直在循环前进，我们也从未摆脱过这个轮回。珍惜当前，不畏苦难。只要心中有太阳，人间一定充满温暖。

一个好朋友生宝宝了，在南方，一般都是吃满月席。但是在北方，孩子7天的时候，要有剪头宴。看来不同地方的风俗真是不一样。非常幸运的是，在宴席上我结识了一位朋友，聊了很多。由于位置比较偏远，他的门店从原来的6家到现在还剩下两家，不过他毕竟是经历过风雨的人，面对这点困难依然从容淡定，并表示在接下来的时间里，他一定会发愤图强，有所作为。

从1978年改革开放到现在，已经过去40多年了。我们习惯了岁月静好，以至于现在稍有苦难就觉得这个坎过不去了。或许2022之后的日子比现在还难过呢！我们要做的是学会珍惜，学会习惯。我们总要坚强地活着，因为这个世界从来不缺乏灾难。

当前局势确实发生了很大的改变，不论是什么行业都多少受了一些牵连。大家更加珍惜生命，面对困难时更加淡定。一味地悲观对事情毫无帮助，只有自我沉淀、自我进化，才能安然度过这段艰难的日子。

与其说是消费者的心理发生了转变，或者是商家经营方式发生了改变，倒不如说是社会的发展改变了我们内心的想法，让我们明白了自己真正想要的到底是什么。在艰难的时候，要加强行业自律，树立品牌意识，提高产品质量。等市场回暖的时候，留存下来的公司就将获得良性的发展空间。

今天下午与一个朋友沟通时聊到，其实每个行业应该都会平淡一阵子，落差会比较大，大家要做好心理预期，沉淀自己的本质。是金子总是会发光的，只要我们一直坚持向前走，总可以到达目的地。

大力推进平台化、数据化管理，这一直是我们工作的重中之重。从当初筹备到现在已经过去了几年的时间，效果真的是令人惊讶。

2022-04-24

互相信任，一往无前

漫长而波折的一生中，信任是最珍贵的，愿大家都能找到互相信任的基础，因为这是一往无前的勇气来源。

今天虽然是星期天，但企事业单位还是正常上班。去市政大楼办理业务，我发现人工智能在办事流程中使用广泛，这也使得整个流程出乎意料地顺利。现实中何尝不是如此，从智能化的车辆扫码出库、机器人取号，到扫码付款，去人工化的迹象非常明显。

本来约好10：30和一个客户见面，但是因为一些工作推迟了半个小时。我们一再和客户道歉，并反思自己的预判。现在的生活节奏非常快，大家的时间观念越来越强烈，我们不能因为自己的原因浪费对方的时间。三人行必有我师，每次和客户交流总是让人获益匪浅。他们身上的闪光点都是值得我们学习的，我们也一直都在学习。努力找准方向，顺势而为，才能够取得更大的成就。

要想获得成长，选择一个适合自己的平台非常关键。个人的力量是渺小的，只有让自己处于一种良好的环境中，才能成长得更快，变得更强。越是在艰难的时候，越能体会什么才是自己真正想要的，并为之付出切实的行动。当原本的计划偏离轨道，只有不断学习，才能找到自身的光芒，才能增强自己抵御风险的能力，才能在当下做出最明智的选择。

优秀的人的身上有一个共同点，那就是对自己的工作生涯非常重视和爱惜。无论在哪个行业哪个领域，这种热爱都是一种很珍贵的品德。有时候，人品是一笔巨大的财富。真实有序的市场中，站立着一个又一个忠于职守的人。舞台可以简陋，演出必须精彩，岗位可以平凡，但梦想必须崇高。

一个公司内部出现意见分歧是非常正常的，尊重并包容团队的差异化也非常重要，但一定不能偏离共同的目标。

很多人都羡慕烟花的绚丽，但是烟花在绽放之后就坠入了无限的黑暗。我们自己又何尝不是这样，经历花开花落，遭遇迷茫焦虑，但请一定相信荣耀终将降临。

漫长而波折的一生中，信任是最珍贵的，愿大家都能找到互相信任的基础，因为这是一往无前的勇气来源。

2022-04-25

不要迷茫，勇敢一点

或许多方面发展未必是最好的出路，但确实是现阶段最现实的出路。任何时候都不能迷茫，勇敢一点，再勇敢一点。

临近月底，很多的工作都前置了，频繁的会议占据了大部分的时间，显得比较忙碌。

平常对团购生意领域有所涉及，却谈不上精通，今天有幸学习了很多。团购是一个新的领域，我们原来投入的精力相对比较少，但它是一个非常重要的渠道，我们要加强这方面的学习，毕竟专业的事情要由专业的人来做。

第二季度的第一个月就要结束了，我们绝不会躺平，我们更渴望挑战自己的极限，力争在极度萎靡的市场中做不一样的自己。目前来看，虽然没有百分之百达到期望，但是效果还是非常显著的。同事们齐心协力，共渡难关。

下午接到一个房地产公司的电话，问我是不是最近去看过他们的项目，对那个项目有什么想法。其实我不知道这个项目，也从来没有去过这个地方。我觉得作为一个销售员，讲诚信是非常重要的一步。直接说你们这个项目的性价比超高反而更能激发我的兴趣。

作为销售员，尊重和诚恳是基本的准则和底线，这会给客户带来安全感。而一些销售员把客户善意的提醒当成耳边风，想着反正生意是做不成了，那就话说得狠一点，发泄心中的不满情绪，真的有必要吗？赢了一口气，输了客户，失了人心，得不偿失啊。希望我们公司所有的客服人员都能换位思考，切忌给人造成这样的困扰，

没有一份工作不辛苦，没有一种努力不值得尊重。成长的道路上，一分耕耘一分收获。即使努力之后未必会达到想要的结果，但你一定要珍惜这成长的过程，因为在这里，你能学到比结果更重要的东西。

人生道路何其漫长，成长的烦恼，永远比幸福来得多一点。内心的淡定，才是克服一切艰难险阻的法宝。不要迷茫，不要怯懦，勇敢地向前走吧，你会收获成长的快乐！

或许多方面发展未必是最好的出路，但确实是现阶段最现实的出路。任何时

候都不能迷茫，勇敢一点，再勇敢一点。

2022-04-26

自渡才能成功

这个世界上没有那么多的感同身受，很多事情，我们只能自渡，别人帮不了你，难以给你同样的理解和同情。

中国第一季度的GDP增速是4.8%，这数字来得极不容易。现在看来，今年的开局是一个相对稳健的开局。

与朋友们讲了很多生意之外的东西，但归根结底最关键的还是当前的形势。特殊情况下，过程是非常重要的。一切以结果为导向的说法没有错，但是如果过程走好了，结果也会朝着好的方向发展。和蔡总沟通，我们总的方向是一样的，但是理解上会有所偏差，我相信只要做好了过程，哪怕结果不如意，我们也成长了，也就达到目的了。

中国的市场是如此之大，每个地方千差万别，整合大家的思路，从一个点上找到共同发力的方向也许是一个不错的选择。当然，我们对任何事情一定要抱着必定达成的信念，如果连最基础的信心都没有，那么做这个事情的意义就会大打折扣。

方法总是比困难多，所有成功的经验不仅仅是理论上的，还需要从实践中得到验证。只要勇敢迈出第一步，实际上就意味着一个好的开端已经悄悄来临，而团队自上而下的精气神更是做常胜将军的法宝。未来的一到两年，商业的变革也许会大大超乎我们的想象，如果不能定下自己的框架和逻辑，市场几乎不会给你任何生存的机会。

今天听到另外一个让人震惊的消息，就是马斯克有可能会把推特公司全资买下。我个人觉得原因当然不仅仅是他发了一条推特但被推特公司屏蔽了，而是整个互联网巨头的商业模式有可能遇到了一个瓶颈，以前那种超速发展几乎不可能重现了。急流勇退，对推特来说也许是最好的选择，抑或是无奈之举吧。我不知道未来几年之内会有多少的公司走到这样的地步，或者越来越强，或者销声匿迹。因为单靠自己的力量几乎难以抵御市场的风险。

总的来说，当前经济面临重大困难，但是我们也要认识到选择躺平不但不能解决问题，反而会让处境更加艰难。面对困难，要坚定信心，找准方向，这才是应对之道。

这个世界上没有那么多的感同身受，很多事情，我们只能自渡，别人帮不了你，难以给你同样的理解和同情。经历过人间风雨，才能唱出生命的真谛。

2022-04-27

持续努力，拥抱明天

很多人努力到无能为力却一无所得，这是世界的残酷之处。这个世上从来不缺努力的人，缺的是持续努力的人。

一直以来，我的时间观念还是非常强的。约定某一个节点做某件事情就一定要按照事先的安排行事。如果因为种种原因无法按照约定时间完成，那么就会对整个的行程安排造成影响。你约的人不会因为你的理由而理解你，只会认为你的工作做得不到位。

穿过不算拥挤的街道，远远望去，天空中浓烟冲天，靠近一看，在厨卫城西边，一个靠近物流的仓储中心发生了严重的火灾。天干物燥，熊熊烈火肆虐，让人痛心疾首。

见过了大风大浪、花开花落，依然不变的是与时俱进的心态。想过最美好的结果，也预判过最不好的过程，于是练就了宠辱不惊的心态。工作或者人生，都应如此。我们是时代变迁的见证者，见证了百年一遇的暴雨，也见证了残酷的战争，见证了惨烈的空难，也见证了种种难以置信的现实。每一个参与其中的人，都能深刻感受到一种不曾有过的感觉。重重压力之下，内卷、抑郁、惶恐，种种原本无比遥远的话题，逐渐成了当下网络的热词。但是所有的人都在保持努力向上的姿态，没有选择躺平。

未来的社会会变成什么样似乎谁也无法预知。如何在这个充满不确定的年代，找到一个确定的未来，大家都在寻找这个答案。我们都急需一种明确、具体的安全感，去抵御心中所有的不安和动荡。

我们每走一步，都会面临诸多的问题和风险。这个时候，无数的消极情绪会来到我们的身边，让我们无所适从。适时调整自己的心态，坚定信念，一如既往地遵循既定的游戏规则，持续地精进自己是不二选择。

很多人努力到无能为力却一无所得，这是世界的残酷之处。这个世上从来不缺努力的人，缺的是持续努力的人。

暂时的失败不可怕，可怕的是失掉从头再来的决心和毅力。请相信，持续努力，必将拥抱明天！

2022-04-28

披荆斩棘，一路高歌

很感谢陌生的信任和坦诚，其实我没有别人想象中的那么好，我只是在试着让大家感受到我的能量，如果有可能，让我们一起披荆斩棘、一路高歌……

上午和同学通了电话，他在浙江义乌从事玩具行业。毕业之后我们一个在南，一个在北，这么多年过去了，偶尔拿起电话聊个天，这种感觉还是非常好的。

年少时的我们天真地以为只要梦想足够大，就能一路坦途，一片光明。少年的梦想天马行空，少年的豪情气盖云天。

长大以后才知道，这个世界远非自己想象的那么简单。社会经历磨炼了我们心智，但是内心深处永远保持着自己的初心和底线。哪怕受到多大的考验，我们依然坚持自己的坚持。锋芒慢慢地被打磨，人的心态也越来越淡定。因为所有的一切不会因为我们的停止而停止。

有人可能会说大公司底子厚、扛得住，这话只讲对了一半，因为大公司的运营成本高出一大截，一旦流量往下掉，压力也不是一般地大。日子虽然难熬，但我相信只要心态不崩，就能在逆风中寻找到新的突破点。

树要看根，人要看心，公司也是如此。做事情，态度和决心是最关键的，永远不放弃，永远向前看，自己才能一直向前走。

发展的问题可以在发展中解决，最怕就是止步不前。我们对现实可以悲观一些，但对未来永远要保持乐观。

比天赋更重要的是对长期目标的热爱和不懈的坚持，这是一个人深刻在骨子里的烙印，是一个人真正的核心竞争力。人生是个不断遭受挫折的过程，只要你输得起，就永远有从头再来的机会。

用心聆听真实的声音，你会发现很多奇妙的东西。如果每个公司、每个团队、每个人的想法都是一致的，那我们的目标自然就不会太差，对这点，我深信不疑。相濡以沫、互相谅解，公司强大、平台强大，个人才有更好的发展。

很感谢陌生的信任和坦诚，其实我没有别人想象中的那么好，我只是在试着让大家感受到我的能量。

说是一生不变，谈何容易。如果有可能，让我们一起披荆斩棘、一路高歌……

2022-04-29

感恩有你

最幸运的，不过是读到一本好书，发现一种小美好而已。何其幸运能在生命中的有一刻让大家惦记。

上午9：30约了几个客户去下面的门店看看，这样的提议非常棒，走出去看看世界一定是对的。读万卷书不如行万里路，行万里路不如阅人无数。现在的市场基本上不会单方面地以品牌或者代理商为主导，而是消费者倒逼门店和服务商，加之品牌商的通力配合，才有可能找到最适合的方式方法。

市场人流的萧瑟，其实早已在我的预想之中，但现实情况还是比想象中的更加严重。竞争的残酷，远远超乎了大家的想象，我所理解的竞争不仅仅是同一条街上的同行门店之间，而是来自多维度、多渠道、多方面的竞争。

作为从业者，我们每个人都会感受到这方面的危机感，大多数人毫无招架之力，单方面臆想回到从前的生意模式无疑是痴人说梦。如果不从内心深处产生变革的冲动，那任何的行为都是饮鸩止渴。

无论对于穷人还是富人，性价比永远有着不可抗拒的诱惑力。未来门店的发展一定要朝着这个方向去努力。我们不是超市，也不是商场，一味地追求丰富，只会拖累自己的脚步。如何迎合消费者的需求，减轻自己的压力，提高门店的运营效率，是当下迫切需要解决的问题。

中午朋友带我们去一条街上喝羊肉汤，坦白地讲，我不喜欢但也不排斥，当我们到了这一家餐馆时，眼前的场面让我大吃一惊，整个大堂满满当当的都是人，吃饭需要等候排队，我们没想到现在还有这么好生意的店铺。经过询问才知道这家店讲究食材的品质，价格实惠。我想这应该能给不少同行以启迪。

2022年注定是不平凡的一年，懂得珍惜自己已经拥有的东西，相信一切都是最好的安排，无论遇见什么人，无论发生什么事，都可以用来磨炼自己，成全自己。即使事与愿违，我仍愿意选择相信。故步自封、不爱学习的思维，只会让自己停滞不前，拥抱新事物的前提，是打开自己的胸怀和心扉。

最幸运的，不过是读到一本好书，发现一种小美好而已。何其幸运能在生命中的有一刻让大家惦记。

2022-04-30

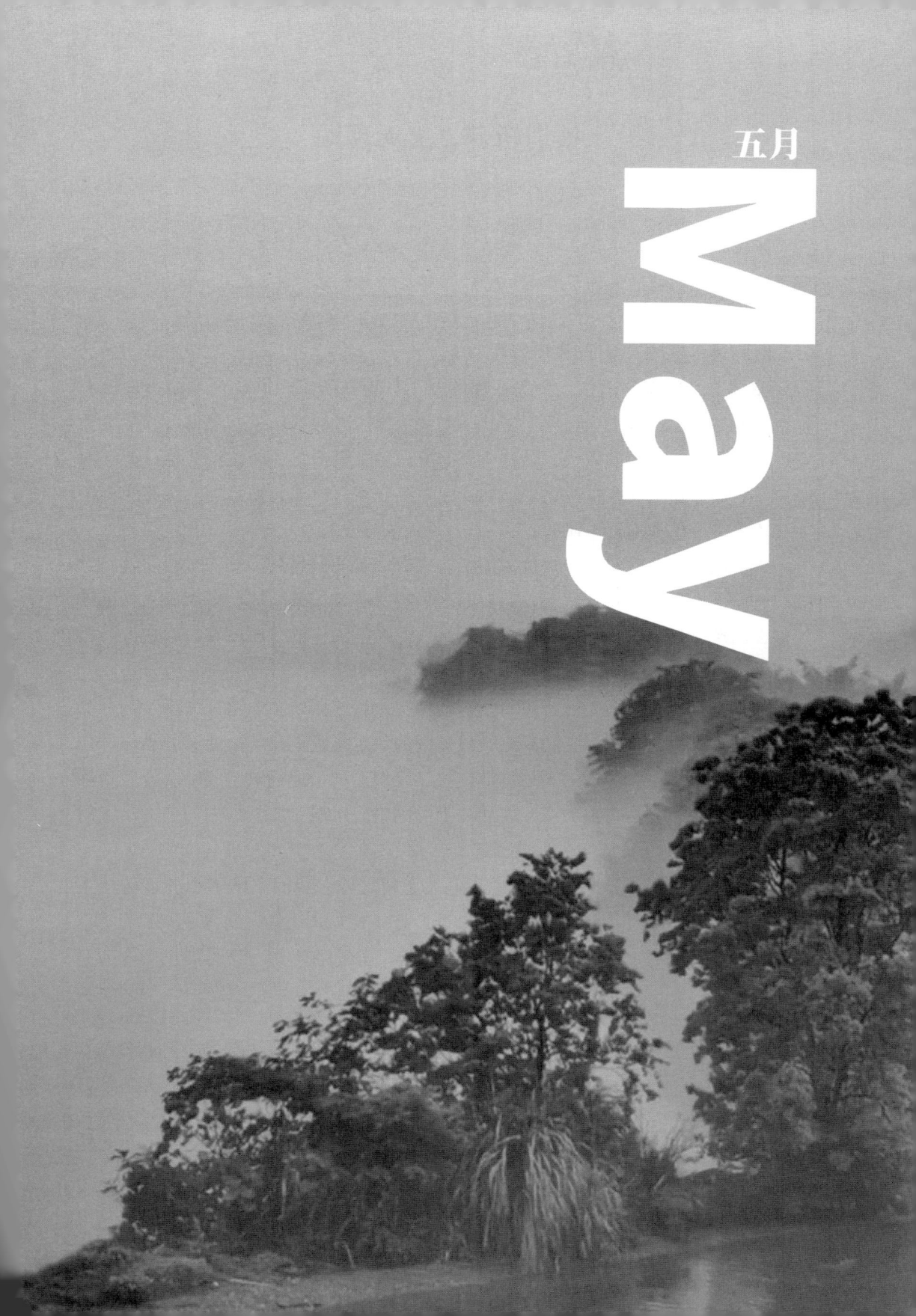

五月

May

披荆斩棘，义无反顾

科技也许只是改变了生活，却很难改变人心和人性。只要还有机会，就要披荆斩棘、义无反顾！释怀多一点，那么遗憾自然就会少一点。

时间过得真快，4月的最后一天来了。

如今的时代变化迅猛，事少钱多的好工作正在消失，创业这条路将会越来越难。但是我相信未来会出现很多共同创造价值的平台，每个人在自己的平台上发挥能量，产生相应的效益，做到所有的资源融会贯通，从而达到共赢。如同硬币，一定会有正反面，危机之中，同样也会存在很多机遇，逆势爆发出的能量，往往才是最震撼和不可思议的。

人们的担心也许只是杞人忧天罢了，失去的可能只是几个月的时间而已。当然，有一部分失去的将永远都不会再回来了。所有过去的一切，不仅仅只是过去了那么简单，每个人需要认真思考一下，我们未来工作的开展以及付出代价的意义所在，进而把它变为一个很多年之后沉淀下来的经验。

每周六的周例会还是照常进行，当前情况下，需要每个人重视会议，并且发自内心认真地去对待。过去的一周，最亮眼的一定是我们品牌事业部的动作，在如此艰难的局势中，他们的表现足够优秀，我们看到了他们取得成绩的背后是难以想象的汗水。向每个努力奋斗在岗位上的同事表示敬意，是你们的努力让我们的公司有了更多的底气。

过去的这一个月，在情理之中，也在意料之外。我们离期望中的目标还是有一点差距，但是我们的表现已经超出了大多数人的认知。芳菲的4月，似乎与我们无缘，希望热情如火的5月能给我们带来劳动的收获，作为第二季度的关键月，5月承上启下的作用难以估量，相信我们能为今后的经营奠定一个坚实的基础。

细节决定成败的逻辑永远不会过时，每天只比别人多做一点点，这一点点加起来，你一定会把周围的人甩出好远，相信厚积薄发，你一定能一鸣惊人。

科技也许只是改变了生活，却很难改变人心和人性。只要还有机会，就要披荆斩棘、义无反顾！释怀多一点，那么遗憾自然就会少一点。

相信一切都是最好的安排。

2022-05-01

勇于经历，绽放光彩

不管顺境还是逆境，每一份经历都会增加你生命的厚度，所有的一切，都会绽放绚丽的光彩。

节后第一天上班，我要致敬每一个奋斗在岗位上的伙伴，因为心中有热爱，我们的工作拥有了光环；因为大家的努力付出，我们的公司后劲十足。时光倏忽而过，似乎昨天还是春节，今天再看，这一年的时光已经溜走了三分之一。

早会上，同事们分享了很多感想，虽然超时了，但坦白地讲，我觉得这种分享意义非凡。大家认真地做了功课，讲得条理清晰，最主要的是大家已经达成了共识。逆境之中，公司需要良性的发展，这需要我们齐心协力、同舟共济，展现出我们永之信人的精气神。我一直相信我们的公司会朝着良好的方向发展，而这需要志同道合的伙伴们的通力合作。在前进的道路上，我不想落下一个队员。保持持续的学习力、凝聚力，迎难而上，百折不挠，只有这样，才能为我们的事业添砖加瓦。

各种购物平台的不断崛起确实在一定程度上冲击了实体行业的发展，导致大部分伙伴面临着前所未有的危机。但是，在这个不断更新的时代，我们需要好好规划，重新明确发展方向，助力公司的长远发展。无论是公司的高层还是基层，我们都要相信自己一定可以完成任务。

很开心看到我们的团队得到了客户的认可，这是最让人欣慰的事情了。我们的使命就是为客户创造价值，如果客户觉得值得，那我们背后的付出就值得。感谢客户的分享、理解与支持，你们的建议让我们少走了很多的弯路，感恩有你们。

时代的脚步从没有停留过，它全然不顾及我们的感受。从事这个行业20多年，见惯了沧海桑田，熟悉了物是人非。有时候会想，一个人暮年时回顾一生，才发现自己只顾着赶路，没有留下什么故事，那么彼时会有什么感想呢？

听过太多的心灵鸡汤，也讲过太多别人的故事，总觉得人生中最好的读书生涯只有短短的数年。这种纯粹的时光，一辈子只有几次，那么就请好好把握吧，让自己在这段时间里留下人生中难以磨灭的记忆。积极一些，为遇到的人多付出一点，为这个世界多创造一些价值……

不管顺境还是逆境，每一份经历都会增加你生命的厚度，所有的一切，都会绽放绚丽的光彩。

2022-05-02

想要明天就不要逃避今天

那些看起来非常简单的工作，只有真正去做的时候，你才会发现每一个细节背后，都有着不为人知的努力。

虽说今天还在假期之内，但我仍然需要权衡整个公司的利弊，有必要对自己的部门做一次非常清晰的透视，把好的继续发扬光大，把不太好的加以改正。新的一月，我们都一定要成就崭新的自己。

对目标，我们要充满敬畏之心；对困难，我们要拥有战胜它的决心。我相信历练能够铸就不一样的自己。蔡总说："其实你们不知道林总看到大家的成长有多开心，尤其看到员工在会议上或者日志里面发自内心的分享。他总觉得他的付出得到了大家的认同，他多么希望带领团队成功地到达目的地啊！"知我者，蔡总也。

下午公司进行了一轮考试，这让大家回到了学生时代。其实成绩体现的只是表面上的情况，打开大家的认知远远比考试还要复杂。遵循内心逻辑，并且有坚定的信念，这条路会非常艰难。但毫无疑问，这是一条必经之路，没有任何的捷径可言。

每个人都相信公司会有光明的未来，但现实总会制约你的梦想，所以许多人止步于空想，而没有付出实际的行动。这对于人生来说是一种遗憾，并不是一种理性思考的结果。

格子间的生活总是伴随着苦闷，拥挤的空间、密集的工位给人的感觉只有压抑与束缚，即使是已经走向中层的我，也无法逃脱这种无处不在的压力。不定时的加班、朝令夕改的规划让人很难找到自己的价值。逃离压力，远离喋喋不休的下属与指手画脚的上级，在这个世界中找到属于自己的生活方式，这种想法在脑海中盘旋了许久。

但是逃避一定会付出沉重的代价。生活，不过是茶米油盐酱醋茶，哪有那么多的情怀感受，哪有那么多的随心所欲。逃避，是最简单不过的事情了。面对压抑与焦虑，人们会用各种形式来麻醉自己。任何一个向往自由，却又能坐在办公室中埋头工作的人，都是值得敬佩的。

那些看起来非常简单的工作，只有真正去做的时候，你才会发现每一个细节背后，都有着不为人知的努力。太多的故事，不能说再见，只为更好的明天。

2022-05-03

物我皆忘，投身时代洪流

在这个充满着变数的时代，各种事情都会随时发生。最优秀的商业模式，一定诞生在翻天覆地的时代，忘记你我的角色，投身时代的洪流之中吧！

这几天的天气越来越热了，但是早晚的温差还是有点大，给人一种头昏脑涨的感觉。

上半年失去的太多了，我们希望下半年把失去的拿回来。旧的生态会被新的生态取代，这是一种必然。不能因为看到旧事物的消亡就推测将无路可走了。但凡有东西消逝的时候，也一定有新事物在暗处慢慢生长。

任何行业都不是一成不变或者永远兴旺的，当然也都不是永远萧条的。不管面临什么样的问题和风险，万变不离其宗，社会的更新迭代永远是不变的规律。

一个合作公司的高管家在安徽黄山，他谈起了这几年的感受。对于旅游城市来说，今年的五一小长假是一个寂寞的假期，再也没有了曾经人山人海的盛况。只有空置的房间、安静寂寥的大山和不再忙碌的员工。

公司要在不确定的环境中稳定地发展下去，一定要有多元化的经营模式。有多少人愿意相信星辰大海和诗意的远方，如果没有行动，那就只是望梅止渴罢了。抱定远大的理想信念，从大处着眼，从小处着手，既能仰望星空，又能脚踏实地，不论何时、何地，面对的是何人、何事，都要谦逊地学习，不断地精进。面对瞬息万变的市场，只有保持不断地学习，才能提高专业知识水平，在激烈的战场上站稳脚跟。

这么多年走过来，我一直非常地肯定：任何让我们备受煎熬的事情，也一定能让我们成长。我们规划的美好未来，每时每刻都会发生变化，唯一不变的是我们对于未来的初心。相信通过持之以恒的努力，我们一定可以实现曾经的梦想。

闲暇之余，我喜欢静静地看本书、喝杯茶，城市喧嚣，人心浮躁，我们必须要学会安静。用心去审视一切，找到自己的位置和方向。停下来思考，从千头万绪之中，找到自己想要的东西。

宠辱不惊，看庭前花开花落；去留无意，望天空云卷云舒。

在这个充满着变数的时代，各种事情都会随时发生。最优秀的商业模式，一定诞生在翻天覆地的时代，忘记你我的角色，投身时代的洪流之中吧！

2022-05-04

永远做个年轻人

我们经常听人说要和时间做朋友，但无论如何都不要与时间一同老去。永远年轻，永远热血沸腾，初心不改，即使老骥伏枥，我们依然如故。

虽说青年时代早已离我远去了，但是这个特别的日子还是会重新燃起我的雄心壮志，或许是因为我一直有一颗青年的心吧！是的，无论何时何地，哪怕走到暮年，内心的激情永远不能消失。

人的一生中最难的就是控制自己，管住嘴，管住腿，管住自己的生活。这需要我们每天坚持做好事先规划的事，不断地提升自己，慢慢地改变自己。做任何事情都要保持年轻人的冲劲，经过历练，沉淀下自己的想法，最后融会贯通渐渐成熟。

初夏的阳光照在身上是如此炙热，让人以为来到了一年之中最炎热的季节。全国各地不断传来了好消息，相信在假期之后，整个社会会有全新的面貌。出差、旅行、上学、工作，随心所欲。美好的世界，也许就是如此简单。

公司初期的重点是生存目标，发展到一定的阶段才会有文化使命愿景。我们需要不断地成长，才能消除落差。与10年后的自己对话，你会说些什么呢？你要中气十足地说："曾经的选择是对的！"

虽说我没有资格谈论青春了，但是也不要忘了，我也是从那个时期一步一步走过来的。任何一种工作都是我们施展能力的舞台，在这个舞台上，我们可以诠释自己的性格，挑战并完善自我，并可以结交志同道合的朋友，实现自己人生的价值。

工作是一种生存的技能，而事业则是需要我们用生命去做的事。对待它的态度决定了我们未来的高度。努力工作，前方既有星辰大海，亦有春暖花开。前路漫漫，愿我们能仰望到璀璨的星空。

经营不是件光凭热情就能做好的事，它很考验人的心态。很多年以前，靠人格魅力就能事半功倍，而现如今，个人魅力只是一个加分项，而不再是一个绝对的优势。

成功都是靠很多的因素组合起来的，机缘巧合造就的成功少之又少了。不要忘了自己归根到底干的是服务行业，我们所有的一切，都离不开客户。

我们经常听人说要和时间做朋友，但无论如何都不要与时间一同老去。永远年轻，永远热血沸腾，初心不改，即使老骥伏枥，我们依然如故。

2022-05-05

拒绝内耗，潜心修炼

岁月渐远，人心沉淀，曾经不屑一顾的事，如今却深信不疑。人到了一定的年纪，越来越觉得世界充满了未知，而且我们扮演的角色完全没有一个有逻辑的剧本。

人到中年，似乎变得越来越感性，有时候想听激昂的音乐，有时候又想听舒缓的音乐，这也许就是情随事迁吧。

经历得太多，所以会看淡很多事情。面对纷争复杂的问题，内心早已波澜不惊，可能会有自己的想法，只是不会再轻易地去多加评论了。中年人想要快乐非常简单，找知心好友喝一壶清茶，听一听音乐，看一场体育赛事，如此而已。

今天上午去了一家4S店，体验了一把高大上。但总觉得缺少了点什么，细细品味，可能是缺少一种文化吧。也许这种要求太过于苛刻了，但是如果细节上处理得再完美一些，顾客的体验感就能再上一个台阶了。

这不是一个休养生息的年代，我们也不再是安于现状的年纪，面对困境，我们要发出不一样的声音，寻找各种各样的方法，在平凡的路上，做出不平凡的事。未来会有多么难不重要，重要的是你要走下去。

这几年大家谈论更多的是内卷，也就是市场竞争的一种白热化状态。之前大家可以一起把蛋糕做大，然后考虑怎么去分。现在市场开始变了，蛋糕越来越小了，大家互相蚕食，就陷入了恶性竞争的怪圈。

比起这种外在的原因，大多数人更担心的是内耗，因为在当下这种不容乐观的情况下，出现内耗是非常可怕的事情。之前把精力放在社交、找客户上，而现在焦虑、抑郁、孤独感无处不在，人们不得不腾出精力和时间来安抚内心。

岁月渐远，人心沉淀，曾经不屑一顾的事，如今却深信不疑。人到了一定的年纪，越来越觉得世界充满了未知，而且我们扮演的角色完全没有一个有逻辑的剧本。

清爽的晚风吹拂在脸上，希望它能吹走人们心中的意难平。

2022-05-06

做个好爸爸

一个男人一生中不可或缺和最有价值的事，也许就是若干年之后，孩子口中的："你其实是个不错的父亲。"

一直承诺要写一篇关于你的文章，也许现在你没有耐心看，但总有一天你会细细品味出我的用心。相信有一天，你能够意识到成人的世界除了学习，还要面对方方面面的问题，承受各种各样的压力，最后释然，继续乐观地生活下去。

在我心里，送你上学很有必要，因为这一路，我可以和你在一起。你的会心一笑，让我心里乐开了花。

孩子，你一定要做时间的主人。提前把接下来的工作安排好，每一个时间段，做该做的事情，这样的话，即使出现了意料之外的事情，你也能从容应对。

我承诺过不能体罚，我做到了。但有时候言语的伤害远远比身体上的痛苦更让人受伤。在这一点上，我做得不好，有时候着急说出赌气的话，想想真的是不应该。我爱你，所以对你的期望很高，但过分要求你做不喜欢的事情，其实是一种自私。

开学之前，我们需要准备充分，做到万无一失。但是听到你的作业竟然还没有完成的一刹那，愤怒填满了我的胸腔。一下子，我觉得自己正悲哀地站在你的世界之外。

我可以体谅你没有经验，但不能原谅你在做错了事情之后推脱责任。上学离家的时候，你红红的眼眶，分明是盈满了委屈的泪水。透过你的眼睛，我看到了另外一个自己。这个自己与我想象的自己相去甚远，远得让我吃惊，远得让我失魂，我却不知道说什么好。

后来我向你承认了我的不对，也告诉了你我生气的缘由，希望你能原谅和理解。电话那头你说："爸爸我知道了。"这一刻，我承认我的眼睛酸酸的……

我可以竭尽全力把一个普通的员工培养成公司的高管，却不承想用了漫长的10多年把自己的心头肉变成了熟悉的陌生人。在孩子的成长面前，生意场上的得失，是多么不值一提啊。

读书为了什么？养成良好的习惯，树立正直的品格，对自己有个长远的规划，这样就够了。

没有哪个父亲不希望得到孩子的信任和尊重，但有时候我们真的懂他们吗？真正的爱孩子是尊重他，真的考虑他们的感受。居高临下的口吻换来的只是孩子的默不作声，但是那一刻，他们在想什么呢？有一天当他们也变成父亲之后，是否也会同样对待他们的孩子呢？

每个人的心底都有一处柔软的地方，孩子的一句发自心底的赞美便会让我欣喜若狂。我纵然经历过无数宏大的场面，但还是在那样的时刻忍不住潮湿了双眼，我已经能够将所谓的江湖声誉看淡，却无比在意你的评价。必须承认，做一个好父亲其实很简单，成本也很低。你说的一句话，就能让我开心。

春天的清晨格外清爽宜人，窗外只有丝丝的风声。车厢里很安静，似乎听得到父子间的呼吸。缓缓将车停在路边，看着你进入校园，多久没有这样目送你上学了啊。一眨眼，你都长这么大了。

日子是一天天过来的，有时候就像电影一样，一幅又一幅的画面呈现出来。虽然我始终在你的生命里，但是我不想只拥有爸爸这个称呼。

你的成长，对我来说，是最重要的，没有之一。感受你每一次的呼吸，你的存在是我生命的奇迹，你的一举一动占据我心里，真的希望你能把我当成朋友，坦诚相待。

一个男人一生中不可或缺和最有价值的事，也许就是若干年之后，孩子口中的："你其实是个不错的父亲。"

2022-05-07

不要忘记自己是谁

用心聆听来自外界的声音，你会发现很多奇妙的东西，但是请记住：不要忘记自己是谁。做自己，不被定义，因为我们就是最美的自己。

早上5：00多送老大上学的时候，他在车上看了我写的文章。我问了一句写得怎么样，他说："爸爸你写得真好！"那一瞬间，我觉得我们似乎是认识许多年的朋友。又是阳光明媚的一天，虽然风有点大，温度比昨天略微低一点，但是愉悦的心情一直弥漫在心头。

晚上接到了非常振奋人心的消息，全市的幼儿园从下周一开始可以全面复学了。广场上的孩子们迎着春天的味道到处飞奔，他们天真无邪的脸庞，让人想起了自己的天马行空的童年。这段属于自己的时光多么无忧无虑啊。

5月份的第一周匆匆过去了，我们已经看见了曙光，全面开放的脚步越来越近了。对于生意的全面开展，大家也有了自己的想法。

周六的例会较以往轻松了许多，蔡总的格局让我觉得十分惭愧，在相当长的一段时间里，大家一起探讨生意的各种可能性，在坦诚互信的基础之上，讲出了各自的想法。大家就像一个战壕里面的伙伴，群策群力，为夺取战斗的胜利努力奋斗。

在新的消费时代，拥有强大的超级供应链对品牌而言非常重要。就目前而言，通过数字化解决传统供应链的诸多问题可以实现效率的大幅提升，从而为其他合作伙伴以及消费者提供更多的增值服务。从公司角度来看，优化结构，节约成本，从产业端到服务客户端做好全面的复工，是当前的主要工作。

展望未来，我们还是会继续释放自己的能量。及早发现问题，及时解决问题。我们要把命运掌握在自己的手里，严格地遵守流程和步骤，为我们可触及的门店提供更有价值的服务，增加客户的黏性，赋能新的思维，在残酷的市场竞争中，保有一席之地。面临内外压力的挑战，不是什么人都够资格定战略，中间的很多的流程永远比想象中的复杂和困难。追求持续的自我成长，进而推动公司的成长，是自上而下的目标。

2022-05-08

理性停下，继续追梦

理性是极致的感性，偶尔停下来未必是坏事，做一个永远的追梦人！

今天是一个特别的日子，把今天当成天底下最伟大的节日也不为过。母亲就是你最大的风水，她就是你永远的天，她好，你就会基业长青。

我无法找出更多的词汇来形容母爱，因为在这种神圣无比的爱面前，一切的语言都太过苍白。小的时候，可能没有这么深切的体会，当慢慢长大，为人夫，为人父，才能体会到母亲的不容易。母亲在，便是你长不大的理由。

我的母亲是我生命中最重要的女人，有她，我才有了幸福的家；有她，我才有了稳定的事业；有她，我的人生才能真正算得上完美。

此生何其幸运，我有了她的宠爱。她带给我内心的温暖，让我的心房瞬间融化，这种最无私、最纯粹的爱，就是世界上最伟大的力量。

回想自己这些年走过的路、遇到的人、看过的风景，我感慨万分。很多时候，我不能陪伴在母亲身边，错过了很多。在外面不顺利的时候，反倒将情绪宣泄在家里。这个永远的避风港，是我负面情绪的消化池，是母亲默默地化解了我的负能量。

在陌生人的面前，我们表现得彬彬有礼，隐藏着自己的情感，把最好的一面展现给了对方。却把最不堪的一面展现给了最亲的人，说着最伤人的话，做着最令人难受的事，发泄最负面的情绪。仔细想想，我们的时间真的还有那么多吗？夜深人静的时候，问问自己，你会觉得非常可怕。大半生是在劳碌奔波中度过的，后半生，希望能够轻松一点，带着幸福，带着欢乐，开心地善待我的亲人。

大多数人的职业生涯都不会一帆风顺，每个年龄段都有各自的困扰，生活和工作的危机不是停滞不前的理由，越是在不确定的环境中，越能展现一个人的魅力。踏踏实实才是人生最好的选择，我们要学会放下自己的不甘心，努力学习并一直坚持下去，这才是最好的远见。

作为母亲的儿子，放下心中的执念吧。不一定要改变世界，平平淡淡地生活，做自己力所能及的事情，何尝不是一件乐事！大多数人不怕山有多高、路有多远，就怕看不见尽头。

母亲是你永远的天，是你疲惫时永远的避风港。偶尔停下来未必都是坏事，理性是极致的感性，做一个永远的追梦人。

2022-05-09

千里之行，始于足下

梦想再美，也要始于足下。现在需要的是行动，只有从最小的事情做起，从每一件事情的第一步做起，才能取得理想的成绩。

5：00多钟的清晨格外美丽，微风徐徐，非常凉爽。城市苏醒的样子竟如此生机勃勃。

约了几个合作伙伴，大家都表示要朝着好的方向去发展，相信不久之后就能够看到胜利的曙光。今天各部门之间的会议还是非常多的，但是有条不紊地做好各项事务，总能让人觉得越来越淡定。我们在逆境中，要做别人之不敢做，厚积薄发，终能获得成功。只要凡事都做好各种准备，前期把好方向，提前布局，所有的事情就都是可控的。

晚上物流部门进行了消防演习，结果很令人满意。整个物流团队虽有几十个人，但在张总的领导和刘经理的落实下，井井有条，完成得比想象中的还要完美。比起那些硬件设施，大家的礼仪规范和精气神确实让人感动，有一群这样的伙伴让我感到十分开心。我曾经无数次地讲过，物流是我们公司的消化系统，我们前面能够吃进去多少，关键是看自身的消化能力有多强。如果消化不畅，就一定会出现梗塞。虽然短时间内看不出毛病，但久而久之，它会成为最大的风险。

想想这的确是很奇妙的事情。素昧平生的一群人，不知被什么力量推动着，他们的人生有了交集，从此携手同行，共创事业，绽放出灿烂的光彩。如果没有遇见，那还会不会有这样一段情分呢？珍惜在一起的缘分吧！我们的平台很不错，我们的事业大有可为，就让我们贡献出自己的能量，把这里当成一个舞台，尽情地绽放出最绚丽的自己吧！

　　每个人都想干一番大事，但是在生活中，真正能成功的人却寥寥无几，这就是轻视细节的结果。人们往往不愿意在小事情上费尽心思，但忽视细节往往很难有好的结果。小成功靠个人，大成功靠团队。我们要团结一致，拧成一股无坚不摧的合力，通过一次次胜仗，助力公司攀向成功的巅峰。

　　梦想再美，也要始于足下。现在需要的是行动，只有从最小的事情做起，从每一件事情的第一步做起，才能取得理想的成绩。

2022-05-10

看见山川湖海，做好细小琐碎

　　所谓格局，就是眼睛看见山川湖海，手能做好细小琐碎。在成功的道路上，顶层设计和底层逻辑同样重要。

　　经常有很多人问我是如何坚持下来的，我曾经在一篇文章中做了回答。当你觉得这是必须要去做的事情时，那就一定可以完成。往事不可追，来日犹可期，过去的就让它过去吧，把握住当下，才是我们必须要去做的事情。

　　今天是一个重要的日子——我母亲的生日。因为晚上开会开到8：30，等回到家差不多10：40了。回到家我和母亲说了一句："生日快乐，母亲辛苦了！"她紧张得手足无措。

　　母亲把我们姐弟三个拉扯大，虽然历经苦难，但在她的心中却似乎是理所当然的。我们也已经习惯了她这样的状态，很少在乎她的感受。看着母亲斑白的头发和慈祥的笑容，我一时语塞。有时候会对母亲一次又一次的电话极不耐烦，然而我们忘了，只有真正在乎你的人才会一次次地关心你。我们习惯了理直气壮地敷衍母亲。大多数人都知道孩子的生日，却遗忘了母亲的生日，又有多少人会记起来。长命百岁是所有人的祈祷，但是时间的老人头也不回地按照自己的节奏往前奔跑，留给我们的光阴已经不剩多少了。珍惜当下能在一起的时光吧！

　　都说修身齐家治国平天下，虽然个人是历史中的一粒尘埃，但是这个世界就是由千千万万的尘埃组成的，每个人都是其中不可或缺的一分子。个人的意志永远无法阻碍历史的发展，所以我们应该有良好的心态，让自己在有限的生命里迸发出不一样的光辉。

人生潮起潮落，最大的悲哀是始终认不清自己。抓住一切学习的机会，在忙碌的日子里，要求自己每天抽出一点点时间，用来做自己想做的事情。即便是每天一个小时，只要持之以恒，一样可以有很大的成就。

这个世界唯一不变的是变化。创业是一个动态的过程，我们既要有原则，管理好自己，也要观察公司内外的变化，及时修正自己。

所谓格局，就是眼睛看见山川湖海，手能做好细小琐碎。在成功的道路上，顶层设计和底层逻辑同样重要。熬过了冬天，不能冻死在春天里。

2022-05-11

抓住机会，创造无限可能

这个世界充满了无限可能，越是困难时期，越是个人和公司的成长机会，充满方向的奋斗是最有价值的体现！

人们相信这个世界在不断发展和变革，也深信所有的美好都会如期而至。事情不可能是多年前的那个事情，人也不可能是曾经的自己，每一个阶段都要进行自我否定和自我迭代，更要认真地审视自己。

用心记录每一件事情，用心聆听每一个声音，用心写出每一次感悟。我知道自己不是最聪明的那一个，但一定是努力和勤奋的那一个。深知能力不足，唯有多多学习，才能让自己不被这个社会淘汰。

惊喜和意外总是不期而至，行业间的交集也总是充满着火花。想想自己到山东的这20多年，收获最多的当然是自己的成长，还有一路真心帮助自己的伙伴们，我想这是最值得我骄傲的财富。每每碰到困惑的时候，总有人为你分忧，总有人让你走得更顺、飞得更高。

如今的形势下，怨天尤人的想法只会让自己更加无助，甚至看起来不堪一击。我们需要深度地思考行业的未来，找出适合当下的生存之道，在某一个节点让自己变得越来越强。跨行业的交流变得越来越频繁，各方力量的交汇也变得越来越集中，我相信在接下来很长的一段时间内，做好自己的分内的工作将变得十分迫切。

每个公司在发展的同时一定会迎来一个又一个的变革时刻。我们要做的就是在这关键节点顺势而为。随着项目的开展，不断精进和提升自己。

未来我们需要有全域的思维方式。所谓全域思维，就是在各个方面我们都要有所涉及，尤其是对我们这样的公司来说，多渠道、多元化的发散思维也许可以给我们自己提供不一样的发展空间。

任何生意都会回归本质，那就是为消费者遴选出好产品，建立长久而稳固的信任关系，让零售没有寒冬！时间总是可以证明很多东西，跟随团队的发展是因为心中的信仰，感谢每一个信赖我的伙伴，谢谢你们。

这个世界充满了无限可能，越是困难时期，越是个人和公司的成长机会，充满方向的奋斗是最有价值的体现！

2022-05-12

从容自信，赢得明天

人生最难得的是从容自信，与其预测未来，不如创造一个属于自己的明天！

穿过城市的街道，看到月季花已爬满了枝头，一片欣欣向荣。春夏是令人心动的季节，万物生气勃勃的样子让我们对未来充满了信心。

生命就像一条长河，时而汹涌澎湃，时而静水流深，我们如同徜徉在这条河流当中的弄潮儿，碰到礁石，不能拼命往上冲，而是要学会迂回前行，因势利导，顺势而为！

时代在变迁，思想在变革，历史的车轮在滚滚向前。我们铭记历史是为了更好的明天。没有国哪有家，无论如何，我们有幸生在这个伟大的国度。

我们每天思考如何做好分内的工作，如何平衡团队内部的关系。但很多时候，外界的因素或多或少都会打乱自己的节奏，所以我们要时刻保持危机感和内心的安定，让自己做到宠辱不惊，可以淡定地面对任何风险。

苦心构建的护城河随时都有可能被跨越，在这个跨界打劫、迅速迭代的时代，生活简直就是十面埋伏，我们如履薄冰。很多人只看到了表面上的辉煌，但是如果真正身在其中，你一定可以感同身受。

我一直觉得由内而外散发出来的认知永远比物质价值更有意义。梦想如同理想中的永动机，是我们理解的自驱力，如果这个力量得到持续的发展，那一切的事情就会朝着越来越好的方向发展下去，并形成一个良性的循环。

永远保持内心的安宁，面对事情做到宠辱不惊。地球那么大，天涯海角永远难聚在一起，但世界又那么小，天涯若比邻。未必有利益的才是真心的朋友，君子之交淡如水的佳话，一定是真理。

我所认为的财富和意义，可能只是对方的一句话，也可能只是生意上的一种模式，但如果你能听得进去，那么就可能意义非凡。

世界上最宝贵的资源是坚持不懈的努力和充满激情的思想。人生就如雾里看花，水中望月，只要心中有一盏明灯，那么永远会有光明。

2022-05-13

厚积薄发，人生开挂

所谓的人生开挂，不过是厚积薄发。把时间用在了哪里，成果一定会出在哪里，因为时间从不会撒谎。

如果用春寒料峭来形容现在的天气似乎不太恰当，但是忽冷忽热的气温变化还是会让人有些难以适应，尤其在下了一场小雨之后的早晨，我们还是能感受到丝丝的凉意。不过这样的味道似乎有点江南的气息，让我有了久别之意。

很多时候我十分佩服在外奔波的伙伴们，奋斗在一线的人员是最值得尊敬的。

计划赶不上变化快，有时候事情根本不在我们的掌控之中。每个人都希望朝着越来越好的方向发展，但是现实的问题不是自己所能左右的，无论什么时候，还是要响应政府号召，不给国家添乱。

经历过太多的事情，我可以对大多数的局面保持淡定。沉浸在自己的情绪中，并不会让事情变好，反而会让我们面临危机。其实工作与生活中免不了会遭遇困境，抱怨时运不佳，向身边的人发泄怒火，这并不能改变什么，只会让在生活的泥潭里的我们越陷越深。

也许努力了很久依然看不到希望，也许真心地付出了依然会被辜负，甚至找不到人生的意义。但请相信，如果能够积极面对，以最大的热情和善良去接受现实，用心过好每个当下，最好的时光其实就在此刻。

学习和工作也是一样，只有身在其中，全力以赴地做好当下的每一件事，时过境迁之后我们就会发现，那些人生的片段不经意地串联到了一起，在这个过程中时间改变了我们，甚至也改变了世界。

一路走来，其中滋味，只要经历过的人，方才懂得。从繁忙的工作中暂停一下，和同事友好地沟通，给孩子一个拥抱，给辛劳的家人说声感谢，放下手机，拿起一本书读上几分钟……

我们需要清醒地面对现实的自己，根据当前的现状确立不同时期的目标，最终实现远大的志向。

所谓的人生开挂，不过是厚积薄发。把时间用在了哪里，成果一定会出在哪里，因为时间从不会撒谎。

2022-05-14

与强者同行

　　人生的道路上，选择与谁同行，比要去的远方更重要。在工作中，我们选择向什么样的人看齐，就会拥有什么样的人生。

　　这几天来访的客户明显比以前多了，其中包括不少的品牌方。无论发生什么样的情况，我们需要一如既往地保持自己的节奏，对第二季度和第三季度都需要重新进行评估。所有人都知道公司非常难，但是如果我们坚持下来了，那就又是一次质的飞跃。

　　真正让公司持续走下去的，一定是品牌的价值。穿越周期浴火重生，这是一个怎样的生命力？我们能看到巨人身上的光辉，也要试图跟上他们的脚步。

　　在漫长的历史长河之中，保持活力是一件多么艰难的事情。时间可以证明一切，是呀，最好的答案就在若干年之后，我们能看到当初的设想到底实现了多少，能否穿越高峰和低谷。

　　品牌是最大的资源，当然也包括整合资源的能力和全域的思维，这些加在一起，才能抵御更多的风险。

　　无论环境怎样变幻莫测，一定要稳定内心的秩序，坚守自己的节奏，保持自律的行动。到了一定的年纪，你会发现遇到的事情越来越多，肩上的责任也越来越重。而能力的养成没有捷径，只能靠一点点的磨炼和积累。

　　做好时间管理真的非常重要，因为一个人的时间是有限的，我们只能向效率伸手。这世间最大的成就不是赢过别人，而是强过昨天的自己。要想超越自己，就一定要有苦行僧般的修行与坚持和逆风而上的勇气与坚韧。

　　在新商业的世界里，没有被淘汰的行业，只有被淘汰的产品和过时的商业模式，未来所有的商业竞争都会聚焦在产品模式的创新上。

　　每个人的心里都梦想着有朝一日能够坐上一把手的位置，但是创业的路上会遇到很多意想不到的困难，决定创业的那一刻，实际上就已经走上了不归之路。

　　在强者的世界里，只有海阔天空。

2022-05-15

努力付出，方有所期待

最远的路不是在脚下，而是在你的心中。

今天是我盼望了许久的周末，孩子们难得都在家。昨天买的花花草草正好到了，几个人一起在院子里面拾掇拾掇，从上午9：00一直忙到11：30，其中的快乐，大家心里都懂。虽说满身都是泥巴，但是我们真正感受到了大地的气息。大家忙前忙后，似乎有点度假的味道了。

突然发现工作和生活其实可以无缝地融合在一起，一份稳定的事业和一个和睦的家庭并不相悖啊！

下午来公司上班，感慨也不少。我们面对任何事情都需要做好的预期和坏的打算，一个项目如果可行，那就继续，如果不行，那就放弃。

通过一次又一次的历练，我们能看到自己内心的成长。夜深人静的时候，扪心自问：我们拥有的能力真的能配得上现在的位置吗？如果匹配，那么保持这份热情和勤奋；如果不能，就需要付出加倍的努力。

这个世界上大多数人都非常善良，希望大家都能越来越好，但也会有不同的声音。这些声音有时候会影响我们的判断，那么就需要让自己变得更加出色，才能面对任何质疑。

人生是一场修行，你要不断地挖掘自己的潜力，提升自己的人格，努力追寻自己的梦想。只有始终保持学习，能力才会越来越强。

工作中难免会遇到很多的分歧，这个不要紧，大家坐下来平心静气地沟通一下，你讲出你的道理，我说出我的理由。找到一个契合点，共同商议，无论最后的抉择是哪个，大家都要全身心地去维护它、实现它。

很多时候，我们总会怀疑自己的能力，也总想放弃现在正在努力的事情，但是回头看看，你还记得当初努力的理由吗？是热爱，让你奋不顾身，勇敢前行。

最远的路不是在脚下，而是在你的心中。多年之后你会明白，你所期待的，就是现在你努力付出的样子。

2022-05-16

除旧立新，创造未来

如果不能放弃昨天的旧思维，那么创造未来只是一句空话。严谨对待每一件事情，从点滴的细节开始。

今天公司酝酿许久的扬帆计划正式启航了。这个项目针对公司的全体成员，希望大家能积极地参与进来，一起学习。首先对报名的同事表示祝贺，期盼能提高大家的综合素养，为永之信的未来储备人才。

从这几天各个部门的准备到今天的考试，相信大家感受到了我们的认真和严谨。当然有的同事准备得还不够充分，不过不要紧，只要是发自内心的学习，就永远都不会晚。

能给员工提供培训和学习机会的公司，基本上都有远大的梦想。看似吃力不讨好，花费了很多的财力和物力，但实际上这种投资是非常必要的。

我们相信通过一期又一期的学习培训，大家一定会收获更多的成长，未来的你们也会感谢这个一起学习的机会。公司学习的大门永远会为大家开放，相信接下来的第二期、第三期的培训学习一定会更加精彩。

如今，伙伴们应该清空一下思绪，刷新自己，重新来过！这个世界的变化太快了，快到让人无所适从，当整个世界发生颠覆性变化的时候，一个公司或一个人难以保持不变。大多数时候，违背既有的习惯是非常痛苦的，改变自己，从心理上是抗拒和难以接受的。

我一次又一次告诉自己，课题虽然非常难，但是我依旧充满信心。路在脚下，目标永远在心里。

市场有风险和危机，但也有机遇和转机。我们的路线不会是一成不变的，但创新也不能盲目，必须注意方向的调整和节奏的把握。

变幻莫测的时代，对小门店来说反而是优势。因为船小好调头，实力弱反而是能够实现异军突起的优势。新世界需要新角色，现存的一切都将老去。我们不能朝着昨天的方向努力，而应该向着明天的方向发展。

2022-05-17

满怀期待，美好便会如期而至

星光不问赶路人，时光不负有心人，只要满怀期待，美好便会如期而至……

今天早晨孩子和我说："你天天那么早送我去学校，真的是太辛苦了，要不然我自己打车去吧。"一句话让我很感动，因为得到理解比什么都开心。考试成绩出来了，进步很大，我很欣慰。

我告诉孩子：成功的目标千千万，早起的路上不拥挤，坚持自己所坚持的，一定会收获自己想要收获的。

我想很重要的一点就是他自己从内心里面的顿悟和对学习的认可，有了心灵的寄托，希望学习的路上不再孤单。只要愿意付出多一点点，成功的路上便不会拥挤。今天有一件非常重要的事情，那就是我们永之信的商学院开课了。

公司投入了很多的人力、物力、财力，还有最宝贵的时间成本，实际上就是在尊重所有同事的选择，也希望大家尊重我们的课程。当全身心投入到其中的时候，我们一定可以看到自己成长的轨迹。各个校长及导师精彩的分享也一定能打开大家的认知。希望把它建成我们公司的黄埔军校，为公司的未来培养更多的人才。

职场上，有这样一种现象：同时毕业、进入职场的新人，差距会逐渐拉大。其原因在于平时的反思。每天工作回来之后，总结自己做得好的地方，反思做得不好的地方，并写下来。刚开始的时候，写下的可能全是缺点，但慢慢地你会发现优点越来越多。

其实不需要做太多，只需要在每天普通的工作中，尽量让自己进步那么一点点，你就可以把多数人远远甩在后面。

人生本是一场单向的旅程，找到方向是关键，真正的强大，不是向别人证明自己的能力，而是学会经营自己。无论做人做事，都要靠自己才能走得远。当真正变得强大了，全世界都会对你和颜悦色。

人生有非常多的第一次，永之信第一次的课堂学习，也非常重要，这是一个里程碑式的第一次。

2022-05-18

梦想的力量

虽然梦想对当下的我们来说实在有些遥远，但勇敢的水手需要幻想海洋尽头的那个世界……

小的时候不知道学习的重要性，总是在家长的要求下不得不去学习，长大之后才发现学习机会的来之不易。长大之后认识到了自己的无知，需要不断去充电，不断吸收能量，这时候的学习是发自内心的渴求。

每个公司都会经历不同的时期，我们尽量做到春江水暖鸭先知。每天与众多的品牌方以及客户交流，我们或多或少都能感受到他们身上的能量，每一个成功者身上的闪光点都值得我们尊敬。

非常感谢品牌方对我们的认可和支持，我们都知道第二季度的艰难，说在夹缝中求生存一点都不为过。如果各方能恳切地面对一切，把所有的问题开诚布公地交流探究，那么再棘手的问题，也只是个问题而已，都可以迎刃而解。

客户之间、品牌方之间、团队之间最重要的就是互信和认可，如果我们不能坦诚地讲出心中的疑惑，那么彼此的距离将会越来越远。

昨天的已过去，明天还没有到来，我们拥有的只有当下。真正以用户需求为出发点，用关键技术去解决关键问题，服务好用户，这才是关键所在。

市场中从来没有快车道，只有踏踏实实沉下心来干事情，才能把每一步都走稳。这个时代需要长期主义，需要板凳精神。

时光荏苒，只有经历了才能发现曾经的美好。生活和工作中本没有轰轰烈烈的事情，不管在哪个阶段，你都要对未来充满信心。光明终将到来，但是黑夜已经埋葬了很多人的一生。

只要你努力地向前奔跑，哪怕得不到想要的结果，走着走着，在路上你也会成长许多。有时候，你看不见路；有时候，你有很多条路。幸运的是，你选择了一条正确的路。哪怕这条路很曲折，哪怕这条路走得很辛苦。但对的路，永远不怕远。

虽然梦想对当下的我们来说实在有些遥远，但勇敢的水手需要幻想海洋尽头的那个世界……

2022-05-19

唯一不变的是变化

没有任何东西是永恒的，唯一不变的是变化。不保持与时俱进，必将被时代洪流吞没。

这几天的气温一天比一天高，今天竟然突破30度了，看来我们马上要进入炎热的夏天了。

躺赢的时代已经过去了，困难对所有人都是公平的，如果有能力战胜困难，克服恐惧，就能获得更多的机会。

第二季度我们公司的主题是提升内部综合素养，如果不拓展自己的能力，深耕自己的未来，而是止步于曾经拥有的成就，那么之前的优势终会成为自身发展的阻碍。我们不能想当然地用曾经的经验解决当下的所有问题，一招鲜吃遍天的年代早已不复存在。愿处在时代舞台中心的伙伴们，潜心修炼自己的内功，打开自己的认知，成为舞台上的主角，赢得更精彩的人生。

任何的商业营销都是多维度的竞争，包含公司自身与外部环境之间的较量。其中还有一个非常重要的因素，那就是团队之间的素质竞争，我们商学院的人才战略就是一项提升素质的有效措施。

当然，任何的模式都不可能面面俱到，就像打仗一样，你不可能同时拥有最有利的地形、最好的武器和最优秀的战士。如何利用自己的优势和有限的资源，达到四两拨千斤的效果，这是每个管理者理应掌握的技能。

如今的市场已经变成了"红海市场"，各行各业都已饱和，未来的增长空间也极为有限。如何把一群聪明能干的人拧成一股绳，形成一个完善的协作机制，围绕既定目标，信任协作，这是一件极富挑战的事。

时代发展是必然趋势，大浪淘沙，冲走的是故步自封的自己。不要妄图沿着旧的地图能找到新的大陆，唯有深耕，才能派生出强大的核心竞争力。

尽量说做到的事，不要说想做的事。脚踏实地，一步一个脚印地向前走，相信努力能改变一切。

2022-05-20

学会希望

希望从来都不是一种幻想，而是一种对生活的期望和期许，它是我们持续向前的动力。对于每个人来说，学会希望，非常重要。

在大多数人的印象中，学霸的脑子应该特别好使，只要随便听听课、做做题，就能考上理想中的学府。诚然先天因素很重要，但是学霸们超乎常人的努力更不能忽视。即便是进入了大学，这些学霸仍然保持着高强度的学习方式，因为他们已经养成了学习的习惯，高效严谨的学习态度让他们一直都是学霸。

同理，刚步入职场的人一定要不断提高自身的素养，时刻保持竞争的意识，这是能让他们脱颖而出的最快途径。

人生就像一场马拉松，时刻需要奔跑，一刻不能停留。有时候想停下来歇歇，倏忽之间就会发现自己已经掉到第二或者第三梯队了。人与人的起点是差不多的，有的人速度快，有的人速度慢。而优秀的长跑者一开始未必是领跑的那一个，却总是在第一梯队里保持自己节奏、一刻不放松的那一个。

只有这样，才会抓住变数和机会，等到想发力的时候，才会有赶超的希望。事实上，对于很多事情，我们没做成的原因往往都是努力不够，而非天资不足。勤能补拙，后天的努力可以弥补先天的不足。而后天放弃了，再好的先天条件也无济于事。积蓄能量，沉淀基础，这样才能做到厚积薄发。等最后冲刺的时候，你会发现其实你离梦想已经很近了。

无论身处哪个圈子，没有出众的能力和厉害的背景，参与内卷获得的回报率并不高，而付出的代价却很大。所以珍惜每一个学习机会、修炼自身的内功是十分重要的。

机会来了得好好抓住，但不要冒太大的风险去做那些看起来利润很高的事情。清楚自己的不足，敬畏之前的失败，提升自己的专注力，取长补短，争取进入第一梯队。

如果总是用过去否定未来，那么我们就会一直活在过去，从而变得忧心忡忡。而拥抱希望是我们变强的开始。希望从来都不是一种幻想，而是一种对生活的期望和期许，它是我们持续向前的动力。对于每个人来说，学会希望，非常重要。

2022-05-21

高效工作，提升技能

又到周末了，时间过得可真快啊。温度一天天升高，早晚温差却越来越大，又到了需要防晒的季节。

城市和市场的空心化在加剧，资源也在集中，局部的泡沫化趋势越加明显。有些声音总是会让人担忧，在无法改变世界的时候，唯一能做的只能是做好、做强自己。

身处一个跌宕起伏的商业时代，人们如履薄冰。一旦一脚踏空，就会被巨浪掀翻。只有时代中的人物，没有属于哪个人物的时代，稍有不慎，你的江湖将不复存在。任何人都无法看清这个时代，要想做到循序渐进和顺势而为是那么艰难！一想到如此多的不可预测，心中就会充满寒意和恐惧。

如果不打好基础，那么一旦掉队，将需要花费大量的时间和精力去弥补。真正步入社会之后，你会发现时间是最宝贵的资源。智商、天赋和勤奋程度都不能说明一切，要知道，在这个各和变化不断来袭的时代里，个人就像在大浪里航行的船，面对汹涌大浪，无论多么拼命地划，其作用都是微乎其微！

哪怕你全力以赴，直到弹尽粮绝，如果没有综合因素的加持，那么很可能会一败涂地，这不是危言耸听，而是真实的存在。

每个人上赌桌之前都非常地确定自己能赢，这是人性。高估自己，低估对手是非常可怕的事情，说到做到是一个非常好的习惯。管理层和基层需要分工明确，整合资源，做好方案，完美执行，各方面缺一不可，这样才会形成强大的合力。高效的团队是一个公司走下去的不竭动力。

高效工作，是每个渴望进步的人必备的技能，也是每个公司都非常看重的一种能力！

春天的天气飘忽不定，傍晚的凉风掠过脸庞，依旧会带来丝丝的凉意。高效起来，你就能驱散此刻的阴霾。

2022-05-22

这是一个最好的时代

人们相信，这是一个最好的时代，拓展认知，整合资源，合作共赢，这就是上天给我们的机遇。

今天虽然是星期天，但是孩子还是照常上学。早晨送他到学校的时候，他说泰坦尼克号主题曲的钢琴版很有味道。这才多久，欣赏的品位越来越高了哈。

和众多合作伙伴交流，诚如大家所言，我们面临的客观状况让大家觉得自己更加软弱了，但这绝对不能成为躺平的借口和理由。

农民们最大的希望就是有个好收成，但好收成的前提是了解土地的状况，浇水、施肥、除草一样都不能少，否则就不可能得到好的成果。做好规划，势在必行。生活和工作是由无数的细节堆积而成，重视每一个环节，敬畏每一个流程，就一定可以得到意料之中的结果。

一个人的一生，曲折而又漫长，在这个过程中，选择很重要。每一次的关键抉择，都会对未来几年乃至几十年产生极大的影响。书写怎样的人生，完全在于自己的选择。选择好了，一片坦途；选择不好，颠沛流离。重视人生十字路口的每一次抉择，这是成功与否的关键！

年轻时候的懵懂无知，老年时候的犹豫不决都会影响我们的选择。我们每走一步都需要莫大的勇气，但我一直对未来充满信心，内心也是一个积极向上的开拓者，我相信一切都会好起来。

时代的洪流中，我们总会在某一刻忽然意识到命运的不可抗拒，正如夜晚可能会姗姗来迟，但是从不缺席。此时此刻我们正经历这样的恐惧，面对环境的变化，我们必须要做出应对，哪怕过程非常痛苦和艰难。无论面临什么样的挑战和困难，我们依然选择改变自己。

品牌资源、模式资源、人才资源，这些因素组合到一起才有可能成为最亮眼的名片，我们需要订下长远的规划，抱着以终为始的信念，和一群志同道合的伙伴做难而正确的选择。

2022-05-23

不驰于空想

事情，看起来很简单，做起来很难。

天底下没有一件工作不辛苦，辛苦的背后是不为人知的艰难。美好的一天如期而至，我满怀热情整装待发。

现在的市场充斥着不确定性与无序性，生意确实不好做。但我们要凭借着一股不认命的韧劲，在逆境中实现业绩的突破。在市场越发艰难的情况之下，充满正能量能帮你展示自己的魅力。

总有一群人敢于大胆创新，勇敢尝试，哪怕碰得头破血流也在所不惜。有个朋友告诉我："林总你表面上那么羞涩和文静，但是内在有一颗狂热的心。"是啊，如果对未来没有热情，无论哪个工作都不能做好。我们全身心投入一件事情的时候，其中的快乐是难以言表的。哪怕未必取得理想的成绩，努力的过程本身就让人引以为傲。

很感谢朋友对我的期待和嘉许，说明我有些行为得到了大家的认可，当然也有些方面需要提升。好的方面，要持续地坚持；不好的地方，自己要正视，并且要去改正。

公司商学院下午的课程紧张而有序地开展着，还是那句话，如果大家真正认识到了学习的重要性，那么公司的付出就都是值得的。我们一定要清楚行业的趋势，做到心中有数。坚持正确经营、专业经营、乐观经营。只要走在正确的路上，坚持下去，最终就一定能走向远方和胜利。

人生的最大意义在于不断地工作、不断地创造价值、不断地想办法、不断地解决问题。上天给了机会，却也只给了有限的时间。提升效率，充分挖掘每个人的潜力，势在必行。

只要有可见的未来，付出多少辛苦都是值得的。但也不能沉迷于空想，要行动起来。行动的快乐，是无与伦比的。只有付诸行动了，梦想才可以称之为梦想，而不是如镜中花、水中月一般，看起来很简单，做起来却很难。幸运的是，我们意识到了这一点，就让我们一起行动起来吧！

2022-05-24

渴望胜利，无所畏惧

永远不要低估一颗总冠军的心，因为那种对胜利的渴望能让人勇往直前，无所畏惧。

北方的天气有时候让人难以适应，很怀念小时候家乡的四季分明。

同一件事情，每一个人的视角不一样，观点就不一样。面对困境，每个人处理的方法也不一样。

在一个行业里待久了，就会心生畏惧，不单顾及当下，还要考虑数年后的结局。这本身就是一个非常矛盾的事情，大多数人只看到了眼前的得失，很少会看到未来很长一段时间后的发展趋势，而我更倾向于做长远的规划，这样无论走到哪一个阶段，心中都有底。

进入中层管理队伍之后，一些人的心态、格局也随之发生了转变，认为维持现状就好，提倡中庸之道，结果团队的风气一下子就坏了。作为管理者，我们必须清楚自己的立场，对同事负责，更要对公司负责。把工作安排到位，随时跟踪进度，严格要求细节，精益求精，为公司分忧。

人生中很多的事情都需要自己去面对，不仅要考虑今天的收入，还要考虑明天的发展，做企业，要讲长远、讲未来。要生存，必须要从根本上解决问题，把经营货的思维变成经营人的观念。

早晨看新闻知道了英超的比赛结果，其比赛过程真是跌宕起伏。英超冠军曼城球队22日在主场竟然先丢两球，离结束还有10多分钟的时候，又硬生生在5分钟内连进3球逆转击退阿斯顿维拉。全场比赛，曼城球队令球迷从目瞪口呆到绝望无比，最后又疯狂庆祝，完美诠释了英超联赛的魅力。对手低估了曼城球队夺冠的决心，也就丢了冠军。

事实上，曼城如果少进1球，冠军就是利物浦的了。利物浦要是不那么保守，或许比赛就是另一种结局了。

万事开头难，但是我们一定要相信开头就必定有结果。我很佩服有些人对于事情的执着，这与年龄无关，而是与一个人的气质有关。

2022-05-25

默默无闻中，时刻准备着

机会永远留给有准备的人。默默无闻的背后，也许就是暗地里的一直努力，只要时机到了，早晚会有爆发的那一刻。

许多年之后，重新聆听这首《重生界限》，竟有不一样的感受。如果没有涅槃的心态，就一定不能浴火重生。

正如歌词中说的一样，向左，向右，一切都是个未知数。有的人虽然做了选择，但慢慢地随波逐流沦为了平庸之辈。

人的一生中会面临许许多多这样的抉择，无论是工作、生活还是学习，进入一个相对疲惫期的时候，如何进行自我调整和鞭策，非常重要。我们需要坚持自己选择的方向，找出重新点燃热情的理由。

永之信的商学院已经进行到了第二个环节，很少有人上了一两节课之后就茅塞顿开，短时间内认识到学习是最大的生产力其实也不大可能。但是从大家的学习感悟中，我看到公司所做的一切是值得的。我们公司未来的发展一定要以文化来驱动，人才得到了复制，工作就会事半功倍。

人和人之间很难做到真正的互相包容，也很难做到思想的同频，大多数人只会站在自己的立场思考问题。但是有句话讲得好："一个人走得快，但只有团队才能走得足够远。"

现在到了经济发展的深水区，挑战机遇并存，我们需要团结一切可以团结的力量，只有打开眼界和格局，抓住转型的机会，才能看到另外一个天地。

公司的未来离不开其所处的行业，当前快消品行业还是一个比较健康的行业。在消费升级和份额不断增加的情况之下，未来的发展仍然充满机会。

最近网络上流行王心凌的歌，本以为她已销声匿迹，想不到还会"卷土重来"，王心凌也连续很多天成为热搜榜的第一名，原因何在？可能她也一直在等待一个机会吧！

机会永远留给有准备的人。默默无闻的背后，也许就是暗地里的一直努力，只要时机到了，早晚会有爆发的那一刻。

只要内心有准备，时刻向前看，就有一片明亮的天等你。

2022-05-26

危机四伏，底线思维

前面数十年，我们都在高速行驶的列车中。所以我们忘记了危机，忘记了底线思维。但现在，到了该做准备的时候了。

昨天大部分地方天气突变，有一种山雨欲来风满楼的阵势，但是从昨天晚上到今天凌晨，风雨却未见一点踪迹。早晨的艳阳高照让人错愕，如同我们对于很多事情的预判，本来预想的结果未能如期而至，这种感觉很奇怪。

面对市场上动荡不安的局势，我们首先就要调整好心态，给自己信心，相信任何困难都会过去，熬过了雨季，就是晴天。

作为普通人，我们更要合理规划自己的未来，在力所能及的范围之内，把框架规划做得更清晰一点。不确定的生意并不意味着生意的终结，市场也总是衍生出很多新的变数。对于我们而言，充满信心依然重要。

很多人对本行业都持谨慎态度，保持现金流的稳定，不再盲目地追加投资和扩大生意规模。每个公司的负责人的愿景也不全都一样，他们有自己的节奏和选择，抉择都是对的，但一定要找一个最适合的。

世界那么大，我想去看看。这是一种生活态度，是一种追求梦想、超脱纷扰的执着。生活不止眼前的苟且，还有诗和远方的田野，生活中不仅有柴米油盐，还有梦想以及更深层的东西。

讲这句话的顾少强违背了自己最初的梦想，不再是过去的潇洒模样，因为梦想需要填饱了肚子之后才能继续，没有现实条件的空谈只能是空中楼阁。为梦想而活的时候，你需要慎重思考一下，想想自己是否能够承担后果，是否有重新开始的勇气！每个人都有渴望，可是多少人只能将这份渴望埋在心底！

不允许自己丧失丝毫的信心，守住自己的一亩三分地有可能将自己推向万劫不复的境地。唯有勇敢地开拓，争取更多的市场份额，才能置之死地而后生。任何的将就都不能存在，守住自己的底线，永不动摇。

前面数十年，我们都在高速行驶的列车中。所以我们忘记了危机，忘记了底线思维。但现在，到了该做准备的时候了。

2022-05-27

孜孜不倦，创造非凡

孜孜不倦，默默努力使平凡变非凡。

早晨照例5：30叫醒孩子，5：48经过他房间的时候，再次提醒他我在车里等，5：58的时候他还没有下来，我有点着急，等到5：59的时候，孩子匆匆忙忙地上车了，我告诉他，我们需要提速了，如果保持平时的节奏，怕是要迟到了。好在一路顺畅，准时到达学校，但也到了我的忍耐极限了。

生活亦是如此，如果一开始就不做好的话，慢慢地就开始拉开了距离，即使中间付出多倍的努力，也未必能取得我们想要的结果。稍有差错，付出的努力就全部付之东流！

很开心与河南团队的负责人刘哥见面，他依旧是乐呵呵的，仿佛没有任何压力。认识20来年了，在很多事情上，我们总能保持一致，这的确让人感动。

面对市场的困局和品牌方的期待，我和刘哥在很多方面依然在向前看，弟兄之间的感情有时候甚至超越了亲情。一起共事这么多年，大家的性格和脾气都很熟悉了。我们经历过了很多的坎坷，但是从来没有想过放弃，这是我们的共同之处。

优秀的将军一定是通过一场又一场艰苦的战役磨炼出来的，当我们退休的时候，回忆一起走过的日子，那种感觉一定特别美好。

很多人一直对消费的复苏寄予厚望，然而这3年消费仍在漫长的修复通道中徘徊，报复性消费只是人们单方面的想象，短时间内恢复简直是天方夜谭。

我承认自己是个细节控，对很多事情都精益求精。我知道只要按部就班地做好各种细节，严格要求自己，即使不能看见最好的结果，但是也不会太差。有句话讲得非常好："不是看见了才相信，是因为相信才能够看见。"我希望做一个长远的规划，三年、五年甚至十年……

回过头来看看，曾经的自己发生了什么样的变化？回望那一串长长的脚印，那不就是我的成长轨迹吗？有时候对细节的苛刻就是对自己的鞭策。若干年后回首过往，自己的成长肯定很大！

2022-05-28

责任重于泰山

如果有比生命更重要的东西，那就是责任。只有自己清楚，也只有自己能找到，它很珍贵，希望大家都不要轻易地丢掉。

2022年，市场开始回归理性，也带来了新的机遇和挑战。在这个大变革的时代中，如何才能逆流而上？这需要我们不仅有战略眼光，更要耐得住寂寞，勇于求变又要保持定力，既要有丰富的市场阅历，又要有一定的专业知识。

想起了鲁迅笔下的祥林嫂，如今看来还是会让人唏嘘不已。一个人的辛苦不是所有人都能理解个中滋味的，只有自己知晓。

不可否认，中产阶级是经济发展的中坚力量，但当下，人们意识到这个阶层远没有想象中的坚强。说，只是纸上谈兵；做，又困难重重。

每周六的周例会总能给自己一些压力和期待，现在非常艰难，但是奋力一搏，就能给自己一个很好的交代。人有时候就要有一股精气神，背水一战，破釜沉舟。如果我们没有必胜的信念，那进入战场之前就已经一败涂地了。

一个人再怎么强，也有力所不能及的事，承认现实，合理地利用身边的资源才是强者该做的事。再怎么样，也不可能跳出规则之外，哪怕自己就是规则的缔造者。我们所做的一切，如果不能很好地保护自己的话就没有任何意义。公司尤其是这样，当队伍逐渐庞大的时候，如果没有一个良好的流程，那肯定会相互制约，举步维艰。善良和正义可以留在心底，但不要挂在脸上和嘴上，因为那样会害了自己。

世界之路并没有铺满鲜花，心灵鸡汤似乎都在纸上，但是你必须走过坎坷，因为这是生命对你的考验。我们终究要勇敢面对，面对现实，守住平常心，就是当下最大的从容。

看过一个很励志的故事，有个跳高运动员比赛中撑杆折断了，在无人可以帮助的情况下，他最后却得到了冠军。故事的背景音乐是《麻雀》，这首歌让人感慨万千，我们都是大大小小的麻雀，是那么不起眼，只有靠自己的百倍努力，才能翱翔于天空。

如果有比生命更重要的东西，那就是责任。只有自己清楚，也只有自己能找到，它很珍贵，希望大家都不要轻易地丢掉。

2022-05-29

敬畏之心不可无

如果失去了敬畏心，还能走多远……

品牌方的到访越来越频繁，礼拜天也变得越来越忙了，忙是好事。

对于生意的布局，还是要按照既有的框架展开。接下来的日子我们要加快脚步，高效地动起来，这样才能离年初定的目标越来越近。

很多时候，同事们因为工作的忙碌无法兼顾自己的家庭，对此，我感到十分愧疚。在我们公司，工作强度比大家想象中的大，这就意味着照顾家庭的时间会大幅减少，尤其很多同事的孩子正处于婴幼期或者青春期，在此希望在合适的时候大家带孩子到公司来聚聚，加深下感情。

每天的会议占据了我大部分的时间，一轮又一轮的交流让人焦头烂额。方案的设计至关重要，不一定要完美无缺，但一定是要非常适合的。我们在执行的过程中也要不断地修正。时间可以证明一切，最后的结果可以说明我们的努力没有白费。

我们每天是如此全力以赴地工作，就是希望在很多年之后自己不会失落。就像我每天用心写东西一样，我写给回不去的曾经，写给未来可期的梦想。时间如流水，日复一日，每天按部就班写，以一颗从容不迫、随遇而安的心去包容、去宽恕、去释怀。

人永远无法预知未来是什么样子，但可以通过把握现在去塑造未来。我们此时此刻所做的点点滴滴，就是为了有勇气和自信兑现曾经的诺言。以平常心对待每天的变化，怀揣学习与感恩的心，让我们的世界变得更加明亮。

工作之余，我会静静地发呆，放空自己以看清现实。珍惜每分每秒，抓住当下，让自己变得更好。拉开人与人之间差距的不是天赋或运气，而是能否忍受枯燥和重复的事情。

不断自我反思、自我探寻的过程注定不会轻松，甚至将穷尽我们的一生，但它却是我们拼尽全力去追寻的信仰。

2022-05-30

拼尽全力，不负此生

面对未来的不确定性，不同的人有不同的答案。但无论如何，我们都只能拼尽全力地活下去，才能不辜负这一生。

度过繁忙的周末，新的一周即将开启。做好规划和安排真的很重要。有时候也许提前一点点，接下来的事情就可以由自己掌控，晚了一点点，很多事情就只能听天由命了。工作、生活何其相似啊，虽然事情不可能完全按照预想去发展，但是可以在可控的框架之内运行，所以不至于出现太大的纰漏。

一个朋友是经营策划运营公司的，他一直倡导专业的人做专业的事，着重发力于前端的工作，而将后面的配套服务慢慢地分包出去。这样的想法在当前看来应该是一个非常好的选择。把风险和收益做一个平衡，达到合作共赢。

3年疫情打乱了大众的生活节奏，也影响了大众的消费习惯和消费行为。经济或者贸易的外部冲击或许是短期的，但是心理层面的影响却是巨大的。转型升级的进程必然是长期、持续的过程，所有的相关人员必须苦练内功，重塑自我，才有可能适应形势的新变化。未来最好的经营模式一定是在未来，任何人都无法保证某种模式可以包打天下，只有在不断的尝试中才能找到最适合的模式。

重质量、重精耕细作、高度规范化的时代已经来临，作为一个公司的决策者，要看到长期的确定性，唯有适应新趋势，方能把握未来。

美好的明天要由我们一起创造，幸福的生活要靠奋斗得来。这么多年，我时刻告诉自己，千万不能放松，死磕到底才有可能看到明天的太阳。这绝不是危言耸听，而是经验之谈。一个个公司由小做大，由大变小，直至退出江湖，我经历了太多太多……

创业的路上要有不卑不亢的自信之心、奋发图强的上进之心和坚韧不拔的恒久之心。生活是一面镜子，要想成为更好的自己，就必须努力提高自己的修养，才能活成心中的模样。

在环境发生变化的时候，离开舒适区，迭代思维，挑战自我，拥抱变化，不断超越自我。哪怕失败，仍要坚持。或许你已逐渐看清方向，或许你依旧迷茫，未来难以确定，满怀信心才是制胜的法宝。

2022-05-31

June 六月

拒绝借口，奋然前行

从某种意义上讲，世上最大的遗憾并不是错过了最好的努力时机，而是当意识到自己要努力时，却找各种理由和借口拒绝成为更好的自己！

5月已走远，虽然比去年同期成长了许多，但离心中的期望，还有一定的距离。遥望天空，感慨万千，美丽的天空给了我太多的遐想。

没有一种商业模式是长存的，没有一种竞争力是永恒的，远景和困难并存，未来永远是个未知数。结果不一定完美，但过程我们已经全力以赴了。因此我们不会怨天尤人，也绝不会手下留情。我们应该把困难当作成长的动力，用开疆拓土的勇气去拼搏一下，而不是待在原地，任由躺平之心肆意生长。

明天太阳会照常升起，新的一天会重新开始，当天事当天毕的流程依旧不可或缺。惰性会消磨我们的心智，我们要尽早明白，这个世界最好走的路从来不是随波逐流，而是自我修炼。年少的时候遇到困难，以为长大就好了，但是长大后，困惑依旧没有得到解决。其实一路走来，很难却又不难。只要定下长远的目标并一步一个脚印地向前走，就不难。

不断的反思让我们对某个阶段有了清醒的认识，相信理智会战胜冲动。现实太残酷，大家要有清楚的认识。高层定战略，中层做管理，基层去执行，这是雷打不动的工作，而想要做好分内的工作，打开自己的认知，任重而道远。

下午去办理现场业务，效率有点慢，难怪人们都选择便捷的网上办理，因为等待的时间成本实在是太高了。科技进步是一个不可逆的趋势，我们需要借助高科技去提高效率，降低时间成本，赢得更大的利益。

每个人的工作都意义非凡，如同一辆高速前行的汽车一样，每个零件都是不可或缺的，丢失任何一个都有可能造成难以估量的后果。认清自己的位置，承担相应的职责，或顺势而为，或逆流而上，切不可张冠李戴，否则将面临灾难性的后果。

从某种意义上讲，世上最大的遗憾并不是错过了最好的努力时机，而是当意识到自己要努力时，却找各种理由和借口拒绝成为更好的自己！

每一天，只要扎扎实实地去努力，时光就一定会给你想要的礼物。走过青葱岁月，留下难忘的痕迹，努力吧少年，做最好的自己！

2022-06-01

永葆童心，治愈一生

幸福的童年可以疗愈一生，不幸的童年要用一生来疗愈。未来漫长的日子里，不管经历多少风风雨雨，要永远保持儿童的一份纯真。

今天孩子学校有个亲子活动，这让我想起了我的童年。小时候的快乐非常简单，摘朵小花，到河里游泳，闯祸不被挨骂，一点小小的恩惠就可以让自己开心很久。随着年纪越来越大，似乎再也找不到曾经的快乐了，多么希望回到那个时代啊，在自己的世界里单纯地快乐着。

人有时候就是一个矛盾体，小时候希望长大，长大以后又想回到小时候。时间如流水，永远不可能回去了。在属于自己的年纪做好自己的事情，努力找寻属于自己年纪的快乐吧。尽可能地在工作与生活中找到一个平衡点，不要奢望把两者分得过于清楚，那样只会让自己更加辛苦。小时候的快乐只能存在于臆想中了，面对当下，展望未来，才是最切合实际的做法。

今天陆陆续续接到很多上海友人的信息，大家面临很多棘手的问题，需要独自承受和面对。未来很长，如果继续往前走，除了个人的努力，更需要团队的通力合作。在一起经历了太多太多，有血，有泪，有汗。我们必须得吃苦头才能成长，保持上进的心态，砥砺前行。

我是个非常讲究规划的一个人，有时候想想这是不是有点自私。只讲究规划而不近人情，没有考虑他人的感受，他们也未必理解你的初衷。但是坦白地讲，如果想要达到自己的目标，没有长远的规划是万万不行的。

工作中最重要的是尊重和理解，无论团队之间，还是上司与下属之间，这些都是非常重要的交往准则。即使遇到不顺，也要调整好自己的情绪，不要因为一点过错就责怪别人，学会原谅和宽容，放平心态，是善待自己的一种方式，不仅渡人，也渡己。今天借着孩子的活动给了自己一个假期，一大把年纪，竟再次体会到了童年的快乐，真是让人欣慰。

每个人都要有天马行空的梦想，就像孩子一样。幸福的童年可以疗愈一生，不幸的童年要用一生来疗愈。未来漫长的日子里，不管经历多少风风雨雨，要永远保持儿童的一份纯真。

2022-06-02

相信相信的力量

人生若只如初见，历经千帆，依然心怀梦想。相信相信的力量，一切终究会重归美好。

6月来了，作为半年中非常重要的收官之月，我们有理由给予自己更多的压力和信心去迎接它。

一个刚刚从ICU出来的病人，准备全力冲刺百米赛道，那最后的结果不言而喻。工作亦是如此，我们应该按照步骤展开，切不可一蹴而就。未雨绸缪总比亡羊补牢来得有效，月初做好规划比等到月底再去复盘要强百倍，不能等到问题出现了，我们才去补救，因为这时候的一切行动都已于事无补，只是心理安慰罢了。

这么多年来见过不少这样的情况：有的人聪明过人，学什么都很快，工作起来也很努力，但他想得太多，心思太杂，总想着找捷径，最终落得无路可走。捷径其实就是针对聪明人的陷阱，笨一些的人反而因为缺乏找捷径的心思和能力而躲过了一劫。为了更快完成目标，聪明人在寻找捷径上耗费了太多的精力，而老老实实的笨人却能专注在一个领域，日积月累，反而厚积薄发，颇有成就。

天道酬勤是对的，但相信努力就会有结果就不恰当了。世上的事如果只靠努力就可以做好，那人生也太容易了。当然，努力很有必要，但想让努力真正发挥作用，就需要我们静下心来去思考。如果心静不下来，摇摆不定，那么最后的行动也一定会跑偏。

忙碌的时候，确实没精力去研究长期战略，这就有点本末倒置了。我们应该空出更多的时间去思考和规划，先有想法，然后才有行动，想别人不敢想的事，才能做别人不能做的工作。创业不是创新，创业面临的是不确定的、充满风险的道路。要想在这条路上走得远，就需要持续地学习和思考。

伙伴们应该多一些朝气和锐气，要有开天辟地、开疆拓土的气魄，要勇于给自己设定较高的目标。敢想敢做，相信相信的力量，你就会所向披靡。带领团队披荆斩棘，同心才能同行，我们要想很多，同时要做更多。静下心来全力以赴，只对结果负责。

2022-06-03

路漫漫其修远兮，吾将上下而求索

路漫漫其修远兮，吾将上下而求索，这句千古名言一直伴随着我的成长。这段话，既能渡人，也能渡己。

可能很多人都不知道，在我们南方，端午节的意义大于中秋节，这在北方就截然不同。端午节这天，我的家乡既不吃水饺，也不吃粽子，而是吃一种台州特色的食饼筒，它比山东煎饼还要柔软、还要薄，里面嵌着十几种配料，每次回想起来，都不禁口水暗生。

因为屈原，端午节成了一个非常重要的节日，志洁行廉，誓死不屈，他的爱国主义精神理应在今天得到弘扬。

过去已经过去，未来依旧继续。对于下半年的动作，我们也做出了很多的尝试。困境之中，我们一定要勇于挑战自己的极限。加快布局、下沉市场是检验公司成就的试金石，这个过程复杂而艰巨，需要投入很多的人力、物力、财力，短期之内见效并不明显。但我认为我们必须得这样做。

下沉市场不是中低端市场，需要我们用新的眼光去看待，深入理解消费者，着眼于客户的需求，持续进行自我创新，完善服务，优化体验，多措并举，这样我们公司的潜力才能得到最大释放。这是一条看不到尽头的路，但我们依然充满了信心，积极应对，力争实现全方位、可持续的增长。

过去如何只代表昨天，美好的时光是即将到来的明天和遥远的未来，而这些都要靠你的全力以赴才能得到。今天的荣誉和鲜花只代表过去，它能让我们有更多的勇气去开拓未知。

但是，你不可以沉溺于此，你要永远保持低调谦逊的姿态去面对更加艰巨的挑战。时刻鞭策自己，只为那更好的未来。

世界上最高的山峰，不是珠穆朗玛峰，而是我们心中那一座永无止境的攀登理想高峰。心有多大，梦想就会有多远，我们穷其一生，只为那沿途的风景。

端午这个日子浓烈而长情，我无数次地问自己，到底什么时候能回家啊。

2022-06-04

心存仁义，胸怀天下

悲观无用，不如思考蓝图。闯过布满暗礁的浅滩，才能达到胜利的彼岸。心存仁义，胸怀天下！

孩子说："我知道爸爸的时间是最宝贵的，但你依然抽时间接送我，我怕达不到你的期望。"这话让我很感动。其实现在的社会是多维度竞争的社会，学历只是一个比较重要的因素，你的品格、素养和综合能力才是你正式步入社会后最趁手的武器。

孩子现在理解不了大人的期待，艺多不压身，尽可能在学习的阶段增加更多的技能，有一天你会发现，你其实是个宝藏。适当的压力，是必须的，遭受挫折，也是正常的，甚至撞下南墙，也是有必要的。我们有时候把工作和生活分得很清楚，以至于造成了一些困扰。其实两者就是融合在一起的。如果能把工作学习当成一种乐趣和休息方式，那会不会又是另外一种局面呢？

一定要热爱自己的工作，更要有长远的规划。如果从一开始坚信能够到达终点，那么你就会心无旁骛。当你把工作当成一份事业的时候，就如同开弓没有了回头箭，除了失败，再也没有放弃的理由。

商业未来还是会回归到品质为先、内容为王的本质，一切都会返璞归真。创业的凶险远远比想象中的还要复杂，每时每刻都会变化。当自己直接面对困境的时候，无论内心多么煎熬，都要装作若无其事。夜深人静的时候，慢慢地消化一切的压力和苦痛。只要内心是光明的，那么黎明一定会到来。

工作的忙碌程度每天都在增加，但我们心里有一股劲，肩上有使命、压力和责任。我有义务带领团队走向更好的未来，更有责任为我的客户创造非凡的价值。一个人要学会放空自己、反思自己，复盘自己所做的一切，之后才能知道哪里做得不好，哪些地方可以改进。

一棵树只有剪掉多余的枝叶，才能长得更高，那人又何尝不是呢？学会放弃一些东西，卸下一些包袱，才能更好地保持平衡，才能走得更远。如果缺少自律，就很难解决问题、达成目标。唯有努力去做，才能变得更加成熟，才能拥有自己想要的人生。

悲观无用，不如思考蓝图。闯过布满暗礁的浅滩，才能达到胜利的彼岸。心存仁义，胸怀天下！

2022-06-05

爱对的人，做对的事

无论前路多么崎岖，我们依然相信光明会如期而至，当然前提是：我们要爱上对的人或做正确的事……

我们公司一直以来以名品为基石，以进口商品、国代产品、专属品牌为辅助。不论市场变幻有多快，我们一直坚持着自己的风格。可能在大多数人眼中，我们是重资产和微利，但我们认为这是赖以发展的根本。

站在巨人的肩膀上放眼未来，前车之鉴后事之师，那些世界五百强的公司让我们望尘莫及。合作得越久，心中越是充满着敬畏之心。我深信在未来，我们的公司也能走出一条属于自己的光明之路。

非常有幸参加了永惠供应链的会议，通过交流，我们更加清晰地认识到了自己的长处和短板。广而全的品牌矩阵是我们的优势，但是对于门店店务管理以及深度服务和赋能的东西，我们鞭长莫及。在局部市场，我们的专属品牌全部交与永惠事业部全权负责，相信这是一个良好的开始。我也相信这些样板市场一定会给客户带去不一样的感受和体验。

零售不是高大上的命题，而是由无数细节组成的行业，我一直相信经营正确的商品远比卖便宜的商品重要得多。首先，我们对货品有清晰的认知，让客户持续返单成为门店重要的工程，是我们穷其一生要追求的目标。

人只能做自身擅长的事情，我们对于专属品牌的运营以及店务的管理不甚精通。相信通过和永惠的合作，一定可以达到合作共赢的目的。

打开认知，才能看到一个更广阔的世界。故步自封只会举步维艰。未来一定是一个相互交集、资源共享、高度整合的时代，一部分人会跌落谷底，一部分人仍然永立潮头。任何人都阻止不了行业滚滚向前的车轮，历史根本不会因为个人的因素而发生改变。

鱼与熊掌，在特殊的情况下也许可以兼得，希望和永惠团队的强强合作为我们打开新的空间。

没有一帆风顺的人生，也没有满布荆棘的人生，顺境时修力，逆境时修心，只要奋力向前，就能成为最想要的样子！无论前路多么崎岖，我们依然相信光明会如期而至，当然前提是：我们要爱上对的人或做正确的事……

2022-06-06

学会懂自己

发生在你身上的所有事情都是可以承受的，你所遇到的所有困难和挫折都是来成就你的。生命中最难的不是没有人懂你，而是你不懂你自己。

今天在外出差的品牌部负责人回来了，竟然瘦了整整37斤。这段时间他都经历了些什么啊！我心里五味杂陈。为了公司的业绩，我们的员工舍小家顾大家，付出了太多，很庆幸有这么一群可爱的同事。

每个人的机遇不同，人生轨迹也会千差万别。成功的路上天时地利人和缺一不可，前提是自己具有良好的品格和持之以恒的努力。

千里马常有，而伯乐难寻，哪怕你才华横溢，但是如果没有施展的舞台和发现你的人，便空有一身的抱负，难以实现理想。而在机遇没有到来之前，你一定要暗暗地生根发芽，让自己变得越来越优秀，有一天春风到了，自然而然，你就会迎风绽放。

和相关部门开了两个小时的沟通会，大家清晰地规划了自己的工作目标。有效的会议是管理工作的艺术，表面上看似耽误了不少时间，但是磨刀不误砍柴工，只要能真正达成思想的统一，就会如握紧的拳头，是充满力量的。

我不知道有多少人对自己的未来感到迷茫，每天庸庸碌碌，消磨了心智。等到工作稍微一紧的时候，就会觉得压力巨大，无法跟上节奏。

我希望管理人员能真正回归到自己的岗位上，仔细琢磨，认真修改流程，有些问题可能就会迎刃而解。明确岗位职责，每个人从一进入公司的那一刻起，就能清楚知道自己的工作内容，那是一件令人欣慰的事情。

首先建立顶层的设计，定下大体的框架。充分发挥团队的力量，上下一盘棋，做出长远的判断，及时止损，不要等到最后难以收场的时候再去后悔当初的决定。

物质、精神上的满足是留住人才的决定性因素，我希望打造一个良好的氛围，组建一支通力合作的团队，无论是黑暗还是光明，乘风破浪，一路向前，那是多么美好的事情。我要感谢公司，它让我体会到了团队协作的乐趣。我也要把工作当成生命中非常重要的一部分，接受挑战，享受乐趣。

发生在你身上的所有事情都是可以承受的，你所遇到的所有困难和挫折都是来成就你的。生命中最难的不是没有人懂你，而是你不懂你自己。

2022-06-07

信任他人

信任每一个人，放心让他去做，也许他的潜力会远远超出我们的想象。每一个转折点往往伴随着深刻，每一次的煎熬都是成长的机会！

今天高考的学子步入了神圣的考场，努力了这么多年到了验收的时候了。这是人生中一个重要的转折点，让人永生难忘。

青春一去不复返，学习时代何尝不是如此，当你错过了学习的时光，真正步入社会之后，就会懊悔当初没有认真学习。但是时间不会给你再来一次的机会，失去了，就永远不可能再回来了。

非常遗憾没能上大学，在每当工作遇到瓶颈的时候，总能激起自己对知识的渴望，所以陆陆续续自学了大专和本科，不是为了文凭，只是为了提高能力，去成就更大的事业。

条条大路通罗马，一切都是最好的安排。无论最后的结果如何，放平心态，相信自己的选择和努力不会辜负大家的期待。

学习和工作中有很多的机会展现自己，大多数人最先想到推诿，这有可能会失去职业生涯中非常重要的一段经历。因为通过展现自己能挖掘自身的潜力，也可以让公司的领导看到你的闪光点。不好好利用，就丢掉了一个绝佳的机会。

作为公司的管理层，我希望跳出固有的圈子去看待同事，发现他们的优点和缺点，督促他们进行查漏补缺。慢慢地，公司自然而然就能形成一个闭环，成为一个自驱力强大的运营体系。

工作这么多年，从一开始的摸爬滚打，到后来形成了自己的管理风格。一个很重要的事情就是将合适的人放到合适的位置上。这说起来很轻松，其实很难，我需要弄清楚什么类型的人适合做什么样的工作，需要协调其中复杂的人际关系，需要打造良好的学习氛围。只有鼓励员工学好技能，提高工作效率，打造企业文化，才能获得持久的竞争优势。

人需要听听自己内心的声音，也要听听别人的需求。能同甘共苦的人会结下革命的情谊，每个人都需要存在感和获得感。我的信任是员工工作中的加油站。

信任每一个人，放心让他去做，也许他的潜力会远远超出我们的想象。

2022-06-08

严阵以待，创造价值

价值的核心，就是创造价值，如果离开了这个，那么我们做的所有努力，都将毫无意义。

每个孩子都可能成为非凡的天才，但前提是父母和老师要相信他能。我们经常采取一些简单粗暴的处理方式，表面上看似有效，实质意义不大。好好说话，是一个家庭中最宝贵的风水。

商学院各个小组的阵列比赛非常有看点，评委老师的点评也很有意思，大家亲自动手，按照自己的想法布置场景，如同对待自己的孩子一样，付出了大量的心血。

在大家心里，名次是次要的，态度最重要。

我们很厌恶人云亦云，因此不太想表达自己的观点。说多了不一定有功，说错了可能有过。许多时候这种从众心理让我们对别人的观点不置可否，不愿出头，不敢出头，不想变也不敢变。

但是群众的力量是巨大的，小改变聚合在一起，就会产生巨大的能量。

总有人把抱怨当成发泄，殊不知抱怨会在内心悄悄埋下一颗负能量的种子，抱怨得越多，这颗种子就长得越快，当体内的负能量足够多的时候，你看啥都是消极的，那接下来的工作会做得怎么样呢？

今天我发现了一个审批错误，说明我们的工作中还存在很大的失误，大家没有把流程的审核工作放在心上。审核签名是非常神圣的时刻，我们要对自己的所作所为负责任。如果只流于形式和敷衍了事，那真的会给公司惹麻烦。

这阵子公司内部的改革特别多，扁平化、垂直化将成为趋势。我们理应严谨地对待手头的工作，防微杜渐才能防患于未然，希望这件事能给大家敲响警钟。

与其等待喜欢的工作，不如想方设法喜欢上所做的工作。踏入职场江湖，我们要在工作中好好锻炼自己，才能应对这个充满着不确定性的世界。

商场如战场，优胜劣汰，我们必须比别人严谨一些，对客户、产品等方面有更缜密的了解和洞察，这样才有机会在残酷的竞争中胜出。

2022-06-09

活下来才能谈未来

前途是光明的，但道路却是曲折的。我们的头顶上时刻悬挂着达摩克利斯之剑，只有活下来，才能谈未来。

大家对即将过去的上半年心存恐惧，但是还没有到丧失信心的地步。做好自己手头工作的同时，还是要充满信心。如果连自己都觉得没有赢的希望，那么必败无疑，我们要有置之死地而后生的勇气和破釜沉舟的魄力。市场产业的升级和物流的智能化，是未来的趋势。在历史的洪流面前，谁也无法阻挡它的脚步。我们唯一能做的就是迎合趋势，做好准备，为产业升级的到来做好铺垫。

召开大大小小的会议是为了统一思想，制定出符合公司理念的流程和规章制度，一旦落纸成文，我们就需要认真地对待。在发展中寻找新的方向一定比在迷茫中找寻答案更有效，我们适时微调自己的步伐，就是为了接下来平稳地着陆。

对于很多新的渠道，我们不擅长，但是不代表没有机会。不要忽视别人的能量，永远抱着学习的态度，资源共享才能合作共赢。

中层干部如果没有强大的意志和严格的执行力，那么很多的流程就有可能形同虚设，公司的发展就会跑偏。时常反思自己你会发现，平时的点点滴滴也会决定项目落地的执行力度。

没有什么事情是不需要毅力的，诱惑、挫折、干扰让许多人半途而废，无功而返。有些事情看似烦琐，但坚持下来就会由量变达到质的飞跃。

我一直觉得公司目前处在一个非常重要的关口，第二季度是加强内功的时机。随着商学院学习的深入，所有人充满着期待。我希望也相信，真正沉淀下来的学员能有巨大的收获。其实，无论哪个行业、哪个领域，生意的逻辑是万变不离其宗的，一切的行动都向客户的价值看齐。而我们在为客户创造价值的同时，自身也会得到成长。这么多年来，比起生意，人脉和关系才是我最想要追求的。

很多人一开始为自己的理想奋斗，但后来却忘记了曾经的初衷，最终沦为一个平庸的人。如果能时时刻刻提醒自己学习，那么结果就不会太差。前途是光明的，但道路却是曲折的。我们的头顶上时刻悬挂着达摩克利斯之剑，只有活下来，才能谈未来。

2022-06-10

远见卓识向未来

每次危机都能带动一部分人，危中有机并不是一句空话。战略眼光和远见，不单是个人有所成就的必要因素，更是公司发展的重要因素。

浙江从3月份开始下淅淅沥沥的小雨，一直持续到夏天，这段时间称为梅雨季节。在北方，下雨的机会相对少多了，空气非常干燥，所以人们期盼着雨水的到来。

清晨的城市，如同一个巨人慢慢地苏醒。环卫工人已经开始了一天的工作，陌生的城市，同样的奔波。不同的人给自己的定位是不一样的，有些人为了一日三餐，有些人为了更好的生活。每个人都是对的，只是人生阶段不同罢了。

叫醒我们的不是闹钟，始终是梦想。

商业的发展超出了人们的想象，经营的逻辑、门店的结构都已经发生了翻天覆地的变化。第一渠道的核心力量已经悄悄地隐退，我们曾经看不上的非主流渠道，更有可能隐藏巨大的能量。在我们寻找商机的同时，其他人也在争相找寻出路。市场形势变了，生意模式变了，人的心态也要改变。整个商业的反馈远远没有想象中的那么热烈，找到共同的契机和合作共赢的方法，是大家都在面临的问题。

奔波的路上需要停下脚步，静静思考，坐井观天的时代一去不复返了，勇敢地去尝试、探索外面的天地吧。感受了商业的变化，也越来越能体会到自己的愚笨。如果不能跳出自己的舒适区，依然保持自己固有的思维，那么你就落伍了。勇于创新是必经之路，我们必须要保持对创新的热情和憧憬，才能随时迎接各个方面的挑战。

有人的地方，就有江湖，行走江湖就要讲究人情世故。做好自己是远远不够的，还要协调各个部门的工作，更要处理同客户的关系。

高歌猛进的时代已经落下帷幕，跌宕起伏的经商环境已经袭来，稍有不慎就可能跌倒在曾经熟悉的赛道上。从古到今，真正延续下来的，一定不是最强的，或者最优秀的，但一定是适应能力最棒的。适时地改变或者自我修正，才是一种明智的做法。

每次危机都能带动一部分人，危中有机并不是一句空话。战略眼光和远见，不单是个人有所成就的必要因素，更是公司发展的重要因素。

2022-06-11

定义自己，实现价值

自己的价值不用任何人定义，因为有价值永远不会贬值。无论经历什么，哪怕有人认为你一文不值，也要努力践行自己的原则，只为不枉来人间一趟。

下了两天的淅沥小雨，今天终于迎来了艳阳高照。

今天最重要的事情当然是我们这个月的月度大会，而且本月的月度大会刚好和商学院的结业典礼同时举行，这个会议意义非凡。

从筹备商学院到现在第一期学员毕业，我感慨最深，报名之初筛选了30多人，而现在真正能拿到毕业证书的只有十几个人。参与其中才能感同身受，一期一期地学习下来，收获真的是蛮多的。毕业不等于结束，那只是一个新的开始。

公司花费了大量的人力、物力、财力去做这件事，当然不仅仅为了那薄薄的毕业证书，而是希望通过这种方式，让公司拥有一个学习型的团队，让每个人都有一颗勇于上进、努力学习的心。活到老，学到老，当你越过一个又一个门槛，进入一个更高的维度时，不至于因知识的匮乏而烦恼。

等你真正意识到知识匮乏的时候，时间已经来不及了。不学习，你就无法打开自己的认知，也就无法到达更高一级，只能是井底之蛙。每每接触那些优秀的人，他们的言行举止都透露出一种与众不同的淡定与从容，那种运筹帷幄的气质，其实是他们不断学习、努力修炼得来的。期待我们永之信能为大家提供第二期、第三期甚至更多的学习培训。

填鸭式的简单粗暴的学习方式一定无法推动员工内心的改变。我期待也相信我们的团队会在学习中不断提升能力，积极应对挑战。员工们也要及时反思自己，找出不足，不断汲取能量，充实自己。

月度大会还有很多的地方让我感动，无论是新员工从容不迫的表现，还是老同事的长足发展，点点滴滴，我都会铭记于心。非常期待大家在这里找到属于自己的舞台，并成为这舞台上最闪亮的明星。

从懵懂无知到大有作为，谈何容易。但自己的价值不用任何人定义，因为有价值永远不会贬值。无论经历什么，哪怕有人认为你一文不值，也要努力践行自己的原则，只为不枉来人间一趟。

2022-06-12

升维思考，改变命运

思路决定出路，意识改变命运，答案永远比问题高一个维度，解决问题的最好方式，是升维思考。

看了大家写的日志，有感悟，有分享，看来昨天的月度大会让大家感受颇深，字里行间都是发自肺腑的真情流露。在某种程度上说，会议可能还不够精彩，有些人依旧无动于衷，相信在接下来的会议中我会给大家提供更有价值的干货。

带队伍就像是引着一群人走夜路，管理人员严格要求自己，先自己发光，才能为队伍引路。走上管理这条路的人基本上是被环境推着往前走，不仅要有前瞻性的认知，还要学会处理人际关系。团队的成长程度决定公司能走多远，忽视了团队建设，公司将必死无疑。

作为销售，能获得物质上的丰厚报酬，同时也失去了完整的休息时间。一个大区经理说："销售人员哪个身体好，哪个能吃正常的一日三餐，只是没有办法，市场残酷，我们也需要快速奔跑。"我们经营的是线下客户，不是说现在的人越来越懒了，而是生活越来越便捷了，人们足不出户就能买到想要的东西，自然没有必要舍近求远，这也促使我们努力做出改变。

在做好长远规划的同时，我们真正需要做的是落实执行。人的认知不一样，讲得再多只能是浪费口舌，别人根本听不懂，更不可能有什么反馈。不管在什么阶段，一定要认真学习和研究，不断提升自己的思维和境界。那些创新型公司都在支持内部的试错行为，因为只有经历失败，才可能有所创新。

活到老，学到老，学习是成本最低的投资。若是停止了学习，将来一定会后悔。不要操心别人干什么，仔细想想自己需要做什么。只有不断地完善和提升，才能发出光来！

不能管理好时间的人，看起来很忙，东奔西走，却不知道忙些什么。公司庞大，需要个人分工明确，按照轻重缓急给各种工作排个序，慢慢地就会乱中有序了。这是一个长期艰难的过程，但是只要你能坚持，这就是一条正确的路。

2022-06-13

专注造就机会

上天给了你无限的机会，却只给了有限的时间。在纷纷扰扰的今天，要应对纷繁复杂的世界，甚至要做到游刃有余，我们比任何时候都需要专注。

这两天好多同事都在问商学院什么时候举办第二期学习培训，我说学习是终身的，只要有这份心，那么永远都不晚。

每每看到同事们认真工作，我总是十分开心，尤其收到客户的赞誉更是让我激动万分。仔细想想，其实我们远没有人家描述的那么好，但是我也相信，总有一天，我们可以成为他们口中的样子。

现在的人很焦虑，每个人的立场不一样，可能焦虑的程度也不同。作为公司来说，面临太多的压力，同样也会"焦虑"。

人们常说慈不掌兵，像我这样感性的人创业带队伍确实有点困难，因为我要经历很多的聚散离合，特别是一些老部下的离开，让人心里特别不舍，甚至难以释怀。平常心看待吧，既然不能改变别人，就只能改变自己了。加强学习，让自己成长得更快，让公司发展得更好。只有能给众人带来足够多的利益和足够好的前途，大家才会拥护你。

我很小的时候就告诉自己，做人一定要有志气，要努力让自己成为人上人，要出人头地。随着年龄的增长，却慢慢发现：成功是偶然，失败是常态，梦想很丰满，现实很骨感。现实的残酷慢慢地磨掉了自己的棱角和雄心壮志。

最令人开心的就是得到团队的认可。从项目的开始，到执行的过程，到最后的结果，我渴望同大家一起享受奋斗的快乐。在执行的过程中，如果出现了些许的跑偏，就要及时地汇报，切忌按照自己的想法贸然行动。行动一致，协作共赢，否则就会南辕北辙。

任何项目从开始到最后，一定需要多方付出，需要大家全力以赴。想当然地就想成功，那只能是异想天开。坦诚和信任非常重要，为双方创造更多价值，才能成就更好的彼此。

2022-06-14

涅槃重生，开启新天地

每个行业都有它的鼎盛期和消退期，事业如此，人生亦如此。好的公司从不看天吃饭，要涅槃重生，就要开启新的周期。

快消行业是一个周期特别长、回报特别慢、市场份额不可能快速增长的行业。踩住波段，也许惊心动魄；稍有不慎，就会跌入谷底。有一句话讲得很对：阴跌是最可怕的，如慢刀子割肉。市场份额逐渐离你而去，自己却又无能为力，那种感觉是很不好的。所以不能说哪个行业就是朝阳行业，每个领域都有做得非常出色的企业。你要做的是在这个领域以内，力争上游，占有一席之地。

人们的想法是不一样的，有些人想安于现状，有些人想逆袭有为。在我而言，宁可选择更为艰难的路，也不会随波逐流。在一帆风顺的情况下，个人想要脱颖而出是不容易的，还不如抓住机会逆袭呢。

静看生意的风起云涌，逆境之下，每个人都能迸发出巨大的能量，在可预见的3年之内，要不就越来越好，要不就消磨殆尽。未来最先进的组织一定不是传统公司的结构，而是让大量个体保持独立又可随时协同的组织，它看似松散，实则协同性更强，可以随时产生裂变和聚变的效应。

所有的部门均既能各自为战，又能化零为整。这要求大家既要有单兵作战能力，又要有协同作战能力。今年我们在每个部门都做了一些试点，也得到了团队的认可。相信在这条路上我们一定会越走越远。并不是来得越早越好，完成得越快越好，而是在最恰当的时机做到最好。我们所有的努力都是为了实现公司整体的良性循环，继续做大利益的蛋糕，这也是解决矛盾的根本举措。

创业之路，如逆水行舟，不进则退，当整个团队保持固有思维的时候，就意味着整体停滞不前。优秀的公司都在组织整合，协调奋斗，主观上为自己，客观上为公司，这并不矛盾，事业就是这样，合作共赢，才能生生不息。

人生中有很多遇见，无论遇见什么，都是一种幸福，但最幸福的是遇见自己。遇见自己，才会遇见真正的风景。

每个行业都有它的鼎盛期和消退期，事业如此，人生亦如此。好的公司从不看天吃饭，要涅槃重生，就要开启新的周期。

2022-06-15

适合的才是最珍贵的

很多时候，我们所谓的情怀，只是为了满足骨子里与生俱来的自卑感。面对现实，适合广大消费者的才是最合适的。

今天到访的品牌方特别多，如果一切顺利的话，下半年应该会频繁地出差，希望一切都按照计划往前推进。匆忙的一年，马上就要过半了，我们不能掉以轻心，只有全力以赴地往前冲，才能给自己一个最好的交代。

今天看到了行业人士对露华浓这个品牌退出市场的讨论，作为一个曾经享誉全球的品牌，露华浓以如此方式再次出现在大众面前，真是让人唏嘘不已。市场的残酷肉眼可见，没有哪个企业不想活下来，但是没有实力，想活下去只能是痴人说梦。

要跟上别人的脚步，时刻准备超越他人，这很艰难。没有常胜将军，只有永远的敬畏之心。对细节，对流程，如果缺乏了敬畏之心，那就是奔跑在死亡的边缘，走向没落，也在情理之中。对抗拖延症，必须养成今日事、今日毕的习惯。因为难，所以痛苦，于是不去做；不去做，便得不到结果，那么会更痛苦。真理是要经过反复挑战和验证的，只有不断地改进，才会变得越来越强。不管在工作还是生活中，都要谨言慎行，学会收敛，在别人陷入窘境时，多一分温暖与关怀，少一份冷言嘲讽，你自己也会赢得尊重。从来没有听说过哪一个人靠单打独斗就能成功，打造高效的队伍，依托团队的力量，你才能如虎添翼。作为一名管理者，我意识到管理团队其实是一件令人头疼的事情，如果管理不善，就会出现一系列问题，但要想拥有这个团队的核心竞争力，你不仅要精通人性，还不能过于严苛。

团队的核心竞争力是人才，优秀的管理者，不仅自己要能干，更要善于识人、选人、用人、管人，激发团队的潜力和活力，营造良好的工作氛围。

作为商贸型公司，每天都要接触各个行业的客户。对于客户来说，我们是一种有价值的资源，可以为他们带去潜在的利益。只有高品质的产品才能让消费者心甘情愿地消费，价格战只会将公司拖入不归之路。没有最低的价格，只有更低的价格。将心比心，把客人当家人，用心呵护，才能制造口碑效应，生意自然越来越好。

很多时候，我们所谓的情怀，只是为了满足骨子里与生俱来的自卑感。面对现实，适合广大消费者的才是最珍贵的。

2022-06-16

提高能力，做好管理

销售能力强不代表管理能力强，带领团队远没那么容易，需要的综合能力远比想象的多。

今天一大早就是艳阳高照，温度也是直线上升。而华南如广州那边，就没有这么幸运了，持续的暴雨十分反常，甚至连出行都受到了影响。很开心有很多老朋友到访，无论在哪个领域，他们总能发自内心地祝福我。

做事之前，我们需要预想N种可能，做好"路演"，无论什么时候，单靠勇气和满腔热血是行不通的。我们需要根据市场的环境与需求为消费者创造价值，这样才能赢得机会。

老板是创业成败的最大责任人，所以最应该加强培训和学习，不然的话，思维方式和行为逻辑就会出现断层，谁来帮你都白搭。我自己就遇到了很多类似的问题，感觉有时候真的需要坚定心中的声音，放弃某些看似重要的东西。

带队伍很难，因为人性是复杂的，在行进的过程中难免会出现很多的分歧。但归根结底，做任何的事情，关键是人，是团队。有个合作对象说："考察项目时，看人就可以了，人不错，项目应该不会太差。"当时我不能理解，有渠道、资金和营销方案不就行了吗？现在想想，真的很有道理。

只有价值观一致的团队才能风雨同舟，内部沟通和效率才能提高。所以，我们应该把注意力集中在客户、产品、服务和团队上。自己干得很好，业绩突出，绝不仅仅是自己努力的结果，没有了团队做后盾，仅靠单打独斗，是不可能杀出重围的。

我们要理性地看待个人的能力，不能忽视了品牌的力量、公司的价值与服务体系。公司为你提供便利的资源和人脉，你才能拥有美好的前程。

在公司里尊重领导，在家里尊敬老人，这不仅是一个美好的传统，更是必须要坚持的原则。在任何时候，都不要放弃崛起的雄心，更不能远离强大的团队。个人的力量一定大不过团队的力量，一个积极向上的团队，一定能带动个人的成长。与团队共同进步，共同成长，成就大我的同时，也成就了小我。

销售能力强不代表管理能力强，带领团队远没那么容易，需要的综合能力远比想象的多。

2022-06-17

因为经历，更懂得珍惜

曾经的你，无法抓住命运的上上签，努力和坚持，才是你最大的加持。只有经历过沧桑，才能懂得珍惜。

今天一大早就阴云密布，竟有山雨欲来风满楼的气息。

我习惯了按部就班地工作，希望所有的事情都能井然有序。也许在别人的眼中，我有些古板和偏执，但是这么多年了，我还是会坚持这样的做法。

未来是美好的，但市场一天都不会等你，只有抓住新的趋势把自己夯实，才不会在关键时刻掉链子。这可能有些反应过度，但实际上也只有我自己能切身体会到个中的滋味。有时候我会焦虑，会跟自己较劲，甚至陷入悲观的情绪里。

自己的主观能动性和抗压性较弱，常常会因为无法按照约定时间给出方案而着急，索性，凡事都会多想一步。这些东西很微妙，说起来容易，做起来真的太难了。顺应事物发展的客观规律，不仅要重度聚焦，还要高效，绝对不能拖延。如果一件事情迟早要做，而且要快速完成，那么就立刻去执行，这才是最高效的行事风格。

有时候我们需要扪心自问：是不是站错了位置。高层决策，中层管理，基层执行，我们要明确自己的位置和职责，切忌稀里糊涂，看别人挺好，于是也想走别人的路，这样只能是东施效颦，自取其辱。商业世界有其客观规律，人不能逆天行事。年轻人敢于挑战是好事，但也要增加挑战成功的可能性。没有核心的资源、能力和条件，下意识地认为自己很牛，这种想法真的很偏执。当务之急是更好地修炼自己，才能有更多的底气面对未来的风雨。

个人的努力固然重要，但在时代的风口浪尖上，个人的力量也是微不足道的。我们要在发展的历程中学会创新，找准方向，调整预期。创新并不意味着无中生有，别人厮杀多年的红海，照样也有机会。要相信，这是一个变化的世界，只要有变化就有风口，只要有危机就有机遇。很多行业都可以重新再做一遍，特别是随着数字化的普及，市场上依然有很多的机会和切入点。

曾经的你，无法抓住命运的上上签，努力和坚持，才是你最大的加持。只有经历过沧桑，才能懂得珍惜。

2022-06-18

人生多变，坚持很酷

人生变数很大，坚持很酷，很多人未必了解这一点。不是跑得快就行，重要的是坚持得久。坚持不懈，很多遥不可及的梦想才会真正实现。

我们曾经天真地以为，孩子的思想里除了学习不应该掺杂太多别的想法。但是信息化的时代，大量信息瞬间充满每个人的世界。如何正确引导他们接受消化这繁芜的信息，显得尤为重要。

我们工作也是如此，简单死板的流程只是守住了表象，一个公司内部的活力，一定是在体制引导下的自驱力。将事业上升到使命的荣誉感，是一个人的格局。在这个千变万化的时代，公司也要有内涵、有格局。

世界上所有的事物都是相对的，人类在物质这条路上狂飙时，精神世界必然会陷入空虚。物质的进步给人类带来许多便利，但同时也带来了精神上的痛苦。

人们发现焦虑、紧张、抑郁、迷惘等负面的情绪，已经渐渐成为内心的常客。

人在不同的阶段，追求的东西会不一样。有些人总是不断和周围的人比较，曾经的朋友、同事过得怎么样？我对自己的表现满意吗？其实调整好自己的心态，让自己变得越来越理性，应该成为工作与生活中必修的课程。

对于朋友，我们不应要求太多，大家都有各自的难处。人生路上，大多数人都是孤独的行者，除了自己，很难有人能够真正懂你。饮水冷暖自知，没有不变的风景，只有风雨和阳光与自己同行。

对于公司，严格执行、听话照做就是我们的职责。每周六的例会是雷打不动的流程，也是公司内部正确的决定。做公司跟做人其实是一样的，贵在坚持和认真，尤其作为管理者，更应严格要求自己，带头维护每个流程和制度。

人生就像跑马拉松，刚开始陪跑的人多，慢慢你会发现坚持下来的人越来越少了。很多时候比的不是才华，也不是天赋，更不是速度。坚持和耐力才是取胜的关键性因素。

人生变数很大，坚持很酷，很多人未必了解这一点。不是跑得快就行，重要的是坚持得久。坚持不懈，很多遥不可及的梦想才会真正实现。

2022-06-19

风雨兼程才是最美的人生

漫漫人生路上，日夜不停，兜兜转转，辗转半生，蓦然回首，才发现，风雨兼程，这才是最美人生。

以前的"618"，真是消费的狂欢。而如今，消费越来越趋于理性，

任何的行业都不可能永远高歌猛进、持续发展，到达某一个阶段，总是会碰到瓶颈和临界点，如何找到二次发展的曲线，开启新的征程是所有公司都要面临的事情。

从这些年的经历来看，每一个波澜壮阔的新兴产业总是会进入相对的疲倦

期，而这样的情况是多方面共振产生的结果。抛开产业互联的大方向，在过去的半年里，两极分化的现象越来越明显，行业的聚集效应正在逐渐地加速，因此，时刻升级自己的认知和思维是解决一切问题的根本。

今天也是父亲节，我很小的时候就没有了父亲，无法感受到那种别样的温情。在羡慕其他孩子的同时，我慢慢地有了独自坚强的勇气。一个人多少要经历一些挫折和磨难才会长大。逆境中的崛起，是我最重要的经历。

下班回家，小三哥奶声奶气地说了声"爸爸节日快乐"，晚上10：00接老大回来的时候，他递给我一封信，字里行间充满了父子之间的温暖，那一刻，我真的觉得很幸福。我生命中的宝贝们给了我无比的感动和自豪，眼眶有一点点湿润……

子欲养而亲不待，当下的我们，皆是如此，唯一能做的就是砥砺前行，告慰先人。遇到再大的困难都不要怕，只要勇敢前行，就一定能行。

人生那么长，总要给自己留点空间。常怀感恩之心，珍惜每一次相遇，真诚地待人待己。无论人生还是事业，危机也是转机，关键在于我们是否具备开放的心态和思维，既对危机有所警觉，对机会有所洞察，也要能放大心胸，容纳委屈和痛苦。

每个人都可以选择和塑造自己的人生，只要不断学习，持续刷新自己，提高自己的认知，就能让自己变得更优秀一些。正确的选择决定了努力的价值，正确的选择决定了人生的质量。

2022-06-20

困难而正确，任重而道远

对每个公司而言，管理是困难而正确、任重而道远的事，无论如何，都必须去做。也许时光可以慢些走，但是时机未必会等你。

孩子和我分享了学校里的趣事，也想打听我学生时代的趣闻，我和他说了确定目标的重要性，告诉他一定要以此为标杆，然后勇敢地去追逐。一个人的人生质量是身边六个人的平均值，一定要与积极的学长学姐、学弟学妹们相互交流。自然而然，你自己也会得到成长。

如果总想走捷径，把梦想停留在梦里而不付诸行动，那么一切都会成为空谈。有梦想的人，一旦开始，便会全力以赴地走下去，在行走的过程中要观察方向对不对，然后适时自我调整不至于跑偏。需要长期的沉淀和打磨，更需要持之以恒的耐力和坚持，学习和工作都应如此。

在公司的发展过程中，总会与品牌方的理念出现冲突。要想找到一个平衡点就需要我们减少情绪化的东西，为彼此考虑多一点，那情况也许就会大不相同。市场比我们想象中的更加艰难，大家面临的压力都是可想而知。但这一定是一段非常重要的时期，我们要为拥有走出舒适圈的勇气而鼓掌。

今天下午和几个部门沟通了工作中遇到的问题，我们所有人的初衷都是：增加流程一定不是要增加负担，而是为了缓解部门的压力，起到相互帮衬、相互促进、互相监督的作用。我们要从心里认可这个决定，公司是一个大家庭，你中有我，我中有你，缺一不可，当我们形成一股力量时，才能为公司的发展注入能量。

商业竞争说到底是管理能力的比拼，如果我们不改进，就必定衰亡。要想在竞争中保持活力，就要在管理上不断地改进。

管理工作是永恒的，我们要把合适的人放在合适的位置上，让每个人的力量得到充分的发挥。带队伍、建班子、定战略，这都是非常重要的管理策略。人的因素最重要，只有人对了，战略和目标才有可能实现，所以带队伍和建班子其实不是泾渭分明的，它们应该同时进行。

2022-06-21

责任和担当就是诗和远方

追梦路上，要有诗和远方，三生石下，更要有责任与担当。它不一定在终点给你惊喜，但至少，它会支撑你出发！

二十四节气里的夏至是白昼最长的一天，气温也是再创新高。南方持续的暴雨数十年未见，让人触目惊心。在大自然的面前，我们竟是如此脆弱。多灾多难的当下，大多数人选择了更加内敛的生活方式，无法掌控的客观现实正在考验大家面对突发事件的应变能力。

今天与品牌方讨论的方案未能成行，其实根本没有完美的方案，只有高效的执行。任何的结果都需要在摸索的实验中才能得到验证。想起小时候读过的小马过河的故事，松鼠和大象的答案完全不一样，但实际上他们讲的都是正确的，如果不能勇敢地尝试，就无法探知未知的将来。

今天还有一个很重要的消息，就是我们的国家再次强调要确保少数民族和各民族地区同全国一道实现全面小康和现代化。众所周知，中国地域辽阔，是个多民族的国家，发展极不均衡，要实现这个伟大的目标，任重而道远，但是我相信一定可以实现。

这是个好消息，促进全民发展是若干年之内非常重要的项目。每个人都需要紧紧跟随这时代的脚步，需要有前瞻的眼光和敏锐的思维。

我们总是对很多新生事物充满着憧憬，但如何捕捉到其中的商机的确非常困难。万事皆有逻辑，如果有成功的案例，那一定可以值得借鉴，稍加修改，也许会成为自己的方案。

但是商业的本质一定是对多方有利，这是前提。如何取得对方的信任，一定需要发自内心的真诚，踏过千山万水，方知人间真诚最可贵。公司发展到一定的程度会面临很大的管理问题，一个人说："老大手指的方向，永远就是我战斗的地方。"这是对公司的高度认可，这样的执行力怎么会差呢？这让我很震撼。

工作是年复一年的事情，总而言之，想象是一回事，现实是另一回事，创业者的任务就是把想象变成现实。无论身在何方，都不要随波逐流，追梦路上，要有诗和远方，三生石下，更要有责任与担当。它不一定在终点给你惊喜，但至少，它会支撑你出发！

2022-06-22

弱水三千，只取一瓢饮

人生没有对错，只有取舍。弱水三千，总要取自己想要的那一瓢。心有所向，何须诗和远方。只要思想不滑坡，方法总比困难多！

很多人认为考试是一个靠突击就能有成果的事情，但是我觉得它其实是一个长年累月累积的过程，如果没有扎实的基础，临时抱佛脚肯定得不到理想的成绩。厚积薄发的前提是厚积，多一些阅读肯定是有好处的。

软件行业最近也趋于平淡了，不过在未来，软件开发仍然是核心力量，甚至可以引领整个社会的迭代和进步。

很多人都认为打仗时冲在前面的士兵最厉害，但我认为无论是多么勇敢的士兵，都不能离开将军的指挥。运筹帷幄的后方元帅才是最核心的力量。

大多数人总是喜欢看人从低谷里爬出来，但实际上如果你真正处在其中，就会知道翻身的概率有多小。为了面对这不可知的未来，大家要做好心理准备，因为任何一件事情的成功都绝非那么简单。

遇到事情第一时间要去面对它，想尽各种办法，调动各种资源去协作，最终把事情做好。不得不承认，想要做好一件事情必须善于合作，能力再强，不懂得合作，遇到门槛，就很难迈过去。把绳子拧在一起，才会形成巨大的力量，同舟共济永远比单兵作战效率高。

第三季度即将到来，每个人都会面临很大的压力，但是希望大家都能有所斩获。从市场反馈的声音来看，实体店将持续低迷，我们能不能撕开一道缝隙是个未知数。但是信心一定要有，任何困难，都无法阻碍我们向前走的脚步。

临近下班的时候接到一个老伙伴的电话，他说每天看我的日志，被人认可的感觉真好。幸福的秘密就在于每天的努力与勤奋，脚踏实地每天前进一点点，才可能成为一个更优秀的人。很多人做不好时间管理，是因为不会处理突发事件，没有事先做好排序，当然还要有一个长远的规划和目标。

2022-06-23

勇往直前，必定不同凡响

漫漫人生路，是否一路生花并不重要。重要的是我们能否勇往直前，不断成长，心怀期望的人，总能走出不同凡响的路。

今天早上突如其来的暴雨让人十分意外，虽说春雨贵如油的季节已经过去了，但对于如此炎热的夏天，一场急雨给人带来了清爽和生机。

每天6：00之前出门，我可以看到这个城市背后的另一面，安静羞涩如少年，文静而温柔。没有了喧嚣和繁华，让人思绪万千。

早起的鸟儿有虫吃，勤奋的人不一定是出色的那个，但一定是努力的那个。每天叫醒你的是梦想，不是闹钟。心中有执念，真是了不起。有哪一份工作是轻松的，但是当我们把工作当成事业的时候，所有的压力与困苦便会释然了。再苦再累也值得，因为热爱是坚持下去的力量源泉。

善于反省其实也是一种进步，当发现自己错误的时候，及时纠正并保持谦虚，才能不断取得进步，实现自己的理想和抱负。

对陌生的领域，要敞开胸怀，抱着学习的态度探求新知。我认为整个消费领域的蛋糕在持续增大，但是你能分到的未必会越来越多。如果不能在新生的领域占有一席之地，那就只能挨饿受冻。

人的一生会经历很多事情，没有经历过别人的故事，当然无法明白其中喜怒哀乐。有所成绩的时候，还是要不断地往前奔跑，因为在你沾沾自喜的时候，旁边的人已经远远地超过了你。

少年时代的艰难困苦是我们积累下来的宝贵财富。生活远比我们想象的复杂，很多时候需要我们去斗争，与人交流并不断学习，与人合作并学会总结，学会知足，学会收敛，学会感恩，没有十八般武艺，是很难生存的，你只能不断地学习。

不虑于微，始成大患。不要放任小错误的蔓延，破窗之初，不予以修补，事态只会一发而不可收拾。所有的伟大和消亡都是有迹可循的，都会在细节上体现得淋漓尽致。

漫漫人生路，是否一路生花并不重要。重要的是我们能否勇往直前，不断成长，心怀期望的人，总能走出不同凡响的路。

2022-06-24

心存善念，来日方长

生活的小幸运，大多与物质无关。心中的善念，支撑你度过黎明前最黑暗的时辰。总以为来日方长，却不知道最好的就在当下！

这几天客户和供应商来得特别多，似乎又回到了数年之前的状态。突然想起来我已经3年多没有出国了，但品牌方以及客户的频繁到访也让自己了解到很多最前沿的资讯。

人最怕故步自封、自以为是，坐井观天的想法会局限自己的思维，使自己逐渐与这个市场脱节。对于创业者来说，每一步都是在摸着石头过河，稍有不慎就有可能满盘皆输。

小店运营成本低，人员少，产品卖得便宜点是理所应当的，但是实际情况完全不一样，有些小店以次充好、胡乱要价的情况比比皆是。大公司之所以能够做大做强，就是因为它们遵守商业的法则，童叟无欺，以诚信赢取了市场份额。任何伟大的公司都有自己的底线和要求，对所有的客户都一视同仁，这才得到了客户和市场的认可，才能一直走下去。

今天送孩子上学的路上，和他聊到知识不应该只是一张纸，而应该是一种工具，必须践行它，使用它，让它活起来，才能将梦想变为现实。学习是一辈子的事，如果从少年时代就养成良好的习惯，那将终身受用。等到步入社会，你会发现自己的瓶颈就是因为知识的匮乏，那个时候再后悔就晚了。

几乎每天来的供应商和客户都在讨论未来几年生意的方向，未来的零售或是商业形态一定是线上、线下、物联网、互联网相结合的。未来的实体店不仅要注重服务与品质，更要满足顾客在售后、体验、社交以及娱乐等精神层面的需求。

每天都要对自己进行复盘，自省、归纳、总结，并学会与自己和解。这些比天赋更难能可贵。一路走来的经历告诉我，努力总会被看见。坚持下去，时光自有馈赠。

2022-06-25

打造王者之师

在短时间内组建团队是领导人必须具备的基本素养，但是如何打造一个王者之师，却是一项长期而艰巨的任务。

这几天河南达到40摄氏度的高温，土地干旱，百姓受灾，让人心塞。

生意出现断档也是在所难免，时间已经进入上半年的最后几天了，还有很多的事情没有完成，总之还是我们自身做得不够好。

品牌方的到访依然没有停下脚步，他们的辛苦程度难以想象，从上午10：00多一直持续到中午，甚至无暇吃上工作餐。在不完美的成绩单面前，不希望探讨太多的过程，只需要给一个深刻的检讨。

和领导探讨更多的是战略意图，在组织框架已经相对完整的情况之下，需要做的是执行层面的事情。对于我来说，细节非常重要，关键的细节做好了，指标就能完成。希望团队第三季度能取得满意的成绩。

短时间内组建团队是领导人必须具备的基本素养，但是如何打造一个王者之师，却是一项长期而艰巨的任务。作为公司的负责人，指标当然是非常重要的，生意是否合理，产品结构是否优化，网点是否活跃，这些都是需要深思熟虑的地方。

我们所有人都需要这种顶层思维，付出了那么多的人力、物力、财力，但是收效甚微，那肯定是工作没有做到位。

每次周例会都是老生常谈，对于细节的精益求精是必须要死磕的事情。千里之行，始于足下，每一个当下都是重要的开始。团队的专业，对公司的认可也非常重要。我们要维护组织架构的稳定，还要起标杆作用。有句话讲得非常好："领导，一定是自己这个部门的标杆。"

公司的持续发展是多么不容易的事，任何稍有成就的公司，绝不是靠好运气就能走到今天的，背后是深入骨髓的创新意识。机会总留给有准备的人，每个时代的草根都可以抓住逆袭的机会，但需要有对市场敏锐的判断力。优秀的团队一定要有运筹帷幄、决胜千里的前瞻意识。

这一路的颠沛流离是多么不容易，不想过问曾经的沧桑岁月，无论取得什么成绩，希望每个人都能释然，我们更期待的是未来的星辰大海。

2022-06-26

点燃火焰，照亮前程

在未知的世界里，点燃内心的火焰，照亮前进的路程。人生有太多的意外和挑战，我们改变不了环境，但可以改变适应环境的方式！

清晨的空气格外清新，一场小雨缓解了人们的燥热。空气中弥漫着淡淡的泥土气息，让人欢喜。

在孩子的世界里，开心快乐排在第一位，至于学习，只是一个不得不在家长的要求之下而去做的事情。对他们而言，远大的梦想，不说是天方夜谭，也是为时尚早。

但有梦想是必要的。树立明确的人生理想，根据自己的实际情况，找到适合的对标人群，努力一步步地往前走，最后你会发现，人生的一切都可能在自己的设想或掌握之中。在完成每一个阶段目标的同时，敢于给自己归零，重新树立新的梦想和目标，迎接新的挑战，方能磨炼自己的意志，在困境中砥砺前行。

每个人的发展都不会是一帆风顺的，就算心中有远大的梦想，但是在实际工作与生活中，总是会碰到难以克服的困难。即使付出了百倍的努力，也不一定能解决。无论是哪个赛道，当下的竞争远比大家想象中的更加激烈，稍有不慎，有可能就会淹没在茫茫人海中。

做人和做生意其实都是一样的，你是无法守住你的一亩三分地的，如果希望自己越来越好，只有逆水行舟。增长面临天花板是个笼统的说法，对于身处于这个时代中的我们而言，面临的发展困局肉眼可见。其根本原因是国内的任何行业都已经进入低红利期，唯有在精耕细作中，才能找到新的机会！

情绪是个很微妙的东西，如何控制它一直是个高深的课题。人不仅仅只是一个个体，更是整个社会大家庭的一分子。简单粗暴地表达自己的观点和情绪，也许可以一扫不快，但是对于整体团队而言，百害无一利。

遇到问题不可怕，可怕的是找不到解决问题的方法。我希望在公司遇到问题的时候，大家能严谨细致地讨论出可执行的落地方案。公司要实现可持续发展，一定要衍变出新的模式，不再想做什么，而是想什么样的模式可能更会被消费者青睐。

在未知的世界里，点燃内心的火焰，照亮前进的路程。人生有太多的意外和挑战，我们改变不了环境，但可以改变适应环境的方式！

2022-06-27

心中有梦，不避风雨

只有真正经历过的人才知道，这是工作，哪有时间消遣啊！因为心中有梦，所以不避风雨。

从昨天傍晚就开始下起了暴雨，这样的情况一直持续到今天上午。但风雨依旧无法阻止友人的到访，虽然不在一个行业，但是因为经历相同，所以很容易产生共鸣。未来的路太长了，回望曾经走过的一切，我们应该心存感激。让身边的人越来越好，也许正是我下半辈子努力的方向。

有时候会觉得越来越孤独，表面上风光，背后又有多少的辛酸。但当你面对挑战的时候，还是要保持从容淡定。

无数次与孩子强调养成良好习惯的重要性，优秀的习惯一定能让一个人有所收获。每个人都希望成为这个社会中的佼佼者，但是真正能够做到的却是凤毛麟角，因为你总有太多的理由，不努力，止步不前，选择躺平只会让自己和别人之间的差距越拉越大。

在学习上，如果有一道题目不会做，通过老师的讲解知道了解题的方法，以后对于同类型的题目就能举一反三。同样正是因为通过对每天的复盘，我们可以进行消化反思，才不会再摔跟头。

我真的非常敬佩那些长期出差的伙伴们。在很多人的眼中，他们可以飞往各个城市，到处旅行，应该是一件很快乐的事情吧。表面上的风光背后都隐藏着常人难以理解的艰难，只是大家把艰难藏在心底，默默地积蓄能量罢了。只有真正经历过的人才知道，这是工作，哪有时间消遣啊！因为心中有梦，所以不避风雨。

这几天陆续有高考成绩公布出来，如果能够心想事成，那是最好的结果。大多数人的理想是丰满的，但现实却有些残酷，如果没能在这一天等到想要的结果，也不要因此一蹶不振。工作和生活还要继续，我们的目标从未改变。在逆境之中，有很多躺平的公司，但也不乏逆流而上的企业。无论面对怎样的艰难险阻，我们依然希望追随更多前瞻者的足迹，走向心中的目的地。

凡事都需要真心对待，要保持善良的灵魂，做到有所为有所不为，才能无悔于自己！

2022-06-28

与其抱怨不如改变

生活就像上紧了发条的钟，紧张又匆忙！生意先做深，然后做宽，与其抱怨不如改变。

这几天大面积的暴雨天气给出行还是造成了很多的不便，但无论多么恶劣的天气，依然阻挡不了奋斗者的脚步。早晨9：00召开会议，中午接待客户，下午交流洽谈，从早到晚，我马不停蹄。不过我已经习惯了这样充实的生活。

中午陪同供应商到物流中心参观学习，每次过来的感受都是不一样的，因为可以见证公司不同时期的变化。硬件设施、卫生条件得到了大幅提高，管理意识、各项流程得到了完善，同事们的综合素养得到了显著提升，这些都让人十分欣慰。

物流体系对我们公司未来的发展是极其重要的，前方的开疆拓土考验着我们综合运营、配套设施的建设速度，当然这一切我们早已习以为常。

现在的商业模式不断更新迭代，在这样的过程中，很多公司都在思考、讨论传统渠道商存在的意义以及价值。很多条转型的道路摆在我们面前，我们挑选的不一定是看起来最高大上的，但是，一定是适合我们自己的。

大多数行业以及这些行业的经销商都在一个自由开放的市场中竞争，也就意味着我们在资源上会丧失独占性，很多公司在运作能力上，不比我们差，竞争真是到了白热化阶段。有时候我非常开心得到供应商和客户的认可，因为只有达到多方共赢，才能生存下去。

这个时代，看似机会遍地，但是如果不懂得管理自己，再好的机遇都是枉然，因为你驾驭不了。做任何事情，一定要具备极好的组织协调能力，要发挥每个人的长处，让他们在最擅长的领域上精耕细作，一定可以擦出耀眼的火花。

有人背井离乡，为了一日三餐的温饱；有人千里万里，为了追寻星辰大海。无论是小梦想还是大志向，都值得尊重。努力奔跑，饱尝人情冷暖，吞下所有委屈，只要心中有信念，就能获得心灵的顿悟。

2022-06-29

听取建议，启迪人生

每一个人的建议，都是对自我的一个启迪，假如心态还不够好，一定是自己的修为还没有到。

雨过天晴的感觉非常棒，扑鼻而来的泥土气息散发着沁人心脾的芳香，迎着徐徐的微风，人的思维也变得格外清醒。

人生过得很快，不经意间已经到了中年，过去的一些记忆早已模糊不清。从童年、少年、青年再到中年，我经历了太多，曾经的意气风发还在吗？

童年时候，总以为只有好吃好玩的东西才令人沉醉，多年以后，再看儿时的梦想，很单纯却已遥不可及。天马行空的想法回归到现实的生活，磨炼了心智，学会了成长！但蓦然回首，我发现原来简单的才是最快乐的。

喜欢在车上和孩子聊天，分享自己的感受，无论他能听进去多少，但我想发自肺腑的感触总能让他有所触动。

从早到晚的会议交流依旧非常频繁，但再忙碌也不会改变我写日志的习惯，一有空我就会写一小段，离上半年结束还剩最后一天了，心里有很多的话想要写出来，但又不知道从何说起。感谢每一个帮助过我的人，在我成长的道路上，是他们给了理解和包容，我不会表达，但是一定会记在心里。也希望通过实际行动来表达我的感谢。

心胸有多大，眼界有多远，决定了我们未来达到什么样的高度。公司未来发展成什么样子，也取决于我们的心胸和眼界。

一直强调公司要做有效管理，如果管理不到位，组织的力量就是松散的，是没有根基的，只有加强管理与服务，才有生存的基础。大厂要走规模化道路，要搞活内部动力机制，更要加强管理与服务，这是走向成功的必由之路。

所谓爱之深才会恨之切，因为太在意了，所以才会不断去要求。假如有一天我对所有的事情都不闻不问了，心里实际上已经是不在乎了。真的希望团队能精诚合作，共同成长，

每一个人的建议，都是对自我的一个启迪，假如心态还不够好，一定是自己的修为还没有到。

2022-06-30

July 七月

回到原点

服务是很重要的商品，是未来区隔公司之间差距的最大依据。时间是一切商业绕不开的山，有通天本领，也没办法与时间为敌。

这几天的天气可用风云突变来概括，从晴空万里到大雨倾盆也只是瞬间的事情。如同我们当下的经济环境，萧瑟里必然藏着大机会，在这个充满变数的时代，各种逆转会随时发生。优秀的商业模式，往往诞生在最兵荒马乱的时代，好公司从不看天吃饭，做好前期规划最重要。

疫情的突袭与反复，经济增长的不确定，使社会消费品零售总额进入低增长阶段。这几天和客户讨论更多的还是流量问题，无论线上还是线下，公域还是私域，当流量公式开始失效，要从新消费模式中脱颖而出，从迎合老消费者到找寻新客户，还是应回归到实打实的竞争上来。我们自身努力，布局上下游的纵向发展，就是为了生存，增强存活下去的概率。

无论什么渠道，消费已经不可避免地进入存量竞争时代，对于发展到一定规模的公司来说，增长速度一定会放缓，尤其是一些天花板较低或者发展阶段较为成熟的赛道。任何行业的商业本质和公司最基本的发展规律都要遵循自然法则。在多方会战中，一切都要回归到原点，成功与否取决于产品力、品牌认知，以及所构建的供应链护城河是否足够深。

今天很开心获取到其他渠道的最新消息，商业逻辑是互通的，无论老渠道还是新零售，满足用户需求，是一家优秀的消费公司的基本功。从长远来看，消费崛起是必然，大多数公司很难存活下来也是必然。

每个人给到我的建议都非常中肯，一切以消费者需求为核心，我们应围绕这方面用心去做，还要尽可能少走弯路，数年之前踩过的坑应避免重蹈覆辙。

昨天和朋友们聊到公司发展中的管理和用人问题，我想了很长时间，那就是创业初期使用的人才未必是第一流的，一流的人才往往都流向了国外、外企、机关单位或大厂，这很符合人们趋利的天性，创业有风险，一般人很难也不愿承受那种磨难。

在创业的过程中，老板都希望和团队共同成长，尤其在思想层面上，无法同频是很痛苦的。领导对员工的训导,大多数员工将其认为是横加指责,其实只是为了他们快速成长,细节上的规范要求非常重要,整个公司都会看到。

经营公司这么多年,我深刻地体会到组织和众人的力量才是无穷的。一个人太单薄了,更何况信息爆炸的时代。公司内部需要团结人心,一流的人才如果不能团结起来,不过是一盘散沙,乌合之众。三流的人才如果团结起来,也会一往无前,战无不胜。

不少老板吐槽自己的员工素质不行,能力不够,承担不起来,抱着这个态度的老板就是没有做到"团结",或者没有知人善用,是自己的管理能力不行。要知道现在的员工队伍已经是目前水平之下最好的一批人了,夜半梦醒的时候,应问一问自己:有没有充分发挥所有员工的才智和潜力?

竞争早已不是你死我活的游戏,应以双赢、多赢为核心,提高对公司文化的认识,加强真正坚实的团结。每个人都有自己的性格和脾气,在个人立场和公司立场之间取得理解和平衡,才能营造多赢的局面和氛围。人和人在一起,总有意见相左的时候,这时候识大体、顾大局就是团结。

今天再次听到一个朋友说,服务是一个很重要的商品,是未来区隔公司之间差距的最大依据。时间是一切商业绕不开的山,哪怕有通天本领,也没办法与时间为敌。因为时间所承载的是对消费者需求更好的理解,对产品品质的不断打磨,以及与消费者感情的持续升温。

2022-07-01

用诚信和坦诚为做事加码

降低做事成本最好的方法,就是把自己变成一个诚信、坦诚和值得别人信任的人,而且是唯一的方法,因为没有退路,才有可能有出路!

今天是党的生日,也是另一个非常重要的日子。回忆少年时代对于香港回归的那种神圣感,不知不觉竟已过去了25年。这中间从最初被很多人质疑,到持续的繁荣,伟大的祖国母亲做了很多难以想象的努力,其实设想一下,作为一家之主，无论是对品学兼优的孩子，还是暂时跟不上的孩子，一定会一视同仁，因为手心手背都是肉。

当然对于我们自身来说，回首上半年的一切，会有很多感慨，甚至感觉很魔幻。很多经历说起来会有些煽情，其实现实生活远远比故事情节更加曲折离奇，我想最好的编剧也无法写出这样的故事。

年初的雄心壮志，中间的打乱节奏，最后选择持续地发愤图强，没有身处其中是无法感同身受的。我一直相信一切都是最好的安排，所发生的一切都是为了强化我们自己的心智，任何人都可以在顺境中选择躺赢，大多数人却无法在逆境中获得重生。

选择了这条路，就必须义无反顾地走下去，以终为始的目标不会动摇，这个过程中所经历的一切都只是我们工作与生活中的花絮而已，人生本来已经非常寂寞了，多一点故事的情节，就如同开水中加了一点点的糖，会更加有味道。

复盘上半年的我们自己，除了公司得到了持续发展之外，我们收获最多的是团队的成长和大多数员工的归属感。我知道虽没有达到我们的期望值，但难能可贵的是，我们一直走在路上，虽然很难，但只要是正确的，若干年后，我们会感谢曾经努力付出的自己。

理解、包容和信任说起来非常容易，但真正做起来或者深值在心中，真的是太难了，大多数人只会站在自身的立场，很难去为对方着想。

领导一个团队，我一直在考验自己的心智，会选择看得见，也会选择看不见，只要内心保持足够的纯真，那就不会让云雾蒙蔽了双眼。说太多的不容易，那都是心灵鸡汤，或者说给大家的借口，在没有好的结果的时候，一定要有好的过程。

有时候想想，怎么不知不觉地就过去了这么多年，发生的很多事情，仿佛就在昨天，在夜深人静的时候一幕幕地呈现出来，就如同看别人的电影。而自己试图成为这舞台上的一分子，也许不会是闪耀的明星。但真的渴望做戏中的关键人物，因为我们都希望这电影有个好的结局。

降低做事成本最好的方法，就是把自己变成一个诚信、坦诚和值得别人信任的人，而且是唯一的方法，因为没有退路，才有可能有出路！

2022-07-02

渐行渐悟

力是立足之本，是谋生的本钱，但是，态度更重要。

就在前几天全国取消了行程码的星星，本来以为是皆大欢喜的事情，但不知何种原因，在各个地方零星爆出来的无症状感染还是让人胆战心惊。7月份比较密集的出差计划怕是会受到影响。讲过无数次就像"另一只靴子"一样的政策，不知道何时能够落地，对这样的情况也是实属无奈，希望8月份的会议计划不要有变动。

都说计划不如变化快，如果不提前做好各种准备，只怕到时候就会手忙脚乱。这几天供应商和客户也是特别多，大家都有所期待，如何开一个高效的会议，给大家带来最好的内容，是最重要的。

一天的会议应接不暇，有时候的确感到手头很多工作无法完成。抽空和相关部门的部分同事聊了一会，大家的出发点都是为了公司越来越好，工作过程中可能在某些方面存在分歧，彼此及时坦诚地交流，就不会存在芥蒂了。在工作或生活中，经常会发生类似的事情，当我们敞开心扉勇敢面对时，一切都会迎刃而解。

可能大家都很难理解公司负责人这个角色的感受，你能体会到同事的不易，但其实更为艰难的是如何领导这个团队，因为需要考虑方方面面的事情。有时候要学会看不见，才能确保这艘大船安全平稳地驶往远方。

这几天与很多跨渠道的朋友聊得也特别多，但是操作模式和品牌思路几乎完全不同，所以真正深度合作或者交流的话，还是会存在很大的差距，但万变不离其宗，为消费者提供性价比超高的商品，增加超过期待的服务，一定是正确的事情。

在好多人的印象之中，年轻人缺乏定性比较浮躁，对某件事情坚持下来很难。坦白讲这真是偏见，年轻人超越时代天马行空的想法，勇于挑战一切不可能的锐气，是所谓的过来人所不具备的，任何商业模式的革新，包括很多产品都因年轻人的需求而来，甚至我们闻所未闻的逻辑，也是如此。以鼓励和尊重的眼光看待他们，才适合当下的市场。

离孩子的考试只有十来天了，真的很珍惜每一天早晨送他的机会，在很多人眼中枯燥无味很难坚持下来的事情，在我的眼中却是一个特别幸福的事情。我们可以真正有时间一起谈一些生活中的事情，那种沟通无障碍的感觉，只有父子之间才会懂得。

孩子昨天摔倒造成的伤口已经开始愈合了，虽然心痛，但我相信他也有所成长。有时候与一些路人有一搭没一搭地聊着感受。清晨五六点起来工作的人真的很棒，我不知道是一种什么样的毅力支撑着大家，也许是心中的梦想，也许只是为了一日三餐，也许只是为了自己过更好的生活，一切都得继续，良好的心态和感恩的心，真的比什么都重要。

每天与形形色色的人打交道，不单要做好自己，还要考虑对方的感受，当然从中也学习了很多。人到了一定年纪便学会了删繁就简，认识的人越来越多，交心的朋友却越来越少。余生很贵，尽量活得简单而精致，远离那些烦琐的人和事。

在公司变得越来越强的路上，自己也在一天天地变老，渐行渐悟，且行且珍惜，开始懂得自信而温柔地活着。也终于明白，每个人都有不得不跋涉的理由，每个人都有自己的前途，除了梦想的工作状态，让所有在乎你的人越来越好，也是停不下来的动力，用灵魂指导人生的方向，从来都是最适合的选择。

即使以为自己没有动力继续下去的时候，也总会有一个时刻，有一样东西能拨动心灵深处的弦。真正能击垮你的从来不是别人，而是对自己的怀疑。竞争犹如逆水行舟，不进则退，让自己保持对工作的热忱和喜爱，以客户为中心才能一直保持进步。

能力是立足之本，是谋生的本钱，但是，态度更重要，回眸半生，淡然处之……

2022-07-03

敬畏生命

老师的期望：成大事者必有天助，天助者必有天德，认识、走进、敬畏生命的一切本源，好运才能不求自来。

每天写日志，在有些人看来是非常不容易的事情，但其实坚持做一件事情，会让自己心中非常安静，只要围绕这些做好各种前置方式方法，最后的结果自然就会呈现出来了。

真正开心的是受到大家的鼓励和支持，还有一些发自内心的认可，让我觉得一切都值得。对我自己来说，这些流水账似的日志的质量并没有多高，只是对有些事情的感悟而已，远远没有大家描述和评价的那么高，如果我的分享能改变一些人的习惯，那我真的非常乐意坚持下去，对我来说不存在很大的压力或者不愿意。很多年前的周末对于孩子来说是很放松的日子，有属于自己的时间和空间，但现在的周末对大人和孩子几乎都一样了。无时无刻不被辅导班填满，哪怕不愿意也还是要这么做下去，若你自己不提高，伙伴们都在精进的话，自然差距就会越来越大。

这几年在疫情和商业模式改变等多重影响下，市场环境正发生着改变，一些行业洗牌，人们的生活也发生了多多少少的变化。不单单只是表象，而是对内心的冲击特别大，对未来的不确定因素大大地增加，也会有惶惶然和恐惧感。

我大概从上个月26号一直忙碌到现在，从早到晚，很少有空闲的时间给自己。每天密集的会议让我有种回到了几年前的感觉，每一个时间节点都要掌握有度，对所有的伙伴来说，这个才是最宝贵的，希望在有限的时间之内，把问题都摆到桌面上来，哪怕是激烈地讨论，也一定要有所收获。

我真的非常重视会议的时间和内容，这可以让大家快速地进行磨合，通过行之有效的流程，上下同心，围绕这些核心持续地发力。定下共同目标后，接下来就是艰难的过程，我们相信结果一定是好的，无论付出多么大的代价。

上午9：00多和相关部门的讨论也非常重要，我们平时的工作中会存在方法以及流程的相互交叉，但无论身处在哪个部门，只要我们的觉悟足够高，一切都不是问题，归根结底所有的一切一定是为了公司越来越好，我们的客户越来越棒，这才是我们努力的最大价值所在。

求大同存小异，大家的胸怀和格局决定了未来的道路走向何方。当我们确定一个事情的时候，就不要再去反复地怀疑和纠结，那样只会让大家非常疲惫，在做好顶层设计的同时，所有的框架随之建立，喜欢这个围绕长远目标不断精进的自己。

越来越喜欢我们公司的氛围，遇到问题大家共同去解决，谁都没有只把文化挂在嘴上，而是落实在行动中，真正触动我的是那种内在的力量。有共同的目标，有共同的信念，才可能成就一支铁打的队伍，成长的路上，离不开所有人的付出和努力。

文化是遇到困难时一盏指路的明灯，是在取得阶段性成果的时候，激励持续努力的力量。这种信念的支撑，在什么时候都不过时，不论在学习或者工作中，以及未来自己所从事的任何行业，大的道理大家都懂，但真正付诸行动的少之又少，只有真正去尝试之后，才知道这样的力量是无限大的。

今天有几个朋友给我日志的留言让我很感动：是你一直在温暖着每一次阅读，获取自己对社会、家庭、团队的一份责任、一种暖流……分析市场的感悟，阅读一天趣事让人很喜悦，这种方式的陪伴让人很享受！留什么给你，才能不会辜负大家的期待……

老师的期望：成大事者必有天助，天助者必有天德，认识、走进、敬畏生命的一切本源，好运才能不求而自来。

2022-07-04

陪伴才是最长情的告白

人生不是每一条路都适合自己，后来发现，能够通往远方的才是人生最好的选择。努力不一定成功，但是不努力一定不会成功！

总是有人会问我，每天这样写下去，只怕有一天会江郎才尽，说不知道从何写下去，那他们怕是忽略了每天发生的事情都是不一样的，哪怕流水式的描述也是如此。今天是周一，一大早又下起了大雨，想不到小三哥那么早就起来了，他奶声奶气地说爸爸今天我早点去上学吧，我要争取个第一名。路上的时候送我一个棒棒糖说："我们老师说这个代表棒棒地。"说实话我不知道他心里怎么想的，都说童真无邪，我相信这是他最真实的行为表达吧，心里真的暖暖的。

如果不出差，每天早上送孩子是一天中非常快乐的时光，有一句没一句地闲聊，那种幸福感让我一天都充满了能量。有句话叫陪伴才是最长情的告白，只有自己亲身体会过，才能感受到其中的快乐。

这几天出差的同事们回来的特别多，我争取在有限的时间里和大家互相碰一下我们的生意方向。未来精细化运营是一个有着壁垒的趋势，无论对于我们自身还是客户，都是一定要去努力的方向，我们也要从思想上高度重视，从行动上付诸实施。

半年过去了，年初我们定下的计划完成了多少，是否一直按照当初定下的轨迹前行，还是途中迷失了方向。虽说鱼和熊掌不可兼得，但残酷的现实告诉我们一定要成为一个多面手。在着重局部的同时一定要顾全大局，毕竟品牌才是我们最大的资源和利器，也是支撑我们未来可持续发展的最大王牌，更是其他公司很难具备的核心。

在每个阶段里，我们都要有自我批评和自省的勇气。不论过去取得了多么重要的成果，都要找寻自己可以提升的空间。在如今这个瞬息万变的时代，没有什么东西是永恒不变的，成功与失败往往只在一步之遥。只有拥有危机意识，时刻未雨绸缪，才能立于不败之地。

深谋远虑是对未来的一种准备，是给自己的一份安全感，无论我们身在何方，都不要忘了未雨绸缪，只有这样才能在困境中立稳脚步。一路走来跌跌撞撞，在风雨中学会了靠自己，学会了坚强，坚定了信念，如果没有克服小我，就无法担当带队伍的重任。

一直强调实体店与社交新零售平台合作的重要性，但一直无法真正落地，借助平台赋能提供供应链支持，打造私域流量，以线下体验、社交零售的方式去持续变现，一直以来都是实体店的梦想，但操作之后还是收效甚微。

在移动互联时代，商业模式再度成为热点，同产品、运营一样都是公司得以长久发展的重要组成部分。当公司发展到一定的规模，商业模式就是推动下一阶段发展的加速器。

对于时间管理,很多人没有真正地明白,以为提升时间管理能力只需要一个清单,在上面列出自己一天的时间安排就可以了。但事实上,提升效率、管理时间最重要的是对时间和节点的敬畏之心。

很多内在的压力还是远远不够,不是细节上吹毛求疵,是我们必须这么做,7月3号很多数据都要更新,但结果还是不尽如人意。

领导艺术是很深的学问,是穷其一生都要努力学习的事情,不是脑子聪明就能掌握的,把每个人都调动起来,朝一个方向努力,这是基础,也是我一直以来学习的目标!

人生不是每一条路都适合自己,后来发现,能够通往远方的才是人生最好的选择。努力不一定成功,但是不努力一定不会成功!

2022-07-05

将时间看得更远

我喜欢以5年或10年为单位去看问题,相比时间带来的变化,更看重这个时间段内大家的成长。前提是脚踏实地,做好当下,努力奔跑在路上。

今天这篇日志,至少在我的认知里意义非凡,为什么这么说呢?因为自2017年7月5号,我和公司的同事们开始一起写日志,从当时仅对内部分享,到去年开始以个人公众号的形式记录,不知不觉已经整整5周年。除了过年的15天假期,周末和节假日亦笔耕不辍,每年都能写350余篇,我从不在乎写的内容质量如何,在乎的是这5年我从来没有失约过。当我老去的时候,再翻看曾经写下的点点滴滴,可以重温我当时的真实感悟。

5年的时间不算长,5年的时间也不算短,对于个人来说,5年若自身有所成长,应该会有一个巨大的变化,对公司来说,5年完全可以完成一个战略性的计划。整整5年过去了,我们当初的诺言实现了多少,我们想要的梦想又在何方呢……

我曾经无数次地说过，时间对任何人都是公平的，我们此时此刻复盘这5年走过的路，除了总结其中的得失，给自己找到更多可借鉴的经验之外，还要深度思考接下来5年应该如何去做，过去的经验能否继续支撑自己的梦想。从现在开始点点滴滴所做的一切，都是为了5年之后的今天还可以不留遗憾地讲出我们许下的诺言。

我无时无刻不铭记自己的承诺，我很怕我所做的一切让一路跟随和信任我的伙伴们失望——原来小林哥也不过如此，他说的也无法做到。大家的支持和鼓励总让我心存感激、感恩，也是鞭策我不断前行的动力，对于工作和生活我总抱持敬畏之心，而不是以敷衍的态度，就是为了不辜负大家对我的信赖与期待。

创业20多年，写日志5年，总是希望写出自己真实的感触，没有华丽的辞藻，唯有一颗真诚的心。如同昨天和友人一起聊的那样，很多朋友从未见过面，但情谊一直都在。我们都希望身边的伙伴越来越好，我们竭尽全力做自己力所能及的事情，很多时候可能会辜负了大家的期望，但我们一直在努力践行，希望在乎我们的大家越来越好。

有真诚的心，努力奔跑的样子真的会让人感动，我见过无数个为梦想打拼的人，从他们身上我依稀看到年少时的自己。我知道信字最重要，对于任何人，友人也好，敌人也罢，我们要永远保持平和的心态，如果选择躺平，就输了。反之，我们会在逆境中变得更加强大和自信，时代瞬息万变，没有一马平川的人生，当遇到困境时，任何抱怨都毫无意义，只会让自己更加糟糕。学会沉默寡言，懂得从容淡定，才能豁达开朗。"三人行必有我师"常记心中，每个人的建议都要仔细斟酌，有可能表达方式不一样，但他们的发心是希望你越来越好。

我从未考虑过自己会影响到他人，有时候收到大家真诚的问候真的深有感触，我只是在写自己的平平常常，竟能得到大家的认可和尊重，人生乐事，莫过于此。今天参加了"品观"邓总的会议，浙江是我的故乡——上有天堂，下有苏杭，历史源远流长，在美丽的西子湖畔，总会感慨很多。会议过程一波多折，我不想再细细描述。如今开一个大型的会议很不容易，需要协调方方面面。邓总是一个外表看上去柔弱的小女子，内心蕴藏的能量却超乎大家想象。我知道她有个伟大的梦想，即以品牌为核心，坚持守正、利他的价值观，这也是一直驱使着她一往无前的动力。

领导者负责确立战略目标，规划远景，描述蓝图，勾勒梦想，强调的是未来，大多数人是很难理解的。团队负责计划、组织、落地、实施，更着眼于目前，更多的是脚踏实地。任何看似唯美的方案不一定会得到完美的执行。哪怕未来的道路崎岖坎坷，我们依然选择乘风破浪、披荆斩棘。

任何一个公司都只是商业生态当中很小的一部分，哪怕市场风雨飘摇，我们依然选择勇往直前，因为没有退路可言。我们的所有努力都是为了客户与自身的良性循环，创业之路如逆水行舟，不进则退，不断拓展事业的边界，达成合作共赢的局面，才能生生不息……

以知名品牌为核心，有进口、国代、专属品牌的综合优势，及无法复制的门店运营模式，我相信我们一定会有个好的结局。我喜欢以5年或者10年为单位去看问题，相比时间带来的变化，更看重这个时间段内大家的成长，因为我是长期主义者，所以会淡然地看待一切问题，前提是脚踏实地、做好当下，即便市场变幻莫测，仍然可以勇立潮头，如同阿甘一样，努力奔跑在路上……

2022-07-06

内心不能慌乱

未曾经历过，就无法感同身受，故事背后也许隐藏着一个真实的世界……

"最忆是江南，风景旧曾谙"，不是江南人很难体会这样的情怀。对故土的喜爱不只因她山清水秀那么简单，是这乐土总让人悲喜交加。如果不是为了生计，谁愿意背井离乡，天南地北地到处奔波，有人说浙江人天生习惯浪迹天涯，说这话的人定是不知道我们内心的想法，或许仅仅是为生活所迫而已。

每次回到浙江总会有不一样的感觉，生我养我的地方，就如同母亲一样。游子回到故里，也不会多说什么，就静静地站在窗前，望着城市的喧嚣，一切似乎与自己无关，因为深刻地知道，马上就会开启新的旅程。

无数次地想过，默默地坐在西子湖畔，望着湖面静静地发呆，或者泡上一壶清茶独自细品，这样的生活应该更加适合我。有时候会思考，我们到底需要什么样的生活？是什么样的梦想支撑自己颠沛流离？年少时的誓言在一一实现的时候是否还有出发时的雄心壮志？在经历一路坎坷之后发现，努力已经有了收获。

在人生的每一个阶段，我们总是给自己找出重新出发的理由，我的理解是为了我们的伙伴越来越好，也希望被这个世界温柔善待。这个社会总有很多不公，也总有善良，当整个世界都弥漫着温暖的气息，我相信一切一定会越来越美好。

每天的工作与生活充实而忙碌，每天的时间也总是紧张和有序，需要在有限的时间内做好重点关注的事情，朝着好的结果努力奋进。在这个过程中会碰到非常多的阻力，反过来想，这是否也是对我们的一个考验，因为培养了我们应对任何突发事情的能力，以及面对不可测未来的心态。

我们普通人，没有能力未卜先知，有的只是对目标的敬畏之心。一切好的结果都是由烦琐的过程堆积而成，我们无法告诉团队做好这一点就一定会有好的结果，但如果不做这些，一定不会有好的结果。创业这条路太难了，很多年前有些运气就可以躺赢，这在当下市场是远远不够的，残酷现实超过了所有人的想象。

每次出来和很多朋友们交流，他们身上那种谦逊低调的品质深深地影响我。无论多么成功都只是相对的，因为总有更加优秀的人，你所谓的成功在别人的世界里也许只是平平常常的曾经。哪有什么骄傲的资本，山的那边一定还是山，在没有看到之前，谁也不知道它的宏大，等真正呈现出来的时候，会超过所有人的想象。

我们只是努力做好事情的一帮人，这条路注定是不平坦的，到达目的地前，有可能会拐弯，有可能会遭遇坑坑洼洼，也有可能车子会抛锚。车上的团队也是如此，有上的也有下的，有相信可以到终点的，有认为转换工具可以走捷径的。但无论如何，把握方向盘的只有一个，我们相信路在脚下，甚至很多陌生的地方，走着走着，也就成了路。

每天都会接触形形色色的人，从事快消这个行业这么多年，我发现在传统渠道真正沉淀下来的都是耐得住寂寞的人，都是不甘被市场抛弃的人。但不要忘了，消费得升级，渠道在增加，很多我们看不见的地方，许多优秀的年轻人正在悄悄地发芽，有些可能已经成为参天大树。我们曾经对他的忽视，如今会变成仰望，拥抱新事物，保持创新思维，才能不被市场抛弃。

市场可以变幻莫测，天气可以阴晴不定，自己内心不能慌乱，坚定的信念如同黑暗中的一盏明灯，指引自己向前行进。我不是一个急功近利的人，一直相信长期主义最符合当下，走得快的不如走得远的，希望有一天我在道路的尽头等着大家！

未曾经历过，就无法感同身受，故事背后也许隐藏着一个真实的世界……

2022-07-07

自己是唯一可以掌控的

行进将难，前路还是一如既往地险象环生，公司要以韧性去面对不确定性，在与动态变化的环境相磨合中不断进化。

不管你信不信命，有些事情冥冥中已经安排了。人到中年总是多愁善感，举办大型会议的时间、节点和运气太重要了，突如其来的新冠肺炎疫情让一切布局都被打乱。会议能够顺利召开本身就是一个胜利，哪怕中间有诸多波折，也可喜可贺。

正如我前几天所写的一样，取消全国行程码带星后远远没有大家想象中的轻松，疫情的此起彼伏让人十分揪心。这似乎在情理之中，又在意料之外，就如同无法掌控的未来一样让人措手不及。

所有经营公司的人都知道提前规划的重要性，领导人的前瞻性决定了这个公司未来的发展高度。考虑过一切不确定因素，恰恰低估了新冠病毒的威力。我知道这对所有人的心理冲击都特别大，会犹豫不决，会茫然。都说拼尽全力做好自己的事情，其他的交给上天，但是每个人都有不服输的心理，坚信人定胜天。

现在唯一能够掌控的就是自己，需要在极其恶劣的情况下想出更多的方案，哪怕疫情再次席卷全国，也不是选择躺平的理由。有句话叫"与天斗其乐无穷"，客观因素不会因为自己的意志而改变，可能局势会朝着更加不利的情况发展，但那只会让我们变得更坚强。

这几天也接触到很多跨渠道的伙伴们，从他们身上感受到新生力量的朝气蓬勃，对市场他们很有见解。渠道分流显而易见，善于捕捉商机的他们总能占得先机。我们以传统思维看待新生事物的时候总是不敢发力、停滞不前，但这恰恰是他们的强项，即在非主流中找寻到重要的位置。

如果愿意努力去尝试，努力去做，没有什么事是学不会的。每一个人都可以脱胎换骨，每一个人都可以成长为过去想象不到的人。

不一定年轻就是未来的代名词，中青年也是关键的主力，但年轻人敏锐的思维非常符合市场的方向。大多数人还没反应过来的时候，他们已经在这个渠道上生根发芽，这点真令人敬佩。

公司若想在中长期持续获取市场份额，或长期找到增长突破口，取决于我们自己的决心和未来动向。浅层次的价格战仍然是卖货思维，如何向更深层次演化，在于能否明确自身的商业定位并找到正确的发展策略。颠覆式创新的商业模式还是传统模式的扩展，一切都是未知数，一切皆有可能。

现在市场面临多元化货品倾轧，这是一个货品充足的时代，合资品、进口品或专属品，任何门店或局部市场，只要是消费者需求的就一定是正确的。

每天学习一点点，每天进步一点点，我们无法看透行业未来的最终走向，但可以厘清其中的脉络，不一定能精准地做出方案，但一定有迹可循。只要这条道路是正确的，无论用何种交通工具都可以到达目的地。

行进将难，前路还是一如既往地险象环生，公司要以韧性去面对不确定性，在与动态变化的环境相磨合中不断进化。

2022-07-08

不放弃成长

有人翻过高山，有人越过江湖，不论哪一种旅途都是人生宝贵经历，可以不成功，但不能不成长。

周五是一个星期中非常重要的节点，周一拉开新的序幕，周五就要做一个好的闭环，很多订单要在下午下班之前落实。如果星期一是出发时的信号，那么周五一定就是阶段性的扫尾工程，是一个至关重要的流程。

致敬至今还奔波在路上的伙伴们，我们知道第三季度对于一个公司而言是多么重要，甚至是全年的重中之重。打好这个季度的攻坚之战就是为全年做了一个好铺垫，反之，哪怕花很大的代价也可能无法扭转战局。

很感谢诸多品牌公司的支持，虽然因为种种原因无法到达现场，最终以另外一种方式进行会议。还是那句话：高效的会议是达成任何目标的前提，只有思想统一、行动一致的执行，才可能出现好结果。相信我们在分析了各种利弊之后，每个人心中都会有个清晰的逻辑，只有分工明确，大家做好自己手头的工作，才能在残酷的市场中找到生机。

很遗憾对于有些品牌的规划未能尽如人意，从年初我们定下了很多可行性的方案，现在半年过去了，在第三季度坐下来回顾的时候非常惭愧。我们鼓励梦想主义者，但更看重脚踏实地，所有梦想要靠点点滴滴的努力才能达成。

未来的机会非常多，对于网格化、数据化我们需要深入的认可，每增加一个客户，每建立一个网点，每多一个SKU，我们的生意就多一分机会，多一分黏性。中间无论花多大的代价也是值得的，生意就是这样，没什么捷径可言，你付出的每一滴汗水在未来都会给你增加一分收获。

我们需要摆脱"价格为唯一杠杆"的逻辑，要为下面的店家提供更多超乎他们想象的思路。弄清楚跟我们合作的理由和动力到底是什么，一定是门店有更高的竞争力，对消费者和客户要有前瞻性的引导作用。

喜欢这种紧张而忙碌的感觉，在我们落实规划的时候总会遇到很多意外。难以预测的事情时常发生，应该以非常理智和平和的心态去看待，工作中遇到的磨难本身就是工作的一部分，不可能有一帆风顺到达目的地的旅程。

增加门店拜访，细化工作流程是第三季度的必要工作，人生之路就是这样，所有的弯路都不会白走，每一步都是对未来的铺垫。时过境迁后终于明白，每一个努力过的脚印都是相连的，弯路只是考验而已。

昨天和一个朋友聊了一会天，有一个事情开始整整一年了，感慨很多。回顾这一年走过的路，我们付出和收获的是什么，时间如流水，一切都回不去了。我们唯一能做的就是静下来复盘做过的一切，对自己有一个新的审视和评估，然后计划接下来的一年我们需要做什么。

　　我们总是会感慨曾经的拥有和付出，每个人的承受能力不尽相同，你的快乐也许是他人无法感知的，对过去的一切我们从不后悔。也许有遗憾，但过程一定是人生中美好的记忆，也是我们未来非常重要的财富。

　　工作中我们总要不断做选择，每一次选择都意味着要放弃另外的很多种可能，不要因为错过的那些可能遗憾，认准了眼前这一条路就全力以赴。只要对得起每一次选择，就是对自己的人生负责。

　　有人翻过高山，有人越过江湖，不论哪一种旅途都是人生的宝贵经历，可以不成功，但不能不成长。

2022-07-09

在未知世界里勇毅前行

　　一念就是一生，梦想虽远，仍要继续，在未知世界里勇毅前行，在有限的生命里拓展人生的无限可能……

　　这几天工作一直比较忙，因为新冠肺炎疫情，学校也已经停课，本来定的13号考试，目前来看变得遥遥无期。我非常担心孩子因为种种原因无法考出好成绩，"一鼓作气，再而衰，三而竭"，趁现在精气神还都不错的时候顺势而为，也许会有好成绩，时间拖得越久可能越不利。

　　没有一个好习惯，基本功不扎实的话，很难有好成绩。昨天让他学习，他回答大多数人都在家无法出门，应该暂时休息一下。听到这样的话我是很伤心的，如果不能在有限的时间内抓紧修炼自己，去赶超他人，甚至连这样的意识都没有，学习成绩可想而知。

　　国家层面越来越向好的方面发展，虽然情况严重，但在执行方面大多数都很人性化，具体精准到每一个街道，而不是一棍子打死。大多数人都知道一直这样下去大家将会更加艰难，最怕的是失去了信心，失去了对未来的期望。由14天改为7天，就是这个原因，大家都经历不起太多的折腾了。

　　无数次地和孩子们讲，保持一贯的好习惯，不只适用于工作，同样适用于生活。言行应尽力与目标保持一致，主动减少无谓的负担，简单生活会带来力量，直接化解焦灼、内耗。最怕在设定目标之后因这样那样的原因放飞了自我，最后无法坚持下去，然后找一个搪塞自己的理由，那不客气地讲，最后的结果肯定是无情的，甚至是讽刺的。

　　现在开一个周例会还是不大容易的，不仅仅大家手头工作繁多，更多的是疫情的原因，一次又一次打乱我们的节奏。这时候不能焦躁，内心还是要保持安定，不是安慰自己，而是要适应多变的世界。上天的安排不会因为你的情绪而有所改变，只能去适应它，迎接它，解决它。

　　此时此刻，站在公司的角度，不能说百感交集，至少有很多感触。如何和团队一起带领"永之信"更加稳健地往前发展，到了考验我们能力的时候了。人心齐泰山移，思想的统一是行动的基础，整个工作中心以公司发展为第一目标才是一个合格的管理者。

　　现在部门负责人都有在周例会上分享 PPT 的习惯，讲自己所做，做自己所讲。从一开始在台上非常拘谨，到慢慢地淡定自若、谈笑风生，大家不是缺这个舞台，而是缺乏走到前面的勇气。经营公司就是要经营人，很多公司领导对外都很谦卑，但对自己包括身边的管理人员却非常严格。公司要想发展壮大靠的是人才，领导一定要以身作则，引导公司的风向和氛围，一个好公司的气场一定是积极向上的。

　　我们处于一个多变的社会，那些看不见的背后，才是最令人担心的。有人对事情变得不在乎，不是不放在心上，而是觉悟了很多却做不好，那就毫无意义。

　　今天发了一个在路上的小视频，看似风轻云淡，却瞬间风云突变，甚至前方道路模糊了视野，哪怕近在咫尺都无法看见。短暂整理了自己的思绪，默默地穿越风雨，前面又是晴空万里。渔夫出海的时候也不知道自己能不能捕到鱼，但还是出发了，有时候想太多反而阻了前行的路。翻过的每一座山，越过的每一条河流，走过的每一条路，都将成为人生中最难得的记忆。

　　两边青山不断地往后移，岁月不语，却见证了所有努力。安逸的时候与挫折为敌，艰难的时候选择逆流而上。所有的幸运不是别人给的，而是自己通过努力获得的。所有的幸运终究是阅历的比拼，能力藏在阅历的每一个角落里。梦想存在的意义，不一定是带来舒适和富裕的生活，而是当想到时内心会充满力量，感受到温暖，从而拥有克服困难的勇气和能力。

长大后每天为生活奔波，不知从何时起再没抬头细看一眼天边的月亮，它依然那么皎洁，我却无心欣赏了。期许未来带来的价值，远非当下可比。

优秀的人并不一定是能力比我们强，智商比我们高，定力比我们好。只是思考得比我们深，见识比我们广，看到了更广阔的风景，拥有了解决复杂问题的能力。

一念就是一生，梦想虽远，仍要继续，在未知世界里勇毅前行，在有限的生命里拓展人生的无限可能……

2022-07-10

路虽远，行则将至

曾经以为远方很远，走过之后才发现最美的风景不在远方，而在心里。长路漫漫，荆棘无法阻拦住脚步，只能让旅程更充实。

虽然今天是星期天，但从9：00一直到下午6：00多一直被会议填充，除了管理层还有分部门之间的会议，我不知道大家对于会议是如何理解的。这样的话题我不想再重复了，会议真的非常重要，甚至在公司的日常工作中占据最主要的一个部分。

"磨刀不误砍柴工"，我们停下来休整的时候，有人认为是消磨了时间，耽误了工作，其实我们通过会议设计好顶层逻辑才是最关键的。

我一直相信团队都是非常棒的，有时候只是缺少让大家点燃雄心壮志的那一个临界点。曾经经历过的都会成为记忆里的风景，都会成为人生的经验。以后大家自己组建团队的时候一定会深有体会。其实很少有公司会花大把的时间在这方面去做交流，更多的是照做执行，我们做了这么多的工作就是为了在接下来的发展中更加有底气。

静下心来坦诚交流那么多，就是为了工作更加顺畅，我想在磨合的过程中，所有人都将认同这一点。工作真的有捷径可以走的，我们通过优化自己的流程和思维，完全可以实现事半功倍，但努力却毫无捷径可言，没有付出一定得不到想要的结果。

这一周发生了太多的事情，无论是经济的还是其他，虽然不会是改变世界的一周，但是对很多方面肯定都有影响。当然，如果从历史长河的角度看，不仅这一周，每一周世界都在改变中。我们无法阻止任何事情的发生，唯一可以改变的只能是自己。

好多人都觉得工作的时间太长，休闲的时光太短，那可能只是立场不同而已，在竞争激烈的职场中根本没有退路可言。曾经以为人生的路很长，可是半生走过，似乎只是一个转身，回顾自己工作和生活中的得失，有很多的感慨，有些方面我们还是不尽如人意，但总的来说也算有一个满意的交代。人到中年了，想法也越来越多，无论对家庭还是工作，总是有很多的期待。

许久未见的朋友晚上又聚在一起，十分开心。谈论的话题自然而然地又回到孩子身上，人们总羡慕"别人家的孩子"，自家的管起来真的很难，大人告诉他们怎么做，怎么走下去一定是有好处的，但是对方不认同，沟通的成本会非常高，自己的孩子尚且如此，管理公司团队的难度是否更加高呢……

市场的内卷情况越发复杂，但也并不代表毫无机会，资源性的东西将会越来越重要。如何利用好手上的这张牌，对于每一个出牌的人来说都是至关重要的。只有迎接改变，积极改变，让自己变得更好，才能战胜更艰巨的挑战。

我们一直强调线上线下全面融合的时代早已经来临，但真正做到这一点并且完成得非常出色的，真的少之又少，大家都想去拥抱互联网，但是真的不知道如何下手，也许是因为两方面的"基因"完全不同吧，导致难以兼容，对我们实体店来说更是如此。

相比电商平台，内容平台的社交属性天然更强，有人的地方就有社交，这是永恒的需求。用户也处于某种矛盾之中，一边喊着被社交产品绑架，一边还是期待有新的产品出现，无论以何种形式。前两天一个朋友讲的话很深刻：消费者在哪里，我们就应该出现在哪里，是时候要改变自己的思维方式了。

一直希望可以成为管理者中的佼佼者，但一路走来却发现仍然是个青铜，工作任重而道远，需要用一生来实践。很多时候也会自我怀疑，尤其在团队无法取得价值认同的时候，这条路注定崎岖不平，我深感责任重大。

曾经以为远方很远，走过之后才发现最美的风景不在远方，而在心里。长路漫漫，荆棘无法阻拦住脚步，只能让旅程更充实。

2022-07-11

做自己的管理者

能否真正管理他人还有待进一步证明，但管理自己始终是可以的，凡事以身作则，争取做一个合格的执行者。

今天上午和公司的同事聊了一会，我说单打独斗的时候多么羡慕背后有个团队，不仅可以分担压力，更多的是让我们看起来比较强大。由数十人到过百人的时候，这种感觉就已经荡然无存了，有的只是沉重的压力和使命。我们交流了很多，也许因为大多数人难以理解文化层面上的东西，所以管理就成为一个公司中非常重要的部分。

梦想和使命那是遥远的命题，一日三餐、物质丰足才是当下迫切的需求，团队大、部门多、人员齐，面临的压力自然也会不一样。就如昨天的日志中写的一样，管理是需要用一生来学习的课程，看似简单的逻辑背后隐藏着复杂的因素，制定流程制度非常简单，做到人心所向确非一日之功。

周一本来安排在上午的会议，一直到下午才进行，对于很多跨行业的生意模式，我们还是要虚心学习。当下的环境之下如果还是一味地故步自封，一定无法走出自己的舒适圈。积极拥抱新鲜事物，尝试不一样的模式，当下未必有立竿见影的效果，但在以后的某个时机，肯定对自己的生意有帮助。

万变不离其宗，在台下听着老师细细道来，即便似懂非懂，也一定可以触及自己的心灵，打开另外一个思维的大门。所有的生意模式应该都是利他的，不损伤自身，又能为客户提供一定的附加值，大家都会欣然接受。

公司就是一个大平台，存在很多机会，很多人一起交流的时候，资源会相互汇集，也能擦出不一样的火花。哪怕他人有一点点的思想可以为自己所用，就可以受益终身。我们不能单方面狭隘地因为，有些观点不符合自己的想法，就对其产生偏见。有人的地方，就有江湖，就有意见分歧，求大同存小异，是一个公司良性发展的必要条件。

一个社会或者小到一个公司，再到个人，夜深人静的时候，我们需要静静地思考应如何领导团队。要不断反思、学习，没有哪个模式可以全盘通用，或者是万能的。每个公司和团队的经营模式可能完全不一样，做到让大多数人认可是非常难的，选择难而正确的事情，找到趋同的价值观最重要。

我们毕业后进入社会，作为一个独立的个体，成为团队里的一分子是必然的。人生最大的意义在于不断地工作，不断地创造价值，不断地想办法，不断找准正确的事，不断对正确的事情饱和式轰炸，不断提升效率，不断提升单位时间的利用率。

希望每个人在这个过程中有更多的学习和成长，这对公司会有莫大的帮助，因为个人的成长会间接促进公司的发展，反过来公司的持续发展也一定能给个人带来收获和成长，在双方磨合的过程中会形成一套行之有效的体系，这对个人及公司也一定有非常大的帮助。

个人的能力肯定是有限的，闭门造车只会让自己更加孤立，甚至脱离社会。集合大家的能量，凡事精益求精，尊重与真诚，是我给所有伙伴做出的表率。也希望传递更多的善意，带给客户更优质的服务和体验。

人生最稀有的资产就是时间，谁也没有办法给自己创造出哪怕一分一秒的时间。时间都一样多，至于如何使用完全在于你自己。遇到困难不是想办法而是撂挑子，这样的选择太轻松了，我带领"永之信"往前走，无论多么难的情况我都没有选择退缩，还是迎难而上！市场肯定比想象的还难，只要大家价值观一样，总会一起走向未来。

能否真正管理他人还有待进一步证明，但管理自己始终是可以的，凡事以身作则，争取做一个合格的执行者。

2022-07-12

要么涅槃重生，要么逐渐地黯淡

真正决定能够走多远的不是跟过谁，学过什么课程，而是一个人内在的驱动力，所有的伟大都是从微不足道开始的！

半年过去，是时候要深度复盘一下我们上半年的工作了，希望从中找出很多问题，中间因为种种原因打乱了我们的节奏，这些都是客观存在，讲多了显得非常矫情，但我们需要找出更多的关键问题去解决，只希望大疫不过三年，上天能有一个好的安排，对我们自身来说一定会有新的启示。

我们当初制订的年度规划，重点客户还有"天网"行动，现在回头看我们做到了多少呢。有些战略性的东西需要从一开始就深植在我们的意识中，并一直跟踪，大多数梦想都需要努力奔跑才能够得着，大多数人都是超级努力的，但在当下的市场，如果你以为只要努力就有用的话，那就太单纯了，我们要知道这仅仅只是前提条件，脱颖而出的机会是非常渺茫的，千里马常有，伯乐难寻。

其实半年也不算太晚，重新给自己制订一个行之有效的下半年计划，脚踏实地从每个网点开始精耕细作，用一个季度或者半年的时间去努力，一定会有效果，不论年底的时候我们付出和收获了多少，来年一定能结下丰硕的果实，因为我们前期已经埋下了种子。

有时候会和朋友们聊一会天，假设自己在别的行业会如何去做。能力可以决定走得多快，但是品格决定走得多远。当下或者未来的形势都是比较艰难的，任何方式应该都是对的，最重要的是活下去。

任何行业都不可能永远兴盛，发展到某一个阶段一定会面临瓶颈期，要么涅槃重生，要么逐渐地黯淡下去，没有第三条路可走。要想发展壮大，新业务、新的增长极或新赛道的成功开辟是必须跨过的一道坎。每一个阶段都有新的问题和风险，这个规律是不变的，所以需要谨慎地抉择。

昨天看了一个视频很有感触，有个富翁乔装成流浪汉体验生活，他到达普通门店的时候，基本上都被大家嫌弃或赶出店门，但是到品牌或者奢侈品店的时候，无论他提什么要求，对方的态度始终如一，甚至包括提供超级工作餐和坐在车内体验。开始还以为有演戏的成分，通过最后的回访才知道这是真实的街头体验。有时候想想，能成为百年公司的超级品牌，它背后的文化和根基得多么深厚，这也是成为品牌的原因吧。

随着现代商业的迅速发展，消费者越来越在意在消费过程中的体验与氛围，而好的感受需要靠优质的创意服务来实现。能让人们记住的服务才能切实为公司加分添彩。别具一格且温暖的创意服务模式，是很值得大家在成长过程中学习的一种商业模式。

下午接到一个老同学的电话，他一直在单位上班，总想做一点副业，问了我好几种生意模式有没有机会，其实这话怎么讲呢，隔行如隔山，我只是提出自己的想法，不能说建议。如果我是他，我该如何去做？

还是表达一下自己真实的看法，现在创业真的非常艰难，我讲九死一生一点都不为过。如果没有十足的把握和相关经验，还是谨慎为好。创业最困难的时候，就像一个人走夜路，看不见前方是最可怕的，如果做好各方面的准备，一步一个脚印，就可以信心十足地走向未来。

良好的沟通及对事情的进展公告非常有必要，每个项目应随时汇报进度，哪怕最后的结果不如意，大家也可以提前预知。

真正决定能够走多远的不是跟过谁，学过什么课程，而是一个人内在的驱动力，所有的伟大都是从微不足道开始的。

2022-07-13

戒急用忍，希望就在前方

当开始相信自己能承受各种的磨难打击，才能持续地往前走，才可能拥有想要的人生。

这几天南方的温度突破了40度，北方时而还是阴雨绵绵，如此反常的天气让人非常无奈。依稀记得小时候的江南，在天气炎热的时候下一场雷阵雨，我们无忧无虑地奔跑在雨水之中，那真是一个透心凉快，尤其是躲在阴凉处吹着徐徐的微风，那一个惬意，无法描述。

年少的时代再也回不去了，真怀念那一份纯真，没有太多的想法，在一个人的世界里物欲得到一点点的满足就会非常开心。长大以后，似乎大多数的东西都能唾手可得，但是早已经没有了曾经的快乐，原来只考虑一个人的感受，现在却需要考虑大多数人的感受。

好久没有逛街了，下午穿过曾经最繁华的解放路街头，没有熙熙攘攘的人群，因为商场的停业，街头显得非常冷清。好像跟以前一样，似乎又不一样，为数不多的人看起来身心都很拼，要一直在路上才有踏实感。虽然时间确实能解决大部分问题，但是在当下，人们没有太多的愿望和渴求了。

真正回到过去几乎不可能了，报复式的消费只是一个空想而已。那种努力、奋进、拼搏感，注入每个人的身心之中，各种"学会自渡，忍受失败、孤独"，成了浓浓的时代药方，无论车上的还是街上行走的人，每个人都充满了焦虑感。

上午约了几个朋友过来聊天，讨论了关于展会的看法，就如他们说的，要做好有面子的工程，还要做成有里子的事情，当下还要考虑各种各样的因素，如果能够成功举办，真的非常不容易。还在感叹前几天的杭州峰会，时机那么的巧，是多么的幸运，真的祝愿一切安好。

举办一次大型会议要考虑到方方面面的因素，背后付出的努力真的难以想象。不管会议进行到何时，提前准备工作一点都不能少，我们深知一点细节的疏忽就有可能造成难以估量的损失，所以必须要脚踏实地地做好每一项工作。

和同事在群里也沟通了一会，一定要让大家把所有顾虑的点都讲出来，不然即便事情做好了，心里可能也会非常憋屈，公司越来越大，人数越来越多，部门与部门之间工作时间与节点的掌握也变得非常重要。沟通成本也非常高，如果没有掌握好度，会造成跨部门之间的误会。创业维艰，一路上有太多问题要解决，有太多挑战要克服，有太多压力要承担，这样的情况下，如果只靠自己扛，那太辛苦，也终究是扛不住的。

无论做什么事都要有敬畏心，岁月流逝，不知不觉人近中年，命运待我很宽厚，经历过国家的跌宕之后还能看到今天的盛世景象。年轻一代比我们要幸运很多，我们这一代人的人生中有很多妥协的地方，但今天的年轻人可以更多地做自己。不期望别人在说起我时对我有多少褒扬，只希望人家会说上一句：这个人，还是不错的。

经营公司这么多年，深深地体会到员工需要得到上级和公司的认同，创业者需要得到团队和市场的认同，不然就会灰心丧气、放弃努力。我刚来山东的时候也是得不到认同的，如果那个时候我因为得不到认同就放弃努力，那今天和大街上的人有什么区别！

创业之后更是艰难困苦，处处都有障碍。永远是孤独的，心意和所作所为很难被所有人理解，没有理解就没有认同，公司内外不知什么时候就会有龃龉和矛盾，有时候让人心酸，有时候让人痛苦。很多时候，很多事情，需要独自去面对。哪怕公司人再多，有些责任和压力都需要你自己承担。特殊时期不管压力有多大，有多少困难和挑战，多自我激励，戒急用忍，以待希望。如同临下班的时候和朋友讲的一样，希望就在前方，就是看你能够坚持多久，然后抓住希望。

当开始相信自己能承受各种的磨难打击，才能持续地往前走，才可能拥有想要的人生，只愿一切安好。

2022-07-14

不同的思考与收获

无惧前路漫漫，哪怕风雨依旧，所有的答案都藏在平时的努力之中。

本来今天应该能够看到超级月亮的，因为网上已经讲了很多次，奈何天公不作美，一早开始的倾盆大雨一直延续到中午，直到傍晚也还是阴天。对于地地道道的南方人来讲，下雨是我们非常喜欢的天气，也寓意着很多喜庆，尤其是雨过天晴，代表着即使前面有些波折，以后会越来越美好，我非常喜欢这样的含义。

人的一生何其漫长，谈得来的朋友为数不多，可以帮助你一直成长的更是凤毛麟角。真心感恩所有的遇见，时间可以证明一切，只是一切都在不言中，都默默地记在心里。

大多数老友就像家人一样，平时联系的也许不多，但你需要的时候随时都可以出现。那种无私的帮助非常让人感动，人生怎么可能永远都是一帆风顺，在难过或者坎坷的时候，伸出手的未必是你身边最亲的人，但一定是你知心或者了解你的朋友。

年龄越来越大，说话越来越少，除了工作中的社交，更喜欢一个人独处。原来喜欢的东西可能会在意他人的感受，现在只要自己喜欢，不会在意别人的看法，工作和生活本来压力就很大了，能给自己一个空间是多么幸运的事情。

今天早晨看了一个小视频，非常感动，很长却完完整整地把它看完了。讲的是有个小男孩从小患脊妥瑞氏症，会不由自主地发出怪叫、抽动，几乎没有人能够理解，在别人的歧视和嘲讽中长大。直到有一天，有个校长鼓励他，让他有了重新努力的勇气，最后以优异的成绩毕业。但是他长大之后也到处碰壁，本来立志成为一名教师，也找不到工作。在他绝望的时候总算有个中学接纳了他，一开始孩子和家长们不理解，后来慢慢地接纳他，最后他被评为整个洲的优秀教师，太不容易了。看了之后不知道说什么，只是心里酸酸的，工作和生活中有多少类似这样的例子，在大多数人不理解的时候，有人鼓励你、支持你是多么的重要。

每天的工作看似简单而枯燥，但每个人的理解方式不同，我们觉得时刻都在精进自己，所有细节都是对自己的考验，使命感也会油然而生，而我们在努力的过程中会发现自己一点点变得强大。世界上最厉害的除了技术和努力，还有思维方法，对一件事情的执着程度不同，能给我们带来不同的思考与收获，并促进我们的成长。

我们平时遇到困难问题的时候，应思考如何利用它、克服它、度过它，应思考如何面对低谷。我们面临的挑战越大，妥协可能就越多。要能够承受委屈，为了前进不得不绕弯路，甚至要付出很多的代价。

每个人都有迷茫和焦虑的时候，必须要静静地思考一下，想想目标和规划，向前看才能迎风起航。成为第一不重要，重要的是追逐第一的过程。让自己变得更加成熟，只靠努力是不够的，必须要顺势而为，把握未来的趋势，永远不要与趋势为敌。

今天听到一首朋友推荐的歌，阿冗的《你的答案》，以前听过，现在重温一下还是很有感触。阿冗工作上的变故很大，处于低谷期时一直在寻找自己，寻找人生的目标和方向，因此他想借这首歌传递希望，希望所有听到这首歌的人都能早日走出低谷，找到最真实快乐的自己，过上自己想要的生活。热血的演唱和激昂的歌词戳中了无数人的心，这首歌之所以广为传唱是因为一个热爱生活的音乐人所爆发出来的能量给予了无数人前行的力量。

无惧前路漫漫，哪怕风雨依旧，所有的答案都藏在平时的努力之中。

2022-07-15

多考虑利他的事情

最大的风也无法吹灭心中的火苗，最高的山也无法阻挡攀登的欲望……

目前临沂的疫情在全国来说是比较严重的，但也没有想象中的那么可怕，各自提高安全意识，每天做好检查工作，做到紧张而有序，基本上不会出现大的问题。每天真正确诊的都是在集中隔离区内的，现在精准定位了，总的来说工作还是井然有序。不足之处就是因为有些物流被管控所以影响了发货。

这个时候特别考验团队的协调能力，客户是很难理解的，他们只关心何时能够收到货，因为很多营销活动可能早已经排上日程。可临沂因为管控的原因可能无法发货，或者在途耽搁很多天，大家都很无奈，如何妥善处理好这样的问题关乎我们整个公司的声誉。

无论出现什么问题我们都要以客户的需求为中心，可以在内部重新设计一个流程，切勿让事情就在那里停滞不前。大家坚持原则没有问题，但客户是不会认同的，对客户来说体验感会非常差，大多数人不会关注过程，只看重结果。看起来也许不是很大的问题，长远来看或许会非常严重，我们对此要高度重视。

无论如何心中要有清晰的认知，这么多年走下来，我们深知维护一个客户的不容易，许多年对我们的认可也许就因为一件事情处理不当，就会离我们而去。而后要花费无数的人力、物力才有可能重新建立关系，这点对每个行业来说都是一样的。

今天上午重新整理了一下办公室，责怪自己很多习惯没有坚持下来，有些东西还是要分类得更加细一点点。每天的工作已经占据了大多数的时间，感觉脑子没有以前那么清晰了，很多平时不怎么用的东西可能没法马上找出来，可能在平时找了很多次都找不到的东西却突然出现在眼前，我不知道大家有没有碰到过这样的事情。

说了很多次良好的习惯有多么重要，但要真正坚持下来，真不是一件容易的事情。我也在反思自己，包括自己对孩子的教育，大多数时候可能只停留在面上，想着反正他现在不会觉得这个事情有多么重要，大不了以后发生了，再去考虑也是来得及的。

能力可以学习培养，态度则很难改变，有的人能实现阶级的跃迁，有的人或是跟父辈一样，甚至还不如父辈。虽然每个人的具体情况不一样，但剥去表象之后，会发现他们的基本逻辑是截然不同的。自身努力是关键，但对身边人的选择，对公司和领域的选择也非常重要。

都说一定要看未来，在现有的基础上去努力提升自己。符合现在及未来的能力可能就藏在平时工作中的细节里，一切看似为他人的努力，最终一定会回报给自己。

临近下班的时候去了一个市场，用门可罗雀来形容不为过。本来4个大门，现在只留一个进出也是从容有余。有多少人在思考实体店的未来到底在何方，大多数人应该都处于迷茫之中，消费和需求情况每年都在变化，我的理解是购物方式已经完全不同了，如何捕捉其中的商机，抓住还存留的风口，是值得大家深思的课题。

每天还是习惯静静地坐一下，喝一杯茶或者听一下歌，前几天有个USB接口匹配不上，又买了一个，今天重新开始听，那种感觉非常不错。与友人聊未来的趋势，没人有未卜先知的能力，都无法预知未来，但多考虑利他的事情，让消费者从中受益一定是没有错的。设置好良好的顶层设计，不断地强大优化自己，这也是当下迫切需要做的。

最大的风也无法吹灭心中的火苗，最高的山也无法阻挡攀登的欲望，那些年的往事，时常浮现心头……

2022-07-16

有效利用现有资源

无论发生何种坏事都要放平心态，唯一要做的是尽可能让后续的事情更加圆满。

不知道大家昨天有没有关注国内的经济半年报，上半年我国国内生产总值同比增长2.5%，其中二季度增长0.4%。但坦白讲，估计大多数从业者都感受不到这样的温度。为什么用温度这个词来形容，因为心里感觉还是比较冰凉的。在经济版图上，上半年各个公司的感受千差万别，部分行业的国有资源型公司增长迅速，但中下游公司压力山大，尤其是旅游业、服务业和消费类受到的影响特别大。

下半年如何让这些占据中国就业市场半壁江山的中小型公司活下去，显得尤为重要。对大多数人而言重要的不仅仅是就业，一个人日常生活的各个环节都直接参与服务和商品供给，有些公司倒闭可能不会带来严格意义上的市场短缺，但总会让人对未来更加悲观。

最近，"言几又"全部关闭了在北京的8家门店，彻底撤离北京，昔日中国最火的网红书店终于撑不住了。不知道有多少人了解这个书店，我曾经有幸去过一次，觉得这一定是书店中的天花板，我也去过诚品书店，但其在"言几又"的面前黯然失色不少。

"言几又"真的是被疫情拖垮的吗？也许这只是答案的一半。疫情的出现让埋藏在网红书店中的定时炸弹被提前按下了引爆键。网红书店很难培养用户的忠诚度，难以吸引复购，这也是网红借助营销快速爆红，却难以维持火爆的根本原因之一。更大的一个错误是，有些网红书店投入了大量资金和人力在装修和营销上，唯独没有认真选书。

走进很多网红书店就会发现，店内书籍同质化严重，陈列摆放也没有经过走心的安排。"言几又"的定位是一个复合型的文化空间，或者是文化消费品牌，押注的并不是一门书店生意，而是一个以消费场景为核心的商业模式。但是就像我们经常讲的一样，如果没有核心品质作为加持，只会眼看他起高楼，眼看他楼塌了，是走不远的。品质永远是所有生意的基本盘。

一家无法赢得员工、消费者双重信任的公司，再多的情怀加持也终究难以走得长远。当我们回溯一间连锁网红书店的落寞，没人能回答这个问题——到底是从什么时候开始错了？不爱书的人即便当初排队3小时也很难再来消费，真正爱书的人找不到好书，更不会再来。

每个星期六的周例会变成了日常的习惯，如营销部孔经理所言：不负热爱，远赴山海，保持那一份热爱，赴下一场山海。对流程要有敬畏之心，对公司高层要有尊重之心，作为管理层，我们不是麻烦的制造者，而是解决问题的高手。

很多人恐惧，是因为怕承担责任。这个世界上没有不用承担责任的工作，只要是工作，就意味着责任。只不过职位越高，权力越大，所肩负的责任就越重。千万别害怕承担责任，世界上最愚蠢的事情是推卸眼前的责任，认为等到将来准备好了、条件成熟了再去承担就是了。只有担当才会让人一点点进步起来，当有所成就的那一天会发现，正是一次次担当成就了自己。在需要承担责任的时候立刻去承担它，这就是最好的准备。如果不习惯这么去做，即便等到所谓的条件成熟了，也不可能承担得起责任，更不会做好任何重要的事情。

责任感是很重要的，不论对于家庭、公司、生活，还是周围的圈子都是如此。因为责任意味着专注和忠诚，别人所能负的责任我必能负，别人所不能负的责任，我亦能负。如此才能磨炼自己，求得更高的价值而进入更高的境界。

从古到今，从来不是因为有了飞机大炮等装备精良的武器才可以打胜仗的，只要有效利用现有的资源就能取得胜利，公司经营何尝不是一样呢，公司给的资源就是你拥有的最大武器，值得深思一下。拿到一手牌的时候，你无法选择拿到的是好牌还是孬牌，唯一能做的是如何利用手中的牌打出最优的组合。除了最大限度利用手头的资源，更为最重要的是对于胜利的渴望、对自己的信念、勇气以及决心。

无论发生何种坏事都要放平心态，唯一要做的是尽可能让后续的事情更加圆满。

2022-07-17

创业是九死一生

人生的每个节点如同一个个渡口，真的非常重要，有时候未必能拥有物质上的东西，但是一定要有精神上的成长。

这几天的暴雨多多少少还是会影响出行，不过有个好消息就是今天开始小区不进行全员核酸了，问了市里别的地方，大多数都这样子，这是不是意味着疫情已经得到了全面遏制？真是一个令人欣喜的事情。

好多朋友都在问临沂中高风险区的情况如何，其实出入这边还是非常方便的，但是因为管控不同，有可能回去的时候会受到当地制度的约束，但总的来说还是非常不错的。

现在每个星期天都是加强公司内训的时间，各个部门需要加快协调起来，虽说今年的局势还不是非常明朗，但十分确定的是下月的此时此刻我们会比较忙。时间对大家来说真的不太多了，加强自身的内功，把各个流程尽快地细化，这才是现在必须要做的工作。

以前认为做好自己就够了，步入社会之后你会发现这远远不够，因为要协调好各种各样的关系，还要考虑大家的感受。交流真的是一门艺术，需要穷其一生不断地去精进，人是非常复杂的，每一个阶段想法都不一样，要随时进行微调，无论哪个方面都要做到与时俱进，才不至于和社会脱节。

数年前的电脑在当时是比较先进的，但用到现在你会发现，无论性能还是科技感都在逐渐地老化。摆在面前的只有两条路，要么全面升级，要么更新换代，可能前者更加实用一点。公司也是如此，最主要的是我们要具备升维意识，然后才是硬件和软件的提升。

每天进行看似简单和重复的动作，目的是要加强我们的认知，在有限的时间内把事情做好才是最主要的。包括我们开发网点和当下的细节工作，长远来说对公司会有莫大的帮助，哪怕我们走得慢一点，只要是往前走就一定是正确的。

从了解到的真实情况来看，创业真的是九死一生，很多公司会在三五年内走向结束，有些公司在勉力维持，只有极少的公司会笑到最后。曾经以为，只要公司产品和业务做好，只要公司有足够的现金流，只要有人才，公司就能走向成功。多年以来，这些条件虽然没有同时具备，但也都有过，依照我的体会，这些都很重要，不过都不是最关键的。

没有永远的成功，更不可能有常胜将军，就如同不会没有西下的太阳一样，我们能做的只有不断地超越自己。危机和失败如影随形，所以我们要保持谦虚谨慎和开放奋进的姿态，让自己永远活在精进的道路上。

凡是做得好的，都是长年累月积累的结果，没有什么捷径，有的只是脚踏实地。只要方向对就不要犹豫怀疑，坚定不移地做就好了。只有付出不亚于任何人的努力的人，才有资格说自己尽力了，否则都是在给自己找借口。

虽然是一个星期天，也要致自己、致团队、致明天。新的一周，新的开始。不要等准备好，而是当下就行动，公司到最后一定要加强管理、提高效率。

人生的每个节点，如同一个个渡口，真的非常重要，有时候未必能拥有物质上的东西，但是一定要有精神上的成长。

2022-07-18

未来一定会越来越好

向上生长的同时一定不要忘了最重要的事情，那就是向下扎根。

每个星期一的心情总是不一样，新的一周代表新的起点，除了每天的会议之外，总是对自己有更多的期待，或者希望从某一个点上有所启发。因为学校停学的原因，已经很少5：00多起来了，有时候会不太习惯这样的节奏，甚至还很怀念凌晨起来送孩子的日子。

这几天和孩子交流的还是他们对自身的规划，希望他们在假期之内把自己的每一天从早到晚安排好。其实所有人都清晰地知道，我们只要每一天真实有效地做好这些细节，最后结果一定会朝好的方面去发展。如同昨天和老师交流的一样，一个假期正好可以拉开人与人之间的差距，这是最好的时机。但是不要忘了，表现好的话，这个差距你是向上走的，反之，你的差距也是越来越大，但是结果却是向下走的。

和相关部门交流了一下现阶段的工作重心，其实我想告诉他们的是，需要对自己有个比较长远的规划，最起码对今年上半年进行一个深度的复盘，分析其中的得失，做好行之有效的规划和顶层设计，也许比你当下所做的事情重要千万倍，打开你自己的认知，这才是我想要的东西。

我们很多时候从一开始的踌躇满志、信心百倍，到过一段时间的犹豫不决、销声匿迹，这中间一定经历了很多很多。但今天我想表达的意思是，在没有好的结果的时候，中间的过程已经不重要了，但是在出来结果之前，你的上司其实最关心的是中间的过程和进度如何……

对于任何的事情，我们的决心非常重要，团队是慢慢锻炼和打造出来的，在一次又一次的实践中不断地总结经验、反思自己，但前提一定不能忘了，我们对目标的荣誉感，是一定要存在的。

所以反过来讲，我们对于过程的跟进是多么重要，在严格要求自己的同时要不断地鞭策团队。可能有些人在当时很难理解，但我相信，在很多年之后，当他独立负责一个项目的时候，一定能体会到当时上司的处境和意图。我们只是为了事情朝着更好的方向发展，就是这么简单，理解的当时就做了，不理解的，在许多年以后也一定会理解。

许久没有来过台州的老乡了，今天意外的到访让人十分开心，虽说从事不同的行业，但生意的逻辑基本上大同小异。我们经历了这么多年，又都在异地他乡，中间的滋味只有彼此才能体会到。

与其继续纠结过去未完成的计划，不如试着把精力专注于当下，提前规划，积累经验，坚持学习，尝试改变。没有白费的努力，每学到一项技能，就多一份直面世界的底气，锲而不舍朝着目标大步前进的同时，也别忘了沉淀自己。

我一直是个乐天派，相信未来一定会越来越好，无论是谁都不希望回到数年之前。静下心来思考，物质上还有精神上我比几年前进步了什么？真的需要扪心自问，在我们不想回到从前的同时，过去的那么多年，我们从中得到了什么？

什么样的热情可以抵挡漫长岁月，总是需要给自己找一个持续走下去的理由，或许就是远处的风景，还有心中未能达到的目标，和天马行空的梦想。

向上生长的同时一定不要忘了最重要的事情，那就是向下扎根。

2022-07-19

如果从头再来

用户不一定会分享你的产品，用户不一定会分享你的服务，但用户可能会分享他的高光时刻和他的优越感。

最近大家有没有关注"通达路战神"的消息，通达路到了深夜成为飙车的网红一条街，甚至成了打卡的景点。可怕的不是轿车，而是改装的轻骑，多少人年少轻狂，因为无知付出了代价，甚至因哗众取宠付出了生命。

每个人都是从年轻过来的，当年拥有第一辆轿车的时候，一直想去挑战车速的极限，遇到有人超车时第一时间是努力去追赶。只是随着年龄越来越大，速度却越来越慢，哪怕车子越来越高级，但无论给多少胆量也踩不了脚下的油门了，因为会怕，更因为身上背负的责任。

可能在这些十五六岁的孩子眼中，在大家的喧嚣里挑战一些不可能的动作，是孤胆英雄的表现。甚至以穿越警车为荣，这样的心态真的太可怕了。直到摔得鼻青脸肿，甚至付出生命的代价，其父母才接到通知，这种触目惊心的案例比比皆是，而他们自己却引以为傲，多么可怕的思维逻辑！

不能说少年的价值观有很多的偏差，只是在这样的网络时代里，很多理念已经发生了变化。也许在班级里面是乖学生，到了街头则开始展示内心的狂暴，就像很多网络中的巨人，在现实中可能是个侏儒一样，他认为在属于他的舞台得到了认可，但其实却是一条扭曲畸形的路。

临下班的时候接到一个上海朋友的电话，谈了这几个月的心路历程，他说人到中年反而看清了很多事情，这几个月真正地静下来，给了自己思考的空间，年少时候雷厉风行，现在思考更多的是如何让团队稳健地发展，以往更愿意出现在台前，现在慢慢希望回归幕后，似乎站在旁观者的角度看待自己的公司会更加理智一点。

我觉得他这番话讲得真的非常有道理，有句话讲"当局者迷、旁观者清"，说的就是这个意思。我也在用第三者的角度看待自己的公司，会发现我们有很多的优点，当然还有很多的缺点，其实我们明明找到药方了，却发现好多人不一定认同这个方式，便只能以循序渐进的方式去引导。

人们在回想自己的经历时都会说"如果从头再来一次"，但如果真的让我重来一次，我不一定能达到现在的高度。很多人认为这是谦虚式炫耀，其实不是，因为每一条路都充满了不确定性，每一次选择和前进都会在未来产生蝴蝶效应，有人半途而废，有人一路上升。

运气、性格、环境这些因素指引我走向现在，但是如果无法驾驭、主宰这些优势，往往会将一手好牌打烂。面对想要做的事，想要得到的东西，如果因为陌生与恐惧而选择了犹豫，选择了逃避，会白白地错过完全能够改变命运的大好时机！所以如果重来一次，不一定能够走得这么远，这是真的。

任何事情，当踏出第一步，最困难的时候就已经过去了。路不通的时候学会转个弯，最美的遇见也许就在拐弯处。

这个社会的发展实在是太快了，我们唯有跟上变化，适应变化，接受变化，并且研究变化，有敢于上路的勇气，才能在任何时候都立于不败。最难过的时候，线下大多数实体店都举步维艰，失败不可怕，怕的是不能收获有价值的东西，应思考失败的原因，吸取教训，并把教训转化为经验。尽管疫情仍在持续，但当下活下来并且提前布局，做好规划，才能在市场重新焕发生机时抓住新的机会。

今天听到一句话非常好，用户不一定会分享你的产品，用户不一定会分享你的服务，但用户可能会分享他的高光时刻和他的优越感。这首《走江南》听了很多次了，每次的味道都不一样，让我想到了故乡……

2022-07-20

碎片时间决定人生差距

教育最大的魅力就是让每个孩子拥有希望，碎片时间决定人生差距。

从今天早晨开始一直下暴雨，一直到下午，不是雨量有多大的问题，而是持续的时间长，这样的情况应该 10 多年前出现过。市区大多数地方都过水严重，现在城市排水设施加强了不少，出现内涝的概率比较小了，但是大街小巷还有小区里很多地方还是面临排水慢这样的问题。都说水火无情，面临这个情况的时候，总是让人感到非常无奈。

多么恶劣的天气也无法阻挡大家的旅程，因为心中渴望奔赴下一个高度，和同频的伙伴们交流总是非常愉快的，不论明天如何，大家还是信心百倍。

相比上海人来讲，我们有理由说服自己放松身心，他们整个上半年太难了，而我们此时此刻还能够站在这里，何其幸运。身在其中的他们，心中的痛苦只有他们自己了解，作为公司的负责人，没有人可以去为他们分担，只能自己慢慢地消化。

老板是领导者，也是组织者，更是服务者，要通过别人去拿结果，要成就别人，心里装着他人的利益和前途。对同事们来说，如果能分担责任，能分享到的利益也就越多，公司的平台越大，越是需要能分担责任的人。

今天非常有幸地遇到了一个老师，他讲的很多话都可称为金句，真的受益匪浅。有了踏出第一步的勇气，才能突破自己，成就自己！创业不是唯一的路，但学习和成长是人一生不变的主题，找到适合自己的道路，强化能力和价值，无论在哪儿，是金子总是会发光的。

学习就是习惯，尽可能养成一个良性的生活工作方式，也许前期付出的时间比较多，但一定可以伴随一生，甚至在接下来的日子里面，会让你终身受益。

2019年以来很多朋友的公司都出了问题，而且不是小公司，这么多年来我们一直说要改变自己，那改变了多少呢？改变带来的是更多不确定性，焦虑更是如影随形，对众多国人而言，是如何披荆斩棘，如何争取活下去。前几年每年都说困难，但这个冬天真的感觉有些不一样。

自己现在必须要做的事是反省、复盘，必须认真想想我们遇到的问题是什么，然后抽丝剥茧，细心一点再细心一点，考虑到方方面面的因素，把一切问题都解决好，这样才有可能存在机会。

组织架构、人才梯队、流程管理绝对是一家公司最核心的资产，而人才是重中之重，因为所有的事都需要对的人去实现。根据市场的发展和变化，我们的组织需要不断升级，人才要不断精进，要吸收具备高能级、更在状态、更渴望成功的人。

每个公司都有自己的团队，但我们花了多少精力在团队的升级上？之前因为整个市场在发展，一俊遮百丑，很大概率赌成功了。但千万不能把经济大势当作自己的能力，如果市场不好了会怎么样？我们真的要沉下心，做对的事情，做难的事情，做需要时间积累的事情。

教育最大的魅力就是让每个孩子拥有希望，碎片时间决定人生差距。

2022-07-21

相信自己能闪闪发光

人无法超越时代，无法超越认识，无法超越能力，唯一可做的可能只是超越自己。

连续几天"指掌天下"的培训，相信大家会有所收获，每次会议的感悟和分享还是需要真实写出来的。技术是我非常重视和期待的东西，以发展的眼光看待未来，就如同十年前我们无法想象社会的变革会如此之快一样。三十年河东、三十年河西的经典语录，早已经是过去式了，现在短短三年时间就有可能完成颠覆式的改变。

当然最重要的还是科技的力量、创新的思维、纯粹靠传统模式早已经无法驾驭现在的社会，唯有时刻保持与时俱进才有可能跟得上当前的发展。

工作和生活其实都是一样的，墙外的人以羡慕的眼光看待墙内的人，换位思考一下，墙内人的心态又何尝不是如此呢。每个人都有每个人的快乐，每个人也都有每个人的苦衷，坚定地选择了那就一定要义无反顾，相信自己有能力可以脱颖而出，也相信自己在职业中一定能闪闪发光。

一个人努力不努力不能只看过程还要看结果。很多人觉得自己已经很努力很自律了，实际上可能你只是处在一种伪自律的状态，用战术上的勤奋掩盖战略上的懒惰，这点很可怕，因为它会让你一直得不到结果。每个人其实都一样，就如同我希望能给到下面的同事指点，而不是对他们的工作指指点点，那样大家的心态都不会太好，指点了就一定要去照做，否则就是纸上谈兵。

很多时候真的非常佩服年轻人超前的思维，他们对于新型销售方式的理解是超越所谓老前辈的。因为他们了解消费者的心理，所以也更加理解产品，我们固化的思维，还是以十年前的角度看问题，所有逻辑可能都要推倒重来。

整个业态不仅仅是碎片化，更是粉末化的，这意味着有些人很痛苦，有些人很开心，商机无处不在，危机也到处都是，在打开一扇窗的同时，也许后面的门已经关闭了。如果未能找到更多的出处，那就如同井底之蛙，只能看到自己的一片天，外面的世界早已经不属于自己了。

最近还是非常忙碌，品牌方到访除了聊生意之外，也像朋友一样聊家常。生意还是要看长远规划，眼前的得失可能大多数人都会在乎，以时间的长河来说付出都是值得的。

人生路上总会遇到磨难和坎坷，只是每个人所处的环境不同，境遇就不一样，面对磨难和坎坷时的态度和方法也各异，但有一点是相同的，当经历了千锤百炼后都会有所感悟，如同昨天晚上友人对于国学的理解一样令人茅塞顿开。

今年我认识的大厂和小公司都有各自的难处，站在第三季度来看全年的布局会更为谨慎，当下最重要的任务是如何做好布局，就如同打仗之前的排兵布阵，任何闪失都有可能让自己举步维艰。

今年在市场上仍然表现优秀的公司，一定有一个做事极为专注且专业能力极为过硬的团队。一个人要想在职场上获得更好的发展，跻身优秀的团队优秀的公司，需要专注于做事，把事情做到自己能力的最好，在团队中发挥出自己的价值。

人无法超越时代，无法超越认识，无法超越能力，唯一可做的可能只是超越自己。

2022-07-22

双向奔赴才有意义

生意，离不开管理和服务，没有就形不成力量，没有就失去方向，芳华易逝，以心为本才会青春永驻……

很多时候双向奔赴才是最有意义的，有些人也许未曾见过面，但是心里一定已经有画像，真正见面的时候便会一见如故，感觉似曾相识，会少很多的客套，因为曾经想象过这样的画面，也许内心已经预演了很多遍，就如同经常聊天一样，心态放得淡然一些，所有的事情似乎都是过眼云烟。

我们把所有遇到的事情都当成上天的恩赐，无论烦恼，还是快乐，心中有长远的规划，就一定会有坚定的信念。

前几天宣传的防疫软件一直在升级中，今天正式启用，可能是不熟悉的原因，原来扫描出来的二维码随时都能找到，现在这个需要保存图片，给人感觉有些不大方便。正如我们平时的工作一样，软件需要不断地升级，总体目的是为了大数据的规范。

初步的构想为什么要升级呢？肯定因为有很多bug，任何软件在使用初期都会有一个熟悉的过程，慢慢磨合了就会熟能生巧。过一阵又会发现新的bug，重新打上补丁升级。

人生何尝不是如此呢，也是一个不停升级的过程，需要把过去的缓存清除一下，重新出发。也许在进入新的领域、新的赛道的时候，刚开始会不适应，甚至因为违背了以前的模式，让人难以适应或者排斥。但社会一定是在进步的，我们只能顺应潮流，改变自己，让自己适应当下的节奏。

在升级的过程中心态是非常重要的，内心的认可和表面的顺从完全可能导致截然不同的结果。前者可能非常痛苦，但是真正适应下来之后你会发现这个社会会非常善待你！

昨天也与几个品牌方聊了聊，公司一定要保持竞争力，要优化内部结构，实现增长是解决一切烦恼的基础，我们在上升的过程中可以适当微调自己，哪怕犯了错误也不至于万劫不复。在大行情不可逆的情况下要做到这点真的非常难，但是人生能有几回搏，不拼尽全力地努力一下，谁又知道结果将会如何呢？

为了赢得竞争，公司必须保持合理的成长速度，根据自己的实际情况，保持超过竞争对手的成长速度，如此才能驾驭竞争，在市场竞争中胜出。

这是一个充满竞争的世界，竞争的法则是优胜劣汰，不想被淘汰掉，就必须保持适当的发展速度。谁也无法信誓旦旦保证未来一定向好，但是要有这样的心境。经营公司是一个非常复杂的事情，永远不是表面看上去那么简单，隐藏背后的千丝万缕有时候会让你疲于奔命，甚至无计可施，但自己选择的，哪怕铺满了荆棘，仍要选择前行。

年纪越来越大，思维越来越迟钝，唯有每天不断接受新的知识，方能让自己适应当下的节奏。很多新的话术和词语听起来是稀奇古怪，百度之后才发现这是最新的网络术语，在感叹自己已经out的同时还是需要恶补，无论我们的年龄有多大，一定要有颗年轻的心。

生意离不开管理和服务，没有服务就形不成力量，没有管理就失去方向。芳华易逝，以心为本就会青春永驻……

2022-07-23

困境中寻找机会

管理要以大局观考虑问题，要利他主义。凡事总有过去的时候，当你回头看劫后的自己，发现万物皆有裂痕，那是光照进来的地方！

今天是二十四节气中的"大暑"，按理来说是一年中最热的时候，实际上却不是，连日的雨天比较清凉，甚至穿长袖也合适。今年已过去半年多，炎热的天气似乎有了丝丝的凉意，秋冬的生意是否大有起色还需大家拭目以待，靠天吃饭的日子早已经过去了，出现任何结果内心都要有高度的认知。

每一个传统线下经销商都是做实事的，平日里低头赶路的时间比较多，抬头望天的时间比较少，安静下来思考的时间更是少之又少，加之外围市场很多因素不确定，对未来商业趋势及商业格局的演变就变得很难判断。

很久以前那种稳定而持续的商业模式的机会越来越少，签一个合同一劳永逸的事情几乎不会再出现。现在商业的兴衰更替变得越来越快，留给大家思考的窗口期也变得越来越短，转型项目今年刚开始做，明年可能就面临被替代性淘汰的问题。

甚至在进行中随时都会发生改变，这决定了过程中要适时地调整方向，现在唯一要做的只有迎合和适应。单方面的自以为是只会离市场越来越远，多学、多问、多了解，找到消费者的需求以及渠道上的共鸣才有可能存活下来。

工作中总是有很多出差计划，有人喜欢旅行，因为可以看尽沿途的风景，有人不喜欢，因为会有一路的风尘和疲惫。每个阶段的人生都是一个选择的过程，这个世界上没有完美的选择，人生的路有时候越走越窄，有时候越走越宽。每一次选择都注定留有无数遗憾，所有的选择都只能由自己买单。

有担当不看做了什么选择，而是要看是否为自己的选择负责，决定了就要义无反顾地走下去。面对现实，勇敢地做出那个早晚要做的选择，然后在困境中寻找机会。每天勤奋努力，日日不断地执行，每天前进一点点，不断成为一个更优秀的人。

小时候看西游记常常幻想，如果自己是孙悟空，直接腾云驾雾去西天取经就是了，其他人都是多余的。唐僧太迂腐，看起来懦弱无能，遇到危险只能等徒弟来救，猪八戒又懒又笨，沙和尚本事太小，白龙马更不用多提。

走上创业之路后的很长一段时间内也会有这样的思维模式，自己包管一切，直到许久之后才发现，孙悟空值得敬佩但不能效仿，不然现实会让你撞到头破血流。好几次在会议上说过，唐僧坚定不移，可以带着队伍锲而不舍不断前进，取经对他个人而言又有什么利益呢，他取经不是为了自己，而是为了普度众生。

昨天发生的事情让我非常难过，孩子因为身体有一点点不舒服就私自把要学的课停了，理由是没有状态，想学也学不好，"轻伤不下火线"的口号时刻回荡在我的耳边，孩子这样让我很无奈。现实生活里常会发现，原本大家都在同一起跑线，但随着时间的推移，结局可能已发生了翻天覆地的变化。为什么会出现这种状况呢，因为大家对时间的使用方式不同，时间从不会偏袒任何人，给每个人的一天都是24小时，拉开人与人之间差距的是对待时间的态度。前两天那个老师朋友讲的话值得深思：不怕同桌是学霸，就怕学霸过暑假。

管理要以大局观去考虑问题，要能容人，要用人所长，要利他主义。凡事总有过去的时候，当你回头看劫后的自己，发现万物皆有裂痕，那是光照进来的地方。

2022-07-24

选择属于自己的路

都说健康最重要，大多数人只关心身体的，其实最重要的却是心理的！

已经分不清星期天和平时上班有什么区别了，工作似乎已经融入血液里。与不同的朋友聊天总能感受到不一样的感觉，疫情三年，有人选择了颓废，有人选择了沉默，有人仍然选择蓄势待发，只是表达方式不同。

天南地北的人即便有文化差异，也可能因一个共同的目标擦出火花，大家各抒己见一定能形成一个统一的方向。很开心能与老友们聊天分享，电话交流与面对面的沟通还是完全不一样的，聊到为未来努力的意义，大家的理解也不尽相同。

不知道自己何时能停一下工作的脚步，至少短时间内无法做到，任何人都有自己心目中的丰碑，在追赶目标的同时也实现了自我价值。

无意追随前辈们的脚步，任何伟大的公司都可以是心中的典范，随着时代的发展，目标也不断变换。选择一条属于自己的路，也可以走出不一样的精彩人生。每个人都是不完美的，在学习的过程中要看到自己与他人的差距。

与山东的绵绵细雨不同，南方正烈日高照，进入大暑才真正感受到盛夏的威力，令人心烦意乱的季节，总想找个停下来的理由。喝一杯清茶，看一下远方，江山如此多娇，梦想不会遥远。

我无数次地和朋友讲起，合作十多年的客户也许都不曾谋面，生意有时候就是这么奇妙，做着做着就都成了时间的朋友。人与人之间最大的吸引力在于带给对方温暖和踏实，以及传递给对方的那份正能量。和靠谱的人在一起，每一步都会走得沉稳有力，看到他人的优秀后要不断精进自己，并希望成为别人眼中那个

233

靠谱的人。

每年都有"经销商不行了"的声音，去中间化是大势所趋，这样的话应该十多年前就开始讲了。多年过去还是有很多优秀的经销商伫立在这里，那些无法跟上节奏的早已经随风飘逝，真正随着市场进行迭代的依然能够看到未来。

每个人成长过程中都会被别人贴上各种各样的标签，也会常常因为别人的评价或者看法动摇自己内心的选择。无须太在意别人的看法，顺应当下的节奏，重新给自己的公司做一下定位，我们只是一个服务商，服务品牌、服务客户、服务门店以及我们这条供应链上的合作伙伴，这就是我们以后很长时间内要走的路。

每个阶段都会遇到一次又一次的挑战，每次都会碰到不一样的困难，前期做好各种准备和预判，无论出现任何结果都可以接受，所有好或不好的结果我们早已经了然于心。希望这个过程能够带给我们成长——从中学到了什么，增加了多少技能。

任何荣誉都是对过去阶段性的肯定，它见证了我们的付出和很多人的肯定，也给了我们继续下去的勇气，对于给我们帮助的伙伴们，永远心怀感恩之心，抱持淡定的心态，期待有个美好的明天。

都说健康最重要，大多数人只关心身体的，其实最重要的却是心理的！

2022-07-25

心中的希望和光明永存

每天都是平凡的一天，但是肯定会有不平凡的故事，如同我们都是平凡的人，一直希望做出不平凡的事一样。

每一天都是新的开始，看似普通的一天会拉开不一样的序幕，心情也决定了一天的状态。日子看似重复，但每一天的故事都会不一样，如果你是乐观积极向上的，那这一天心情都十分美丽，否则一切都不会愉悦。

人这一生漫长又短暂，几十年弹指一挥间。就看你对自己的人生如何定义，如果觉得每一天都是生命中非常重要的时刻，那你的人生就会意义非凡，因为永远会觉得时间不够用。

每天和不同的朋友聊天，了解他们的工作状态和心情，会发现世界有很多的无奈，也有非常多的精彩。站在桥上的人看桥下是风景，在桥下的人看桥上何尝不是呢。有一点大家要达成共识，那就是对于未来的期待，我们需要有个明确的方向，所有的努力才会有更大的价值和意义。

每个人在任何一个阶段就怕放松自己，找不到奋斗的理由并允许自己一直沉沦下去，那才是最可怕的。在我看来，人生奋斗的意义就是攀登一次又一次的高峰，挑战他人眼中的很多不可能甚至不可思议。有一天梦想实现的时候阳光会照到最阴暗的地方，那种愉悦的心情只有懂你的人才能感同身受。

无论是听到他人的故事还是自己的人生，任何时候都不可能是一帆风顺的，中间经历的风风雨雨都是对自己严苛的考验。我们由最初的急躁和愤世嫉俗到现在越来越淡然，是因为深刻理解了所有的磨难都自有安排，都只是为了加强自己对这个社会的深刻理解。

有些人说自己的学历不够高，要知道社会这个大学才是最大的财富，可以让你看清很多事情，真正沉淀下来，当你能够看清自己，当你经历了很多，才有理由、有勇气来面对这个残酷的世界。

总是非常喜欢和朋友们聊天，很多当下的他们就如同曾经的自己，我希望给出某些方面的指点，而不是所谓的指指点点。希望自己的一点点小经验能对他未来的人生有所帮助。

这么多年走过来，我知道一个人在黑夜时的迷茫与无奈，让人感觉非常孤独，虽然你不知道黎明的曙光什么时候能够到来，但心中的那个希望和光明一定要存在。

因为曾经经历过，所以更懂得过程的不易，无论未来走向何方，一定不要忘记自己的初心，不要忘记出发时的理由是什么……在实现个人价值的时候要多多关心自己在乎的人，这才是一辈子要奋斗的理由。

朋友们的认可是对自己最好的鞭策，因为生怕哪些地方做得不够好，所以时刻都需要修正自己。与高人为伍，站在不一样的平台上，才能看到自身的差距，感谢一路以来的支持。

每天都是平凡的一天，但是肯定会有不平凡的故事，如同我们都是平凡的人，一直希望做出不平凡的事一样。

2022—07—26

发展的同时也面临着演变

有的事不经常想起，但是从未忘记，勇敢迈出第一步就会发现，现实其实没有那么可怕。

这几天和部分客户以及同事们聊的都是我们秋冬季会议的事项，原来初步定在8月中旬的，但是因为疫情的原因，目前已推迟到9月中旬，希望中间不会再有太大的变数。包括最近我们很多品牌的会议，都因为种种原因暂时搁置或者无法成行，在目前局势不是非常明朗的情况下，大家还是保持保守态度。

我想起去年本来要召开的秋冬季会议就是因为突发情况无法举行，线下大家的交流还是比较重要的，平时各自忙自己的工作，网络上的交流没有面对面那么亲切，所以还是非常期待能够再次与大家相聚。

与同事们交流更多的是流程的重要性，我们的管理层需要高度重视，每个人需要清晰了解自己的工作职责，大家对我们的期待肯定会更高。我们做好本职工作之外还需要做好传帮带的工作，帮助我们的团队迅速地成长。

从基层员工的身上或多或少可以看到这个公司的文化。他们柔和的外表之下也许有一颗倔强而上进的心，他们喜欢公司的氛围，不断地挑战自我，大家在这个平台上展示最好的自己，才能让公司保持卓越的战斗力。

与客户聊得更多的是今年的市场变革，几乎所有的渠道都有着流量急速下滑的恐慌，大家按照传统的方式使出浑身解数，但似乎成效不大。当新技术、新产品、新模式出现时，一定有很多缺点，别急着否定，应该看它有哪些优点，这些优点能不能支撑它走得更远。

任何事情都有它的多面性，不可能存在绝对的100%，发展的同时也面临着演变。无法去预测方向，但是一定要随着时代脉络进行跳动。在行动上出现迟缓不可怕，可怕的是我们的意识无法跟上。

很多人从相识到相知，中间会有一个漫长的过程，但是无论如何，真诚就是最大的信用，这是亘古不变的原理，真心对待他人的同时，大家肯定可以感受到彼此的热忱，哪怕结果不尽如人意，还是会铭记于心。

人生有时候就是这样，以平和的心态对待任何事情，一路上不断地遇到贵人，对人家的建议牢记心头，每个人都是自己的良师益友。别人说了千言万语，只要有一句话是适合自己的，那所有的倾听都是值得的，也是未来人生中一段美好的回忆。

工作与生活表面来看存在着一定的矛盾，但只要掌握好节奏就可以相互加持。至少很多良好的习惯一定是通用的，永远保持一个努力上进的状态，会让自己在前行的路上更加心安。遇到任何事情不要慌乱，我们相信所有的问题都可以迎刃而解，就如同雨后的彩虹，只有经历过暴风雨之后才能够感受到难得的绚丽。

人生就是一个完整的故事，遇到的每个人都会成为故事里面的一部分，也许未必是个主角，但一定是不可或缺的一分子，总有理由出现在这里，你要做的是让自己的角色更加完美。

有的事不经常想起，但是从未忘记，勇敢迈出第一步就会发现，现实其实没有那么可怕。

2022-07-27

选择了就需要义无反顾

日子在慢慢向前，事情会慢慢变好，是对自己的提醒，也是对生活的希冀，更是对未来的期待……

时间过得真快，昨天晚上还在感慨日志竟然写到了第1777篇，从当初决定开始到现在已经5年多了，中间从来没有失约过哪怕一天，一切的一切仿佛就在昨天。我不知道现在还有多少当初说坚持要看下去的伙伴们，我只是慢慢把它变成了每天的习惯，不会在意他人的看法，而是记录生活中的点点滴滴和分享自己的感悟。

今天偶尔和一个朋友聊起来，他说一首歌的旋律非常不错，经典的总是可以一直流传下来。这么多年过去了，这样的声音响起来依然让人十分动容，当一个人静下来的时候细细聆听，会有很多感觉萦绕心头。如果时光可以倒流，我们的昨日真的可以重现吗？又有多少故事会翻开新的篇章和出现不同的答案。

每个人都有故事，历史的长河可以用三个词语来总结：昨天、今天和明天。每到一个阶段，就如同站在时间的渡口，从记事开始一直到昨天，漫长的岁月中我们经历了什么，收获了什么，也许会有沮丧，也许会有精彩，也许会有遗憾，但是没什么后悔可言。因为所有人的经历一定自有安排，有些人生中必须面对的坎，我们翻过去之后，那就是昨天最宝贵的财富。

从曾经的昨天里我们依然要找寻出值得留下来的，持续地保持下去，并且发扬光大。也一定要看到自己的不足，还有可以努力的方向，接下来的工作就是做好今天所有的一切。我们今天所做的点点滴滴都是为了美好的未来，万丈高楼平地起，我们静下心来学习，只为了等待明天的春暖花开。

每天的工作依然繁忙，经历过时间的沉淀，我们才有可能成为别人眼中羡慕的人，只是自己内心深处清晰地知道，那是我们仍需奋斗的目标。我们期待成为他们想要的样子，只是目前还远未达到，但是我有一颗上进的心，对未来还是充满信心。

包括今天很多到访的前辈也是一样，他们在各自岗位上展现的能量让我十分地钦佩，时代变迁，市场风起云涌，真正沉淀下来的一定是适应当下的节奏的，随时调整自己的经营思路，才能在各个渠道里游刃有余，我自认是一个感性的人，但对事业还是需要理性的分析和客观的判断。

今天和一个朋友聊了非常有趣的话题，每个人都追求美好的生活，但是经常会在某个节点上面临取舍。人生其实有很多的转折点，翻过去了也许前面是另外一片风景，走向另外一条路，也许终点又回到原点，但是每条路都是正确的，自己选择了就需要义无反顾，事在人为，同样的事情，不同的人一定会做出不同的结果。

我一直希望公司成为一个平台，每个人都能成为平台上的主角，跳出属于自己的舞蹈，如果有可能，我会给予更多人这样的机会。在我们目标和价值观一致的情况下，个人可以成就平台，平台同样可以造就个人，两者相辅相成。说了很多次的"千里马常有，而伯乐难寻"，如果单单只有努力就可以铸就辉煌人生，那就不会存在那么多的平凡人，上司和平台也许可以帮助我们走向另一个辉煌。年纪越来越大，也越来越喜欢安静，有时候听一首老歌，听的不只是旋律，还有歌声背后的故事，倾听自己内心最深处的声音，这首《看得最远的地方》又会传递多少思绪呢……

有时沉浸于臆想会陷入一个走不出的循环，要往更大的方面想，曾经经历过很多，会希望有人包容、理解与支持，才能坚强自信起来，继续自己的梦想。时间的流逝会让人变得越来越沉默，物是人非，在遇到困难处于低谷的时候，总希望有人可以懂得你的为难。

分享一段很不错的话：日子在慢慢向前，事情会慢慢变好，是对自己的提醒，也是对生活的希冀，更是对未来的期待。

2022-07-28

舍弃小我让我们看得更远

充满不确定的未来让人焦虑和担忧，未来变幻莫测，无论顺流逆流，都需厚积薄发……

昨天晚上一直和朋友聊到很晚，其实每个公司的创业之路都会有很多相同的地方，过程会有不同的曲折和故事，每个人遇到的事情虽然可能完全不一样，但是到了某个阶段大家都会面临困惑，当自身发展遇到瓶颈期的时候，前面会出现非常多的岔路，选择哪一条可能心里都没有底。

我不知道有多少人会遇到类似的情况，大多数人应该都会面临吧，这时候就需要人生的导师，或者某些高维的指引，可能就会茅塞顿开。喜欢走得慢一点，稳健一点，这样才有可能走得远一点。

交流和沟通就是加强双方的认知，如何让对方觉得这个合作是有意义的，是对双方来说可持续和互相加分的，很多事情就会顺其自然地往前推进。反之双方若从一开始就对未来的合作充满了疑虑，中间的过程也不会令人太满意，这也会倒逼我们需要变得越来越优秀，才有可能在某些方面赋能我们的合作伙伴。

虽然成长路上一定会充满曲折，但一定要坚信彼此的合作会让事业意义非凡，舍弃小我一定可以让我们看得更远，如果停留在眼前故步自封，就无法看到远方的精彩，一切都要从细节慢慢开始，才会筑成伟大的堡垒。大多数创业白手起家最难，发展到现在也不乏很多创二代。这也正是创业的魅力所在，从无到有，从小到大，从弱到强，这是一个让人非常有成就感的事。踏上创业这条路，就不得不面对各方面的问题和压力，这些会逼迫自己挖掘自己的潜力。

如同昨天和朋友们聊起的一样，从小愿望到大梦想，每一个阶段的发心可能都会有所改变。一路奋斗的过程中，不管外表多么文弱，骨子里总有一种自信和霸气。不怕困难和挑战，不管面对什么难题都无所畏惧的气质不是与生俱来的，而是经历这么多年自然而然沉淀下来的。

今天有一个非常喜欢的品牌方和团队一起到访，讲了这么多年与品牌的故事，中间有很多感慨，我对十分在意的品牌还是非常地期待，我们希望把它持续做成战略性的品牌，这对我自己和团队来说也是一种加持。那种压力之下不断迸发出的能量，一定会倒逼我们公司快速地成长，在完成一个又一个不可能的同时，自然就走到了心中的目的地。

和他们也谈了很多背后的故事，对团队、对未来的发展都做了交流和沟通。粗放式的管理方式已成为过去，我们期望精细化的管理能落地生根，这在很长的一段时间里将是我们公司的重要课题。我确信网格化的客户体系会让我们做出更加适合市场的方案。

最近因为假期的原因，孩子的学习确实有些放松了，以他们的自制力是无法管好自己的。其实孩子也知道道理，每个中学生都知道要想上一个好大学就要从很早的时候开始努力，如果到了快考试的时候再努力那就太迟了。

但对学生而言，克服学习的枯燥和困难，要战胜自己的惰性，要远离那些让自己分心的娱乐，这些都很不容易。哪怕是心智比较成熟的成年人，也很难做到严格自律。一个学生如果在高中三年都用功学习，成绩肯定不会很差，一个成年人如果从年轻时就努力工作，那以后肯定会感谢过去的自己。

充满不确定的未来让人焦虑和担忧，未来变幻莫测，无论顺流逆流，都需厚积薄发……

2022—07—29

全力以赴是最快乐的事

每天的日志很多人以为是写给人家看的，其实只是写给我自己，若干年后回忆曾经的年月，能想起我们经历了什么，当时的想法是什么。

最近北方和南方的天气完全相反，南方仍是持续的高温，北方阴晴不定，早晨的细雨打乱了出行的节奏。温度忽高忽低，不开空调比较烦闷，开了空调又会觉得有点儿晕乎，室内感觉更是如此。

小区内每隔一天的核酸检测还是非常便捷的，似乎这已经变成了生活中的一部分，昨天晚上郑州分公司传来消息说很多小区又在陆续地防控中，非常心塞，如此的反复让人十分焦虑，安全对大家来说非常重要，在做好防护的前提下我们还是需要勇敢地继续往前走。

这两天听到了很令人震惊的消息："每日优鲜"大撤退，"前置仓""极速达"全面关停，过去十年有很多创业企业迟迟无法盈利，只能通过不断融资输血。这个模式只有极少数公司能够跑出来，大多数会牺牲在前行的路上，我们知道的很多伟大的公司也是如此。

我们不否认这个模式在未来一定会成为一个趋势，但目前来看还是遇到了困难，"解决最后一公里"是所有消费的痛点，现实中的工作也是如此，走着走着就倒在了路上，又有多少阿里、京东可以脱颖而出呢……

某贾姓明星和一个罗姓企业家联合进行了一场直播，成绩斐然。他们的黑历史还历历在目，不只有好人设。真正一路坚持下来的，无论个人还是企业，产品品质和个人品格才是至关重要的。

我们追求的不只是某个阶段，某个具体的目标，而是一个能够将未来很长时间内统一在一起的顶级目标。这对我们自身的一举一动提出了很高的要求，必须在发展壮大的过程中不断地修正自己。

这几天伙伴们的到访十分频繁，除了聊到生意，聊得更多的是存在于未来的机会，哪怕现在没有生意可做，但资源和关系是互通的。在未来的某一天，很多事情会水到渠成，当双方有了互信的基础，只需静待时机就好。

对很多人而言，最快乐的事情莫过于找到值得付出的事然后全力以赴。每个人都想干一番大事来成就自己，但是真正能做成的却寥寥无几，这就是轻视和忽略细节的结果，不愿意在小事情上费心思会导致在很多重要节点出现差错。应注意培养自己在细节上的专注力，只有细节做好了才不容易出错。

和朋友们聊天总是十分有趣，每个公司的经营模式都不同，大公司有大公司的弱点，小公司有小公司的强项。最重要的就是效率，同样的人员规模，组织效率和人效比别人强，就可以占有一席之地。规模越大就越困难，因为组织管理和人员协作的过程中总有不可避免的矛盾。

和每个人的聊天之中都能学到很多，除了资源整合还有对未来的预期。每个人不妨忙里偷闲给自己一个能够放松身心的机会，喝一杯茶、聚一下餐、聊一通天，才能得到更多力量去前行和拼搏。

关于每天的日志很多人以为我是写给人家看的，其实只是写给我自己，若干年后回忆曾经的年月，能想起我们经历了什么，当时的想法是什么。

2022-07-30

真诚和互信是合作的基石

立志欲坚不欲锐，成功在久不在速，希望继续秉持长期主义的精神，打造长远且稳固的公司规划，坚持做正确的事！

不知道大家有没有遇到过这样的情景，说过了无数次你要去拜访对方，或者对方来拜访你，中间总是因为种种原因耽搁，如果时间拉得足够长，甚至会变成一种带着期待的遗憾。等有一天真正见面的时候会十分开心，毕竟双向奔赴才更加有意义。

客户之间除了生意之外，时间长了更是如同朋友一样的存在，互相之间的信息、电话交流已经习以为常，突然面对面还是会有不一样的感觉。我们可以畅谈一下这些年各自的发展，也可以交流一下平时遇到的困惑，以及接下来的工作如何开展，求大同存小异，只要目标一致，方向是对的，一定会越来越好。

我们有很多合作了十几年却素未谋面的客户，5年以上的更是数不胜数，每次和团队交流都在感慨，我们何德何能，远远没有达到大家的期望值。这么多年合作下来，客户对我们如此支持和信任，我们没有理由不让自己经营得更加出色，就算是为了对得起他们的厚爱。

当然在发展的道路上更要互相鞭策、互相监督，越来越多渠道不断地分流，如何在传统的渠道上打开另外的一片天，或者做些跨界的增量生意，都需要双方真诚地去沟通和交流。我们不必留恋很多年以前的生意模式，那样的时代早已一去不复返，唯一能做的就是迎接接下来的艰难挑战，并且用心做好。

我们很庆幸自己仍然在快消这个赛道上，因为无论如何，在未来较长的一段时间里，国内的消费预期还是会增长的。为什么大家觉得生意不好了，原因无非是渠道分流、端口增多，但我们依然相信这是一个朝阳产业，大多数普通消费者还是把对品牌、对品质的追求放在首位的。

如果认可这样的趋势，从货品布局、产品引进到经营思路都要适当地调整。尽可能少做逆势而为的生意，顺应趋势相对来说就会轻松一点，只要未来方向是对的，哪怕路途遥远一点，也一定是值得的。

读万卷书行万里路，我们在讲未来的同时要有真实可操作的方案，这样才会让人眼前一亮。真诚和互信是一切合作的基石，持续地为客户提供满意的方案是我们所有人努力的方向。我们尽可能为消费者提供性价比超高的货品，并在这条道路上时刻精进自己。

我一直相信未来的科技是可以改变时代的，随着时代的变迁，技术也会不断地更新。在网络化浪潮里，我们也不能停留在旧时代中，对于我们来说，要坚定未来数据化转型的方向，在管理上必须做大做强。

每次的周例会总是有很多的话要说，上几次因为别的原因无法参加，十分遗憾。各个部门的同事们平时寡言少语，在台上却侃侃而谈，的确是成长了很多，主要是准备工作做得非常充分，"当日事，当日毕"，让人感触很深。会议不仅仅是对一周做一个总结，现在临近月底，我们对自己的预期实现了多少？这一周走过怎样的路，甚至对自己这一个月的表现是否满意？

第三季度的第一个月有没有达到预期？接下来是第三季度的中坚之月，我们做好了什么样的方案……罗马不是一天建成的，前期的艰苦付出未必可以收获想要的结果，但如果连努力付出的勇气都没有，一定不会得到满意的答案。

立志欲坚不欲锐，成功在久不在速，希望继续秉持长期主义的精神，打造长远且稳固的公司规划，坚持做正确的事！

这个世界上没有"假如"，有的只是当下而已……

2022-07-31

August 八月

月末交接，深度复盘

月末交接，喝的是茶，品的是人生，聊的是你我的故事……

今年下半年的第一个月就这么匆匆地过去了，现在回头来看我们7月1日立下的月初计划，还是有很多的遗憾。

我对过去的时间从不后悔，但终归有着很多遗憾。时间是很有意思的东西，无论你富贵或者贫穷，开心或者痛苦，它都毫不在乎你的感受，只管按照自己的节奏日复一日地往前走，从不驻留。而我们中间有多少人在与时间共舞？或与时间为敌？对于充实忙碌的人来说，时光如梭，感觉永远不够用，很多事情没有做好，很多目标没有达到；对于碌碌无为的人来说，却可能度日如年，因为没有长远的规划，所以感觉每一天都很漫长。

讲了无数次的深度复盘，站在月末迎接下个月初，总是有几许惶恐、几许期待。我们不是圣人，不可能时时刻刻都有未雨绸缪的能力，或者说能够站在未来看现在。事实上，我们经常战战兢兢、如履薄冰，因为这个世界唯一不变的就是变化，我们有我们的计划，世界有世界的变化，当我们发生错位的时候，很多机会同样擦肩而过。每到月末，我总是静下心来给自己一个放空的时间：这个月我们最大的收获是什么？最大的遗憾是什么？我们是否让团队找到了努力的方向？是否形成了一个良好的体系？我们的自驱力能否保证公司持续向前？昨天开完营销部门的例会，我们讨论了一下，我们有可能形成新的机制并试点，这对大家来说都是一个大胆的尝试。这正应了我们墙上的企业文化——"创新"二字。另外很开心地看到，相关部门都有了对于月底的紧迫感和对下个月的规划和目标，一切就绪，我们只需顺着流程往前走即可。

大多数人只看到我们呈现的结果，但是只有我们知道，结果一定是以过程为导向，这个过程就是我们做这个方案的逻辑。逻辑看似千头万绪，但它就像麻绳，总有两个头，无论从头开始还是从尾开始，只要我们慢慢地梳理出来，就一定是有迹可循的。所以我们当前的重点就是遵循逻辑的原则，建立好完善的体系，使流程变成一个模块，这样无论按照哪套工序进行下去，都不会变形。作为商贸公司，无非就是进销存，任何一方面的变动都会牵一发而动全身，看似非常复杂，其实道理对了、道路对了，就会非常简单，关键在于我们自身需要有一个清晰的认知。

走过这么多年，迎来送往，多少个月末。月末交接，喝的是茶，品的是人生，聊的是你我的故事……

2022-08-01

适应当下，变大变强

人生如果多思考，多去做，就有无限可能性。对有些事情坚持到底，就是最好的捷径。

今天是八一建军节，一个国人引以为豪的日子。95年过去了，我们的国家从当初的国运维艰到现在的举世瞩目，其间付出了多少艰辛，只有我们自己知道。幸运的是，备受欺凌的日子不会再有，我们拥有强大的军队，拥有伟大的国家，从而有了尊严，有了实力，这个世界才静了下来，为我们侧耳倾听。

弱国无外交。从古至今多少真实的案例告诉我们，站在世界的舞台上，如果没有国家坚实的力量作为倚靠，即使站在正义的一方，也会孤立无援。感谢生在这伟大的国度。

想想我从浙江到山东的这20多年，往事一幕幕，仿佛就在昨天。我暗暗发誓，一定要让自己变强大一点，再强大一点，只为了受到他人的尊重。弱小者就像空气中的尘埃，人人都可忽视，当你在某个领域变得举足轻重，你就会拥有更多话语权，就可以实现你的想法和抱负。弱肉强食的丛林法则一直告诫我们，跟随市场的脚步，快速适应当下，每一个阶段都会有不同的变化，但大势所趋，我们一定要变得越来越强。

今天连续和各个部门开了几个重要的会议，一天之中，基本上大把的时间都用于会议。虽然老板和员工可以其乐融融，但很多时候老板只能自己去承担一些东西，所以往往是孤独的。几乎每个老板都有一种情怀，那就是带着大家一起打天下，一起喝酒吃肉，一起慢慢变老。

然而，天下义气争不过时间，情义抵不过人生，随着队伍不断壮大，很多事情无暇顾及。现代社会，谁也不能逆水行舟，所以团队上下必须同仇敌忾，朝着共同的目标奋勇前行，面对困难做好充足的心理准备，这样才能翻越崇山峻岭。

整个7月，品牌方的到访依然频繁，在双方互信的基础之上，我们定下了高远的目标。我们对对方的价值到底在哪里？公司的运作能力，数字化，在线化和管理产品的能力，必然与传统渠道商的传统生意模式形成鲜明对比。我们时刻提醒自己，这里面的商业逻辑、竞争逻辑，已经与传统不一样了，新商业环境之下，不应该装睡不醒，也不应该视而不见。我们要做的就是，在我们没有能力去改变未来商业走向的情况下，把未来想清楚一点，看明白一点，主动拥抱未来的新时代，去找寻属于自己的机会，去布局，去行动。

人生如果多思考，多去做，就有无限可能性，对有些事情坚持到底，就是最好的捷径。

2022-08-02

良好的沟通能使双方受益

一直觉得世界上最温暖、最令人心动的话就是：我懂。

这几天的会议特别多，与相关部门及同事主要讨论数据上的问题，大家都表达了不同的想法和建议。随着市场发展变化，数字化升级以及物流的快速发展，大多数门店都遭遇了前所未有的困境。我们总结的就是，想要在未来生存，必须认清趋势，转变经营思维。

临近下午，一个品牌方到访，一聊才知道，他们每天的会议比我们还多，甚至多到恐怖，从上午9：00一直持续到下午3：00，中午连吃饭的时间也没有。如此看来，跨国公司同我们一样，都比较注重思想上的同频共振，这也确实是一个公司发展壮大的关键性因素。

　　就我们公司而言，每次的内部交流，首先需要对项目有一个清晰的认知，即从立项开始，到最后的结项，作为项目负责人必须全盘复核，否则各个方案很容易形成脱节，因为大到一个公司，小到一个部门，都是牵一发而动全身的。

　　一个好的团队，就在于团队成员之间能够把促进达成团队共同目标的资源、知识、信息及时地在团队成员中间传递，以便大家共享经验和教训。沟通障碍越少，团队就越好，这也是公司每一个成员的深刻体会。

　　无论是工作还是生活，或是在社会之中，每个人都希望找到更好的圈子，因为更好的圈子意味着丰富的资源和人脉。然而，当我们不断地成长，不断地改变和提高自己时，就会发现，那些难以接触的圈子和人脉竟会主动接近自己。因为好的关系不是找来的，而是吸引来的。当双方进行互动时，如果彼此从各方面都能受益，则必然珍惜双方的伙伴关系。人人都希望通过持续的努力来实现自己的梦想，殊不知在我们绞尽脑汁地完成目标的时候，背后是整个团队自上而下的通力合作。

　　晚上和朋友们聊天，真的十分愉快。无论何时何地遇到困扰，没有什么是通过与伙伴们沟通所不能解决的。每当这时候，无形的压力就会释放许多。正因为如此，我一直觉得世界上最温暖、最令人心动的话就是：我懂。

2022-08-03

真诚是路，永远有路

　　我不认为商业没有真情，相反，我认为真诚本身就是道路，它永远不会让我们无路可走！

　　今天和很多伙伴聊起过去的7月份。虽然全国各地的温度依然高企不下，但是大多数商家都如同经历了寒冬。我们都知道7月是一年之中相对比较平淡的月份，但是似乎从来没有这么艰难过，抛开新冠肺炎疫情的原因不说，还是归因于自身内功的修为不够高。

不同于往年有的渠道红火，有的渠道低迷，今年全渠道的失速似乎成为常态，与很多线上的朋友聊天，他们都无法预估下一个季度的指标，因为下降的幅度远远超过了各自所能控制的局面。

罢了。有些事态如果自己无法控制，则再多担心也无济于事，那样只会影响自己的情绪，等到它真正来临的那一刻，却发现自己根本没有做好准备。所以，与其忧心忡忡，不如静观其变。

下半年已经过去了一个多月，品牌方的脚步在逐渐加快，而我们如何才能够跟得上去，考验大家耐力的时候到了。其实真正的品牌运营，远远不是表面上那么简单，我们需要渠道分流，还有下面的动销服务，真正使我们的货品进入千家万户，到达消费者的手中，才是包括我们在内的所有品牌的终极目标。

当然，作为品牌方来说，指标无疑是一个非常重要的结果，但是网点以及客户的满意度，也一直是我们努力的方向。对良性发展的生意，其实我们的诉求是一样的，哪怕走得慢一点，只要复购率、返单率高一点点，这个生意就一定是对的。

对于合作的伙伴，只要认可对方的品牌价值，我们就一定会通力合作。至于体量多少，就要看大家合作中的配合度了。很开心大家对我们公司的认可，不过在我看来，各自积淀的文化才是关键，有了良好的背景，才能合作愉快，达到双赢。当然，多方合作，同样需要有长远的规划和细致的布局，需要照顾方方面面的感受。

如果各方只在意自己的感受，则长远的规划和利益根本得不到保证。

之于我们，保持真诚是公司一直坚持的方向。我不认为商业没有真情，相反，我认为真诚本身就是道路，它永远不会让我们无路可走。

2022-08-04

提高自己，远离焦虑

人之一生，何其短暂，照着自己的方式走过。时常鼓励自己：努力上进，提高自己，不被时代的洪流裹挟，不被轻易定义！

早上和同事们交流，聊起20多年前一个人单枪匹马来到山东，当时最渴望的是拥有一个数十人的团队，如今真正拥有了过百人的团队时，才发现管理才是最大的难题。

正如一个客户所说，每个公司负责人都会有焦虑症，实在是感同身受。有货的时候焦虑客户在哪里，想要发展壮大的时候焦虑钱在哪里，产品齐备之后又觉得渠道不够充分，等到似乎一切都具备了，却又觉得团队的执行有所欠缺……总之，只要公司在持续营业，领头人就会一直处在焦虑之中无法自拔。

我们本就身处一个二三线城市，包括我在内，大家的认知必然无法与一线城市相比，而真正要做到有所提升，必然是个任重而道远的课题。但是，不积跬步无以至千里，只有一点一滴地学习并感悟，我们的认知才会慢慢发生变化，直到最后带来质的变化。认知提升后所看到的东西比一般人长远，这时最大的好处恐怕就是能看清事情的本质。在这种根源上谋事，就会比最初看得长远，对以后的布局也会更加清晰。特别是企业的负责人，这时候对任何事的总结都与别人不同，会进行多元化的总结，多角度地看待问题。这时再回头看，发现之前的朋友圈变小了，因为自己变了。自己所说的话、所做的事别人慢慢理解不了，因为立场和高度不一样了。

说到自我提升，个人认为自然少不了多与积极向上的人沟通。因为积极的人对明天充满期待，他就是个小太阳，永远给你正能量，为你指明未来的方向。比如我就很佩服那些敢于尝试新商业模式的人，因为那真的需要很大的勇气，走出来了，那就是一条崭新的光明大道，走不出来，就有可能倒在荆棘丛中永远起不来了……所以，这种敢于大胆尝试的人对我有十足的吸引力，值得我去深交，去学习。

人之一生，何其短暂，照着自己的方式走过。时常鼓励自己：努力上进，提高自己，不被时代的洪流裹挟，不被轻易定义！

2022-08-05

运用资源优势，为自己加持

无论这个世界怎么对你，都要一如既往地努力、勇敢、充满希望。

青岛一直以来是我十分喜欢的城市，很多年前几乎每年都会来几次，近两年由于一直忙于工作，每次都是来去匆匆，很多老朋友都来不及去拜访，这次也是如此。

这一个月以来，众多品牌会议陆续召开，其中就有联合利华。提起这个名字大家应该并不陌生，甚至还会觉得温暖人心。这个跨国公司的企业文化、公司布局，一直是我们学习的榜样，站在巨人的肩膀，至少可以使我们看得更远。

联合利华作为世界500强里前100多名的企业，其旗下的凡士林品牌已有152年的历史，它是有理由骄傲的。在较短时间内做大做强的企业有很多，但是能够一次又一次穿越历史周期的企业，一定可以用伟大来定义。作为世界型的公司，在当前所面临的行业疲弱、外部竞争激烈、内外交困的局面下，它能一次又一次安然地度过生存危机，不愧为跨国公司的标杆。

当然，当下的大环境使我们所要面临的压力更大了。就目前来看，未来的情况仍不乐观，线上转型艰难，线下扩张不顺，留给大家施展的空间更小了。另外，除了外部环境的因素以外，企业自身也将面临很大的问题：向左和向右的决策难以区分，团队和管理的意识难以统一。不过，只要市场和消费依然存在，即便经营的难度加大，我们内心仍然充满希望，无论多么艰难，我们绝不言弃。

人的一生会经历种种，有高峰就一定有低谷，哪怕早已规划好自己的人生，哪怕步步抢占先机，也永远没有常胜将军，如果不与时俱进、顺应潮流的话，最后将处处被人赶超。因此，保持自己的竞争力就是一个公司的底气，是公司能够存活下来的根本。同时我们也清楚地知道，要保证公司的成长，新品的更新迭代必然是非常关键的一步，希望联合利华这次的新产品可以给我们加持更多的能量。

在大大的世界里，只有当能力积累到一定程度，才能拥有从容不迫的勇气，一切美好才会如期而至。将眼光放长远，找到行动的内驱力，运用一切资源优势，不断加持自己、提升自己……无论这个世界怎么对你，都要一如既往地努力、勇敢、充满希望。

2022-08-06

要集思广益，也要自己发光

未雨绸缪一定是交出完美答卷的前提。面对困难，因着我们已经做好万全准备，所以必定能够坦然应对！

每次出差千变万化的天气总是让人觉得十分有趣，出发时霞光万丈，路途中大雨倾盆，到了目的地之后又是阳光明媚。人生路上何尝不是如此，总是跌宕起伏。你用什么样的心情去面对，就会得到什么样的结局。

每天都在追梦的路上，却丝毫感觉不到旅途的劳顿。一旦有所选择，就只管义无反顾地走下去，因为我们深知半途而废意味着什么，可能使一切努力付之东流。

昨天和朋友聊了很久，聊当下的社会态势。消费增长，需求越来越分散，整体资源却不对称，无法匹配。未来很长一段时间内，我们要走的路就是把有效的资源整合在一起，各自负责各自的那一块，争取在自己的领域里做到不可替代。我们不可能每个人都在整个产业链里有全能的表现，先在属于自己的领域里成为闪光点。随后才是整合更大的资源，使平台更加高效地运营下去。

但是不要忘记，一个人是势单力薄的，集思广益才能碰撞出不一样的火花。无论是品牌方还是客户，不远千里的奔赴不仅仅只是为了一场聚会。我们知道自己没有能力掌握商业的秘密，但是希望在市场的缝隙中找到更多空间。市场其实一直都在，却不是每个人都具备发现商机的慧眼。脚踏实地做好当前的点点滴滴，万丈高楼平地起，在打好地基的同时，别忘了添砖加瓦增强自身的能量。

每个星期六的例会，对我来说总是意义非凡。第三季度的压力时刻提醒我们，除了肩上的责任，还需要我们提前制订相应的对策以应对未知的风险。当然，还需要团队对接下来的行动了如指掌，能够高效地去执行。

未雨绸缪一定是交出完美答卷的前提。面对困难，因着我们已经做好万全准备，所以必定能够坦然应对。

2022-08-07

摒弃旧规，另寻新路

意志很坚定，方向很清晰，我也越来越优秀，你也一定要越来越优秀，终于有一天，我们会在顶峰相见。

如果不是打开手机日历，完全不知道今天竟然是立秋。

从早到晚一个接一个的会议交流，难免使人有些疲惫，好在交流的过程非常开心。与伙伴们的交流主要在于思想上的同频，比如我们工作的意义到底是什么，我们对某件事情接下来的发展有什么预期，等等。是停留在眼前，还是着眼于未来，彼此都应该有个清晰的认知，接下来的配合就会简单得多。

大家都愿意多花时间去讨论规划，因为大家的诉求在每一个阶段都不一样，尤其是今年，压力比往年大了许多。也非常感谢客户和供应商在某些方面对我们的理解。

对于未来，我们需要在可预期的情况下，多找方法和工具，如果一味地遵循常规的逻辑，将举步维艰。另辟捷径找寻新路，也许可以打开新的增长空间。

在供应商和客户方面，我们一如既往地追求长期的稳定性——渠道稳定、价格稳定、团队稳定，这样才能保证落地的方案具有延续性。

在产品方面，不是品牌方说了算，也不是经销商说了算，更不是门店说了算，关键性的投票来自消费者的认可和持续的返单，这就是品牌的生命力，也是我们这个渠道供应链的价值所在。

有个古代寓言，说的是两只老虎为了吃到肉而奋力搏斗，结果两败俱伤，最后让两个猎人得了便宜。如果它们不争斗而是分享，就有可能逃过一劫。老虎不懂合作分享的道理，很多时候人亦如此。在市场竞争中，很多人都会陷入误区，即认为竞争就是一定要打败对手，结果赔了夫人又折兵。所以在竞争中，我们一定要明白对手不是用来打败这个道理，要懂得合作共赢，懂得适当地放下争强好胜之心，懂得克服人性的欲望和弱点，才能使自己未来的路越走越宽。

意志很坚定，方向很清晰，我也越来越优秀，你也一定要越来越优秀，终于有一天，我们会在顶峰相见。

2022-08-08

随时警戒，时刻应对

在这个世界上，每个人都为了各种理由拼搏，人生没有失败，只有失败感。在上天为生命画上句号之前，人生的每一刻都是逗号，都有着无限可能。

昨天立秋过后，从理论上来说已经进入了秋天，期待高温逐渐有所收敛。事实上，由于今年不同于往年，各个行业的环境都非常低迷，所以从很大程度上削减了人们对于燥热的焦虑。

古人说"天助我也"，说出了天时、地利、人和的重要性，尤其是排在第一位的"天时"。大多数人都会觉得今年异常反常，相对往年的同期气温高出许多。但是对于夏季产品，大多数人并不会加大囤货的节奏，因为今年从各个方面来讲，人们的消费都变得谨慎了不少，这对市场来说不是一个好消息。

第三季度的压力与日俱增，夏天的产品即将退市，秋冬的产品还未上市，但就指标来说已经刻不容缓。品牌方的任务分解需要拿出详细计划来达成。对于大家来说，时间是非常紧张的。前几天就说了，8月的会议特别多，其中我自己需要参加的品牌会就很多。原本定于月底的河南分公司的会议现在成了未知数，希望下月中旬山东的会议还能如期召开，其他筹备工作也需要加快推进。

近几年，数字化转型正在各行各业加速推进，加上疫情的影响，这样的局面会越来越多。与同事商议我们自身内部的转型，目前的困境意味着我们需要做出一些改变。所以就公司和组织来讲，跟上数字化的步伐，做好转型升级，是当务之急。

　　每个人都想做出很多改变——可以使我们的工作变得更好的改变，但是众所周知，改变行为和习惯非常困难，要么经常拖延，难以迈出第一步，要么尝试了一段时间之后就放弃了，因为日常生活忙得不可开交，无暇顾及。总结起来，就是缺乏恒心，没有坚持的结果。个人与团体一样，只有随时警戒、时刻应对，才能永远以一种全新的姿态面对外部变化。

　　在这个世界上，每个人都为了各种理由拼搏，人生没有失败，只有失败感。在上天为生命画上句号之前，人生的每一刻都是逗号，都有着无限可能。

2022-08-09

时代变了人不变

　　不管未来如何变化，都要保持出发时的初心，时间总是可以证明一切。心存感恩，不负遇见，成就他人的同时，也成就了自己！

　　上午与个别部门开了一个紧急会议，谈了一下未来的发展思路，对于接下来的工作大家务必做到心中有数。其实很多时候，我们不怕多苦多累，就怕找不到努力的方向和想要达到的目标。如果那样，每天的工作就会非常空洞，自身也找不到奋斗的价值。如果把对工作的定义看成是自身的成长历练，就会更加意义非凡。

　　每天与天南海北的朋友交流，总是可以学到很多，从他们身上感受到积极的能量。只是大家在畅谈当下局势的时候，都会稍显谨慎，因为对未来市场无法掌控，难免心生茫然。这不仅仅只是今年面临的情况，在数年之前已经隐隐约约有了这样的感觉，只是当下尤为紧迫。

　　也与许多来自不同渠道的客户沟通交流，大家面临的压力不尽相同，流量的衰竭却是所有渠道绕不开的话题。对此，大家都心知肚明，却苦于找不到答案。

　　偶尔接到相识十多年的老朋友电话，真是一大乐事。都说人生就是个减法，我不知道有多少人面临这样的情况：年纪越来越大，朋友越来越少，交心的更是寥寥无几。珍惜每一次遇见，见证彼此的每一次成长，快哉乐哉！

仔细想想，与很多客户已经合作多年，不管生意成交多少，我们更看重这么多年沉淀下来的情感。也许多年以来从不曾见面，可是一旦见面，却毫不生疏。大家坐在一起，交流一下多年来各自的发展情况，一起感慨时代的变迁如此之快，整个行业的变革远远超乎了大家的想象。

这么多年来，对我来说，生意永远排在后面，做好自己，得到客户的认可才是第一位。生意的深度合作根本不是一朝一夕的事，只要双方彼此信任，哪怕未来不在同一个行业，也一定可以互相加持。

我其实一直认为，无论年龄多大，人都应该保持一颗热血沸腾的少年心，但是要做到这一点，何其困难。很多人的沧桑是被逼无奈，是不得不成熟。面对现实，很多人深感无能为力，无法做自己真正想做的事情，不能从当下的工作或生活中体会到快乐。但这就是现实的生活，无论多难，心态不能崩了，否则希望就成了梦中楼阁。当然，对于未来，我们仍然充满信心，有动力，有热情。始终觉得，人生的最大意义在于不断地工作，不断地创造价值。只有不断地在实战中持续摸索，才能达成目标，这也是成功的唯一出路。

不管未来如何变化，都要保持出发时的初心，时间总是可以证明一切。心存感恩，不负遇见，成就他人的同时，也成就了自己！

2022-08-10

内方外圆，守住底线

有不断跟随你脚步的人，也有不断离你而去的人，但是之于你自己，除了继续往前走，别无选择。所以一定要珍惜那些始终陪伴在你身边的人。

一场秋雨一场寒，在连续多日的高温以后，终于迎来了微风徐徐的晨昏，丝丝久别的凉意令人好不惬意。和团队商议，秋冬产品需要加大力度开始囤货了。

期待金九银十的到来，希望一切的美好如约而至。

今天和团队聊天，再次强调在实际操作中，一定不要违背了事情的本质。凡事要内方外圆，守住心中的底线，对任何事情都必须妥善处置，并随时汇报项目的进度。在此过程中，要集思广益，探讨最优方案，哪怕最后的结果不甚如意，至少在这个过程中已经消化了很多负面影响。最怕全程毫无交流，等到真正出现不好情况的时候，只能陷入尴尬局面。

我们持续加大对于后台的投入，希望从软件上给予大家更多支持，如同昨天和朋友们聊的，希望我们和别的代理商是不一样的。真正定位服务商，为门店实现更大价值，甚至帮助他们解决平时难以解决的困难，真正把产品送达消费者的手中，虽然任重而道远，但是这条路一定是对的，哪怕需要花费大量的时间和精力，我们仍然要坚持下去。不过说起来容易做起来难，只有脚踏实地地实干，梦想的实现才会成为可能。

一直认为，客户的认可是我们努力的方向，比如这两天有客户对我们的部分团队表示认可，在我看来就是最高的奖赏。只要是客户的反馈，不管是夸奖还是批评，我们都要认真对待。因为能讲出真实感受的客户都是最真诚的，他们的意见和建议就是我们改变的方向。如果客户连反馈的欲望都没有，则离我们而去的日子也不远了。所以，无论我们是作为服务商，还是下面的零售门店，对待客户的道理应该都是一样的。而且任何个人不单单只代表他自己，而是作为公司的一分子，所有的言行举止在客户眼中都会有一个中肯的评价，因此要想维护好与客户的关系，还得依靠你我他。

人与人之间，需要多大的缘分才能够相遇、相识和相知，中间难免磕磕绊绊，但是真正走到最后的人，一定是对的人。工作与人生其实都一样，带领团队有时候真的会很孤独，最害怕无人理解。有不断跟随你脚步的人，也有不断离你而去的人，但是之于你自己，除了继续往前走，别无选择。所以一定要珍惜那些始终陪伴在你身边的人。

2022-08-11

美好预期，取决于当下

我们不要忘记，所有美好的预期，皆取决于当下的实际行动……

不知不觉又到了星期四，总是觉得时间不够用，每天一个接一个的会议排得满满的，我很喜欢这样的节奏。无论几点的会议，只要安排妥当，每个人完全按照节点来，所有的流程就不会乱。就怕很多时候忙碌而无序，便会产生急躁心理，感觉一切无法掌控。

其实每个人都知道时间的重要性，但是要真正做到合理安排时间并持之以恒，确实很难。这让我想起暑假期间孩子们的假期计划，虽然白纸黑字写在纸上，但是由于监督不力，几乎没有一天是按照计划行事的。这种现象非常普遍，有时候明知道做一件事情必然对学习有所帮助，但真正付诸行动的时候，又会找到N个推脱的理由。

与品牌方的交流越来越密集，无论是渠道整合还是客户整合，归根结底大家的想法都是一样的，就是为门店赋予更大的价值。当代社会的节奏如此之快，几乎所有人都处于焦虑之中，都在改变或不改变之间游移不定。如果选择改变，必然担心选错了路；如果选择不改变，心中必然更加焦虑，因为这无疑意味着坐以待毙。

有时候，非常开心在工作与生活中能够给予朋友们点滴的帮助，也许我们的举手之劳，比如一个善意的关怀，一件力所能及的事情，对他们来说却是雪中送炭。

就像昨天和团队交流的，作为管理层，我们需要从思路上给予同事更多指导，尤其是在一些方向性的东西上面。另外，一定要帮助他们成长，因为在每个人的职业生涯中，个人成长是非常重要的。时刻抱着虚心的态度，学习他人的长处，看到自身的不足，在实际工作中不断地反思自己、精进自己，必然会在这一段经历中有所收获。

其实，大多数人的安全感不是来自当下的事情，而是取决于未来预期是否在自己规划之中。如果一切尽在掌握，心中就不会惶恐，对未来努力的方向也能做到心中有数；如果失去了对未来的把握，预想的很多东西不会实现，心情就会非常沮丧和痛苦。但是我们不要忘记，所有美好的预期，皆取决于当下的实际行动。

2022-08-12

瓶颈当前，深度复盘

安静下来，与自己娓娓而谈，人生最重要的事情就是发现自己！

每天都会接触很多各个领域的人，在你羡慕他们的同时，也许别人也在仰望着你，但是如果真正互相交换角色之后，才能够体会到对方的不容易。

这两年生意越来越难做，很多人都想到了改行。这样的想法在很多人的脑海里并不是一闪而过，而是真正想要付诸行动。但坦率地讲，结合实际经验来看，真正转行成功者，凤毛麟角。

站在山顶，却总是感叹对面的风景更加优美，费尽千辛万苦走过去之后，才发现自己原来所处之地的风景也非常不错。我们在自己熟悉的领域里精耕细作多年，遇到瓶颈在所难免，但是积淀的经验不会消失。如果重新进入一个陌生的领域，作为新兵，需要一点一滴地累积经验，想要真正成功谈何容易。

想想每个人创业之初，必定都把它当成一生的事业来奋斗，并为此付出了无数心血，包括资源、人脉、客户都在持续沉淀和加持。这本身就是一个难以割舍的过程，所以当我们的事业遭遇瓶颈期，唯一要做的就是静下心来做一个深度复盘，找到新的增长点和机会，转变思路，重新启航。

如果将时间作为一个窗口，以5年或者10年为一个节点，反思我们自己或者公司是成长了还是原地踏步，或是举步维艰，都会得到一个中肯的评价，因为时间永远不会骗人。

努力奋斗永远不会错，但是努力的过程应该有方向，有目标，有计划。就像我曾经说过很多次的一个例子，如果我们从上海到北京，只要方向对的，无论是飞机，还是高铁，或者是步行，总有一天可以到达。

今天与一个90后的朋友聊天，内心触动颇深。从年龄来看，自己似乎是个老前辈了，对方的很多想法非常新颖，就客户和未来市场趋势方面来看，他反倒为我们打开了新的思路。未来的资源融合指日可待，伙伴之间有生意做固然最好，如果没有生意，从朋友做起也很不错。

我们确实应该感谢时代的进步，但也不能一味地否定过去。今天的时代早已经实现多元化，更没有城市和农村的严格区分，正因为如此，商业几乎没有秘密可言。信息的无缝对接将继续击穿一切底板，如何在整个消费市场中成为其中一环，正是考验大家内功的时候。但我相信，成为一个服务商，对于我们或者门店来说，应该都是一个比较正确的选择。

安静下来，与自己娓娓而谈，人生最重要的事情就是发现自己！

2022-08-13

关爱团队健康，凝聚向心力

我们与成功之间，最远的距离就是想到了却没有去做。想得再多而不去做，最后都只是空谈。所以，行动是一切成功的前提。

我无数次地讲过，从步入社会到自己创业，这一路走来，积累下来最宝贵的财富就是朋友。那种认可你的朋友，或者不远千山万水来看你的伙伴，在一起总是十分开心。虽然都不是多言多语的人，但是彼此心意相通。喝一杯清茶，不谈生意，聊聊过去，总是会有很多回忆，聊聊未来，总是会有很多憧憬。也许这就是人生最好的状态吧。

今天有几个重要会议，中间几乎没有空闲时间，从9：00一直持续到19：00。我一直认为，这是一个非常重要的交流过程。如同老友讲的，对于我们在会上有最多分歧的问题，大家一定要提出异议，开会的意义就是对未来的结果负责。

接下来有好几个重要的异地会议需要参加，去接受品牌的指引，以期为自己、为渠道、为客户赋予更大的价值。每次参加会议就如同接受一次心灵的洗礼，对品牌的认知再一次加强，对于工作的意义更加明晰。我们相信品牌的力量，品牌之所以可以成为品牌，不仅仅因为它有久远的故事，更有绵长的底蕴和文化，以及穿越时代周期的力量。

今天周六，是出差前的最后一次例会，会上强调了我们作为管理者的重要性。尤其是中层管理者，相对于高层管理者和基层管理者而言，起着承上启下、上传下达的桥梁纽带作用，属于领会领导意图，将意图转化为具体实施战略和计划，并付诸实施，坚决贯彻执行的这么一个群体。如果下属的能力不足，就无法有效地完成任务，这时候中层管理者除了要调动他们的积极性以外，还要培养他们，使其能够适应工作的要求。反观我们会议的意义，更是如此。作为管理层，不仅要有个人的工作发展规划，还要让员工知道自己目前在团队的位置，以及未来能力提升后可以接任晋升何种工作岗位。要使团队健康，必须明白"偏听则暗、兼听则明"的道理，包容与关怀员工，适时地给予帮助，让大家有归属感。可以说，凝聚向心力是目前最主要的工作。

我们与成功之间，最远的距离就是想到了却没有去做。想得再多而不去做，最后都只是空谈。所以，行动是一切成功的前提。

2022-08-14

生活不是诗歌，是日记

坦然面对现在面临的一切，有勇气面对接下来的一切……

很少有国家像中国一样，地域如此辽阔，横跨如此多的纬度，气温也是千差万别。小时候有个梦想，就是像徐霞客一样，游遍祖国的大好河山，拜访每一座城市，记录当地的名胜古迹和风俗人情。

长大以后，确实走遍了祖国的大江南北，却没有领略到梦想中的豪情。因为每到一座城市，几乎都有重要的事情或者会议。这与传统意义上度假式的旅行，相差甚远。有时候，成年人背负的真的难以言说。环顾四周，人海茫茫，知音难觅，懂自己的人少之又少。但是，生活还得继续，工作还得更上一层楼，所以为了成功，一定要学会忍受孤独。

我发现，几乎所有的老板都既充满自信，又充满焦虑，也都有身体上的不适感，这种焦虑和不适感与上班族的有所不同，难以纾解。所以，我选择每天挤出点时间写一些自己的感受，大多是流水账式的记录，却是那个当下最真实的想法。生活看起来平淡如水，千篇一律，但每天肯定是不一样的，各有不同的故事。他日闲来无事的时候，随手翻来看看，一定是最珍贵的回忆。

每次参加会议，总是可以感受到大公司的豪气，除去物质因素，还被他们以客户为中心的文化价值观所触动，后者无疑是一切公司的基石。客户才是公司的根本，只有具备为客户创造价值和服务的价值导向，才能行稳致远。这么多年来，我们公司也是以此为导向的，并且越走越远。

有时候，孩子的一声"谢谢"，都会让我觉得他们成长了很多。只要有时间，我就会和他们聊上几分钟，虽然不一定对他们成长过程有很大的帮助，但是一定可以给他们某些思想上的启迪。我会以自己的方式去逐步引导，虽然在教育方式上我也只是个新手。事实上，与孩子们共同成长，本身就是一个很快乐的过程。

父母最大的愿望，就是希望成为孩子的一种精神力量，当孩子们想到父母时，内心会充满力量，从而拥有克服困难的勇气和能力。

2022-08-15

卓越者，善于科学地管理时间

在一天的碎片化时间里，听听音乐，练练书法，打坐冥想，自然而然地就减少了压力。

上午收到一条陌生人的信息，表达了对我坚持写日志的感悟。来自他人的认可，让我感受到做这件事情的意义。

每天的生活看似平淡无奇，但毋庸置疑，都在向心目中高远的理想和信念靠拢，哪怕只前进了一点点。通过日复一日的努力，每天都能够看到自己的成长，那种喜悦无法用言语来表达。

因为新冠肺炎疫情，好多朋友都无法聚在一起，这次出来开会，天南地北的伙伴们再次相遇，除了开心，还有期待。希望我们发挥集体的能量和智慧，在市场低迷的当下，拨开一丝乌云，看到靓丽的曙光。

最近和朋友们聊得最多的，还是当下的环境。我们无法左右市场，唯一能做的就是顺势而为，在无法掌控的诸多局面之下，找寻未来发展的蛛丝马迹。我一直相信，社会的发展趋势是好的，消费一定会增长，渠道一定会分流，老百姓也必须买东西——但是是从你这里买还是从别的地方买，就是未知数了。

影响公司和个人发展的因素有很多，学历、能力、背景，还有时间。人与人之间最平等的是拥有相同的时间，并且不管处于什么样的状态之下，始终有权进行时间管理。而那些卓越的人之所以卓越，无非是更善于科学地管理自己的时间，并在恰当的时间里做正确的事情。

今天有朋友问我如何释放压力，其实可以试着把一天的时间碎片化，在这碎片化的时间里，听听音乐，练练书法，打坐冥想，比如我是选择写日记，通过这些方式可以放松自己，缓解压力和疲劳。而且身心放松以后，还有助于提高我们的注意力和工作效率，可谓一举两得。

2022-08-16

紧跟历史脚步，勇立潮头

之于现在的行业，确实需要思考大一点，迈步小一点，迭代快一点，需要不同的模式满足不同场景的新需求，心中有梦想，烟花一定灿烂！

在全国各地高温居高不下的情况下，四季如春的昆明竟然只有20来度，*丝丝*

凉意，无比惬意。感受这边陲重镇的文化，聆听少数民族的歌声，恍惚穿越到了另一个世界。

此次春城之行，除了刚认识的新朋友，大多数是相知十多年的老伙伴。老友之间的相聚总是充满欢乐，彼此之间的交流总是温暖无限，虽然言语不多，却始终心领神会。我们这群快消市场里摸爬滚打出来的老兵，对于这几年的发展都有自己的见解，但是没有人能给出标准答案，所有人都希望尝试新的模式。大家都在感叹创业之初的艰难，以及现在公司处于中期发展阶段的困惑。虽然面临的挑战不一样，但是大家都有非常淡定的心态，都相信自己早已身经百战，经得起考验，配得上成功。

会议一波三折，要知道在疫情肆虐的当下，全国各地这么多的经销商聚在一起，实属不易。正如老板讲的，此时此刻我们聚在这里，这本身就代表胜利。品牌方背后付出的努力远远超出我们的想象，但是为了第三季度的目标，再多的困难都是值得的。

之前说过，会议的目的就是聚心，只要心在一起，就能挑战一切的不可能。回顾大家半年来所做的工作，此时此刻能否交上一份满意的答卷，俨然已经不再重要。因为第三季度的考验已然来到，所有人都知道第三季度的重要性，不管是对品牌方还是我们自己，或者下面的门店。我们能否在一年中扭转乾坤，取得关键战役的胜利才是最重要的。

会议的流程紧凑而有序，多次的互动让每个人都能真正参与其中。当然，我们无法代表大多数客户，但是一定可以代表自己。希望走出一条不一样的路，为品牌，也为自己公司分担更多的压力，未来的市场一定是消费者投票决定出来的，而我们只是服务的一环，希望关键时刻不要掉链子。

很荣幸有机会站在台上向大家分享自己的心路历程，我们希望接下来借助品牌的力量，在这条道路上越走越远。每一次的自我迭代和创新，一定可以赋予这个渠道更多的力量，勇敢追逐年轻人的脚步，让我们这些老品牌也迸发出新的能量。

站在这高原之上，凝望远处的高楼大厦，回头就是群山峻岭，除了感叹世事变迁，还惊叹于大自然的鬼斧神工以及现代人的勤劳创新，共同造就了我们的大好河山和现世的繁荣昌盛。

社会一定是在进步的，但是作为个体的我们却不尽然，一些人可能始终跟随历史的车轮滚滚向前，一些人却可能节节退步，还有一些人可能原地踏步。希望你我都能成为勇立潮头的挑战者，跟随时代的发展脚步一路直向前。

之于现在的行业，确实需要思考大一点，迈步小一点，迭代快一点，需要不同的模式满足不同场景的新需求，心中有梦想，烟花一定灿烂！

2022-08-17

一起追逐梦想

在不可预测的压力与挑战下，我们还是要在一起，全力以赴，保持焕新、联动、赋能，有情义，有情怀，我可以带着想念的人与伙伴们一起追逐梦想……

再次参加强生大宝的秋冬会议。短短一周内，从最初拟定的兰州改为重庆，最后定在昆明，我们无缘领略丝绸之路的风景和巴山渝水的风情，却真真实实感受到了七彩云南的温暖。召开数百人的会议，其中的不易自不必多说，台前呈现出华丽的篇章，背后不知又隐藏着多少艰辛和无奈。

会议上，老板们的字字珠玑犹在耳畔。当大多数人都以为后疫情时代到来时，却不承想这仅仅只是个开始。君不见在今年全国几乎大部分地区面临40多度高温的环境下，市场却犹如寒冬，很多渠道甚至已经举步维艰。

我一直认为，一个伟大的公司在其发展过程之中，一定需要不断地迭代和创新。每年多款新产品上市是一个大公司的标配，比如此次大宝B5的惊艳上市，除了给我们更多的能量加持，也给我们带来了更多的想象空间。与航天空间的深度合作，使大宝首次登上了浩瀚的太空，带着我们的梦想一起在宇宙巡航。中间插播的公益花絮更是使人忍不住湿了眼眶，我很喜欢这样充满文化底蕴的展示。

有时也会希望在旅途的驿站小小地休息一下，却发现已经忙得停不下来了。与品牌方的第一次排练一直持续到深夜，作为节目的一环，那种与品牌融为一体的感觉使大家都充满激情，不由得全身心投入其中。任何胜利的获得除了个人能力之外，背后一定有一个强大的团队，以及相互之间的配合，缺一不可。很开心我们北区仍然获得冠军，作为其中一员的我，深感荣幸。

不过，渠道远比我们想象中的复杂。中规中矩，秉承一贯的风格，铸就了它曾经的辉煌；没有居安思危，锐意改革，不能与时俱进，也见证了它如今的落寞。风暴中的中小门店，但愿不要成为时代的眼泪。

尽最大努力，越是困难越要逆流而上，线上线下融合在一起。保持饥饿感，保持愚蠢感，慢一点不要紧，只要一直往前走。拥抱互联网，进行数字化改革，把自己打造成服务商。打通下游渠道，提高网点的覆盖率，加大渠道的持续动销，这才是硬道理。消费其实依然存在，只是消费者的脚步越来越凌乱，我们能否适时迎合，才是重中之重。品牌的矩阵一直以来都是最大底气，产品的更新迭代意味着在长时间的马拉松比赛里可以一直保持强大的竞争力，而如何穿越周期则是对公司最大的考验。

在不可预测的压力与挑战下，我们还是要在一起，全力以赴，永远保持焕新、联动、赋能，有情义，有情怀，我可以带着想念的人与伙伴们一起追逐梦想……

2022-08-18

星光不负赶路人

数字化这条路，任重而道远，但是多则5年，少则3年，必定迎来新的变革，让我们拭目以待。

好久没有赶早班机了，半夜醒来一直睡不着，可能是潜意识里的焦虑作祟。

与河南的刘哥一起去到机场。五六点钟的机场却是人声鼎沸，也许是那些形形色色的梦想，时刻提醒为生活奔波的赶路人吧。

机场的匆匆告别，没有过多交流，成年人的沟通就是这么简单。作为河南公司的负责人，独立领导一个团队，背后的压力可想而知。大家从远方奔袭而来，为的不仅仅是参加会议，还希望通过品牌方找到促使自身持续向前的动力。

在这几天的会议流程中学到了很多，对我来说很多方面都值得借鉴。特别是看到品牌方团队通过短短几天时间，就排练出一个个精彩节目，真的让所有经销商伙伴眼前一亮。"招之即来、来之则战，战则必胜"，亮眼的不单单是口号，还有付诸行动时体现出的团队凝聚力。有了这样的精气神，本身就无往而不利。

这几天，全国各地的朋友们聚在一起，彼此讲述着过去半年多的点点滴滴。由于疫情，很多的生意层面被切割得支离破碎，甚至无法形成一套完整的流程。所以对下半年的生意，仍要付出百倍的精力，把一切可控不可控的因素都提前想到，脚踏实地地一步一步往前走，才可能有生存的机会。

虽然很多人都说，今年夏天是大暑天气，冬天有可能至寒，虽然说得有些道理，却无法缓解我们的忐忑。想想当下如此炎热的天气，也不见得夏季的产品多卖多少，与其期望冬天天气变冷，护肤品大卖，还不如从现在开始，做好当下细分渠道的深度拓展，加大对网店的投入来得有效。

下半年的困难可以预见，至于如何去克服，需要实施什么样的举措，暂时还是未知的。以客户为中心肯定没有错，但真正做生意至少要关注三点，即竞争、客户和自身，缺一不可。竞争导向或者客户导向都没有错，但都不是绝对的。

数字化这条路，任重而道远，但是多则5年，少则3年，必定迎来新的变革，让我们拭目以待。

2022-08-19

义无反顾，不留后路

今年的"难"是必然的，无论是线上还是线下，抑或新零售，任何渠道都可以用"难"字一言概之。但是回过头想一想，每年不都是如此吗？不也都过来了吗？

不知道大家有没有遇到过这种情况：在决定一个方向性问题的时候，经常会摇摆不定，因为向左走、向右走似乎都不错。而且当真正定下来的时候，仍会觉得左右为难，一个可能有利于当下的快速发展，一个可能目前收效甚微，但从长远来看大有前途。

对此，也许朋友说得对。他说，既然决定下来了，就要义无反顾地坚持下去，哪怕不是最优选择，也要从结果上扳回一局。不要给自己留太多后路，相信自己的选择，相信客观的事实，遵循以客户为导向的原则。

每次与品牌方沟通，总会听到不一样的声音，站在资源的最高维度上，所传递出来的信号完全不一样。但是正如大家所说，从很多年前的以品牌和资源为导向，逐渐变成现在的多方面互相交流和融合，这样的思路才是最符合潮流的。至于单方面的想当然，那只是一种理想状态，而真正把产品送达消费者手中，还需要接受各方面的挑战。

理想的营销状态，一定是从工厂源头通过中间门店到达消费者手中，形成持续返单，最后变成良性循环。但是，任何一个品牌真正要做到这样，谈何容易，无论哪一个环节出现疏忽，都不会达到预期效果。除了良好品质这个核心以外，收获消费者的良好口碑这一要素也不可或缺，当然，中间链条也起到了承上启下的作用。总而言之，如何把门店变成未来的前置仓，确实是个值得思考的命题。

另外，无论是作为品牌方还是下面的经销商，或者门店，需要经常换位思考：如果我是你，我该怎么做。长此以往，大家就会慢慢地同频。当面临任何困难时，才能感同身受，体会到彼此的不易。只要理念相同，心灵相通，哪怕过程再艰难，也一定会朝向好的方向发展，退一万步来讲，即使结果不尽如人意，大家也能坦然接受。

今天听一位老朋友说，他戒掉了多年的香烟。虽然我从来没有吸过烟，但是听到这个消息还是感到很震惊，因为在我的印象里，戒酒有可能，戒烟却很难。我问他是如何做到的，他淡淡地说了一句："当你觉得什么事情最重要的时候，就会坚持下去。"

简简单单一句话，却富含哲理。当我们因为种种借口而没有把某件事情做好时，最大的原因可能就是觉得这件事情在当下不是最重要的，也就是没有做好排序，或者放任自流，或者抱着侥幸心理。

总之，今年的"难"是必然的，无论是线上还是线下，抑或新零售，任何渠道都可以用"难"字一言概之。但是回过头来想一想，每年不都是如此吗？不也都过来了吗？

2022-08-20

线上线下深度融合，有很长的路要走

只要你肯努力，漫长人生路上，一定会遇到许许多多的贵人，行百里者半九十……

本来这几天一直在出差中，但是因为公司有比较紧急的会议，昨天晚上临时决定赶回山东，经过几次中转，一切还算顺利。

每次出差接收到的资讯都不一样，需要好好消化。在接下来的日子里，一定要多出去走走、看看，以便能够多了解一下多变的市场和世界；多聆听高人们的建议，也许对我们自己公司某一阶段的发展有所帮助。

每次参加大型品牌公司的会议，都会深受启迪。大公司背后的逻辑以及他们文化的建立方式，都是我们公司学习的榜样。我甚至和团队说，在未来某一天，大家可以一起去参加会议，看看大公司是如何运营的，我们一定能从中受到启发。

从上午9：00到下午4：30，会议从未间断。沟通了一下公司最近的运营情况，总的来说还是朝着预期发展。对于项目，负责人要高度认同，这对一个公司来说至关重要。对于具体的落地方案，在实际操作过程中，难题肯定会一一呈现出来，需要大家慢慢去解决它。目前看来，大家对一些方向性的东西的认知仍然不够，对于时间节点的掌握更是如此。所以告诫大家，做事情一定要有破釜沉舟的勇气，给自己留下太多回旋的余地，不一定是好事。此外，我们在处理问题方面还是欠缺果断，认准了，只要方向是对的，就要坚决地执行下去。就怕掉在自己的认知圈里面无法走出来，承认别人的优秀，看到自己的差距，这才是一个正确认知的开始，这点尤为重要。

很开心能参加重要的周例会，但一些同事无法参加，所以我不知道线上的效果如何。希望团队之间能二次分享会议精神，大家要做的就是认可和执行，然后过一个时间段再看看践行的效果如何。

每次友人到访，总能找到不一样的话题，无论大家对生意的理解如何，但都认同以消费者为本这一点。在一个完美的模式诞生之前，增加门店销售额，带来更多客流的模式，一定是不二的选择。

说了很多年的线上线下深度融合的模式，真正落地的时候，几乎是举步维艰的，线下门店似乎天生缺乏这样的基因，效果总是不尽如人意。但是未来的趋势已经不可阻挡，每个人的消费习惯早已经养成，包括中老年群体在内，人们越来越多地选择在线支付。

也曾努力尝试找寻更好的方法来为我们的实体门店赋予更大能量，但是收效平平，甚至可以说是惨淡，从原来每天来客数十个人，到现在几乎个位数，所有人都对未来充满恐惧感。

2022-08-21

工作的意义，是愉悦和挑战

来人间一趟不容易，今天是你这辈子最年轻的时候。珍惜当下，拼尽所有……

这几天与朋友们的交流十分开心，从昨天傍晚一直持续到快12：00，又从今天10：00开始，一直到中午12：00仍意犹未尽，从中学到了很多。对于客户、营销和商品又有了新的认知，有些维度包括我们自身的团队的逻辑，也许要重新梳理一番。

感谢有这样的学习机会，真心希望参与进来的伙伴们能好好感受，深刻领会其中的要义。对于有些事情，当我们必须去做的时候，一定要定下一个短期目标，脚踏实地地执行下去，并把它当作非做不可而不是可做可不做的事情去做，没有后路可退。

任何公司或者是商业，都有一个从蹒跚学步到成长，再到成熟，最后必然地走向衰退的过程，能否进入另一个循环，找到新的引擎动力，就要考验大家的功底了，这往往需要找出新的增长点。在我们原先不断拓客的时候，客流量尚且可以持续增长，但是现如今，全行业已经进入了存量时代，如何服务好当下客户则成了重中之重。

和团队一起聆听和学习了老师的分享，我们非常珍惜这样的机会。借由这次分享，我们对于营销问题又有了新的理解，如果非要按照比例来说的话，45%是缺少关心，20%是服务不好，15%是商品，15%是价格，5%是其他。仔细想想，这些似乎都是有道理的，不知道我们的营销团队做何感想，但是可以肯定，我们需要加强各方面的提升。

人效时间成本往往是最高的，我希望伙伴们在这有限的几个小时之内，能够得到些许感悟，比如我们当下要做什么，未来能做成什么；哪些事情是必须要去做的，哪些事情是可以暂时放一放的；对于一个长远的规划，我们在每一个时间段能够达到什么程度；对于目标，也就是当下团队努力的方向，我们是否已经了如指掌？相信这些思想上的指引，可以为我们解开诸多困惑，尤其在遇到矛盾点的时候，伙伴们的举一反三都是值得肯定的。

曾经讲过，如果一个公司给员工提供大量的培训和学习机会，则至少说明这个公司是非常努力的，希望自己的团队和员工能够在职业生涯有所提升。无论在什么公司工作，除了相匹配的薪酬之外，能够提高自己的工作能力，才是这段职业生涯最骄傲的资本。

我们往往忽略了工作本身的意义，工作之于我们，应该是愉悦的、充满挑战的。也就是一个成长的过程，即在出现问题、发现问题和解决问题的过程中，提升自己的应对能力，并因为经常面对各种各样的技术问题而慢慢找出一堆工具来从容应对。当有一天脱离团队独自面对社会时，也可以应付自如。

从来没有一个市场是一成不变的，随着时间的推移，甚至会发生翻天覆地的变化，需要各个渠道和人员共同维护。但是无论如何，我们需要做1+1大于2的事情，尽可能地站在对方的立场来考虑问题，从而实现共赢。

每个人的休闲方式不一样，高强度的会议之余，偶尔听听歌，看着街道上的人来人往，对着窗外的天空发呆，不时掠过几只飞鸟，那一瞬间，思绪放飞，也许美好的生活就是如此简单吧。

2022-08-22

自认为无所不能，是危险的

进取心和平常心，是我们一生的财富。努力进取的同时，以平常心对待结果。保持初心，勇往直前……

离开遥远的云南，依然怀念20摄氏度左右的清爽，全国各地的高温依旧持续，除了燥热带来的不适感，其对秋季生意的影响也令人忧心。从经验来看，大概率是入秋延迟了，希望经过几场秋雨，温度能快速降下来，切回到另外一个模式。

往年8月中下旬，秋冬的会议此起彼伏，今年新冠肺炎疫情影响了很多的行程安排，但是时令产品还是必须要快速进入市场。

随着岁月流逝，我们逐渐成熟，尤其在步入社会并投身于快消行业以后，随着思维和视野的不断扩大，对行业的理解也不断增强。昨天一个朋友聊了一下他对自身行业的未来展望，在这个高度内卷的时代，除了自身的努力，人脉、资源的高度堆积才有可能使你脱颖而出。坦白讲，单打独斗会非常吃力，甚至经不起大风大浪。

这是一个最好的时代，也是最坏的时代。几十年前，也许只需一个商机，或一次胆大，或一次努力，就有可能成为这个行业的精英。但是现在，这种事情是根本不可能发生的。市场理智，消费者理性，一切都将回归本质，褪去浮华，从长远来看也未必是坏事。

对同一个问题，谁也无法给出一个标准的答案，不同的人一定会呈现出不一样的结果。就算问题一样，在不同的环境和不同的时间下，也是如此。比如我们自己，回到10多年前重来一次的话，一定会是现在这样的结果吗？答案是否定的。所以，想到最坏的结果，尽最大的努力，尽可能地把一切不可测的因素考虑进去，把每一件事情当成一次考验，用心对待。

虽然从事这个行业20多年，也衍生出很多相关业务，但是对我来讲，围绕主营的核心不会改变。就像前两天朋友讲的，人最怕的就是觉得自己无所不能。在任何领域，这种想法不单单是可悲的，也是非常危险的。想想我们在本行业已经沉浸了这么多年，再去从事一个新的行业，机会真的有那么大吗？

以前工作时，总认为自己效率很高，但复盘后发现只是自我感觉良好；也总认为自己的时间管理非常严格，但复盘后发现每天的有效时间不到4小时。很多时候，当感觉自己很忙，但结果却不尽人意时，就需要对自己的生活和工作进行复盘。

现实生活中，每个人都有复盘的能力，但并不是所有人都开启了它。对于个人来说，下班之后或者睡觉之前，应该有一段属于自己的安宁时光，喝着茶，听着歌，对一天进行反思。掌握复盘的能力，可以使自己清楚地认识到个人的目标和未完成目标的原因，并及时进行纠正。

世界每天变化万千，对公司来说，顾客在变，供应商在变，竞争对手在变，内部管理也在不断变化；对个人来说，环境在变，能力在变，兴趣在变，关系在变。这些变化超出了大多数组织和个人的控制范围，需要快速适应当下的变化，用全新的思维方式来引导和规划我们的工作。

进取心和平常心，是我们一生的财富。努力进取的同时，以平常心对待结果。保持初心，勇往直前……

2022-08-23

最优秀的商业模式，诞生在兵荒马乱时代

世界虽小，但并非完全属于你我，在不确定的世界，拥抱更多的不确定性，才能创造更多的可能性。

虽然疫情的反复减少了今年出差的频率，但是却使我经常回到杭州，不仅仅因为这里风景优美，也不仅仅因为这里是我的故乡，更多的是因为，这里有许多走在时尚前沿的人。在这片人间天堂，智慧的思想相碰撞，充满着对新零售的憧憬，孕育出很多未来的商机。

祖国地域辽阔，浙江作为一个非常出名的省份，因综合实力和文化历史，一直备受关注。杭州就犹如它的明珠，不仅仅只是因为是它的省会那么简单，更多

的是因为这里是很多新生商业模式的发源地，还有很多未来世界的先行者。

除了厚重的文化底蕴之外，这里从来不只有传说中的"安宁平静"，更多的是代表现代社会的创新能力。这里除了是最大的电商基地，还有很多新型的模式和时尚的思想每天都在不断演变，引领着新的商业趋势。

疫情马上3年了，现在谈后疫情时代的确为时尚早，因为遗留下来的后遗症会令我们举步维艰，很多时候可能无从下手。可以确定的是，在激烈的风暴中，会有很多的人或事发生改变，有的慢慢销声匿迹，有的经过蛰伏之后卷土重来，开启新的征程。萧条里必然藏着大机会，在这个充满着变数的时代，各种逆转随时可能发生。每当有人倒下，就一定会有人站起来，这是历史的铁律，哪怕大火蔓延了整个草原，万物沉寂，也必定有强大的新生命在孕育，从而引领下一轮的万物复苏。脑海中再次想起一句话：最优秀的商业模式，一定诞生在兵荒马乱的时代！更何况，好的企业从不看天吃饭。

最近几年的商业变化，可以用翻天覆地来形容。当下社会的变化如此之快，意味着很多模式必然不会是固定和恒久的。自改革开放以来，从商品时代到现在的消费时代，短短几十年，已经快速完成了轮换。很多年前，只要有商店，就可以实现盈利，但是现在变成了倒三角，大多数门店已经很难维持下去，尤其是传统的线下生意。

每个渠道都在思考如何取得增长，但关键还是在于赋予客户能量的能力。同样的道理，传统的商业不仅仅是卖货思维，而是赋能中小门店，帮助他们入局新型渠道，迎接新模式，等等。虽然现在已经有无数人在经营类似的业务，但是从市场需求来说，大多数人需要的是赋能，而非培训。

任何风口都会过去，所有的事情都将回归本质，必须将自己的软性优势与实体的硬性实力相结合，才能实现互利共赢。如同今天C2CC晓霞说的那样，在美业，一向做的不是纸上谈兵，而是与大家并肩作战，一起找到生意的增长方法论，助推行业的发展。这也是每次举办峰会的意义所在。

希望通过深度交流，捕捉行业的最新理念，发现最热门的趋势和增长方法论，从中获得一点启发的同时，寻找生意上新的增长点。而不定期的向内自省和向外探寻，就是这一路从生存到发展，再到持续增长的推动力。世界虽小，但并非完全属于你我，在不确定的世界，拥抱更多的不确定性，才能创造更多的可能性。

临近8月中秋，又到了一年一度看钱塘江浪潮的最好时机。静静地站在酒店窗前，凝望着钱塘江潮来潮去，很想看一看，潮水退去之后，还能剩下什么……

2022-08-24

跨界思维，挣脱枷锁

心态很重要，还有就是常怀感恩之心，我们唯一要求的就是：自己一天比一天好一点点，其实那就够了。

立秋已经过去了这么多天，一场秋雨一场寒的故事，仍然没有上演。倒是感受到了钱塘江潮的波涛汹涌，每到潮汐时刻，那种汹涌而来的潮流会让你激情澎湃。

时代变迁如此之快，我们无法追逐每一朵浪花，也一定不想做一个随波逐流的人。看着潮来潮去，起起落落，如同我们自己的人生。然而，只要不迷失方向，总能到达目的地。大浪淘沙，沉淀下来的，才是我们想要的黄金。

很多人应该都喜欢江南，不仅仅因为它风景秀丽，文人骚客云集于此，更多的是因为很多商业模式从这里发源。大家也都看到，如今浙商遍布天下，不是因为浙江人习惯了闯荡天涯，而是因为一贯以来就有这样的传统。

在古老的中国，当时的政治中心还在长安，到了江浙一带再往南，就属于荒郊了。当时人们物资相对匮乏，是真正的靠山吃山、靠水吃水，只能解决温饱，无法得到长足的发展，人们迫切地想要富裕起来。改革开放以后，人们才找到了这样的商机，从此一路高歌。

浙江人天生有一股闯劲，对于很多新颖的模式，也会勇敢地去尝试，哪怕输得一败涂地，所以才有了今天"闯荡江湖气自豪"的美誉。

浙商的故事给了我们启示。所有的生意模式不是一成不变的，每到一个阶段，必然被新的模式所替代，至于能不能重新走出一条路来，也是一个未知数。但是哪怕撞得头破血流，也要永不言弃，努力挣脱原来的枷锁，走出一条属于自己的路。

从下半年开始，大大小小的会议特别多，有的会议可能已经整整等待了大半年。实属无奈，但这就是现实。如果当下不开，未来真的不知道何时能够成行。我相信，所有人都希望在会议上展现出精彩的一面，集思广益，为这个行业找寻更多的发展空间。

人都有惰性，不到万不得已，宁可待在舒适区也不会轻易踏进困难区。我原来一直与自己熟悉的渠道里的行业人士交流，但是这几年跨界的交流越来越多，也能够感受到别的渠道的能量。毋庸置疑，以我们传统的思维模式已经无法驾驭新型零售，所以我们一直主张多学、多用，经常性地转变思路，以期在这个领域拥有一席之地。

人生就是一个不断摸索的过程，虽然会走不少弯路，但是积累下来的都是自己的宝贵财富。在这个过程中，需要我们不断地学习，不断地成长，否则只能被社会淘汰。愿你我都能在人生的旅途中看清方向，做一个早做打算、早做规划的人。

2022-08-25

春天到来之前，先活下去

改变不能接受的，接受不能改变的，无法改变世界，但能改变自己。用一颗平常心去对待不公平，会发现，其实没什么大不了的。

疫情3年，大多数外资品牌在中国消费市场遭受了打击。或者准确地说，它们进入了蛰伏和休养期，正在慢慢修炼内功，以便争取更多的市场份额，等待卷土之机。

如果将目光转向选择在此期间进入中国市场的外资新品牌，或者国货的新锐品牌，就会有完全不同的结论。对于在追求扩张和高速增长的消费市场中，这类品牌所代表的小众市场，我曾不屑一顾。但是现在，我更愿意把它看成是具有局

277

部机会的产品，能抓住当下市场的热点，迎合消费者的趋势。我承认，这也是消费市场走向成熟的表现，即消费者的选择增加了，消费市场的商业可能性也增加了，且形式更加多样。

当然，这对于我们自身和买手都提出了巨大的考验，要求我们时刻关注当下最流行的东西，等到时机一成熟，就快速引进。虽然它的生命周期不会太长，但至少现阶段是符合年轻人需求的，也可以使我们的门店保持活力和竞争性。

这也说明，现在的市场细分已经白热化了，除了占据主导地位的快消之外，还需要增加一些可以引流的生活刚需产品，以及符合年轻人喜好的小众品牌。落到实处，就是要引起年轻人的共鸣和欲望，使他们大概率愿意为这样的随机性产品买单，进而对这个门店产生兴趣，去到店里的次数越来越多，最终变成你的顾客。

接下来的几年会非常艰难，这不是可能，而是必然。当然，也不乏那样的企业，即熬过了漫长的凛冬并活了下来，涅槃重生，完成逆周期的崛起。就像小强一样，站起来后变得更强。不过这样的企业少之又少，大多数门店应该都是随波逐流，慢慢地沉沦下去，共同见证日薄西山。

为了撑过这个寒冬，我们还会继续加大投放力度，当然，不仅仅是人力、物力和财力，更是全身心的投入。我们需要换一拨儿"勇士"来执掌，不仅仅靠口号，也不能光靠原来的消费者，更需要开拓新的渠道来支撑。市场经济最重要的一点是公平，我们是从市场上杀出来的，也一定会在市场上继续杀下去。我们不是国企，也不是企事业单位，我们知道，生意好坏都是自己的事，竞争对手不欠我们的，消费者不欠我们的，员工更不欠我们的，市场无情，才能永远不失活力。

再一次参加快消行业会议，颇能感受到大家隐忍的爆发力。没有人认为寒冬会一直持续，春天已经蠢蠢欲动，时刻向我们招手。但是，大家都心如明镜：春天到来之前，先活下去。

2022-08-26

有情有义，旗开得胜

逼你成长的是你的对手，陪你落寞的也可能是你的对手，弯道超车的关键，除了前期跟跑，最主要的是在某一个转角处，尽早找到下一个突破点。

从炎热的南方到了中原腹地郑州，一下车站，迎接我的是毛毛细雨，使人感受到秋天的味道，这是一个非常好的开始。对于南方人来说，下雨是一个很好的兆头，预示着财气，雨过天晴又是个非常好的收尾。

作为华夏文明的重要发祥地、九州中的"豫州"之域，郑州自古以来就弥漫着浓厚的文化气息。说来惭愧，河南分公司已经成立3年，算上这次，我竟然只来了3次。其间甚至搬迁新公司，我也没能到场，思及此，心中五味杂陈，尤其看到团队深夜还在酒店忙碌的时候，一时之间竟无语凝噎。

团队除了刘哥之外，几乎都是陌生的面孔。我们知道，要在相对陌生的地方组建团队，慢慢地开枝散叶，是一个多么艰难的过程，背后的付出可想而知。可喜可贺的是，这几年默默耕耘下来，新老队员交替，在永之信的事业版图上已经描绘出浓重的一笔。

自古以来，中原大地人杰地灵、英雄辈出，我们原本没有逐鹿中原的雄心，只因3年前的一个契机，我们的整个商业战略重心发生调整，从代理路线走向品牌路线，我们才尝试着涉足河南市场。说实在的，我们不过是市场上的沧海一粟，抱着学习和服务的心态，希望能尽快融入其中。3年前，我把开发河南市场的重任交给刘哥。刘哥与其说是生意伙伴，还不如说是挚友，一年中因为生意的事情给我打电话的次数基本为个位数，我相信公司的大多数事情他都能处理得游刃有余，所以不会给予他太多的干涉和压力。

在创业路上，你会发现，每个同路人都有过独自面对的至暗时刻。有时候明明觉得自己一肚子苦水，可是在看到别人云淡风轻地讲述自己在这条路上的血雨腥风之后，就会觉得自己吃的那点小苦头简直不值一提。所以对我们来说，哪怕是万念俱灰，也不要认怂停下来。继续向前走，只要还在这个赛道上，就会有无限可能。

这次受邀参加河南分公司强生大宝的秋冬会议，当站在台上的时候，心中百感交集，感恩之情溢于言表。感谢品牌方对我们的支持，感谢客户对我们的厚爱，感谢团队义无反顾的全力付出。很多时候我都在讲，我们何德何能，能够得到大家的厚爱，所以一定要付出百倍的努力，不辜负他们的期望。

也感谢光总、高总、张总、辉总、丹总等领导们的支持，是你们的一路陪伴，让我们有了十足的底气。如同会上讲的一样，生意的重要核心就是渠道和生态，每一个渠道对应的能力与要求是不一样的，找到契合需求的关键点，方能持续有生意。除了精耕细作自己的传统生意，还要找出更多可延展的新型渠道，集合所有伙伴的力量，相信一定会呈现出最好的自己。

这几年几乎所有的大厂，包括互联网公司，都清晰地反映出了一个问题，即流量增长见顶，用户增速放缓。增量已经失去，只能靠存量发力了，要真正实现成长终归是一个小概率事件。就好像所有人都希望自己变得厉害，最终能够实现这个目标的人却少之又少，因为真正能够为了这个目标而努力的人少之又少。

人生就是一场修行，每个人成长的过程都像进化的过程一样，慢慢变成一个全新的自己，获得一种蜕变甚至重生的感觉。但是不管过程怎么样，人人都希望最后会有一个圆满的结果。

2022-08-27

在困难中突围，蜕变成蝶

为什么我会喜欢工作，因为当我为我喜欢的事业大费周章时，我是快乐的。

这几天一天一城的节奏，为的是我们第三季度能大获丰收，且不容闪失。都说只有了解一线炮火纷飞的老板，才有真正的话语权，很开心大家一直和我并肩作战，辛苦赶路。我相信，只要方向对了，总是可以到达目的地，成功也许会迟到，但不会缺席。

昨天的会议，在老板们的加持下，被一次次推向高潮。对于它的成功，说实话大大超出了我的预期，让我看到了大家的凝聚力。开会本身就是一个很好的统一思想、凝聚能量的机会，我们真正把生态掌握好，所有的渠道商都会从中获益，生意也就生生不息。

山东和河南是为数不多的人口过亿的大省，我相信我们有信心也有能力做好市场规划，投入更多的资源赋予下面的客户。昨天的会上多次提到"难"，这是一定的，也是相对的，因为有在困难面前一蹶不振的，也有像我们一样在困难中脱颖而出，完成蜕变的。

昨天没有来得及和河南的同事们深度交流，会议结束之后的收尾工作一直持续到深夜，看着他们忙碌的身影十分感动。致敬自己可爱的团队，下次一定多留几天时间好好聚一下。

从事一份工作和经营一份事业，是不一样的感受。全身心地投入一份工作，用饱满的热情去经营这份工作，不但可以收获个人的成就，更多的是收获了成长，收获了拼搏的决心和信心。而创业就是下海，下海则意味着有很大的风险，只要一天不上岸，就随时都有可能被风浪打翻，这就是创业的本质。每个人在职业生涯中，最应该的就是对自己狠一点，狠起来连自己都怕的那种。然后时间会证明这一切都是值得的，若干年后，一定可以还你一个淡定自若的自己。

虽然国内大多数地方还十分炎热，但是随着北区一场又一场的秋雨，生意开始慢慢回归正常。看着老板们忙碌的脚步，感叹每一份工作的不易。所有人都知道第三季度意味着什么，背负的压力可想而知，但频传的捷报也大大振奋了人心。至少我们的方向一直是对的，渠道仍然存在很大机会。接下来就要加强我们自身的内功，加快从传统代理商到数字化运营服务商的改革，这才是我们的生存之道。

为什么我会喜欢工作，因为当我为我喜欢的事业大费周章时，我是快乐的。每次爬坡时我都会问自己，为何要受这个罪？可是每次到达目的地回望时，我又会告诉自己，接着再来！

2022-08-28

积极求变，稳立不倒

每个时代有每个时代的机会，唯有积极求变，才能在这波洪流之中稳立不倒，否则将随着浪花遗落在某一个角落。

昨天傍晚回到了山东。今天的周例会上，感受到了团队紧张的氛围。周例会作为一周的重要会议，对每个月的指标进程起到至关重要的作用。所有月、季都是由周堆积起来的，我们绝对不能放松每一个时间节点。

好在我们自己心中有着非常清晰的导向，供应链优化，从渠道拓展到品牌运作，以及从团队组建到内部流程制度的建设，都在按照自己的节奏以清晰的路径向前迈进。在此过程中，思想的统一比什么都重要，因为打仗之前如果没有一个明确的方向，无疑就成了无头苍蝇，胜算无几。

每天晚上都会浏览同事们的日志，已然变成了习惯，这也是我一天中最放松的时候。看到了河南同事写的感悟，字里行间写出了对总公司的尊重，对我来说真的十分感动，3年去了3次，给他们的关心实在太少。

作为一个较大型的公司，我们目前与分公司的走动和相互交流确实少了一点，有必要多开展一些活动来增进互动，加深了解，加强凝聚力。公司每每发展到一定阶段，总有很多人挺身而出，冲锋陷阵，斩获荣誉，令人无比欣慰，也无比钦佩。

虽然是星期天，却特别忙碌，会议从上午9：00一直持续到下午，很多朋友的到访穿插其中。很多时候感觉自己分身乏术。幸运的是，在一步一步往前走的时候，总是遇到一个又一个贵人，给予我支持和鼓励，也给予我意见和建议，有些是行动上的，有些是思想上的。

开会就是思想的碰撞。有时候，它比行动更加重要。我们在实际操作中，总是会遇到较大的困难，但是只要思想统一，劲儿往一处使，即使遇到了挫折，大家也不会觉得太累，因为相信结果是美好的，过程的磨难只是对自己意志力的一个考验。

有句话说得好，不墨守成规，不故步自封，才能在变化中求进步。在残酷的商业世界里，很多公司经过多年的深耕以后，都在自己的主营业务上立于不败之地，建立了稳固的护城河。但是，他们并没有满足于此，而是积极寻找新变化，拥抱更多可能性。

放眼未来，我们可以发现，各种生意模式已经不再局限于单一业务，而是协同发展其他业务，也就是各种业务互相融合。无论是线上与线下，还是传统与现代，都是如此。每个时代都有每个时代的机会，虽然我们会面临旧时代落幕的各种挑战，但也必将迎来新时代到来的各种机遇。

在发展的初期阶段，不管是在商业模式的打造上，还是在生态体系的构建上，流量始终扮演着重要的角色和功能。当流量红利还在时，大家都围绕着流量转，如何获得更多流量，如何促成更多转化，是所有伙伴关注的核心。而我们的种种举措，都是寻找新增流量的求变之举，每一个变化当中都蕴含着巨大的想象空间，而这些变化，或许会给市场带来新一轮变革。

到了现阶段，所有人都明白这个道理，但大多数人却束手无策，各方面的整合已经成了大势所趋。但是，要想找到行之有效的工具，确实难上加难，只能寄望于时代的发展，我们终将会找到可以借鉴的路径。

每个时代有每个时代的机会，唯有积极求变，才能在这波洪流之中稳立不倒，否则将随着浪花遗落在某一个角落。

2022-08-29

体面地活下去，才算成功

这个时代的美好之处在于，它鼓励每个人找到自己的特点和长处。从现在开始，一定要倾听内心的声音，一定要走出平庸的轮回。

这几天陆陆续续下起了小雨，秋天真的来了。好消息是客户持续要货，预示着秋冬工作顺利地开始。当然，真正的分销下去只是万里长征第一步，如何帮助客户增加动销，是我和伙伴们共同面临的问题。

每天从早到晚的会议，甚至使自己忘记了饥饿。会议的重点一定不是会议的内容和接下来的执行，而是参会者的共同认知。当我们打开了这个思维，就如同开启了一扇智慧之门，可以插上想象的翅膀，展示无限可能。所有人的思想集合在一起，看似散乱，慢慢就能理出头绪来。从这些思想中，我们总是可以找到一些闪光点，哪怕只有一两条有价值，对于我们这整个头脑风暴来说，也意义非凡。

当下，无论对品牌方还是渠道来说，大家都觉得很难，线上线下同样如此。当然，任何公司都不会一路高歌猛进，在遇到发展瓶颈的时候，需要正确地对待自己。在这个流量衰竭时代，当务之急应该是如何活下去，如果能够比较体面地活下去，则对于大多数公司来说便意味着成功。

天南地北的客户们到访，总是使我深受感动。一壶清茶、几盘水果就可以畅聊数个小时。当下的环境如此恶劣，甚至可以用四面楚歌来形容，但是我们大多数人都是不甘平庸的，更不会选择躺平。我们相信，未来的路是勇敢者走出来的，只要有决心，一切皆有可能。

每天与伙伴们交流，我觉得最大的受益者是我自己。通过听他们的励志故事，我开始自觉地把自己看得更轻一些，因为曾经自以为是的出色，不过是海上洪流中的一叶扁舟。

我们相信，社会是向前发展的，大家的消费始终是增加的，但是困难也会越来越多。我们只有打开自己的认知，跳出常人的思维，拥抱一切新鲜事物，才能成就团队所有的梦想和未来。

2022-08-30

保持危机意识，有备无患

经历过人生高峰，也跌落过谷底，还是要选择再次出发。虽然未来依旧充满不确定性，但我们会一直向前。

天气炎热的时候，总是期盼着快点凉下来，但是连续不间断的阴雨绵绵，使大家的工作或多或少受到了影响。

不知道大家是否关注这两天的热门话题：华为的"冬天"又来了。华为创始人任正非针对公司面临的困难以及未来的困难，再一次发出了一定要把活下来作为最主要纲领的警报，这样的号召听起来是如此熟悉。

在华为的发展历史上，任正非曾经在2000年互联网泡沫破裂、2004年信息产品供应过剩、2008年国际金融危机爆发等时期，屡屡以冬天为题，告诫内部员工要保持危机意识。

但那时的华为正处于高速发展时期，任正非嘴里的冬天更多是一种居安思危的反思。而这一次，任正非在2022年8月的高温酷暑中再提冬天的寒冷时，相信每一个人都无法忽视公司业绩数字所渗透出来的阵阵寒意，以及由此带来的前所未有的危机与压力。因为当一直高歌猛进的公司拐头向下，甚至到了一个难以逆转的地步时，所有人都知道，要实现二次增长的难度会有多大。

时刻保持危机意识是一件很困难的事情，或许正因为如此，前人才会不断地强调这件事的重要性。既然很难使所有员工随时保持危机意识，唯一的办法就是领导者必须持续敲响警钟，时不时地提醒大家不忘初衷。当然，保持危机意识并不是胆小的表现，更不是懦弱，而是一种必备的工作素养，是为了有备无患。

与此同时，另一件事情也引起了广泛关注，那就是在大多数大厂业绩大幅下降，出现巨额亏损的情况下，拼多多的业绩却持续增长，这多多少少让人感到惊喜。而且这也从侧面反映了一个真实的数据，即整体的消费市场是持续增长的，只是局部的降级已经成为不可逃避的现实。

消费是在不断升级的，随着人们收入能力的提升，未来消费者在购物的时候会更注重体验、包装、服务、产品的技术。性价比将成为一个非常重要的参考因素，这已经逐渐从民生刚需品上显现出来。

如果公司无法做到大而强，则不如做到小而美，坚持核心业务，做深护城河，也一定是一个途径。这种护城河的边界可能是下沉到供应链，有独特的产品力量，或者是绝佳的履约能力，也可能是把人群做深做透，能够不断地解决痛点、挠到痒点。

没有人能够说出什么才是真正的成功，但成功必定是一个坚持的过程。世上通向成功的最大的捷径就是保持耐力，无论前方的路途有多远，无论困难有多大，只要静下心来，坚持走下去，一定会看到黎明的曙光。

人这一生要做的事情很多，具体怎么做，如何做好，是一个值得深度思考的问题。但是不要忘记，滴水穿石说的就是时间和坚持。这个世界上哪有那么多的巧合和机缘，只不过是人们持续努力的结果罢了。

经历过人生高峰，也跌落过谷底，还是要选择再次出发。虽然未来依旧充满不确定性，但我们会一直向前。

2022-08-31

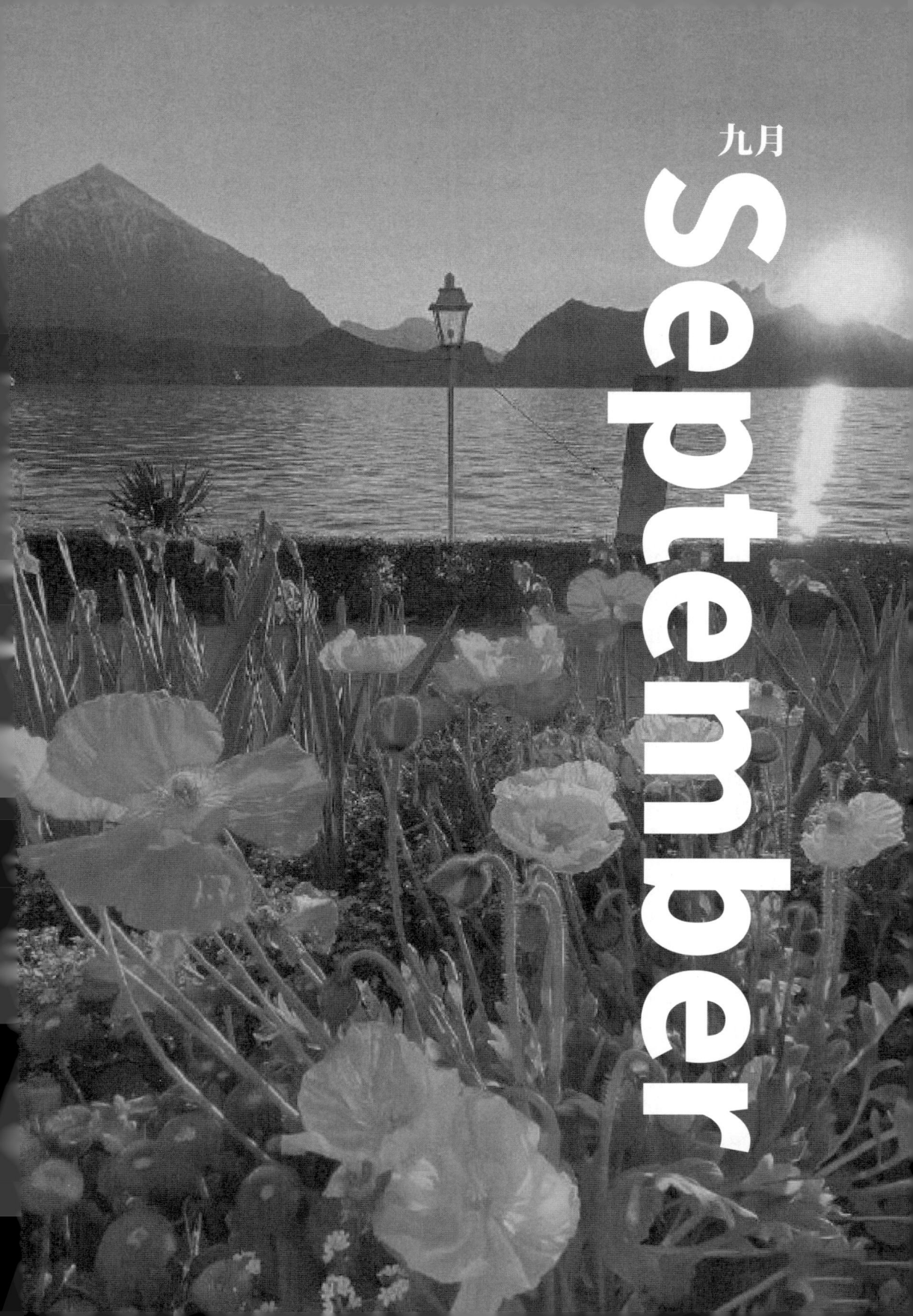

九月

September

有的已落幕，有的正开幕

人终其一生都在学习，虽然随着年龄的增长，效率变低，但日日精进，总好过停滞不前。

昨天晚上听到几个不幸的消息，心情非常沉重。

一是日本"经营之圣"稻盛和夫于 8 月 30 日与世长辞，享年 90 岁。抛开国籍这个层面，稻盛先生虽然是个日本人，但在企业经营管理这一块儿，被全世界很多人认可。他一生创办了两家世界 500 强公司，一家是他 27 岁时创立的京瓷，另一家是他 52 岁时创立的 KDDI。他在 78 岁高龄时，还力挽狂澜，将濒临破产的日航重新拉起。

很多青年企业家希望稻盛先生向他们传授经营知识和经营理念，为此自发组织了盛友塾，也就是后来的盛和塾。与很多人一样，稻盛先生的很多理念植根在我心中。我一直在学习他的各种智慧，但都只学了个皮毛。他提出的经营学的学法，即六项精进、经营十二条和阿米巴模式，是我和同事长期学习的经典。

二是当地时间 8 月 30 日，苏联最后一位领导人戈尔巴乔夫在莫斯科中央临床医院去世，享年 91 岁。现在的年轻人可能对苏联知之甚少，作为那个年代仅存的两个超级大国之一，它曾时刻左右着全世界的走向。自戈尔巴乔夫（卸任）之后，超级强国慢慢走向了分裂和没落，中间的故事让人唏嘘不已。

没有永远的帝国，也没有常胜的将军，小到家庭，中到公司，大到一个国家的经营，似乎都走不出这样的命运。能有多少机会从头再来呢？如果出现决策性的失误，想要逆势而为几乎不可能。

这几天除了参加公司内部的会议，就是在去参加品牌方会议的路上，只有走了足够长的路，能力积累到一定高度，人生才会进入另一片天地，才会遇见更高质量的圈子，成就更好的自己。

今天的日子应该非常好，除了有朋友结婚，有非常重要的会议，还有许多伙伴到访。我们已经习惯了你来我往，自古以来的繁文缛节似乎慢慢被淡化，唯有人情世故始终支撑着社会文明的持续迭代。

在这个行业已经 20 多年，这几年因为特殊原因，与市场上朋友们的交流变得非常少，最近因为开会，大家重新聚在了一起。有的老面孔似乎十多年没有见过了，再次相遇，那种熟悉的感觉依然还在。回望过去的峥嵘岁月，大家都是从市场里面走出来的，只是后来路径慢慢变得不同，每个人都各自精彩去了。

在这个强者辈出的年代，任何一个行业都是高手如云，任何一项技能都有掌握到极致的人，这也是能够在当今社会脱颖而出的必备资质。那么，如何练就这一身硬本领呢？从某种程度来说，就是要保持一颗学习的心，学习和知识是走向成功最佳和唯一的捷径。人终其一生都在学习，虽然随着年龄的增长，效率变低，但日日精进，总好过停滞不前。

2022-09-01

做好终端市场，真正激活消费者

再也不能用传统的眼光和经验去理解这个世界，面对一系列社会状态的失控，必须重新审视，读懂世界变化的逻辑，才能永远立于不败之地。

今天是9月份的第一天，第三季度的最后一个月如期而至，身上依然背负着压力，同时也有动力。

从4天前出差回来一直到现在，基本上一直在开会，有时候会议一直持续到晚上。无论是对于供应商还是对于我们的客户来说，召开一个负责任的会议都是十分必要的。仔细想想，如果一切顺利的话，可能一不小心又会开一个全国最大的经销商会议。

想起这两年以来，无论是代理商还是品牌方或者是媒体，开会的频率越来越低了，不是大家不想开，而是实在找不到合适的日子顺顺利利地进行。有可能前期制定好了各种方案，但是等到真正举办的时候，却因为种种原因延迟甚至取消。我已经无数次碰到这样的问题，心中很是无奈，但是最难受的肯定是主办方，精心准备好了一切，却又成了白忙活。

这几天来访的伙伴特别多，大家坐在一起畅所欲言。就目前来看，实体店真正地实操和落地下来，效果并不十分明显，其中原因，大家也都心知肚明。传统渠道的没落已经势不可挡，要从新零售分得一杯羹，似乎是天方夜谭，因为策略不同，所以方法和工具也无从下手。不过，好的方面在于，无论是品牌方还是客户，都深刻认识到这件事情的严重性。多方面坐下来思考或者谈论，看似花费了大量的时间和精力，但是只要思想达到同频，前期所做的一切努力都是值得的。

很多人认为，品牌方站在资源的最顶端，可以肆无忌惮地做自己想做的事情。但是今非昔比，如今的市场早已不复当初。我们开诚布公讨论后的结果是愿意做好终端市场，真正激活消费者的工作。只有共同参与，一起规划，并符合消费者的实际需求，才有可能达到大家想要的效果。

临近中秋佳节，亲朋好友间的走动也频繁起来，尤其北方地区，在部分城市中秋节的意义甚至大过春节。作为地地道道的南方人，我也或多或少受到这种氛围的影响，慢慢地融入了进去，深刻感受到齐鲁文化、孔孟之乡的魅力。

9 月份的第一天，对未来充满希望。我的 9 月寄语是，脚踏实地地做好每一件事，制订好自己的规划，朝着目标往前推进，如果中间有瑕疵和疏忽，就及时去纠正。这是当下最主要的工作。

2022-09-02

人生不过平常二三事

真正的财富一定不是物质上的丰足，思想上的匮乏才是真正的贫困。

从上个月底出差回来，到现在似乎一直非常忙碌，尤其白天的会议一个接着一个，偶尔发一会呆，喝一杯茶，看向窗外，竟然觉得是一件无比幸福的事，我不知道有多少人喜欢这样的节奏，人来人往，独享孤独。

把办公室重新整理了一下，简简单单的摆放，反而越看越喜欢，可能随着年龄的增大，已经变得崇尚简洁，追求舒适了。和几个朋友聊聊理想、谈谈人生，规划接下来的工作与生活，人生不过平常二三事而已。

今天一位同事辛辛苦苦做的文案，因为种种原因需要重新来过。付出了许多努力却还得再来一次的痛苦，想必经历过的人都深有体会吧。但是反过来说，这本身就是工作的一部分，可以让我们快速地成长，考验我们面对一切不可测情况的反应。不管是回避还是正视，事情本身都强化了我们的心智，都可当作我们职业生涯中的一次小小坎坷。

作为一个对公司里面大部分岗位都熟知的过来人，我或多或少了解公司的脉络，了解每个岗位的职能，无论是基层的还是管理层的。我希望公司上下每个人都能找准自己的角色和位置，进而精进自己，不仅为公司增彩，也在无形中给自己戴上光环。如同我经常和很多同事讲的，路走得越来越顺、越来越宽，工作处理得越来越顺手，表明我们的各种技能在飞速提升。

虽然从事商贸工作多年，但我们都不是圣人，无法判断未来的走向，但我们能做到的就是做好自己。我在日常会议上经常要求大家做好本职工作，但这只能算是最低要求。如果把一个人的职能上升到另外一个维度，那就不单单做好自己，还要兼顾他人的部分工作，慢慢你会发现，工作诸事越来越顺，一切似乎都不像想象中那么复杂，这时候你的眼界和格局自然就提高了。

所有人都热衷于讨论未来的消费方式，但至少就目前的情况来讲，任何一种方式都不是万能的。我们知道，消费终端不但包含所有联网的场景，也包含线下的场景。但是在未来的商业模式中，线下实体不只是购物场景，而是可以做体验、售货或者收集用户大数据的平台。新的模式虽好，但并不一定适合所有的实体企业，如果不根据自身的经营情况对症下药，只是被动地随波逐流，那么是走不出一条属于自己的路的。

2022-09-03

乐观就有出路，躺平就是投降

人终其一生都在学着成长，那些咽下的委屈，必定铸造豁达的心胸和超人的智慧，与其纠结挂怀，不如淡然于心。

昨天听同事讲，临沂一家很出名的酒店从今天起开始停业，不是停业装修，而是不再经营。这个消息确实使我感到震惊，因为我们对它再熟悉不过了。这是隶属于临沂的一个大集团，离我们的公司非常近，还专门以我们公司命名做了两个包厢，当时十分感动于这样的暖心服务，对它好感倍增。所以平时经常安排到那里聚餐。当然，它里面的菜品和服务相对来说也是比较好的。

不久之前我曾讲过，它的设备陈旧，装修老化，竞争力恐怕越来越弱了，没想到一语成谶。所有人都不希望这样的事情发生，当然也包括我，不仅因为里面有很多相熟的老朋友，也为这个行业的凋敝而感到悲哀和难过。

这几年来，餐饮业、旅游业和酒店业都特别难，我自己就有一个酒店，真实的数据让人觉得可怕，所以当身边发生这样的事情时，一下子觉得难以接受。每个人都希望扛过这个冬天，但事实上，仅仅依靠自己的能力是很难做到的。

众所周知，在有了一定的市场规模和客户人群后，商家都会尝试以其他形态更好地服务客户，更有甚者会尝试向别的行业转型，而这也是许多商家的生死劫。新业务失败会直接导致客户流失，而一旦成功，则有可能使商家整体上升一个层次，还能分担风险。当然，对待任何一种新形态都是值得尝试和践行的，哪怕不那么尽如人意。

生活还得继续，工作还得进行，内功还需要加强，经过前两天短暂的气温下降后，这两天又是持续高温中，难免让人心神不宁。此外，外围市场大环境的不确定因素一直在持续，虽说大面积的战争不会爆发，但是局部的阴云一直弥漫。

这么多年以来，我其实一直是市场的积极响应者，也一直抱着乐观的态度去看待未来，相信虽然现阶段很难，但是终有一天会走出属于自己的一片天地。其实也只有这么想，才可能有出路。如果选择漠视和躺平，无疑就是投降。走一步看一步，谨慎地对待任何局势的发展，可能是我们现在唯一能做的事情。

非常感谢所有伙伴对我们的支持，无论是老朋友还是其他行业的伙伴，总是可以使我们在这燥热的天气中感受到很多温情。经常站在窗前，仰望天空，秋高气爽，风轻云淡，比起十几年前的雾霾，其实已经非常幸福了。我也希望我们的市场环境如同现在的天气一样，美好、澄澈……这一刻，与其说我是个生意人，倒不如说我是个有情怀的闲人。

茫茫尘世间，每个人都在为自己的前途疲于奔命，有谁愿意停下脚步，听无谓的絮叨呢……每天都走在追求梦想的路上，有同行者，有鼓励者，有支持者，也有嘲讽者、批评者。但我不会因此而怀疑自己，否定自己。任何时候，不管面对怎样的境遇，我都会一如既往脚踏实地地朝着自己的梦想努力。

2022-09-04

忙碌就是成长

透过社会的阴暗窥见光明，拨开黎明前的乌云去寻找阳光，让大家活在美好的希望里。

昨天的周例会基本上围绕着即将到来的916会议展开，今天上午继续昨天的议题，对包括品牌方、客户在内的中间细节进行讨论。开次会议真的太不容易了，尤其是现在面临的不确定因素太多。报名的人数也超过我们的想象，间接对大家的接待工作提出了巨大考验，所以我们前期的统筹规划就变得更加重要。

我们想为大家开一场有价值的会议，所以尽可能在每个环节做得更加细致，如果仍有疏忽，希望能得到客户的理解。当大家拿出一个又一个迎合客户需求的方案，即使有很多地方不如意，我仍觉得用心就好。但务必注意时间和节点，离会议只有10多天了，时间尤为紧张，项目往前推进的速度，决定了我们对这件事情的未来预期。

公司不是只有冷冰冰的制度，还有温情在里面，我们本身不是机器，更希望如同企业文化里面讲的一样，有些家的味道，做个受人尊敬的公司，这是我的发心和对未来的愿景。

中午会议之后，有半个小时左右的独处时间，望望天空，喝着红茶，听听歌，心完全放空，觉得自己是世界上最幸福的人。这可能就是我一直努力拼搏的意义所在。

看着同事们为了一个共同的目标努力向前，忙得不亦乐乎，我倍感欣慰。我们全力以赴地坚持，虽然工作变得越发繁忙，但是对自己的成长也是一种帮助。等到熬过了这段忙碌的时间，我相信每个人离自己的目标又将更近一些。

下午，有客户不辞辛劳地远道而来，一起聊聊天、喝喝茶，畅谈商业的本质，再次讲到没有一个模式是百分之一百确定的，但我们都愿意在实践中付出更多的努力去尝试。

商业的成功，刚开始往往需要借势，要站在风口上。但是到了一定阶段，就得靠模式，这个模式必须是与时俱进的。而要想长远发展，必须能够提供过硬的产品，否则一定走不下去。未来是一个价值高速流通的时代，所有产品又在不断迭代，我们永远无法预料最后将实现的是什么，只有不断地更新它，使它更加与时俱进，不断提升它的价值，使它离目标越来越近。

2022-09-05

顺势而为，才会顺其自然

不管遇到多大的苦难，我们终究要一个人扛下所有，即便征程漫漫，也要倾尽所有去寻找心中想要的答案。

周一的早晨总是比较忙碌。5：30起床，分别送3个孩子到校，是一天中最幸福的事情。有时候想，他们是不是比我们更加不容易呢？我们想当然地认为，他们只要做好学习这一件事就可以了。但是换位思考一下，我们在他们这个年纪又做得怎样呢，也许连他们都不如。

车上偶尔和孩子聊几句家常，让他们谈谈自己对于学习的感悟，氛围很好。

半大的人了，早已经有了自己独立的思想，如果我们还把他们当成小孩子，以自己的思维去定义他们的想法，那一定是不可取的。我喜欢润物无声的教育方式，靠自己的身体力行从侧面去引导，希望他们慢慢认识到，上学是一个修养身心的方式。

上午收到几个客户的亲切问候，祝愿我新的一周新的开始，一切有个好心情，并表示希望下周的会议一切顺利，如无意外，一定如期到访。每次听到客户这样的回复，总是觉得既轻松又暖心。我们的会议意义早已超出了会议本身的意义，有如老朋友的一个聚会。大多数客户都是千里迢迢而来，并且自己承担差旅，这份情谊难道不是已经超越了贸易伙伴的关系吗？

临近中秋，陆续有友人到访，让我真切感受到北方对于这个佳节的重视。大家叙叙家常，互相祝愿一切平安健康。

人生经历得多了，就会心生敬畏之心，尤其中午的时候听到四川发生地震的消息，想起昨天刚有一个朋友返回那里，不由心中一紧。无论怎样，希望所有人安康。

与金融行业的几个朋友聊了一下当前的趋势，从国家上下来看，已经显示出对于数字化转型的迫切性。大家已经逐渐认可了这样的转型之路，在身体力行之后还要慢慢引导下面的同事。人最怕的就是和趋势相抗衡，其实只要做到顺势而为，接下来的事情就会顺其自然地进行下去。

今天有机会来到公司的物流中心，如果没有记错，应该是今年第三次过来。50多名同事，大多数都是生面孔。与同事们拍摄了几段小视频，回顾了这里的点点滴滴，从最初的小仓储到现在较大型的物流中心，一步步见证了公司的发展。尤其让我们感到可喜的是，团队成长的速度远远超出了我们的期望，而逐渐专业化和规范化的进程也慢慢实现了。

与伟大的公司同行，总是可以看清自己的位置，懂得收敛自己的傲慢，也学会了谦卑做人，因为这样才能走得更远。

不管遇到多大的苦难，我们终究要一个人扛下所有，即便征程漫漫，也要倾尽所有去寻找心中想要的答案。

2022-09-06

沟通到位，迎刃而解

世界或许并不完美，但爱让人间值得。爱会传递，会让温暖变得更暖，爱更是一种责任，一种牺牲，一种成就。

临近中秋，对依然出差在外的人们致以崇高的敬意。在这个城市，人们比较看重这个节日。在以前，基本上所有的大事小事都要留到节后再说，就连新员工的入职，有时候也会推迟到回老家过节以后。虽然这样的习俗已经慢慢淡化，但它不可能消失，我想周围北方人的感受可能更真切。

到今天，还在回味昨天的物流中心之行。我们经过了6次搬迁，到现在的小有所成，中间经历的种种，只有自己知道。我也非常确信在未来的几年里，应该还会有大的变动，但是智能化、科技化、数据化的趋势不会改变。物流中心作为我们整个公司不可或缺的重要一环，在公司未来的发展中必然起着无法估量的作用。

昨天站在一排排重型货架前感慨万千，如果现在给我一个单子，让我亲手理货，可能只会一头雾水。随便问了一个同事，几天可以熟悉这样的流程，他竟然说差不多一天就可以了。智能式找货，还有每天的动态盘存，替代了我们每月一次的大盘，确实省力不少。想当年为了盘库存，我们基本上每次都要专门花上一天时间，而且最后的数据也不一定精准。现在多好，系统化的普遍使用，不但大大提高了效率，精准度也超乎人们的想象。

认识许久的朋友一起喝喝茶，聊聊上半年的一些体会，每个人都有不一样的感受。离年底差不多只有一个季度了，对未来，我相信每个人心中都有一杆秤，都需要找到坚定的方向和坚持的理由，否则很容易迷茫和丧失锐气。

下午和部分同事开了几个小会，所有伙伴都非常棒，虽然我们对于有些事情的理解不同，但问题不大。只要沟通到位，多多交流，一切都会迎刃而解。特别喜欢这种共同成长的过程，每个人都竭尽全力地付出，只为一起见证更美好的未来。

世界或许并不完美，但爱让人间值得。爱会传递，会让温暖变得更暖，爱更多的是一种责任，一种牺牲，一种成就。

2022-09-07

拥有一切技能包，便拥有了底气

只有未来永不过时，不管你愿不愿意，最终都得适应时代的发展。未来很远，但我们的目光更远。我们所处的是一个充满挑战的时代，也是一个充满希望的时代。

山东这几天的温度普遍超过30度，我大约看了一下，全国各地的情况都是如此，四川还有地震，祈祷一切尽快过去吧。

一周之后的今天，我们将会陆陆续续迎来很多参会的伙伴，心中有期待，也有担忧。但我相信一切都是最好的安排，面对很多的不确定因素，保持内心的宁静，随遇而安，至少我们已经做足了准备，不会给自己留下遗憾。

很多相知20多年的朋友，陆陆续续给我们介绍了一些好伙伴、好客户。仔细想想，在自己成长的道路上，总是自己付出微不足道的力量，却受到很多人的厚爱和支持，每每想来，内心感到十分温暖。

日常工作中，尤其是每次的会议准备，总是有人忙前忙后，替我分担了很多。其实我是一个情商和智商都很低的人，对人情世故不甚精通，但是因为有了这样的朋友，才有幸得以得体地活着。

我是2000年来到山东的，直到近几年才发现，当时和我同一时间创业的公司，已经在渐渐消失。不是他们的方法不对，而是时代变迁了，曾经适用于那个年代的管理工具，在面对今日的主力军——90后和00后时，已然失效了。于是我时刻提醒自己，千万不要让思维一直停留在过去。

我一直认为，安全感来自持续不断的努力和精进，而所有的抱怨都归因于自己不够优秀，不够努力。无须给自己找更多的借口，在时代的洪流面前，所有人都是一粒尘埃。

有幸仍处于快消这个还算朝阳的行业，每天接触许许多多优秀的伙伴，使我不断鞭策自己加强学习。优秀的人打动我的，不仅是那酣畅淋漓的语言，那丰富多样的知识面，还有那对于时代发展浪潮的深邃思考。有一句话说得非常好："夜晚的灯塔一直都在，只是灯亮的时候才看得见。"正是心中的那座灯塔，指引我们一直朝向同一个方向。

商业环境远比想象中的复杂和凶险，如同穿越荆棘密布的暗黑森林，时不时地有野兽出没，更有可能因为迷雾重重而迷失了方向。在做好自己的同时，还要有清晰的定位，永远遵循以客户为中心的理念不能改变，唯有如此，才不会背离初衷。

解决用户乃至行业痛点，创造新的需求和使用场景，提供超出行业平均水平的体验，搭建富有生命力的团队平台……只有全面拥有一切技能包，一家公司才可能拥有与市场叫板的底气。

只有未来永不过时，不管你愿不愿意，最终都得适应时代的发展。未来很远，但我们的目光更远。我们所处的是一个充满挑战的时代，也是一个充满希望的时代。

2022-09-08

不要忘记为了什么而出发

无论途中多少曲折，都不缴械离席，仍选择跋涉在路上，这才是坚持最动人的样子。

每天的日子忙碌而充实，从早到晚马不停蹄。

对于会议的流程，每天一顺再顺，希望可以给大家完美的呈现，一星期之后的今天，就会给大家揭晓答案。同事们努力付出的样子非常可爱，但是如果对于时间节点缺乏敬畏之心，抱着侥幸心理去面对这次会议，总是给自己留下足够的机会空间，结果就会不尽如人意。

每天到访的朋友总会给我不一样的思路，每一个建议我都铭记于心，我知道大家的出发点都是为了永之信越来越好。

曾以为一眼便望到尽头的人生，就这样迎来了无限可能。找到长期的学习目标，不要忘记自己为了什么而出发，那是走出低谷的不竭动力。人这一辈子看似很长又很短，如果心中总有一盏向往的明灯，运气就会一直追随自己，付出的努力也会得到回报。并且走着走着，目标就会越来越清晰，内心也会越来越安宁淡然。总而言之，人生的核心就是走好自己的路，不要左顾右盼，不要见异思迁，一直走下去，才能走得远，达到更高的境界。

每天很辛苦很累，口腔也出现了溃疡，但是心不疲惫。我曾经无数次地告诉伙伴们，身体累点不要紧，就怕心累，就怕找不到未来前行的方向，那才是最痛苦的。往后余生，愿我们都能成为勇敢的飞鸟，觉醒内心的力量，飞向属于自己的峰巅。

无论途中多少曲折，都不缴械离席，仍选择跋涉在路上，这才是坚持最动人的样子。

2022-09-09

每逢佳节倍思亲

世界上没有不老的人生，只有不老的心态，一站有一站的风景，要的不是每一站都精彩，而是岁岁平安。

明天就是中秋节了，一大早马路上就拥挤不堪。中国本身就是一个非常讲究人情世故的国度，每逢佳节倍思亲，在北方的城市，这个节日显得尤为隆重，走亲访友的人们已经成为一道风景线。

突然想起来已经整整3年没有回浙江老家了，不是不想回去，而是因为新冠肺炎疫情，一直无法成行。大人可能还好一点，但是孩子要上学，多有不便。不能说对老家没有感情，浙江真是一个山清水秀的好地方，有一天我还是要叶落归根的。到时候回到老家，坐着椅子，靠在墙上，晒晒太阳，将是多么惬意。

从2000年来到山东，已经对这里产生了浓厚的感情，也曾无数次和人讲，我在浙江老家只待了10多年，但是在山东一晃就是20多年，山东已从第二故乡变成了第一故乡。这么多年来，在这片热土上，我不仅收获了生意上的成长，还收获了许许多多生意上的伙伴，从最初的客户上升到朋友，有多少情分在其中，感谢所有的相遇。

秋天的天空瓦蓝瓦蓝，早已不见当年雾霾的模样。当时认为困难重重的事情，最后不也慢慢解决了吗？曾经以为是天方夜谭，但现在的结果是不是比大家想象中更加美好？当然，其间需要人们付出的努力简直不可估量，但终归是做到了。经营公司也是这样。很多事情需要循序渐进，也许短期内看不到效果，但是时间真的可以检验一切，只要你能坚持走到最后，结果就会证明当初的决定和行动都是正确的，也是值得的。

翻开中国的发展史，我们可以看到，一个城市的发展，一定是一个城镇往县城汇集，县城慢慢往市区集中，然后逐渐形成许多超大型城市的进程。很多商品也是如此。我想总有一天，不至于说全国一盘棋，但是一定大差不离。

因为地域辽阔，不论是文化、消费习惯，还是商品结构、营销模式都千变万化，还是那句话，时间可以让一切慢慢改变。从原来的三十年河东到三十年河西，从以前的信息闭塞到现在的秒懂全国，地球村似乎指日可待了。

这是社会发展的进步，我们需要与时俱进。但反过来讲，我们的商业环境是否更加透明化了呢？假如我们未来还有机会在这个商业竞争中存活下去的话，那一定是作为中间的服务商，作为所有流通环节中不可或缺的一环而存在。

当然，现在说这样的话似乎为时过早，但改革的趋势和历史的脚步不会停止，在车轮滚滚向前的同时，总是会碾压很多。今天早晨听到英国女王伊丽莎白去世的消息，曾经全英国最具权威的女人，现在也逐渐成了历史人物，令人唏嘘。

世界上没有不老的人生，只有不老的心态，一站有一站的风景，要的不是每一站都精彩，而是岁岁平安。

2022-09-10

家国情怀与个人使命

光阴似箭，日月如梭。它最快又最慢，最长又最短，最平凡又最珍贵，最容易被忽略又最容易使人后悔，山一程，水一程。

据说今天是全国大多数城市赏月的最佳日子，白天晴空万里，晚上朗朗明月悬在半空，不知那些不能归家的旅人，又有多少乡愁在心间。

花好月圆之夜，会有很多期待，也会有很多思考，一年已经走过了四分之三，接下来的道路该何去何从呢？

今天收到天南海北的朋友们的祝福信息，心中莫名感动。平日大家各自忙碌，每逢佳节偶尔互动，又会勾起内心的回忆，似乎一切都回到了从前。

在这大多数人阖家团圆的日子，谈家国情怀应该更加应景，但作为一个商人，如何把我们的公司经营得更加稳健和出色，才是重中之重。站在现在看未来，又有多少人能够真正做到。我们唯一能做的，就是尽可能地顺应当下的局势，减少失误，做自己可控的事情。

就像孩子们每天早上去学校一样，对时间节点的严谨程度，也决定了他们的学习质量。很多人认为细节上的缺憾完全可以用过程来弥补，但是对我来讲，如果对于细节缺乏敬畏之心，最后的结果也不会好到哪里去。

现阶段，无论是市场还是品牌，都受到了不少瓶颈制约，使大家对接下来的大规划充满惶恐。受常态化疫情影响，以及传统消费巨头的市场阻击，不少之前经历了高速增长的新消费品牌市场出现下滑，甚至面临生死考验。从某种程度上来说，这对于整个新消费品行业的发展未必是坏事。

想起前几年靠资本吹起的泡沫逐一破碎，行业趋势开始回归市场本真，消费者激情的热捧降温为理性的价值衡量。要想在未来的转折点扮演重要的角色，并成为这个过程的加速者，我们能感受到在历史的进程中，挑战与机遇并存。

在这样的背景下，需要重新审视新消费品牌的恒久发展之道，更加客观真实地对待市场需求和行业趋势。不能与供应商和客户伙伴夸夸其谈，而要真实地面对各自的痛点，把所有问题放在桌面上，一起找寻更多的商机。

当前环境依然处于相当大的不确定性中，各家公司都在寻找自己的转型之路，数字化必定是最大的趋势。对于我们来说，最重要的一点是，无论外面如何变化，我们一定要找到自己转型的确定性。

2022-09-11

磨刀不误砍柴工

团队意味着，不用一个人独自扛，可以所有人一起分担。世间万物皆有规律，愿一切长存心间……

今天对楼下的展厅进行了重新布置，对货品的陈列进行了调整，大多数同事几乎放弃了假期，都希望在这有限的几天里，能做好充分的准备，给所有客户和供应商留下美好的记忆。

每个忙碌的身影，都代表了大家对于事业的热爱，尽心尽力地付出，总是可以让我们达到预期。

"金九银十"的这个口号不知道已经喊了多少年，但这两年的趋势是越来越淡，无论是线上还是线下，实体还是网络，所有人的消费越来越理性，冲动型消费也越来越少。这实际上是科学的，未来只会朝向这个方向去发展。

我们早已经过了物资匮乏的年代，如果不是因为疫情原因，大家甚至连囤货的思维都没有，但是生活刚需品在任何一个阶段都是不可替代的，其他产品则未必。我们自己的生意结构也需要慢慢地调整，去迎合市场。

成年人的世界，很多时候大家一直都是硬撑，就看谁的抗压能力更强一点。当下我们都在坚强地活着，也只能坚强地活着，希望疫情早日结束，迎来春暖花开。尽自己所能给市场传递正能量，在所有人都面临"难"的时候，如果我们能走出一条属于自己的路，本身就是一个亮点。

中秋节之故，昨天的周例会推到了今天，主要的话题还是关于会议的流程。在做好所有规划之后，接下来的流程非常重要，主要是这次情况的不确定性因素太多，甚至可以用不可控来形容。在此也提前给所有伙伴们打个预防针，我们做得也许离大家的期望有点儿远，但是大家能聚在一起真的很不容易，我们会全力以赴，如果能够成功地熬下来，本身已经说明一切。

对于我们的团队来说也是如此。当大家经过一次次洗礼后，我想每个人应该都能够得到成长。尽力而为和全力以赴是两个概念，我希望是后者，哪怕结果不太如意，因为真的值得我们这样去做，我们希望给所有的伙伴们留下一个好印象，或一个中肯的评价。

磨刀不误砍柴工，意思就是为了做好充分的准备，前期花大量的时间也是值得的。与伙伴们一次又一次讨论接下来的工作，突然发现内心已经越来越安定了。

我知道自己想要的是什么，我知道我们在做什么，我也知道我们未来能做成什么。说一千道一万，一定要站在客户的立场，与他们同一个战壕，要希望彼此越来越好，而不是单方面的。大家站在一起，才有可能熬过这寒冷的冬天，才有可能在未来的几年里依然可以身处同一个行业中。

团队意味着，不用一个人独自扛，可以所有人一起分担。世间万物皆有规律，愿一切长存心间……

2022-09-12

每一次解决困难，就是一次修行

路很难走，如果不把根留住，保持当时的初心，回归商业本质，未来会更艰难。重要的不是你是谁，而是还能够在这个市场中待下去。

我觉得，做好一切动作的前提，有一个很重要的点，大家可能忽略了，那就是认知。因为只有发自内心地觉得这件事情很重要，我们才有可能全身心投入其中。

对于单纯说教，大多数人是听不进去的，也无法做到感同身受，只能等到某一天他自己顿悟了，但是这个时间节点可能遥遥无期。站在旁观者的角度，我们明明知道应该怎么去做，必须这么做，才可以达到我们想要的效果，但是当局者却不以为然，所以这也是我们接下来需要深度思考的课题。

我们只是普普通通的老百姓，真心希望国泰民安、安居乐业，做点小生意，让自己和团队更加富足，并在力所能及的情况下赋予社会更大的能量。在这个人人都可以称为老板的年代，老板的含金量已经大打折扣，但这就是现实。我们需要重新评估自己对未来的预判，自己在社会中的位置如何？我们真正能够产生多大的价值，可以给社会带来什么样的贡献？

每天的培训就是为了打开我们的认知，达成对未来的共识，公司的初衷就是希望门店越来越好，从而我们的生意才会越来越稳健。我们也相信，在共同成长的道路上，我们一定会收获超乎自己想象的惊喜，这本身就是一个快乐的过程。

这是一个漫长而艰苦的过程。有人的地方就有江湖，大家都有各自的想法，真正落地下来，总是会产生分歧。但是这都不重要，我也相信这么多年来，我们走过的路还是以稳健为主，我们自己的风格也一定会符合未来的发展，我更相信我们一定在未来大消费的征途中占据一席之地。

最近秋天放缓了她的脚步，每天的绿色总是让人心情愉快。无论是在车里，还是在办公室中，我都会放点儿花花草草，让心情也随之飞扬。当改变不了世界的时候，我们一定要学会改变自己的心态，从容地面对一切。

在工作与生活中，最难做到的就是尊重和理解，人与人之间，这两者是最直接的利害关系。如果做到了，很多事情就得心应手，如果做不到，那就是一个绕不开的弯。

我不知道大家对平时遇到的困难怎么理解，我一直把它当作人生路上的一次修行。在遭遇困难和困惑的时候，自我的精进变得十分重要，当我们懂得这个道理之后，就会明白那些所谓的艰难只不过是为了强化自己罢了。

路很难走，如果不把根留住，保持当时的初心，回归商业本质，未来会更艰难。重要的不是你是谁，而是还能够在这个市场中待下去。

2022-09-13

大浪淘沙，不进则退

感天动地的英雄神话，教会了我们怎样才能义无反顾地迎着风，奔向时代的远方。

昨天晚上睡得特别晚，一直在想过两天的会议，从今天开始，已经陆陆续续有客户到达。唯恐我们有任何不足，给客户造成不好的体验感，但还是忍不住再三强调，在比较艰难的环境之下，我们希望大家能够多多理解和包容。

有惶恐也有期待，当然还有兴奋，如同媳妇要去见未来的公婆，也如同久未见面的友人约好了见面的时间，却不知道应该做点什么、说点什么。一直相信大家是懂得和理解的，哪怕我们做得不尽如人意，因为说句实话，我们团队为这次的会议付出了许许多多。另外，由于各种原因不能参加的伙伴们，大家如果愿意，也可以通过视频号等渠道观看现场直播，我们一定不负众望，努力给大家创造出不一样的精彩。

今天是中秋小长假之后，孩子们上学的第一天。途经小二哥学校门口的时候，能看到临西八路和解放路向北的一排商铺。车子开到一半，才发现竟然有如此之多的沿街房上写着出租转让，令人非常震惊，心中久久难以平静。

送完孩子后，我又特地绕了一个圈拐了回去，数了一下，总共有28家店面，9家写着转让出租。我不知道用什么样的言语来形容那一刻的心情，反正是非常沉重，还感受到一丝寒冷。这就是我们实体店当下的真实情况。曾经比较繁华的街道，衰颓至此，的确让人唏嘘不已。我知道，在每一个这样的店面背后，必然隐藏着很多难以言说的无奈和辛酸。

城市的大街小巷依然到处在施工，无形中造成了各种拥挤不堪。我无法描述这样的行为，只能说存在即合理吧。我依然相信城市的决策者，他们一定会有长远的发展眼光，能够高瞻远瞩。所以目前的困难都是暂时的，只是为了让我们的城市越来越漂亮，让我们的未来越来越好。

今年，很多人逐渐清醒地意识到，财富的积累和阶层的跃迁需要机遇、勇气、资源的综合作用，很多人的经历不可复制。作为普普通通的素人，我们愿意站在巨人的肩膀上，减少不必要的差错，希望对我们的生意有所借鉴和帮助。

每个行业的内卷超乎我们的想象。在这似乎让人喘不过气的环境之下，能否爆发出逆势而为的能力，仅仅靠一个人的力量是绝对做不到的，我们希望集合所有的资源，为了理想中的目标，奋力拼搏一下。

感天动地的英雄神话，教会了我们怎样才能义无反顾地迎着风，奔向时代的远方。

2022-09-14

在动荡之局中明哲保身

人生所走的每一步路都算数，如果眼前出现了机会，哪怕再小，也要努力去抓住。

今天，台风梅花应该会登陆浙江象山一带，接下来的明后天，肯定会影响山东这边，一般都会有倾盆大雨。

下雨真的是一个好兆头，尤其对于过两天的会议，因为按照南方的说法，下雨意味着雨花财，预示着接下来的事情会顺顺利利。如此甚好，希望一切美好如约而至。

这几天又听到一个酒店行业的朋友打算离场的消息，作为拥有一个小酒店的我，最初的定位就是为了服务自己的客户，如果不亏损，那就更加开心。但是这几年的运营实在是非常艰难，总说想办法扛过去，但实际上要做到这一点真的很不容易。流量的下降已经不可遏制，酒店行业陷入了死胡同。逐渐老化的设施需要装修，但是不敢投入费用更新，因为没有流量、没有营收，这就造成了进退两难和举步维艰的局面。

这几天与许多朋友聊天，听他们讲述自己创业的心路历程，从曾经的辉煌到如今的困难重重，时而让人兴奋，时而令人心碎。在未来预期不被看好的情况之下，绝大多数人都急切地想要走出一条属于自己的路，因此对接下来的工作十分迫切。

我很佩服一些人，从他们身上看到了一种力量，就是那种以披荆斩棘、一往无前的气概，从一穷二白做到了小有成就。即使现在暂时地陷入困境，他们依然展现出逆势而为的勇气，这种精神令人肃然起敬，也让人觉得，他配得上成功二字。

全球动荡，宏观形势不好，疫情的不断反复，给很多门店的经营带来困难，甚至带来可怕的后果。很多公司尤其是中小型公司，已然进入生死煎熬期，更有甚者选择躺平，不愿作为。我个人认为这种心态比疫情更可怕。与其把所有的不努力、不用功、不成功都归结于疫情，倒不如去苦练内功，提升自己。

业界有个共识，即未来最重要的能力，是链接消费者的能力，是快速响应客户需求的能力，在需求决定生产的时代，一切都是以消费者的需求为出发点。未来也是一个无界的时代，只要手握用户和数据资源，就能击穿不同领域之间的篱笆。往往是那些跨界的人，在不同的思维路径上找到交汇点，建立了全新的认知坐标，并且认为这件事情真的非常重要。

面对空前的挑战，提高自身抗风险能力与组织韧性刻不容缓，纵观那些在无数个经济周期中仍能保持基业长青的公司，灵活的危机管理战略、坚韧的组织文化正是他们的制胜之法。

人生所走的每一步路都算数，如果眼前出现了机会，哪怕再小，也要努力去抓住。

2022-09-15

三人行，必有我师

无论哪个行业，为更多用户提供服务，既是心愿，也是能在时代大潮中奔涌向前的唯一出路。

好事多磨，因为台风梅花的缘故，很多从南往北的航班和高铁陆续取消，给很多出行的朋友们造成了困扰，进而一再改签，多多少少影响了我们的规划。

但是所有的美好最终如期而至。看着一张张熟悉又陌生的脸庞，心中感慨不已，都说时间就像海绵里的水，只要愿意挤，总是会有的，但是说句心里话，在这几年里，说走就走的旅行根本不是自己说了算，还得遵循很多客观条件。所以，友人之间见一次面真的太不容易了。

这两天和客户朋友们聊得特别多，在我的眼中根本没有大小客户之分，有的只是沟通交流的深浅而已。我们深刻地体会到，所有大的系统都是从小门店发展而来的，只要保持一颗永远学习的心，在行进过程中不断自我提升，就一定可以脱颖而出。

无论是与客户还是与供应商的探讨，本身都是一种学习，对于市场一定要有敬畏之心。三人行，必有我师，很多事情需要多方面共同面对，才能够解决一切困惑，找到成功的案例，进行复制。我真心地感激，能与客户这样聊天沟通，能使自己有分享和学习的机会。

如果可以得到客户的认可，能够帮助对方，这种快乐是无法言表的。快乐的本质其实很简单，就是能使所有的伙伴从中获益，得到持续的成长。

过去 10 多年，快消行业纵横捭阖，厮杀惨烈，能够从风口平安着陆并保持持续增长的，可谓凤毛麟角。上午听到一个非常不幸的消息，香港卓悦宣告破产，这个与莎莎齐名的化妆品店，就这样慢慢地退出江湖。当年去香港的时候，看到两家巨头基本上总是对着门开店，如同万宁和屈臣氏，出现如今的局面真是让人心碎不已。

上天是公平的。在时代的变革面前，巨无霸型的公司也有可能慢慢地没落，中小门店也有可能脱颖而出。前车之鉴，后事之师，也许可以找出一些蛛丝马迹，给自己一个警醒。

这两年出现较多的词语就是内卷，但是现在似乎已经卷不动了。随之而来的是躺平，是对一切事物的漠视，是假装不努力假装无所谓，以此来麻痹自己。然而，消极的假象掩饰不了真实的问题，随着时间的推移，就如同裸泳的人，迟早要浮出水面。与其这样，还不如静下心来多做功课，看看有没有顺势而为的机会。在这残酷的现实面前，一定要心中有数。未来一至两年之内，一定会快速地洗牌，其节奏之快可能是我们难以想象的。

无论哪个行业，为更多用户提供服务，既是心愿，也是能在时代大潮中奔涌向前的唯一出路。

2022-09-16

奔赴山海，不负热爱

我相信大家会一直在路上，无论多么艰难。我愿意与大家一起探索商业的本质，借助品牌的力量，插上想象的翅膀……

经历了一波三折以后，916会议顺利召开了。这篇文章其实从昨天凌晨就开始写了，因为我知道今天特别忙。此刻，我甚至无法用言语来表达内心的感受，如果硬要用一句话来形容，那就是：太不容易了，太感动了。真的不知道如何表达我心中的波澜，对我来说，举办如此大型的会议，承受的压力之大，可想而知。

真心感谢我的团队，我们的供应商，我们的客户伙伴们，是你们的一路支持，让我有勇气讲出自己的心路历程。如此多的品牌云集，全国各地的客户伙伴齐聚一堂，怎一个感动了得。所谓的情怀，其实就是你、我、他在一起的故事吧，我更希望在10年、20年以后，我们依然可以谱写出属于自己的乐章，豪情万丈的那种。

每次大会之前的大雨虽说给出行造成了不便，但是作为南方人来说，还是比较开心，因为雨意味着吉兆。

讲太多今年的市场环境，似乎有些伤感，所谓后疫情时代，一直持续3年之久，至今看来仍是遥遥无期。经历了风云突变，也经历了悲欢离合，我们仍然相信，这一定是黎明前的至暗时刻，我们依稀可以看到胜利的曙光呼之欲出。一如我对未来的期盼，还是那么热烈。我一直是个乐观派，相信无论有多难，明天的太阳依然可以升起。

这几天陆陆续续迎来了全国各地的朋友们，我们何其有幸，得到了无数人的厚爱与支持。人群中，有人来自祖国最东北角的佳木斯，有人来自西北角的新疆，还有人来自华南的两广，来自西南的云贵川渝藏……大家辗转无数城市，穿越重重困难，相聚在一起，除了情怀，更是满满的情谊。这份情谊涌上心头，让人温暖至极。

为此，我唯有尽我所能，不辜负大家的期望和信任。在市场的洪流之中，我们自然不能做到以一己之力与之抗衡，但是真心愿意发出自己微弱的光芒，让大家对明天拥有更多的信心和力量。

同事本来帮我了准备了满满当当的会议PPT，但是我一减再减，比起务虚，我更喜欢讲讲这20多年来，我与大家的故事。我把它定义为情怀。我知道这样的词语太过宽泛，但是对于自己来讲，却是真实的经历。从当初为了物质需求和个人成就，在这个行业谨慎起步，到逐渐希望给予团队更多能量；从一开始的客户，到慢慢地变为朋友，并且希望我们可以一直共同成长，走出属于自己的时代，自始至终都是一种情怀在驱动。

只是这几年，我们很多人都遇到了困境和迷茫，有主观原因，也有客观问题。我们绝不允许自己躺平，虽然渠道分流的竞争残酷到超乎所有人的想象，存活下去变成了一件难事。但是，在消费趋势依然向好的情况之下，我们希望分得更多的羹。仅靠个人力量一定无法抵挡时代的脚步，所以我希望大家团结在一起，借助品牌方的力量和消费者的需求，可以在市场里面占有一席之地，如同当年我们一起走过的峥嵘岁月。

在这次会议主题赋能、突破、共赢的大标题下的副标题蕴藏了更多的含义。在未来一段时间之内，品牌的力量一定持续延续和强化。若干年之后，所有人都会意识到这些问题的严重性，如同我们现在对于消费品牌的选择一样。中华大地地域辽阔，因为认知问题逐渐产生的断层，将随着时间的推移而慢慢消失，形成共鸣。北上广深等一线城市今天对于品牌的认知，就是其他省市明天的共识，一切生意都将回归本质，对品牌的高度认知和商品的超高性价比，必然是未来的主旋律。如果等到那个时候我们才后知后觉，一切将为时已晚。

此时此刻，我们必须认识到这件事情的本质，要提前做好规划，做好布局。市场的脚步越走越近，我们要做的事情就是提前在那里恭候它大驾光临。相信这个脚步可能快到让我们难以想象，而我们自身真的做好了准备吗？

站在这个舞台，到现在有时间静静地收尾，百感交集。当下真的会很艰难，难到甚至找不出坚持下来的理由。但是，就像现在的台风梅花一样，不管多大的风、多大的雨，都有停下来的时候，都会再次看到晴空万里、阳光灿烂。我们也应该相信，合适的模式一定出现在兵荒马乱的年代，出现在人们陷入绝望的时候。人生也一定会经历很多次失望，但是反过来讲，希望是不是出现得更多呢？

没有一份事业会一帆风顺，总有遭遇困难和挫折的时候，只要以积极乐观的态度面对，就一定能扛过去。不轻言放弃，才是我们应该做的事情，才是我们走出困境的动力。一颗强大的内心并不是与生俱来的，而是从苦难之中一点一点地磨炼和磨砺出来的。这个过程难免充满各种艰辛，所以需要有坚持不懈的勇气，需要有积极乐观的态度。

由于受到多方面的影响，美妆零售环境无论是线上还是线下，都在快速地变化，传统美妆店早已告别躺着赚钱的时代。时代在发展，实体店经营模式也在发生着相应的转型，如果还是以从前的思维去经营，坐等顾客上门的话，未来之路必定越来越艰难。顺应未来的趋势，及时进行转型，或许还有可能在这残酷的环境中生存下来。

在这流量为王的时代，只有一切以消费者为主，换位思考每一位顾客的需求，做好服务，给消费者提供更好的购物体验，用户才会愿意为服务和产品持续买单。互联网已经不可阻挡地颠覆了大家的观念，改变了大家的消费习惯，与其把它当成敌人，不如选择和它做朋友。那就是线上数字化门店做好推广，触达更多消费者，线下实体门店做好购物体验与优质服务，这种经营模式的推广，是线上无法比拟的优势。在此基础上，做好方圆几千米加局部的私域公域流量，无疑是最好的选择，这将会给消费者带来更大的便利和惊喜。

我相信大家会一直在路上，无论多么艰难。我愿意与大家一起探索商业的本质，借助品牌的力量，插上想象的翅膀，顺应时代的洪流，穿越行业的一个又一个周期。对于会议，我更愿意把它当成一个传递未来声音的工具，一个对于我们能否成为一个可持续发展公司的研判方式。永远心存感恩之心，永远心存敬畏之心，与所有伙伴们融合在一起，成为一个合格的服务商，让我们一起奔赴山海、不负热爱。

2022-09-17

雄关漫道真如铁，人间正道是沧桑

再一次重温那句话：雄关漫道真如铁，人间正道是沧桑。个中的滋味，需要自己慢慢去体会。

昨天的大会已经告一段落，晚上重新整理一下自己的思绪，还是感觉愧疚不已。从酒店的入住开始，到晚上的分会场，很多环节都有些许疏忽。在我心中，客户没有大小之分，无论合作多久都一视同仁，只是很多细节做得不够到位，再次希望取得大家的谅解。

都说迎来送往是一个非常重要的课题，我们负责调度的张总这几天非常辛苦，几乎没怎么休息，但是会后仍然对我说抱歉，说自己做得还有所欠缺。的确如此，我们在迎接的时候做得不够好，在送别客户的时候几乎无暇顾及，因为这次来的人实在太多，基本上连聊天的机会都没有，无论如何，遗憾肯定是有的。但是对于队员来说，我觉得他们做得已经足够多，都是全力以赴地在做这件事，所以不应苛责。

昨天，一个客户的话让我十分感动。他说林总，我们几个人经过多次取消、改签，辗转四个城市，千辛万苦到达您这里，简直像唐僧取经一样难，只是为了看您一眼，差旅费就花了一万多，您觉得我们只是为了吃一顿饭，住两个晚上吗？听到这里，我竟说不出话来。其实我们还有很多类似的客户，来此一趟大费周折。跨越千山，只为一面之缘，有多少十多年未曾见面的客户重逢，有多少客户未来得及寒暄。说到这里，还是感觉对不起大家，再次希望得到大家的谅解。

但我一直想表达的是，最好的展示就是真诚地讲述，做自己所讲，讲自己所做，我们就会心无旁骛。如果感动不了别人，至少要感动自己，只要全身心地付出了，一切就会值得。

坦白讲，现在想起昨天会议开始前，同事们上台一起吟唱"永之信之歌"时，后面屏幕中一幅幅照片缓缓打开，我的眼眶一刹那还是有点湿润了。我完全清楚在过去的几天里，他们是如何度过的，就连所有的排练，都是在工作之余匆忙拼凑的，真心感谢有这么一帮全身心付出的团队。他们用实际行动践行了那样一句话：领导手指的方向，就是打仗的地方，并且义不容辞。

今天的两个小会让大家耳目一新。机会总是留给有准备的人，当我们愿意花更多时间潜心学习，就说明了对于未来的渴望。因为你无法改变世界，那就改变自己。在无法走出一条属于自己道路的时候，追随成功者的脚步，至少可以让我们避免犯下不必要的错误。

今天仍然接待繁忙，从早到晚，从领导到客户。通过与大家的聊天，可以感受到所有人对于有些事情的困惑。但是就如我告诉大家的那样，所有的合作伙伴都是我们永之信最宝贵的财富，我不希望任何的赋能项目给大家造成不愉快的体验。虽说几乎不可能存在毫无风险的项目，但我至少可以说，我会尽我所能。

一场会下来，我们需要不断地反思、复盘，给自己做一下总结，对于不足的地方需要加以改进，避免下次出现同样的问题。当我们用心面对一切困难，心中反而不再忐忑。当然了，对于我们团队来说，从订单到物流，艰苦的工作仅仅才开始。

说来奇怪，这几天休息的时间不多，嗓子也有点沙哑，但是精神却十分亢奋。我相信很多客户也会有类似的感觉，真心希望我们公司所做的一切，能够得到大家的认可。

再一次重温那句话：雄关漫道真如铁，人间正道是沧桑。个中滋味，需要自己慢慢去体会。

2022-09-18

站在未来看现在

所处的维度不同、高度不同、认知不同、起点不同，看问题的视角必然不同。你以为的极限，可能只是别人的起点。

这几天风和日丽，温度适宜，可是随着客户们陆陆续续离开，心中难免有些惆怅。是呀，有些朋友很多年没有见了，却没来得及交谈，只能等待下一次相聚。但我还是希望大家能够感受到我们的诚意，无论见或不见，聊与不聊，这份情谊，永远都在，这份心意，我也会铭记于心。

无法一一和大家道别，但我还是希望大家能够感受到我的祝福。这几天深感无力，虽然每天都在应酬，但是的确无法照顾到每个人的感受。一再说抱歉，可能显得非常务虚，但那的确是我内心真实的想法。

一个个会议，不断地复盘过去的几天；一个个来自客户真实的声音，让我们听到了更多的想法。如果对大家有所帮助，我一定尽我所能，解开大家心中的疑问。很开心有这样一群伙伴陪伴在我们身边，在发展的道路上时刻鞭策着我们。

商业这条路真的太难了，永远不是只有买卖的关系，环境的多变，似乎让我们忘记了自己。如同刚刚过去的钱塘江浪潮，波涛汹涌之下，根本无力抵挡。即使依然有勇气站在风口浪尖上，也时刻胆战心惊，担心稍不留神就被巨浪卷走。

对于我们来说，艰苦的工作刚刚开始，团队的压力突然增加，希望给予客户的满意度不会下降。如果有，请谅解并相信我们，一定会全力以赴，不断改进。

客户的认可才是我们最大的财富，我们希望站在更高的纬度看待问题，借助品牌方、市场趋势以及未来发展的角度，共同去探讨新的模式。大多数人对于未知都会有所恐惧，我也毫不例外，但至少只要整合了全国范围内相对成功的经验，失误的概率就会低很多。

站在未来看现在，未来是我们每个人都要面对的重大问题，人生和事业的成败如何，基本是由我们所看到的未来决定的。对未来如何判断，现在就如何去做。所谓的长远规划，一定是从当下开始，然后一年之后看成果，三年过后看曾经。

团队的向心力是一个公司必不可少的前提条件，对于领导层的绝对服从，意味着我们可以走多远，站多高。精神层面的认可比什么都重要，尤其是企业文化，才是公司的生存之道，是我们可以代代相传、永续经营的保障。

未来市场上的产品大战，必将转变为价值战，谁能为消费者提供最好的价值，谁就能赢得消费者的青睐。当消费者觉得产品的使用价值远远小于购买产品所付出的价格，就会产生不好的消费体验，所以高价格、低价值的产品无法形成持续性的销售。在此情况下，只有让产品的价格趋向于产品的实际价值，公司才能获得长久发展，市场才能走向成熟。

当再次看到那铺天盖地的出租转让广告，我就在想，疫情里有多少小店小品牌没能挺过2022年的春天，又有多少人因为失业而被迫离开这个曾经以为可以带给他们光荣和梦想的城市。走在汹涌的人潮里，难免感伤：有多少人永远无法感受到这个城市的拥挤。

台风过后，好像什么都没变，又好像什么都变了，原来是自己的心境变了。所处的维度不同、高度不同、认知不同、起点不同，看问题的视角必然不同，你以为的极限，可能只是别人的起点。

2022-09-19

要有长远的规划，清晰的愿景

人生的道路有很多，找到适合自己人生发展方向的那条路是最重要的。

前天是"九一八"纪念日，是中华民族记忆深刻的一天。之前想过用历史的回忆篇章来加深这一天的记忆，没想到却被贵州事件引发了悲痛。无法用语言来描述自己的心情，27条鲜活的生命就这样永远离开了人世。不知道有多少的青春年华，有多少的美好梦想，就在那一瞬间灰飞烟灭。人生无常，唯愿人安。

新的一周已经开始，会议结束的这几天格外忙碌。和团队重新整理了一下这几天的细节，一遍又一遍地检查是否有疏忽之处。我们非常注重客户的体验感，就如同在会上讲的那样，之于这次会议，我更看重的是未来，是希望大家清楚与我们永之信合作的意义所在，因为只有认可公司，才可能拥有更多的生意机会。

我也和大家讲了，我们是从顶层慢慢开始，接下来就会越来越顺。当所有伙伴们都认为这件事情最重要的时候，才会形成共同利益，到那时各个部门、各个区域与大家力出一孔，一定会越来越好。

对于接下来的工作，每个人都要有长远的规划。无论处于人生的哪个阶段，都必须清楚地了解自己是谁，以及自己的工作方向。当有了清晰的个人愿景，就可以对自己的生活以及如何度过时光做出明智的决定。如果没有清晰的个人愿景，我们很容易做出错误的决定，使自己陷入困顿，就像无头苍蝇，横冲直撞，没有目的，也没有目标，人生乏味。

人生的每个阶段都会出现许许多多的路口，没有人能够保证哪一条路是一帆风顺的。也许前面本没有路，只要坚定信心，走出来了，就会是一条阳光大道。又或者在原来的道路上，坚持自己的信念，也可以通向理想的明天。遵循自己的内心做出选择，然后义无反顾。

工作的本质就是解决问题，每个人终其一生都在不停地解决问题。如果能够妥善地解决每一个问题，人生就会更好。很多人努力了一辈子还在原地打转，主要就是缺乏解决问题的能力。

人生的道路有很多，找到适合自己人生发展方向的那条路是最重要的。

2022-09-20

工作的意义，也为了孩子

想起了昨天和朋友聊天时所说的话，未来的市场不一定存在代理商，但是一定需要服务商！

再次和孩子交流了亲自送他到学校的意义。如果我不出差，就会一直坚持下去，哪怕前一天晚上休息得再晚。我当然知道他现在无法体会或者感受，但还是希望通过自己的一言一行去影响他。如果有一天他茅塞顿开，那就是我最欣慰的时刻。教育孩子，就如同鸡蛋一样，从外向内击破，那叫破坏，由内而外地破壳而出，才意味着重生和新的开始。

到今天为止，参会的客户基本上已经陆续返回，此次会议就算告一段落了。

下午与几个其他行业的朋友谈了一下各自的运营策略，整个下半年的预期已经大幅降低，能健康地活下去已经实属不易。这绝非危言耸听，而是大家对于当下的真实感受。

创业维艰，前途未卜。道路应该怎么走，哪里是正确的方向，在资源有限的情况下，如何在多种不确定性中做出确定性的判断、决策和抉择，这些都是非常重要的事情。

多听取过来人的意见，从中可以学到很多，逆势之下，总有很多不一样的闪光点，我们可以从他们的身上看到不一样的影子。关于如何运营，大家都有自己的想法，而如何与大家深度融合在一起，定然是下半年我们工作的重心所在。

真的很感谢每天与我喝茶聊天的人，每个人都能给我不一样的能量。人与人交往中，可能都有那样一些话，如暗夜明灯、海上灯塔，给人以温暖和支撑、希望和力量。想起这些的时候，能感到一种被理解的温暖，会生出一股被激励的豪情。

孩子又在学校犯了错，除了需要他真诚的道歉，我们作为家长的想当然也是原因之一。其实我们和老师一样，都希望听到事情的真实经过，然后要求他用心地写出检讨书，避免出现同样的错误。

学习对于每个孩子都很重要，甚至在我自己看来，我工作的意义之一正是为了孩子能够享受高质量的教育。但是几乎每个家长都很难做到自身工作与教育孩子之间的平衡，我也如此。我从不否认自己在事业上小有成就，但是对于孩子的学业，我付出的时间远远不够。

我们都知道，工作就是为了下一代更好，不仅仅传承物质上的东西，更是传承一种信仰，一种精神，一种无惧挑战的勇气。所以，总是想要从他们的身上看到一点点温暖和希望。

想起了昨天和朋友聊天时所说的话，未来的市场不一定存在代理商，但是一定需要服务商！

2022-09-21

抱团取暖，共克时艰

人的一生不都是精彩纷呈，不都是波澜壮阔，大多数人都走在一条平凡之路上，偶尔有些惊喜，那也只是生活中的点缀罢了。

这几天的天气特别好，台风梅花的影响似乎没有想象中那么大。不过说来也正常，南方的十几级以上的大风，到了北方或者更远的地方，基本上只是一场大雨而已，对交通的影响也非常有限。

相较于自然界的暴风雨，我们更加担心市场上面临的暴风雨，那才是未知和可怕的，甚至有可能使我们一直前行的经营之舟瞬间覆灭。

在一个公司的成长过程中，市场不可能总给它机会，就像一个人的一生一样，重要的机遇可能只有几次。机会到来之前，必须先做好准备，机会到来的时候，行动速度还得快，不然就只能错过。成长总会面临很多选择，也不可能有人告诉你，哪条路一定会是一帆风顺的。无论对错，都需要自己独自去面对。在今天这个时代，比的就是谁先有想法，谁先行动起来，谁正在做对的事情。

上午又和相关部门聊了一会天，再次强调了流程的严谨性，所有的结果都不是无缘无故产生的。公司的优势就在于不是一个单一的组织，而是将每一个人紧密地联系在一起的庞大、复杂的组织，公司的发展也并非依靠订单和商务往来，而是依靠团队。

线上线下的生意似乎都到了十字路口，转型迫在眉睫，但转型的水土不服，无时无刻地困扰着各个公司。负责人的伟大之处就在于，不是一个人考虑问题，而是鼓励很多人一起考虑问题。这就是组织的力量，也是在创建组织的过程中要考虑到的组织所扮演的角色。

下午与朋友聊天，再次谈到，在当下的环境中，我们一定要抱团取暖，集合所有人的能量。单打独斗的时代早已经过去，每个人都在各自的领域中发挥着应有的作用，做好分内的事情，这是现在的急需，而大家力量的融合，则是必要的。

工作总是这样，哪能处处如意，即便被现实百般刁难，也要热情地坚持下去。把工作当成生命中的一部分，或者成长过程中的必经之路，就能坦然面对一切。

对每一个细节的重视程度，决定了我们未来能够走多远，细节的重要性完全不亚于一个重大的项目，学习和工作同样如此。要想取得好成绩，考进理想中的学府，就要从平时的学习中慢慢累积知识。很多人可能不认为这是必需的，但结果会告诉你答案。

这两天与孩子交流更多的是内心的认知，如同前两天我在会上讲的一样，我们讲再多的流程、规划，如果自己不认可的话，将会很难完成。条条大路通罗马不假，但首先你要静下心来想一想，是否决定去罗马。

人的一生不都是精彩纷呈，不都是波澜壮阔，大多数人都走在一条平凡之路上，偶尔有些惊喜，那也只是生活中的点缀罢了。

2022-09-22

最终的胜利必定是价值观的胜利

新消费、新业态、新商业模式正在改变人们的生活，但是最终的胜利必定是价值观的胜利。

不知道关注财经的朋友是否注意到，昨天晚上美国一个深度加息75个点的举动，加上东欧战场的扑朔迷离，直接击溃了市场的信心，全球范围内的资本市场哀鸿遍野。大家想到过这样的事情，但是没想到幅度来得如此之大，这说明接下来的很长一段时间经济将不被看好，结合我们当下的真实行情来看，的确如此。

无论什么时候，我们最怕未来预期不被看好，失去了继续行动的信心，这可能才是莫大的心理冲击。如果我们每个人都做好了各种准备，那么当黑天鹅真正出现的时候，就能坦然接受。但是现实就是这么残酷，看来我们需要做好打长期战役的准备了。

上午约了一个品牌方见面，商讨如何制订明年的生意计划，这是一个非常好的开始。我们都希望未雨绸缪，提前做一个联合生意计划并落实下去，对多方来说，无疑都是有好处的。对我方来讲，可以带来稳定的生意；对客户来讲，一定会有稳定的输出和支持；对消费者来说，将得到更有竞争力的实惠的商品。

我们本来就有多个品牌，可以结合品牌的力量，为门店做一下综合支持，谈个一揽子计划。当引起所有人重视的时候，这个计划才会更加有效，否则能量就会不断地分散，大家的想法也会特别多，无法做到力出一孔，更难以达到想要的效果。对于生意，其实大家都会有心中的预期，我们和品牌方的立场是一致的，只有发展才是硬道理。如何把生意做细，确实需要花费不少的时间和精力，但这是一条必经之路。哪怕前期投入看不见效果，也要持续地付出，碎片化、网格化的生意逻辑越来越明显。如果不去做，我们在前行的道路上肯定就会掉队，而此刻全力以赴地付出，是一个必需的选择。

当然，对我来讲，也很愿意与品牌方共同参与这样的计划，我们相信，未来品牌的份额会越来越大。提前花费时间做出布局，从目前来看，似乎达不到想要的效果。但如果以3年、5年、10年为时间段，回过头再看，我们此刻做的事情是多么意义非凡。

今天面试了一个新人，聊了许久。对于疫情3年，他感慨最深的就是，稳定才是最关键的。个人也好，公司也罢，随着时间越长，这样的认知就越发明显。但是，很多事情不是我们自己所能控制的，有时候想要努力，却找不到可以着力的抓手。有可能出现的情况就是，随着市场经济的发展，公司也在不断地发生变化，你想要稳定，公司却不存在了；或者，公司想要稳定，你却不一定还在这个车上。听起来有些伤感，但事实确是如此。

另外也谈到了发展问题。在很多人看来，公司一年比一年好，效益一年比一年多，这些肉眼可见的繁荣就是一个公司的良性发展，它决定了公司可以攀登一个又一个高度。但其中却忽略了一个很重要的问题，即发展也可以从公司内部的核心来考量，比如加强内部流程的优化，文化的建设，提高员工的向心力，这些也是公司发展的一部分，甚至是核心和关键所在。但是很多人似乎忽略了后者。

新消费、新业态、新商业模式正在改变人们的生活，但是最终的胜利必定是价值观的胜利。

2022-09-23

故步自封，就会陷入自我的怪圈

不必好高骛远，远处的风景不一定吸引人，经营好当下，一步一步地走，总能看到柳暗花明。

今天是秋分，想必大家都听说过平分秋色这个成语，此后就是白天渐短，夜晚渐长。需要好好珍惜上班与学习的时光，今年的时间明显不够用了。

时间过得真快，似乎春节就在不久之前，而我们所做的事情都还在路上。今年发生的很多事情，既在情理之中，又在意料之外，类似于黑天鹅这样的事件更是时有发生。

大多数人可能看到我们站在品牌与资源的深度合作方这边，其实我们也非常希望和客户一起去开拓市场，我们对于货品是非常认真负责的。在资源有限的情况之下，无法一一做到均衡，如果给到某一家的话，希望对方能够全力以赴，当然，对我来说也是如此。

记得某些专属产品在下沉市场无法取舍的时候，总是会出现某些理念上的分歧，甚至陷入误区。我对所有的合作伙伴一视同仁，但是希望大家都愿意把商品做大做强，对于局部市场来说，这实际上一定是个长期的共同参与的过程。

在人生的旅途中，到了一定年纪，社交圈子小了，身边只剩下一两个知己。有时候一起品茶聊天，也是一种生活的丰富，情感的慰藉。或者一个人静静地听听歌，发一下呆，不与自己较真，不畏惧未知的未来，以一颗平常心面对人生中的春暖花开。

当前的市场环境比较惨淡，商业模式层出不穷，没有哪一条路能保证是百分之一百对的，但是如果故步自封，不去勇敢地尝试，就会陷入自我的怪圈里面。多多跟随成功者的脚步，找到适合自己的方式方法，发现迎合消费者的真实需求，一定是我们当下要去做的事情。

工作中，失败是不可避免的，唯有在失败中站立起来的人，才能走得更远。必须要有足够的心理准备，无论遇到什么难题，都要强化打持久战的意识。

每一个方案的落地，每一个成功的案例，背后付出的艰苦是常人难以想象的。很喜欢与大家一起探讨未来，虽然我们只是市场中很小的一分子，但也希望通过与大家的共同努力，去发现更多的生存机会。

我一直认为，我的智商和情商比大多数人的低，但可以肯定的是，我努力和认真的程度不亚于大多数人。不必好高骛远，远处的风景不一定吸引人，经营好当下，一步一步地走，总能看到柳暗花明。

2022-09-24

努力是寻常，深耕才出彩

人生百年，对自己负责，对团队负责，对伙伴负责，对客户负责，奋斗铸就你的辉煌，坚持创造你的卓越，长路漫漫，我们一直在寻找光明的路上……

身在西安，感受其文化底蕴的源远流长。西安是首批国家历史文化名城，自古以来先后有10多个王朝在此建都，是中国历史上建都朝代最多、时间最长、影响力最大的都城，在世界上同样如此。长治久安，是每代人的夙愿。

作为西北重镇，中华文明和中华民族重要发祥地之一，丝绸之路的起点，厚重的历史气息扑面而来，随处可以感受到它的庄严肃穆。秦始皇陵及兵马俑、大雁塔、小雁塔、唐长安城大明宫遗址等文胜古迹数不胜数，每个角落都延续着华夏文明的璀璨文化，吸引我们去追溯那漫长的历史长河……

都说马蹄声声疾，一日看尽长安花，只是时间太过仓促，下次一定多停留几天。

斗转星移，时代在变化，商业模式也千变万化，唯一不变的是出发时的初心。很少有人能够理解创业者的孤独，因为大多数人无法感同身受。我们无法预知未来，但所有人都期待给这个行业带来新的希望。

今年以来，无数次说到艰难，似乎早已经词穷。逆境之时，传来不一样的声音，尤为可贵。要做出任何选择都不会简单，进行自我革命和变化，需要破釜沉舟的勇气和毅力，未来一定属于那些敢于不断创新、求是求变的人和组织。

当前市场环境的恶化，不断消磨着每个人的心智，全渠道面临的挑战同样如此，局部的消费降级在所难免。但是，我们应该欣慰地看到，消费趋势依然存在，如果有一天我们的消费滞涨，甚至拐头向下的时候，那才是一切商业的悲哀。

这个世界努力的人很多，但结果往往未必如愿，只有深入事物的本质，探究事物的奥秘，将其用来指导自己的工作，并持续地努力，才能逐渐看到成效，即便不成功，那也是一种修行。努力只是一种常态，一种最普通的东西，人人可以做到，但深耕和精进却是普通人难以做到的事情。

我们都知道五店同开意味着什么，尤其作为国内店王级别的存在，这样的选择，除了义无反顾，一定还有信念。高总淡定从容地讲述了一路创业的艰辛，以及未来的发展思路，真诚总是可以打动人心，高效的组织，优秀的团队，一定可以走得更远。回归商业本质，迎合消费需求，顺势而为，祝愿君汇雄心壮志创大业，豪情万丈写春秋，百年君汇，永创辉煌。这使我们犹如在茫茫航海中看见了灯塔，让我们有了奋勇向前的力量，它对行业的启示，似乎让我们拨开迷雾，看见了前路的光明。

要做到厚积薄发，实现长远的战略规划，说起来容易，做起来难。每个公司都有宿命，如何才能二次重生，是对领导人智慧的考验。商品之争，营销之争，模式之争，服务之争，似乎每一个阶段都绕不开这些话题。但是，永远考虑消费者的需求，一定是万变不离其宗的真理。

人生百年，对自己负责，对团队负责，对伙伴负责，对客户负责，奋斗铸就你的辉煌，坚持创造你的卓越，长路漫漫，我们一直在寻找光明的路上……

2022-09-25

没有敌人，只有朋友和老师

路虽远，行则将至；事虽难，做则必成！

虽然昨天没能参加周例会，但是大家对内容的分享，让我感触很深。对于任何一件事情，抽丝剥茧，探索本质，一直以来都是我们作为管理者的基本素养。管理者的角色，就是充当公司里的中流砥柱，是上传下达的最好途径，是文化凝聚力的基石所在。

没有完美的个人，但是一定有完美的团队，很感恩这一路上与大家的相遇。大家的理解与包容，使永之信茁壮成长，希望在这个舞台上，每个人都能跳出属于自己的人生。

当大家站在公司的高度看问题，许多事情一定可以迎刃而解。市场远比我们想象中的艰难，但是一定会有脱颖而出的模式值得借鉴。多听取过来人的经验，追随成功者的脚步，就可以做到事半功倍。一味地闭门造车、坐井观天，无疑关闭了自己与外界的大门，让我们陷入固有的思维之中。

当今的社会，一定是一个开放、容纳、合作、共赢的时代，在小我与大我面前，求大同存小异，没有太多的是是非非。有句话讲得好，可以作为每个创业者在未来路上的金玉良言：创业时代，没有敌人，只有朋友和老师。每个人都是我们生命中的老师，都是在未来发展道路上非常重要的一个环节，或教会我们成长，或成为我们的贵人，无论以哪一种方式呈现，都会让我们变得越来越了解商业的发展。

我们有幸处在快消这个还算比较好的赛道中，所有创业者都应该有远大的胸襟和开放的情怀，大家一起把这个蛋糕份额做大。在蛋糕变大的同时，大家也一定可以在属于自己的那个位置上找到归属感。

对于不远千里而来的客户，总是心存敬意，希望给予他们更多的合作机会。每个人都是社会这个大家庭中微不足道的一分子，就好比汽车的某一个零件。但是真正糅合在一起，迸发出来的能量可以超乎所有人想象。

对于不同的行业，站在旁观者的角度，我们看到的是它的风生水起，可一旦真正了解其背后的血汗故事，我们的心情将难以言表，每个行业都有每个行业的艰难和痛。

路虽远，行则将至；事虽难，做则必成！

2022-09-26

打破边界，才不会被时代抛弃

在这个世上，没有所谓的一劳永逸，更没有可以躺平的高地，若不想被时代抛弃，就要不断打破边界，与变革的浪潮一同前进。

讲了无数次，一定要做好长远规划，这是十分重要的。临近月底了，我们对于这个月的反思是什么，我们对于下个月的规划是什么？如果没有提前做好规划，就如同不知道目的地在哪里，组织和团队也不知道如何去发力！

每个周一总是给人不一样的启示，不仅因为它是每个星期的第一天，还因为一个月只有4周，一年只有12个月。这么一想，是否觉得有些惶恐呢？时间好像根本不够用。而我们每天全力以赴认真对待的事情有多少呢？呈现的结果是不是我们想要的呢？

凡事都有因果，我深切地知道，所有的结果一定是我们前面种下的因。无论好与坏，只能自己独自去承担。此时此刻的好，一定是很久以前布下的局，此时此刻的不好，也一定是很久以前埋下的伏笔，这么一想，就会觉得豁然开朗。

不知道大家是否想过，我们花大把的时间去读文章，去努力学习项目，却未能发现自己身边的队员或者上司，有可能才是最好的教练。一个公司的文化融合才是最主要的，上下同欲的战斗力才是最强的。

我们每天想方设法寻找最好的技巧强化自己，却忽略了最强队友的加持，殊不知那可能是我们职场生涯中最宝贵的财富。因为队友的技能是最符合职业也最适合我们的！学会欣赏和学习伙伴们解决问题的方式方法，默默地为我所用，这本身就是一项强大的技术。

每个月的最后一周，对我来说总是充满紧迫感，惶恐和焦虑已经成为一种习惯性情绪。但我希望把这样的压力变成动力，变成自己不断蜕变和进化的一个武器。我们知道现在很难，未来一定会更难，如果连当下都扛不过去的话，又拿什么勇气去面对更加未知的明天。

很多人对于不确定性，总是找不到着力点，更不知道如何下手。但是，凡事都有逻辑可依，一切事情的发展也一定有脉络可循，我们必须沿着历史的轨迹，迎合消费者的需求，找出最适合的方案，和所有伙伴们精诚协作，才有可能让事情朝着我们预期的方向发展，个人的英雄主义也一定会渐行渐远。

在这个世上，没有所谓的一劳永逸，更没有躺平的高地，若不想被时代抛弃，就要不断打破边界，与变革的浪潮一同前进。

2022-09-27

团队才是最大的王牌

坚定自己的信念，不要让灵魂迷了路，要足够优秀，低谷之下，生存才是王道，身处逆境，务实才是根本，相信消费者一定会给你答案！

早晨送孩子去上学。穿越一条又一条马路，如同翻过人生的一座又一座高山。但是无论路在何方，工作、生活与学习，一定要有奋斗的目标。如同早上和孩子讲的，你要知道自己理想的学府在哪里。如果找到了努力的方向，那么从此刻开始，一步一步地缩小距离，哪怕最后我们真的走不到那个地方，至少也离目标近了许多，至少那时候的我们，一定比出发时更加优秀。

之前说过，每个企业最终的归宿走向何方，是个未知数。如何穿越一个又一个行业周期，才是我们应该关心的问题。经济周期周而复始，行业周期波涛汹涌，如何安然无恙地穿越过去，不仅仅需要领导人的睿智，更需要团队上下精诚协作，凝聚力量。

从古至今，社会的变革一直是向前发展，任何的人和事都无法阻止历史的车轮滚滚向前，而随之而来的商业气息则在每一个阶段都展现出它独有的魅力。每个人都不是圣人，永远无法抓住每一个机会，与之共舞。亦步亦趋地追逐未来，不断地修正自己，才能紧跟时代的步伐不至于脱节。

条条大路通罗马，指引着我们奔赴终点的，从来不是一条唯一的路，也根本没有绝对的捷径，每个人都可以走出一条属于自己的路，展现出属于自己的精彩绝伦的风采。

同样地，任何问题从来没有所谓的标准答案，大家对每一个问题都有自己的解答方式，如果能够体现出最好的结果，那就是完美的答案。我们永远无法左右时代的潮流，但是愿意追随它的脚步，遵循历史规则和顺应消费者的需求，迎合历史的发展。

团队周例会上，对于刚刚过去的会议进行了分享，大家在日志上写的总结让我感慨万千。每一次大型的活动之后，进行必要的复盘是多么重要。大家找出值得流传下来的流程，以及需要改进的地方，这些都是对于会议最好的尊重，也是最大的收获。感谢团队有这么高的觉悟意识，在一场场活动之后，增强了个人和团体的素养，使我们对于未来更高的平台发展有了更高的期待。

一个强大和优秀的公司，一定离不开团队的支撑，伟大梦想需要全体人的努力和认可，这才是公司一往无前的底气所在。曾经有智者告诉我，团队才是你手中最大的王牌，是一切文化的落地所在。

最近连续参加几个客户的门店活动，都是全国范围内为数不多的开大店的范例，逆境之下，能够听到不一样的声音，总是让人为之振奋。我们无数次讲过，不是行业没有机会，而是我们没有认真去倾听消费者的声音。

不知不觉，正大已经成为一个走过26年峥嵘岁月的公司，见到了许许多多熟悉的老朋友，也知道了大家在这几十年的风风雨雨中是如何成长起来的，希望在下一个20年之后，依然还是更加精彩的我们。

无论何时，都要让自己静下来，慢下来，等一等自己的灵魂，坚定自己的信念，不要让灵魂迷了路。

2022-09-28

千万次的祝愿，不如榜样的力量

历尽千辛万苦攀登高峰，到了山顶，看到的未必是美景，而沿途的收获，也许才是这一路走来最大的财富。

用"金九银十"来形容当下，应该是最适合的。改革开放这么多年以来，似乎一直遵循着这样的规律。这几年，每次到了这个时间窗口，商业的氛围却消失了，甚至似乎离我们越来越远，今年表现得尤为明显。毋庸置疑，从最初的商品时代到现在的用户时代，我们的很多思维方式早已发生了翻天覆地的变化。

不过，从另一方面来说，这就要求我们必须用心对待任何事情，对待任何发展的趋势，才有可能侥幸度过低迷的岁月。我不认为这是一件坏事，就如同大浪淘沙一样，是金子总会发光的，做好每一个细分网点，紧跟每一个客户，才是王道。

在世界历史长河中，20年也许只是一瞬间，但是对于中国来说，则是浓墨重彩的一笔。这20来年，国内经济迅猛发展，实现质的飞跃，科技崛起，人民的生活方式发生巨大变化，生活中无处不体现出科技带来的改变。其间不知凝结了多少人的奋斗跋涉，汇聚了多少人的梦想和希望，每个行业都在自己的征程上书写了属于自己的光荣时刻。

当然，除了历史的变迁，我们的行业发展也经历了太多的高低起伏。此时此刻，感慨良深，过去的一切已经随着时间的推移消失不见，等待着有人掷地有声地讲出来：未来20年之后，我们依然可以铸就自己的辉煌。

良性和有序的市场，需要所有人的维护和经营，服务消费者，使他们找到性价比超高的商品，一直以来都是我们孜孜不倦的追求。渠道的分流，倒逼我们加强自身各项技能的提升，尤其是相应的服务，这个也许是未来3到5年商家需要认真考虑的问题。

世界上没有理所当然的事情，所有的顺其自然与水到渠成，一定是前期做了很多难以想象的功课。此时种下树苗，是为了等待未来的春暖花开，遮天蔽日。

讲了很多次的祝福、祝愿，一定不如真实的案例告诉我们，榜样的力量总是可以给人信心。在线上和线下的一片唱衰声中，总是会有很多不同的声音传递给大家。逆境之下，跑出新的模式，持续地开店总是让人心怀敬意，通过良性循环做到可持续发展，是所有人都要学习的榜样。

很多时候，我们把客户对我们的好都记在心里，愿意加倍地努力付出，以期对得起大家的期望和信任。

历尽千辛万苦攀登高峰，到了山顶，看到的未必是美景，而沿途的收获，也许才是这一路走来最大的财富。

2022-09-29

人与人之间，最后拼的是认知

技能可以学习，经验可以复制，人与人之间，最后拼的其实是认知。

看到物流部同事的日志，昨天的订单到了比较惊人的282个，坦白地讲，这是一个恐怖的数字，也是一个幸福的数字，它意味着两百多客户1000多个门店同时补货。无论如何，这都是值得骄傲的。另一方面，它也给我们的团队带来了更大的考验。不过，对此我并不担心，因为做到忙而有序是我们的基本素养，做好服务是我们的本职工作。

前几天有客户打来电话，问能不能提前排个单，加插一下，其实只要大家慢慢了解我们的流程之后，就会理解我们的苦衷，不是不可为，而是很难为。我们可能因为某个行为，就对整个流程造成破坏，进而影响发货进程。所以再次对大家表示抱歉，如果有什么不好的体验，我们一定会持续改进。

另外，虽然知道我们的团队尤其是销售部门很不容易，但还是希望做好客户的解释工作，想必大家对数年前的爆仓仍记忆犹新吧。我们千万不能因为自身的业务量加大而导致流程变形，那将间接损伤我们公司的声誉。这几年物流升级以来，随着我们每一次订单高峰的堆积，以及一次次地化解，说明我们做到了心中有数。当然，肯定无法做到万全，还请我们的合作伙伴们多多包涵，我们会一直努力。

物流是一个公司发展的关键所在。10多年前，京东在布局自营物流的时候，很多人都认为这是一个很愚昧的重资产行为。但是现在看来，正是因为有了当初的布局，才有了京东今天的难以超越。对于当下和未来，所有人的心中都有一杆秤，无所谓对与错，有的只是如何把这盘棋下好，赢在最后。

我相信，今天的高度也许就是明后天的起点，我们自身的服务和综合素养还需要持续地提升，这样才对得起所有信赖我们的合作伙伴。非常开心大家给予我们服务的机会，我们也会让你们感受到永之信与众不同的魅力。我们希望基业长青、持续繁荣，但所有的一切，都离不开大家对我们的信任和支持。

昨天与友人们聊天，聊到联合生意计划。作为代理多个品牌的经销商，我们对于联合生意计划早已耳熟能详。绝大多数时候，品牌方会按照季度或者年份做一个生意回顾，复盘一下从中的得失，然后再布局下一步的生意安排。我昨天有个想法，真正的生意联合计划，一定是品牌方、代理商和客户，真正坐在一起，通力协作，制订符合未来趋势、迎合消费者需求的计划。这样的生意计划，才更接地气，更加具有可行性。我们本身就是多个品牌集大成者，把许多品牌融合在一起，这本身就是非常有力的武器，可以高效地赋能门店。

临近国庆这几天，气温越来越高，对秋冬的入季不是一个好事情，但愿这只是秋老虎的尾巴，不会太长。从古至今，大家已经习惯了靠天吃饭，认为有个好年头就会有好收成。但是随着科学规律的引导，人们逐渐习惯了一切按计划进行，反而开始有序地朝向好的方向发展。

生意场上也应该如此。如果一切听天命，则一旦出现一些不可控的因素，就会导致生意计划完全偏离了方向。还不如多做点背后的工作，帮助我们未来朝着可控的预期发展，这本身就是工作职能的一部分。

技能可以学习，经验可以复制，人与人之间，最后拼的其实是认知。

2022-09-30

十月

October

心怀感恩，坚持不懈

人生之路漫长而艰难，而我们要做的便是：怀着一颗感恩的心，系着一条自律的绳，然后坚持不懈地走下去。

这几天北溪上了头条。说好不谈政治的，但还是忍不住叨叨几句。

俄罗斯向欧洲输送天然气的两条北溪管道有3处出现损坏泄漏，发生强烈的水下爆炸，这是前所未有的事故，让本就气荒的欧洲各国冬季前获得俄气供应的希望彻底破灭，从而引发欧洲一片恐慌。当然了，这是个罗生门事件，起因扑朔迷离。我们所关心的是随着天气越来越冷，矛盾激化定然更加激烈。就目前的世界形势来看，经济的动荡也必然不断加剧，这对渴望和平的我们毫无好处。

也有开心的事情。今天傍晚，中国女篮挺进世界杯决赛，这意味着我们至少可以跻身亚军。明天中午对阵强大的美国队，无论结果如何，今日的成绩已经足以令人骄傲，值得铭记。

眼下又逢节假日，依然提倡就地过节，非紧急不出市。大多数人似乎已经习惯了这样的状态，甚至已经麻木了，尤其对于家有学生的家庭。出门旅行早已经变成了奢望，这对许多行业的冲击力是十分巨大的，无论是餐饮业还是旅游业，没有流动就没有消费。回想前几年，每逢节假日，就相当于一个中型国家的迁移，那样的场面想来觉得非常震撼，想不到短短几年就已经天翻地覆。

每到月底，我个人的感慨尤其多，当然，对自己的反思和复盘需要更加谨慎与客观。回顾这一个月，发生了很多事情。我们非常幸运地开了一个大型会议，就全国范围来说，这是屈指可数的。前面一段时间的担惊受怕，现在回想起来仍心有余悸，但是上天真的眷顾我们，一切顺利，心中的石头总算落地。

总的来说，过去的这个9月收获满满，达到了我们的预期。团队非常给力，客户也非常支持，使我们在取得成绩的同时，对未来更加充满信心。这个行业无疑是充满希望的，只不过目前的大环境使然，给这条路平添了几许艰辛。但是我们有信心走下去，踏踏实实做好基础工作，为接下来顺利开展工作铺路。

峥嵘岁月，人情世故，世事无常，人的心态总是会发生变动，但是对于未来的期待仍未改变。为了公司能够拥有更美好的明天，我们时刻整装待发。有时候也忍不住思量，我们的目的地究竟在何方，永之信这趟列车何时才能停下来？

我想，至少很长一段时间内，我们依然还会在路上。列车上的人上上下下，我们一定会送上自己最真挚的祝福，希望有一天，我们在各自的领域顶峰相见。没有人是甘于现状的，大家都是进取的，要想生活得更好，就要让自己变得越来越优秀。

经营一个公司，每个人都会立足于局部，追求个人一切最好，但是在立足于局部的同时，还要关注全局，因为局部最优之和不等于全局最优。一个人在这个世界上会有多重角色，要想成为一个优秀的人，就要把不同的角色做到极致，以达到全局的平衡状态。然而，看到、悟到和做到完全是两码事情，角色和分工不同，立场与观点自然也不一样。也许若干年后回忆起今日的想法，有可能会心一笑，原来当初真的应该如此。

孙悟空无疑是一个最耀眼的角色，但它身上却有着平凡而深刻的一面。西游记是一部修行之书，九九八十一难，是取经路上的重重艰险，也是人生路上各种无常的磨难。攻坚克难的过程，不仅提升了自己的能力，更磨砺了自己的心性。难得来人间一趟，人生之路漫长而艰辛，我们要做的就是怀着一颗感恩的心，系着一条自律的绳，坚持不懈地走下去。

2022-10-01

细节决定成败

人生应该利用有限的时间，去做无限的事情。往往被人忽视的细节，才是解决问题的关键！

今天是个重要的日子，举国同庆我们伟大祖国的生日！相信很多少人都会发出这样的豪言壮志，这是发自内心的自豪！时间真快，已经过去了73年之久，我相信第一个百年企踵可待，我应该还能有幸见证那样辉煌的时刻。

局部旅游点的火爆，也掩饰不了全国各地大环境的萧条。今天早晨听到住房利率下调、首套房置换免税的消息，在情理之中，也在意料之外。相信这也是大势所趋，只不过随着消费变得理性，报复式增长几乎不可能。经过这几年的洗礼，相信越来越多的人会变得更加理智。

作为10月份的第一天，一年最后一个季度的开幕，有很多的期待，也有很多努力的理由，即将面临真正的收官之战，不再给自己任何借口。虽然连续有好几个较长的"假期"，但同时也是自己下定决心的契机。

车来车往的街头不见了曾经的繁忙，人声鼎沸的商场也没有了往昔的热闹，真正回顾这一路的商业历程，可能一直都是顺其自然。表面平静的市场环境背后波涛汹涌，稍有不慎就会被神秘莫测的浪花带走，若干年后是否还能在商海中沉浮，显然还是未知数。

商业环境正在经历一波废旧立新，疫情冲击固然是一个重要外因，许多秉承传统商业精髓的知名品牌连锁店频频关店，而以相同逻辑经营的个别连锁门店却逆势成长。大致原因在于，商业正转向存量时代，传统商业的精髓还留有工业化大生产的痕迹，我们正面临的新流量时代，是线上流量持续繁荣、线下数字化不断加速的过程。

今天的商业环境，早就不是找个最佳物理点位就能做到门庭若市，也不再是线上线下各自为战的割裂，而是加速三位一体的全渠道融合构建。流量新生态的到来，是营销方式的全域化，正如昨天与同事所聊到的，如果我们的思维仍然停留在原来的时代，如果没有持续的进化和学习，那才是最可怕的。

非常凑巧，今天也是这个月第一次周例会的日子。会上讲了一下过去一个月的感受，以及第四季度的工作重心。全域经营正是以用户为中心，以便达成深度持久的关系。商业环境在变化，流量生态也在进化，但好的商业在本质上一直不变，那就是促进增长，而营销是生意增长触达用户最有效的途径。

虽然这几年遭遇了很大的难题，但高速发展的近10年仍是中国社会高度数字化的10年。而数字化能力和技术创新能力不仅是互联网，也是更多数字化门店的后台支撑能力，更是驱动发展的差异化竞争能力。然而，我们的很多门店都没有认识到这件事情的重要性，包括昨天有一个客户给我打了很长时间的电话，也在诉说这方面的苦恼。因此，就目前阶段来说，我们至少要意识到，是必须做，而不是等一等。

最近也有很多老朋友提醒我，在当前的市场环境之下，应该缩小规模，现金为王，蛰伏一段时间，以抵挡市场的寒冬。全世界都在进行降本增效的当下，基于技术是数字差异化核心竞争力的这个重要前提，我们有必要重新审视降本增效的"本"到底是什么。

但是从另一方面来讲，风险也意味着机遇。如果认识到这件事情的重要性，加强内功，就有可能走出自己的另外一片天地。在这10年中，永之信用技术陪伴和支撑了很多数字化驱动公司的发展。我们无论是在前台还是后台投入的精力、物力、财力都是惊人的，甚至在绝大多数人看来是匪夷所思的。但是我一直认为，这才是我们永之信得到持续稳定发展的根基，是我们不断进行精细化努力的方向。

人生应该利用有限的时间，去做无限的事情。往往被人忽视的细节，才是解决问题的关键！

2022-10-02

运筹帷幄，顺势而为

我们不太可能改变世界，但可以做到理解世界，顺势而为的前提是，做好了万全准备。

假期的这几天还是艳阳高照，虽说很多人都有出行的欲望，但是理智还是战胜了激情，毕竟在哪里都是祖国母亲的怀抱，无论居家还是旅行，都是对她最好的回报。

随着全球不断加息，通胀危机和能源危机加剧，到了明年，全球大概率进入经济衰退期。现如今，人们无论是消费和投资都变得非常谨慎，虽然是否会演变为一场金融危机无人知道，但未雨绸缪还是非常有必要的。

创业维艰，除了面临资金、人才、技术和产品等方面的困难，更有前途渺茫，不知如何走出困境的困惑。相信这也是很多人今年的感受。有时候仅做好自己是不够的，还有很多未知的原因影响着未来的发展趋势。所以无论如何，心态要好，要对未来充满信心，然后才是脚踏实地地一步一步往前走。

适逢国庆节，在这里稍微聊一下前两天对于实体店的感受。现在的我，去实体店办事情的次数真的少之又少。不知道大家是否和我一样，要么不想出门，要么因为出门办事的成本和时间过高。但是话又说回来，我们去实体店的目的本来就是为了办事情或者买东西，如果耗时太长，效率不高，服务很差，体验感很不好，那么谁还愿意大费周折呢？

30号我出门去办事，抛开在路上耗费的时间不说，从14：56停好车到最后17：02离开停车场，中间耗时两个多小时，加上来回路上开车的时间，整个过程耗时超过三个半小时。交了10元停车费也好，花费这么长时间也罢，最难过的是中间的体验感极差，而且事情也没有办理成功。在我前面有一个顾客，不知道什么原因和营业员吵得不可开交，前者一直抱怨，自己不但等了整整3个小时，还因为这样那样的原因无法办理。这样的体验感的确太差，包括结果也是让人无法接受的。其实我想表明的是，如果在顾客的等待过程中，有营业员前来问询并讲解一下业务该如何去办，能不能办成，大家的情绪也不至于如此糟糕，缺乏沟通所造成的结果真的非常可怕。令人沮丧的是，由于营业员的不专业，包括我在内，事情都没有办理好。

当然，这只是实体店的一个缩影。现代社会的节奏如此之快，大家不希望把事情浪费在无谓的时间上面。本身耗费了大量的时间不说，又交了些不必要的钱，甚至还有可能出现车辆违章和剐蹭的情况，办事的过程又那么糟心，这在很大程度上就是大多数人不想去实体店的原因吧。有时候，经营实体店的我们是否需要反思自己，如何让顾客愿意在我们的门店多待一会儿，如何能使等待的时间变成一个享受和愉悦的过程，这本身就是一个很大的提升。我们能打动顾客的因素，无非是效率奇高或服务超好，这才是实体店存在的价值和理由。

我们不太可能改变世界，但可以做到理解世界，顺势而为的前提是，做好了万全准备。

2022-10-03

经营好自己，是最好的活法

人生如同一张试卷，因为有了我们的经营，答案才会各不相同。经营好自己，对自己负责，是我们一生的修行，也是最好的活法。

最近，对于疫情的防控似乎有所加强，尤其在国庆假期，全国各地都如临大敌。对于家有学生的家长来讲，出市成了奢望，每天一次的核酸检测成了必备。所有人都希望这一切赶快成为过去式，但是随着时间的推移，这不知不觉成为一种常态。但愿这样的日子总有一天会消失，我们都能找回属于自己的正常人生。

这个假期，很多人想着去哪里旅行，或者多花时间陪孩子，但是也有很多人和我一样，希望利用假期的有限时间，把一些工作做得更加完美。

就今年的行情来看，不是说你付出了很多努力就可以实现目标，但我很清楚，如果不努力，就一定达不到目标。如果从未努力奋斗过，那么在未来的日子里，你可能会发现，原来生命中最痛苦的事情不是失败，而是我没有努力。努力从来不是为了做给谁看，也不是为了要感动谁，而是为了让自己有能力去追逐自己想要的生活，用自己喜欢的方式过一生。在工作与生活中，最大的感动其实就是得到认可，来自他人的鼓励和支持总是给予我们无限力量。

世界上没有一条道路是重复的，也没有人的人生是别人可以替代的，每一个人都在经历着只属于自己的生活。有很多事情不是自己能够决定的，会有许多求而不得，也会有许多身不由己。我们也许左右不了命运的脚步，但至少可以决定自己努力的程度。

做好长远的规划是我们必须要去做的工作，无论是公司也好，个人也好，如果有一天真正地领悟了这个道理，那说明自己不单单是成长了，更加是成熟了，并且这个一定是个长期的工程。当想要放弃的时候，告诉自己再坚持一下，人生没有白走的路。如果暂时还看不见目标，大不了再多走两步。人生的每一段路都有它独特的风景，有所见才有所悟，如果没有切身体会，就不能理解自己过去的得失。

晚上风越来越大，最后下起了大雨，开始变天了。天气有时候就如同人的心情，随时都会发生改变。但是我们唯一能做的，就是以不变应万变。即使外面起风了，我们的内心依然要保持宁静。

人生如同一张试卷，因为有了我们的经营，答案才会各不相同。经营好自己，对自己负责，是我们一生的修行，也是最好的活法。

2022-10-04

转折点就是机遇处

时光流转，过眼云烟，没有什么是确定的，没有什么是安全的，未来的人不是赢在起点，而是赢在转折点！

果然被我言中，伴随着昨晚的大风大雨，后半夜气温明显下降，一下子降了十几度。在这特殊时期，希望最好不要感冒，否则心中的恐惧会加剧。

今天是九九重阳节，在这个非常特别的日子里，相信很多人都会想起家里的老人。虽然父亲早就不在了，我对爷爷奶奶也没有印象，但是一直陪伴在身边的母亲早已步入老年，眼看年龄也越来越大。想想自己和家人在一起的时间真的太少了。

在浙江生活了10多年，在山东生活了20多年，一直在第一故乡和第二故乡之间来回切换。虽然此时此刻，我对于山东的感情可能更深一点，但是作为地地道道的浙江人，我的内心深处同样有着叶落归根的想法。至于我的母亲，应该更是如此吧。以前每年都有机会回浙江一趟，但是现在已经有整整3年没有这样的想法了，一切以大局为重。我知道老人的这种感觉会更加强烈，与她年龄相仿的至亲好友都在老家，随着这几年一部分老友离开人世，会有很多伤感掺杂其间。这种远离故土的感受不是文字可以描述出来的，作为子女，我们唯一能做的就是好好孝敬老人，不要等到子欲养而亲不在。

秋风秋雨扫落叶，总是令人些许惆怅。但这就是大自然的规律，谁也无法阻挡。现在黄叶漫天飞舞，但是随着时间的推移，很快就会只剩下光秃秃的树枝。不过我相信，大多数树木都能扛过这寒冷的冬天，等到明年春暖花开，再次展现出新的生机、新的生命。

当下的各行各业都是如此，所有人都变得更加谨慎。房地产行业，虽然在全国采取了许多激进的措施，却并没有点燃大家的热情。购房热潮一去不复返，越来越多的人认为房子够住就好，所谓的刚性需求也变成了弹性需求。

我也相信，在未来很长一段时间内，这样的情绪依然会笼罩在大家的心头，好在消费仍在持续增长，大家只是降低了预期，而不是停止。这样反倒使很多优秀的门店可以有机会胜出，当然，其中的硬件、软件及很多隐性的东西必不可少。

陆陆续续收到南方朋友一些不大好的消息，这些企业原本也是其所在行业的桥头堡，现在却都怀抱观望的态度。作为国内经济最发达的城市上海，情况同样如此，早已今非昔比。大家乐观地预期，到下月16号之后再看看往哪个方向走，看看能否提振大家的信心，否则仍需静观其变。

多年以来，很多公司经历了无数次的发展瓶颈、灾难事件和大萧条时期，却能无坚不摧，屹立不倒，并且越来越值钱，可见在它们身上必然有许多优良传统得以延续，企业文化得到传承。

突如其来的疫情，新零售平台的冲击，在如今实体行业不佳的大环境下，搞实体店感觉有些倒行逆施了，但权衡再三，还是拼一拼吧，生命在于折腾，爱拼才会赢！

时光流转，过眼云烟，没有什么是确定的，没有什么是安全的，未来的人不是赢在起点，而是赢在转折点！

2022-10-05

身处困境，也要保持自律

希望总会让人充满力量，近了的是人生的风景，远了的是人生的故事，不管环境多么恶劣，都要对自己有所要求，保持一种长久的自律！

今天早晨空气中依然充满了浓浓的冷意，但是徐徐微风早已经没有了昨日的凛冽，反倒给人一种舒适和清爽的感觉。一路向西，风景秀丽，河边的道路已经局部修好了，畅通无阻，感觉好极了。

我们每天穿梭在人来人往的街头，似乎总是因为这里堵车、那里修路而平添许多烦恼。但是突然有一天，压抑很久的拥堵一旦被通开，那是真正的畅快淋漓。任何事情不论开头怎样，只要最后的结果呈现出好的趋势，肯定就是对的，如果在前期增加更多的长远规划，那就是好上加好。

今天看到一段话，觉得非常精辟：人的一生，都在生活、家庭、工作、健康、朋友和灵魂这5个球之间来回穿梭。在这5个球中，只有工作球是由橡胶制成的，被砸时会弹起，其他4个球是玻璃做的，被砸了就永远无法恢复。因此，我们终其一生，就是要努力保持这个5个球的平衡，只有能将它们玩转的人，才算得上真正的人生赢家。看似平凡的一段话，细细品味起来，也是意味深长的。

假期过半，对于我们来说没有太大的感觉，因为工作还是一如既往地进行。离16号越来越近了，内心充满了期待，希望这是一个很好的"坎"。如果我们能够一跃而过的话，说不定迎接大家的就是一个新的转折点。

每天除了上下班，就是走上街头，街上行人稀稀落落，街头的门店繁华不再。都市人生活节奏越来越快，时间成本越来越高，即时零售带来的"快"，也许让传统门店有了更多突围反击的底气。说到"快"，电商平台满足的是1～3日内送达的计划性需求，即时零售培养满足的却是"我想现在就要"。

仔细想想，这也有可能是我们未来的发展方向。举个例子，在蚊子乱飞的夜晚，你急需一瓶花露水，这时候你首先想到的就是附近的门店送到家，而不是去电商平台蹲个优惠多买几瓶。当前，即时零售仍处于发展初期，短期内将是一个供给主导的市场，随着消费趋势愈加显著，供给的稀缺性也会进一步加剧，这对于传统门店来说，可谓一段不可错过的窗口期。

刚刚过去的9月，因为新冠肺炎疫情，行业的业绩普遍没有达到预期。也许很多人都对未来失去了方向，但是河流百转千回终归大海，做事业也是这样，过程可以迂回，方法可以多样，但一定要符合潮流趋势。很多公司在创业过程中，不是没有理想和愿景，也并非不曾辉煌过，而是当大势往下走的时候，就如同自由落体般消失了。要想企业活下去并不是光有意志就行，在极其困难的情况下，还要有一套方法。把方法总结好了以后，要确立更新更宏大的目标，然后往前走。

时光来去，风景各异，近了的是人生的风景，远了的是人生的故事，不管环境多么恶劣，都要对自己有所要求，那就是保持一种长久的自律。

2022-10-06

空谈无用，执行为重

世上本没有路，也许走着走着，就会有了理想中的路，那将一定是无与伦比的美丽！

中华文化博大精深，对于同样的词语，不同的角度、不同的人就有不同的见解。每天翻阅大量素材，无论是古代还是现代的，或者从网络上来的，总是可以使人学到很多。人最怕一直站在固有的思维上，却认为自己已经站在了某一领域的高地，殊不知时代的变迁早已经颠覆了人们的认知，如果没有与时俱进的学习力，随时都会被信息的浪潮所淹没。

这么多年以来，我最大的感受就是变化，当然，不仅仅只是硬件和基础设施，最主要的是大家的认知，这才是一个社会最大的进步力量。

这几天网络被一个关于某国产酱油的信息所冲击。我们无意去追逐网络的热点，只是在这国计民生方面，一定是一条红线。可能对资本市场也是一个不好的信号，很多老百姓会受到无辜的拖累，另外对于企业的美誉度也会降至冰点。我们都知道，一个公司的声誉是长年累月慢慢积累起来的，而摩天大厦的倒塌，往往只在一瞬间。

经营一个公司太难了，朝着百年公司的梦想前行更难。这条路上本身就会充满坎坷，有客观的原因，也有主观的原因，还有一些是无法抗拒的原因。虽然很难，但是一心向前的人，前赴后继，络绎不绝。真正幸存下来的，都没有机会欣喜若狂，因为他们深知，接下来的那一段路可能更加艰难，有的则一直在路上，从未到达成功的巅峰。

对于中小型公司来讲，最主要的问题就是活下去，活着才能发展。高效的执行力就是一切。团队执行力强，工作效率高，才会有更好的效益。对于小公司来说，每一次的执行都要尽量拿出结果，没有结果的努力一文不值，小公司往往也承受不起。所以，提升执行力成了诸多小企业刻不容缓的一大难题。要让梦想变为现实，具有执行力才是最快路径，很多时候，缺的不是改变的决心，而是行动力。

世上本没有路，也许走着走着，就有了理想中的路，那将一定是无与伦比的美丽！

2022−10−07

时刻准备着，无所畏惧

梦想一定是要有的，万一实现了呢？我的梦想是仗剑走天涯，千万不可喝醉了，把剑丢了！

很多时候都会感叹，祖国的地域是如此辽阔，人文是如此不同，无论是从东到西，抑或从南到北，温度也是千差万别。当北方已经是0度之下，南方竟有30多度。所以，一个产品、一套模式打天下的时代早已不复存在，一定要求大同存小异，千店千面，大范围一样，局部不同，那是未来的大势所趋。

我们的客户覆盖全国各地，在大多数产品可以同质化的同时，也一定要适当地给客户建议，毕竟地域和温度相差太多，甚至门店的营业时间也是截然不同。

另外，客户的消费习惯同样不可能一样，在大多数时候，需要为大家量身定做一套营销和产品的方案。

今天是国庆节最后一天，但是对我们来说，没有节假日可言。大家从天南地北而来，对于工作的敬畏之心，对于工作的努力，有目共睹。大家都希望在行业里面找到更多机会，对于未来充满信心。

今年疫情，上海原本封闭4天，谁也没想到封闭了两个月，繁华的大都市突然被按下了暂停键。再看新疆，如果从8月10号算起，这应该是许多谋面的或者从未谋面的朋友在乌鲁木齐静默的第58天。如果把时间和空间拉得再远一点，今天应该是伊犁静默的第64天，石河子静默的第60天，库尔勒静默的第54天。7月30日开始的新疆本轮新冠肺炎疫情，被定义为新疆历史上传播速度最快、涉及面最广、感染人数最多、防控难度最大的重大突发公共卫生事件。经济瞬间停摆，多少人开始有了担忧，甚至陷入了焦虑和恐慌中。将要封闭多久，封闭期间该如何生存下去，成为盘旋在每个人心中挥之不去的疑问

想想这3年来，为了防疫大局，疫区人民始终毫无怨言，全力配合，渴望一套完整、高效、有序、规范、安全的疫情防控方案，一些基本的流程和标准。我们作为这个行业中的中小公司，希望成为大家始终信任、支持的品牌。当下，我们绝不能缺位，必须拥有一个积极的心态，做难而正确的事，勇往直前，全力以赴！未来市场将如何变化，没有人知道，但是我们能够做到的是，时刻准备着，无所畏惧。

在挑战中使自己成长，把自己和公司带上人生的一个又一个高地，疫情或许能够左右时代的面貌，但大家的信念却能左右时代的未来。

狭路相逢勇者胜，只有敢于拼搏才能赢得胜利，创业没有亮剑精神是不行的。梦想一定要有，万一实现了呢？我的梦想是仗剑走天涯，千万不可喝醉了，把剑丢了！

2022-10-08

找到问题的根结比技巧更重要

要解决一个问题，首先不是炫技巧，而是首先找到问题的根结所在，这样才能尽快处理好问题，让问题得到圆满解决。

国庆长假已经结束，正式进入本年度最紧张的一个季度，"双十一"、"双十二"、圣诞节、春节档接踵而至。但是，活动方案似乎无从下手，货品结构的布局和调整都会成为一个很大的制约。在综合消费相对低迷的当下，每一个想法的实施都显得困难重重，因为谁也无法预测最后的结果会如何。

有时候，我会和客户深度沟通当下的问题。只有双方都拿出最大的诚意，开诚布公地讲出自己的需求点，才能够达到双赢。一路发展的过程中，总会遇到这样那样的状况，但是不要紧，当把一切放到桌面上以后，所有问题反而都会迎刃而解。

今天下午的周例会不知不觉又开到了天黑，这几天的节奏委实太快。会上就是讲出问题、解决问题、理顺流程，让大家更好地提前做好规划，这就是会议想要的结果。我总觉得，如果不是高效的会议，那就是在浪费大家的时间，因为每个人都非常忙。但我们的工作重心和认知是有排序的，把自己的时间做一下统筹规划，一步一步地分解自己的目标，对于未来的认知就会更加清晰。我们在定下目标的同时，不断死磕，真正把细节做到位，时间定会给予我们公正的答案。

每次与合作伙伴的深度交流，都能感受到大家对未来都充满信心。如果对企业的预期没有持续放大的话，难免裹足不前。相信我们通过共同的努力付出，一定让彼此的事业更上一层楼，而接下来的问题就会变得相对简单。

今天也是孩子节后上学的第一天，晚上回家和孩子沟通了一下。我们一定要定下足够高远的目标，并制订明晰的计划。如果对于几年之后上哪所大学没有自己的规划，到时候就会随波逐流，变得非常被动，也得不到想要的结果。

要解决一个问题，首先不是炫技巧，而是首先找到问题的根结所在，这样才能尽快处理好问题，让问题得到圆满解决。

2022-10-09

最佳的修炼在工作之中

　　无论是工作还是生活，修一个好心态，对一个人的成长来说至关重要，最佳的修炼在工作之中，当我们闯过事业的难关，人生便进入了更高的境界。

　　今天早上突然阴云密布，据说这一次的冷空气马上就要来临，其实对于我们来讲，应该会是一个利好。秋冬该有的样子需要体现出来，北方城市对此还是比较期待。

　　昨天与一个远方朋友聊起临沂这20年翻天覆地的变化，从那时人们眼中落后的沂蒙山区到现在风景优美、有"小浦东"之称的北城新区，滨河两岸的景观大道更是让人目不暇接，城市的繁华气息透露着自信，对于许多年未曾来过的客户而言，尤其觉得震撼。

　　无论是供应商还是客户的到访，我们都十分重视。每次生意增长的机会，一定离不开供应商的支持与配合。大家的建议对我们来说皆是非常宝贵的财富，每个人都有自身的长处和短板，我们深知自己的缺陷在哪里，所以当有人善意地提出建议时，我们都会虚心地接受，并且内心充满感激。这也是我们一直以来努力的方向，因为无论是夸奖还是批评，至少代表大家仍然愿意给我们深度合作的机会。

　　有时候，多听听跨行业精英们的声音，总是可以感知未来时代的一些脉搏。虽说行业不同，但对于某些方面，似乎又有着异曲同工之处。我们未必可以做到时时事事同频，但或多或少会收到一些比较积极的讯息。

　　时移世易，如今市场今非昔比，靠传统渠道和传统营销方式就能爆发式增长的时代已经过去。3年疫情期间，实体店涌现倒闭潮。以前每逢节假日大促，门店人潮涌动的情况几乎不复存在，整个市场处于低迷状态，消费者越来越理性和趋于成熟，相信大家对节日的数据已经做好了心理预期，接下来"双十一"的情况应该也是如此。

　　然而，任何危机都是与机遇并存的。当大量商人无法适应新的商业环境，被市场淘汰的时候，恰好也是新的发展时机。原因很简单，实体店在任何时候都是商业中不可代替的环节，只要根据趋势，做好转变，就可以抢占更多发展机会。

当然，在发展过程中，也将不断面临挑战，因时而变，不进则退，要经常调整自己。

做好最初的设计和规划，有可能比过程更加重要，因为我们在设计的同时，实际上也得到了重新审视自己的机会。然后在每个阶段，一步步按照最初的目标往前推进，遇到不足的地方适时进行调整和修正。

总之，无论是工作还是生活，修一个好心态，对一个人的成长来说至关重要，最佳的修炼在工作之中，当我们闯过事业的难关，人生便进入了一层更高的境界。

2022-10-10

要想长久，一定要耐得住寂寞

在长期主义的路上，每个人都可以成为自己的价值投资人，坚信价值，与大格局观者同行，做时间的朋友！

早上送孩子去上学，孩子的一句话让我有了新的尝试，他说我们从高架桥上过去吧，应该比较顺畅。于是我们尝试了一下，除了路远了那么一点点，一路上果然是畅通的，到校时间应该提前了整整5分钟，5分钟意味着很多。所以，有时候转变一下思路，改变一下方法，勇敢地尝试一下，也许可以创造意想不到的效果。

昨天与友人聊了一下临沂这20多年来的变化，谈起当初创业时的经历，难以言表。但是无论如何，现在大家都处于一种幸福的状态。虽然每行每业不尽相同，但是在社会发展的同时，最好的关系一定是相互成就，共同成长。

这几年的疫情确实改变了消费者的很多习惯，线下朋友之间交流沟通的机会也在逐渐减少。不少人沉迷于各种平台，早已养成足不出户的闲散习惯。如果不是与之息息相关的物流体验感不好的话，他们可能压根就不会给线下一丁点机会。唯一可以阻止这种趋势的就是提高效率，从延时的收货做到高效的立即可见，这也许是我们未来的生意机会。

对我们而言，世界会随着心情、角色、身份和时间的改变而改变，所以我们看到的世界都是片面的，不够真实的，那只是我们当下自己认为的样子。

工作已经非常苦闷，生活还得继续，所以心态很重要。如果把人生当作游戏，就会发现，在游戏里，没有输赢，没有高低贵贱，所有人都会因为游戏结束而呈现结果。更没有人会在意在游戏过程中的人是谁，唯有在游戏中的这场经历是你的！

当进入游戏模式的时候，你就已经具备了强大的内心和顽强的意志，因为不管你遇到多大的难题，多大的痛苦，你都清楚地知道，那只是一场游戏。游戏的目的无非两个，一是体验，二是目标，勇敢而坚定地去打怪升级，实现自己的目标。所有的痛苦对玩家而言不会造成退缩，也没有犹豫和害怕，只有一个意念，就是战胜它，才能脱胎换骨，变成一个更强大的自己。这个过程就是打怪升级。

行业转机的时刻似乎还没有到来，我们却无法忽视越来越贵的获客成本与流量法则失灵的问题，目前最需要考量的是接下来如何去做，去往哪个方向。在内在上下功夫，找到眼前和长远利益的平衡点。如果要做长久的事，一定要耐得住寂寞。

市场经济下，消费者决定公司的未来，只要消费者不满意，昨天市场的宠儿就会变成今天的弃儿。可以说，公司每天都在过生死关，如何解决这些问题，就要考验团队的综合能力了。

在长期主义的路上，每个人都可以成为自己的价值投资人，坚信价值，与大格局观者同行，做时间的朋友！

2022-10-11

善待他人就是圆满自己

不断学习和提升自己，提升思维能力、认知能力，虽然不一定成功，但至少比传统的打法多一分机会！

人与人之间的相处和沟通，实际上是最难的，哪怕是自己的孩子也一样。当把关系定位为父子或者上下级关系沟通的时候，也许还不如朋友之间的坦诚相处。

简简单单才是真，日复一日地陪伴，一定会潜移默化地影响彼此的情绪。时间总是可以证明一切，所有的付出不一定能够得到回报，但是一定会留下岁月的痕迹。

今天朋友的一席话让我茅塞顿开。他说："你觉得舒服，那就是最好的风水。"也许是的，很多事情不必太刻意，随心就好。我们本身没有太多的杂念，只要发心仍在，你的气场就会让人舒服。

都说成功离不开运气、天时地利人和，我觉得也不尽然。我认为还是应该时刻做好准备，不断磨炼，等到刚好碰到好的机会，不管是生活还是工作上的，都要勇敢地往前冲，说不定就成功了。心若向阳，前路就会充满光明。

创业是没有回头路的，不要想着每周要双休，想着自己当老板了，可以偷一下懒，如果这样，马上就会回传到公司，效率下降，土崩瓦解。但是，如果只是追求形式上的勤奋，不仅很难改变生活现状，还极易陷入自我怀疑和焦虑之中。只有保持深度学习的习惯，才能改变现状。

网络时代给予所有人一个弯道超车的机会，原来的贸易壁垒和技术优势有可能一下子成为阻碍行动的枷锁。一定要站到另一面，最好是对立面，才有那么一点儿生存的机会。这绝不是危言耸听，而是随着时代的发展需要，我们必须有这样的深度思维。当一切顺利的时候，是因为前期做足了准备，而不是只凭运气。每一个呈现出来的结果，一定是前期的因结的果。为了让事情朝着自己的预期发展，不能只靠个人的能力，还需要团队在背后支持，各个组成环节缺一不可。

有一句话是这么说的：相信一切都是最好的安排，无论遇见什么人，无论发生什么事，都是为了磨炼自己，成全自己，这些机缘巧合，都是帮助自己完成生命的觉醒。既然生命中出现的人都是自己生命的一部分，那么善待他人就是圆满自己。即使事与愿违，也要选择慈悲，要相信一切都是最好的安排。

卓越者与平庸者的差别在于，后者只是知道了，前者却是做到了。对于计划好了的事就要及时去做，执着地去做，只有不懈行动，有效执行，才能赢得成功。市场追求的是当下流量，我们更看重的是长远的未来！

不断学习和提升自己，提升思维能力、认知能力，虽然不一定成功，但至少比传统的打法多一分机会。

2022-10-12

有效利用节省下来的时间

全力以赴的人，定会满载而归，务实就是最大的捷径，所有事情都不是一蹴而就的，需要长期的沉淀和磨炼，以及持之以恒的耐力和坚持！

每天的时间都是有限的，如果把找到一条捷径当作放松的理由，那就大错特错了。如同每天早晨从高架上去往学校，节约了5分钟左右，本来应该是绰绰有余的，但令人震惊的是，到达教室时竟然迟到了，中间穿过操场的环节可想而知。

少年成长，求学路漫漫，这是我们每个人都必须经历的。有些人回首时，会感激那些年书山题海的拼搏，有些人会对曾经的峥嵘岁月、艰难困苦铭记于心，无论怎样，都是令人难忘的。当有一天，你踏上社会这条路时，就会感谢当时的决，此刻工作顺心，生活无忧，目之所及是那条名为成功的坦途。而有些人回首时，会懊悔那些年肆无忌惮的放任，此刻三餐柴米累，终日奔波苦，心中所想的，是明天要面临更多的不知所措。这种年少时不知刻苦的遗憾，总会演化为成年后的诸多困境。

有多少人因为时间绰绰有余而沾沾自喜，哪怕是走捷径省下来的，也自认为占到了便宜，而没有把它全身心地付诸学习之中。每时每刻的沉淀，就是为了成就未来那个从容不迫的自己。

每个上司其实都是职员最好的老师，因为他们之所以可以坐在领导的岗位上，是有多年的职场经验作为支撑。我们对于职业生涯的履历一定要有敬畏之心，三人行必有我师的理念要常记于心，一个人的为人处世和格局，决定了这个项目的上限。

世界上从来不缺乏才华横溢的人，关键是只有把握趋势，把握时机，才能真正把才华发挥出来。而才华本身是一个不断积累的过程，任何人只有处于趋势之中，才能有机会成长起来。离开趋势这个大舞台，非要逆天而行，再多的才华也是一种徒劳。

珍惜每一天的时光，修炼自身的价值。如果曾经错过，任由时光流逝，从现在开始，重新来过，仍有希望把握明天的机会。

所有公司发展到某一个阶段，都希望把自己变成一个生态型的公司，不仅建设自身的发展能力，而且搭建整个平台的力量。与自己的产业业务紧密相关，抗风险能力就会相对增强，各个板块也会得到持续的发展。反之，如果运营得不好，就一定会成为公司的累赘和负资产。

任何公司要想继续发展下去，都绕不开一个课题：信任。要做到这一点，可能需要一个长期而艰苦的建设过程，要通过一代又一代人十年二十年的努力才能够达到预期的效果。

全力以赴的人，定会满载而归，务实就是最大的捷径，所有事情都不是一蹴而就的，需要长期的沉淀和磨炼，以及持之以恒的耐力和坚持！

2022-10-13

你不是没有天赋，而是不够勤奋

只要心中有爱和希望，终有一天，那些你曾经认为的触不可及，最终都会来到你的面前。

提起法国欧莱雅，关注美业的人应该都会知道。其实已经参加过许多次欧莱雅的会议了，合作了10多年，这是第一次作为经销商来学习，心中的感受是完全不一样的，有压力，也有责任，更多的是对未来的预期。在疫情重重的当下，这次沈阳北区的会议得以如期召开，真的是太幸运了，据说明天很多地区都不能再聚会了。此次参会，与许多精英人士汇聚一堂，主要是聆听品牌方的分享，探讨行业的未来发展趋势。

欧莱雅集团是全球美妆品行业的领导者，经营范围遍及150多个国家和地区，在全球拥有283家分公司，也是《财富》全球500强企业之一。它的旗下除了欧莱雅、美宝莲之外，还有大家耳熟能详的品牌如兰蔻、圣罗兰、乔治·阿玛尼、H.R.赫莲娜、卡诗、卡尼尔、科颜氏、碧欧泉等顶级品牌。此次会议的地点定在恒隆广场的康莱德酒店，曾经的东三省第一高楼。站在88楼俯瞰全市景色，会有睥睨天下的感觉，一如欧莱雅品牌希望在化妆品领域中持续独占花魁的野心。

说到东三省，新中国成立前后，无论是在重大战役还是经济发展方面，它都为国家做出了不可磨灭的贡献，闯关东的故事一直流传至今。但是随着经济的转移，很多地区的发展出现了停滞的局面，被迫进行产业转型升级。不过，似乎转型不利，很多城市慢慢从辉煌走向了落寞，我们从这几年东北人口的持续净流出就可以看出问题。

论气质，大连与哈尔滨不相上下，但论人口总量，哈尔滨是当之无愧的东北第一城，也是整个东北地区唯一一个常住人口超过千万的城市，不过在2021年跌破千万大关，并就此退出千万人口之城的行列。目前，东北地区已经没有一个人口超过千万的城市。

辽宁是东三省人口最多的省份，作为省会城市的沈阳成为重振东北的桥头堡，无论从历史底蕴还是战略地位来说，的确实至名归。作为国家历史文化名城、清朝发祥地，沈阳素有一朝发祥地、两代帝王都之称，清太祖努尔哈赤曾迁都于此，皇太极又建盛京城，并在此建立中国清朝，将新疆和西藏纳入版图，积极维护国家领土主权的完整，使中国作为统一的多民族世界大国的格局最终确定。

突然想起我上次到沈阳还是10多年前的事儿了，当时五爱市场还是全国的十大市场，在整个行业中有着举足轻重的地位。随着这几年形势的发展，这座城市逐渐衰落，似乎也代表了东北的一个缩影。

欧莱雅作为全球化妆品公司的领跑者，原来以品牌为导向的战略方针，现在慢慢变成迎合以市场为趋势的策略，尤其针对CS渠道的货品结构，使我们看到了行业的希望。作为超大型跨国公司，这样的举措尤为难得，我们知道背后团队定是付出了难以想象的努力，才有了现在这样的结果。

没有一个行业的发展可以用容易来形容，关关难过关关过，夜夜难熬夜夜熬，虽然生活艰辛，但我们只能笑着一路向前。通过强化高效能、跨专业、跨边界、跨层级的团队，结合品牌的力量，找出适合消费者的逻辑，时刻准备着在未来发展的道路上披荆斩棘。

在商业世界，很多人强调天赋，其实哪有那么多天时、地利、人和、资源。如果一个人聪明才智占据得多一些，只能说是运气使然。但不置可否的是，绝大部分人都浪费了自己的天赋，或者没有使用自己的天赋。为什么？因为不够勤奋。

瞬息万变的市场环境里，让自己变得强大，为未来做好准备，才是最重要的事情。人与人之间的竞争，就是认知的竞争。你要不断地提升自己的认知，哪怕现在用不上，以后也一定会用上。如果有可能，多见人，多看书，多积累，多和厉害的人聊聊天，有时也会胜过你所有的知识。另外，一定对自己做过的事情有深刻的理解。永远保持学习的习惯，就不会失去选择未来的机会，从更高的角度来看，输赢只是一时，坚持到底才是胜利。

不知道已经说过多少遍，真的超级喜欢跨国公司的文化底蕴。每次与他们深度合作的时候，总是感觉自己充满了力量。如果时间以百年为单位，希望未来我们仍然可以站在一起。

人的一生就好像昼夜的交替，总是处在逆境与顺境的变化之中，这很正常，所以要端正心态，从容面对。处在顺境的时候，也往往是最危险的时候，一定要居安思危，谨防乐极生悲。陷入逆境、绝境的时候，也往往是充满机会改变自己的时候。越是身处逆境，越要往好的方面去想，以便能够端正心态，让自己早日走出困局。

只要心中有爱和希望，终有一天，那些你曾经认为的触不可及，最终都会来到你的面前。

2022-10-14

深耕渠道，抓终端

冬天对于每个人都一样，不一样的是每个人对待冬天的态度，有些人会倒在这个季节里，有些人会迎来春暖花开。

离16号的会议越来越近了，全国各地的疫情不但没有消停，而且似乎有了蔓延的趋势。希望一周后一切尘埃落定，还给大家一个阳光明媚的秋天。

面对不稳定的时局，在突破心里关卡的同时，也要思考未来，发挥品牌价值。越是艰难的时候，大家对品牌的理解也越是千差万别。我相信，10年之后，一定会是品牌的天下，而且不忘初心，始终坚持终端是命脉的想法。这个话我每年都在讲，只是现在坚持下来的人越来越少了，因为人力、物力和费用都无法去支撑大家的想法，但这条路还在。

既然终端渠道是命脉，那么要想扎根市场，就必须深耕渠道，抓终端。疫情带给大家的不确定性是无法避免的，很多小经销商尚未看到一丝曙光，便已经被淘汰掉了，所以活下来的更要居安思危。

每天忙忙碌碌到处奔波，心态也越来越平和。每天都会见很多的合作伙伴，不管有没有生意的机会，大家仍旧保持热情。

周五对于孩子和工作者来说，虽然是一个节点，但是千万不要把这当作放松的理由。而是要在忙碌的奔波中停下来，加一下油，充一下电。无论正处在人生的哪个阶段，无论已经走了多远的路，都别忘了告诉自己，再坚持一下。生活的一大乐趣便是，完成别人认为你不能做到的事情。如果时光可以倒流，很多人想做的，只不过是过好当下那一刻。

在这个竞争激烈的时代，选择深耕，不过是让自己被淘汰得慢一点。工作和学习表面上看起来毫不相干，但是走到最后，你发现它们一定是相互交集和共通的。参加工作之后，这种感觉越发明显。当自己的学历和底蕴无法驾驭当下情绪的时候，才会发现，我们曾经的缺失是多么遗憾。不过，活到老，学到老，任何时候开始都不算晚。

世界经济愈发暗淡，中国经济增速的放缓也超出预期，从某种意义上看，内卷不一定是坏事，也可能是好事，可以促进我们思考。不要等待所谓的形势变好，而应该赶快转变思路，相信社会在进步，大家的意识也在进步。

冬天对于每个人都一样，不一样的是每个人对待冬天的态度，有些人会倒在这个季节里，有些人会迎来春暖花开。

2022-10-15

拥抱一切资源，为我所用

低谷之下，生存才是王道；身处逆境，务实才是根本，相信消费者一定会给你答案。

昨天下午连续开了好几个会，持续到晚上8：00多钟，主要针对跨部门之间的流程进行讨论。一切目的都是为了客户，客户的需求就是我们努力的方向。当面临困惑的时候，我们可以安静3秒钟，想想这句话，一切都会豁然开朗。

事实上，在工作交流中碰到的很多难题，如果没有积极去面对和解决，就会造成拖沓。永之信是一个勇于创新和敢于挑战的平台，我们杜绝不求有功但求无过的明哲保身，那样只会加速我们的陨落，整个公司也将毫无活力。我们希望新流程层出不穷，可以使公司高效地运营下去，部门之间、团队之间紧密合作，创造最大效率，帮客户化解一切障碍。

今天上午和同事聊了一两个小时，对于过去的会议进行了反思和复盘。其实，此时此刻我们才敢说出当初面临的一切。从8月份筹备会议、9月份会议如期召开，到10月份进行总结，中间经历了什么，只有我们自己才知道，尤其在开会的前后一周，那种惶恐的心情现在想来仍心有余悸。

9月，整个临沂只有我们公司举办了一场大型会议，这是多么难得和不易。我们存在的意义，就是为客户创造更大的价值。在这个多事之秋，以及渠道纷争的当下，仅仅做好自己是完全不够的，我们需要拥抱一切资源为自己所用。借助大家的力量，才有可能把事情做到相对满意的程度。

人生路上总会遇到各种各样的困难，是勇敢面对还是畏惧退缩，选择权始终在自己手里。一旦有了梦想，就有了锚定的目标，只要勇敢地迈出第一步，就会不畏山高路远，无惧岁月荒凉。真正改变命运的并不是机遇，而是我们的态度。

难得周末，昨天晚上和孩子们聊了很久。我问他们，你们读书的目的是什么？是为了考上更好的学府，还是让自己有更高的技能？无论是什么，都必须先给自己定下一个目标。目标立下之后，你们才有努力向前的方向。所有人提的建议一定要虚心听进去，因为至少有人说你，给你指导，那是为了你好，如果有一天没有人愿意理你，那就说明大家已经放弃了你。我们一定要做好当下、做好细节，才会离目标越来越近，才能得到我们渴望的东西。

周例会真的是我们公司的骨架所在，我们所有的行政命令、发起方案都是从这里一一落实下去的。包括在日常运行中遇到的困惑及难题，都会拿到桌面上一一解决，周例会真的是一个难得的好机会。希望大家也能倍加珍惜，我们需要的不是一个流于形式的东西，而是能助力公司发展的武器。

我能够感受到大家的成长，未来当大家成长到能独当一面的时候，便是我们公司真正进入良性循环的开始。从人治到制度建设，需要一个漫长的过程，并且要遵循自然法则的流程。我曾经讲过，整个公司最宝贵的财富不是硬件和软件，而是人和岗位。我们的管理层需要70%投票通过才能当选，这次竟然有同事全票通过，是非常可喜可贺的，希望你们能真正成为永之信的骨架，为我们的事业插上腾飞的翅膀。

低谷之下，生存才是王道；身处逆境，务实才是根本，相信消费者一定会给你答案。

2022-10-16

今天是个好日子

天空虽然遥远，乘着旋风还是可以到达；过去的时光虽然已经消逝，但珍惜当下的日子还不算晚。

今天是个好日子，是举国上下共同关注的日子，中国共产党第二十次全国代表大会隆重开幕。

相信今天的直播场景被亿万网友所关注，因为等待这一天实在太久了，所有人都希望从中读出一些比较积极的信号。前路迷雾笼罩，需要家长们给我们指引方向，还有后续的力量支持。会上强调了实体店的未来，这对我们这个群体来说无疑是非常有利的。这几年特别艰难，如果单靠个人力量，肯定无法逆势而为，如果在政策层面上有所改变的话，或多或少给了大家一些信心，毕竟我们都需要实实在在的支持。今天的会议是一个新的起点，也是对一些事情的总结，希望从今往后，能给这个行业、给所有伙伴们更多信心。

前天向孩子们交代了一件事情，需要在昨天晚上前落实，但是非常遗憾的是，昨天晚上我等到12：00，仍然迟迟没有得到反馈。可能在孩子的世界里，这不是什么大不了的事情，但是在我的理解中，承诺是必须兑现的。先不说这件事情的重要性，就说这件事本身就关乎他们自身的利益和成长，竟然完全不当一回事。可能我与孩子之间的交流确实存在着很大问题，我认为理所当然的事情，在他们的思维里是难以接受或不可想象的。这是一件非常严重的事情，有可能继而引发脱节，甚至反抗。我一直认为没有逆反期的孩子，只有沟通不到位的关系，但是当自己身陷其中的时候，仍然无法控制自己的情绪。

包括公司，如果我们对于很多层面上的理解都不能达成共识，只能说发展得越快，做得越强，未来的危险程度就越高，大家的侥幸心理也越大，这是一件非常可怕的事情，久而久之必定会制约我们的发展。

天空虽然遥远，乘着旋风还是可以到达；过去的时光虽然已经消逝，但珍惜当下的日子还不算晚。

2022-10-17

决策决定方向

昨日已逝，未来可期，对未来的真正慷慨，是把一切都献给现在，希望梦想仍在，哪怕漂洋过海，仍要保持热情。

周一总是与别的日子稍有不同，送3个孩子去学校的路上，发现街道上的人流比往常多了一些，尤其在返回的途中。

将他们一个个送到各自的学校，一路上交流不多，但是仍然希望他们可以感受到我作为父亲的用心。对他们的陪伴总是有限，除了责任和义务，我还应教会他们独自承担和面对社会的能力。

在我们这个家庭，尊重是第一位的。家里年龄最大的是孩子的奶奶，她的付出实在太多，我无数次地对孩子们说，奶奶就是家里的天，绝对不能让她受委屈。从小父亲去世之后，母亲一直陪伴我成长，教会了我很多很多，尤其是为人处世的方式方法。到后来我为人夫、为人父，她还是一如既往地把我的孩子们拉扯大。虽说她的文化不多，但是对家人全身心的爱护，我们都看在眼里，记在心里。随着孩子年龄的增大，从小时候的被爱呵护到成长之后的代沟，再到真正成人之后的成熟懂事，中间也许会有很长的路要走，但无论如何，希望他们健康快乐地成长，懂得长辈们的心意，任何的不尊重都是最大的不孝。

每个人要想在各自的领域做到极致，都不容易，无论是学习、工作还是生活上。其实，这世上哪有什么轻松可言呢？没有一样东西是可以不劳而获的。想要把事情做好，除了全身心的投入和付出，别无他法。哪怕你有再大的天赋，如果没有努力，也是白费。生活中的许多事情，都可以通过付出努力得到改善。在学校里，花更多的时间在课堂上，就会取得更好的成绩；在工作中，多听多问多虚心，不仅能够增加赢得客户的机会，更会在团队里面受到尊重……

一场疫情犹如一场没有硝烟的战役，烟花落尽，冷街凋敝。即便如此，我们依然怀抱希望。只不过令人头疼的是，店铺快撑不下去了，是该咬牙坚持还是选择放弃呢？致命的是，很多人开店多年，如果重新转行，转什么行呢……

一周里，周一是最紧张和忙碌的，这就体现出做好前期工作的重要性，不然一定会手忙脚乱。所以，在付诸行动的同时，我们在思想上要有高度的认知，提前做好规划，哪怕发生一些意外事件，也可以做到忙而不乱。最怕没有提前做好准备，率性而为，结果方寸大乱。

公司每每发展到某个阶段或转折点，就要做出一些重大决策，这是必不可少的。是让公司进入高速公路，还是进入羊肠小道，完全有赖于这些决策所制定的方向。

管理一个团队或公司，绝非表面上看上去那么简单，每个人承担的角色不一样，理解的层次也会不同。如何让大家朝着一个方向前行，考验的不仅仅是一个人的领导能力，更需要所有伙伴从思想上达成一致，相信大家可以走到理想的彼岸。

昨日已逝，未来可期，对未来的真正慷慨，是把一切都献给现在，希望梦想仍在，哪怕漂洋过海，仍要保持热情。

2022-10-18

哪怕天塌下来，也得硬撑着

大多数人渴望平平淡淡的生活，一念一生，波澜不惊。其实人生，不过如此罢了。

居家上网课，已经成为常态，但是老师的那句话，一直在耳边回响：这正是拉开学习差距的好机会。是的，优秀的人之所以越来越优秀，落后的人之所以越来越落后，归根结底还是源于习惯。

但是坦白来讲，让孩子们从内心里面认可这件事情，真的非常不容易。所有人都知道最重要的是做好前期的准备工作，比如7：00上课，理应在6：50之前把所需的一切全部归位，但实际情况根本不是这样。临阵磨枪，此乃兵家大忌，如果用好高骛远、眼高手低来形容，可能会比较合适吧。看到这些，心里自然很是心急，但还是想给他们成长的空间，往前再看看。

上午和几个朋友聊了一下线下的实体店，因为整个市场搬迁的缘故，总的来说看上去比较繁荣。可是真正进到门店里面逛了一圈，才发现大多数都是店员，顾客非常之少，偌大的商场门可罗雀。这不仅仅是因为当下疫情的缘故，这种情况已经持续很长一段时间了，人们也早已习以为常。

我经常在全国各地跑，创业和经商的朋友非常多，分布在各行各业，放眼望去，发现最近这两年，大家普遍都在走下坡路。从疫情最初的谨慎乐观，到现在大家连话都变得少了很多，让人忍不住发问，未来究竟会走向何方？

很开心有各个地方的伙伴和朋友来访，我会毫无保留地给出一些中肯的建议，不一定真的有用，但我的发心是希望大家都更好一点，当然包括接下来的促销方案。大家对"双十一"已经不太感冒，大都秉持不促不销的心态，其实无论如何，做一个切实可行的方案还是比较稳妥的。

从目前大多数客户的状态来看，他们表面都非常平静，哪怕内心一直焦虑不安。因为不管怎样，作为公司的最高负责人，他们还需要站在那里，哪怕天塌下来，都得硬撑着。我们不能用悲壮来形容这种状态，我想，除了义务和责任，他们身上更多的是不顾一切的勇气。

很多人渴望平平淡淡的生活，一念一生，波澜不惊。其实人生，不过如此罢了。

2022-10-19

受益匪浅，千金难买

风吹麦浪意味着秋天的收获，相信这世间的花总有一朵为自己而开，相信山河湖海值得奔赴，相信自己，专注自己。

现在每天早晨除了送老大上学，另外关心的一件事情就是在家上网课的老二。等到适当的时机，带他到公司面对面地交流，也许是一个不错的选择。

我个人比较重视孩子的阅读兴趣的培训，因为我认为阅读是打开视野、提升能力的最有效途径（但不是唯一的途径）。一本书就是一个世界，读书的过程，其实就是帮助我们突破局限，走进更大世界的过程。只是现在讲得太高远了，孩子们还无法理解，而有的人即使进入了社会，仍然不明白这个道理。

"书山有路勤为径，学海无涯苦作舟。"有了学问，就好比站在山顶，可以看到更远更广阔的东西。没有学问，如同在暗沟里走路，摸索不着，苦煞人也。一个人的成长，一个人的自我突破过程，很大程度上依靠于他的阅读史。所以才有了那样一句话：你的气质里，藏着你走过的路，读过的书，爱过的人。

每个人都在试图挑战自己的极限，有时候梦想就在眼前，有时未来在无限的宇宙空间。每行每业是如此不同，听听他人的故事，感叹创业的不易，中间有很多学习的榜样，可以让我们在成长的道路上少走很多弯路。看到过一段很不错的话：我朋友的圈子，决定了我自己的高度，其实每天和牛人打交道，自然而然就会感觉到自己和他们的差距，就会投入到不断的学习之中。当有一天追赶上他们脚步的时候，良性循环，又会进入到更高的朋友圈。这话说得很有道理，如果可以听君一席话，哪怕为他端茶倒水也可以，因为受益匪浅是千金难买的，更无关尊严。

一直觉得，合作中产生的最大的力量一定来自双方的坦诚，你讲出你的需求，我讲出我的目标，则双方一定可以找到共同的利益点。当你滔滔不绝地炫耀自己的公司有多么牛的时候，你的顾客很可能已经走神甚至反感了。因为人只关心对自己的生存和成长有帮助的信息，所以一定要让顾客成为你故事的主人公。

很难期待我的队员能遇到一个完美的公司，但是希望能以我的努力，去补偿这个公司的不足，当大家在公司遇到一些问题的时候，希望能够因为我的努力而可以忽略掉这些问题。

风吹麦浪意味着秋天的收获，相信这世间的花总有一朵为自己而开，相信山河湖海值得奔赴，相信自己，专注自己。

2022-10-20

凡人的幸福，最抚人心

最好的状态是眼里写满故事，脸上不见风霜，不羡慕谁，不嘲笑谁，不依赖谁，悄悄地努力，活成自己喜欢的样子。

想过疫情反复，但是没想到竟然如此严重。现在，3个孩子的学校都停课了。只能安慰自己说，这样似乎又多了陪伴他们的时间，有时候想想，也是一种无与伦比的快乐。

如果说老大、老二早已经有自己思想的话，老三就像个活脱脱的大玩具，并且是个可变形的玩具。不管是指东打西，还是调皮捣蛋，真的把童真无邪体现到极致。这种纯真是最令成年人感动的东西，但是随着孩子年龄的增长，慢慢有了他自己的思想以后，这些纯真都会消失殆尽。

有时候翻看曾经的照片，又唤起了对他们小时候的回忆。每一个孩子与父母的关系，似乎都经历了依赖你、相信你，慢慢有了代沟，以朋友相处，与你渐行渐远这样一个过程。

我们无法把自己的思想强加到任何人身上，包括自己的孩子。仔细想想，我们在他那个年龄，何尝不是如此呢？只是随着时间的前行，才突然在某一个点位上豁然开朗。有些事情，真的只有自己经历和尝试过，才会相信父辈们的所言所行是有道理的。

突然想起来，与岳父岳母似乎很久没有见面了，竟有一些想念，平时找了很多理由拒绝相聚，有时候想想，都太过牵强，大可不必。人生之路其实很短暂，亲情可以说大过一切。我们所有的工作，都是为了家庭、社会、事业或者爱情，但无法全部兼顾，所以尽可能从中找到一个平衡点，各个方面都有所顾及，这才是凡人的幸福。

人的一生中，没有谁能保证自己不经历一点波折，为人处世，当然是尽量避免风险，但是一点风险也不想冒，那就什么事也不要做了。比如当下的情况，有人选择持续保守，有人认为机会来了，所以任何决定似乎都对，又似乎都有风险。但我更加相信，无论哪一条路，一旦选定，就要勇敢地走出去，哪怕选择不一定正确，但结果很有可能是向好的。

2022-10-21

答案永远比问题高一个维度

成长永远比成绩更重要，并不是说成绩不重要，而是传奇是需要代价的。

今天是孩子们上网课的第一天，虽然在前一天晚上就对他们千叮咛万嘱咐，包括学校也特地开了个家长会，希望引起重视。没想到令人非常遗憾的是，早晨还是状况百出。

当老师说出，孩子们的学习成绩，其实或多或少地显示了他们在学校里或者家里的表现这句话时，我的心真是被真真实实地刺痛了。虽然对孩子怒其不争，但是不可否认，作为家长的我们也有责任。不管背后有什么理由，或者出了什么意外状况，结果说明一切，而且所有人都要为这个结果负责，而不光是孩子。

非常时期，小道消息满天飞，孰真孰假一切未可知，做最坏的打算，做最好的预期，并为此付诸行动。我们在实现目标的同时，不要想太多，路终归是靠自己走出来的。在通往目的地的途中，离目标越来越近，而且还有比这更值得开心的事，就是自己拥有的经验有可能越来越丰富。

答案永远都比问题高一个维度，当我们提出一个问题的时候，要想找到这个问题的答案，必须将自己的思维升高一个维度。

客户之间，朋友之间，总是需要以诚相待，就像气场频率接近的两个人之间，总是可以找到很多共同的东西。太过于功利，对双方来说都不是好事，以平常心对待一切，说不定反而能够得到自己想要的东西。很开心工作与生活中总能遇到许多好心的朋友，向我提出一些有建设性的想法。没有虚伪的客套，有时候讲出的都是痛点，都是真理。真的非常感恩！

要看到市场面临的困难以及未来的困难，未来10年应该是一个非常痛苦的历史时期，全球经济会持续衰退。由于疫情的影响，全世界的经济在未来3到5年内都不可能转好，应该没有一个地区是亮点。而消费能力也会有很大幅度的下降，对我们产生不仅是供应的压力，还有市场的压力。

按照自己的节奏稳步朝前推进，提前做好各种预备方案，哪怕出现最坏的结局，也能有所防范，至少我们的思想层面上已经做好了准备。

对昨天老师讲的一句话记忆深刻：成长永远比成绩更重要，并不是成绩不重要，而是传奇是需要代价的。

2022-10-22

优秀的成绩来自好习惯

没有了未来的愿景，就没有了未来想去的终点，也就失去了方向。如果不知道往哪里去，所有的努力都是隔靴搔痒，不能到达所愿的方向。

浅谈一下这几天对于孩子学习的感受吧。

我想，每个家长都希望自己的孩子学业有成，却又不知道如何去教育，看到别人家的孩子成绩优秀，进步飞快，就觉得自己的孩子太不争气。

这两天看到老师在群里面发的消息，指出了每一个学生的缺点和优点，包括坐姿不正确，校服不正规，上课走神，不对着摄像头，等等，作为家长真的非常惭愧。想想自己，对于孩子的学习从来没有全程去跟踪，而老师们从开始到结束都是全身心地参与和关注。

现在孩子们之间的智力几乎相差无几，真正拉开成绩差距的，还是孩子平时的学习习惯。对于家长来说，陪孩子做作业是最痛苦的事情，往往自己在旁边火冒三丈，孩子的作业依然一塌糊涂。不主动学习的孩子，总是被大人推着走，很难取得优秀的成绩。但自觉学习的孩子也不是天生的，更不是被家长打骂出来的，而是一定有良好的学习习惯作为支撑。

培养孩子自觉学习的良好习惯，不能只付出体力，也要付出脑力和耐心。希望给孩子制造学习饥渴感，让他知道自己在知识方面有多缺乏，只能通过学习来好好弥补。这几天把他们带到公司，和许多同事面谈，讲学历的重要性给他们听，但愿他们能听进去一部分。

无数次讲述点滴积累的重要性，比如说提前做好准备、按时上课、在有限的时间内了解某样东西，然后坚持刻意练习，把一个行为习惯重复一百遍、一千遍，直到形成习惯性动作。不过，最重要的应该是多多鼓励，让他们感受到成就感，从而有信心一直坚持下去。

为学习成绩而苦恼的同学，反而经常觉得时间不够用。反观其原因，不是因为比别人笨，而往往是因为做事磨蹭、注意力不集中造成，就是不懂得管理时间。在学习中要想管理好时间，就要写作业比别人快，掌握知识比别人快，进步也要比别人快。我无数次地在生活中给孩子传达守时的观念，并教导他们在学习过程中要学会反思，除了坚持整理错题，还要学会总结学习方法。

这几天到访的朋友比较多。各行各业的朋友身上值得学习的地方总是很多，但生意的逻辑大致相同。当今时代，竞争已臻白热化，近乎无所不用其极。在群雄环绕、弱肉强食的残酷的市场环境中，势单力薄的中小公司该如何争取生存空间，是值得大家认真思考的问题。

其实，我们一直倡导品牌的重要性，无论是商品的品牌还是公司的品牌，都要在客户心中留下记忆的烙印。品牌是一个公司在用户心中的感受和情感记忆。要想打造出一个强大品牌，只做到让用户对品牌没有负面印象是远远不够的，必须让顾客信任、赞赏甚至喜爱自己，并在用户核心价值上形成显著的差异化，远超用户预期。

没有了未来的愿景，就没有了未来想去的终点，也就失去了方向。如果不知道往哪里去，所有的努力都是隔靴搔痒，不能到达所愿的方向。

2022-10-23

接受新知，认清差距

据说霜降是一年之中昼夜温差最大的节气，但愿这个冬天不太冷，但愿下个春天早点到来。

今天，举国上下最重大的事情就是新的国家领导班子成员尘埃落定，我们相信这是最伟大的决定。有幸生在这个伟大的国度，我们没有理由不感叹自己的幸福。国泰民安、安居乐业、繁荣昌盛，是所有人的梦想。

这几天，陆陆续续有一些比较重要的区域处在防控之中，很多朋友减少了到临沂的旅行，有些本来在临沂的，也加快了离开的速度。对我来讲，孩子们的网课是非常重要的。不得不感谢老师们的付出，他们对工作的认真细致是有目共睹的，详细到每堂课、每个小组、每个组员的表现，都如数家珍。我们也从老师的总结中看到了孩子与孩子之间的差距。孩子们本身天赋可能相差不远，但是学习的态度必然决定了差距的长度。

无论是对家人还是对客户，有时候想当然地认为，只要对客户真诚，对家人用心就好了。然而，结果可能不尽如人意，孩子理解有偏差，客户缺乏深度沟通，所有的质疑可能造成脱节。所以，良好的理解和鼓励，可能使人与人的关系成为另外一番天地。

下午和一个朋友聊天，我收获匪浅，对自身也有了全新的认识。相比获取新知，旧观念的迭代是更加难以完成的修炼。面对空前的不确定性，每个人都需要重新启动自身的认知系统，去驱动行为的改变，提升韧性，超越危机。

身处一个跌宕起伏的大时代，短短十几年却经历了一场大周期，凡是踏准了周期节点的人，都被送到了浪潮之巅；凡是一脚踏空的人，都被巨浪掀翻。在一个充斥着各种变化的时代里，确实就像在大浪里行船，面对滔天大浪，无论多么拼命地划船，其作用都是微乎其微。所以说，大部分人的成功都是时代的成功，或是时代助推的结果，没有个人的成功，只有时代的成功。如果错把偶然当必然，被胜利冲昏了头脑，认为自己无所不能，结局注定是失败的。人贵有自知之明，千万不要因为一点点成就就沾沾自喜，要不断接收外来的新信息，使自己更加清醒地认识到与他人的差距。

2022-10-24

放空

拼一年春夏秋冬，搏一生无怨无悔。

从 24 号开始，大多数市场处于只进不出的状态，导致无法办公。这意味着全市基本上很多地方都处于静默状态，这对我们工作造成的影响可想而知。市区大多数门店停止运营，给品牌方还有我们的客户造成的不便，希望大家能够体谅。

就目前来看，会议之后，无论是实体还是资本，看不到非常向好的趋势。当下的状态有目共睹，最怕的就是缺失信心。很多事情早已经超出了我们的主观意志，而如此多的客观原因，实在让人觉得万般无奈。

孩子们每天早晨的网课已经成了我的心病，各种各样的问题层出不穷。一些在我看来如此简单的事情，居然一而再再而三地出现低级错误，真是让人无法理解。诸如准时上课、开摄像头、穿校服这些每天的基础流程，到了他们那里居然万般纠结，我只能说是理解的层面不一样吧。

就这样的学习态度和效率，如果能出好成绩，那一定是个奇迹。于是乎，如何与他们共同学习，成了当下最重要的事情，容不得半点差错。因为时间对大家来说都是非常宝贵的，真正到了毕业季，怕是有这个心，也没有这个力了。所有的厚积薄发，是因为前期沉淀了很多，如果没有良好的基础，无疑就成了空中楼阁。

难得一家人待在家里，趁着课间休息的时间，把院子里面重新拾掇了一下。春天养的鱼，到现在只剩 3 条了。大家花了整整一上午才把鱼池整理干净，虽然每个人都把自己弄得狼狈不堪，但感觉是值得的。和孩子们一起参与其中，重新感受劳动的快乐，虽说又脏又累，但是奇趣横生。

家旁边就是临沂最大的五洲湖公园，从上往下看，类似于五大洲。突然发现，搬到这里这么久了，竟然从来没有逛过。于是傍晚时分，与小三哥在公园里溜了一圈，风景秀丽，心旷神怡。徐徐的晚风吹过，凉凉爽爽的，突然想放空一切。

看到小三哥在地上打滚的时候，似乎回到了童年，可惜那种无忧无虑的时光再也回不去了。等到过一阵子复学后，也许他也会有自己的烦恼吧。

非常时期，也很感谢同事们的理解与支持，如同群里面讲的，要合理安排时间，共克时艰，并为此付出所有。当下的状况我们无法改变，只能改变自己的心态和行动，尽可能减少各方面的损失。另一方面，我们应该与品牌方及客户加强互动，利用难得的空闲时光多多交流和学习。

2022-10-25

形成系统，提升能力

人的才华就如海绵的水，没有外力的挤压，它是绝对流不出来的。流出来后，海绵才能吸收新的能量。

这两天发现，与孩子一起上课是一个重新认识自己和学习的过程。同时也时刻关注孩子的习惯问题，包括学习之前、学习之中，以及学习结束之后，哪怕整理书籍这样的小事，也要求他们形成一个系统，进而提升他们的能力。把这一切都做好以后，成绩就会自然而然地大幅度提升。无论是工作还是学习，你对它的严谨和敬畏之心，决定了它最后的结果。

看到学习群里面有老师的鼓励就很心安，老师们真是付出太多了，全班那么多人，要把每个孩子的成长过程记录下来，是一个不小的工程。反观自己，做得实在太差劲了，不由得对无法帮助孩子感到羞愧万分……谁都知道学习是孩子、家长、老师共同的事情，缺一不可，但是自己平时总是以工作忙为借口，很少参与其中，这难道不是一种失职吗？

小区实行了只进不出的政策，我只能安慰自己，至少现在多了陪伴孩子的时间。在人生之中，能有一段值得回忆的、帮助他们成长的时光，本身就是一件非常开心的事情。

中午12：30，管理层开了一个电话会议，就当前的情况做了一些方案。总体就是，服从大方向的同时，各个部门还需要全身心地做好配合，甚至做好持久战的准备。

人的才华就如海绵的水，没有外力的挤压，它是绝对流不出来的。流出来后，海绵才能吸收新的能量。

2022-10-26

逆境给人的启发，除了躺平，还有奋发

往后看只能让你走得很慢，看看眼下的路途和风景，才能在不知不觉中去到想去的地方……

从前几天公司的静默，到现在小区的封控，多多少少已经做好了心理准备，食材方面也同样做了准备。

无论眼前的情况如何，一切肯定都会过去的，人这一生，不知道要经历多少磕磕碰碰，可以说是在磨难中成长起来的。面对各种大小磨难，我们已经习以为常，并学会以良好的心态去面对问题，用睿智的头脑解决问题。到了后来，发现其实再大的困难都是暂时的，而且我们已经具备缩小困难的能力。

难得的闲暇时光，虽然多了些落寞，却可以多多学习。同时盯着孩子们完成学校要求的每一步，家校联系也十分紧密，容不得一点点差错。以前感觉每天的时光过得太匆匆，陪伴家人的机会少之又少，现在一下子多了一些团聚的时间，心情也变得无比舒畅。

虽然不能出小区，但是在小区里面四处走走，感受秋天的味道，也是非常不错的。孩子们奔跑着，打闹着，尽情享受只属于他们的快乐。有时候也会跌倒，拍拍身上的泥土继续向前跑，可爱至极。

居家办公是不得已而为之的办法，想想当年的非典，淘宝就是从那时候脱颖而出的。逆境总会给人很多启发，除了躺平，还有奋发。

很多人的累，并不是身体上的疲惫，更多的是精神上的内耗，所以才会心浮气躁。也许，有些事情换一种方法或换一个角度，就会有不同的效果。

2022-10-27

时间会告诉你答案

人生快不快乐看心情，幸不幸福看心态。漫漫人生中，什么都不是一眼看得到头的，一时的春风得意算不了什么，一时的失败也不能算数。

中午再次收到不好的消息，今天全部物流园和我们的仓库所在地也静默了，包括三通一达，安能、德邦等。这意味着临沂这个物流之都，所有的商贸已经停摆。疫情3年来，就连最严重的那一段时间，似乎也从来没有发生过这样的情况。有那么一瞬，心中真是百感交集。只能一周之后看看情况，才能确定下一步的方向。

小区实施静态管理，最大限度减少人员流动，这是有效斩断疫情传播链条，全力守护好人民群众生命健康安全的必要之举，静态居家，也许就是为抗击疫情做贡献！

上网课是另一种形式的学习，它和在校学习一样，归根结底都是自主学习。上网课也有老师讲，也需要学生听，稍不留神，知识点没有掌握，就要落后别人一大截。你可以自欺欺人，但成绩却不会无中生有。人生就是一场不可逆转的比赛，要想赢得别人，首先要赢得自己。

困难之下，我们的工作应该更加严谨才是，因为非常时期，大家很可能因为这样那样的事情而分神，所以务必格外仔细。

疫情是暂时的，学习是永恒的，不管是在校还是居家，不管是少年还是成年，都不应该停止学习。网课是一面镜子，既照出了孩子，也照出了家长。平日刻苦用功的学生，不会因为网课就变得投机取巧；平日自律性差的学生，只会因为网课而变本加厉。所以，你的人生只是你自己的，严于律己也好，放任自流也罢，时间终会告诉你答案。

2022-10-28

常怀感恩，勇往直前

这个世界上没有如果，有的只有结果。其实世界上哪有什么超级英雄，如果选择了走上战场，别无选择，只能义无反顾。

近来，全国多地疫情呈现多点散发、多地频发趋势，各地时而实行静默管理，人们的工作、生活都受到了不同程度的影响。

疫情是一面镜子，反映出人生百态。冬天即将到来，疫情形势或许将变得更为严峻。在这样的大背景下，千万不要牢骚满腹，不要有疲劳厌战情绪，更大的考验在等待着我们。

3年前，疫情刚刚来临的时候，我曾写下一句话：比起销售下滑，更可怕的是零营收。当业务处于停摆状态时，团队中的大多数人将会感到惶恐。因为人们最害怕的是失去预期，再多的方案都无济于事。

今年，大多数企事业单位面临的都是这样的情况。有些人只需照顾个人和家庭，而我们不仅要面对这些，还要顾及团队的感受，要考虑公司未来的发展方向。这些都是要深思熟虑并仔细规划的事情，非常重要，容不得半点闪失。

深秋的寒意，意味着冬天即将来临。按照行业规律，即将进入传统的行业销售旺季。但是同样由于入冬，疫情或许又有肆虐的理由了。当前的大背景之下，光明前进一寸，黑暗便后退一分，信心还是要有的。这3年里，偶尔会发发牢骚，但是人们也因此变得更加团结，更加懂得珍惜。

我认为，客观上无法驾驭某些事情的时候，主观意识仍需保持乐观和淡定。新闻报道中说，世界各地都在陆续放开管控。希望前方不远处即是黎明，坚持下去，总会迎来曙光。我总是希望谈论积极向上的东西，要常怀感恩之心，时时刻刻都往前看。我们回顾往昔，会发现如今的生活，已经发生了翻天覆地的改变。这样的时代，使我们能够各骋所长，在自己的岗位上占有一席之地。

当我站在旁观者的角度看自己的公司时，感到各个方面仍需做到优化，公司框架、岗位职责、相关流程等，都应当在较短的时间内做到各方面的提升。未来，在很多方面无法改变的情况下，效率一定是我们最该关注的因素。如果这一点做好了，效益自然可以做到提升。

2022-10-29

严于律己，勇于开始

天赋可以让一个人闪闪发光，但是努力，才能让人成为那个更好的自己。

静下来的日子，多读书，多思考，多想想未来的规划，这是我们在非常时期唯一能做的事。

大家或许都听闻过一家很有名的日企，叫作伊藤洋华堂。该企业于1997年正式进入中国市场，第一家店是成都春熙店，为中国首店，于1997年11月21日正式开业。当时，这家商店应该是国内最赚钱的店。其先进的经营理念与精细化的运营管理模式，始终深刻地影响着中国零售业的发展。在成都市场，伊藤洋华堂可谓家喻户晓，其以极致的服务水平和高质量的商品，深受消费者青睐。

作为零售业从业者，我始终认为应当把最好的商品和服务传递给消费者，并坚信这是最重要的。我坚持践行以"顾客第一"为理念的零售服务精神，专注顾客需求，致力于向顾客提供日常性高品质的商品和服务，为消费者打造安全、安心、便捷、舒适的购物环境。但是作为我精神指引的伊藤洋华堂，却宣告将于12月31号关店。收到消息的那一刻，我不禁产生了自我怀疑，是哪方面出现差错了吗……

在时间慢下来的时候，有更多的理由和空间让自己回味，个中缘由究竟是什么。无论如何，人生中都要面临许多特别的事情。不管经历了什么，该铭记的铭记，该遗忘的遗忘。只有如此才能不沉迷过去，活好当下，以顺其自然的姿态，过随遇而安的生活，迎接金秋的美丽。

曾读到这样一句话：世上有这样一个人，他能把你拉出深渊，助你跋涉沼泽，教你横渡江河，带你翻山越岭，陪你登顶高峰，和你看遍风景。这个人，其实就是你自己。有志者事竟成，无论做任何事，如果只是停留在计划和想法中，却不曾开始，不去付诸实践和行动，那么一切都是镜花水月，都是空中楼阁。

每个人都会经历迷茫期，都会有迷失的时候，可是要始终明白，方向不是想出来的，而是做出来的。对于理想，不能任性而为，严于律己，勇于开始，才有机会达成目标。

有句话说得好：你和别人有差距，不是因为你走得慢，而是因为别人走的时候，你却一直在看。在别人努力和奋斗的时候，自己却选择等待，选择观望和犹豫。在等待和拖延中，和别人的差距就会越来越大。

如果仅仅羡慕别人，却从来没有开始行动，从来不去努力追赶，那么终究会一事无成。

走在风雨中，依然以笑容面对。天赋可以让一个人闪闪发光，但是努力，才能让人成为那个更好的自己。

2022-10-30

修炼自己，学会独处

如果时间有翅膀，希望其化成风雨跨越山河大地，阅尽祖国锦绣江山……

驾驶一辆高速行驶的汽车，如果突然间停下来，总会感觉闲得发慌。总得找点事情做，加加油，检查一下车辆。我相信，短暂的停留，就是为了更好地出发。

和孩子们分享了励志视频，内容是主人公从学渣到最后考上了一流的大学。虽然这是外国人的故事，但其中的道理放之四海而皆准。视频中的一段话很打动人心：我们千万不要降低自己的预期和目标，哪怕底子很薄弱，还是需要朝着第一冲刺。如果一再降低自己的预期，一味接受不尽如人意的结果，那么最终得到的就不是我们想要的东西。

定下目标之后，剩下的就是要做好细节。为了达成理想，付出的刻苦程度或许超乎想象。天赋带来的回报仅仅是生命中很小的一部分，99%都需要靠努力得到。生命历程中总有这样那样不可测的因素，但是只要意志足够坚定，一切都有可能。

这几年，便利店如雨后春笋般出现，每个小区都至少有一家较具规模的便利店。在5年前，这种店铺并不常见。便利店作为大型商超的缩小版，经营的都是日常刚需用品，且因为位于生活区，比大型商超更加便利。

　　未来可能存在更多类似的机会，尤其是在社会情况发生转变之后，本来不是很重要的迷你小店，却成为一个社区中举足轻重的物资集散地。在便利性方面再多下些功夫，例如搭建线上超市平台、组建客户微信群、提供有条件的配送服务，在竞争极为激烈的当下，或许可以拥有更多的生存空间。

　　要告诉孩子努力学习的意义。步入社会的那一刻，进入的每一家公司都会或多或少地给人打上烙印。孩子们现在努力学习，就可以进入更好的学校，进而通过内在的修行，慢慢地提升自己。实现阶层的跨越，不是一代人的事。每一代人能做的，就是在自身所处的这个阶层做到最好。

　　通过几十年的学习和努力，足以让一个人有很大的跃升空间，但是仍难以实现跃迁。当物质生活得到了改善之后，还要考虑父母的养老问题、子女的教育问题。当你向上看的时候，总会感到有进步的空间，这或许就是人类持续进步的动力所在吧。

　　无论你是否喜欢，是否习惯，独处的时代已经悄然来临。这是一个令人措手不及的时代，不等你想清楚，结果就已经来了！习惯了群居生活的人们，需要及早修炼自己，养成独处的能力。灾难来临的时候，没有人能给你确切的答案，更多时候需要靠自己。内心安逸，不急躁，这就很了不起了！

2022-10-31

November

居安思危，勇毅前行

要想生存得更好，就要逼自己优秀，这样才能拿到更好的资源。绝望的尽头是新的开始，是新的惊喜，是新的收获，是真正的重生！

从销售的角度来说，历来就有"金九银十"的说法。之前一直按照预期发展，想不到10月下旬风云突变，让大家措手不及。生活从来都不是一帆风顺的，背后充满了太多的艰辛。这世上从来没有一蹴而就的成功，总是需要千锤百炼。回想金秋十月，虽然也有遗憾，但谈不上后悔。

从月初开始，我们就披荆斩棘，迎着逆风前行。我们的客户遍布全国，偶尔有局部地方受限，通常不会影响整体，但是总部竟然也出现了变数，多多少少让人感觉出乎意料。

10月是本年度最后一个季度的第一个月，我们都希望有个良好的开始，从思想和行动上也都达成了一致。但是即便做了最坏的打算，仍然没有想到会停止不前。形势依然严峻，但这不代表我们会向现实妥协。从今天开始，找寻更多的机会，是我们全部的声音。

我向来有一个习惯，每个月末都要对这个月的工作进行全面的复盘。对于每个月的得失都需要反复评估，好的需要延续，不良的需要改变。

我们似乎一直都在追逐所谓的成功，却没有人会真正告诉你应该怎样做才能成功，但是成功之人往往具有一定的共性：坚韧不拔的意志力，勇往直前的信心，向死而生的决心。若想进步，但一直停留在喊口号上，没有付诸行动，那无疑是痴心妄想。

小时候，常常羡慕那些有糖的孩子，长大后才明白，让自己成长的是自己的经历。经历会让一个人变得成熟，更会让一个人变得睿智和理智。我们总会遇到各种各样的事情，它们带来的所谓利弊都是相对而言的。这世上很多事情都不是绝对的，而是处于某一角度，站在某个立场而定论的。

每个月底，自己总是有很多压力和期待，因为这是一个月的终结，更重要的是新的一个月即将开始。重压之下，自己退路不多。要成长，要做到在绝处也能逢生，绝望的尽头就是重生！安逸的环境让人停滞不前，逆境才是人生的最佳练兵场。居安思危，才能拥有是前进的力量。

很多人都是用自己的时间见证了别人的成功，浪费了青春年华。在应当奋斗的时候，一定要做一个善于观察的人，做一个积极乐观的人。加油！

2022-11-01

把握当下，改变现在

对于男人，大智是信仰，中智是克己，小智是财奴；对于女人，大美是心静，中美是修己，小美是貌体。相信没有一个冬天不会过去，没有一个春天不会到来！

对于个别渠道来说，或许可能打破"金九银十"的规律，但是对于传统渠道来说，这个规律依旧存在。每个月的第一天，总是给自己很多的时间放空。回眸过去的一段日子，不仅仅经历了跌宕起伏，更是见证了奇迹。

不知不觉，时间如流水般匆匆而过。我们见证了曾经落后的地区慢慢蜕变成大都市的模样，仿佛穿越了时空一般，很多朋友也对这座城市的印象大为改观。

我们无法永远追逐时代的浪花，但是依旧希望在每一波潮起潮落中激流勇进。

学习和工作同样重要，学历亦是如此，即使在工作中能力比学历更重要，但是有学历，才有展示能力的机会。

最近看了很多教育方面的励志作品。书山有路勤为径，学海无涯苦作舟。哪有什么理所当然，成绩的背后，其实都是题山题海的堆积。通过自己的不懈努力，死抠每一个细节，才能达到自己的期望值，进入更高一阶的学府也顺理成章。这与商业逻辑类似，从0到1非常难，从1到100反而相对简单。

大文豪苏东坡，可说是家喻户晓。人们了解的大多是他的诗句，却鲜少知晓他的人生态度。苏东坡的这一生，不是被贬，就是在被贬的路上。但是他不仅在恶劣的环境中生存了下来，还活出了诗与远方的浪漫。不仅没有失意绝望，自暴自弃，还心怀天下，为所到之处的百姓做了一些实实在在的好事。在人生的困境中，苏东坡完美诠释了什么是积极的人生态度。我们的一生中，可能改变不了现实，但可以改变态度；可能改变不了过去，但可以改变现在。有了积极的心态，便有了战胜困难取得成功的信心。对生活的态度，决定了我们人生的高度。

在我看来，没有所谓的"躺平"。这个词语这两年甚嚣尘上，其实背后最大的原因是无力感。面对困境，不能一味地活在绝望中，而是要时刻振作，让自己真正地觉悟。很多事情都不会轻而易举地成功，而是需要背后不断地付出。那些看不到的努力，才是拉开人与人之间距离的重要因素。

比绝望更可怕的是迟来的希望。人生不能游戏，你游戏人生，人生就会游戏你。保持良好的心态，不断修正自己，打磨自己，提升自己，这才是终极的发展方向。拥抱希望，才是持续发展的动力和源泉。这个世界上没有什么不可能，黎明前的黑暗并不可怕，再坚持一下天就亮了。也许是由于年纪渐长，总是想起曾经非常艰难的岁月。那个时候，总觉得天都已经塌了，可是现在蓦然回首，当时的云烟早已成了可以随意说出的故事。

绝望的尽头是希望，低谷的轮回是巅峰。跨过灿烂金秋，越过浪漫冬季，期待春暖花开。这世界并不完美，一定要珍惜今天。要相信，没有一个冬天不会过去，没有一个春天不会到来……

2022-11-02

改变自己，激发潜能

改变自己，让自己优秀起来不分早晚，当觉得晚的时候，恰恰是改变自己的最佳时机！

近日清洗家中被套，重新装被子时费了好大的劲。不禁想到做任何事情都是熟能生巧，看似简单的事情，背后隐藏着无数烦琐的细节。

公司当前处于休养的状态，即虽然业务暂时停滞，但是随时需要保持在线的状态。我们的客户来自全国各地，需要及时回复大家的信息，公司的任何情况都要第一时间清晰地告诉客户。这个方面如果形成脱节，对公司的声誉会造成很大的影响。

当前面临极大的考验，我们不但不能让神经松弛下来，还要加倍服务好客户。人最怕不动的时候就懒散下来，就像一台上了发条的机器突然停下，这未必是好事。此时此刻，需要保持清醒的头脑，时刻做好准备。

很多人都认为自己不够聪明，和其他人有很大的差距，实际上并非如此。每个人都有足够的能力让自己变得更加优秀，有的时候，一点小小的改变，就能够迎来华丽的转身。把羡慕别人的眼光变成努力的动力之光，改变自己，激发潜在的能力，和过去的所有缺点说再见，慢慢就会变成另一个人。

当你变得足够优秀的时候，一切问题都会迎刃而解。在遇到困难的时候，找到各种各样的解决方法。人就怕少了规矩和约束，那样就会放飞自我。如同风筝一样，假如手中没有紧紧地抓住牵引的线，最后风筝飘向何方，都是个未知数。

节奏慢下来的时候，很多事情都不会按照预期发展。也许经历得太多，发现难得的就是珍惜当下。所有的存在，因为我们变得美好。我们都无法延续人生的长度，希望在这有限的时间里，变得灿烂如花。

2022-11-03

做好准备，自我迭代

一生中面临的每一件事情，都在不同程度地修炼我们，让我们不断地成长，不停地向前！

最近和团队沟通了一些业务方面的事情。在非常时期，我们需要让公司和员工持续成长。一味地大包大揽，表面上会让业务推进得非常快捷，但是员工缺少了亲力亲为的参与，出现错误的概率就会比较高。最重要的是，团队也无法得到成长。无论做任何事情，只有亲自参与才有收获。对于自身来说，所有的付出都会带来莫大的帮助。

我们需要切实地明白这一点：所有领导都是从基层员工成长起来的。这一点非常重要。在任何岗位上，都需要明确自己的职责。身居管理层，却依然做一线的工作，这不是公司希望看到的。作为管理者，我们的重心应该放在传授工作方法和管理团队上。

我们无法阻碍时代的发展，唯有借助趋势顺风而行。在整个商业逻辑比较混乱的情况下，每个人都在试图找出脱颖而出的方法。有些人选择了蓄势待发，不断学习，有些人则选择了安逸。

非常时期，总有人付出得更多，做到理解和体谅非常重要。每个人思考问题的角度可能不一样，但都是为了公司越来越好，只是着力点不尽相同。试想一下，如果疫情长期持续，我们该如何去应对，做好各方面的准备了吗？答案是否定的。

总要做最坏的打算和最好的准备，这个过程是艰难和曲折的。要勇敢地往前看，迈过困境，未来一定会海阔天空。

每个人都无法体会他人的感受，站在各自的岗位上做好本职工作，是基本的要素。"躺平"向来不是我们想要看到的，关键时期，如何在安全稳健的前提下做好工作，是我们一直思考的问题。

怎样在熟悉的世界里找到安全感？最稳妥的选择，就是做好准备，把不确定的风险降到最低。与其提前焦虑，不如提前准备。也许眼下的时代有更多机会超车，但我们需要做的是自我迭代，远离内卷，向外寻找机会。在不确定中发现周期，顺应趋势，拥抱规划。祝愿大家都能抵御寒冬，找到属于自己的确定性。

2022-11-04

保持冷静，以变应变

不想在这个浮躁的世界中逐渐沉沦，就要学会主动去吃苦，当熬过了所有的苦，所有的美好都会缤纷而来！

上午和几个部门开了电话会议。我认为，会议中最重要的三个要素，就是时间、地点、人物，这三样必不可少。当然，其中还需要更加丰富的细节。我经常强调时间节点的重要性，这决定了很多事情的完成度。万丈高楼平地起，底层基础决定了上层建筑。

具体的事务性细节，我们一定要心中有数，清晰地传达给对方，然后实行岗位负责制。如果任务安排没有落实到位，就会造成上下游的脱节。我们要把话术组织得更精准，明确表达自己的意图，这样就更有可能得到对方的认可。

分工明确，职责到人，这就是所谓的顶层逻辑，非常重要。接下来把控工作流程，监督落实到位，结果一定不会太差。就怕本末倒置，大家混淆了各自的分工，结果一定混乱不堪。尤其是在无法面对面沟通的时候，这一点就变得更为重要。

过去信息传递速度很慢，信息交流的双方存在延迟。但是如今，整个世界成了一个地球村，信息变得触手可及。对于商贸公司来讲，未来注定是低毛利的时代，我们作为供应方和需求方的中间环节，做好服务，才是长久的生存之道。

一个朋友分享了对某酒店的看法。他住过很多酒店，但是唯独对这一家印象深刻，因为每个服务的细节都超出了客人的预期。当细节积累得足够多，整体上就会大大超出受众的预期，进而使受众向他人分享。这种良好的口碑宣传，无形中为公司省去了很多宣传费用，也会让客户源源不断。

很多人都认为当下的困难只是暂时的，忽略了这可能是一个长期存在的问题，也许我们未来会经常面临这样的困境。无论是大企业还是小公司，都要找到自己的生存方式。在一个团队中，不但个人技能要提升，各方面的素质，包括心理素质，都需要全面提升。

这个世界，变是永恒的主题。地缘政治在变，内外格局在变，惯例在变，规则在变，看法在变，斗争的手段也在变。原来笃定的事情，也可能突然出现反转。明天和意外，永远不知道哪一个先来。

不要害怕变化，人不会连续在一个坑里跌倒，总会收获经验。没有变化，就没有今天这个丰富多彩的世界。变化中有挑战，更有新的机遇。保持冷静清醒，以变应变，我们就永远不怕任何变化。能否力挽狂澜，能否触底反弹，都是未知数。潮起潮落，人聚人散，所有故事都不是开始，也远未结束。

2022-11-05

端正心态，建立体系

曾经我以为别人很尊重我是因为我优秀，后来才知道，别人尊重你，是因为他很优秀。

今天上午出门，看到街上的车辆明显比昨天多了许多。物流园局部开放，造成了道路的拥堵，短短六七千米的路程，竟然花费了两个小时左右。这让我想到了10多年前老街上水泄不通的场景，那时的繁华程度远远超出了我们的想象。虽然路上堵车，人们心中却很开心。

那时的繁华景象，只是全国各地市场繁荣的一个缩影。如今，这样的情景已经很难再出现了。

城市的西迁北下的发展格局非常明显，尤其是物流产业向西发展已经成为大趋势。商场超市大部分还处于停业状态，为数不多的物流中心人满为患。

最近大家面临很大的压力，原因是前端的订单较多，但是物流运输环节面临巨大的挑战。在众多不确定因素影响之下，运输速度变得缓慢。非常时期，我们将竭尽所能做好自己的工作。

城市的现代化水平大幅提升，城区高楼林立，每一条街道都透露出时尚的气息。由于部分街道封闭，一些原本比较顺畅的道路和几条主干道都人满为患。

在面对众多未知和不确定时，我们应当如何应对？我认为，真诚是最有效的沟通方式。很多人都抱着同样的想法。因此，要尽可能把工作前置。在和同事们交流时，我们得出的结论是：无论怎样，工作流程都不能变形，否则落实下去就会变得更加困难。

无论何时何地，保持良好的心态都非常重要。在人生的旅途中，我们可能都要经历求学、工作、结婚、生子等阶段。心思要纯粹。如果需要的是饭菜，就不要总想着巧克力圣代。要打消对他人炫耀的念头，这只会招来鄙视或嫉妒。

很多人只是在过生活，却不了解生活的本质，不懂得怎么去经营生活。如今是知识经济时代，过去的经验并不能保证可持续的发展。为此，每个人都需要用知识武装自己，并且不断自我更新和迭代，以保证能够与时俱进。

朋友、同事之间如果可以产生共鸣，就能让彼此都学到很多。但是多数情况下，各自理解问题的维度不一样，对一件事情的看法和预期也一定会有所不同。所以，如何与他人达成认知上的共识，是一项长期而艰苦的工程。除了要持续学习，还必须对所在的行业有长期的洞察和把握，否则就不可能制定出正确的战略和战术。

我们站在当下，着眼看未来，需要建立一个思维模型。如果没有形成自己的思想体系，那么在市场竞争中必然会落后。从某种意义上来说，所谓商业规划只不过是经营者之间的竞争。要懂得尊重他人，这是优秀之人的品质。

2022-11-07

打起精神，全员行动

细节决定成败，所有人都应该紧张起来。

今天已是立冬，俗话说秋收冬藏，冬天的来临预示着一年之中的沉淀。对我来说，这更意味着对于过去三个季度的复盘，以及如何在冬天里完成最后的冲刺。无论结果如何，都需要拼搏向上的精气神，每个人都希望最后的结局是美好的。

最近物流拥堵的情况很常见，同事一早出门发货，晚上才回来也已经不足为奇。我们竭尽所能将客户的订单发出，因为各个生产环节紧密相连，在各行各业都如此艰难的情况下，我们不愿由于自己的问题给大家造成困扰。

每当收到客户的表扬，还是会由衷地开心。我们当然存在很多不足，希望得到客户的建议，使我们从中找到改进的动力和方向。

根据目前的情况，很难做一个完整的活动，很多促销方案也无法实施。我们了解问题的重要性，力图从多方面找到解决方法。

在最困难的时候，需要全员行动起来，不仅是从行动上，更要从思想上行动起来。所有人都要有这样的认知：客户的需求是解开战略谜题唯一的钥匙，因为他们是不确定环境中唯一确定的要素。所以在讨论战略时要清楚地知道，战略逻辑的核心是顾客价值。

面对困难，最关键的是能很好地回应市场需求。无论是当下还是未来，树立冷静、专业的观念十分必要。

个人的能力是有限的，唯有与大家共克时艰、共渡难关，方能浴火重生、枯木逢春。

2022-11-08

提升自己，时刻进步

人生就像射箭，梦想就像箭靶，如果连箭靶都找不到，每天拉弓有什么意义……

2022年的最后两个月，希望一切平安顺利。各地都开始解封，本地也陆续进入了复工的状态。整个城市似乎已经苏醒过来，回到正常的轨道。这让人十分开心，哪怕街道上有短暂的拥堵。从我的角度来看，未来很多工作都可以逐渐开展了。

今天一早来到公司，和各个部门交代了复工的流程和安全注意事项。放开绝不意味着放松，反而更需要我们保持高度警惕，尽可能安全有序地做好工作。

与同事交流公司的方向性安排，重新梳理公司简介，找出可以优化的地方。我们一再强调，每个月都要去精进和修改，这一点一定要落实到位。人无完人，公司也是如此，时刻都需要进步。把不完善的地方加以改进，这就是我们工作的意义所在。

很多时候，我都深感责任重大。我思考更多的，是如何带领团队走向新的高度。遇到困难时，单靠个人一定无法抵御。因此，我们需要团队的力量。大家一起迸发出拼搏向上的精气神时，一切困难都是可以战胜的。

无论做任何工作，都不仅是一个人的事情，而是需要整个系统协调推进。这是一个非常复杂的工程，如果每个人都在各自的岗位上承担好职责，工作效率就会大大提升，反之则会造成很多方面的脱节。作为公司管理者，如何不断迭代、升级、优化团队协作的能力，是下一步的工作中心。

夜深人静，总是会反复思考，自己一路走来，运气超过了实力，所以要更努力才配得上这份运气。生怕做得不好，得不到供应商的理解，造成客户的误会。因为自己不善言辞，容易给大家造成困扰，因此需要改变自己。疫情过后，冬日如约而至，我们也平安归来，一起渡过了难关。

三百六十行，行行出状元。要努力精进，成为本领域的专家。公司的核心竞争力中，最主要的核心竞争力是领头人，而这一竞争力就体现为其在某一领域的专业性。如果自身不够优秀，就无法让公司走得更加稳健和长远。与专业人士交流，总会有更多收获。要学会从不同的角度思考未来，找到更多解决之道。

2022-11-09

保持乐观，行稳致远

环境往往使人止住前进的步伐。但是只要不甘于平凡，只要心怀梦想和希望，通过后天努力，就一定能实现目标。

今天是正式上班的第二天，似乎还没有完全适应工作节奏，一整天都处于繁忙的状态。午休时看到朋友的信息，发现大家都是这样，唯一不同的是大家自我调节的方法。

在公司见到许多同事，有久违的亲切感。在接下来的工作中，需要大家全力以赴，攻克眼前的困难。虽然矢去了部分生意，但是我们绝不会丧失信心。

疫情是一个没有硝烟的战场，我们从这场战役里看到的是社会各界的积极应对。我们逐渐习惯了这样的节奏，做好了各种准备。虽然有时会和同事暂时分别，但是随后的见面真是令人开心。

最近网购的商品没有发运，想起来本地暂时不具备接收快递的条件。马上就到"双十一"了，一个个快递包裹汇集成数十亿的成交额，成为电商平台、商家、消费者、物流等多方共同参与的消费大考。对于各个服务提供方来说，这是影响全年业绩增幅的至关重要的时期。与往年相比，今年"双十一"大促销的风暴来得似乎并不猛烈，宣传力度相对较弱。最近的会议中，我们经常强调框架和逻辑的重要性，结果提振人心。沟通总是可以加强双方的互信。每个人的长期规划都不一样，但是对于阶段性的目标，各方需要保持一致，这样会使工作充满动力。

对于公司的持续发展，我想得更多，也看得更远。距离年底只有短短一个多月的时间，改变刻不容缓。所有方案都需要提前准备，我们不会放松自己，更不会降低预期。要实现目标，就需要大家付出更加艰苦的努力。

在当前的情况下，或许很多公司采取的策略趋于保守。我无法评论这样的决定是对是错，因为立场不同。我愿意朝着乐观的方向进行预判并且付诸行动。作为一家商贸公司，人、财、物、销这四个因素非常重要。人才排在第一位，是重中之重。也有很多人认为营销是非常重要的一环，这话讲得没错。在公司发展的初期，营销甚至是最重要的。

对于企业未来的可持续、高质量的发展，人才是最关键的。要做出方向性的决策，以及前瞻性的规划，这常使我感到很大的压力。我深刻知道这对自己意味着什么，与其走得快一点，我宁愿走得慢一点、久一点。

环境往往使人停下了前进的脚步，但是只要心怀梦想和希望，拥有不甘于平凡的信仰，通过后天的努力，就一定能实现目标。

2022-11-10

唯专注者，擅于成长

认真、专心，是一种态度，更是一种选择，是成事的起点，也是成事的关键。专注于一件事情，种种向往，终会变成美好的日常！

今天是"双十一"的前一天，我没有特意想过要买点什么，但因为9月份公司会议的时候，还有部分客户的礼物未发货，所以我体验了一下网上购物，发现这种购物方式效率非常高，有些商品的价格和实体店相差无几，真是又实惠又便捷。

我不知道有多少人和我一样，考虑到种种成本，比如停车费、罚单、交通事故风险、邮费等，因此不太愿意去实体店购物。尤其是时间成本，如果购物需要占据生活和工作中的大部分时间，自己就会很累。对此，大多数人都会权衡利弊，上班族更是如此，平时忙于工作，焦头烂额，购物只能抽下班后的时间，还是网购更省时省力。

人们之所以喜欢网购，价差只是其中一个因素，更重要的是其便捷程度会让人产生依赖性。足不出户，随时随地下单，过一两天，商品就会被寄到家中或指定地点。每个人都会在脑海中对这种便捷的感觉有所评估，而不仅仅考量价格这一个因素。这种购物模式形成习惯之后，对实体店造成的冲击可想而知。

作为传统的实体店供应链公司，我们与很多门店交流时，也会提到电商抢了我们很大一部分客户，但静下心来想一想，这其实是一个不可逆的趋势。人出于本性，会选择安逸，当有了更好的购物体验后，就必定会形成依赖，因为它的确给人们带来很大的方便。所以，如何拥抱互联网工具，为自己的门店所用，这是一个值得深思的问题。

在不久的将来，网店与实体店之间的互通有可能会变成现实，谁能在商品品质相同的前提下，实现更高的效率，提供更好的服务和体验，谁就能在残酷的竞争中生存下来。当然，短时间内，实体店还很难实现网购的便捷模式，但是我们一定要进行尝试和布局，哪怕这条路再难，哪怕扭转思维需要付出很大的努力，也要坚持走下去。

下班回家的时候，经过大剧院旁边的电影院，曾几何时，电影院还是一个热闹的消费场所，但如今情况急转直下，消极的声音也不绝于耳。

曾经有人说，中国电影从来没有经历过真正的黄金年代。还有人说，电影是一个没有天花板的行业。彼时，电影院数量猛涨，下沉到全国各个县城，而这些数字的背后，其实是电影院数量过快增长、下游供大于求所带来的恶果凸显的开始。此后，该行业内卷的惨烈程度超出大多数人的想象，加上房租等成本不断高涨，影院的生存压力陡增，几乎每天都有一家影院停止营业。甚至有从业者表示，影院经营情况恶化，能够赚到钱的影院还不到10%。

各个行业都会经历潮起潮落，曾经的繁华更会凸显当下的落寞，每一个店招背后都隐藏着故事，它们静静地矗立在街头，似乎在向路人重新播放电影。

在这个互联网时代，信息是爆炸的，知识是过载的，观点是鼓噪的，热点是速朽的。而反过来，专注于一件事，精益求精、持之以恒的态度和行动，则是最稀少和最珍贵的。信息过载的时代，专注才是人最稀缺的能力，如果缺少了这种能力，工作、生活都会变得力绌而散乱。

唯专注者，擅于成长，精于生活。愿漫漫余生，能活好每一个当下。

2022－11－11

前路艰难，杀出血路

为什么在邻国是实体店干掉电商，在国内却是电商影响实体？诚信干掉不诚信，好服务干掉坏服务，这就是其中的道理。

今天也是一个非常重要的日子。线上"双十一"的狂欢盛宴，几乎每年都是高歌猛进。各个平台堪称神仙打架，明星大咖轮番上阵，爆出的GMV让人胆战心惊，一次又一次刷新大家的世界观。但今年的气氛和往年完全不同，热闹的场面已经销声匿迹了。

苏宁、拼多多等传统电商豪强都从晚会战场全面撤离，就连办了7年之久的"双11始祖"天猫晚会也于今年按下了暂停键。这反映出在营销费用紧缩的大背景下，电商平台对于晚会这个营销场的集体不看好。从去年开始，这个拐点就已经呈现出来了，渠道和直播端的分流影响肉眼可见，所以大家都选择了沉默。

就如昨天讲的一样，这么多年来，人们已经改变了消费习惯，网络平台的便捷性使购物变得触手可及，除非迫不得已，否则人们是不大愿意浪费时间去逛实体店的。

今天与几位友人聊天，对今年的生意简单地复盘了一下，支离破碎的政策，有时候让人无从下手。网上随处可见"躺平"二字，但是如果你真的选择了"躺平"，那么就连神仙都救不了你。虽说客观原因导致前路艰难，但发誓杀出一条血路，就是我们的底气所在。

说到线上，就不得不讲一下曾经的线下"巨无霸"国美，其领袖黄光裕在我们那个年代就是神一般的存在。现在，关于国美的负面消息越来越多。11月3日晚间，"国美停发员工工资"的话题冲上微博热搜第一。11月5日，另一个话题"国美会是下一个乐视吗"的热度又开始上升。

而这些话题的重要起因，是此前不久，国美在总部全员大会上宣布，公司到12月底之前，只会给员工上社保，不会再发工资了。究其原因，是与2008年相比，消费者的消费习惯早已改变，黄光裕入狱之后的十几年，是互联网商业起飞的十几年。时代变了，如果还是用原来的思维打天下，答案就会显而易见。

作为商人或者职场人士，大多数人都希望环境越来越好，每个人都想找到自己存在的价值，并且在商业的舞台上展现自己的风采。国泰民安、安居乐业、繁荣昌盛，是每一个人都希望的，大家都不喜欢动荡不安或前途未卜的市场环境。

大多数人在迷茫中，不仅想要获取干货，也需要一种希望。无论在什么时候，人们都需要一股力量，承载着对未来的向往与希望。

2022-11-12

保持理性，创造价值

人生在世，每个人都应该把生命投注到一件事上，并通过这件事来实现人生的价值。

距年底还有一个多月，和同事聊了一下接下来的规划，非常时期，我们还是要以不同的心态去做判断，未来，只有当我们觉得自己是正确的时候，才会义无反顾。尤其对于公司高层而言，有些方向性的决策，只能自己来定夺。无论如何，对这个行业和未来，我一直持乐观态度，并且坚信不疑。

比起努力工作，我更欣赏的是努力思考，给自己一个空间，喝一杯茶，静静地坐在桌前，想想工作的意义所在。我们如何分配自己的时间、规划自己的行为，如何划分同事们的职责，这比埋头工作更有意义。如果做好了，就一定会忙而不乱，所有人都会对项目负责，有序地朝着目标奋进。

这几天和老同学聊了一下他们的行业，基本上以出口为主，在疫情暴发前期，交货周期的拉长，引发了大家的恐慌心理，导致不断地囤货。加上海运价格持续上涨，所有人都有买涨不买跌的心理，因此当时根本不缺订单。所以，在全球疫情刚暴发的时候，反倒是他生意最好的时候。

接下来的两年，各种资产和需求不断降低，船运公司的价格同样如此，客户拿到的货物也在贬值，大家已经没了奇货可居的心态。这样的恶性循环，导致如今到了几乎没有订单可接的地步，未来的房地产会不会也面临这样的处境呢？至少国内的情况应该不至于这么悲观。

不知道经常住酒店的人有没有留意到，酒店的床头柜上基本都会有几张纸和一支笔，这个设施的目的除了征集客人的意见外，还因为很多人会在睡觉前有很多奇思妙想，迷迷糊糊间觉得这是一个好方法、好主意，但是第二天早晨醒来，却怎么都回忆不起来，于是，酒店会在床头柜上准备好纸笔，以便大家可以在第一时间把想法记录下来。

还有一个好习惯，就是在睡前写下明日要做的三件事，第二天就专心做这三件事。如果做到了，就是成功的一天。虽然看起来事情不多，但实际上还是挺难做到的。此外，如果做了列表以外的事情，也把它们记下来，让自己清楚一天都做了什么。这看似只是流水账，但长年累月积累下来，也是十分丰富的资料。

工作、奋斗要保持理性，不需要热血沸腾，而需要镇定的情绪。紧张而有序的工作，一切以创造价值为基础。所以，要务实，要注重实效，尽量避免陷入空谈。要知道，任何事情的成功都需要长期的过程，背后都要经过长年的刻苦练习和积累。没有时间的加持，任何事都不会做到极致。

既然选择好了，就不妨沉下心来，专心致志，一路走下去。没有谁的生活始终一帆风顺，没有一份工作不辛苦，没有一个年纪是不该努力的，生活从来不会让人不劳而获，所以必须拼搏进取。既要保持初心，也要不断追求梦想，任何光鲜的背后都离不开坚持。把坚持当成一种习惯，目标就是前进的动力。没有谁比谁更容易，只有谁比谁更努力。

2022-11-13

除了努力，别无他法

没有鱼鳔的鲨鱼，必须不停游动。要想成为一个领域的强者，除了努力，别无他法。

"双十一"的脚步已经渐渐远去，但相关话题依然有热度，久久难以平息。

现在所谓的抢客户，说起来真的会贻笑大方，只是因为我们的某些竞争力或服务不足以达到客户的要求，人家才会离我们而去罢了。当下所要做的，不是怨天尤人，埋怨竞争对手，而是提高自己的认知水平，重新回到迎合消费者这个赛道上来，避免与消费者渐行渐远。

线上购物最初打动消费者的是价格因素，以及无理由退换货，此外还因其便捷性，能省下很多时间成本，对于一些社恐来说，线上购物也是一种非常友好的体验。线上购物最早是年轻人的选择，后来中老年也开始尝试，如今早已成为一种消费习惯，很难再去改变了。

线下渠道迟迟没有意识到，线上线下从来不是割裂的，而是共同进步的。

曾经商场在退货方面都是非质量问题只换不退，打折商品概不退换，而在今年的"双十一"狂欢中，南方有很多商场也开始学习电商的无理由退换货，打出了"任性退"的口号。而人们担心的网店先涨价再打折等问题，也得到了相关法规和平台价保政策的逐步规范。

数据显示，至少南方几家比较适应当下潮流的百货商场，迎来了客流的反弹。归根结底，无论是线上还是线下，零售业都在致力于更好地服务消费者。对商家而言，拿出真正能打动消费者的产品、服务和优惠才是王道。而对普通消费者而言，电商和商场这样卷起来，又何尝不是一件好事呢？

商业的竞争，从古至今一直如此，残酷的丛林法则适用于任何一个行业。生存下来的，一定不是最强的，而是最能适应时代变化的。这句话，永远不会过时。

这几天，公司承接了一个品牌——京东次日达，要在整个山东运营这个项目。其间最大的收获就是，如果还抱持固有思维，不愿拥抱互联网，就会慢慢与时代脱节。时代的滚滚车轮会碾压所有道路，一直向前，无论你想与不想，做或不做，时代总会按照历史的节奏去演化。既然承接了整个山东的项目，我们就有必要引起高度的重视。不仅仅是这一个品牌，我相信，接下来有很多品牌都会纷纷涌上这样的赛道。

现在要做的就是把16个地区、100多个县城的客户重新梳理一下，一定要找到志同道合的伙伴，共同参与，共同进步。也许这个项目做好了，对双方都能有所提升。对于我们来讲，可能会更多地接触到传统生意之外的逻辑，而对于门店来讲，可能会更多地争取到互联网公域的生意。这样的事情何乐而不为呢？先行一步，就意味着拥有更多的机会。

周末稍微有一些空闲，车上有个小细节需要处理一下，到达大型企业的4S店，一整套流程下来，能感受到公司的正规。除了肉眼可见的硬件，更重要的是从业人员的综合素养，让人深有感触。这些软实力是一般公司很难超越的。这几天感触最多的就是"职业"二字，如果真能领会这两个字，很多事情就能更好地融会贯通了。

与伟大的公司链接越多，越会感觉到自己的差距，很多地方还有待学习和提高。

2022-11-14

不求深度，但求宽度

江湖规则悄然改变，相较风口上的经济，以客户需求为代表的护城河正在逐步形成，所追求的并不是有多深，而是在保证一定深度的前提下去拓宽。

后疫情时代，在一切向好的基础上，有必要感慨一下过去的3年。从开始的措手不及，到慢慢能够泰然处之，然后是反复焦虑，总是挂念着另一只靴子无法落下，直至现在，早已习惯了面对困境，认识到挑战与机遇共存。一路走来，有艰辛，也有美景，而内心所想、目光所及，才是生活的根本，面对生活的心态，影响着自己的人生境界。

经历过太多的世事无常之后，便懂得了热爱工作和生活，是苦是乐，都已学会坦然面对。对大多数人来说，思想的成熟需要经过时间和阅历的累积才能达成。站在未来看现在，时间和经历是最重要的资源，要学会分配好、利用好，适时调整自己的想法，朝着积极的方向改变。一念之间天地宽，旧的思维往往是困住自己的牢笼。如果给自己定一个大的目标，把时间、能力和智慧充分利用起来，那么能够成就的事业将是不可限量的。

要给队伍树立愿景和目标，要制定战略及其实现的路径，要在重要的关口做出抉择、定下规划，以3年、5年为一个节点，一心一意用心做事，确立战略重心，加强企业文化，优化组织框架，做好人员分工，这样，理想人生的下半场，仅仅是开始而已。

20多年来，永之信的经营之路从一开始的亦步亦趋，学习大公司的创业经历，到后来不愿拾人牙慧，慢人一步，于是慢慢建立自己的文化，遵循自己的逻辑和原则。罗马不是一天建成的，也不是一天毁灭的，如何把公司品牌化，关键还是要保持足够的耐心与定力，脚踏实地去积累，在某些关键领域保持领先，通过长期的用户口碑来达到质变。短暂的文化断层或业务技能的流失，会拉低公司的口碑，但绝不会打断走向未来的腿，我们一定要去尝试改变和精进自己。

这些年，我们在拓展销售的同时，往往忽略了与客户的情感交流，但他们始终是我们厚积薄发的源源动力。把用户指标的权重升高，核心用户的复购情况、沉淀，以及新增渠道和客户，都是要关注的焦点。在消费大盘疲软、非刚需消费整体下降的局面下，更应关注实际价值，而非纸面繁荣。对于核心用户，要留存并深耕，提高他们的复购率。GMV很重要，但不再期待GMV的激增，而是要保证稳中有增。对于增长，不能只关注量，更要关注质。

马斯克入主Twitter（推特）后，大规模裁员，真这让人笑不出来，想想自己何尝不是立于危墙之下。曾经Facebook最风光的那几年里，无限畅想明年后年，以及更远的将来，而现在，只想平安地过好今天，顺利地迎接明天。

年轻时亲历几场危机不是坏事，只有在经历中拓展三观，提高认知，今后才会更好地实现阶级跃层。想想十几年前，全世界从次贷危机中走出来，百废待兴，时代的周期循环不会因为任何原因而停下脚步。寒冬已至，但熬过这个冬天，依然会春暖花开，要对未来充满信心。对我而言，这是一个好的起点，而绝不会是终点。

2022-11-15

追求卓越，关注流程

平庸和卓越之间，看似隔着一道深不可测的鸿沟，但也许只是差了一个流程！

这几天的工作节奏明显比以往快了许多，当然不仅仅是业务层面。对于内部的同事来说更是如此。组织架构与经营管理，似乎如同和面团，不仅仅是简单的水多了加面，面多了加水，如何找到一个临界点和平衡点，才是至关重要的。当我们一次又一次尝试梳理的时候，未必要熟能生巧，恰如其分的火候才是最重要的。

最近，全国各地大厂的动作都比较频繁，大多数公司对未来形势的估计并不乐观，但坦白地讲，我非常喜欢大公司的流程。每一家公司都有多年延续下来的流程，这个流程未必适合每一家公司，但一定会给本公司打下独特的烙印。我们公司已经过了初创阶段，要想找到二次发展的动力，就需要各方面能量的加持。

当下，大公司最看重的就是人才。

生意场上从来没有常胜将军，但基础工作是必须要做好的。上午陆陆续续迎来了多个品牌方，其中有一些是外省的伙伴。大家一致认为，人们对于未知都会心存恐惧，当信息公开透明的时候，反倒是一种解脱，我们面对疫情也是同样的心情。

自古以来，市场环境总是在不断进步，任凭风起云涌，市场依然按照规律前行。经济好不是因为它完美无缺，而是因为它在不断纠错。人类难免犯错误，所以，一个好的体制在很大程度上其实是善于纠错的体制。一家公司何尝不是如此呢？在发展中自我精进，不断改变，才会磨炼出更适合市场的竞争力。

当下，精简费用，减少开支，收缩生意规模，一定可以让公司取得立竿见影的增效。但如果我们能够囤积更加优秀的人才，从框架和战略上开始逆向思维，就能把握住迎合发展趋势的契机。大多数人觉得做好细分市场很有难度，却不知道这样的毛细血管才是我们未来生存和发展的王道。

昨天与一个做细分渠道的朋友聊了很多，他在局部市场经营了十几年，慢慢地把客户做深、做细、做透，然后增加品牌，从运营和货品上增加客户黏性。在我看来，"渠道为王"这句话永远不会过时，只是在某个阶段投入与产出不成正比，很多人会觉得这样的生意如同鸡肋，食之无味，弃之可惜。

这只是因为对费用和生意的逻辑有着不同的理解，当我们真正可以赋能于渠道，并且为其提供更有竞争力的价值时，每个人都能从中收获颇丰。在战略层面，做到你中有我，我中有你，大家就能实现共同发展。对于大多数门店来说，这几年在存活下去的前提下，如何与供应链深度合作，是非常值得思考的问题。

我们的未来将会怎样，取决于我们相信什么，想要成为什么样的公司或什么样的人。我很开心能够在工作和生活中遇到一群志同道合的伙伴，他们在我前行的道路上提供了莫大的帮助，开阔了我的眼界，提高了我的认知，也让我看到自身的不足，发现自己与他人的差距是如此之大。社会不会因为个人的无法改变而停止前行的步伐，当我们停留在原地伫望的时候，早已被时代远远地甩在了身后，这个时候再奋起直追，为时已晚。

今天下午与一个新来的同事聊了一会儿，我问他，觉得自身最大的不足是什么，他说自己的学历还是有所欠缺。在最好的年纪、最好的时间，没有做好最重要的事情，等到长大了，真正步入社会后，已经没有太多的时间能够弥补遗憾了，这时才会发现自己当初的选择与行为是多么荒谬。关于这个话题，我希望能与孩子共勉，也敦促自己一直走在学习的道路上。

2022-11-16

意识到位，布局未来

今天孩子问我，学历真的很重要吗？我说了一句话：学历并不一定能代表你的能力，但是如果没有学历，你连进公司展示能力的机会都未必有！

今天上午和几个朋友聊起细分市场的重要性，说起来容易，其实做起来真的非常难，并且是一个长期而艰苦的工程。尤其中小门店的接受能力偏弱，短时间内收效甚微。现在单一品牌很少有如此运作的，不是大家不想这样做，而是销量难以支撑本区域的费用。

我一直强调，我们公司的优势在于多品牌策略，在几个战略品牌上找到平衡点，赋予门店更多的促销方案。要想让客户快速进店，虽然短时间难以实现，但可以慢慢地积累回流！

学习和生意在某些方面具有相同点，除了要有工具和方法，还要培养主观意识。好的工具才能体现价值，要想走到最后，拼的一定是效率。

很多门店老板经常回忆曾经生意繁荣的景象，但重寻旧梦的代价往往是我们付不起的。如果一直捏着旧车票，等着远去的列车再回头，那就会错过一趟又一趟的列车。互联网时代，大多数公司都在赚快钱，真正沉下心来做研究的人太少了。这不是个人的问题，而是整个商业环境受到了牵制和误导。

我们不仅要着眼于当下，更重要的是布局未来，展开全域思维。在技术上输在过去和当下并不可怕，可怕的是对未来没有提前进行卡位。只有工具到位了，技术到位了，更重要的是意识到位了，我们才能实现数字化的目标。

现在大多数生意人都认为，未来是电商、短视频及直播带货的天下，凡是标品类的产品，都可以通过批量化生产以及电商的流量优势碾压实体门店。但非标品类的产品，电商根本做不了，就连马老板这样的人，也要到门店去理发。电商可以卖速溶咖啡，但影响不了咖啡店的生意。因为去咖啡店消费不仅是为了喝咖啡，更是为了社交、休闲、谈生意等。所以，只有那些具有服务价值的实体门店，未来才有更多的机会。

当然，即便卖的是手机、化妆品等标品类的产品，只要学会新的营销模式，未来也有机会反超电商。传统的电商现在几乎都在布局线下门店，而我们未来成为这些电商的触角，并且服务"最后1千米"，也会获得很多机会。换言之，未来卖标品的实体门店一方面可以借助短视频、直播以及电商引流卖货，另一方面也可以放大实体店的体验和服务优势，真正实现线上与线下相结合的立体营销模式。

我非常喜欢"坚持"和"相信"这两个词，二者一脉相承，人都是因相信才坚持，又在坚持中相信。这样的力量是无穷的，要用心领悟、用心感受，用行动去实践。

我喜欢年轻人的闯劲，不会用固有的思维去评论他们。哪怕他们在某一个阶段是不成熟的，但当他们交给我一份创新的方案时，我还是十分开心。机会总是存在的，只有一次又一次去尝试，才会出现想要的答案。

2022-11-17

秋收冬藏，积蓄能量

经营者和消费者在很多方面都是同频的，我们希望为消费者提供物超所值的商品，消费者希望买到性价比超高的商品，这两者并不相违背。

经营公司就像打牌一样，有时候哪怕抓到一手天牌，如果牌技不好，中间的过程不当，结果也未必会赢；有时候哪怕抓到一手小牌，但每一个时机和节点都恰到好处，结果也未必会输。人生和工作有时候就是这么奇妙，静下心来想想，还真是非常有道理。

我们目前处在快消品这个赛道，说实话，我非常感谢当初的选择，至少目前仍是如此。在未来的很长一段时间内，快消行业都不会出现大幅的衰竭，只是现在的竞争已经远远超出我们的想象，如果不在各个方面有所提升，或许就会陷入万劫不复的境地，遭遇肉眼可见的下滑，甚至失去市场份额，久而久之，公司的竞争力也会越来越弱。

居安思危是我们公司这么多年来的传统，在稳健发展的基础上不断创新，才有可能在市场上站稳脚跟。对于原有的渠道，我们需要持续精耕细作，还要关注新兴的消费热点，哪怕付出巨大的代价，也要追逐新兴市场的脚步。坐井观天、等客上门的思维，只会让我们逐渐消沉下去。

北方很多地方都开始下雪了，秋收冬藏意味着大家需要积蓄更多的能量。我们一定要夯实内部的流程、制度、文化，利用年末一个多月的时间，竭尽所能为来年的战斗提前做好准备。

经济有其周期规律，时代的发展也有其规律，每个人、每个公司、每个行业，其成败都是时代的产物。虽然个体具有主观能动性，但从大的趋势来讲，都是符合规律的。

大多数人都希望能一步达到设定的目标，这非常难。无论是做投资还是做公司，坚持做正确的事，静待开花、结果，所有的胜利都是价值观的胜利。

我一直都很喜欢跑步，无论是百米闪电、几千米的中长跑，还是马拉松，各有各的精彩。但人生更像一场马拉松，考验的是人的意志力。如果没有坚强的意志力，又怎能坚持到最后一刻？

2022-11-18

不惧挑战，提升高度

也许当下的选择没能达到立竿见影的效果，但一定要相信，坚持能融化冰川，那是风来的方向，也是光照进来的地方！

离年底只有短短的一个多月了，时间对我们来说真的太有限了，还有很多事情有待落实。今年的总结、明年的规划、新的组织框架以及一些流程，都需要重新整理一遍，很多事情都需要按部就班往前推进，在下个月月底之前完成初稿，这对我们来讲压力很大。

最近的3年，我们经历了太多的不寻常，心中留下了无数难以忘怀的印迹。我感觉我们已经走了很远，现在还在不停地走。希望我们能永远走在追求卓越的路上。

下午与品牌方交流得很愉快，对于一些历史遗留问题，大家一定要往前看，如果双方都停滞不前，那所有项目都会随之中止。只有朝着向好的方向去推进，把生意重新滚动起来，问题才会迎刃而解。

遇到麻烦不可怕，怕的是找不到解决麻烦的办法，我们要把自己变成一个解决问题的高手。一个人之所以能够发展得很好，变得越来越强大，往往就在于他选择了一条当时看来很困难，甚至有点糟糕的路。虽然面对的压力更大，挑战更多，但解决的问题也更多。能遇到多大的问题，遇到什么维度的问题，就决定了你现在处于什么样的高度。

世界很大，我们只是沧海一粟，微不足道。允许别人做别人，体现了高度与包容；允许自己做自己，体现了自信与精彩。但我们与文化人不同，文化人可以在自己选择的路上，按照自己的风格走下去，需要的只是坚持。而公司是需要决策的，要在不断变化的环境中，与风险和不确定性持续做斗争。

2022-11-19

长期修炼，不断进步

要始终相信，只有自己变得足够优秀了，其他事情才会随之慢慢好起来。只要敢于面对，一切美好都会如约而至。

无数次和团队讨论过，我们需要在有限的时间内提高效率，这其实是一定能够做到的。提升自己的认知，利用科学的工具，进行周密的测算，然后按部就班地运营下去。那些看似微不足道的细节，在整个流程中都是非常重要的，当方方面面都能做好时，就是解放自己的时刻，我们也会从中获得成长。

我们公司是处于上下游中间环节的贸易商，未来的发展模板肯定是成为运营服务商。面对不断变化的商业市场，上下游协同对公司发展至关重要，其中，一体化供应链对抵御风险、快速响应市场、降本增效大有帮助。我们的生意结构就是从实体中来，到实体中去，持续发挥一体化的增长效能，推动上下游数字化转型。就像今天上午与一个品牌进行电话会议时的路演模式一样，先有画像，然后跟进，最后才是结果。

疫情当下，很多公司、单位遭受巨大考验，很多小型店铺运营不下去。但还是要对生活充满信心，无论处于何种境地，都要坚持下去，坚强地面对人生。前路漫漫无人知，但一定要好好工作，经营好每一天。生活的多姿多彩不是靠命运的施舍、大环境的影响，而是靠自己的心态，努力才能出成果。

这个世界上，"铁饭碗"未必都是"铁饭碗"，有的反而是一种阻碍进步的因素。哪有那么多稳定的工作？那不过是人们的说辞而已。好工作需要长期修炼，努力提升工作技能，这才是最踏实的做法。所谓的稳定是不存在的，一切都在不断变化，只有不断进步才是获得心安的唯一途径。

现在的周例会精简了许多，各部门简明扼要地表达诉求，及时找到解决方案。效率第一，每个人都要充分利用好有限的时间。传统代理商将会面临更大的困难和挑战，所以我们需要改变和修正自己。明年肯定会更难，如果跟不上时代的发展，将更加无力抵抗渠道变革带来的冲击！

2022-11-20

抓住希望，诠释梦想

希望就是希望，无所谓是百分之一还是百分之百。如果不能诠释梦想，那么醒着的意义何在？

偶然经过老市区人民广场的一个角落，20多年前肯德基刚刚进驻时的排队场景，如今依然历历在目。只是现在早已物是人非，店招换了一批又一批，包括曾经火爆的海底捞，这几年也在逐渐销声匿迹。

从众心理都是短暂的，人们不会一味追求华而不实的东西，一定会回到真实的需求上，回到消费的本质和原点。那些网红奶茶、网红咖啡等，生命力能持续多久呢？只有真实而稳定地满足人们的需求，才能越走越远！

国内的百年公司或百年产业真的很少，反观全球，却比比皆是，它们不一定多么高大上，多么吸引眼球，其实只是满足了大众化的需求，就这样走过了一代又一代，平平淡淡，简简单单，却能长长久久。

昨天看到一篇7年前的访谈，是两个顶级企业家之间的对话，一个觉得做产品就是为了满足消费者的需求，另一个觉得营销手段也非常重要。如今，7年过去了，答案真实地呈现在我们面前：两家公司的走势截然不同，一家越来越强，另一家举步维艰。当然，这也只是从片面来看，甚至只是一个缩影，不能代表主流，但多多少少带给我一些触动！

1978年之后，改革开放带来的冲击，似乎超越了国外百年走过的路，当然，带来的成就也是巨大的。但那些慢工出细活，用时间沉淀下来的文化和气质，却是很多人未必能够驾驭和适应的。表面的繁华之下，是否有内心的质的改变？一切都是未知数。我们更希望看到持续而稳健的长期繁荣，因此，在经济昌盛的同时，同样需要综合素养的提升，物质和文明需要并行。

很多人无视时间的规律，偏离了原本的价值观，渴望短时间内一步到位，实现心中的梦想，但梦想实现之后又能维持多久呢？人的一生非常长，当下的任何顺境或困境，只是生命中的一个点缀而已，或者只是回忆中的一个谈资罢了。

无论是生活还是工作，都可以在反思中进步。发现错误和不足，改善和完善自己，从而获得提升，这也是成长的一条捷径。

对于自己还未经历的事情，还没有能力触及的领域，还解决不了的问题和矛盾，多看一些书，再审视一下当下的自己，就会从中获得更开阔的指引。

困难是创业的常态，而顺利则往往是罕见的意外。尤其是疫情以来，在多轮不确定性事件的冲击下，大量市场主体，特别是中小门店经营非常困难。在所有人都面临危机的时候，如果能够快速反应和应对，那么这个危机就不一定是危机，而可能成为机会。因此，创业公司可以把当下当作千载难逢的机遇，活下来就会变得更加强大。

多年后，回头再看今天，也许会发现，2020年的疫情危机对很多人来说是一道分水岭。如果还在依赖传统的发展模式，不做出根本性的转变，生存就会受到挑战，甚至被淘汰。但如果能够快速转变自己，把危机转化为自我变革的契机，那么就会迎来全新的发展。

2022-11-21

改变思维，面对困难

鸟儿飞不过海洋，不是因为没有勇气，而是因为失去了希望！我不知道自己为什么会一直向前走，只知道如果现在停下脚步，总有一天还会回来！

原本12月初在武汉有个化妆品报的会议，今天收到了正式的延期通知，从当下来看，这应该是一个比较理智的决定！很多事情，有时候就是这么无奈，当我们的计划全部往前推进的时候，总会有种种原因阻碍着其前进的步伐。反过来想，凡事都有两面，一切都是最好的安排，也是最好的选择。有了这样的心态，就可以面对一切困难！

今天偶然和一个原来在体制内工作的朋友聊天，他离开体制内已经10来年了，经历了不少行业，从来没有后悔过，依然希望闯出一份事业。有时候，人与人的沟通就是这么简单，只要在某一个点上产生了共鸣，大家就会觉得非常开心。很多事情是无法用价值衡量的，因为每个人心中的那杆秤都不一样。每天一边工作，一边看着马路上的行人来去匆匆，见证着人生百态。我想，为什么不尝试着努力改变，让自己拥有一个更好的状态来面对一切呢？

下午去学习门店的陈列，其实，一切的根源都来自客户的需求，要为他们提供性价比超高的产品。因为，在产品同质化的今天，大家的产品都大同小异，不但电商平台和线下流量已经枯竭，而且靠卖货赚差价，根本没有任何竞争力。这几年，做实体生意的老板们生意都不好，但是在时代大变局的过程中，有想法的老板会去努力学习。在新的市场环境下，无论如何，都需改变思维，只有迎合消费者的喜好，才能抓住新的机会。

2022-11-22

奇迹出现，只在一瞬

勇于迎难而上，坚持走困难而正确的路，奇迹的出现，只是一瞬间而已！

昨天晚上看了一下世界杯荷兰和塞内加尔的比赛，两队从战力上来讲几乎势均力敌，前者技术上稍胜一筹，后者缺少一锤定音的领袖，所以场面非常胶着，到了最后几分钟仍然无法分出胜负。

奇迹就在一瞬间，短短的几分钟内，荷兰队连入两球，锁定胜局。我们的工作也是如此，前期需要时间的沉淀，胜利的天平一定会向努力的人多多倾斜，只要能够坚持住、沉住气，并且把握住机会，一切美好就会如期而至。

竞技体育和工作，两者很是相似，中间的过程跌宕起伏，谁也无法预料最后的结局会如何。在众人都意识不到机遇已经来临的时候，敢于迎难而上，虽然挑战很大，但收获也会很大。机会一直都有，但能把握机会的人却不多。

2022-11-23

上坡努力，下坡微笑

风雨人生，上坡要努力，下坡要微笑。做好当下，无须仰望他人，自己就是最美的风景！

这几天接触新型渠道比较多。对于新生事物，销售人员要保持热情，停留在自己的世界里，对于新鲜事物持太多的怀疑态度，那才是最可怕的。只有尝试之后，才会发现这些新鲜事物适不适合我们。很喜欢年轻人的闯劲，对生活和工作永远保持积极向上的乐观精神，这种情绪始终感染着我们。

另外，对于公司的内部流程和制度，需要详细地制定说明书，跨部门的直接交接同样如此。经过说明和培训之后，如果还存在交接困难，就会让人觉得很无奈。只有短短一个多月，新的一年就要到来，时间太短了，大家如果还没有意识行动起来，会给公司的发展造成很大的弊端。

公司发展到每一个阶段，尤其到了年底，对我来说，迫切感就会特别强烈。还是要苦练内功，不断进行组织管理变革，从团队建设到文化、价值观，再到激励机制、考核制度、创新等，都有很多工作要做。带队伍的核心就是带领大家走向进化之路，需要通过成就下属去成就事业，在困难和挑战面前，必须尽己所能去付出。

正视每一个困难和挑战，从中获得更多的经验、能量和成长。是该尽全力拼内功了，发展是解决一切问题的硬道理，稳增长才能化解各类风险。世界竞争越来越残酷，各种不确定性因素也给我们增加了难度，如果团队还是亦步亦趋，无法保持对创新的饥饿感，那么就一定会走向平庸！

任何事情都没有想象的那么简单，所谓的大成都是千锤百炼的结果。在这个世界上，一直朝着自己的理想走下去并不容易，会时不时遭到不明因素的折磨，不确定性因素总是很多。黑暗森林虽然难以穿越，但是我们有美好的愿景，因此依然会选择探索，并不会因为各种干扰而放弃追求！

这几天和年轻的小伙伴交流特别多，对于他们的头脑风暴也有些新的感慨。人到中年的我们，也许未必有勇气天马行空地思考，但是一定会支持他们的想法，勇于挑战，自我革新。商业会一夜之间改变陈旧的模式，有时候，人们可能还没搞清楚发生了什么，商业的逻辑和风向标就又变了。

进入新世纪以来，互联网的快速发展给了各种平台发展的机会。同时，随着时间的推移，购物方式也发生了很大的变化，人们喜欢在网上购物，主要是因为它既方便又经济。

电商平台的发展越来越好，对实体经济造成了很大的冲击。根据目前的情况来看，实体店可能面临关门潮。随着经济的发展和时间的推移，消费者的心态也发生了巨大的变化，过去购物追求价格实惠，而现在更关注商品的质量。最好的商品是那些自己迫切需要的、适合自己的商品。未来，消费者不仅会关注商品的质量，还会关注商家的态度。消费者心态的变化对我们来说既是挑战也是机遇。

不管商业如何演变，绝不可能一个模式行遍天下，而实体店仍具有天然和不可替代的作用。如何利用我们自身的优势，不仅成了当务之急，而且是未来必须努力的方向。也许我们现在做得还不太成熟，或者遇到了很多困难，但这本身也是其他渠道难以效仿和跟随的资源！

与同事们一次又一次地过设计、过流程，不仅是为了时时刻刻复盘当下的生意，更是为来年做准备。把复杂的事情做简单，把简单的事情做细致，其实也没那么难！

2022-11-24

新陈代谢，与时俱进

我们要逐渐改变，如果世界最优秀的人才都进不来，如何能做成世界最优秀的公司呢？学习能力的三次跃迁：优势积累、解决问题、持续创新！

今天非常感动品牌方的到访，明知道只有几个小时的交谈，回去之后还要被隔离，却依然选择来我们公司交流，这种情谊，不一定要说出口，但是会记在心里，我们希望以实际行动献上最好的答案。

站在品牌方的角度，数字化趋势已经迫在眉睫，如何更好地实施，给大家的时间窗口已经不多了。一定要提高主观上的意识，并且要付诸行动。

公司这种组织的生长之道就是新陈代谢，尤其是理念，新的要来，旧的也要去，这样公司才能发展成长。在不同的发展阶段，需要不同的人才，世界一直在变，组织也应该保持变革的节奏，只有与时俱进的组织才能长久地生存下去。

当发现同事们比我更加优秀的时候，我真的会十分开心，甚至欣喜若狂，因为大家可以帮助我分担更多的压力。比能力更重要的是每个人的大局观，以及为公司发展而努力的仁心。以公司整体利益为基准，服从发展的大局，努力培养超越自己的接班人，这是我们的事业不断发展的动力。没有前人为后人铺路，就没有人才辈出；只有人才辈出，继往开来，才会有事业的兴旺发达。

2022－11－25

保持低调，持续精进

在人生这条漫长的道路上，难免会出现我们不想看到的东西，以及我们不想见到的结果。

这个世界上没有完全相同的两个人，每个人都有自己的思维模式和工作模式，做好当下才是最重要的。如果认不清自己，那么必定会陷入迷茫，找不到回家的路。找出自己的优势和劣势，认清自己，找到适合自己的发展模式，把自己的优势发挥到极致，持续地打磨和精进，这才是最棒的。

说得好不如做得好，成功背后的汗水是大多数人无法看见的。空想代替不了行动，战场变幻莫测，要想生存和发展，取得胜利，必须对各个环节做到门儿清，才不至于犯想当然的错误。

这短短的几年间，商业大佬频频退出历史的舞台，国美不发工资了，黄光裕套现走了，最终没有完成"王者归来"的演出。东哥也不说自己是脸盲，认不清奶茶妹妹了；马总也不说对钱没感觉，让年轻人"996"了；朝阳也不再谈互联网，而是去网上教物理了；敏洪则不再教英语，而是去网上直播卖货了。小马最聪明、低调，一直说自己只是一家普通的公司。

我们曾经见证了他们的辉煌，如今看到他们纷纷退场，多少还是有点伤感的。越是难，越要迎难而上，这才是强者的信条！毕竟，除了战胜困难，也无路可走。小困难解决了有小进步，大困难解决了有大进步。

2022-11-26

内心炽热，不畏寒冬

只要人心是热的，再冷的寒冬也不可怕！人一生追求的目标很多，多花时间在学习上，以归零的心态面对一切！

回想自己的创业之路，充满了颠沛流离，压力很大，但同样充满了期待。我不知道是什么样的力量让自己支撑到现在，遇到困难时，需要的不仅是勇气，更是持续迎接挑战的坚持，这说起来容易，做起来却并不简单。

从单打独斗，到渴望拥有团队，到现在需要思考如何可持续发展，这尤其体现了管理的重要性。曾经不太明白"德行天下"的道理，如今发现比能力更大的能量就是品德、格局和眼界，有了这一切，才有可能让自己得到持续的提升，让公司得到长足的发展。这一路上跌跌撞撞，多少次想要说服自己停下来，但是回过头来看，其实我们早已没有了退路，必须一如既往地向前走……

人生无常，世事难料，在生活与工作间奔波，一切的遇见，都是最好的安排。与团队的伙伴们总有一见如故、心在一起的感觉，这会让我忘掉很多烦恼。一路走来，学会了接受和宽容，更学会了感恩，唯有让自己变得越来越优秀，才能不辜负大家的期望。

每天与别人的交流中，总是在复盘和审视自己，不断地总结经验，不断地向他人学习，无论何时何地都在自我修正与自我批评。每一个阶段都充满了挑战与机遇，哪怕前路未知，我还是真心希望带领公司和团队走向新的高度，所以我能坦然面对一切，无所畏惧，并且从没想过半途而废。

今天与几个朋友探讨了我们2023年的经营策略和整体规划，对货品和组织架构进行了微调。对于渠道，我们需要做得更深、更精、更透，哪怕投入更多的人力、物力、财力也是值得的。我们要重新梳理出战略核心品牌，结合天罗地网的营销方案，全方位地赋能下游门店。虽然实体店面临的困境是时代变迁的结果，但也并不是完全没有方法解决。强敌环绕，一定要改变传统的经营方式，从模式上进行创新。

新的一年马上就要到了，从目前的国际环境和国内环境来看，未来将会是更加艰难的一年。在这样的环境下，既有压力也有机遇，只有提前适应，未来才有机会发展得更快更好！无论如何，品牌方、公司、门店，以及我们的团队，大家一定要找到共生、共存、共赢的方式方法。走过这一路的风风雨雨，前面一定会是生机盎然的海阔天空。

未来总是荆棘遍布，迷雾重重。这条路不可能一马平川，艰难坎坷一定会是主旋律。我们要对前路进行预判，当做好了充分的准备，中间就只是插曲和过程而已。每时每刻都要打破舒适圈，逼自己做自己不擅长但具有成长性的事情。这些习惯把我培养成了一位创业者，但是如何领导团队，则是下一个阶段的课题，任重而道远。

每天学习各种技能，为了更好地完成任务而夜不能寐。自己就是公司的天花板，无论有多少焦虑和压力，都要学会安静，学会自己扛。深夜默默仰望星空，会发现自己是多么渺小。打开心胸，也许有一天，浩瀚的天空也能任我翱翔！

2022-11-27

逆水行舟，不进则退

时间改变了很多事情，但很多事情却无法留住时间！不轻言是在为谁付出，所有的付出最终受益的都是自己。人生是一场与他人无关的修行。

当下，公司面临着残酷的环境，"逆水行舟，不进则退"的经典话语时时刻刻都会在耳畔响起。有了决心和勇气，剩下的就交给努力。

谁都无法阻止黑天鹅的到来，但我们可以建立自己的应对策略。这个时候要凝聚人心，树立自信，为了自己赖以生存的这个平台，贡献每个人的能量。这是我们自己家庭之外，更大的一个家庭，是所有伙伴共进退的舞台。没有人不希望这个舞台越来越绚丽，没有人不希望自己成为这个舞台上的明星，因此，我们都非常珍惜拥有它的每一刻。

深夜无眠之时，也曾想过自己为什么要走上创业这条路。思来想去，确信自己并不是为了所谓的成功，当然，创业初期确实曾为了物质而奋斗，但现在更多的是为了两个字——责任。如果不曾焦虑到寝食难安，如果不曾行走在崩溃的边缘，那么对创业的认识恐怕还不够深刻。

大多数人都希望有稳定的工作，实际上，我也更愿意过安稳的生活，遗憾的是，人生总是身不由己，并不是你想怎么样就能怎么样的。开弓没有回头箭，除了前面的路，身后只有一串回不去的脚印。人人都想一帆风顺，可顺境太多未必是好事，经历过很多事情之后就会发现，挫折是福，而不是灾难。

什么样的结局才配得上这一路的颠沛流离？现在思考这个问题为时尚早。跌跌撞撞中，自己已经到了中年，回头想想，还是觉得惊心动魄。表面上渴望波澜不惊的生活，但内心却波涛汹涌，而焦虑也是无法掩饰的！

不过，仔细想想，人生这么漫长，总会经历很多，就如同一部电影，精彩的剧情都是跌宕起伏、峰回路转的，把一切都看淡，也许生活只是我们的一个工具而已……

2022-11-28

生命觉醒，改变自己

人生的某个时刻，会感受到自己的渺小，但这是生命觉醒的机会，只有改变自己才有希望。

今天上午与部分同事探讨了规划和逻辑，我一直认为比具体实施更加重要的事情，就是顶层的设计和认知的思维。从前期来看，投入是巨大的，付出似乎是无效的，但我们一定要相信科技的力量，未来能用的工具，永远比人工的效力大很多倍，这也成为公司发展规划中重要的一部分。

前两年，大家还能信心百倍地为后疫情时代做准备，但现在，大多数人都比较沉默，在未来并不明朗的情况下，似乎任何动作都会变得徒劳无功。但是，我们一向对未来持乐观态度。

从公司架构到人员安排，到营销计划及品牌资源，每年我们都会做深入的交流和探讨。20多年来，我们从来没有遇到过这么不可思议的情况。有一阵子会感到无力，但是这绝对不能成为停滞不前的理由和借口，因为不仅是我们面临着这种环境，全天下都是如此。反过来说，我们需要跑得比别人更快，不单单是思想上，还要在行动上做到！

由于工作原因，这些年见到了很多公司的创始人、核心高管及业务人员。一开始，听他们讲自己公司的业务时，会激情澎湃、感同身受，到后来，慢慢变得更加理性客观，越发明白应该如何去看待、分析和评判。我们来看一组数据：1年期公司的存活率低于8%，3年期低于5%，5年期低于3%。也就是说，创业1年，92%的公司会失败；3年，95%的公司会活不下去；5年之后，超过97%的公司不能继续。这些数字，只要用心，都可以从网上找到。这不是危言耸听，而是真实客观的存在。

以上是全球通用数据，也是残酷的现状，虽然我们能看到有不少公司都活得好好的，但有更多活得不好的是我们看不到的。而这几年，疫情、经济下行、战争、冲突，更是把失败率又提高了。当然，社会的进步和发展，一定要靠创新公司去推动，任何困境都阻止不了一波又一波的创业者前赴后继，为梦想，为家庭，也为了追求属于自己的商业梦想或谋生之道。

跨行业之间的交流总是来得更加真实，这几年，金融行业从原来的铁饭碗，到现在慢慢也变得压力巨大。这只是一个行业的缩影，多维度的竞争会逐渐延伸到垄断行业。甚至以资源类为根基的公司，同样会感受到行业寒冬带来的冲击。有句话讲得非常好，覆巢之下，安有完卵？唇亡齿寒的情况同样存在！

2022-11-29

不骄不躁，砥砺前行

未来，零售业的状况会更残酷，但是找理由怨恨是没有用的，如同穷人恨地主，即使把地主杀了，也变不成富豪。打击只是开始，新经济时代要来了！

这几天与市场上的老友相聚得比较多，20来年风风雨雨，大家在各自的领域打拼，有有所成就的，有维持现状的，每个人都经历了成长，那些收获只能自己细细品味。

也许当下不是属于我们的时代，也许我们将继续陪伴市场走过一年又一年，曾经多少的故事，现在看来如同一部部大片。时间总会改变很多，任何选择不一定是对的，但是一定要肯定自己的过往。

明天就是这个月的最后一天了，封控一直持续到现在，很多安排被打乱了，但还是有必要做一个总结的。一直以来，"躺平"不是我们的选择，但还是需要给自己做一个详尽的诊断，只有如此，才能倒逼自己成长，让自己做得越来越好。

指望未来环境会变得越来越好，这是不太现实的，唯有发愤图强，找到更多的路，才是当下不二的选择。

时光飞逝，世上没有回头路可走，我们只能挥别过去，重新来过。痛苦的滋味长一些，若干年后回忆起来，就会更深刻地体会到教训。根据我的体会，无论是生活还是工作，方向正确是最重要的，做任何事都需要找到正确的方向。如果想要做一件事却没有明确的方向，那么一定要谨慎一点。

现在的商业情况，并不是所有的实体经济都不行了，而是大多数传统企业的经营方法早已过时，如果再不转型，未来一定会越来越难。继续努力，不骄不躁，砥砺前行，前方的路还长，困难还有很多，积极面对，保持初心，未来才会越来越好！

2022-11-30

十二月

December

经营公司，经营境界

经营公司就是经营老板的境界。这是今天一个友人说的话，默默吟了一遍，其中的滋味，每个人都有自己的见解和感悟。

曾经无数次和团队讲过，假如我们无法收获物质上更多的东西，一定要在精神上或技能上有所突破，这也许是另一种成长方式，但也确实是面对现实的一种妥协。

感谢朋友们的到访，哪怕只能匆匆地聊上几个小时，也是对彼此的肯定，对双方都有能量的加持。

虽然彼此的公司类型不一样，但是对于未来的很多规划，大方向都是一致的。面对不确定的环境，要想公司朝着越来越好的方向前行，除了天马行空的想法，具体的行动方案变得非常重要。除了要具备硬件和软件，更关键的是怎样应用，不同的应用方式会呈现不同的结果，首先团队要对此有高度的认知，这是最重要的部分。

月底的事情比平常更多一点，在公司发展的路上，总是需要不断提高效率，需要合作伙伴的相互支持，不仅仅是本渠道的伙伴，相关渠道的伙伴对未来的前瞻逻辑也从某些方面给了我们指引。只有互相成就、彼此依赖的伙伴，才能走得更远，我深信公司同样如此，走得快的一定不如走得久的，相信我们一定可以在顶峰相见！

朋友之间，淡淡的一杯清茶可以聊上许久，从经营到管理的感受，娓娓道来，每个人都有各自的见解。尤其当公司发展到某一个阶段的时候，这种感受的冲击力尤为强烈。我不知道我为什么这么做，但是我清楚地知道，我必须这么做。

月末再次站在时间的窗口，感叹自己只是时间尘埃里微不足道的一部分，有失落，有感慨，但更多的还是希望。11月份发生了很多事情，如同经历了一个季度那么长。在季节的轮转中，昔日繁华的城市、拥挤的道路，如今只剩下零零散散的车辆。其实人最怕的就是迷茫，不知来的地方，更不知去的方向……

一日又一日，不知道还要期待多久，不知道春天什么时候到来。我要重申一下我对未来的肯定，以及我坚信自己的乐观。迎难而上，挑战很多的不可能，这是我20多年来沉淀的一部分，是对一些事情的理解和坚持。

2022-12-01

挑战极限，争取胜算

最开始定下的方向，无论花多少时间和代价都是值得的，就像我们想要去上海，结果却买了一张去北京的票，那么就算中间历尽千辛万苦，也是不值得同情的。

在与同事们的会议中，无数次强调顶层设计逻辑的重要性，它就像我们做事的大纲或目录一样。前期付出再多的时间、精力，都是值得的。很多人想当然地认为，要把大部分时间用于努力付出、艰苦工作，但这样可能会做很多无用功，结果不断返工，不仅会消耗太多的时间，更会消磨自己的心智，甚至会怀疑自己的能力！

另外，有了项目进度表，就能时时刻刻督促自己按照时间节点完成工作，清楚每天做了什么事情，责任人是谁，也能从中看到成果。做好排序和分工，远比匆忙行动更有意义。这样的事情说起来容易，但真正落实下去还是非常难的。作为领导，我们首先要有这样的认知。

一年之中的最后一个月，必须给自己鼓劲，希望有个完美的结局。这一年发生了如此多的事情，不仅我们所有的相关从业人员，甚至从大范围来讲，全球也是如此。时间走过春夏秋冬，每一天都在书写不一样的故事，我们有可能是主角，有可能是配角，有可能只是出于剧情需要，跑了一下龙套，但这就是生活的本质。

不能指望所有人都理解你，都支持你的选择，每个人所处的环境不同，对于事物的认知也是不一样的。公司团队里的你追我赶是必不可少的，还要有积极向上的乐观心态，不管最终谁赢得比赛，彼此较量的过程对我们而言都是难得的成长。工作中的每一个考验，不仅是在挑战市场，更是在挑战自己的极限。

从来没有一种工作能够一帆风顺，一家公司更是如此，披荆斩棘中，往往看不清路在何方，有时候，一个选择，一个决策的失误，就可能导致前功尽弃，让公司陷于万劫不复。所以，方向是最重要的，而且要有一个相对清晰的目标。新的经济周期里，未来繁荣能否一直持续？改革开放几十年的发展，完全是一个时代的结果，因为它既承接了发达国家的产业链转移，又背靠着世界工厂，这是我国得以迅速崛起的主要原因。

只是这几年，商业模式早已发生翻天覆地的变化，由卖方市场慢慢变为买方市场，接下来能否存活，就要看每家公司的能力了。只有坚持，才能知道会不会有所成就，这也是给自己一个交代。持续不断地向前，迎着逆境不退缩，在热爱中挑战极限，就会争取到更多的胜算。

2022-12-02

人财物销，四大支柱

只有在艰难的环境里建立的自信，才永远不会轻易崩塌。越是轻易获得的自信，就越容易被击垮！

这几天特别忙碌，做好最后一个月的工作，对我来讲意味着很多。从今年的1月到最后一个月，我们的付出和收获是什么？当然，更重要的是2023年的年度规划该如何定夺和实施？

对于公司、自己及团队有很多的期待，我们理所当然要比当下做得更加出色。一家公司里的人、财、物、销真的非常重要，称得上是四大支柱，如果团队围绕这四个核心运营，我们的发展将会更加稳健和良性。

2022-12-03

对人真诚，对己坦诚

被认可是很幸福的事情，被理解更是让人感动的事情。真诚地面对别人，坦诚地面对自己！

昨天晚上友人到访，聊了很久，虽然只是在公司里简简单单的小聚餐，却有不一样的温馨。那句"到了临沂就如同到了家一样"，让我感到自己的所作所为都是值得的。和团队也交流过这一点，我们就怕自己做得不够好，得不到他人的认可。

朋友说，走在最前面或站在山顶上的人，其实都是非常孤独的，因为得不到理解，别人不知道我们做的事情意义何在。对此，我感同身受！谁都渴望拥有高歌猛进的事业、精诚团结的团队、披荆斩棘的魄力，但面对未知，内心都会有恐惧。冬天并不可怕，可怕的是没有意识到冬天的来临，没有做好准备。面对前路，需要信心和勇气！

同事之间的交流学习非常重要。一遍又一遍地理顺流程，严格地从各个环节做起，最后一定会有所成长。人这一生，说长挺长，说短很短，很多物质只是身外之物，而内在的技能和知识则是伴随终生的最大能量！

由于疫情的原因，好久没有参加狮子会的公益活动了，下午和狮姐狮兄们聚在一起，感受到正能量依然萦绕在我们身边。在寒冷的冬日，不尽如人意的环境下，各行各业的精英尽己所能，为社会贡献一点点力量。这一路走来，比起付出的一切，大家内心的真诚才是最让我感动的。

社会环境和商业模式每时每刻都在迭代，过去通过努力就能攀登上的通天塔，如今虽说没有彻底锁上大门，但能够登顶的机会也变得渺茫了。时代的风向已经发生了剧变，不是每个人都能拥有随风起舞的运气，也不是每个人都有勇立潮头的勇气，除了做好自己，还需要天时、地利、人和，缺一不可。

2022-12-04

不怕试错，只怕错过

有机会一定要试一试，其实试错的成本并不高，而错过的成本则非常高。

今天的天空相比前两天多了灰蒙蒙的色彩，不知道是否和北方大面积使用暖气有关。环境的改善需要前期工作的铺垫，也需要每个人都付诸行动，这本身就是一个长期而艰巨的工程，不是仅靠几个人就可以完成的，而是需要从上而下的每个参与者通力配合。过程中必定会经历种种磨合，但是结果终将不会辜负我们的努力！

经营公司同样如此，当下看似投入巨大或者收效甚微，有可能要为未来一年甚至更多年后的规划做准备，我们很难做到未卜先知，但如果等到机会到来才开始行动，那就为时已晚了。又有多少人能够做到立足当下，布局未来？巨大的投入以及未来的不确定，总是会阻碍大家的想法！

非常喜欢敬业的人，这并不在于在工作上花费了多少时间，而是在于对于工作能承担多少责任，事事能落地，事事有回应。"经我手，必美好"不仅仅是一句口号，更是自身的行为准则。认识到自己的工作不仅对公司很重要，而且能够实现个人能力的提升，让自己获得一生仗剑走天涯的法宝，这样，我们对于学习的饥渴程度就一定会超乎想象。

天赋有可能让人在工作中如鱼得水，但长期的努力、坚持与学习才是让职业生涯保持常青的秘诀，也是决定我们未来上升高度的关键因素。只有长期保持专注和聚焦，才能在一个领域里取得较高的成就。年底，可以回望自己年初定下的目标，看看实现了多少，也可以梳理自己这一年的经历，看看有哪些地方可以改进。复盘总结，调整步调，让前路走得更顺，也让自己变得更好。

社会在进步，大家都在追逐潮流，年轻人思想活跃，容易接受新的事物，勇于尝试，当然也容易犯错。但是，相比维持原状，错过的成本肯定大于试错的成本。每时每刻思考当下的变革，才发现自己的思想早已落伍，如果无法跟随时代的脉搏，那么被淘汰也是理所当然的事情。

物竞天择，适者生存，这个世界唯一不变的就是变化，每个人、每家公司都必须与时俱进，适应世界的变化。凡是拒绝改变、故步自封的人和公司都会举步维艰。机会是最难得的，从机会的角度看，从来没有"来日方长"一说，机会一闪即逝，错过就是错过了。

2022-12-05

珍惜当下，继续前进

人生路上不是每时每刻都要奋勇向前，偶尔停下来，就是对当下最好的珍惜。没有最终的成功，也没有致命的失败，最可贵的就是继续前进的勇气。

过去的3年给了我很多的启示，也提醒我要改变过往那些导致失败的思维方式和生活模式。面对变幻莫测的当下，除了要做好充分的心理准备，从过去固有的模式中走出来，还要克服困难、战胜困难，这样才能走出黑暗，看到光明。

仔细想想自己来到山东的20多年，的确经历了几个比较重要的时刻，从2008年由批发转型到门店的深度分销，2016年之后的多品牌、多渠道策略，再到现在感觉到提升内部变革的重要性。万丈高楼平地起，没有扎实的基础，哪怕建成摩天大楼，内心也会十分惶恐。

每一次重要的决定，都会让我们在很长一段时间内有所收获，这也是这么多年来我们公司能够持续稳健发展的前提。时间总是在默默注视着我们，在未来的某一个节点，会真实地告诉我们答案。做公司就是这样，不进则退，必须奋力前进，同时也要保持平衡。公司中最重要的财富就是团队力量，但能够感受到巨大压力的却可能只有寥寥的几个人。如何把公司正确地带到目的地，需要承受的压力很多时候无法用言语来表述。

人生是自我沉淀、自我升华的过程，短短的几十年，每个人书写的内容完全不同，我们需要找到其中的意义，这决定了我们自身的价值。

有时候也会非常着急，明明按部就班去做就会得到质的飞跃，但是各方面的认知无法打开，思想不在同一个维度上，事情就会变得杂乱无章。但我相信，只要方向是正确的，中间的很多波折只是一个个小插曲而已。

人的一生这么漫长，旅途中总是会遇到形形色色的人，其中也有很多重要的贵人。细细盘点一下，从小到大，有多少人对自己有所帮助，有的是物质上的帮助，更多的是精神上的帮助或启迪。也许是老师，也许是朋友，也许是家人，也许是陌生的人，也许是熟悉的人，很开心能在旅途中拥有这么多贵人。

我们不一定要做一个优秀的人，但一定要做一个努力的人，不断地精进自己。大多数人的天赋都是有限的，唯有通过后天不断努力学习，才能让自己朝着预期的方向发展。坚持和执着是我多年来沉淀下来的性格，哪怕遇到再多的困难和挑战，仍然选择义无反顾。

若干年后，我们会发现很多梦的视线要依靠团队的力量，个人的能力是有限的，但是团队的能量是无限的。一个人走得快，很多人走得远，这句话听起来像是心灵鸡汤，但事实的确如此。

非常渴望在再次创业的过程中能够得到很多人的认同和帮助。有些人经常说，自己不想面对太多的压力，也不想解决太多的困惑，但与我相比，大家要面对的人和事又能有多少呢？面对压力，我只会淡淡微笑，保持表面上的风轻云淡，因为我知道，无论如何，我一定会陪着大家走到目的地。

2022-12-06

保持乐观，积极向上

有梦想一定要去实现，无论在何种境遇里，都要保持乐观和积极向上的姿态。不断迎接未知的挑战，人生才会有更多的可能。

世事无常，这个世界唯一不变的就是变化，没有人可以永远笑傲江湖，太多的事都充满了不确定性。历史的车轮一直滚滚向前，不会因为某一个人而停止转动，多么希望可以与时代共舞，如果不能与时俱进，终究会沦为平庸。

我一直强调学习的重要性，世界的变化是如此之快，作为其中的一员，如果不能保持清醒的头脑，时时刻刻去学习，那么不仅会与时代脱节，甚至会被这个社会淘汰。这真的不是危言耸听，而是我们不得不面对的事情。

2022年的最后一个月，你也许会感慨时间飞逝，也许会遗憾还有未完成的事情。保持良好的心态，从容地过好当下，重拾信心，奔赴更好的2023。

这几年面临复杂严峻的内外部挑战，2018年贸易摩擦，2020年疫情，2021年房地产大拐点，2022年疫情反复，经济持续放缓影响着亿万民众的生活。接下来个人与公司将何去何从，需要更加明确的发展框架。

社会的进步是全民的责任，没有任何人有能力独自承担，也没有任何人有理由选择沉默，更没有任何人有资格坐享其成。想起一个经典故事，当高速上发生堵车时，如果车子一直停滞不前，人就会非常心焦，而一旦开始前进，哪怕走得非常慢，心情也会豁然开朗，因为有了向好的趋势。我们当下的情况或许就是如此！最难的日子已经过去了，剩下的唯有珍惜。

2022-12-07

改变思想，浴火重生

要做到别人期待的样子已是不易，要做到自己期待的样子更是难上加难。知人很重要，但更重要的是自知。

后疫情时代，门店和公司的关闭潮仍然此起彼伏，有些看似光鲜亮丽的优秀门店、公司同样难逃一劫。我相信，他们在做出这样的抉择时，内心一定十分煎熬。熬过了整整3年，似乎已经看到了胜利的曙光，在这个时候做出关门的决定，那种痛苦也许久久无法释怀。在业界看来，这应该不是突然的决定，冰冻三尺非一日之寒，疫情之外还有很多深层次的原因。

关门不完全是因为疫情，疫情终究会过去，但照现有的模式不可能再盈利了，所以才会下定决心关店止损。如果找不到未来的方向，对接下来的很长一段时间缺乏预期，与其为未来的不确定性买单，还不如当下及时止损。

这并不是说这个行业没有未来，就像浴火之后一定会得到重生，一片草原哪怕化为灰烬，来年春天一定还会郁郁葱葱。只是如果抗风险能力较弱，无法及时改变思想，也许就会永远倒下。

岁末年初，对于来年的规划要更加清晰，提前做好详尽的计划，是对自己和团队的一份加持。

都说创业是一条不归路，没有真正走过这条路的人，对此是没有话语权的，也没法体会其中的感受。在职场上，如果哪天干得不开心了，可以另寻一份工作，但是创业者的道路，除了一路走到底，根本没有第二条路。这份孤独在夜深人静时会有更加强烈的体会，无奈和辛酸只能自己扛。

不去寻求太多人的理解，既然选择了就要义无反顾。这一路上，自己变得越来越坚强，也能够更加坦然地面对坎坷，更加坚定向前的勇气。除了让自己变得越来越强大，没有其他路可走。

2022-12-08

跟随规律，顺势而为

执行力的前提是领导力，能打败自己的永远只有自己。努力提升自己，永远比仰望他人更有意义。

每天依然十分忙碌，从早到晚的会议占据了大部分时间，作为组织的发起者、路径的实践者，需要帮助大家保持思维的同频。

公司在每一个阶段都会进行相应的改变，这不仅仅是因为市场环境，更是因为我们面对未知，必须进行内在的变革。学习更加先进的模式，利用适合当下的工具，这就如同打怪升级，不断升级，不断强化自己，也不断克服更大的困难，从而建立起常胜的信心。

在公司里，团队之间的深入交流是必不可少的，如果你不言，我不语，就会造成彼此严重的脱节。我相信，每个人都希望公司越来越好，希望自己成为平台上非常重要的一环，也希望自身的价值得到大幅的提升。共同建立模型不仅有利于团队当下的发展，而且关系到未来两到三年的发展之路。

再次想起从前的"实体店王者"国美，黄光裕出狱后，很多人都期盼王者的归来能把国美带上更高的层次。黄光裕开启了大刀阔斧的改革，拓展了不少业务，开发了很多App。按照计划，国美要在2023年实现较高盈利，并达到以往的较高水平，2024年要达到历史最高水平，2025年要明显超越历史最高水平。

然而，黄总明显低估了市场的变化，如今的市场已经不是2008年之前的市场，并不是凭借一身胆量就能势如破竹的。风风火火两年后，事情并没有朝预期的方向发展，反而越来越糟糕。一方面，最近几年，传统的线下零售受到了很大的影响，尤其是很多电器品牌纷纷开启了线上自营渠道，对第三方零售确实影响很大。另一方面，疫情的发生给各行各业都带来了很大的影响，使情况雪上加霜。

这世界纷繁多变，有太多的身不由己和无可奈何，英雄落幕不是生不逢时，而是市场的风向早已改变。当繁华落尽，很多年前攀登过的山峰，如果重新来过，不一定还有当时的运气。谁都不能违背自然规律，必须顺势而为！

我们需要不断地向品牌方学习，如果还是单纯地关注贸易价差，而忽视了背后的文化、流程以及附加值的服务，那就还是停留在表面而已。对合资品牌进行深层次的了解，就能看到我们公司未来成长的模样。

2022-12-09

珍惜友情，共同成长

天赋固然非常重要，但一个人未来的上限是由诸多因素决定的！

最近总是睡不太踏实，不知道有多少人像我一样。大家都面临巨大的压力，但还是需要坦然面对，怨天尤人毫无意义。

欣慰的是，在工作中遇到的供应商及客户伙伴总能让我们成长，让我们不仅在物质上收获颇丰，而且在精神上获得了新的能量，让我们有了走出困局的信心和决心，期待欣欣向荣的局面。

当然，谁都不知道未来会发生什么变化，但只要做好心理准备，就能从容面对任何变数。我们在强化技能的同时，面对无法掌控的局面，也要学会顺其自然。一切都是最好的安排，上帝在为你关闭一扇门的同时，也会为你打开一扇窗。

这么多年来，与供应商、客户早已成了朋友。有时候，一起喝一杯清茶，聊聊家常，完全不提业务，反倒十分开心。大家给予我的东西，已经远远超出了我的期待，这也是我这么多年来最大的幸运。

2022-12-10

抱团取暖，资源整合

事实上，时间管理的对象不是时间，而是我们自己，要在有效的时间内，管理好流程、节奏、结果。

和同事讨论公司的事情，不仅是简单的沟通，更要对下一阶段的工作做出明确清晰的规划。这种组织上的设计非常有意思，有人认为，做好当下的事务性工作是最重要的，也有人认为，在方案设计上花费大量的时间、精力是十分值得的。每个人的立场不一样，理解的维度自然不同，结果未必当下就能见分晓，但从长远来说，后者当然是最重要的。

如果多年前有人和我谈认知，我一定会认为他是出于某种目的，甚至会认为其是一种清高的表现。但是，经历很多事情后，我发现，认知能力确实是一个人最核心的竞争力。学习能力是至关重要的，因为做每件事都需要专业知识，由专业人员通过专业知识搭建专业模型。但是在做任何事情的时候，都需要系统性地学习，明白做这件事情的意义所在，这就是认知。

和客户的沟通总是让我十分开心，在思想上达成一致，是为了接下来更好地开展工作。每个人都在艰难前行，小到个人，大到团队，都希望在新的一年中展现出全新的精神面貌，至少让我们的门店在残酷的竞争中占有一席之地，这需要大家通力配合。单打独斗的日子早已过去，抱团取暖、资源整合才是大势所趋。

成长的过程不能夸夸其谈，更不能意气用事，要能够落地到日常工作中。要把每一天都当作最重要的一天来面对，所以不能松懈，要永远跟得上消费品发展的节奏和新玩法，塑造一种永久的竞争力，每一步尽量不要踏错，否则重新调整的成本太高。

正如达尔文所言，在丛林里，最终能存活下来的，往往不是最强大的物种，而是能对变化做出最快反应的物种。冬天总会到来，也总会过去，有些人永远停留在了雪地里，有些人则可以看到春暖花开。

每天的时间对所有人来讲都是一样的，但是规划不同、专注度不同，结果自然大相径庭！每天都要做好记录，优化调整，及时总结，制订更精细的规划，否则将导致整个工作和生活的效率极其低下。在本该专注工作的时间没有专注，在本该休息的时候还在工作和娱乐之间摇摆、焦虑，那么结局就会变得一团乱麻。

人的成长需要合理规划、自我调节、保持专注，不是三言两语的鸡汤能够决定的，鸡汤只能刺激情绪，而成长需要理性的思维！职场上，只有当你成为一个领导者，你才能真正明白面临的压力有多大，但凡事办法总比困难多。

2022-12-11

机遇挑战，相伴而行

过去几年，大家都面临宏观环境的挑战，如今，竞争依然存在，我们都需要在不断调整中适应新的环境。

弹指一挥间，商界风云变幻，机遇和挑战总是相伴而行。究竟什么才是机遇，什么才是挑战？每一个选择的时刻，入局者常常会迷失于此。公司在面对一个又一个的时代岔路口时，又该如何做出选择？

宁愿停下脚步，也要在人才和信息化上多投入一点。在数字化时代，发展方向上的坚定探索一定会成为时代远航的强劲动力。不仅要夯实主业，那些符合可持续发展大势的相关业务也要持续延伸。只要符合公司理念，只要坚定信心，就能跨过困境。

2022-12-12

创造价值，赢得胜利

每一次机会都值得勇敢尝试。团队一起努力，目的是赢得胜利，过程则伴随着价值的创造。

离年末只有短短的十几天了，此时此刻，时间对我们来说才是最宝贵的。需要思考各项工作进行到什么程度了，对新的一年做出了多少规划。在学习和充电的过程中，多多借鉴先进公司的理念，做成适合我们公司的新范本，为来年第一季度的试运行打下基础，这才是当务之急。

首先要对各项工作做一下排序，哪件事情是必须马上做的，哪件事情是可以稍缓一下的，哪件事情是需要我做方案的，哪件事情是需要我亲自操刀的。如果没有理顺这样的逻辑，那一定会焦头烂额。对于管理层来说，思想上的同频比行为上的一致更为重要。会议上必有分享、必有感悟的传统，还是需要延续下去，毕竟不是每个人都有机会在会议上侃侃而谈，必要的沟通是非常有用的。

当天事，当天毕的习惯，不仅是对公司负责，更是对自己工作内容的复盘，而且一定可以加强自己的业务素养。每天看似简单、乏味的流水账式行为，无形中一定会夯实我们自身的基本功，也会让我们从中发现很多不合理的情况，哪怕出现了错误，也能及时修正。但如果主观意识上没有重视，那一切都会流于形式，后果也将十分可怕。

逆水行舟，不进则退，人生和事业都是这样，要么是生长和进步，要么是衰退和死亡，从来没有"守好自己的一亩三分地就可以了"之说。如果不思进取，就会像非洲大草原上的一些族群一样，当强敌来犯的时候，只能接受灭亡的命运。

停滞不前的状态总会让人恐慌、让人焦虑。要想公司保持增长，就要找到每个发展阶段的增长点，想清楚哪里是战略机会，应该把时间、精力和各种资源放在哪里才会取得成绩。

每个人都不愿被困在一家平庸的公司里，日复一日、年复一年地重复平庸的工作，这样的日子无论是一眼望得到头还是一眼望不到头，都是非常可怕的。所以，选择职业和公司都要十分慎重，其慎重程度不亚于对伴侣的选择，懂得了这点，在眼前利益和长期利益之间就很容易进行取舍。是选择待遇高、福利好、有面子的外企，还是选择刚刚在居民楼里成立的小创业公司，这对成长和收益来说，绝对是不一样的。有多少人抓住了人生最大的战略机会点，与公司同呼吸、共命运，一起承担荣辱，并实现了华丽转身。

找到了自己热爱的事业，就会像玩游戏一样，不断通关、成长。应用到各行各业，增长都是无尽的。长期来看，人生和事业就像滚雪球一样，要找到适合自己的那条赛道，然后做时间的朋友，有战略耐性。人的一生，本质上都是在与自己战斗，只有不断战胜自己、超越自己，才能不断在人生路上取得新的成就。

在市场上，每一家能够长期生存的公司都有自己的核心竞争力。特别是中小企业，面临的挑战更大，如果缺乏长远规划，加上不确定性因素导致的体系崩溃，那么抗风险能力就会大大削弱。要想持续发展，就要不断磨炼自身的抗击打能力，从而深度抵御市场的风险。

在创业的过程中，必须为自己和团队的利益奋斗，每一个动作都必须行之有效。当带着团队取得阶段性胜利的时候，收到的祝福和微笑才是最真诚的。

2022-12-13

走过繁华，仍是少年

过往的好坏皆是经历，愿走过繁华，仍是少年。走过的路，经过的事，遇到的人，留下的遗憾，都是必要的。人生路漫漫，相信自己走的路就是最好的路！

这几天和各个部门探讨方案大纲的重要性，因为团队人数众多，每个人都有自己的工作方式和想法，如果没有形成统一固定的版本，看似出发点都是对的，但是导致的后果会千差万别，也一定不是公司想要的。做好顶层模板比什么都重要，这样的思维一旦深入人心，很多问题反倒简单了，否则，不断地修正，不断地反复，不断地消磨大家心气，只是在做很多无用功。

有节奏地推进自己的工作进程，如果给不出完美的结果，一定要如实讲出其中的过程，从领导和同事那里获得局部的建议，以便自己更好地开展工作。争执和讨论本身就是工作的一部分，重要的是该如何调整自己的心态。是随波逐流还是让自己的能力有所成长，本来就是两个截然不同的发展方向。

现在的社会看似物质充沛，但是人们精神压力巨大。多少人表面装作若无其事，心里的苦又有谁能懂？只能独自默默承受。

勤奋与努力都是了不起的字眼，但前提是一定要方向正确。如果精疲力竭只是感动了自己，那么最终无法得到提升，也无法让自己变得更值钱。真正的勤奋，是让每一份付出都尽可能蜕变成价值，让时间产生复利效应，源源不断地收获正向反馈。

以正确的方式做事，才能更加高效，让自己忙得有价值、有意义。就像航海一样，只要能够到达目的地，无论中间经历多少风吹浪打，都是值得的。

2022-12-14

新的篇章，更多精彩

时代总会落幕，故事总有结局，翻开新的篇章，更多的精彩仍将继续。

和部分同事开了一个小会，讨论一下方向性的东西。今年只有短短的半个月光景了，一回到时间的问题上，就会十分心焦，因为很多事情没有朝着自己的预期行进，设想的方案也有所偏差。比起事情的结果，我更希望大家明白我们做这些事情的动机，那就是为新的一年做铺垫。

市场不断变化，变革永无止境，要想永远跟上社会前进的步伐，自身就必须不断成长。为此，坚持不懈地学习是非常重要的，否则就会在自己固有的思维里裹足不前，甚至会深深地陷入泥潭，难以自拔。

随着疫情防控措施优化调整，纷纷飞赴国外开拓市场的商务团已在互联网上收获一片点赞，返程时如启程时一样备受关注。

这些意义非凡的旅程带回了更多新的理念，也让我们看到一条新的发展之路才刚刚开始。我们本来就是全世界的发展引擎，虽不能快速找回失去的3年，但还是有信心缩小差距。除了比拼内功，还要比拼效率。当绝大多数人还在观望的时候，适时做好准备是非常明智的选择。春江水暖鸭先知，提前规划，总是必要的。

2022-12-15

止步不前，就是后退

足球比赛最好的防守是进攻，人生最好的防守是进取。人生路上，止步不前就是后退。如果才华不够，那就用努力来获得幸福。

多年来，每天都很享受忙碌的状态，因为这让我觉得自己很重要，但现在想想，这就是认知不足带来的局限性。通过观察、追溯和分析自己的时间，就可以清楚地意识到自己在工作中的问题，明白哪些工作是无效劳动，知道时间浪费在了什么地方。理解了这些，就会明白所谓的日理万机实质上是一种失职，搞错了事情的主次顺序。通过调整，就有了更多时间去考虑最重要的事，比如战略方向和公司文化等方面的内容。

一般来说，岁末年初是促销的好时机，但如今和以往不一样了，"大促小销，不促不销"已经成为常态。从消费者的角度看，购物已经成为每个人生活中不可或缺的一部分，特别是今年，人们更加看重大促的优惠力度和折扣，但是购物节的名头对消费的刺激效果越来越小。无论效果如何，大促都是品牌不得不参与的战场，否则就会落伍。对于我们来说也是如此，因此要升级迭代大促中的玩法和心态。

首先，目标的内涵将更加丰富，不仅要实现营销目标，也要将其视作公司或门店在品牌建设过程中与用户沟通的一个触点，每一次活动都是加强客户黏性、宣传品牌的机会，明白我们能够赋予客户的价值，这本身可能比销售更加重要。

管理首先要做正确的事，这是一个方向的问题。方向不对，在这件事上付出的越多，失去的也会越多。要给自己留出思考的时间，建立自己的时间表，既要尊重自己的时间价值，也要尊重他人的时间价值。好的管理就是避免把时间浪费在无意义的重复工作上，要以工作成果和目标的实现来衡量对时间的使用高效与否。

做管理，还是要以结果论英雄，没有结果的过程，无论多么忙碌和辛苦，都是无意义的。我们走的每一步都决定着最后的结局，所以，经过深思熟虑做出的抉择不一定适合当下，但一定会符合未来。

2022-12-16

做正确事，正确做事

做正确的事，和正确地做事，是两个完全不同的维度，其中的道理，需要细细品味。

疫情改变了人们的生活习惯，也改变了一些人的命运。数据的背后，是为了生计奔波的普通人。有的是国企员工，有的是毕业生，有的是都市职场精英，每个人面临着不同的分岔路口，不是三言两语就能概括出来。

公司是一个整体，是一荣俱荣、一损俱损的命运共同体。也许在初级阶段，大多数人会把公和私分得非常清楚。如果暂时无法统一价值观，那么可以把团结一心作为初期目标。等到大家通过千辛万苦取得阶段性胜利的时候，再去谈下一个目标，或许会更加接地气。

每到岁末，总是会心生感慨，公司会感慨这一年的起起伏伏，员工会感慨这一年的不尽如人意。这本身就是一件非常有意思的事情，从几个人到几十人甚至到几百人的团队，每个人都会有各自的想法，想要做到高度统一，真的是非常难。其实，这也是公司发展中的一部分，如果对未来没有保持高度的渴望，那么就一定无法跨越心中的那座高山！

这个社会上大多数都是普普通通的人，无法以一己之力去阻挡时代的洪流，只能勤勤恳恳努力生活。成年人的世界没有轻松可言，无论是看上去光鲜亮丽的老板，还是默默伏案工作的职员，每个人都有各自的无奈和辛酸。多多考虑对方的处境，一定能谅解彼此的为难。

匆忙赶路的同时，记得停下来反思自己的不足，剖析自己的追求，及时调整奋斗的方向。要从内心深处觉醒，清楚自己要走的路，并且坚定不移地往前走，这样才会更加理解"千里之行，始于足下"。

见到许久未曾碰面的老同事，聊聊这阵子的感受，这种感觉十分美好。找出今年的一些不足，对来年进行新的畅想，一起在路上的感觉，真的很温暖。

2022-12-17

放下傲慢，放下自我

拜佛不是弯下身体，而是放下傲慢，更是放下心中的自我……

这几天遇到了很多老友，他们为了支持我们公司而倾尽全力，当然，信用是前提，做大做强是我们的责任，这样才会给合作方更多的底气。大家虽然从事各行各业，但大多数人对自己的定位是十分明确的，把工作当成事业去对待，这种全身心的投入，令人十分感动。

这几年脱离一线工作，与客户们也很少谈及具体细节，但接下来的工作要有所侧重。尤其在新的年度规划中，我们需要把客户好好地做一下分类和定位，对重点客户需要加大投入，不仅是货品上的支持，更多的是资源、信息以及服务，甚至帮门店做更多的动销和引流，这也是接下来的战略方向。只有他们好了，我们才有存在的价值。

还有10多天，2022年就结束了，如果时间回到一年前，可能没人会想到今年居然是疫情3年来情况最惨的一年。疫情的反复让全国各地的从业者苦不堪言，承受着巨大的经营压力和生存压力。好在快到承受极限时，全国各地都开始调整管控措施。想起我们在郑州的分公司全军覆没的事情，负责人刘哥到现在仍是痛苦不堪。

疫情防控优化措施刚出来时，全国上下欢欣鼓舞，大部分人都松了一口气，积极准备复工，迎接即将到来的春节档生意。但遗憾的是，市场并没有如预期那样快速回暖，很多已经营业的门店，客流甚至比以前更少了，人们都希望躲过第一波感染高峰期，去公共场所的意愿大大降低。对实体经济而言，这是一个巨大的挑战。只有消费意愿和消费能力相匹配，才有可能让市场持续繁荣。在行业内摸爬滚打10多年，见证了实体门店被移动互联网影响的全过程，我知道，其实大家最缺的，就是对于未来的信心。

面对市场的各种不确定性，要想在这样的大环境下比别人更稳健地发展，那么在用户身上花再多的时间都不嫌多，这是一定会有回报的。现在每个人的情绪都不太好，客户有不满意的地方，我们一定要第一时间处理，这本身就是我们工作的一部分。

下午和老朋友聊了一下明年的年度计划。还是要有坚定的信心，不放弃，咬牙坚持下去。我们都是环境的一部分，必须对自己当下的背景和项目进程保持敏感，做一个项目不能太提前，也不能太落后。

虽然现在很难，但疫情让我们意识到自己的不足，开始反思自己是否要继续朝某个方向发展。疫情把所有人拉回到相同的起跑线上，不用再仰望行业巨头。很多人可能早早选择了放弃，还有更多的人正在放弃的路上，而我一直坚定不移地看好未来。我们还有很大的成长空间，这意味着我们还有很大的市场机会！

最怕的就是心态不好，如果坐拥市场强者地位久了，心生傲慢，继续停留在传统的旧模式上，不尊重消费者，那就很有可能遇到大麻烦。市场变化太快，吃老本续命无可厚非，可一旦遇到变局，还在守旧自嗨，哪怕只是稻草压过来，也会瞬间无力回天。

2022-12-18

创业之事，没有神话

一定要想清楚，是要做容易而平庸的事，还是要做困难而卓越的事。前者的上限很低，而后者的发展空间更大，也更有意义。

昨天是周六，开了一个别开生面的线上周例会，虽说时间短暂，但是意义非凡。在特殊情况下，有时候看到团队虽然努力却又无能为力的样子，也会非常心焦。离年底只有短短的十几天了，还是需要给这一年一个完美的交代。

记得上次周例会，我们强调了时间节点的重要性，17号是我们公司资料完善的最后节点，但现在来看，结果还是差强人意。其间，人员休班、各种突发事件都超出了大家的预期，但这也说明了我们没有做到充分地预判，并且对项目的进程没有抱着必胜的信念。无论如何，还是需要继续加油，这些不应该成为滞后的借口。

在重新梳理框架的时候，也发现了很多遗留问题，在我们设定模板的时候，可能是因为考虑不到位，或者审核不严谨，导致做出的内容没有达到统一标准。所以，前期哪怕花费再多的时间都是值得的，由此想到一个经典的说法：我们能够看到的只是冰山一角，而海面下的90%却是我们看不到的。

职场上有一个非常奇怪的现象：事情越顺利，就会越开心，越有信心，事情也会变得更加顺利；事情越不顺利，就会越沮丧，越觉得工作没有意义，导致事情变得更加不顺利。其实，一切都有逻辑可循。在前期的培训中，如果你不言，我不语，没有提出相应的质疑并且反复推敲，那么就会导致出现互相推诿和指责的局面。把这个问题想通了，工作就会越来越轻松，否则就有可能陷入不断做、不断修改、不断返工的恶性循环。

每天依然有品牌方到访，每次聊天，心中都会充满敬意，他们对目标的敬畏心一次又一次地冲击着我的心灵。在艰难的日子里，我们依然可以看到很多的可能性，虽然背负着巨大的压力，但是相信大家一定可以共度风雨。

昨天和一个同事聊天，谈到学历和经验哪个重要，我个人觉得，相应的工作经验能让我们在处理问题时游刃有余，但学历能保证我们的认知高度。成功的领导者不一定都有高学历，但一定是一个爱学习的人，愿意通过学习来充实自己，这样也会提升解决问题的技能。

学历和经验之间没有绝对的选择，但两者的关系是密不可分的。人生路上，不坚持学习就不能创新，就无法追上时代的步伐，与市场的距离也会越来越大。要想在竞争激烈的社会中保持不败，就要以空杯心态坚持学习，这样才能紧跟时代步伐，成为时代的佼佼者，走在多数人的前面。

在各个领域，困难的事几乎都等同于正确的事，首先要在思想上重视这些事，然后再落实到行为上。操作的过程一定不会一帆风顺，需要不断修改。

创业这件事没有神话，都是板凳一坐十年冷，扎根扎到底，才能向上捅破天。任何事情都没有捷径可言，但可以借鉴和学习别人的长处和优点，否定别人的可取之处是傲慢和自满的表现。

2022-12-19

不屈不挠，勇往直前

如果梅西只是上帝在人间的倒影，那么背后的团队，就如同上帝为他插上的一双想象的翅膀……

昨天晚上的世界杯决赛，不逊色于任何一部好莱坞电影，甚至连上帝也无法演绎出这样的剧本。

从2006年开始，梅西参加了5届世界杯，一次倒在16强，两次倒在8强，还有一次倒在决赛。足球早就不再是一两个天才就能决定胜负的运动，但梅西仍然背负着力挽狂澜的沉重的十字架，赢了是他的荣誉，如果输了，就要一个人背负所有的指责。

人们已经习惯了他的成功和无往不利，每一次失败都会让这个枷锁越来越沉重。他一步一个脚印走到现在，付出了难以想象的努力与汗水。

过去一年，阿根廷的失业和贫困问题更加严峻，梅西不像迭戈那样会做老大，在更衣室里动员同胞为国而战，内敛含蓄的性格决定了他只会用行动来证明，默默地用出众的才华串联起阿根廷年轻人的脚步。也许这就是他独特的领导方式，也是大多数人喜欢他的原因，他通过自己的言行举止影响了大家。

我们一直认为他是上帝在人间的倒影，却不承想其实他也是个普通人。很多年后，我们再看到梅西，会发现自己之所以喜欢他，是因为他那种对家人、朋友和团队负责的态度，为了目标不屈不挠、勇往直前的精神，隐忍而自律的性格，只为让身边的人变得越来越好。

一个人能力再强，也只是一个图腾；只有团队强大，才能拿到属于集体的荣耀。也许这是疫情3年带给大家最大的精神力量，只要足够努力，没有什么是不可能的。

想起NBA总决赛后，邓肯拍拍詹姆斯的肩膀说："未来是你的。"如同体育一定会薪火相传，未来的世界，一定属于年轻一代。当下的梅西，值得拥有一切。

2022-12-20

相信自己，永不回头

成长路上，最怕的不是别人的不看好，而是对自己的怀疑。长夜漫漫，唯有无条件地相信自己，永远不回头，才能走出深渊，登上人生高峰。

虽然3年疫情告一段落，但是真正的考验才刚刚开始。失去的是时间，无法追回的是热情，不再喧嚣的车站、冷清的街头、落寞的人群，无不预示着重新来过之路的艰难。

回顾一年来品牌方的会议，真是屈指可数，不是大家不想开，而是计划赶不上变化。此次德国汉高在苏州的年会，几经周折，终于能够顺利召开，这也意味着这一阶段的胜利，可以给行业和经销商伙伴带来强烈的信心。这种明知不可为而为之、迎难而上的勇气，总是激励着大家。

同样的地方，同样的酒店，熟悉和陌生的面孔，时间又翻过了一年，心情也有所改变。这个有着146年悠久历史的品牌，延续了德国人严谨的风格，无论是品牌、品质，还是与经销商和消费者的联动，都是面面俱到，并且未来3到5年的长远规划已经开始生根发芽。

近年来，拉动中国经济的三驾马车发生了颠覆性的变化，中国经济从出口导向型转向消费拉动型。在双循环以及拉动内需背景下，消费拉动型增长模式无疑是更适合中国发展的道路选择。在后疫情时代背景下，在扩大内需、重振消费的政策背景下，消费领域的创新和重建也在同步发生，企业必须关注最新的消费趋势，研究消费者在需求和选择上的最新变化，才能在谋求发展和调配资源时抓住机遇，做到在机遇和挑战并存的时代里谋求发展。

都说时间可以改变一个人的习惯，漫长的3年加剧了这个趋势的发展，消费者的消费行为和消费心理早已发生了巨大的变化。线上消费已经成了一种生活方式，甚至衍生出了网上问诊、在线教育、远程办公、数字娱乐等新的互联网服务，线下渠道恢复信心的速度依然缓慢。

疫情带来的消费后遗症似乎短期内不会消去，报复式的增长无疑是天方夜谭，支持减少不必要开支的人数，也要远远多于及时享乐的人数。甚至有不少悲观的人对接下来的日子感到迷茫，今年传统和新渠道线上下滑的拐点十分明显，线下门店的不断消亡也成为无法遏制的局面，现在就连收个快递都遥遥无期，更别指望大家满大街地跑了！

疫情期间，以网络直播为代表的新零售模式势不可挡。云K歌、云健身、云养生等现象方兴未艾，加之5G技术促成了基于大数据运算的云营销风生水起，营销也变得更精准、更便捷、更实效。后疫情时代，尚未或未充分参与数字化销售的公司应加速网络布局，发现和解决影响消费者线上消费满意度的突出问题，不断提升消费者的体验感受。

加快知名品牌的布局，不断在线下增加有效的网点，一直是我们公司的传统，利用强大的品牌力量在多渠道上深入人心。品牌所有者应该充分利用自己的官方网站、微信、微博等社交媒体，鼓励消费者对产品和服务的设计与创造贡献智慧，不断增强品牌带来的归属感和获得感，提高其不可替代性。

战术层面要创新线上线下相融合的营销模式，要利用现代与传统手段，打造后疫情时代营销新常态，多渠道、多方位，直观、立体地展示产品和服务的核心特点，持续增强与老顾客的关系纽带，提升与潜在顾客的接触频次，给顾客提供更好的在线产品和服务体验。同时，也要持续优化线上口碑传播，激励优质客户在自己的圈层内进行推荐，逐渐形成品牌口碑传播的良性循环。

时代的车轮滚滚前行，仅靠一个精英、一支团队是无法力挽狂澜的，只有依靠天罗地网的综合力量，上下同欲才有可能与之抗衡！也许是因为自己淋过雨，所以也想给别人撑把伞，这些由内而外的力量足以应对苦难，看到永不熄灭的希望。那些照亮过我们的人，终将给予我们战胜困难的底气。

有一点可以肯定，机会总是属于先做好准备的那些人、那座城。对于公司而言，只有不断前行，打更多的胜仗，才能走得更远。世界上的每一件东西都有自己的价值，我们也应该相信品牌的力量和价值。

2022-12-21

扬帆起航，助力梦想

生活没有想象的那么美好，但也没有想象的那么糟糕。人有时候脆弱得超出想象，因为一句话就被感动得泪流满面，而有时候又坚强得超出想象，咬咬牙就能走得很远。

早上7点多出发的时候和司机师傅闲聊，以前上班这个点应该是高峰期，何况在苏州这个超大型城市，但现在穿过一条又一条街道，却很少碰到拥堵的情况。哪怕到了周末，也是差不多的情况，如无必要，大家根本不想出门，我自己也是一样，几个月没有出差了。

根据昨天贝恩的分析，2023年第一季度商业情况将走出泥潭，第二季度实现局部修复，直到下半年开始复苏，很多时间窗口不是自己能够左右的。重建信心说起来容易，真正做起来谈何容易，必将是一项长期而艰苦的工作。

说到2022年的变与不变，就不得不提及这一年每天都让人们担惊受怕的新冠疫情，相比前两年，今年的整个生意计划被切割得支离破碎。疫情改变了人们对疾病的认知，改变了人们的出行和生活，也在潜移默化地重塑着整个社会的心态和治理方式。多年后，我们再回头看，也许会说新冠疫情让我们更加敬畏自然、珍爱生命，更重要的是，我们在付出了沉重的社会治理成本后，依然用笃行不怠的坚毅推动了社会和历史的进步。

好在我们已经看到了曙光，阶段性的胜利是毋庸置疑的。消费趋势不会改变，对于未来，需要保持乐观，也必须谨慎。世上从来没有一蹴而就的成功，每个人都要有一段沉默的时光，其间付出很多努力却得不到结果，我称之为扎根，而这个努力扎根的过程，就叫坚持。

选择一件自己喜欢并擅长的事情坚持去做，也许刚开始没有太大的变化，但只要时间够久，就一定会有收获。生活中的很多事情，短期内是看不到成效的，有些人之所以能够坚持下去，是因为他们知道不是有效果了才坚持，而是坚持了才有效果。

前阵子刚刚宣布要"放开"的时候，很多实体店老板满怀期待，互相庆祝，以为可以大干一场，把之前亏掉的钱都赚回来，于是纷纷增加投入，等待着人们的报复性消费。结果一个月过去了，市场依然冷冷清清，凄凄惨惨戚戚，没有想象中的那么美好，到处都在哭穷、哭惨，真是让人揪心。

现在，除了医院里人满为患，各行各业都比较萧条，进店的没有几个，服务员比客人还多。线上的形势也不容乐观，很多快递无法发走，造成大量爆仓，毕竟公司里一半以上的员工都停摆了，效率可想而知，但愿这样的状态不会持续太久。

今天很开心有许多新同事加入，对于2023年的布局，我也有自己的想法，要加大投资，夯筑基础，把网点做得更细致。短时间内不一定会收到显著效果，但是通过一两个季度的运营，我们一定可以看到自己想要的结果。真心感谢大家认可我们这个平台，新的一年里一起扬帆起航，为自己的梦想助力。

离年底只有短短的几天了，总是觉得很多事情还没有完成，明年的规划布局还不够细致，担心在执行上会出现跑偏的情况。早晨发生了一个小插曲，本打算早一个小时赶回山东，不承想买的车票是到临沂站的，而我的车子停在北站，闹了个乌龙。只好又打车前往北站，来回折腾了一个多小时。可见，很多时候选择比努力更重要，前期的准备要做得更细致一点。所谓的捷径也许只是个圈套，做正确的事比努力做事更加意义非凡。

2022-12-22

未雨绸缪，提前规划

没有永远的常胜将军，有的只是未雨绸缪的提前规划，战前准备远远比事后总结更加有效！

今天是冬至，中国人通常很重视这样的节日，换成往常，应该会好好庆祝一番，但是计划不如变化快，现在出门购物都成了奢望。空荡荡的街道给这个冬至增添了不一样的萧瑟，"放开"之后，大家肯定会越来越担心，待在家里不敢动，这就是当下的现实局面吧！

古时候打仗讲究兵马未动，粮草先行，做生意同样如此，把一切能想到的都提前做好规划，当真的发生不可测的事情时，也能做到应对自如，否则一定会手忙脚乱，造成很多事情的脱节。出现错误不可怕，可怕的是没有正确去对待。

在任何一家公司任职，都需要找到自己的核心优势，精耕细作，成为某一个领域的专家。市场是残酷的，时代变更的浪潮会时不时地席卷而来，因此，除了勤恳工作，还要时刻保持学习之心。工作不仅是生活的一部分，更是提高自身技能的最佳途径，把工作当作一份事业，才能加强在职场上的竞争力，提高自身的价值！

在工作中，要经常梳理做过的事情，回顾过去的行为，从中发现问题，找出原因，总结经验，得出结论和规律。犯错不可怕，可怕的是总是犯相同的错误。常做复盘，可以发现自己的优势和不足，找出更深层次的原因，在经验中成长。

明年的生意会好吗？面对这个问题，有人乐观，有人迷茫，也有人在努力创造美好。每一家公司在发展过程中都会遭遇困境，大家需要做的是摸清局面，找准自己的定位，并努力发掘机遇。就我们而言，要在组织梯队里把产品和服务做到极致，难是必然的，迎难而上也是必需的！

短短半个月，奥密克戎的传播速度已经超乎了我们的想象，严寒已至，疫情中最揪心的画面已经出现。未来很长一段时间，我们的工作和生活要重新架构在新冠疫情之上，终究要学会与新冠共处。在这个变动的时代，我们只能学会稳住自己，认清现实，做好长足的准备，不断地总结、纠错，只有这样才能为自己谋求最大的安全感！

2022-12-23

战胜绝望，迈向成功

人的一生中，最辉煌的一天不是功成名就的那一天，而是在绝望中迈向成功的那一天！

冬至后的第二个工作日，艳阳高照，除气温略低，的确是一个美好的日子。都说强大的意志力可以敌过一切，想想的确如此，有很多理由不允许自己倒下，何况在这么重要的日子。非常感谢欧莱雅在我们公司内部召开别开生面的沙龙会，让我们了解到商品在贸易之外，还有更多的附加值，可以给门店和消费者带来超出预期的感受！

以当下的情况，能够聚在一起是多么地不容易，无论是品牌方还是我们的伙伴们，为了这场会议，都默默付出了很多，让我们在短短的两个小时内，见证了全球最大的化妆品集团的魅力。除了欧莱雅，还有圣罗兰、兰蔻、赫莲娜等几十个世界级品牌的参与，让我们感受到了他们的企业文化以及强大的品牌理念！

这场沙龙也让我们公司的团队打开了认知，我们认识到，自己不仅是普通的贸易商，还是具有多种功能的服务商。除了为客户提供优质的商品，我们还具备了给客户提供一流服务的条件。大家在了解化妆品功效的同时，也收获了很多最新的时尚资讯。

整场活动温馨而浪漫，充满法兰西风情，中间一起做手工的环节让人印象深刻。在帮助客户提升消费者满意度的同时，把最优质的产品直接送到客户手中。

这是永之信有史以来的第一场沙龙会，希望和大家一起有个良好的开端，为新一年的扬帆起航做好铺垫。在即将到来的2023年，我们将为客户举办多场这样的沙龙会。

老师们的娓娓道来，讲的是情怀，听的是故事，感受到的是优雅！那句"大多数人站在化妆柜前，看到的与其说是化妆品，不如说是对于美的向往和憧憬"，击中了多少人心中最柔软的地方。每个人都向往青春永驻、容颜不老，欧莱雅一直在这条路上精耕不已，与消费者一起抵挡岁月的痕迹。

今天有件事让我非常感动，一个认识了20多年的老客户，参加这个活动后在日志中分享了自己的感受，字里行间真情流露，也讲出了对未来的希望和期许。

做的事情得到认可，真的非常幸福，相信我们在志同道合的道路上，一定会越走越远。

突如其来的新冠疫情已经伴随人们的日常生活和工作3年了，从2019年的这个时候到2022年的这个寒冬，全国人民的重心都在围着疫情转。现代文明看似高度发达，却在某些方面不堪一击，比如，当快递停下来的时候，整个社会的马达也停止了转动，有时候，便捷带来的后果就是如此脆弱。

这几年，大多数商家被冲击得七零八落，玩家愈发内卷，市场从红海走向血海，时过境迁后，一切都不再是原来的样子。

虽然疫情终将成为历史和回忆，但是留下的教训和启发却时时警醒着我们。这一年即将结束，春节的脚步也悄悄到来，我们付出努力，只为在岁尾能够拥有一个好的结果。不管正在经历着什么，遭遇了多大的痛苦，都要熬过去，没有一个冬天不会结束，也没有一个春天不会到来。

工作和生活本就充满艰辛，希望我们每个人都能对自己负责，也对自己的家人负责，坚强地扛起一切，努力活着。在接下来的工作中，我们将汇集品牌的力量，为客户量身打造营销方案，相信在2023年，我们的活动一定会大放异彩……

2022-12-24

背水一战，势如破竹

没有背水一战的勇气，就没有势如破竹的胜利，当然，首先要有坚不可摧的决心！

现在，城市的道路上几乎没有了拥堵的情况，节日前夕，此起彼伏的闭店潮总会让人觉得非常怪异。

和一个餐饮店老板聊天时，他说到已经10多天没有营业了，除了几乎没有客人，还因为大多数员工都已经"中奖"了，所以不如停业，这可真是无奈之举！这也不过是众多商家的一个微不足道的缩影。

当然，也没有必要过于悲观，对当下所有人来说，起跑线都是一样的。翻开新的篇章，一定会迎来美好的未来，接下来就需要我们加倍努力，希望在赛道的终点与大家相见。

与团队的沟通依然比较频繁，电话会议虽然不如面对面交流，但也不失为一种良好的沟通方式，如果运用得好，就能达到高效又便捷的效果，并且基本不会影响工作效率。

临近年末，团队和各部门都有必要各自做一下盘点，如果时间允许，可以重新罗列一下自己在这一年中的成长，以及明年的职业规划。

这段时间是我最忙碌的时候，需要好好复盘过去一年的得失，讲太多客观原因有些牵强，因为这些原因对所有人来说都是一样的。还是要多多发现自身的问题和不足，为明年更好地前行做准备。公司组织看似臃肿而复杂，但是一定要有主次之分，这是在会议上一直强调的事项，要特别放在心上，也许这就是我们公司接下来的工作重心。

这3年，人们损失的太多了，不仅是时间和金钱，还有被消磨掉的意志。没有人会一直不幸，也没有人会一直幸运。境遇的不同，不在于身外，而在于内心。接下来，拼的是体力、耐力和健康。任何对客观环境的不满都是无济于事的，以平和乐观的心态去面对生活中的所有问题，才是最重要的。

2022-12-25

风行万里，润物无声

风行万里，润物无声，人生如一卷未知的天书，只要愿意翻下去，永远有精彩在后头。

如果没有人提起，还真的忘了今天是圣诞节，虽然不提倡崇洋媚外，但是每年到了这个西方最大的节假日，国内的商业氛围还是会被渲染一番的。然而，今年平淡得出人意料，线上线下都是如此，毕竟现在正处在疫情暴发期，大家自身难保，对很多促销活动也就视而不见了。

历经千辛万苦，看似打赢了一场没有硝烟的战争，但是明眼人都知道，目前的状况对于任何人来说都是双输。小公司要考虑怎么活下去，大公司要考虑怎么发展壮大，业态不同，要想生存下去，就要把自己揉碎重塑，从认知层面到行为层面重新打磨。

这3年的疫情让我们失去了太多太多，但是除了振作，再也找不到第二种方法。面对困境，唯有勇敢地正视它、战胜它，让自己越来越好，才能对得起所有人。如果颓废下去、懦弱下去，那就恰恰中了命运的圈套。我们应该像蒲公英一样迎风飞扬，到处撒下希望的种子，让它们在未来生根发芽。

还有几天就是元旦了，按理说双节来临之际，商家会提前组织很多活动，但今年应该会省略不少。不是大家不想，而是怕会做很多无用功。接下来，春节、情人节和妇女节这三个主要的节点也为时不远了，如果萧条的情况一直持续下去，对大多数商家来说，上半年的生意将一片狼藉。

大家都知道这几个节点对于一年之初的重要意义，把这些环节做好，上半年的生意几乎就有着落了。反之，就要花费无数的时间和精力去弥补。好在大家对未来的预期不再是越来越差，如果像前几年一样，永远不知道生意是否会突然中断，那样心境会更加黑暗。熬过最难熬的第一季度，相信每个人的信心都会有所提升。

虽然今天我们面临重重困难，但是关心时局的人应该知道，中国不可能重新回到频繁封控的状态了，唯有向前走。总结过去是为了未来走得更加稳健。疫情暴发以来，我们的很多认识几经变化，并且意识到自己经常看得不够长远，我们应该尊重时间，不要用短期现象去轻易否定长时间形成的趋势。

但是，时间作为一个最公正的标尺，根本不会在乎任何人的感受。创业也是如此，除了为数不多的垄断行业，其他任何行业早就不存在所谓的蓝海市场了。所以只有拼尽全力，杀出重围，才有可能获得一线生机。现实情况可能有过之而无不及，绝非危言耸听。

工作其实没有捷径和技巧可言，用心对待，总能找出机会点。用成长型思维去面对新事物，而不是全盘照搬以往的经验。管理上多多借鉴，产品上多多创新，方能在成长的道路上走得更加稳健！

2022-12-26

越过大海，看到高山

翻过高山，不一定能看到大海；但是越过大海，一定可以看到高山！

在我的记忆中，应该很久没有去维修过电脑了，尤其是台式机，这几天家中的电脑无法开机，又不想去电脑城，就联系了一下家附近的一个维修站。没想到效率如此之高，不到一个小时就已修好，看来各行各业都有自己的"专精深"。未来这种依靠社区而生存的生态链，能否成为一个商圈的关键，这也是值得我们思考的问题，这些消费类型应该大有文章可做！

尤其在大型社区中，动辄是几千户、数万人的小社群，方圆3千米到5千米内，除了大型商超，配套设施也很关键。门店能否在这个生态圈中存活下去，最大的因素就是便捷程度，再加上如果能够提供一定的服务，使其成为人们生活的一部分，那人们对其的依赖程度就会急剧上升。

周一还是要面对很多供应商，大家对当下的情况心照不宣，也希望接下来彼此的身体状况越来越好。今年只剩短短的十几天了，很多事情非常紧急，到了最后的时间关卡，但是必须扛下来。

对于明年的很多计划，我们一再强调逻辑的重要性，大家首先要高度认可这一点，对网点的开发及维护要保持严谨。然后才能结合品牌方和我们自身资源的优势，持续赋能门店客户，并且真正站在消费者的立场去看待问题，从而达到三赢的局面。

2022-12-27

生意不多，朋友不少

这么多年来，最喜欢听的一句话就是：未必做了多少生意，但的确交了许多朋友！

这两天，商业的利好消息接连不断，据说1月8号之后，国门会打开，再也没有所谓的隔离之说了。按理说，听到这样的消息应该欣喜不已，但不知为什么，我却高兴不起来。以前每年都会出国几趟，学习发达的商业模式，接收最新的资讯，看看有什么是自己能够借鉴的，每次或多或少都能有所收获。只是目前间隔的时间的确有点久，不知不觉已经3年多了。

这几天和品牌方接触比较多，来自客户和市场的反馈十分低迷，面对接下来的春节档，大家都已经开始减少囤货。曾经，过节前夕是各大商家囤货的最佳时间，节后的反馈通常不错，而今年，大多数商家都认为没有太大的必要囤货，可能稍有不慎，还会造成库存积压的风险。

真希望时间快点走，但又不甘心它走得太快，回顾这一年，很多事情没有完成，很多愿望仍在途中。总是有些许的不甘心，但有时也会有一种无力感，想要发力又无从下手。从大的方向来讲，我们需要重新进行规划，团队也需要再次确立认知。在新的长征路上，大家一定要有明确的目标，这一点对2023年的开篇尤为重要。

大多数时候，人总认为自己效率很高，但复盘后发现只是自我感觉良好，我也同样如此，总认为自己的时间管理非常严格，但复盘后发现每天的有效时间还有待提高。如果感觉自己很忙，可结果却不尽如人意，就需要对自己的生活和工作进行复盘。现实中，每个人都有复盘的能力，但并不是所有人都开启了它。对个人来说，掌握复盘的能力可以使自己清楚地认知个人目标，以及目标未完成的原因，并及时纠正。

尤其在一年之中的最后几天，需要清晰地了解这一年的所见所闻、所得所失。过去的时间无法重启，但总结出来的经验要得到延续。好的持续发扬光大，不好的及时改正，以归零的心态步入新的一年！

每个人的生活都充满不确定性，很多人缺乏抗争的勇气，深深陷入痛苦的沼泽之中，却无能为力。其实逆境并不是走投无路，只要学会逢山开路，一样能够改变环境。

去逆转思维，在困境中规划人生，始终越挫越勇，那么总有柳暗花明的时候，所以不要轻言放弃。在做好规划的同时懂得随机应变，才能走出困境。正所谓胜人者有力，自胜者强，只要内心强大无比，就能够实现自己的梦想，所以不要轻易给自己设限。

这几天，大厂的老板们发声特别多，生意还是要回归本质，产品、价格、服务、成本、效率，缺一不可，哪怕只是做好了其中一项，都能具有非常强的竞争力。这些大厂已经走过很多路，普通民众可以从大方向上效仿它们，所谓创新，就是追随它们的脚步，再加上适合自己的节奏！

今天下午和一个老友聊了许久，虽然共同的生意暂时告一段落，但是江湖永远都在，兄弟情会一直伴随着我们的生活。天南地北，将是另一个故事的开始。无论如何，我们都发自内心地祝福对方。话语虽简单，但有满满的情谊在心中！

2022-12-28

做到极致，超越前人

招不在新，而在于能否做到极致，与其一味追求创新，不如想一想，能否超越前人。

这几天品牌方频繁到访，帮我们负责销售的同事们做了简单的回顾和培训。一个品牌的文化能否得到延续，和销售人员的诠释有着莫大的关系。要清楚品牌发展的由来，未来将走向何方，以及每个阶段我们能够争取到多少份额，然后与经销商共同努力，才有可能把这块市场经营得有声有色。希望通过这几天难得的学习机会，大家可以快速汲取养分，并为自己所用。

前期付出多少努力都是值得的，对于知识要做到了然于胸，这样，当面对客户的时候，就可以侃侃而谈，给他们讲门店经营这些货品的意义所在，以及未来很长一段时间内的发展理念。当客户切实感受到我们所做的一切对于门店和消费者都有莫大好处的时候，我们的工作就会相对简单一点。客户的认可能够起到事半功倍的效果，这就如同扎多深的根，就可以长出多高的树！

见证了一个个在商场中奋斗拼搏的故事，不仅体会到了其中的惊心动魄，更学习到了出色的商业头脑和经营理念。能够在繁杂纷乱的商业现象中找到背后的本质，往往胜过财富和学识。任何一门生意都不会轻松容易，眼下经济看似一片蓝海，实际上依旧存在多方制约，相继而来的竞争压力显而易见。

冬天到来，经济进入淡季，行业拐点也随之而来。行业的冬眠期，对从业者而言也是经营动作的关键调整期。经过一年的孵化，未来经济能否保持热度无法确定，但发展状态一定和今年有所不同。从较粗放增长转向规范化运营，将是我们公司内部改革的必经之路。

2022-12-29

转换方向，绝处逢生

很多人都喜欢做简单的事情，但一直做简单的事情，容易让我们逐渐失去深度思考的能力。

在这个充满挑战和机会的时代，许多公司为了生存而奋斗，为了续命而不断转型。动荡起伏的2022年，一些曾在各自领域驰骋的黑马公司面临着命运四季里的倒春寒，前一阶段还是高歌猛进的生意，下一阶段就可能变成了黑色夕阳产业。这一年，行业海啸扑面而来，各种博弈，各种无力感，都在预示着新的挑战。

在这个年末，我们复盘了2022年里那些动荡不安和遗憾失意的时刻，并分析其中的原因。新的一年，我们将一起探索新天地，为了事业继续奋斗和努力。

无论做什么都有可能失败，但不能因此而畏惧，要不惧试错，在错误中汲取经验，这未尝不是在为自身的发展添砖加瓦。这个世上没有一条道路能够直达终点，要永远保持灵活的思维，在必要的时候转换方向，总能绝处逢生。

年底将近，我们也抓住了很多机遇，想起经常有朋友对我说，自己是抓资源高手，但不一定是打牌高手。如果胡乱出牌，就会造成低效，想想的确如此，不能好好利用和整合手中的资源，往往就不一定能得到自己想要的结果。关于这一点，我们在2023年里还是要好好深思熟虑一番。

2022-12-30

前景广阔，共享红利

创立一家公司的时候，不能把眼光只局限在公司上，而要为社会解决真正的问题！

今天上午和部分同事讨论了第一季度的生意计划，我们应该先有网点的预期，然后再有生意计划的推进，这些事情不能乱。对于生意，要按照步骤往前推进，这样才会更加稳健，所以，在局部区域精耕细作是我们第一季度的关键任务。对于重点客户，要重点投入精力，为了这个目标，大家一定不能有任何松懈。

我们计划在一周内梳理出重点客户，并且抓紧时间攻下新的目标，接下来，通过一个季度的努力，夯实下沉网点。只有先将客户进行排序和分类，我们的货品和资源才能做到有的放矢。

想想自己最近几年的购物方式，除了社区团购，就是即时零售。当欲望和实际能力出现差距时，延迟满足是抚慰心灵的最佳方式。但在现实生活中，人们的生理需求和心理需求都需要得到即时满足，大多数人在下单后，收到商品的那一刻是最愉悦的。

对年轻消费者来说，网购已经成为日常生活的一部分，价格实惠、配送速度快是其中的重要因素，复购频率因此显著提升。换句话说，国内市场未来仍有很大的增长空间，一直以来，"最后一公里"的争夺战都在比拼配送效率和覆盖范

449

围，虽然自己的压力增加了，但能够不断满足用户的期望。如今，围绕"最后一公里"的创新能否取得成功，还需要时间的检验。

今年，很多地区的物流快递网点因为疫情出现停摆，导致用户包裹大面积积压，延期送达，这无疑会对电商造成影响。面对充满不确定性的经营环境，大家无不感慨生意越来越难做了。不过必须承认，网上消费已经成为人们生活中举足轻重的一部分，各种脚本持续演绎，而且以种种新的形式融合互补。

线下门店人流匮乏，自建线上平台没流量，配送团队成本高，跨界开店失败率高，尽管如此，线下零售的数字化转型仍势在必行，零售商、品牌商要把各自的优势发挥到极致，或可借助数字化平台结合即时零售的方式走出深水区。不管是用户端还是商户端，都深刻地感知到"外卖买万物"的时代正在逐步到来。面对未来广阔的前景，三者正朝着同一方向前进，共享新业态下的增长红利。

2022-12-31